LEEFTOCHT

ADRIAAN VAN DIS

LEEFTOCHT

VEERTIG JAAR ONDERWEG

Uitgeverij Augustus
Amsterdam • Antwerpen

Omslagontwerp Tessa van der Waals
Omslagfoto archief Adriaan van Dis
Vormgeving binnenwerk Suzan Beijer

ISBN 978 90 457 0067 0
NUR 300

www.adriaanvandis.nl
www.augustus.nl

INHOUD

VASTLEGGEN

SOUVENIRS

AFSTAND

VOORWOORD

Leeftocht vormt een eenheid in losse stukken: hier zijn de verhalen bijeengebracht van een man op zoek naar zijn kern. Niet dat hij die vindt, daar gedraagt hij zich te tweeslachtig voor, maar hij is trouw aan het zoeken en blijft verbaasd over zijn tijd.

Al bijna veertig jaar lang.

Toch begint *Leeftocht* niet bij het begin, maar met een terugblik. Om een bindend element naar voren te halen: betrokkenheid. Dat is de drijfveer van de man die schrijvers op de televisie interviewt, van de reiziger die zijn dagboek bijhoudt, en van de reporter die verslag doet van de drama's in zijn buurt. Natuurlijk ben ik die interviewer, reiziger en reporter – maar niet helemaal. Ik ben bovenal een schrijver waarachter al deze personen zich verschuilen. Die schrijver is mijn schild. Hij geeft me de moed dingen te doen waar ik zelf te bang voor ben. Zoals het stellen van onbetamelijke vragen. Of het bereizen van gevaarlijke gebieden. Hij beziet alles met afstand, ook mijzelf. Hij weet dat mijn betrokkenheid niet per se maatschappelijk of progressief is; ze komt vaak voort uit angst.

Maar dankzij die schrijver ben ik niet in mijn schulp gekropen en trok ik geharnast de wereld in. Om weg te vluchten van de benauwenis van een rare jeugd. Om de leegte te zoeken en het geluk te vinden. Om thuis te gaan bij vreemdelingen. Om tegen een muur op te lopen. In een spiegel te kijken. Vaak te vallen, maar ook weer op te staan. Noem het een ontdekkingsreis. Daarom komt geen boek dichterbij dan dit.

Sommige stukken zijn al lang geleden geschreven en bij het herlezen kwam ik soms een rare man tegen, een vreemde die mij echter zéér nabij is: de kroongetuige van mijn passies.

BOOS

2007

OP DE TELEVISIE

HERINNERINGEN AAN EEN BOEKENPROGRAMMA

VOOR AREND JAN HEERMA VAN VOSS

Zeker tien keer per jaar stap ik in bij een Amsterdamse taxichauffeur die mij voor we goed en wel op weg zijn met een vragend oog opneemt: 'Ken ik u niet ergens van?'

Nee, niks zeggen, meneer wil het raaien: ik ben van de televisie, ja, die stem, hij herkent m'n stem. Hij heeft me ruzie zien maken met... hoe heet ie ook alweer? Die witte kop, ook zo'n... eh, brutale.' De chauffeur pijnigt zijn geheugen.

'Willem Oltmans?'

'Ja, precies, geweldig was dat. Ooo, wat hebben mijn vrouw en ik van dat interview genoten. Ja, ik ben u een beetje uit het oog verloren de laatste tijd, je hebt ook zoveel netten, maar als het even kan kijken we trouw.'

Het is dit jaar vijftien jaar geleden dat de laatste uitzending van *Hier is... Adriaan van Dis* plaatsvond. De kijkers van toen sterven langzaam uit, maar in de rekkelijkheid van de herinnering ben ik nog altijd te zien. Ook op dagen dat *Hier is...* er nooit was. Zo vroeg het *Algemeen Dagblad* bij mijn terugkeer als presentator van *Zomergasten* aan de EO-coryfee Andries Knevel wat hij van ons programma destijds vond. Aardige dingen zei hij. 'Maar ja, wij keken natuurlijk niet op zondag. Wij keken alleen naar de herhaling.'

Er was helemaal geen herhaling. Die bestond toen nog niet.

Mensen herinneren zich wel meer dingen.

Hoe vaak hoor ik het niet op een literaire avond, tijdens het vragenhalfuurtje na een lezing: 'Wij keken elke week.'

Het was één keer in de maand. Acht keer per jaar. Negen jaar lang. Tweeënzeventig uur televisie in totaal. De werkweek van een intellectueel.

Verbazing alom. Gevolgd door de onvermijdelijke vraag: 'Wanneer komt u weer terug op televisie?'

'Niet met een boekenprogramma,' zeg ik dan ferm. Al weet je het nooit. Maar zo'n programma als destijds zou volgens mij niet meer kunnen. Toen wij in maart 1983 met de eerste uitzending begonnen, had je slechts twee nationale netten. Geen commerciële televisie. Als de V.P.R.O. uitzond (nog met de puntjes die voor Vrijzinnig Protestantse Radio Omroep stonden), zaten de échte gristenen aan de andere kant. Was het de beurt aan de EO, dan stegen onze kijkcijfers vanzelf. Een wonder.

Afstandsbediening bestond nog niet. (*Gut, ja*, knikken de hoofden in de zaal.) Niks wijdbeens zappen op zoek naar spanning en sensatie om uiteindelijk te blijven hangen bij de traumahelikopter van SBS6. Het woord 'aandachtsspanne' werd alleen in gestichten gebruikt. De kijker gunde zich een zekere rust. Wie mij de nek wilde omdraaien moest uit zijn luie stoel opstaan. Laat maar lullen, dachten tienduizenden toen. En zo bereikten we soms kijkers die van zichzelf dachten dat ze niks met schrijvers op hadden. Tot ze de feministe Fay Weldon zagen voordoen hoe ze een kluwen mannensokken uit de wastrommel haalde. Haar inconsequentie werkte aanstekelijk. Hé, dachten die kijkers, wat die vrouw zegt, gaat over mij!

Anderen gingen weer op het puntje van hun stoel zitten als ze een baardige kabouter hoorden beweren dat we onze zon, als ie aan warmte zou verliezen, weer met een atoombom konden oppoken! Of ze stootten elkaar aan als ze een forse Nieuw-Zeelandse schrijfster een kromme pijp in de uitzending zagen opsteken. Gniffelden om een Franse professor die na afloop van het gesprek op de bank in slaap viel.

De volgende middag was het ineens ongewoon druk in de boekhandel: 'Heeft u dat boek van die vrouw die een pijp opstak?' 'En waar kwam die kabouter ook alweer vandaan? Hij had zo'n raar accent. En is die professor vertaald?' Of ze belden naar de VPRO om namen en titels op te vragen.

De Frans-Canadese kabouter was de gelauwerde geleerde Hubert Reeves, auteur van *De evolutie van het heelal*. En de mevrouw met hoed en pijp had zojuist de Bookerprijs gewonnen: Keri Hulme. De slapende Franse historicus Le Roy Ladurie, auteur van het de wereld veroverende *Montaillou*, kwam regelrecht uit New York aangevlogen en schoof met een gapende jetlag aan tafel. Mooie momenten. Je hoefde geen lezer te zijn om aangeraakt te worden door een schrijver.

Het was aanvankelijk niet de bedoeling een literair programma te maken. Integendeel. Toen we in de weken voor de eerste uitzending regelmatig op het half verlaten Binnengasthuisterrein bijeenkwamen om te brainstormen, stond de VPRO-leiding een satirisch programma voor ogen. Een Nederlandse *Saturday Night Live*. Ze zochten iemand die de losse onderdelen aan elkaar kon praten. Meedenker Arend Jan Heerma van Voss had me bij het Zaterdags Bijvoegsel van NRC *Handelsblad* aan het werk gezien. Misschien had ik een idee? Er was niet echt sprake van dat ik zelf in beeld zou komen. Hoe graag ik dat ook wou. In mijn studententijd was ik jarenlang medewerker van het literaire radioprogramma *Babel* – later *Spektakel* – geweest, maar pogingen die prachtige reportages ook zichtbaar te maken, ketsten in die tijd altijd af. Ik sprak te bekakt. Terwijl dat gewoon Goois is – een lokale afwijking, waar ik me als scholier stevig in had vastgebeten om mij te onderscheiden van het Indisch accent van thuis.

Maar bij de VPRO gloorde een kans. Toen we er niet uit kwamen, tikte ik in een vlaag van overmoed een A4'tje met als kop: *La formule c'est moi*. 'Laten we gewoon spannende gesprekken voeren,' schreef ik. 'Een talkshow geleid door een persoonlijkheid die tart en tegenwerpt en meedenkt. Iemand die zich kwetsbaar opstelt en die zijn gast hoogacht door hem of haar serieus te nemen.' (Het velletje is natuurlijk onvindbaar, maar daar kwam het ongeveer op neer: Grote Woorden.)

Ik had geen enkele ervaring. We maakten een proefprogramma waar een stevige redactie achter stond en gelukkig ook een producent die ervoor zorgde dat ik niet helemaal naar eenieders pijpen hoefde te dansen. Na het fiat van de VPRO-leiding werd ze meteen tot regisseur benoemd: Ellen Jens. Eindredacteur Cherry Duyns verzon de titel.

Al de eerste uitzending nodigden we twee schrijvers uit: Hugo Claus sprak over het net uitgekomen *Verdriet van België* en Charlotte Mutsaers stal alle harten door *In een groen, groen knollenland* achterstevoren te zingen.

De keer daarop zat W.F. Hermans naast me te hoesten, net terug van een reis door Zuid-Afrika. Kort daarvoor had ik hem in Kaapstad opgebeld. 'Hoe weet u dat ik hier zit? Hoe komt u aan dit nummer?' brieste hij door de telefoon. Hij logeerde bij vrienden die ik tijdens mijn studie Zuid-Afrikaans had leren kennen en dat stelde hem toen enigszins gerust. We kwamen overeen in een televisiegesprek alle misverstanden over zijn reis uit de weg te ruimen. Hermans werd in de pers namelijk verweten de culturele boycot aan zijn laars te lappen; het toen nog verboden African National Congress had daartoe internationaal opgeroepen. Maar toen Hermans eenmaal naast me zat, zag hij me niet als een onafhankelijke interviewer maar als representant van het Nederland dat hem als heuler met het Apartheidsregime het liefst in de ban had gedaan.

God, wat was ik toen nog onervaren. Ik stelde ijzig beleefd de noodzakelijke vragen. Het werd een avond waarop Hermans nu eens niet altijd gelijk had. Zo beweerde hij dat de zwarte bevolking geen enkel belang zou hebben bij *one man one vote*. Erg op de hoogte was ie ook niet. En tegenspreken mocht ik hem evenmin.

'Dit is geen vraaggesprek,' zei hij, 'dit is een vertelgesprek.'

Onvergetelijke opmerking... alleen kon ik er op dat moment nog niet om lachen.

Tijdens die geruchtmakende uitzending droeg ik een knalgroen jasje, speciaal voor de gelegenheid in Parijs aangeschaft; het zat me veel te strak in de oksels. Na afloop in de antichambre van de IJsbreker, het kleine Amsterdamse muziektheater waar de opnames plaatsvonden, zag Hermans de enorme zweetplekken onder mijn oksels. Hij tilde mijn rechterarm op en zei keurend: 'Ik heb het u wel moeilijk gemaakt, hè?'

Daarna was het eigenlijk meteen weer goed. Al schreven de kranten dat we woedend uit elkaar waren gegaan. Negen jaar later deden we het gesprek nog eens vriendschappelijk over.

Liefst vermijd ik het onderwerp boekenprogramma in het openbaar, maar als ik één vraag beantwoord, komen er altijd meer.

'Ziet u Annie Cohen Solal nog wel eens?'

Ach, Annie... zelden viel een land zo voor een dik boek. De zeshonderd pagina's tellende biografie van Jean-Paul Sartre. Of vielen we en masse voor haar? De eerste hoofdstukken bevatten zware kost over het existentialisme. Uren zat ik erover gebogen, ik kreeg zelfs nog een stoomcursus van een specialist op het Maison Descartes. Volleerd in *l'être et le néant* schonk ik haar onder de eerste vraag het inmiddels tot de vaste rituelen behorende glas wijn, maar toen we elkaar aankeken, verdampte mijn geleende kennis op slag. Annie deed haar zware koperen armband af en schoof er quasi verlegen mee over tafel. Naar mij. Krassend, als een nagel over een schoolbord. De microfoon kreeg kippenvel. Ik schoof de armband terug. We speelden een schaakspel. Onze ogen voerden een ander gesprek. Ze flirtte. Die hele Sartre kon ons algauw geen donder schelen. Half kijkend Nederland deelde in die flirt. De volgende dag moest elke man dat boek van Annie. In een paar maanden verkocht uitgever Rob van Gennep ruim zestigduizend exemplaren.

Hoe gaat het dan verder met zo'n boek?

Je zag het verkleuren op salontafels. 'Ja, leuk hè?' 'Wat een enige vrouw, hè?' Na drie maanden salontafel verhuisde het naar het nachtkastje. Wat daar niet ligt om ooit ter hand te worden genomen. Want hoe zwaar bleek Annie niet in bed. En zo saai in het begin. Uiteindelijk verdween ze in de kast. Ongelezen. Zonder kraak in de rug. Bij duizenden mensen glanst er nu zo'n gele baksteen op de plank.

Ook een mooie herinnering. Maar toen begon er toch iets te knagen: de persoon deed er kennelijk meer toe dan zijn pen.

Hoe heb ik dat niet ervaren tijdens het bezoek van Michel Tournier – schrijver van *Le Roi des aulnes – De Elzenkoning*. Tournier is een van mijn favoriete auteurs. Wat was ik trots dat hij in ons programma kwam. Weken zat ik zijn werk te herlezen. Nam extra taalles bij de Alliance Française. Met een hoofd vol Franse zinnen noodde ik hem ter tafel. De ene slimme vraag na de andere had ik paraat. Maar de zaal reageerde niet op ons gesprek. Er kon geen lachje af bij de subtiele grapjes van Tournier. Alsof we voor een pak watten zaten te praten. Het merendeel van het publiek verstond hem niet. Geen Frans 'in het pakket'. Ook ik moest op mijn tenen lopen, hoe geïnteresseerd ik ook keek. Pas bij de ondertiteling begreep ik waar we het precies over hadden gehad. Toch was het een mooi interview.

Naast Michel Tournier was er nog een gast in het programma. Iemand met wie ik een kort gesprek zou voeren. Niet meer dan tien minuten schatten we; de man was een zenuwpees. Hij wenste maar van één kant in beeld gebracht te worden, belde wel tien keer op wat hij nou precies moest aantrekken. Of Ellen Jens niet zijn pak en das kon komen keuren? Ze stelde hem op alle mogelijke manieren gerust. En nog kwam hij als een bevend riet de IJsbreker binnen. Dat wordt niets, dachten we nog, hoewel hij een leuk boek had geschreven: *De kip die over de soep vloog*. Schetsen over een door Jiddische moederliefde vermorzelde man. Niemand had toen van Frans Pointl gehoord, maar na die uitzending lag zijn naam op eenieders lip.

Om hem gerust te stellen complimenteerde ik hem met zijn mooie pak.

'Ja,' antwoordde hij opgewekt, 'dat zijn mijn begrafeniskleren.'

We vielen met de dood in huis. Een onderwerp waar hij zeer in thuis bleek te zijn. Hij speelde de perfecte schlemiel.

De net beginnende uitgever Vic van der Reijt wist niet wat hem overkwam. De dag na de uitzending moest hij al herdrukken.

Pointl vloog de boekhandel uit. Tienduizenden nabestellingen, alleen al in de eerste week. Het Van Dis-effect heette dat.

Maar míjn hoofd liep nog over van Tournier. Een week later fietste ik langs het Spui en vroeg bij boekhandel Athenaeum: 'En? Loopt Tournier?'

Ze hadden er nog geen twintig verkocht.

Weer knaagde het. Niet dat het onze missie was kijkers boeken te laten kopen, maar als ze het naar aanleiding van een uitzending deden, was het wel een teken dat ze geraakt waren. Hoeveel leuker zou het niet zijn als ze dan ook voor kwaliteit kozen? Voor mijn Tournier, in plaats van voor de eendagsvlieg Pointl.

Wilden we dit wel? Ons succes afmeten aan de verkoop van boeken? Zou het ons niet corrumperen in onze keuzes? En verwachtten de schrijvers niet te veel? (Om nog maar even te zwijgen van de uitgevers.)

We kwamen in onze uitzendingen steeds vaker bij schrijvers uit omdat ze doorgaans iets te melden hadden, meer dan die om de hete brij draaiende politici. Er moest wel net een boek uit zijn. Liefst een boek dat ik snapte. Er viel om die reden heel wat af. De Duitse filosoof Peter Sloterdijk moest ik lezen. De redactie stond erop. Maar ik begreep er geen snars van. Met hoeveel plezier las ik echter niet: Roland Topor, Jan Pieter Guépin, Aleksander Zinovjev, Renate Rubinstein, Lev Kopeljev, Andreas Burnier, Ryszard Kapuściński, Mario Vargas Llosa, Joseph Heller, Roald Dahl, Germaine Greer, José Rentes de Carvalho, Gerard Reve... om maar een paar schrijvers uit de eerste twee jaar te noemen. In 1985 kreeg *Hier is...* een ondertitel in de omroepbladen: Boekenprogramma.

Schrijvers onder de aandacht van kijkers brengen. Hadden we daar ooit echt over nagedacht? Bestond er een *format*, zoals dat nu zo mooi heet? Stond ons een doelgroep voor ogen? Richtten we ons op kijkers met meer dan middelbare school? Of probeerden we ook lager opgeleiden te lokken met vrolijke en lichtvoetige kost. Moest er sport in? Misdaad? Veel vinger aan de pols en ander malheur?

We hadden maar één verlangen: goede gesprekken voeren. Donderde niet waarover. Als er maar een frisse wind waaide. Niet schaatsen op de vierkante millimeter, dus geen roddels en rellen rond de dorpspomp. Het raam moest open. Zoveel belangrijke buitenlandse schrijvers werden in het Nederlands vertaald. Dag- en weekbladen besteedden er met regelmaat aandacht aan. Waarom zag je die grote namen zelden of nooit op de televisie? Als we ze nu eens lieten overkomen? Soms was zo'n beroemdheid gewoon in het land, zoals toneelschrijver Edward Albee of cineast Bertolucci. Ik kon redelijk geluid in vier moderne talen maken, allemaal op de mulo geleerd, dus dat mocht geen hindernis zijn. En zo wonnen de buitenlanders het algauw van de binnenlanders.

En er stond me maar één doelgroep voor ogen: de achttienjarige scholier die ik zelf ooit was. Geen stilzitter, een moeizame lezer, maar wel een met honger naar kennis. Een jongen die de volgende dag weer vroeg naar school moest. Ik ben geen nachtbraker. En ook mijn kijkers hebben de volgende dag iets om handen. Televisie is een massamedium. Het is je taak een brug te slaan. Als je alleen op je vrienden indruk wil maken, moet je voor *De Groene* gaan werken.

Bruggen dichten een kloof, ze verbinden hoofden die naar elkaar haken – op hetzelfde niveau liefst. Dus niet hurken of bevoogden, maar je kijkers als gelijken beschouwen – gelijken die nog niet alles weten. Om Bordewijks *Bint* te persifleren: *Ik eis van de programmamaker dat hij niet daalt. Ik eis van de kijkers dat zij klimmen.* En dat is geen lofzang op tucht, maar een streven naar ouderwetse verheffing. U heeft geen idee hoe groot het verlangen daarnaar is. En hoe groot de dankbaarheid. Als je maar de kans geeft. Als je maar stimulans biedt. Mensen voor vol aanziet. Honderden brieven kregen wij destijds. Huismoeders die een nascholingscursus volgden, legden hun boekenlijsten voor. Ook mannen schreven, veelal niet bijzonder hoog opgeleid. Eenvoudige mensen die het zat waren om nog langer als debiel voor de buis te zitten.

Het televisiepubliek aan de andere kant van het scherm is niet zo achterlijk als omroepbazen tegenwoordig in Hilversum denken. Maar dan moet je de kijkers niet buitensluiten. Niet op een ons-kent-ons-toon over kunst en cultuur praten, maar in een bijzin uitleggen waar het over gaat. Altijd die nieuwsgierige scholier in gedachten houden. Nooit de karakters van de roman zonder nadere introductie bij de naam noemen, of gedetailleerd over de inhoud praten als nog geen kijker de kans heeft gekregen het boek in te zien. Maar wel de schrijver voorstellen, de ideeënwereld presenteren, in de hoop dat er een vonk overslaat en de kijker na afloop met het werk zelf kennis wil maken. Het klinkt eenvoudig, maar het gebeurt zo zelden. Te vaak worden er gesprekken over de hoofden heen gevoerd en nog veel vaker wordt er gehurkt. Een flieder ernst dient in twee laagjes lol verpakt. *Gesandwicht* heet dat in Hilversum. Met het gevolg dat wie ernst zoekt, wegvlucht. En die lolbroek keek toch al niet.

Het is juist zaak *niet* de concurrentie met populaire programma's aan te gaan. Boeken zullen altijd minder kijkers trekken. Niet zozeer een elite maar, zoals gezegd, een klein weetgierig publiek. Mag ook dát publiek bediend? En dan niet tegen middernacht omdat kunst nou eenmaal moet, maar gewoon een uurtje na de afwas.

Ik overschat het boek niet. Maar literatuur kan behalve ontspannen ook activeren. Onrust zaaien. Met een beetje geluk laat een goed boek je anders naar de wereld kijken. Wapent je tegen al die klootzakken om je heen. Of overschat ik het nu toch? Nee, het is de eeuwige scholier in mij die zo praat, toen de fluistering van een boek op mij nog het effect had van een megafoon. Zonder Bordewijks *Karakter* zou ik na de mulo niet naar de hbs zijn gegaan. Dankzij Flauberts *Leerschool der liefde*, waarin de rol van journalist als lakei van de macht genadeloos wordt ontleed, ontsnapte ik tijdig aan de journalistiek. Boeken die een versnelling aan mijn leven gaven. Misschien omdat ik zo'n langzame lezer ben. Behalve beroemd worden wilde ik *iets* van die passie uitdragen.

Ook in de hoogtijdagen van *Hier is...*waren de kijkcijfers bescheiden – al lijkt het nu veel. Soms 700 000, toen er nog twee netten waren. Daarna gemiddeld tussen de 350 000 à 500 000. Heel hoog voor de VPRO – ook toen – maar de andere omroepen haalden miljoenen.

Nu bewaren velen goede herinneringen aan die uitzendingen. De waardering heeft na jaren zelfs mythische proporties aangenomen. Alle geklungel is vergeten. De blunders. Het vallen én het opstaan. *Hier is...* lijkt wel als een zomer van vroeger: altijd mooi weer. Maar als je de kritieken van toen erop naslaat, lees je wel anders. Het miezerde slechte recensies. Wat heb ik die negen jaar op mijn donder gekregen.

Ik was te deftig en te elitair. Voor *de Volkskrant* was ik een corpsbal in een jasje van de roeivereniging. Veel door de asbak verstofte mannelijke journalisten werden zenuwachtig van mijn kleding en accent, ze raakten er niet over uitgeschreven. *Vrij Nederland* zag de eerste vijf jaar niets in het programma. Ik was ijdel, zou mijn haar verven, weet ik niet al. De negatieve kritiek hield pas op toen de recensent naar de Rijnmond werd afgevoerd. Je kon je schouders erover ophalen, ware het niet dat de VPRO-leiding destijds nog slechter tegen kritiek kon dan ik. Schreef *Vrij Nederland*: 'En Adriaan van Dis hield weer een boekje op', dan werd het mij de volgende uitzending verboden een boek te tonen. We mochten geen reclame maken. Tot de bureaumedewerkers bij de VPRO gek werden gebeld door honderden kijkers die naar titels en namen vroegen. De volgende keer mocht het weer. Kreeg ik er opnieuw van langs. Ik schrijf dit niet alleen omdat ik lange tenen heb, maar vooral om een stemming van toen te analyseren.

Televisie en krant hielden de laatste helft van de twintigste eeuw nog niet van elkaar. De krant vreesde de concurrentie. Abonnees zaten steeds korter achter de krant en langer voor het scherm. Het fenomeen moest dan ook kritisch worden gevolgd. Niet het oppervlakkig volksvermaak dat miljoenen kijkers trok – daarover maakte je hooguit minachtende grapjes – nee, juist de schaarse pogingen iets intellectueels op het scherm te brengen moesten het ontgelden. Misschien was cultuur op tv ook een te bittere confrontatie voor veel hardwerkende dag- en weekbladjournalisten. Je schrijft dagen aan een artikel of interview en bereikt een paar duizend lezers. Maar je troost je: het gaat om de kwaliteit, niet om de kwantiteit. Je bent kritisch, onafhankelijk en hoeft niemand naar de mond te praten. Al deed het je goed te horen dat Athenaeum je artikel aan de winkelruit heeft geplakt. De collega's in café Scheltema waren trouwens ook over je te spreken.

En dan komt er zo'n gecoiffeerde flapdrol die op de televisie een boek omhooghoudt. Alleen maar omhoog, zonder het zelfs in te kijken. Vierhonderdduizend mensen zagen de kaft en tienduizenden lopen ermee weg. Hoe oneerlijk. Wat kun je ertegen doen? Erop neerkijken, dat is het beste. Je eigen goede smaak roemen en zeggen: 'Het is allemaal zo verschrikkelijk oppervlakkig.'

Vervelend alleen dat zelfs je vrienden naar die flapdrol keken. Ondanks hun misprijzen. Het ding stond toevallig aan. Ze liepen erlangs. En nou lag dat boek bij hen op de koffietafel!

Ook mijn eigen krant had moeite met mijn aanwezigheid op de televisie. Ik begon steeds meer een gezicht van de VPRO te worden. De toenmalige hoofdredacteur van NRC *Handelsblad* had moeite met die profilering. Misschien moest ik eendere interviews voor de krant gaan maken. Zo niet... werd het dan niet tijd om een keus te maken. Na de nodige druk heb ik de eer aan mezelf gehouden.

(Hoe snel veranderen mentaliteiten. Nu probeert diezelfde krant met veel campagne de eigen redacteuren op het scherm te brengen – digitaal, lokaal en zelfs landelijk, door zich te associëren met de *Avond van de Grote Boekenquiz* en het VPRO-programma *Boeken&cetera*; al hield dat laatste verbond maar één seizoen stand. Ook andere kranten zoeken steeds meer de televisie op.)

Ondertussen wilden in die nadagen van de vorige eeuw de kijkers wél in het plezier delen. Soms, heel soms, tintelde het tussen een schrijver en mij en dan kon het besproken boek razend goed verkopen. Officieel maalden we daar niet om, maar we gebruikten het wel als argument om met het programma onbekende buitenlandse schrijvers naar de IJsbreker te lokken. Voor de goede orde: de VPRO nodigde uit. Vaak betaalden wij ook de reis en het verblijf – dan hadden wij het alleenrecht. Was de auteur in het land voor een promotiereis, dan deelden we veelal de kosten, in ruil voor exclusiviteit tot ná de uitzending. Er werden nooit zomaar boeken opgevraagd om de kasten van redactieleden te vullen. Ongevraagde zendingen stuurde de regisseuse subiet terug. Heel zuiver was ze daarin. Aanvankelijk vond ik dat een beetje onzin, want ik wist dat ze bij mijn eigen uitgeverij alle onbestelde persexemplaren in een grote doos gooiden: voor de Bijlmerbajes. Ook een vorm van volksverheffing. Maar hoe groter de druk van buiten, hoe bijzonderder ik haar houding vond. Werd er een kopje thee met een uitgever gedronken, dan betaalden wij de consumpties. Zo lagen de verhoudingen.

Hoe meer er in het boekenvak over het Van Dis-effect werd gekletst, des te groter de verwachtingen. Vooral bij de Nederlandse schrijvers. Ze wilden allemaal veel te graag. Hoezeer we ze ook temperden. De ervaring had ons geleerd dat niet na álle interviews de kijkers naar de winkel renden. Als er geen aanwijsbaar nieuw boek was, gebeurde er niets. Een aanstekelijk gesprek met Willem Wilmink over dichten en schrijven voor kinderen deed hem geen boek extra verkopen. Hetzelfde gebeurde met Hans Warren, een bijzondere man aan wie ik met groot genoegen te-

rugdenk (hij deed zo mooi een lijster na). Zijn halve leven namen we door, maar omdat het over zijn hele oeuvre ging, bleef een (door de uitgever) verwacht verkoopsucces uit. De kijker/lezer zocht kennelijk houvast.

Ik weet nog hoe ik per se Gräfin Dönhoff wilde hebben. De uitgeefster van *Die Zeit* had net een prachtig boek geschreven: *Kindheit in Ostpreussen*. We hoorden dat uitgeverij Contact een jaar later met de vertaling zou komen. Maar waarom zouden we wachten? We waren er al te vaak van beschuldigd naar het pijpen van uitgevers te dansen. *Und so sprach ich mit der Gräfin.* Aardig interview, al zeg ik het zelf. Athenaeum verkocht er na afloop in totaal zeven. Het Van Dis-effect.

Maar wat te denken van al die teleurgestelde lezers die geen boek in het Duits kunnen of willen lezen? Bijna honderd brieven kregen we na die uitzending. Zo'n getal schijn je met ik weet niet hoeveel te moeten vermenigvuldigen – duizenden kijkers gaan daarachter schuil. Voortaan besloten we alleen buitenlandse schrijvers uit te nodigen als het werk in vertaling verkrijgbaar was.

Die kijkerreacties bevestigden bovendien wat wij allang wisten: *wij maakten geen elitair programma.* (Anders zou *die Gräfin* wel in het Duits zijn gelezen.) Ik kan het niet genoeg herhalen: *Wij maakten een programma voor mensen die voor vol wilden worden aangezien.*

Toch bleef het imago van elitarisme lang hangen. In interviews werd ik altijd als deftig afgeschilderd en vaak werd mij daarbij een taal in de mond gelegd die ik in het geheel niet sprak. Het *Algemeen Dagblad* liet mij zelfs *parbleu* zeggen.

Hoe eenvoudig moest ik worden?

En dan die kritieken. Ik citeer een paar onderstreepte kreten uit het grootarchief van mijn moeder: Waarom al die buitenlandse schrijvers? Wel Frederick Forsyth, geen Appie Baantjer. Het gaat altijd maar over literatuur, de gewone lezer komt bij de VPRO niet aan bod. Waarom laat Van Dis niet eens een huisvrouw aan het woord? En meer van dat soort wonderlijke uitingen van zelfhaat die je wel vaker in de cultuurbranche aantreft.

Eigen volk eerst. Je kon de xenofobe putlucht van de LPF toen al ruiken.

Zou het misschien kunnen zijn dat Forsyth beter schrijft dan Baantjer?

Zeker twee derde van de schrijvers kwam uit het buitenland.

Raam open.

Veel van die televisierecensenten veraardappelen allang in de VUT, laat ze maar lekker Baantjer lezen. Maar de taaiste criticasters zaten in het boekenvak zelf. Zo kon CPNB-directeur Henk Kraima het niet nalaten *Hier is...* telkens elitair te noemen. Zeker omdat we geen tuinboeken deden en Leni Saris niet vroegen. De CPNB denkt kennelijk: Als we de huiskamers maar vol gedrukt papier pleuren, zijn onze opdrachtgevers tevreden.

Ik wil niet in herhalingen vervallen, maar de elite keek in de nadagen van de vorige eeuw niet *naar* de televisie, die keek erop *neer*. En al die zogenaamde opiniemakers keken al helemaal niet. Die gaapten liever wijdbeens naar Jan Lenferink. Wij deden een veel te groot beroep op hun schuldgevoel. Modieuze mensen lezen nauwelijks. Ze bladeren de weekendbijlagen door om er een passende opinie uit te vissen. Voor hen is de schrijver een aandeel: stijgt ie of daalt ie. En vooral als er een rel is, weten ze erover mee te praten.

Meningen, meningen... dat hele boekenvak is vergeven van de meningen. Hoeveel boekverkopers hebben daags na de recensies niet ineens óók de oogst van een hele week gelezen. De nieuwe A.F.Th. van der Heijden? 'Wat een schrijfbeest!' De dikke Möring? 'Ja, ambitieus boek, aan het eind loopt het alleen een beetje weg.'

Ik denk soms dat al die meningen de leesbevordering juist in de weg staan. Hoe kan iemand in alle ernst vijf, zes boeken in een week tot zich nemen? Je hoort en leest die besprekers wel eens. Ze verslinden duizenden bladzijden voor een rubriek. Jaag je daar de bedeesde lezer niet juist mee weg omdat er aan zoveel ijver niet te tippen valt? Graaf eens in uw geheugen. Hoeveel boeken van meer dan duizend bladzijden heeft u werkelijk *uit*gelezen? Als ik op zeven kom is het veel. Geloof me: over belezenheid wordt meer opgeschept dan over seksuele prestaties.

En ook al die onderzoeken naar ons leesgedrag waar de boekenbranche zo graag in grossiert, neem ik met een zak zout. In de jaren vijftig wilde de AVRO-radio eens weten wat het Nederlandse volk precies las. De vraag luidde: Wat is uw lievelingsboek? De dames en heren luisteraars hoefden alleen maar een kaart op te sturen met de naam van hun favoriete boek en dan dongen ze ook nog mee naar een mooie boekenbon. Duizenden reacties. De uitslag haalde alle kranten. *De inspecteur* van Jan de Hartog werd nummer 1, met 23 procent. De tweede plaats ging naar een boek van Ina Boudier Bakker. En helemaal onderaan: '10 procent eet het liefst ontbijtkoek.' (*Verkeerd begrepen*, stond er tussen haakjes achter.) Dit wat betreft enquêtes naar ons leesgedrag.

Nog steeds peilt Hilversum graag de culturele verlangens van het volk. Proefuitzendingen maken is normaal – je wilt weten of de makers het kunnen – maar wat tegenwoordig vooral telt is de stem van een speciaal geselecteerd publiek. Proefpanels dicteren het niveau. Hoe weten mensen eigenlijk wat ze willen zien? Onbekend maakt onbemind. Democratie is dodelijk voor goede smaak. Én voor vernieuwing. Ik zou in ieder geval nóóit door zo'n kijkersonderzoek zijn gekomen. Dat arrogante toontje alleen al. En dan nog wijn schenken ook! En roken. Niet tutoyeren. Je neus ophalen voor voetbal. Zo'n pedante nuf moeten we niet.

Het programma mocht al doende groeien. En de kijker groeide gaandeweg mee.

Van Dis werd een huishoudnaam in de boekhandel. Van de drie uitgenodigde schrijvers was er altijd wel één die aansloeg. Een onvoorzien gevolg. Toch bleek dat niet iedereen in het vak te bevallen. Vooral enkele uitgevers klaagden. Niet zozeer over ons, als wel over de zuigkracht van de televisie. De luide schreeuw van de markt smoorde de ingetogen stem. Steeds meer talkshows nodigden schrijvers uit en dan vooral de bekende en makkelijke praters. Smoel op tv en je verkocht. Het moest altijd leuk. Over de inhoud ging het nooit. De televisie als grote vervlakker. Echte literatuur kreeg daar geen kans.

Tja, wat konden we eraan doen? James Purdy, V.S. Naipaul, Ben Okri, Julian Barnes, John Berger, Salman Rushdie, Martin Amis waren misschien wel erg van de straat. Toch Brakman uitnodigen, of Kees Ouwens, Sybren Polet, Jacq Firmin Vogelaar? Hoe minder je gelezen wordt, hoe beter je bent – een oude wet die troost biedt. Maar was het wel de schuld van de media dat deze auteurs zo moeilijk een weg naar de lezers vonden? Brakman is altijd door de kritiek de hemel in geprezen – misschien leest men daar minder. Wel belandde hij zo in de top tien der doctoraalscripties. Verkochten ontoegankelijke schrijvers niet ook al weinig toen er van al die persaandacht voor het boek nog nauwelijks sprake was?

Natuurlijk streefde ik ook naar kwaliteit – de lezer moet klimmen. Al was het me wel opgevallen dat diezelfde klagende uitgevers in de praktijk geen middel schuwden hun beter in de markt liggende auteurs bij de televisie aan de man te brengen. Ze bestookten programmamakers met ongewenste pakketten, paaiden redactieleden, dwongen je binnen één dag een besluit te nemen of speelden programmamakers tegen elkaar uit. ('Sonja heeft een optie, Karel staat te trappelen.') En ze slijmden zo. (Zij het niet achter mijn rug, dat pleitte weer voor hen.) Een uitgever die zichzelf te chic vond om te adverteren had de brutaliteit mij een héél boek over de fax te sturen. Een witte tong van vijftig meter krulde door mijn werkkamer.

Als ik ergens mee heb kennisgemaakt in de tijd dat ik een boekenprogramma presenteerde, is het wel de dubbeltongigheid van uitgevers. Aan de ene kant de media beschuldigen te veel uit te zijn op sensatie en modes, en zelf niet anders doen dan die media voor je kar spannen. Perslunch, rondvaart, diner met critici in het Amstel Hotel, de Spiegelzaal van het Concertgebouw voor een boekpresentatie afhuren. En vooral hun goedlopende auteurs uitmelken: om het jaar een boek. Af of niet af, drukken maar. En als er echt niets nieuws is, de oude boeken drie keer binnenstebuiten keren: nieuwe kaftjes. Zogenaamd om telkens een ander lezerspubliek aan te boren. Als ze niet voldoende verkochten, gaven ze nog meer boeken uit. Jonge meisjes. Jonge allochtonen. Hagel over de markt, in de hoop dat één korreltje het doel zou raken. Omzet, daar ging het om. Zo plat is het. Zo plat als een beeldscherm. Ook die mentaliteit kleurde het decor van boeken op televisie.

Al die stemmen van lof en tegenstand culmineerden voor mij in een kleine conferentie onder de titel: *Kan het geluid wat zachter.* Ja, geloof het of niet, 5 november 1993 kwam er in het Letterkundig Museum te Den Haag een ernstig gezelschap bijeen om eens flink te klagen over de lawaaiige manier waarop de media zich in de heilige hallen van de Literatuur manifesteerden.

Ik zat erbij. Als een van die types die het gewaagd hadden een boek omhoog te houden. Het was nog vóór mijn zaligverklaring.

Die dag kwam er een beklemde elite bijeen. Lezers die er moeite mee hadden wat zij mooi vonden met anderen te delen. Hun literaire helden werden bezoedeld. Al dat getetter hield maar af van het stille lezen. De ware literatuurminnaar liet zich niet door lijstjes regeren. Top tienen waren voor de mindere boekenkasten (of *verkeerde* boekenkasten, zoals Frida Vogels het een jaar later zo mooi noemde, toen ze zich na het winnen van de Librisprijs beklaagde over al die ordinaire aandacht voor haar werk).

Wat een dedain.

De televisie mag dan wel een brug naar het volk slaan, maar o wee als dat volk over de brug komt en naast jouw idolen gaat zitten. Liever een roepende in de woestijn dan een roepende op het marktplein.

We herkennen deze houding ook bij vele recensenten. Toen Pavarotti nog in het Concertgebouw optrad, kon hij zingen, maar haalt een patjepee-makelaar hem naar een afgeladen RAI of Ahoy, dan heeft hij er nooit wat van gekund. Nog opmerkelijker was de ontvangst van de Poolse componist Henryk Gorecki. Collega Reinbert de Leeuw bewondert 's mans strakke moderne composities en introduceert hem in Nederland. Niets dan kritische lof in Nederland. Maar Gorecki beging daarna de fout iets eenvoudigs te schrijven, minimal music met een vage reminiscentie aan Chopin. Tot ieders verbazing belandde de Pool in de top tien: meer dan 300 000 duizend cd's verkocht, in Nederland alleen al. Hij komt naar het Holland Festival, waar hij nota bene zijn oude werk speelt, en de critici vinden het unaniem kitsch. Woedend waren ze, ook al betrof het hier de eerste levende moderne componist die tot een poppubliek doordrong en kregen allerlei vakgenoten plotseling contracten aangeboden omdat de platenmaatschappijen geld roken. Kundera, hetzelfde laken een pak: in kleine kring bewonderd, verfilmd, door honderdduizenden gekocht en hopelijk gelezen. Daarna was de smaak eraf. Nu staat Kundera weer hoger genoteerd. Isabel Allende? Dat is een verteller, geen schrijver. Alsof schrijvers allemaal zo verdomd *smart* moeten zijn en de roman opnieuw moeten uitvinden.

Ja, natuurlijk zit er veel troep onder de grote publiekssuccessen. En nee, ik betrek het juist *niet* op mezelf; over de ontvangst van mijn boeken heb ik geenszins te klagen. Wat mij stoort is de hooghartigheid. Het buitensluiten. Sla de lezers niet van de brug. Zie het populaire boek als mogelijke wegbereider. Naïef? Troost je dan met het feit dat mensen die 'pulp' kopen het menig uitgever mogelijk maken ook iets goeds dat minder verkoopt uit te geven.

Er is geen kunst aan hoogstaande literatuur op de televisie te brengen. Vraaggesprekken van een uur per auteur – over het graf als het moet. Elke week. Schrijvers die met schrijvers praten en elkaar nog gelezen hebben ook. (Harry Mulisch die een boek van een collega leest. Stel je voor!) Dialogen aan de krabbenmand ontstegen. Duitsland, Engeland en Frankrijk zenden zulke programma's uit – omdat die landen zich daar maatschappelijk en cultureel toe verplicht voelen, al is het 's avonds na twaalven. In Frankrijk bestaat zelfs een literair programma dat om halftwee

's nachts begint – als de domheid slaapt: *Les mots de minuit*. Ik heb het één keer gezien en vond het dodelijk saai. Verder kijken heeft de dokter mij verboden. Maar het is mooi dat het er is.

Het is veel moeilijker boeken op een normale tijd onder de aandacht te brengen. Ook dat lukt de Fransen redelijk. Voorjaar 2007 tel ik minstens zeven literaire programma's in de televisiegids, en dan laat ik nog een aantal boeksignalementen buiten beschouwing. Elke morgen van maandag tot en met vrijdag in *Télématin*: steevast vijf minuten. De rubriek *Livre*, ook op staatszender France 2, waar in een kort filmpje een moderne klassieker uit de wereldliteratuur wordt voorgesteld. Vrijwel dagelijks! En 's avonds in het achtuurjournaal van France 2: een boek met een actueel thema. Elke dag een schrijversinterview op radio Europe 1. *France Culture* is één groot boekenprogramma. Enzovoorts.

Lezen de Fransen dan meer? Geen idee. Het valt ook moeilijk te meten. Ze kopen percentueel niet meer dan de Nederlanders; de oplagecijfers komen zelfs overeen. Behalve voor de grote namen, en als een boek doorstoot, dan komt het ook makkelijk boven een half miljoen. Wel weet ik dat de Fransen hun eigen cultuur zeer hoog achten. Politici en mensen uit het bedrijfsleven tonen graag hun belezenheid. Een beetje politicus schrijft. Oud-premier Dominique de Villepin is een dichter van naam. Beroemde cafés en restaurants stellen literaire jury's samen en delen spraakmakende prijzen uit. Vrijwel iedereen kent wel een literair citaat. Zit in het pakket. Zo schep je een publiek voor boeken en boekenprogramma's. Zelfs mijn Arabische kruidenier citeert Alfred de Musset: *Il faut qu'une porte soit ouverte ou fermée.*

Laten de Nederlandse intellectuelen de deur naar de televisie alsjeblieft openhouden. Werp de hooghartigheid af. Maar sta ook op uit de eigen hurkhouding en veeg al die opvoeders, kunstenaars en cultuurdragers die zich aanpassen aan de smaak en intelligentie van de massa de studio uit. Ja, laat ons weer intellectuelen durven zijn en een beroep doen op het verstand. Vooral nu er zo op intellectuelen wordt neergekeken, wordt het weer tijd je trots met die naam te tooien. En dat zeg ik. Nu. In de tijd van *Hier is...* durfde ik me geen intellectueel te noemen, ploeteraar die ik was. Wat heb ik op mijn tenen gelopen die negen jaar. En me vaak geschaamd. Zelden een zondagavond teruggekeken. Ik had mezelf al genoeg gezien tijdens de montage.

O, als ik nu maar niet verbitterd klink. Want ik prijs me achteraf gelukkig dat ik al die boeken heb mogen lezen. En al die schrijvers in levenden lijve heb ontmoet! Zoals Gore Vidal, die in de antichambre op zijn beurt zat te wachten terwijl ik de historicus Henk Wesseling voor publiek en camera's zat te interviewen. Redactielid Bas Heijne deed zijn uiterste best het gesprek voor Vidal te vertalen: *Don't bother,* zei de Amerikaanse gast, *I have been on Egyptian television.* Een opmerking die me op mijn plaats zette en die ik later nog vaak moest horen.

Of de ernstige Nigeriaan Ben Okri, met wie we na afloop uit eten gingen en die, ervan uitgaand dat een Nederlander trots is op zijn cultuur, mij de hele avond over Vondel doorzaagde. Geen redactielid om me een paar titels en feiten in te fluisteren, zoals ze anders voor een uitzending zo voortreffelijk deden. Wat een inspirerende mensen waren dat achter de schermen: Arend Jan Heerma van Voss, Rudi Wester, Louise Fresco, Bas Heijne, Hans Goedkoop, Hubert Smeets, Frits Abrahams, Geert Mak, Martin van Amerongen, Rudie Kagie, Geke van der Wal, Charlie Murphy en de jonggestorven wetenschapsjournalist Felix Eijgenraam. Ook ondervond ik veel steun aan een paar uitgevers die met onbaatzuchtige suggesties kwamen, zoals Rob van Gennep, die ik nog vaak mis, Jaco Groot en Jan Geurt Gaarlandt. Ellen Jens hield al die ego's bijeen. Ik prijs haar het liefst om, zoals Oliver Sacks het in een brief deed, *that thoughtfulness, so characteristic of her.*

En ik kreeg ook nog eens de Nipkov-prijs. Een trofee om op te houden. Maar nog leuker was het om de Italiaanse filmster Roberto Benigni, die tijdens het interview op mijn schoot sprong, in mijn armen voor de camera's weg te dragen.

Na negen jaar hield ik het voor gezien. Moe van de ether en het geetter wou ik weer enigszins onzichtbaar worden om beter te kunnen schrijven. Na mij een ander boekenprogramma bij de VPRO. Zeeman bleek zes jaar een respectabele rots in de branding. Maar het moest lichter, leuker. Ook andere omroepen kwamen met boekenprogramma's. Presentatoren werden opgevoerd en afgevoerd: een getatoeëerde Groningse boekverkoper, een schrijver in een jurk, een RTL-meisje dat eerder voor televisiemakelaar speelde en zich voor haar nieuwe imago een half brilletje had laten aanmeten, al was ze er trots op geen echte lezer te zijn. Je verzint wat in je wanhoop: *Eerste druk met Midas, Hollands Decor, Boek in*

Waterland, *Terug naar Oegstgeest*. Niks beklijfde. Hanneke Groenteman, die na haar succesvolle culturele talkshow *De Plantage* gevraagd werd het programma *Boeken op Zondag* op te zetten, ruimde al na zes uitzendingen het veld. Maar in één jaar kan een programma niet groeien.*

Slechte kijkcijfers. Slechte kritieken. Zie je wel dat niemand op cultuur zit te wachten?

Maar het gaat niet om de massa, heren netmanagers. Het gaat om *de enkeling* die wordt aangeraakt. Om de jonge student die op een zondagavond in december met Daniel Cohn-Bendit kennismaakte en daarna de politiek in ging. Om een net afgestudeerd arts die na een interview met Redmond O'Hanlon, wiens gruwelverhalen van in je pisbuis zwemmende visjes vele huiskamers deden griezelen, besloot zich tot tropenarts te specialiseren. Om een moslim die na het interview met de door een fatwa getroffen Salman Rushdie tot andere gedachten kwam. Om een vader die de vonk doorgeeft aan zijn kind.

Je haalt er misschien geen cent reclamegeld mee op. Maar de inkomsten betalen zich uit op de lange termijn. Van fluistering tot megafoon.

Ja, ik ben naïef en ik hoop het tot mijn dood te blijven. Beter dan het cynisme dat bij de omroep hoogtij viert. Waarvan het gedachtegoed het best wordt samengevat in de graffititekst: *Five billion flies can't be wrong: eat more shit*.

Er rest nu één echt (non-fictie-)boekenprogramma op televisie: *Boeken*, met de voortreffelijke Wim Brands. Ook op de radio verdween het ene literaire programma na het andere. Alleen op *De Avonden* mogen de letteren nog wat knetteren.

Kan het geluid wat zachter?

Het is al bijna stil.

* Met dank aan Ronald Kerstma, *Een intellectueel verdwaald op televisie*, Hogeschool van Amsterdam, 2006

2006

BRIEF AAN MIJN TURKSE KLEERMAKER

Hoeveel broeken heeft u al niet van mij ingenomen? Veertig, vijftig? Tassen vol bracht ik u het afgelopen jaar. Heeft één man zoveel broeken nodig? Nee, maar als je nergens meer in past, zes maten opzwelt in tien jaar tijd en nooit iets weggooit omdat je volgende week aan de lijn begint, raakt je klerenkast steeds voller: de bonus voor het stoppen met roken. Maar sinds ik mijn stappen ben gaan tellen – tienduizend per dag – is het vet er weer af gelopen. En nou zit ik te ruim in de kleren. Eerder een teken van wanhoop dan van weelde. Toch kon u het niet laten mij bij de rijke stinkerds in te delen… Wat mompelde u ook alweer toen u mij gebood op een kruk te gaan staan en geknield de nieuwe contouren van mijn dijen en kuiten afspelde? Ik moest mij een paar pakken bij u laten aanmeten, fraaie *costumes*, liefst met krijtstreep, dat hoorde bij een heer die het zich kon veroorloven in het zesde arrondissement van Parijs te wonen. Het was bedoeld als compliment, maar het klonk als een verwijt. U bood me een kop muntthee aan (niet te drinken zo zoet, toch slurpte ik met u mee, omdat ik mezelf wijsmaakte dat het in uw cultuur ongepast is een dergelijk gebaar af te slaan; bij een Fransman had ik botweg 'non merci' gezegd). U stelde zich ook voor als Turk – '*je suis un Turc*' – en raakte niet uitgepraat over de rijkdom van de buurt waar u een maand of wat geleden uw naaiatelier had gevestigd. Mijn buurt, Saint Germain. Zelf woonde u in de banlieu, zei u, in La Courneuve; 'jullie Fransen' boften toch maar daar niet te hoeven wonen.

Ik sputterde tegen: er wonen ook Fransen in La Courneuve, al hebben sommige een bruin vel en zijn ze mogelijk in een ander land geboren. Ze hebben een Frans paspoort, al worden ze migranten genoemd. Officieel zijn zij geen vreemdeling zoals u en ik. Vreemdeling, ik? Dat verbaasde u, ja (u woont hier nog te kort om mijn Nederlands accent te kunnen onderscheiden), ik ben net als u een nieuwkomer, bij toeval blijven kleven in het centrum van Parijs. Ik vertelde u over mijn bezoek aan La barre Balzac, dat veertien verdiepingen hoge kavalje in La Courneuve, bont van de graffiti, een paar duizend hokken smachtend naar de sloop, met kapotte liften, dichtgetimmerde ramen en hopen vuilnis, neergekwakt op wat eens een voetbalveld was. U schrok van mijn woede. 'Veel te veel Afrikanen,' zei u. 'Ze hebben geen beschaving.'

Wat kan u een vies gezicht trekken.

Ik geneerde mij voor uw houding. Ik had gehoopt dat u solidair zou zijn met de migranten uit uw wijk. Al besef ik dat zoiets voor u moeilijker is dan voor mij. Wat heb ik te stellen met schorem dat de buurt onveilig maakt? Dat woont niet in het zesde. En ik hoef mijn trap niet met lawaaischoppers te delen. Even dacht ik dat u me naar de mond wilde praten. 'Wij blanken,' zei u. 'Wij blanken zijn anders.' Ik vroeg maar niet hóé anders. Had u verwacht dat ik ook op 'de zwarten' zou afgeven? Begreep u waarom ik plotseling een paar Turkse zinnen op u losliet? *Talebe para yok.* Student geen geld. *Taman, arkadas?* Oké, kameraad? Woorden opgedaan in de jaren zestig, toen ik met een rugzak door uw land trok. Ik hoopte daarmee van het voetstuk af te stappen waarop u mij zojuist had gezet. U had me witter en burgerlijker gemaakt dan ik wil zijn. Ik liet u op onhandige wijze weten dat ik sympathie voor de Turken heb en dat u zich niet Franser hoeft voor te doen dan de Fransen. Ik ken de leemdorpen in de uithoeken van Anatolië. Ik zag er kinderen in het stof spelen, ver van school en alfabet. Net Afrika.

Ja, ik wilde u laten merken dat ik anders was dan de arrogante Fransen die bij u beknibbelen op de vermaakkosten van hun in de uitverkoop verworven, chique labelkleding. Anders ook dan de Fransen die een week eerder tegen de Europese grondwet hadden gestemd, een *non* dat zich verzette tegen de komst van goedkope arbeidskrachten uit de nieuwe oostelijke lidstaten – de spreekwoordelijke Poolse loodgieter – maar vooral ook een *non* tegen Turkije. Al hadden beide zaken niets met de ratificering van de grondwet te maken, de angst voor nog meer goedkope arbeidskrachten en de angst dat de islam straks de grootste godsdienst van Europa zou worden, gedijden goed in het kamp van de neestemmers. Volgens de kranten lagen de Middeleeuwen aan de andere kant van de Bosporus. Turkije zou een grijze wolf in schaapskleren zijn.

'Turkije hoort bij Europa,' zei ik. 'Door het af te wijzen jaag je het juist in de armen van fanatici. Betrek het erbij, open de deuren voor kennis en handel, alleen zo hef je achterlijkheid en isolement op. Bovendien hebben we al die jonge mensen straks hard nodig.' U leek het daarmee eens te zijn. En de islam? Hoe meer je hem verkettert, des te belangrijker die wordt. Ik dreef ook nog de spot met de *laïcité*, het staatsgeloof in de scheiding tussen Kerk en Republiek. De door en door katholieke *République française*. Tientallen verplichte christelijke vrije dagen, maar een suikerfeest voor de moslims kan er niet af. Ja, ik probeerde gemene zaak met u te maken. Het leverde me nog wat op ook: 10 procent korting.

Een paar maanden later en dunner kwam ik met een nieuwe lading in te nemen broeken bij u langs. Het afspelden ging trager dan gewoonlijk en u stonk uit uw mond: het was ramadan, u werkte al een halve dag op een nuchtere maag. Geen thee. 'Ik vast,' zei u trots. Ik meende zelfs een licht misprijzen bij u te bespeuren toen u knikte naar de restaurants aan de overkant van de straat waar het kantoorvolk haastig het *dejeuner* naar binnen werkte. U kon zich beheersen. Door eenmaal per jaar een maand te vasten heeft u ook nooit decadent aan de lijn hoeven doen. De zeden en gebruiken van uw geloof houden u in toom. Van uw eerdere gedienstigheid was die dag weinig te bespeuren, integendeel: u toonde zich superieur. Maar misschien verbeeld ik me dat allemaal maar. En toch: waren we bij de eerste ontmoeting samen vreemden in Frankrijk en zochten u en ik naar een verbond – blank tegen zwart, wij tegen de Fransen – tijdens de ramadan liet u mij niet meer toe. Het was u tegen mij. Uw geloof tegen mijn ongeloof. Moest ik daarom het volle pond betalen?

Al jong heb ik geleerd andere geloven te respecteren. Wij wisten als kind wat moslims, hindoestanen en boeddhisten waren. Mijn halfzusjes groeiden in Indië tussen wel vijf geloven op. Hun baboe was een animiste. Mijn vader en moeder hadden moslimvrienden. Terug in Holland las mijn moeder met Kerstmis altijd een passage uit de 'heilige boeken' van de wereldgodsdiensten voor. De Thora, de Oepanisjaden, de Bhagavad gita, de lessen van Boeddha, Christus of Mohammed – alle bevatten voor haar dezelfde kern – al was het bij die laatste twee wel zoeken naar een passage waarbij niet uit naam van een god werd afgeslacht.

Al op mijn vierde wist ik dat de islam zijn eigen wetten stelde. Zo liet de op Java achtergebleven wettige echtgenote van mijn vader zich voor de mohammedaanse wet van hem scheiden – de jonge republiek stelde toen haar eigen regels – maar de sharia gold niet in ons domineesland en dus kon de man die mij verwekt had niet met mijn moeder trouwen. Een rotstreek van die eerste vrouw, ze had zich aan de Nederlandse wetten kunnen houden, maar ook een daad van onafhankelijkheid van het vrije Indonesië – en daar hadden we thuis, merkwaardig genoeg, weer wel begrip voor.

De islam was anders. En anders was bij ons thuis heel gewoon.

Wij waren anders: één familie met drie verschillende achternamen. Mijn vader was anders: een gek die zich opsloot en soms dagen in het donker zijn doden lag te tellen. Mijn moeder was anders: een verse weduwe die met een werkeloze praatjesmaker samenhokte. Het huis waar we woonden was anders: een chaotische repatriantenkazerne waar van 's morgens vroeg tot 's avonds laat altijd wel ergens iets op een petroleumstelletje pruttelde. 'Blauwen' werden de Indische bewoners genoemd, vanwege de blauwe glans op hun zwarte haren. Maar ze roken lekkerder dan die muffe kaaskoppen. Ook ik, al had ik sproeten en rossig haar. Wij namen elke dag een bad en spoelden ons poepgat met een waterfles. De kaaskoppen gingen hooguit één keer per week onder de douche.

Ja, ook ík was anders. Een vredeskind dat bij de oorlog van zijn ouders en zusjes wilde horen. De totok die geen Maleis begreep. Een jongen die zich verkleed het veiligst voelde (verkleed kwam je elke oorlog door). Toneel was mijn redding. Ik speelde dat we rijk waren. Ik speelde dat mijn vader niet werkeloos was. Nog beter: ik speelde dat ik niet bij die idiote familie hoorde. Ik was van adel, uitbesteed aan een strenge hand om later weer naar mijn kasteel terug te keren. Daarom sloeg die vreemde man mij dagelijks: ik verdiende zijn straf want ik was te hooghartig, als prinsenkind diende ik nederigheid te tonen. Ik speelde, ik verbeeldde. Al heel jong leerde ik mij in een ander te verplaatsen. Uit noodweer. Ik wist wat het was om er niet bij te horen. Wit te zijn onder de bruinen. Spelblind onder slimmeriken. Bangeschijter tussen de stoerlappen.

Maar het was goed anders te zijn, dat had ik thuis wel begrepen. Beter anders dan Hollander. God, wat hadden wij thuis een hekel aan de Hollanders. De brieven die mijn moeder naar de Hollanders stuurde, het onrecht dat ze haar gezin hadden aangedaan, de vernederingen... Bedelen moest ze om het pensioen van haar eerste man, een KNIL-officier die door de Japanse bezetters was onthoofd. Gestorven voor Koningin en Vaderland, maar na de oorlog was hij voor de Hollandse bureaucraten te bruin om een oorlogsheld te zijn. Had hij geen opstandige nationalisten gekend, aan wiens kant stond hij eigenlijk? Je wist maar nooit wat die bruine broeders onder elkaar uitvoerden. Jaren heeft mijn moeder voor zijn rehabilitatie moeten vechten. Ze won. Ze vocht ook voor vier jaar niet uitbetaalde soldij. Ze verloor. Verkeerde loket: Nederland ging daar niet over, moest ze voor in Indië zijn – een Indië dat niet meer bestond. Alsof haar man niet in Breda, op de Koninklijke Militaire Academie, zijn officierseed had afgelegd... O, die Hollanders, die vreselijke Hollanders, wat kon mijn moeder over ze tekeergaan, over de Hollanders in Nederland én de Hollanders in Indië. Ze hoorde niet bij de witte koloniale kliek omdat ze te ver over de kleurlijn was gestapt, ze hoorde niet bij de inlanders omdat ze te zeer met het Gezag was getrouwd. Terug in Nederland hoorde ze niet bij de oorlog in Europa; haar eigen oorlog telde niet mee. En die Hollanders, die vreselijke Hollanders, dachten zich van alles het middelpunt. Er was maar één volk dat geleden had. Eén volk dat zich tegen de Duitsers had verzet. O, die Hollanders, als je eens wist hoe ze de joodse overlevenden bij terugkomst hadden behandeld: eerst verraden en dan nog eens bestolen. En hoe schofterig gedroegen de zogenaamde goeien zich niet tegenover de fouten – de NSB'ers in de kampen. Grote en kleine daders werden over één kam geschoren. Hollanders... ze waren geen haar beter dan de moffen.

En wij dan? Waren wij geen Hollanders? Ik was toch ook in Nederland geboren? In Holland. (Indische mensen zeiden 'Holland' – 'Nederland' was te Hollands.) Ja, en toch hoorden we er niet echt bij. We waren niet beter, niet minder, maar anders.

Met de jaren is het van huis uit meegekregen gevoel van 'er niet bij horen' een deel van mijzelf geworden. Hoe dan ook, ik heb me altijd aangetrokken gevoeld tot mensen die er – in de ogen van een lokale meerderheid – níét bij horen. Vooral tot mensen die worden gediscrimineerd vanwege de donkere kleur van hun vel. De kleur die ik niet had, maar graag wilde hebben. Op school had ik een verhaal uit *Meesters der Negervertelkunst* uit mijn hoofd geleerd en daar won ik een voordrachtswedstrijd mee. (Negers, zo heetten zwarte mensen toen nog.) In het spel wérd ik een neger. Daarna knipte ik jarenlang 'opstandige negers' uit de kranten, hield ik spreekbeurten over de rassenrellen in het Zuiden van de Verenigde Staten. Niet uit linksigheid – thuis waren wij verre van rood – maar uit een gevoel van rechtvaardigheid.

Na de negers kwamen de joden. Had ik ook graag willen zijn, hoorde je tenminste bij een oorlog die meetelde. Daarom gaf ik tijdens de Zesdaagse Oorlog bloed voor de soldaten in Israël. Ja, ik heb niet lang daarna zelfs nog weken in een kibboets gewerkt.

Neger, jood, hoe je je best ook deed, je kon het nooit worden. Misschien was dat ook wel een voorwaarde, want de kern van mijn betrokkenheid lag in het buitenstaanderschap, in het nergens bij horen.

Kwam mijn betrokkenheid voort uit een hang naar 'slachtofferschap'? Het heeft er alle schijn van, zeg ik achteraf. Misschien waren slachtoffers ver weg overzichtelijker dan de door de oorlog getraumatiseerde gek die thuis de boel onveilig maakte. Uiteindelijk ging de betrokkenheid verder. Boeken fluisterden mij een nieuwe wereld in. Het grote lezen begon. (Nog beter dan toneelspelen: lezend kon je duizend levens leiden!) Met de boeken ontdekte je de broosheid van het vrije woord. Je hoorde van boekverbranding, censuur, de index, gevangen en verbannen schrijvers. Dus las je alle 'viezeriken' die niet op de boekenlijst mochten staan. Eenmaal op de universiteit beland, kocht je in de Oudemanhuispoort een beduimelde *Lady Chatterley's Lover* en later *Tropic of Cancer* (waar je bij in slaap viel), *Mefisto*, *Pijpelijntjes*... Door te lezen wat ooit níét mocht, verwierf je alsnog heldendom, al was het in een leunstoel.

Maar de strijd om het vrije woord bleek nog niet gestreden. Het Griekse kolonelsregime (1967-1973) muilkorfde journalisten en schrijvers. In de eerste jaren van mijn studie Nederlands behoorde ik tot de oprichters van de Griekenland Werkgroep en schreef ik – gedicteerd door een bevlogen docent – brieven naar kranten en Tweede Kamer om aandacht te vragen voor de 'schending van de rechten van de mens' aldaar.

(Vreemd, in Oost-Duitsland, de Sovjet-Unie en de Volksrepubliek China werden de mensenrechten veel ernstiger geschonden, ik wist het, toch maakte ik mij daar aanmerkelijk minder druk over. Het was niet de eenzijdige verontwaardiging van links – zo links was ik toen nog niet. Ik maakte me druk om wat ik kende. Griekenland had ik bereisd tijdens mijn Grand Tour. In 1969 had ik op Korfoe met een journalist gesproken die van hogerhand geen woord meer schrijven mocht, ik logeerde toen bij een strijdbare familie van wie alle mannen waren opgepakt.) Het was de liefde voor het land en voor de mensen die me deed handelen. En eigenliefde, naar ik vrees. Want wie was de man die, verkleed (!) in een witte regenjas, de ruiten van Olympic Airways inkinkelde? Een held natuurlijk.

Leidseplein ontruimd. Voorpaginanieuws. Verhoord door de Binnenlandse Veiligheidsdienst.

Eindelijk in het Verzet.

Een nieuwe liefde bood zich aan – een zelfoverstijgende liefde voor de poëzie ditmaal. Halverwege mijn studie maakte ik kennis met het Afrikaans, een derivaat van het zeventiende-eeuwse Nederlands dat zijn klompen had uitgetrapt. Een Germaanse loot met zwarte vleugels. Met een klein beetje moeite kreeg ik toegang tot een ander werelddeel en kon ik in een taal verwant aan de mijne deelgenoot worden van de vreemde pijn en schoonheid van een verscheurd land. Maar hoe pijnlijk: uit naam van diezelfde taal werd aan andere volken in Zuid-Afrika het volledig burgerschap onthouden. *Die Taal is ons identiteit*, zeiden de nazaten van de Boeren (een van de eerste bevolkingsgroepen die zich tegen de imperialistische macht van het 'perfide Albion' verzetten). Ik raakte steeds meer gefascineerd door de geschiedenis van die rare witte stam onder de Limpopo – bastaards op zoek naar zuiverheid. Wat bleek? Je kon ook Afrikaans *studeren* – een studie waar je niks mee kon worden. Wat wou je nog meer. Eindelijk ontsnappen aan de benauwende grenzen van de studie Nederlands... Maar al reisde ik ver in *Die Taal*, ik keerde lezend ook terug in het Indisch milieu van mijn jeugd. Die kleurgevoeligheid, het ontkennen van de kleur van je vel... ik herkende het maar al te zeer.

Schoonheid voerde mij naar Zuid-Afrika. Maar mocht dat wel? Ik had namelijk al spoedig door dat goede literatuur zich geen donder aantrekt van politiek fatsoen en mensenrechten. De grootste dichter van het stel – N.P. van Wyk Louw – was nou niet direct een voorbeeld van verzet. Ik moest hem wel bewonderen.

Ter compensatie sloot ik me aan bij de Anti-Apartheids Beweging. Politiek was ik daar een vreemde eend in de bijt, maar ik kon er een deel van mijn gevoel voor onrecht kwijt en vooral mijn verzet tegen die vreselijke Hollanders die de Apartheid goedpraatten – dat waren er heel wat in die tijd. Je kon er nog nuttige dingen doen ook: schrijvers onder de aandacht brengen die het land waren uit gezet. En zo tuimelde ik door mijn liefde voor het Zuid-Afrikaans in de journalistiek.

Door Zuid-Afrika raakte ik ook steeds meer betrokken bij het continent Afrika. Ik ontdekte de zwart-Afrikaanse literatuur: Okot p'Bitek, Ngugi, Achebe, Soyinka en Ousmane. Moderne meesters der 'Negervertelkunst'. Ik wilde ze niet langer spelen, ik wilde ze ontmoeten. Zuid-Afrika kwam ik na mijn eerste bezoek toch niet meer in, mijn betrokkenheid bij de anti-Apartheidsstrijd was de visummannen in Pretoria kennelijk opgevallen. Maandenlang trok ik rond, ik reisde van Kenia naar Senegal om schrijvers voor krant en radio te interviewen. Natuurlijk zocht ik het avontuur, maar ik geloofde ook werkelijk in het moderne Afrika. Dat wilde ik die Hollanders laten zien. Geen bedelacties en safaribeelden met een luipaard op schoot, maar zwarte intellectuelen die vol zelfvertrouwen naar de toekomst keken. Makkelijk waren die contacten in Nairobi, Douala, Lagos, Accra en Dakar niet altijd. Vragen over en kritiek op corrupte binnenlandse leiders werden niet echt op prijs gesteld. Er was maar één echte boosdoener: het witte Westen. Onderwijl werd er wel heel veel verwacht van een witte westerse student met een taperecorder. Een lezerspubliek in Nederland, uitgevers, subsidies... toch weer die opgehouden hand. Maar hoe kon het ook anders, het lezerspubliek van de meeste Afrikaanse schrijvers woonde in Londen en Parijs; de bevolking in eigen land was te arm en te ongeschoold om een boek te kunnen kopen. In Nederland werden mijn kritische verslagen over Afrika mij in het linkse milieu – met de jaren ook míjn milieu – niet altijd in dank afgenomen.

Na Afrika werd mijn wereld minder wit. Had ik eigenlijk wel

goed om me heen gekeken? Waarom pakte ik elke zomer mijn rugzak als ik ook in eigen land op reis kon gaan? De gastvrijheid die ik tijdens mijn Grand Tour in de dorpen tussen Basra en Bagdad meemaakte, kon ik ook in de exotische eethuisjes van de Amsterdamse Pijp vinden. De Ander woonde om de hoek. Afrika deed boodschappen op de Albert Cuyp. Liep ik ervoor weg? Werd het niet tijd met de Ander in Nederland kennis te maken? Het woord 'multicultureel' bestond nog niet, maar de tijd was er rijp voor. Schoorvoetend maakte ik voor de radio reportages over 'exotische nieuwkomers' op het culturele podium. Aandacht werd op prijs gesteld: juichen mocht, kritiek niet. Vaak had ik het gevoel dat de tenen van migranten hier langer groeiden dan in de landen van hun voorouders. Ook stuitte ik op wrok, jaloezie en verongelijktheid. Pas later, na vele gesprekken en meer ontspannen contacten, begreep ik dat er een onuitgesproken band bestond tussen de migranten in Europa en de volken in die zogenaamde derde wereld. Niet noodzakelijk een van solidariteit (niemand houdt van delen), maar eerder een band van kleur, komaf en geloof. Er bestond, hoe ongearticuleerd ook, kennelijk een gemeenschappelijk verleden van koloniale uitbuiting, slavernij, contractarbeid en achterstelling.

Het is allemaal meer dan vijfendertig jaar geleden en nog is die hoekigheid er niet af. Dromen zijn in duigen gevallen, de angst voor vreemdelingen is in Nederland eerder toe- dan afgenomen. En Europa heeft zijn handen van Afrika afgetrokken. Kon vroeger een jonge Afrikaanse intellectueel nog dromen van een reis naar Europa, nu keert hij zich van Europa af. Hij weet hoe dicht de grenzen zijn en hoe vol de gevangenissen. De verbittering is alleen maar toegenomen.

Een andere nieuwkomer drong zich aan mij op met het verschijnen van *The Satanic Verses* van Salman Rushdie (1988). Zelden las ik een boek met zoveel opwinding. Ik dacht: Hier is een schrijver aan het woord die in toon en stijl en thema een brug slaat tussen twee culturen. Indiase sprookjes, apocriefe koranverhalen, persiflages op de westerse samenleving – alles duikelt in dat boek over elkaar heen. Nieuwkomers en eigenheimers worden bespot, heilige huisjes van Oost én West omvergetrapt. Rushdie is in *The Satanic Verses* een zoeker, een twijfelaar. Een moslim die zijn geloof zo serieus neemt dat hij het ter discussie stelt. Maar helaas, de roman verscheen te vroeg. Rushdie werd verketterd door gelovigen die slechts één Boek wensten te lezen en zelfs dat niet. India deed *The Satanic Verses* in de ban. Iran volgde met een fatwa. Salman Rushdie dook onder. Er werd een vertaler vermoord, een uitgever in de rug geschoten, en ook in Nederland liepen moslims te hoop die het boek wilden verbranden en verbieden. Ik sloot me aan bij een groepje schrijvers en journalisten dat voor de roman van Rushdie wilde opkomen.

Weer schoonheid als engagement. Maar het was niet de bedoeling dat we ons tegen de moslims in Nederland zouden keren. Moesten we niet juist met ze praten, hen bij het debat betrekken? Opkomen voor het boek maar tegelijk voorkomen dat de Nederlandse moslims gezien werden als middeleeuwse handenafhakkers. Aandacht, je niet van de Ander afkeren, maar luisteren, hoe oneens je het met elkaar ook bent. Praten met imams en schoolkinderen. Een toneelbewerking naar Nederland halen van Rushdies *Haroun and the Sea of Stories* (een parabel over verbeelding en censuur) en er met middelbare scholieren over discussiëren. Voor het eerst van hun leven betraden schoffies in trainingspak en meisjes met hoofddoek een theaterzaal. Ze mochten na afloop nog een grote mond opzetten ook. De scholieren wilden wel accepteren dat een schrijver de wereld met twijfel en fantasie mag bestoken, maar van hun geloof diende hij af te blijven. De islam was hun bedding. Niet dat ze er veel van wisten, maar het was misschien wel het enige wat ze nog met hun ouders deelden. Ze verdedigden zaken die zich niet lieten verdedigen en ze wisten het, vandaar hun fanatisme. Ze konden zich helemaal geen zelfkritiek veroorloven, want als ze het geloof van thuis loslieten, waar hoorden ze dan nog bij?

Hoe onwrikbaar vast de tegenstellingen ook, toch bewaar ik de beste herinneringen aan deze debatten. Zelden zo optimistisch geweest als toen. Wat een slimme meisjes zaten er in die zalen. Die verwende kinderen van mijn vrienden uit Amsterdam-Zuid mochten wel eens aan gaan poten, als ze niet oppasten werden ze nog ingehaald door deze jonge ambitieuze allochtonen uit de buitenwijken. Tussen zulke nieuwe Nederlanders wou ik graag oud worden. God, wat klinkt het braaf en slijmerig en politiek correct vandaag de dag. Maar geloof me, zulke ontmoetingen waren nieuw in die tijd.

Voor mijn goeie fatsoen ben ik zelfs nog de Koran gaan lezen. Ja, uw boek, meneer de kleermaker. Bent u daar nog? Ik heb het wel zien liggen op de bovenste plank in uw atelier. De Koran als geestelijke verbandtrommel. Raar? Ja, net zo raar als die uitgemergelde Jezus die mijn kaasboer boven zijn deur heeft hangen, of de mezoeza op de deurpost bij de joodse bakker. Parijs pronkt met zijn 'uiterlijke kentekenen des geloofs', maar aan de uwe moeten we nog wennen. De hoofddoeken op school zijn verboden en dus zie je ze meer op straat dan ooit. De opgestoken vinger van een minaret schijnt niet in het stadsbeeld van de buitenwijken te passen, ondanks de monsterlijke hoogbouw. Dus bidden de moslims maar in garages en gaan de imams ondergronds. Men is bang voor uw geloof. En dat snap ik best nu ik de boodschap van de Profeet gelezen heb. Wat een oorlogszuchtige toon. Nog erger dan het Oude Testament en dáárin vloeit al zoveel bloed.

Maar welke gelovige leest zijn heilig boek om het naar de letter te leven? Religieuze mensen leven in een traditie, koesteren zich in vertrouwde zeden en gewoonten, zeggen hun gebeden, dopen, besnijden, vasten, sjoemelen en dat noemen ze dan Geloof. Hun Koran of Bijbel of welke goddelijke openbaring ook, is zelden leidraad. Men schikt zich in het leven der vaderen en vindt hooguit achteraf excuses voor zijn handelen in een Boek. Niet andersom. Zo leven gelovigen waar ook ter wereld. Een moslim keert zich niet tegen de westerse levensstijl omdat de Koran het hem dicteert, hij keert zich ertegen omdat hij zich bedreigd voelt. De ontwikkelingen gaan hem te snel, hij is bang van zijn traditionele en lokale gewoonten vervreemd te raken en daarom houdt hij er sterker aan vast dan ooit. Maar als hij het gevoel heeft dat de moderne wereld hem als moslim vernedert, is het voor hem goed te weten dat zijn haat tegen onze decadente, ongelovige bende door een geheiligde tekst wordt gelegitimeerd.

U ziet, ik probeer me weer in de Ander te verplaatsen. Ook in u, met uw mond vol spelden. Want u wordt er toch maar lelijk op aangekeken dat een groep gekken uit naam van uw Profeet de halve wereld schrik aanjaagt. En ook die jochies in de buitenwijken worden erop aangekeken, maar u weet net zo goed als ik dat kinderen tussen de elf en zestien jaar niet uit religieuze motieven elk weekend een paar honderd auto's in de fik steken. Hun verontwaardiging mag heilig zijn, maar ze kunnen nog geen krul uit de Koran lezen. Ze zijn gewoon kwaad. En ongeschoold. Slecht opgevoed. Ze wonen rot en raggen uit pure woede en verveling de boel kapot, daar heeft de jihad geen donder mee te maken. Er is zelfs een fatwa uitgesproken door de hoogste moslimraad van Frankrijk die iedere moslim verbiedt 'bevrediging en verlossing' te zoeken in het deelnemen aan geweld. Die jongens lachen erom. Al zijn er achteraf natuurlijk altijd fanatiekelingen die kwaaie zinnen uit de Koran citeren om de stompzinnige woede een profetische betekenis te geven. En anders doen de angsthazen en haatzaaiers in het xenofobenkamp het wel.

Ik heb echt even geloofd dat de kinderen en kindskinderen van onze gastarbeiders vol ambitie naar hogere regionen zouden doorstoten, zoals wij babyboomers destijds. Maar ik ben te optimistisch geweest. In uw wijk La Courneuve wonen gezinnen waar zich al een derde generatie werkelozen aandient. Gemiddeld 28 procent van de bewoners zit daar zonder werk (landelijk is dat iets boven de 9 procent). Onder de jongeren in La Courneuve is het percentage werkelozen rond de 40. Het gemiddelde inkomen in de wijk ligt onder de 10 000 euro per jaar, de modale Parijzenaar ontvangt het dubbele (cijfers van december 2005). La Courneuve: 35 000 bewoners, 80 verschillende nationaliteiten, maar tamelijk één in kleur: bruinzwart.

Het is niet makkelijk om getallen over bewoners uit de probleemwijken te pakken te krijgen. Officieel vindt er geen statistisch onderzoek plaats naar de maatschappelijke positie van 'etnische minderheden'. Voor de wet is immers iedereen gelijk. We mogen dus niet weten waar die andere kleur of vreemde achternaam woont en of hij werk heeft of niet. Het Franse integratiemodel is kleurenblind. *Vive l'égalité*. Maar achter die sluier van gelijkheid bloeit de discriminatie. Wie Saïd of Bubakar heet kan maar beter zijn naam veranderen als hij voor een sollicitatiegesprek wil worden opgeroepen. En als hij al zover komt, schieten de woorden hem tekort. Een recent onderzoek van *Libération* heeft uitgewezen dat de woordenschat van jongeren uit de probleemwijken nauwelijks de achthonderd overstijgt. Aan de andere kant van de *Périphérique* beschikken blanke leeftijdgenoten over minstens tweeduizend woorden. La Courneuve, tien metrominuten van het centrum, maar in de praktijk lichtmijlen verwijderd van de witte wereld.

Ga maar eens op een willekeurig station in Parijs kijken. Het zijn altijd de passagiers met een kleurtje die zich moeten legitimeren, zelden de blanken. En wie moet zijn tas voor de politie openmaken als hij op het Gare du Nord aankomt? De jongeman met rastamuts, de Senegalees in leren jekker. Ik geloof graag dat de politie uit ervaring handelt. Wat hoorde ik laatst op France Info: '80 procent van de gedetineerden is allochtoon.' Zeg maar bruinzwart. (Ja, ik hamer op die kleur omdat het me allemaal zo aan de tijden van de Apartheid herinnert.) Verplaats je in de Algerijnse scholier die tien keer per dag zijn *carte d'identité* moet tonen, loop in gedachten een stuk op met de Afrikaanse jongens die vrijdagavond de stad in trekken en die om het minste of geringste worden gefouilleerd en gekneveld. Als een van hen in alle achteloosheid de metro binnenstapt, grijpt de halve coupé naar zijn portemonnee. Je zou er bijna van uit stelen gaan.

Ook ik ben al twee keer door zo'n jongen gerold. Ook ik hou

mijn hand op mijn broekzak als ik een groep opgeschoten jongens de metro zie binnenstormen. Verplaatsen die jongens zich ooit in mij? Zij weten toch ook dat er bendes zijn die hele coupés terroriseren? Honderden mobiele telefoons en portemonnees zijn op die manier al afhandig gemaakt, er zijn vrouwen onzedelijk betast. Het is gemeld in vingerdikke krantenkoppen. Zelfs als je maar zeshonderd woorden kent, snap je die berichten.

De spanning loopt op in de stad. De treiterijen nemen toe. Ik heb er wonderlijke staaltjes van gezien, ja, ik hou ze stiekem bij. Zaterdagmiddag bij het ondergrondse *trottoir roulant* van metro Montparnasse, waar haastige passagiers onwennig op de in drie snelheden voortschietende rubberen loper springen. En dan pootje lichten. Tot de politie komt en dan hard wegrennen. Elke zaterdagmiddag weer. Wat een lol. Ik begrijp de woede van die jongens, maar begrijpen zij de angst van die onschuldige passagiers? Mijn angst. Hebben zij zich ooit in die arme witte mensen verplaatst die hun vertrouwde wijken hebben zien veranderen, die een vreemdeling in hun eigen straat zijn geworden? Want het zijn zoals gezegd niet de rijken en goed opgeleiden die hun appartementengebouwen met nieuwkomers moeten delen, het zijn de armen die er het minste verweer tegen hebben. Zij beschikken niet over een mooi vocabulaire om hun onrust uit te drukken. *Sale arabe* en *sale nègre* volstaan. Zouden we ook niet met díé mensen solidair moeten zijn?

48 Het wordt steeds moeilijker je in de Ander te verplaatsen, vindt u niet, meneer de kleermaker? De Apartheid drijft ons steeds verder uit elkaar. Toch kies ik nog steeds uw kant. Maar soms vraagt u wel heel veel van mij. Of ik ook zo tegen die Deense cartoons was, vroeg u mij onlangs. Prenten die uw geloof bespotten. De Profeet met een smeulende bom als tulband. Een schande vond u het. Nee, u had de cartoons niet gezien. Uw ogen zouden ze niet kunnen verdragen. Maar waarom moest *France Soir* ze zo nodig overnemen? En al die andere Europese kranten? 'Om ons te pesten,' zei u. Dat had niets met persvrijheid te maken. U overwoog

zelfs om er de straat voor op te gaan. Ik ontplofte bijna. De dreigementen die weer eens namens uw geloof worden uitgesproken, hoe kunt u daar achter staan? De Frans-Egyptische eigenaar van de krant heeft de hoofdredacteur ontslagen. Tevreden? Als er ook maar één journalist of tekenaar gekrenkt wordt, ga ík de straat op. Om op te komen voor míjn geloof. Het geloof in een vrije pers. Wie geïnformeerd wil worden, loopt de kans geschokt te worden. En als uw geestelijk leiders u liever dom houden, dan wens ik u veel succes in het streven naar een waardiger toekomst voor uw kinderen. 'Iedereen heeft het recht van god een karikatuur te maken,' kopte diezelfde *France Soir.* De fundamentalisten doen niet anders.

We slikten onze prikkelwoorden in, maar ik zag de teleurstelling in uw ogen. Wat verwacht u eigenlijk van mij? Hoe ver moet mijn begrip voor u gaan? Wilt u dat we hier dezelfde achterlijke rotkranten krijgen als in Libië, Syrië en Saudi-Arabië? U schikt zich maar in onze ingewikkelde vrijheid.

De prijs voor het vermaken van een broek heeft u inmiddels verdubbeld. U bent niet de enige afzetter in de buurt, wat dat betreft past u zich uitstekend aan. Maar ik laat me niet kennen, ik heb besloten gewoon aardig te blijven. Kost heel veel energie. Ook omdat het erg uit mode is. Gewoon ouderwets vriendelijk zijn. En ferm voor mijn idealen staan. Uit engagement. Kijken wie er wint.

Parijs, 3 februari 2006

POSTSCRIPTUM I

Een week later. De eerste doden zijn gevallen, in Libanon, Somalië, Afghanistan. De oproerpolitie in die landen weet hoe om te gaan met moslims die voor hun geloof opkomen. De woede gloeit op het televisiescherm: Deense en Noorse vlaggen worden verbrand, Scandinavische ambassades gaan in vlammen op. De Franse televisie debatteert al twee avonden tot ver na middernacht met voor- en tegenstanders van de Deense spotprenten. *Le*

Monde toont een zeventiende-eeuwse Perzische miniatuur van Mohammed – met gezicht – uit het Museum voor de Islam van Caïro. Zoiets was toegestaan tijdens de Renaissance van de islam. Maar verder spoelt over de opiniepagina's de deining van enerzijds anderzijds. Het begrip 'vrijheid van meningsuiting' blijkt net zo rekbaar als het woord 'democratie'. Vooral de verbieders weten er weg mee. De Turkse premier Erdogan spreekt over 'een aanslag op onze geestelijke en morele waarden'. Een krant in Teheran heeft als antwoord op de westerse beledigingen van de islam onder cartoonisten een wedstrijd uitgeschreven voor de beste spotprent over de Holocaust. Want, zo luidt de motivatie: het Westen meet met twee maten. Is wat de moslims wereldwijd wordt aangedaan soms minder erg? Dat is waar het dezer dagen om gaat: niet om het verboden beeld van de profeet Mohammed – vrede zij met hem – maar om het beeld dat de moslims van zichzelf hebben. Slachtoffers zijn het. Ook zij.

En u, meneer de kleermaker, heeft u ook zo met uzelf te doen? Bent u de straat nog op gegaan? U zocht naar een schaar toen ik ernaar vroeg. U keek van me weg, wou er niet meer over praten. Had u het werkelijk te druk? Zijn we nog *arkadas*, is het nog *tamam* tussen ons? U beet op een speld, speelde met de centimeter om uw nek. Maar toen ik, zenuwachtig en verlegen, weer weg wou gaan, stak u – goddank – uw hand naar mij uit. We hebben zowaar nog even met elkaar staan lachen.

POSTSCRIPTUM II

U heeft de smaak van ons debat te pakken, ik kan niet langs uw atelier lopen of u tikt met uw schaar tegen het raam. Tot drie keer toe in één maand. Het begon met de rechtszaak tegen David Irving.

'Wat vindt u nu van de straf voor die professor die de Holocaust ontkent?'

'David Irving? Ach, die man is een gek,' zei ik, 'daar zit een steekje aan los. Geen historicus neemt hem serieus, hij is alleen een held voor kaalkoppen in soldatenlaarzen.' En ik dacht: Wonderlijk volk toch, die Oostenrijkers: ze kiezen Kurt Waldheim, een ouwe nazi-officier, tot president en een schrijver die beweert dat de nazi's zich nooit aan volkerenmoord hebben schuldig gemaakt, gooien ze in de gevangenis.

'Joden beledigen is strafbaar. Moslims beledigen is vrijheid van meningsuiting.' U knipte triomfantelijk met uw schaar in de lucht: 'In ons vak meten wij niet met twee maten.'

'Oostenrijk dient hem ook vrij te laten. Fanatici moet je met vrijheid bevechten,' zei ik. Maar geloofde ik het ook? De straat aan de neonazi's? Moeten we geen grenzen stellen aan de haat?

En een week later: 'Monsieur, monsieur.' Opnieuw die hamerende schaar: 'Monsieur, het is niet meer bij te houden. We halen elke dag de krant! Nu krijgen we ook de schuld van de moord op een joodse telefoonverkoper, ontvoerd, mishandeld en vermoord in de banlieue, door een bendeleider uit Ivoorkust. Een antisemiet, zeggen de kranten. Heeft u het ook gelezen? Een gek die denkt dat alle joden geld hebben. Net zo gek als de Fransen die denken dat alle moslims terroristen zijn. Ja, wij hebben het weer gedaan. Nu vermoorden wij ook joden. Sinds wanneer? Welk geloof heeft eeuwen jodenhaat gepredikt? Welk heilig boek geeft de joden de schuld van de dood van hun profeet Jezus Christus? Vraag dat maar eens aan de paus.'

U sloeg een beetje door, het zat u duidelijk hoog. U haalde zelfs het Franse verbod op het dragen van hoofddoeken op openbare scholen nog eens uit de kast: uw vrouw droeg al haar hele leven zo'n doek, ook in Parijs, en tot nog toe gaf dat nooit problemen. Maar ineens mag ze er niet meer mee op haar werk verschijnen. Ze loopt met de theewagen op een kantoor, twee middagen in de week. Ze zou er het vrouwelijk kantoorpersoneel mee kwetsen. 'Mooie vrijheid van meningsuiting,' verzuchtte u. 'Maar haar doek is verboden. Snapt u het nog, monsieur? Wanneer laten ze ons moslims eens met rust?'

Vraag het aan de mannen die voor de camera's de keel van een gijzelaar doorsnijden, dacht ik. Of aan de bommendrager die zichzelf op een trouwerij opblaast. Maken die geen karikatuur van de islam? Mooi stelletje ambassadeurs houdt de profeet erop na.

Maar ik zweeg. En ik had een hekel aan mijzelf.

Gisteren tikte u weer op het raam. Ik ben doorgelopen.

5 maart 2006

1992

DE BUNKERBOUWERS

Nederland is het volste land van Europa en omdat het klein is, bouwt het klein. Het schuwt de hoogbouw van een metropool en kiest voor de gezelligheid. Drempeldorpen waar de mensen in afgeknipte straten moeten wonen: Gazelle 6 of Vlierbes 9. Het nieuwe dorp is een bakstenen gezwel dat vreet aan onze weiden. Misschien zijn de mensen er gelukkig, want ze wonen laag en hebben een eigen tuin.

Van Dordrecht tot Alkmaar is de horizon verdwenen, van Breda tot Almere dient het nieuwe dorp zich aan. Overal eender, maandelijks meer en de strook tussen snelweg en huis wordt jaarlijks kleiner. Al wonen de mensen achter aarden wallen, plastic muren of hagen van wilgenteen en al hebben ze het uitzicht van een gevangene, de burgemeesters vonden dat het goed was. Want hoe groter hun gemeente, hoe belangrijker hun functie en hoe vetter hun salaris. Groei is een groot goed.

Ook de voorstad groeit. Vierkante en rechthoekige flats rijzen voorzichtig de hoogte in. Je ziet de betonnen skeletten groeien, zo dun en teer, voor elk gezin een passend hok. Hier en daar een zijwand toegedekt met bakstenen van eigen bodem. De laatste jaren kwam er plotseling een halfrond balkonnetje, zo speels dat iedereen het wilde. In Groningen, Maastricht en helaas ook weer in Dordrecht, heeft wie nieuw en hoog woont een halfrond balkon. De mal past overal. Misschien zijn ook de mensen in de voorstad wel gelukkig, ze hebben uitzicht en de was droogt goed op het balkon.

Alle Nederlandse steden hebben dezelfde buitenwijk gekregen, er is geen verschil meer tussen de rand van Ede, Emmen of Groningen. Het zijn niet langer de torens die het silhouet bepalen – kerkelijk landschap heette dat ooit – maar het vestingwerk van betonnen dozen. De mensen die er wonen berusten in hun lot, er is geen geld voor iets laags of voor een huis met een oude gevel in de binnenstad. Ze klagen niet, want is het niet overal hetzelfde? In Ede, Emmen en Groningen? Het is goed dat de bouwkunst ons allen gelijk maakt. Elke flat voldoet aan dezelfde voorschriften, elk gezin krijgt hetzelfde aantal vierkante meters, dezelfde ramen, vensterbanken, tegels, dezelfde plee. En met een beetje geluk zet iedereen er hetzelfde in. Gedeelde smart is halve smart. Wat telt is dat de mensen kunnen wonen, elk jaar weer zoveel duizend huizen erbij, nog 750 000 vóór het jaar 2005 in de Randstad alleen. Wat niet telt is hóé ze wonen. Wat telt is de groei.

Alle moderne stadscentra zien er hetzelfde uit. Er is geen verschil meer tussen een winkelstraat in Coevorden, Helmond of Leiden. Overal dezelfde Blokker, Hema, Dixon (de zoveelste blauwdruk van dezelfde architect), dezelfde betonnen plantenbakken waarin blik en patat beter gedijen dan een struik. En overal toverballenkleurtjes voor de troost.

Wandel eens een zondagmiddag door Almere (Almère, zoals de Amsterdammers het noemen, om tenminste in de klank nog iets van een droom te beleven) of trakteer uzelf op een dagje Purmerend, Hoorn, Lelystad of het godvergeten Diemen, waar de uit de volkswijken verjaagde Amsterdammers moeten wonen. Rattenkooien voor een mindere soort. Wie zo laat bouwen, minacht de werkende stand. Ontwikkelt een kind dat in hokken opgroeit en in een betonnen keet naar school moet gaan, gevoel voor ruimte en kwaliteit? Voor hem wordt lelijkheid de norm. Geen wonder dat jonge mensen uit de nieuwe voorsteden massaal naar de hoofdstad trekken om amsterdammertjes uit de stoep te wrikken en Amsterdammers op hun bek te slaan. De binnenstad is een vuilnisbak van vermaak. Spuit, plak, kak en pis maar onder, het is toch niet van ons.

Waarom, trouwens, is Amsterdam zo besmeurd en Rotterdam

nauwelijks? De graffiti, die wilde plakkers... Te bang om straffen uit te delen? Te bang dat het handhaven van wet en orde rechts is? Hoe vuiler en schunniger de stad, hoe rechtser ze wordt. Waarom moeten de bewoners van Indische en Staatsliedenbuurt en de wijken achter het Oosterpark tussen halfverroeste antiparkeerbarricades en autowrakken wonen? Hoe meer chaos je gedoogt, hoe gefrustreerder de bewoners raken en hoe meer kansen je de werkelijk rechtse krachten in de samenleving geeft. Niemand zou toch willen dat de Centrum Democraten de straten schoon gaan vegen?

Duurzaamheid is geen norm meer. Wist een stad als Amsterdam ooit schoonheid op modder te bouwen – met vakmanschap in dienst van de eeuwigheid – thans bouwt men er om af te schrijven. Gewin waar je uiteindelijk mee verliest.

Neem de Jordaan: wat vóór 1760 is gebouwd, blijft beschermd monument, wat jonger is en kwakkelt mag tegen de vlakte. Honderden negentiende-eeuwse huizen worden vervangen door een doos met een rond balkonnetje. Het doet er niet toe of ze in het ritme van de gevels passen, als de rooilijn maar gehandhaafd blijft. De architecten vinden het hun eer te na om in een oude stijl te bouwen. Ze zijn *kunstenaars* en dus zijn hun ontwerpen modern en passen ze zich aan bij de laatste gril. Niets veroudert tegenwoordig zo snel als kunst. De schaamte komt pas tien jaar later.

O, hoe revolutionair was de Nieuwmarktbuurt. Nu zien we er de krotten van overmorgen. Lollige gele en roze muren, piepschuim toegesmeerd met nyloncement. Eén tik met je huissleutel en je prikt erdoorheen. Broze tegeltjes tegen de ondergevel, tot aan de stoep vastgeplakt, waar water vrij spel heeft en de vorst het glazuur versplintert, losse loodslabben, aluminium vensterbankjes in de kit gedrukt, ruw geschuurde, slecht geverfde vensterbanken, holle buitendeuren waar fietstrappers gaten in stoten.

Details, ja, bouwen bestaat uit details. En wie de afwerking onbelangrijk vindt, heeft geen respect voor de bewoners. Stap eens om acht uur 's avonds binnen in zo'n hokkendoos en hoor hoe de herkenningsdeun van het televisiejournaal door vier muren op je afkomt. Zo bergen wij onze landgenoten op, uit naam van de sociale woningbouw. Omdat onze planologen bang voor ruimte zijn, vullen we elk gat met goedkope huizen. Ook waar het oog naar rust verlangt of een monumentaal gebouw op zijn plaats zou zijn, zoals aan het Kleine Gartmanplantsoen, waar een paar treurige dozen tegen het Barlaeusgymnasium zijn geplakt. Boven een automatiek en naast het gejoel van het Leidseplein. Welke gek plaatst daar sociale woningbouw, welke schoft laat daar gezinnen wonen?

Als de bouwkunstenaars nu eigen ideeën hadden, iets nieuws bedachten, stevige materialen gebruikten, ambachtelijk lieten bouwen, iets persoonlijks wilden nalaten met een hang naar eeuwigheid, dan zou er niets aan de hand zijn, dan bouwden ze aan monumenten voor de toekomst. Maar het moet snel, goedkoop en eindeloos vermenigvuldigbaar zijn. Het hoeft maar vijfentwintig jaar mee te gaan. Opdat de bouwfabrieken kunnen blijven draaien. En daarom wordt er troep gebouwd en trekt de architect sjablonen uit zijn la en bukt hij voor betonbaas en projectontwikkelaar en stemt hij toe in slordigheid en slechte afwerking.

Wie is verantwoordelijk voor al die lelijkheid? De architect. Al geeft hij graag de schuld aan staat, provincie en gemeente, die om de woningnood te bestrijden met de malste plannen komen. Toch tekent hij ervoor. Hij verzint, hij ontwerpt en zijn dienstbaar gilde heeft Nederland de laatste dertig jaar verwoest. Hij heeft meer schade aangericht dan de Duitse of geallieerde bommenwerpers. Er is geen stad of dorp waar hij geen littekens heeft achtergelaten. Hij heeft meegewerkt aan de afbraak van wat opgeknapt kon worden, hij heeft de geschiedenis van oude wijken aangetast en wel in een hoger tempo dan de negentiende-eeuwers het erfgoed van de Gouden Eeuw hebben verwoest.

Hij heeft de fantasie verloochend, hij tekende voor de systeembouwers, de kant-en-klare-huizenkakkers, hij zwichtte voor projectontwikkelaars en investeerders, hij legde zich neer bij de kortzichtigheid van wethouders en schoonheidscommissies. Omzet werd zijn drijfveer, niet de strijd tegen de verloedering. Hij vroeg zich niet af of zijn ontwerp op de juiste plek kwam te staan, hij sjoemelde met zijn geweten en deed mee aan de milieubelastende lintbebouwing. Hij legde zich neer bij asociale normen. Hij heeft van alles afgezien dat zijn vak tot eer kon strekken, alleen niet van zijn declaratie.

De architect is de bunkerbouwer van deze tijd.

Ik heb het over de architect die zijn handen vuilmaakt aan de rommel die onze steden en dorpen ontsiert. (Ik weet dat er een paar architecten zijn die naar het volmaakte streven. Maar ze zijn helaas niet bepalend voor wat ik zie.) Ik klaag het gilde aan dat onze openbare ruimte heeft verkracht. Telkens als ik door een nieuwbouwwijk fiets of in de trein naar buiten kijk, is het alsof ik met mijn ogen in een bak kopspijkers word geduwd. De televisie kan ik uitzetten, een slecht boek gooi ik in een hoek, een ondeugdelijke arts ruil ik in voor een andere, maar om die gestolde treurnis kan ik niet heen. Een blokje om is niet meer mogelijk, de lelijkheid staat overal. De Nederlandse architecten hebben ons land onbehaaglijk gemaakt.

Het ergst is nog de stompzinnigheid van hun ontwerpen. Neem de Peperklip in Rotterdam, een in die vorm gebouwde stapel martelkamers van professor Carel Weeber. Rijen achterkanten kijken op elkaar uit, de echo blijft erin hangen. Op een zomeravond word je er gek van het weerkaatsend gejengel en geschreeuw. De bewoners gooien van vreugde hun troep over het balkon. Het verval klontert aan de tegels en de sponningen vallen letterlijk uit de voegen.

Voortaan 'de bewoners zorgvuldig selecteren en huismeesters in dienst nemen', zegt de architect. Beter en vooral mooier bouwen, meneer Weeber, niet geilen op de vormgeving van een sierlijke krul. Mensen moeten in ontwerpen kunnen wónen. Maar Weeber zegt: 'Architectuur is er niet om mensen gelukkiger te maken', en: 'Een vormgeving heeft niets moreels, die is amoreel, willekeurig.' Zoals er schrijvers zijn die een saai boek schrijven om aan te tonen hoe saai het leven van hun hoofdpersonen is, zo ontwerpt Weeber slechte huizen om te laten zien hoe slecht het met onze woningbouw is gesteld: 'Natuurlijk moet je je ervoor inzetten om die woningwetwoning er een beetje aantrekkelijk uit te laten zien, maar dat is vaak alleen het maskeren van de realiteit. En het is ook een houding van met die woningwetwoning voor een dubbeltje op de eerste rij willen zitten... Van alles willen, maar er niets voor overhebben, daarin zijn we goed hier. We zijn trots op onze armoe, maar als je die armoe laat zien dan wordt dat als een provocatie beschouwd.'

Dat is de mentaliteit waarmee studenten bouwkunde worden opgeleid. Bunkers bouwen om aan te tonen hoe lelijk de oorlog is. Rudy Kousbroek heeft voorgesteld iedere architect die na 1960 is begonnen met bouwen dood te knuppelen. Voor straf één jaar wonen in de Peperklip zou ik zeggen – lijkt me al onmenselijk genoeg.

Ik heb in Rotterdam gewandeld door de buitenwijken en ik liep ook een middag door het nieuwe Den Haag. Trillend door de legostraten. De verwaarlozing woekert nu al aan de huizen. De schoonheid was er al vergeten, nu ook het onderhoud, straks de laatste rest geborgenheid en uiteindelijk de mensen. Een wilde haat beving me. Dit was verzonnen op de tekentafels, mooi ingekleurd, met hier en daar een toef natuur. Het resultaat: grauwe achterbuurten, de nieuwe getto's van de Randstad. Ik ken in ons land geen misdaad die me erger steekt.

De heren zullen wel hun excuses hebben. Te weinig voorbereidingstijd? Eist de aannemer/projectontwikkelaar binnen een paar maanden de tekening? Weiger dan *en masse* zo'n opdracht en neem de tijd om de consequenties van een ontwerp te overzien. Het vak is klaarblijkelijk slecht georganiseerd, want er zijn er genoeg die in één week een ontwerpje maken en ook een kopie van een kopie is gauw verstuurd.

Het schijnt dat meer dan 50 procent van het 'bouwvolume' in Nederland tot stand komt zonder gekwalificeerde architecten. Hoe is dat mogelijk in een land waar je nog geen kampeerprimus kunt kopen zonder een waarborgzegel van de Nationale Gasfittersbond en een zoen van de Nederlandse Vereniging van Huisvrouwen? (Tragisch maar waar: in ons land berust het monopolie van de ontwerptekeningen niet bij de erkende architect alleen. Sterker nog: een makelaar of aannemer mag ook een gebouw ontwerpen. Officieel dragen de Nederlandse architecten geen schuld, toch leg ik de schuld bij hen omdat ze hebben nagelaten zich naar behoren te organiseren. Een fatsoenlijk groepsoptreden ontbreekt. Te veel zwakke broeders vinden het wel goed zo, omdat het beter betaalt.)

Stel je voor dat we weer de beste materialen zouden gebruiken, dat een huis, een woonwijk, twee-, driehonderd jaar mee zou kunnen. Dat een bouwvakker een echte handwerksman zou worden, een man die trots is op zijn werk, die iets moois en heels onder zijn handen ziet groeien. Stel je voor dat de mensen in dikke, stevige huizen zouden wonen, huizen die kraken en ademen, kantoren waar een raam open kan, gebouwen die de kans krijgen geschiedenis te worden. Ik pleit niet voor een huis met een tuintje. Een Empire State Building of een Chrysler-gebouw zou aan de rand van onze stad niet misstaan. Wolkenkrabbers met de trots van een kathedraal, waar je, telkens als je er binnenstapt, even gelukkig wordt van de schoonheid. Een huis waar je voor zorgen wilt, waar je om geeft en dat om jou geeft.

Zou dan de woningnood nog groter zijn, en de huren onbetaalbaar? Het is maar hoe je het economisch bekijkt. Als we breken en bouwen uit zorg voor de werkgelegenheid, moeten we juist béter bouwen. Volkshuisvesting berekent nieuwbouw in manjaren, dus als we het grondig doen, blijft er werk genoeg. En hoe meer je investeert in de bouw, hoe minder kostbaar het onderhoud. De huidige wegwerparchitectuur is bovendien schadelijk voor het milieu. De Club van Rome roept op tot hergebruik van materialen: wie een duurzaam huis neerzet, biedt hergebruik voor vele generaties. En de bewoners zouden mogelijk gelukkiger worden. Een esthetische omgeving, bouwkunst als balsem voor de eenzaamheid. Minder depressie en agressie.

De Nederlandse architecten maken zich geen zorgen over de ruimte die ons rest. Ze richten haar in en ze stelen onze horizon. Die ruimte is van ons allemaal, maar kritiek van leken wordt niet serieus genomen. Wie hun voortbrengselen afwijst, heeft geen verstand van moderne bouwkunst. Alle tekentafels in een kring en bouwen maar, blind en doof voor de zuchten van het volk dat in hun hokken wonen moet. Wie niet voor hen is, is tegen. Onderling prijzen ze elkaar. Hun geweten sussen ze met geld. Want alles is te koop en het meeste nog de lelijkheid.

BRONNEN

Wiek Röling, 'Verloedering en architectuur', in *De Gids*, jaargang 155, nr. 6, juni 1992

Hans van Dijk en Rob de Graaf, '"Vormgeving is amoreel". Een gesprek met Carel Weeber', in *Archis. Maandblad voor architectuur, stedenbouw en beeldende kunst*, nr. 1, januari 1990

Rudy Kousbroek, 'De verplaatsing van historische gebouwen', in *NRC Handelsblad*, Cultureel Supplement, 10 januari 1992

2004

VAN BUITEN BLINK, VAN ONDER STINK

Nederlanders hebben de naam proper te zijn. Een volk van stoepschrobbers, raamlappers en kleeduitkloppers. Hun land zou een aangeharkt park zijn: ingedijkt en verkaveld in overzichtelijke repen, getrimd, gesnoeid, schoongespoeld door geschoeide rivieren, kanalen en grachten. Een zelfwassende waterstaat waar de natuur geen rommel maakt. De duinen worden er beplant, de zandstranden opgespoten, appels en peren groeien er onder netten, bloemen, tomaten en aardbeien onder glas.

Geen wonder dat Baudelaire, die aan smetvrees leed (bekend is zijn uitspraak: 'Veel vrienden betekent veel handschoenen') en die parfum verkoos boven de geur van echte bloemen, Holland wel vier keer bezingt als een kunstmatig, kraakhelder paradijs: *Là, tout n'est qu'ordre et beauté [...] Où tout est riche, propre et luisant.* Niet dat de dichter onze aan de zee onttrokken polders ooit bezocht, hij is nooit verder gekomen dan Antwerpen en dat is voor de poëzie maar beter ook, want de werkelijkheid zou zijn droom beslist hebben verstoord. Alleen in de verbeelding vond hij schone paradijzen. Baudelaire liet zich meeslepen door een mythe en de clichés die in de Franse literatuur van zijn tijd over Nederland opgeld deden. (In het prozagedicht '*L'invitation au voyage*' verwijst hij overduidelijk naar het zich in Nederland afspelende *La tulipe noire* van Dumas père.)

Waar komt dat beeld van die propere Nederlanders toch vandaan? Van de huiselijke taferelen uit de Gouden Eeuw – de schilderijen waar de lucht van groene zeep om hangt? Dienstmeiden in de weer met potten en pannen, bezemende huisvrouwen, kinderreinigende moeders en glanzende binnenhuizen met uitpuilende linnenkasten (o.a. bij Pieter de Hooch en Gerard ter Borch)... Ja, zelfs in *Het verlopen huishouden* van Jan Steen kan men van de vloer eten. Zo zag de Hollander zich kennelijk graag: van smetten vrij. Dit beeld werd nog eens onderschreven door graveurs en dichters die in belerende rijmen, emblemata en sinnepoppen de lof op luiwagen, raagbol en stoffer van de Hollandsche Huyshoudster zingen. ('Mijn stoffer is mijn swaerd, mijn bussem is mijn wapen.')

De lof op de bezem staat echter niet zozeer voor de materiële properheid als wel voor het streven naar morele zuiverheid. ('Reinigt de handen, gy zondaars, en zuivert de herten,' schreef Jan Luyken.) Het is het smerige gewin en het daaraan klevende vuil van wereldse geneugten dat de Hollandse zeventiende-eeuwer van zich wil afwassen. In al die fraaie beeltenissen en rijmen over de eigen properheid poetste men vooral zijn vroomheid op. Godsvrucht met bezem en zeep beleden, een schone stoep als opstap naar de hemel.

Menig oog heeft zich erdoor laten verleiden. In zijn *The Embarrassment of Riches* citeert de historicus Simon Schama een stoet van buitenlandse reizigers die de Lage Landen in hun Gouden Eeuw aandeden. Allen zijn vol lof over de opgeruimde Hollandse steden en straten: 'Zo schoon als de vloer van een kamer.' En dat beeld was kennelijk zo hardnekkig dat het ook buiten de grenzen werd uitgedragen. Nog altijd staan er Hollandse melkmeisjes op vreemde zepen en poetsmiddelen afgebeeld. *Old Dutch Cleanser* is een begrip in de Verenigde Staten.

De nette burgerij liet de eigen stoep zeker schrobben, toch waren er ook reizigers die achterom liepen. In *The Travellers' Dictionary of Quotation* vinden we sneer op sneer over vieze straten, herbergen en het *very dirty and wicked* Amsterdam.

En er waren reizigers die hun neus gebruikten. Zo vinden we in vele bewaard gebleven dagboeken en brieven passages over de lijfgeur van die in zware stoffen geklede kooplui en kerkgangers.

'Alles glimt in Holland, binnenhuis en deur en stoep, maar nog het meest de vuile kragen,' schreef een anonieme Brit aan zijn vrouw. Een enkele vreemdeling vroeg zich zelfs af of Zuiderzeevissers soms een vissenstaart hadden omdat hun naar schubben riekende duffelbroeken zo wijd van kont waren en aan boord nooit uitgingen. Zelfs overzee viel de stank van de Hollanders op. Bekend is de Japanse prent van kuierende kooplui op Decima, gevolgd door een zwerm vliegen. In de orale en geschreven literatuur van de zwarte Zuid-Afrikanen wordt vooral de weeë zoete geur van de eerste Hollanders aan de Kaap beschreven.

Het kan niet anders of de Nederlanders hebben *zichzelf* de naam gegeven een schoon volk te zijn, zoals ze zichzelf ook hebben wijsgemaakt tolerant en gastvrij te zijn, al begint het langzamerhand door te dringen dat aan beide laatste eigenschappen een grote dosis onverschilligheid ten grondslag ligt.

Laten we nog eens van buiten naar binnen kijken, in recenter tijden en dichter bij huis, met de blik van mensen die het land van horen zeggen kennen: repatrianten uit het voormalige Nederlands-Indië, het milieu waarin ik de eerste tien jaar van mijn leven opgroeide. Vier berooide families die kort na de Tweede Wereldoorlog min of meer gedwongen naar Holland trokken en die van rijkswege in een groot en slecht verwarmd doorgangshuis werden ondergebracht. Maar wassen deden ze zich wel, die tropenlui, ondanks de kou en de tocht. Elke dag in bad. Elke dag? Was dat niet overdreven voor mensen die afhankelijk waren van sociale voorzieningen? En door wie werd dat warme water betaald?

De gemeente stuurde een maatschappelijk werkster om de verkwisters op andere gedachten te brengen: één keer baden in de week was genoeg. Het bezoek werd thuis nog lang als een mop herinnerd. Die vieze Hollanders! Het was ook de tijd dat in huurwoningen voor het eerst douches werden aangelegd, de 'natte cel' als verworvenheid van de sociaal-democratie. En wat deden de mensen ermee? Volstapelen met rommel of er een kolenhok van maken. Maar douchen? Eén keer in de week een teen in de teil was al eng genoeg.

Mijn oudste zus, die voor verpleegster in het Academisch Ziekenhuis te Leiden leerde, kwam thuis met verhalen over stinkende patiënten. We hoorden ze aan tafel met toegeknepen neuzen aan. Zelf heb ik als kind zes weken met kinderverlamming in een rooms-katholiek ziekenhuis gelegen en niet één keer werd mijn onderbuik gewassen. Dat deden kuise nonnen niet. We herinneren ons de verhalen van de eerste Surinaamse verpleegsters – eind jaren vijftig – die zich verbaasden over de ontbrekende genitale hygiëne in ons land: vrouwen die niet gewend waren hun schede te wassen, mannen met een ring witte kaas onder hun voorhuid. Mensen uit de tropen waren gewoon ook hun intieme delen goed te wassen. Nederlanders vonden dat onzedelijk.

Als je het niet rook, zag je het als schooljongen wel: de rouwrandjes onder de nagels, het remspoor in de onderbroeken (bij het verkleden onder gymnastiek). En bij zwemmen het zwartsel tussen de tenen. 'Van buiten blink, van onder stink,' zeiden wij thuis.

Vandaag de dag is de Nederlander er niet beter op gaan ruiken. Sinds ik veel in het buitenland verblijf, valt het me bij terugkomst telkens weer op. Veel roos op de kragen en schilfers op de kop. Vieze kleren. Gore kruisribbels in het tot nationale klederdracht verheven spijkergoed. (Het aantal stomerijen in Nederland is de laatste twintig jaar meer dan gehalveerd.) Vooral de Nederlandse man stinkt. (In de jaren dat ik op de Amsterdamse Wallen woonde, hoorde ik buitenlandse hoeren daar al dikwijls over klagen: 'Ze houden hier hun sokken erbij aan.')

Steek tijdens de spitsuren de neus eens in de treinen van en naar Den Haag en neem nota van al die in hun carrière gestremde doctorandussen – het is niet alleen het zuur van hun ambities dat daar op de keel slaat. Zou het kunnen dat sinds de emancipatie van de Nederlandse vrouw de Nederlandse man er nog viezer op is geworden?

Het zijn maar persoonlijke observaties van een hysterische neus (ik ruik tijdens mijn wandelingen het eten van gisteren onder de buitendeurdrempels door). Mijn betoog zou misschien meer indruk maken als ik het met citaten kon staven. Maar het enige wat ik kan aanvoeren, zijn mondelinge getuigenissen – wederom van buitenlanders. Niet over de staat van onze ongewassenheid, zulke dingen zeg je meestal achter iemands rug, maar met de nodige schroom wil men wel opmerkingen kwijt over de algehele vervuiling van Nederland. Over die ooit opgepoetste buitenkant die allang niet meer blinkt.

Eenmaal uitgenodigd tot kritiek, durfde een aantal Franse en Britse journalisten die ik recentelijk in Amsterdam mocht begeleiden zich hardop te verbazen over de verloedering van de publieke ruimte in de Randstad. *Le Monde* riep in een zomerbijlage over Europese steden Amsterdam tot vuilste stad van Europa uit. Een Franse cameraploeg filmend in Amsterdam toonde zich vooral geschokt over de erbarmelijke staat van het straatmeubilair en raakte niet uitgepraat over de roestnaden in het ernstig verwaarloosde beeld van Rembrandt van Rijn. (Van beschilderd gietijzer, want brons kon er voor deze schilder niet af.)

En de Nederlander? Die verschuilt zich in een droombeeld uit het verleden. Puik landje. Proper volkje. Het gelapte venster van zijn televisie toont een opgeruimd Nederland. Er ligt nooit een prop in *Ontdek je plekje*. De Center Parcs worden altijd aangeharkt. Lintbebouwing ziet hij aan voor horizon. Verder sluit hij zijn ogen voor de smerigheid in stad en land, uit zelfbehoud, omdat de werkelijkheid niet te hebben is. Zelfs de neus is afgestompt, zoals men ook een kattenbak niet meer ruikt als het hele huis ervan doortrokken is. En als ik zeg dat Nederland steeds lelijker en viezer wordt, dan lacht men mij uit. Heerlijk een land dat zich zo op de borst slaat. Eigen roem stinkt.

2001

REPATRIANTEN

BIJ EEN BEZOEK AAN HET VERZETSMUSEUM

Aan de afwas. Wat zongen we?

Heb je wel gehoord van de jap die is gesmoord,
In een pot met bruine bonen.
Hij liep als een gek met een lepel in zijn bek,
En de blubber liep langs zijn konen.
Jap, jap, jap, jap, je petje is te klein,
Je schoenen zijn te groot, je hebt verloren de Zilvervloot.
Je hebt verlooooren...
(*wijze:* 'Piet Hein')

We zongen meer:

En er is geen kamppolitie die de jongens kan verslaan...

En:

Jappen hier jappen daar, vele jappen zonder haar.

En nog moeilijker liedjes met Maleise woorden. Het was voor mij van belang die woorden goed te kennen. Dan hoorde je erbij. Bij het huis, waar vier uit Nederlands-Indië gerepatrieerde families woonden. Bij de kinderen, van wie de meeste in een Japans interneringskamp hadden gezeten. Bij de oorlog. En de oorlog is een machtig iets voor een vredeskind dat de jongste tussen oorlogskinderen is. Ons hele dorp getuigde van de oorlog: bunkers boven op en achter in de duinen, ruïnes van afgebroken huizen op de zeereep, een hotel van architect Berlage geofferd aan de Atlantikwall. Er spoelden mijnen aan op het strand. Achter ons huis liep het Moffenpad. En zomers zag je ze ook: de moffen – soms met een half been op krukken, een broekspijp wapperend in de wind. Er woonden NSB'ers aan wie je geen kinderpostzegels mocht verkopen. En je had ons, door de oorlog uit Indië verdreven mensen. Wij woonden in een Duits koloniehuis, genaast door de gemeente.

Er woonden er meer zoals wij in Bergen aan Zee. In andere grote huizen, in gevorderde zomerhuisjes. Ja, er moeten ook joden hebben gewoond. Er zat een meisje bij me in de klas met een andere naam dan de mensen bij wie ze in huis woonde. Pas later begreep ik dat ze joods was en dat haar beide ouders in de oorlog waren vermoord. Maar als kind vroeg je niet naar die dingen. Ik had zelf een andere achternaam dan mijn zusjes en mijn vader.

Isaac Lipschits schrijft in *De kleine sjoa* over de opvang van de joden in het naoorlogse Nederland. Een geweldig boek, en of het nou historisch helemaal klopt weet ik niet, maar de droge toon, dat gemier met getallen en komma's – de ingehouden woede die daarachter zit – lieten me in verwarring achter. Zoveel kwam boven. Hoe onvergelijkbaar de verhalen over de terugkeer van de enkelen uit Lipschits' nagenoeg uitgemoorde familie ook zijn, toch moest ik vaak aan de verhalen van míjn gehavende familie denken.

Ik had me voorgenomen over een veel grotere familie dan de mijne te vertellen, om ook stil te staan bij de lotgevallen van de andere door de oorlog ontwortelden die zich in het dorp van mijn jeugd hadden gevestigd, maar ik ben bang dat ik in mijn reis door hun verleden voor de zoveelste keer in het huis van mijn jeugd ben blijven steken.

De wereld was niet groter dan je huis. En daarbuiten hield je je koest. De joden hielden zich koest. De Indischgasten hielden zich koest. Buitenshuis. Maar binnenshuis stoomde het van de herinneringen. Op zondag – rijsttafeldag –, als al die ooms en tantes op bezoek kwamen en urenlang aan tafel zaten... En maar opscheppen en sterke verhalen vertellen. Over vroeger, over de jappen en over eten, het meest nog over eten en over de recepten die ze onderling uitwisselden... O, wat hadden ze gelachen. Het moest een geweldige tijd geweest zijn, dat kamp, en die jappen een armzalig volk. Had ik maar iets van hun heldendom geproefd. Als ik later groot was zou ik Soekarno vermoorden. Je moest een daad stellen om erbij te horen!

En ik wilde er zo graag bij horen. Bij Indië en bij hun oorlog. Ik had de pech niet in een kamp te hebben gezeten en bovendien was ik in het verkeerde land geboren. Toch hoor ik bij Indië. Bij het Indië van mijn ouders en halfzussen – die ik altijd zussen heb genoemd. Mijn moeder woonde er bijna twintig jaar. Haar eerste man, die ze op de Koninklijke Militaire Academie in Breda ontmoette, kwam uit een Hollands-Javaans-Menadonese familie. Hij werd in de oorlog door de Japanse bezetter onthoofd. ('Japanse bezetter', heel netjes. Thuis hebben we het natuurlijk gewoon over de jap.) Mijn drie bruine zussen zaten samen met hun moeder drieënhalf jaar in het kamp. De man die later mijn vader zou worden, woonde de eerste dertig jaar van zijn leven in Indië. Ook hij diende bij het Koninklijk Nederlands-Indisch Leger. KNIL – ik kan het alleen maar met zíjn accent uitspreken. Hij zat als krijgsgevangene in vele kampen. Overleefde met een paar honderd man de torpedering van de Junyo Maru, waarbij meer dan 5600 mannen verdronken – militairen, maar vooral veel romusha's – Javaanse dwangarbeiders. Het vergaan van de Junyo Maru was toen de grootste scheepsramp in de wereldgeschiedenis. Mijn vader werkte aan de dodenspoorlijn Pakan Baru, in Midden-Sumatra. Toen hij zich na de bevrijding in een evacuatiekamp in Palembang bij mijn moeder aandiende, stelde hij voor haar nog als vermist genoteerde man op te sporen. Het was geloof ik niet echt de bedoeling dat zich uit die geste een kind zou opdringen. Verkeerd gezocht, zullen we maar zeggen. Maar ik was welkom. En zo hoor ik óók bij de oorlog in Indië. Als vredeskind, het bewijs dat de oorlog voorgoed voorbij was.

Maar was ie thuis voorbij?

Eind april 1946 voer ik in de buik van mijn moeder door de sluizen van IJmuiden. Een winter later vormden we een soort van gezin. Een gezin tussen al die andere merkwaardige gezinnen in dat repatriantenhuis. Drie oorlogsweduwen met hun kinderen, een paar werkeloze mannen en een kluwen tijdelijk bij familie ingetrokken verwanten op doorreis: late repatrianten, spijtoptanten. Het was er een vreselijke rommel, fietsen in de lange gemeenschappelijke gang, koffers, tassen, dozen en het rook er altijd naar eten – trassie, sajoer en gebakken rijst. In elke keuken pruttelde een pannetje.

'De blauwe kolonie' noemden de Hollandse kinderen in het dorp ons huis. Als ze over blauwen spraken of over pinda's – mijn vader noemden ze een pinda, omdat hij zo klein en lichtbruin was en met een Indisch accent sprak – koos ik voor mijn familie, dan hoorde ik bij Indië. Maar binnenshuis was ik de totok – de Hollander die er niets van begreep. Dan hoorde ik weer bij Holland.

Soms was het heel verwarrend: als ze op school 'Piet Hein' zongen – zijn naam is klein, zijn daden benne groot. De wijs kende ik, maar de nieuwe woorden vond ik heel wat slomer en tot op de dag van vandaag haal ik ze door elkaar.

Als boodschapper tussen die twee werelden heb ik goed opgelet, er zat niks anders op. Stil kijken, goed luisteren – ook al heb ik het pas later allemaal begrepen.

De mensen in ons huis waren allemaal in contact geweest met andere culturen, de islamitische, de Chinese, de oud-Javaanse, de Sumatraanse en, op een heel andere manier, de Japanse. Ze hadden veel gezien en meegemaakt, kenden een andere natuur dan de gemiddelde West-Europeaan en ze hadden allemaal een grote reis achter de rug.* En nu zaten ze daar op een kluitje in een koud huis, in een ontzield dorp, in een land dat bij moest komen van een heel andere oorlog, overgeleverd aan de grillen van autoriteiten, ambtenaren en politici die geen idee hadden van wat er ver

* Zie Wim Willems, *De uittocht uit Indië*. Amsterdam, 2001

weg overzee precies met hen was gebeurd. Ja, ze waren teruggekeerd en werden opgevangen en ze assimileerden ogenschijnlijk stil en redelijk snel, maar het zou lang duren voor de geschiedenis van hun internering, de kamptekeningen, de verhalen over de repatriëring, hun foto's en de documenten die getuigden van het bureaucratisch getreiter in Nederland, een plaats kregen in de vitrine van een oorlogsmuseum.

Voor de meesten was het geen terugkeer maar een eerste kennismaking met Nederland. Mijn vader had op school wel de steden langs de grote spoorlijnen uit zijn hoofd moeten leren, maar het landschap was hem volkomen vreemd. Mijn veel oudere zusjes vonden het vreselijk de eerste jaren en het woord 'wennen' klonk ook na tien jaar nog dikwijls in ons gezin. Mijn familie en het huis waarin ik de eerste tien jaar van mijn leven opgroeide, hebben me met een afstand naar mijn geboorteland leren kijken.

Je had ons en de Hollanders.

De Hollanders vonden dat je niet de hele dag een petroleumstel met een pruttelpotje mocht laten stoven. We verstookten te veel. Hollanders kookten alleen in de keuken, Indische mensen roosterden saté in de huiskamer. Hollanders deden de was op maandag, geen kleine sopjes tussendoor. Hollanders kochten geen dure dingen die ze niet konden betalen, droegen geen opzichtige juwelen, geen zomerkleren in de winter – al waren het vier lagen over elkaar. Hollanders lieten 's nachts geen licht branden. Wasten hun dekens niet maar klopten ze uit; hingen ze bij venijnige vrieswind ook niet voor de ramen. Indische mensen zwabberden. Hollanders zógen stof. Hollanders aten geen geïmporteerde abrikozen in februari. Wim Willems geeft in *De uittocht uit Indië* een eendere lijst. Ik zou hem makkelijk langer kunnen maken. De schaamte komt bovenaan. De schaamte van mijn werkeloze vader, de schaamte van mijn zusjes om in gekregen of tweedehands kleren naar buiten te gaan. Je mocht er vooral niet te rijk uitzien.

Ik weet niet precies wie wie inpeperde: de Hollanders de mensen uit Indië of andersom. Ook in eigen huis verweet men elkaar op den duur te Hollands of te Indisch te zijn.

Het moet allemaal bij de opvang begonnen zijn. Bij de distributiekaarten – zes maanden dubbele rantsoenbonnen voor groente en fruit, om aan te sterken na jaren hongerkamp. Niet het geld maar het *recht* om meer gerantsoeneerde producten te kopen. Hetgeen mijn zusjes op school algauw de scheldnaam 'dubbele-bonnenvreters' opleverde. Er waren nogal wat instanties waarvan men afhankelijk was, met alle controle en bevoogding van dien: de gemeente die huizen toewees, sociale instellingen die financieel bijsprongen, maatschappelijk werk dat mijn vader naar C&A stuurde waar hij als ex-beroepsmilitair op vertoon van zijn ontslagbewijs een gratis 'burgerpantalon' kon ophalen. (De plunje die hem in Ataka werd toegeworpen – een depot bij de Rode Zee waar repatrianten winterkleren kregen uitgereikt – was al snel tot hesjes voor de opgroeiende kinderen verknipt.)

De kerken klopten aan om gerepatrieerde zieltjes binnen te halen (een dominee voor mijn moeder en haar dochters, een pastoor voor mijn vader), maar mijn ouders hadden na hun ervaringen geen boodschap meer aan de knellende moraal van het christendom. Eenmaal boven water bleek mijn vaders officiële vrouw in Indië gescheiden en hertrouwd voor de islamitische wet. Die gold niet in christelijk Nederland. Als mijn vader toch mijn moeder zou trouwen was hij bigamist. Het bastaardkind dat tussen hun benen jengelde gold al helemaal niet voor wet en kerk.

Trouwens, hoe leg je uit aan de dominee dat het door christelijke dames geschonken servies zo snel incompleet raakt en er zulke vlekken op het behang bij de eettafel zitten omdat vader in zijn drift telkens zijn bord tegen de muur gooit. Schaamte. Ik schaam me nóg als ik het vertel. Gezelligheid wekte zijn woede op. Wisten wij veel. Het woord kampsyndroom had nog niet de kranten gehaald.

Thuis speelden we vaak kamp. Mijn vader kon erg goed jappen nadoen. En later Soekarno met een bloempot op z'n hoofd. Maar hij dekte ook de tafel met een liniaal als een jappencommandant.

Sloot zich overdag op en lag in het donker te tellen. Bang dat hij weer in woede zou uitbarsten. Een woede die niemand begreep. Mijn vader was niet ziek. Over de oorlog zeurde je niet. Wij waren flink.

En dan was er Den Haag. Voor mij een oord van donderbuien. Den Haag onthield mijn moeder het pensioen van haar geëxecuteerde man. Pensioen... geen woord klonk vaker in ons huis. Mijn vader bracht bijna niks in: te ziek om te werken had hij zelf ontslag uit de militaire dienst genomen, het was zijn eer te na zich af te laten keuren. 'Heel klein pensioen.' Wel trok Den Haag de kosten van de in de oorlog verloren gegane rijkskleding van zijn toelage af: 1 hoofddeksel, 1 korte overjas, 2 overhemden, 1 pantalon, 1 colbertkostuum, 1 paar schoenen, 2 paar sokken, 1 paar bretels, 1 pullover, 1 *kitbag*, 3 zakdoeken. Die brief had ik ook graag in een vitrine zien liggen. Maar niemand heeft hem nog thuis. In woede verscheurd ongetwijfeld.

Ik denk wel eens: misschien was het helemaal niet waar. Maar dat van die afrekening uit Den Haag heb ik thuis aan tafel zo vaak gehoord – Den Haag kwam met nog heel wat meer bureaucratische wreedheden op de proppen, maar voor een man die met een schaamlap het kamp uit ging, was dit toch wel de *bloody limit*. Toch is er reden genoeg om aan de tijdens de rijsttafel opgediste verhalen te twijfelen: ze zwetsten ook zo, al die zogenaamde ooms en tantes, en mijn vader nog het meest, ze logen, ze boden tegen elkaar op. Kleineerden elkaars kampen. Het ware verhaal hoorde je nooit. Moeder zweeg altijd, al ging ze trouw naar de kampreünies – god, wat had ze daar weer gelachen.

Was het een wonder dat hun oorlog door buitenstaanders niet serieus genomen werd? Ze voelden zich tekortgedaan, onbegrepen en ze begonnen te overdrijven. Ze begonnen zich met de joden te vergelijken! Leedconcurrentie. Ook toen al. Hardop. Het bestaat nog. Heimelijk.

Ook wij Indische mensen hadden onze doden. Wat hadden we niet verloren. Moeders boerentafelzilver! De stoeterij van mijn vaders familie! En wat vergoedde Nederland? Waarom gaven de verzekeringsmaatschappijen niet thuis? En waar bleven hun achterstallige salarissen? Den Haag schoof alles af naar een Nederlands-Indische regering die in feite vleugellam was en later naar de Indonesische regering, die wel wat anders aan haar hoofd had dan handlangers van de kolonisator financieel te rehabiliteren. Bovendien hadden krijgsgevangenen recht op soldij. Dat de Japanners zich niet aan het Landoorlogreglement hadden gehouden betekende nog niet dat de Nederlandse schatkist ervoor op moest draaien.

'Een vergelijking met de Duitse bezetting was hier op zijn plaats,' schrijft Willems. 'Ook Duitsland had namelijk de internationale conventie aan zijn laars gelapt, die voorschreef aan krijgsgevangen (onder)officieren een salaris uit te betalen dat gelijk stond aan de minimumbezoldiging van een Duitse militair in dezelfde rang.' Er waren KNIL-soldaten die inderdaad van de Japanse bezetters tien tot vijfentwintig cent per werkdag kregen uitbetaald, geld dat na de capitulatie van een bank kon worden gehaald in een inmiddels waardeloze valuta. Maar mijn vader en de drie weduwen in ons huis zagen nooit een cent. De ene Haagse commissie na de andere was het erover eens: alle burgerlijke en militaire overheidsdienaren hadden gedurende hun interneringstijd hun salaris doorbetaald moeten krijgen.

Vaders broers waren op uitdrukkelijk bevel van de Nederlandse regering op hun posten gebleven, maar ook voor hen geen *backpay*. Backpay... weer zo'n beladen woord. Geen schadeloosstelling. En het was nog wel kort na de Duitse bezetting van Nederland door de regering in Londen nadrukkelijk beloofd. Geen steun dus, geen rehabilitatie. Geen erkenning! De mensen in het repatriantenhuis wilden er niet om bedelen en toch bleven ze zich opwinden. Ze schreven brieven, zaten samen om een geleende tikmachine, met stapels paperassen en vlekkerige harde fotografische kopieën van hun bewijsstukken, ze bestudeerden regelingen en het ene merkwaardige orgaan na het andere viel op de mat van onze gemeenschappelijke gang. Mooie namen: Bendor,

Nibeg… ik weet nu nog niet waar het allemaal voor stond: Odo had je ook – Opsporingsdienst oorlogsgetroffenen. En later Pelita. Uiteindelijk kwam er dan iets, een toezegging – een fooi natuurlijk –, maar die werd dan weer van eerder ontvangen voorschotten afgetrokken… Je snapte er niets van, zij snapten er niets van.

Vaders broers en zuster hadden er al spoedig schoon genoeg van en verlieten Nederland, ze bouwden nieuwe levens op in de Verenigde Staten van Amerika, Nieuw-Zeeland, Canada, Italië… Mijn eigen oudste halfzuster emigreerde zodra ze meerderjarig was, ze had hier niets te zoeken. Ook Indische families kenden hun verstrooiing en verscheuring.

Mijn ouders ontwikkelden een diepe grief tegen hun eigen land. Die Hollanders hadden er niets van begrepen. Moeder kon er met een joodse vrouw uit Bergen over praten, die zat ook tot haar nek in de formulieren. 'Er zijn maar drie soorten mensen met wie je over de oorlog kunt praten,' zei mijn moeder meer dan eens. 'Joden, lui die in een jappenkamp hebben gezeten en NSB'ers.' Ze vergat het verzet. Bewust naar ik vrees, ze wist welke prijs ze voor haar mans offer had betaald. Ze hield niet van mensen die zich op hun heldendaden lieten voorstaan.

Met Holland als sentiment wilden mijn ouders niets van doen hebben. Woorden als 'volk', 'koningin en vaderland' hoorden ze gruwend aan. Nederlandse zelfingenomenheid – zo kenmerkend voor de journalistiek in dit land – werd steevast weggehoond. 'Nederland kent nauwelijks corruptie'… *la me niet lachen* en dan kwamen de verhalen weer over de evacuatie waar met smeergeld een eerdere of betere plaats op de boot kon worden verkregen en hoe zij en andere repatrianten in de sluizen van IJmuiden door de inspecterende ambtenaren waren bestolen en hoe… in Den Haag… enzovoorts, enzovoorts.

Toen ik eind jaren tachtig bij toeval in de oorlog van Mozambique belandde en door dorpen trok waar de ergste gruwelen hadden plaatsgevonden – zoals het massaal afsnijden van vrouwenborsten, die rebellen in een kist gooiden, met als opschrift *Groeten aan de president* – werden de wreedheden door de bewoners verzwegen of zo verdraaid dat ze niet hún maar een ander waren overkomen, een dorp verderop. Als ik die mensen sprak, moest ik aan mijn vader denken. Ook hij verschool zich in andermans oorlog – die tegen de Duitsers – en begon zijn ervaringen zo te verdraaien dat het leek alsof een ander ze had meegemaakt. Mogelijk schaamde hij zich voor de eigen vernedering. Hij adopteerde andermans oorlog en wilde vooral niet zielig zijn. Elk oorlogsboek werd doorgespit en hij kende alle slagvelden uit zijn hoofd. Ik las al vroeg mee: *Glorieuzen* van Edouard de Nève – mijn eerste oorlogsboek – met daarin een aanklacht tegen het Nederlandse Rode Kruis dat de gevangenen in de Duitse kampen in de steek liet. Die verontwaardiging wilde hij delen. Hij werd fel anti-Duits en verzette zich in huis tegen repatrianten die zomers een kamer aan Duitse 'gasten' wilden verhuren.

Zijn dood, twaalf jaar na de capitulatie van Japan, was een verlossing. Hij stierf net tweeënveertig jaar oud, tellend in het donker. Nu zeggen we: het kwam door de oorlog. Toen zeiden we: het was zijn hart. Nu gebruiken we het woord oorlogsslachtoffer. Zo'n woord durven wij thuis nog steeds niet in de mond te nemen. (Dat hele begrip slachtofferschap heeft vandaag de dag ook dubieuze kanten gekregen. Het lijkt wel alsof iedereen bij de slachtoffers wil horen. Het is ook een van de weinige dingen waar mensen in onze gefragmenteerde samenleving nog respect voor lijken te hebben.)

Dat alles maakt indruk op een zoon. Het maakt indruk dat je moeder zich niet meer hechten kan en alles wat mooi en waardevol is onmiddellijk weg wil geven. Hoe ze eind jaren vijftig een fraaie meubelerfenis van een boerentante aan de decorafdeling van de Nederlandse televisie schonk. Zo konden we later op de televisie genieten van Couperus' *Van oude menschen, de dingen die voorbijgaan*, gespeeld in het ameublement van onze tante Jo. Aan de ene kant die passie voor pensioen en aan de andere kant geen band aangaan met bezit. Pas later begreep ik waarom. Later begrepen we zoveel meer van onszelf. Na de verhalen van mensen die recht van spreken hadden, zij die veel meer hadden meegemaakt. Na Marga Minco en, veel later, na Durlacher.

Wat mijn moeders en zusters aansprak bij het lezen van die verhalen, waren de absurditeit en de groteske zijde van het kampleven, de hebbelijkheden van mensen in een oorlogssituatie waarbij zowel de kracht als de zwakte van karakters naar boven kwam, én de bitterheden van de opvang.

Dus geen leedvergelijking meer maar herkenning. En nu het zwijgen steeds meer wordt verbroken, durft ook mijn moeder schoorvoetend te erkennen dat het toch wel raar was dat haar hele gebit een maand na aankomst werd getrokken omdat haar tanden zo los zaten. Ja, dat haal je de koekoek: van hongeroedeem en vitaminetekort. Later bleek dat het helemaal niet had gehoeven. Maar die tandarts kreeg je toegewezen, en hulp wees je niet af. Er zijn – erkent Den Haag nu – fouten gemaakt in de bezwering van de naoorlogse chaos.

Er zal wel reden tot wantrouwen geweest zijn, er zijn altijd mensen die de boel besodemieteren. Dus moest je je gelijk maar tien keer bewijzen. En dat er niemand voorgetrokken mocht worden, leek ook heel nobel. Lang leve het gelijkheidsprincipe, maar niet ieders erfenis was eender. Zo nobel bleek het principe in de praktijk niet. Uiteindelijk draaide veel om geld. Isaac Lipschits suggereert dat het financiële geknibbel en gedief een van de vele uitingen van naoorlogs antisemitisme in Nederland was. De Indische Nederlanders die nimmer een cent backpay zagen, voelen zich ook gediscrimineerd. Angst voor het vreemde en wantrouwen spelen mogelijk een rol.

Nog een herkenning dringt zich op, en beslist géén vergelijking. Als ik nu in Bergen aan Zee kom, passeer ik een tot asielzoekerscentrum ingericht pension, vlak naast het weder opgebouwde Hotel Nassau-Bergen. Een groot huis vol Somaliërs. Vaders die nutteloos voor het raam staan. Vreemde geuren slierten door de open ramen. Ze wonen er al jaren volgens mij. Werken mogen ze niet. Al schreeuwen de strandtenten om vakantiekrachten. Ik zie daar jongens spelen in de kale voortuin. Hé, daar sta ik, denk ik wel eens. Een van die jongens zal over dertig jaar het verhaal van zijn familie opschrijven. Het verhaal over de opvang en de bureaucratische wreedheid. Vorige zomer hoorde ik de lokale kruidenier – de enige winkel in het nog immer ontzielde dorp – klagen over die asielzoekers in zijn winkel. Die gasten zaten overal aan. Knepen in de vruchten en groenten. En rijst verkocht ie ze niet. Expres. Ze moesten maar Hollands leren eten.

Die winkelier is nu failliet. Soms is er toch nog gerechtigheid.

1984

BOEKEN TE WATER

Sinds ik ooit uit een hang naar schoonheid, exotiek, politieke betrokkenheid en extravagantie aan de Universiteit van Amsterdam Zuid-Afrikaanse taal en letteren studeerde, heeft dat land mij niet meer losgelaten. Maar het liefst zou ik mijn belangstelling voor die blanke gemeenschap en hun taal willen beëindigen. De hoop dat de blanken het volledig burgerschap met alle Zuid-Afrikanen willen delen heb ik allang opgegeven. Mijn correspondenties met Afrikaner schrijvers verzuren en verzanden in wederzijdse verwijten. Onze 'dialoog' lijkt eerder het eigen gelijk te sterken. Waarom lees ik hun boeken nog, er verschijnt elders toch zoveel interessanters? Het land kom ik al jaren niet meer in. Weg ermee.

Helaas, vergaarde kennis over het Afrikanerdom blijkt geen postzegelverzameling die je voorgoed de deur uit doet. Nu ik er wat van weet kan ik het land niet meer uit de kaart en uit mijn hart snijden. '*You've got it under your skin*,' zei de verbannen Zuid-Afrikaanse literator Lewis Nkosi mij eens: 'Ook al is het voor jou een luxe, voortaan moet je leven met die zelfgekweekte zweer.'

Na de vrijlating van Breyten Breytenbach had ik me voorgenomen geen letter meer over Zuid-Afrikaanse zaken te publiceren. Het is moeilijk vol te houden, want afgelopen week is de bibliotheek van de Nederlands-Zuidafrikaanse Vereniging (NZAV) door actievoerders vernield. De zweer jeukt weer. Ik schrijf dit met tegenzin.

Het geeft geen pas bibliotheken te bestormen. Wil je je vijand treffen, dan moet je zijn geschriften niet vernietigen maar bestuderen om er lering uit te trekken. Kortom, ik ben dus tegen.

Tegen de vijftig jongeren die donderdag 19 januari de bibliotheek van de NZAV aan de Amsterdamse Keizersgracht binnendrongen. Ze trokken de boeken van de plank, bespoten de ruggen met zwarte verf, wierpen olie over oude folianten, kantelden kaartenbakken en knipselarchieven om, graaiden al boekvertrappend naar bezwarende buit als ledenlijst en verenigingsarchief en kieperden een derde van het boekenbezit in de gracht.

Tegen de boekschenners. Maar geen vriend van de Nederlands-Zuidafrikaanse Vereniging. Die club ken ik goed; ik ben er al jaren lid van omdat ik op deze wijze het maandblad *Zuid-Afrika* ontvang. De vereniging neemt een milde houding jegens Zuid-Afrika aan. De leden zijn grijs en ongevaarlijk. Ik heb ze wel eens gezien en gesproken aan hun maandelijkse koffietafel. Een indrukwekkend verkalkt gezelschap dat gaarne de Dietse banden met de Afrikaners koestert. De bestuursleden zijn geslepener en fanatieker. Ooit behoorde de bibliotheek toe aan de Amsterdamse universiteitsbibliotheek, maar door geldgebrek belandde ze in het verenigingshuis van de NZAV. Daar groeide de verzameling uit tot de belangrijkste buiten Zuid-Afrika.

De contesterende jongelui – die zich 'Amsterdammers tegen racisme en discriminatie' noemen – zagen in de bibliotheek het papiergeworden kwaad: 'Het materiaal van de vereniging ligt nu waar het hoort: in de goot en in de gracht. Andere soortgelijke instellingen weten nu wat ze te wachten staat.'

De Volkskrant publiceerde een vraaggesprek met vijf van hen; anoniem, want de politie heeft nog geen arrestaties verricht. Enkelen waren ook betrokken bij het molesteren van Centrumpartijleden in Almere. 'We zijn echt niet verlekkerd op geweld. Wij hebben tevoren heel uitvoerig gepraat over die bibliotheek. Maar die vormt een actief onderdeel van het propaganda-apparaat. Ik heb met pijn in het hart prachtige boeken het water in geflikkerd. De *Winkler Prins* ook, die stond er toevallig.'

Naast het vraaggesprek stond een foto van boeken die uit de schappen waren gesmeten. Ik was verbijsterd. Ik kende die planken en die boeken. Hoe dikwijls heb ik daar niet tussen zitten neuzen? Herkende ik in die vertrapte hoop niet de veel geroemde collectie Afrikana? Lagen daar niet de zeventiende- en achttiende-eeuwse reisbeschrijvingen en de uitzonderlijke verzameling eerste gedrukte Afrikaanstalige teksten? Ogenschijnlijk pamfletjes zonder waarde, maar toch geven ze inzicht in de taalstrijd van de Boeren, die zich destijds verzetten tegen de knechting door de Engelse overheersers. Iedere Europeaan die ten tijde van de Boerenoorlog zijn hart links droeg steunde de Boeren. Dat er ook zwarten in Zuid-Afrika woonden, speelde in de internationale politiek van toen geen enkele rol.

Vooruitstrevende kringen in Duitsland, België en Frankrijk richtten comités op om de Boeren te steunen. Nu is het precies andersom. De Boerenemancipatiestrijd is verworden tot Afrikaner zelfverheerlijking en blanke *baasskap*. Iedereen die ook maar een beetje verstand en hart heeft keurt het beleid van de blanke gemeenschap daar nu af. De ondersteuningsfondsen van toen hebben plaatsgemaakt voor anti-Apartheidsbewegingen. Alleen de in 1881 opgerichte Nederlands-Zuidafrikaanse Vereniging – in het leven geroepen om de Boeren cultureel en economisch te steunen – bestaat nog.

Het idealisme van de 'Amsterdammers tegen racisme en discriminatie' heeft tot nog toe weinig sympathie ondervonden. Een zegsman van de Anti-Apartheids Beweging Nederland merkte op 'dat niet alleen voorstanders van het Apartheidsregime de bibliotheek raadpleegden'. Wat heet! De bibliotheek werd voornamelijk gebruikt door onderzoekers en studenten die het land kritisch bezien. Want één ding moet de NZAV worden nagegeven: de boeken van álle signatuur over en uit Zuid-Afrika werden in de bibliotheek opgenomen, ook werken van het in Zuid-Afrika verboden African National Congress. In Zuid-Afrika is van sommige boeken het bezít al een overtreding. Het gebouw van de NZAV was de enige plaats in de wereld waar de Zuid-Afrikaanse letterkunde in haar gehééI kon worden bestudeerd.

Dat kan nu niet meer en daarmee is de bestudering en de bestrijding van het verschijnsel Apartheid grote schade toegebracht. De bezitters deugen misschien niet, de boeken waren voor iedereen vrij toegankelijk.

De boekschenners hebben hun zin. Al lang gingen er bij de NZAV verkrampte stemmen op de bibliotheek niet meer voor iedereen openbaar te houden. 'Er komen te veel lui van de antikant,' hoorde ik een van de bestuurderen eens knorren. In het vervolg zal men met redenen omkleed toegang moeten vragen tot de restanten van de bibliotheek. Onwelgevalligen kunnen voortaan geweigerd worden. Ik val dus af.

OP ZOEK

1969

GRAND TOUR

Voorjaar 1969 begon ik aan een reis richting India en verder. Een reis om voor altijd weg te blijven. Ik had mijn kamer in Amsterdam opgezegd, afscheid van studie en vrienden genomen. Ergens zou een nieuwe toekomst wachten. In Goa misschien of in Australië... Iemand zou onderweg zijn of haar hand op mijn schouder leggen en zeggen: Jongen, ik zie wat in jou. Een nieuw leven zou ik beginnen en onderweg al het vuil van me afwassen.

Ik hield een uitgebreid dagboek bij. Negen maanden lang, tot ik door amoebedysenterie werd geveld en bij de grens van Afghanistan besloot terug te keren. Die reis werd een waterscheiding in mijn leven. Ik koester de herinneringen – vooral na een glas te veel.

De dagboeken heb ik altijd bewaard. Ik schreef omdat ik bang was te vergeten wat ik zag. Dacht ik. Maar als ik nu door mijn aantekeningen blader, lees ik vooral gezeur van een jongeman die terug wil en zichzelf moed inspreekt om vol te houden. 'Verboden te lezen' staat boven menig vel. En ook nu lees ik met schaamte mijn uitglijers op het pad naar een 'zuiver leven'. Ik hou die boekjes voorlopig nog maar onder me. Wie weet bewerk ik ze voor ná mijn dood.

Ein Karmel, 11 tot en met 26 juni 1969, hopeloos achter met dagboekaantekeningen. Ik schrijf dit de 27ste.

Elke morgen om halfvijf op. Aardappels rooien in de velden aan de voet van de Karmelberg, waar Elia de valse profeten van de Baäl liet afslachten. Een wolkje als manshand steeg toen op uit zee – een manifestatie van de Ware God – en spoelde het bloed van de bergen. De aarde is er nog rood van en kleurt nu mijn handen. Alleen buk ik niet voor een oudtestamentische God, maar voor Israël. Zes dagen in de week, en om de veertien dagen een week vrij om het land al liftend te verkennen. Pas dan zie je hoe groen Israël is, vooral van de militairen, en dat er na de Zesdaagse Oorlog extra buitenlandse vrijwilligers nodig zijn om de velden te bewerken.

Onze kibboets is arm, zeggen de *volunteers* met ervaring elders. Hier geen sportvelden of zwembad. Als we willen zwemmen lopen we een uurtje naar zee. We handballen met aardappels en sporten in de boomgaard – met kinderen en ouden van dagen. Wie fit en tussen de twintig en veertig is, dient in het leger en bewaakt de nieuwe grenzen. Wij volunteers zijn de remplaçanten. Ik spreek al een paar woorden Ivriet maar red me nog het best in een zelfgemaakt Bargoens. Het merendeel van de bewoners komt namelijk uit Polen – gebroken mannen en vrouwen die Jiddisch spreken. Over Polen praten ze niet, net zo min als over de oorlog die je van hun gezicht kan lezen. Van hun *ponum*. Ik versta hun *gein* als ze het over mijn vuile *jatten* hebben. Als ik met hen tussen de middag in de rij voor het eten sta, heb ik vrede met de pijn in mijn rug. Ze zijn vriendelijk, al delen we te weinig woorden om werkelijk met elkaar in contact te komen. Hun kleinkinderen spreken wel Engels. Vol zelfvertrouwen zijn die, trots op hun land – op het agressieve af – en nog trotser op hun kibboets. Geen beter leven dan het kibboetsleven. Israël is voor hen echt een 'heilig land', al geloven ze meer in zichzelf dan in een god. De opdracht de nieuwe grenzen met hand en tand te verdedigen is heilig, net als de ambitie de woestijn vruchtbaar te maken. Wij volunteers zijn maar landarbeiders op doorreis, zij die dit land beheren zijn de uitverkorenen.

Wie wil daar niet bij horen? Maar hoe ik mijn nagels ook breek en de ene mud aardappels na de andere op de laadkar van de tractor gooi, deze grond zal nooit de mijne worden, dat is me ondertussen wel ingewreven. Als ik op mijn vrije dagen door het land lift, ontmoet ik de vriendelijkste mensen, die me onderweg van alles willen laten zien. Ze trakteren me, nodigen me uit te komen logeren. *Israel needs young men like you. Stay with us.* Maar als ik dan zeg dat ik geen jood ben, betrekt hun gezicht. Eén chauffeur bedacht zich zelfs na mijn 'bekentenis'. Hij verzon een smoes en ik kon bij het eerste het beste kruispunt uitstappen. Afgewezen. R. had me ervoor gewaarschuwd toen ik voor deze reis afscheid bij haar kwam nemen. 'De oorlog heeft het onderling verbond tussen joden sterker gemaakt.' Misschien is het daarom niks tussen ons geworden. 'Ik zou ook nooit echt van een niet-jood kunnen houden,' zei ze. 'Uit angst dat een man ooit in zijn drift "vuile jodin" tegen me zou zeggen.' Ze gaf me een zakje sjekels mee, muntgeld overgehouden aan een eerdere reis door Israël. De kans dat ze het zelf nog zou uitgeven achtte ze klein. Israël was haar niks bevallen: 'Vooral niet-joden dwepen ermee.'

Geld heb je niet nodig in de kibboets. Na een tijdje werken krijg je een kaart waarmee je in de lokale winkel terecht kan. Tien pond per maand per persoon voor de kleine persoonlijke dingen. Handcrème, een reep chocolade. Postzegels hoef je niet te kopen, je stopt ze ongefrankeerd in de brievenbus; de kibboets zal ze frankeren. Aërogrammen kan je gratis bij het postkantoortje afhalen. Je krijgt vijf pakjes sigaretten per week – gratis. Zelfs de was wordt voor je gedaan. Er is een centrale wasserij, naast de centrale keuken. Boeken levert de bibliotheek. Je werkt naar vermogen en verder draag je geen verantwoordelijkheid. Een socialistische heilstaat of eigenlijk meer een klooster met een uit de hand gelopen moestuin. Naar binnen gekeerd, met een vast ritme. Geen wonder dat de jongens hier staan te springen om het leger in te gaan. Je moet iets met je geilheid en je energie.

Ben overgeplaatst naar de peren, het opbinden van overhangende takken. Stomvervelend werk. Ik mag de vruchten met een soort monocle meten, alles groter dan het gaatje moet in de emmer. Ik ben ook nog bijna uit een boom gedonderd, maar een tak brak mijn val. Wel een blauwe zak aan overgehouden. Onder de douche zag ik twee blauwe pruimen hangen. Ik zal ze maar niet met mijn monocle meten.

De zak blijft zwellen. Ik kan nauwelijks lopen. De dokter aan de overkant van de weg maakte knipooggrapjes toen ik wijdbeens voor hem stond, maar toen hij de zwelling nader met een lamp onderzocht (hij moest er zijn bril voor afzetten) veranderde hij ineens van houding. Hij accepteerde mijn internationale ISIS-studentenverzekering niet en ik moest contant afrekenen. Voor vijftien pond sponste hij mijn lul met een ontsmettingsmiddel. *Mesjochene goi*, zei hij bij het uitschrijven van de rekening. Wederom te licht bevonden. En het stak uiteraard – niet het middel, maar zijn woorden. Dit was een ander soort discriminatie dan de snuivende blik van kibboetsnikmacho's die vinden dat ik peren meet als een flikker. Zal best, ik voel me ook net markies de Canteclaer met dat malle monocle. En die jongens zijn gewoon bang voor het vrouwelijke dat overduidelijk in henzelf zit. We delen dus iets, al uiten we het anders. Maar *mesjochene goi* deed pijn. Ik hoor hier niet.

Ik heb wraak genomen. Op een van mijn vrije dagen belandde ik bij de warmwaterbronnen en het graf van Rabbi Meir. Zes pond was me te veel voor een heilzaam bad. Al dwalend kwam ik bij een tuin met een koepel, waar een oude blinde man mij naar binnen trok. Voor een rondleiding dacht ik, maar hij pakte me bij de nek en duwde mijn neus op een beschimmelde gebedsrol en begon te prevelen. Ik moest alle relikwieën zien. Nog muffere boeken. De man stelde vragen die ik niet begreep. Mijn tien woorden Ivriet maakten geen indruk. En toen zei ik maar op alles: *tov*. Zo werd ik ingewijd. Tof. Hij vroeg tien pond, maar ik gaf vijf. Niet-joden half geld.

Daarna opgewekt doorgelift naar Ein Gev en halt gehouden bij een prachtige kibboets aan het water, met *fishbanks*, eigen boten, een restaurant aan het water en wenkende wijngaarden in de luwte van de Golanhoogte. Vóór de Zesdaagse Oorlog was deze kibboets een gevaarlijk gelegen pionierspost, maar nu het land zijn grenzen gewapend heeft verlegd, rijpen de druiven in vrede. Morgen ga ik met het leger de hoogte op, de bezette gebieden in.

Vier dagen later, 21 juli 1969

Op de dag dat de Amerikaanse astronauten voor het eerst op de maan wandelden, liep ik door het niemandsland van de Golanhoogte. Wat nieuw had moeten zijn, kwam me vertrouwd voor. Beschoten legertrucs, geblakerde huizen, uitgebrande tanks, spookstraten van Kuneitra, rolluiken ratelend in de wind, een jeep op een paal gespietst – *from Syria with love*. Bekende journaalbeelden. Televisie heeft van oorlog een huisgenoot gemaakt. En ik zag de Allenby Bridge over de Jordaan, de rivier tussen Jordanië en Israël – de grens. Alsof ik naar een film keek: zo dichtbij en tegelijk onaanraakbaar verwijderd.

In de bus naar mijn kibboets merkte ik weer hoe onaangenaam sommige Israëli's tegen de Arabische passagiers doen. Expres niet laten passeren, het gangpad bezet houden. En dan dat vreselijke voordringen altijd. Waarom zijn de mensen hier zo brutaal en aangebrand, vroeg ik aan een oude Pool in de kibboets. 'Omdat we hier onder ons zijn,' zei hij. 'Hier mogen we net zo slecht zijn als alle andere mensen.'

14-20 september

Amman. Doorreisvisum voor Saudi-Arabië geregeld en een visum voor Syrië, Koeweit en Irak. Overal uren wachten. Stempels, vijf lagen carbonpapier en ambtenaren die naar mijn blokletters staren alsof ze de steen van Rosetta onder ogen krijgen. De gegevens van mijn paspoort worden nauwgezet nagetekend. Voor Saudi-Arabië staat het visum op naam van De Burgemeester van Amsterdam. Nu maar hopen dat alle deuren zich openen. Ik kan met een Duitse jongen meerijden naar Koeweit, langs de oliepijp, dwars door de woestijn. Als tweede chauffeur, alleen in een Renault 4 vindt hij te riskant. Hij gaat daar werken en ik zal er mijn bloed verkopen. Zesennegentig dollar per *pint*. Als ik me in een week drie keer laat aftappen kan ik weer tijden voort.

Ik slaap hier voor een kwartje per nacht op het dak van een handelsreizigershotel. We vertrekken volgende week en dat geeft me genoeg tijd om met de bus naar Syrië te gaan – een dag rijden – en vandaar naar Palmyra. Volgens mijn *guidebook* in de tweede eeuw na Christus door naamgenoot keizer Hadrianus omgedoopt tot de vrijstad Palmyra Hadriana en vervolgens als Romeinse kolonie ingelijfd. Sinds ik bij Biggles over deze antieke oase las wil ik erheen. Had ik maar de stalen zenuwen van mijn held. Ik stond weer razend van drift aan de grens. Onze bus werd binnenstebuiten gekeerd. Iedereen uitstappen en in de brandende zon wachten, ook de geiten en manden met kippen. De Syrische douane vertrouwde mijn dagboek niet. Heb omstandig uitgelegd dat die letters mijn gebeden zijn. Van letters moet men in de woestijn überhaupt niet veel hebben. Hier lezen ze de natuur. Zat naast een Brit die een brok hasj onder zijn hoed droeg en zich met stalen smoel door een douanier liet fouilleren.

Geslapen op het busstation van Damascus, tussen soldaten en boeren op doorreis. Na zonsopgang meteen door in een bus naar Homs. Buiten de stad is het land schraal en arm. Zo voorlijk als Israël is, zo achterlijk is het hier. Ik raak in een handen-en-voetengesprek met een paar studenten. Ze vroegen naar mijn reis en ik waagde het erop te zeggen dat ik in Israël was geweest. *Are you Jewish?* Wat als ik ja had gezegd? Ik zei dat de Israëli's hun land beter bewerken. 'Het is onze grond,' zei een van hen. 'Ben je een Palestijn?' vroeg ik. Nee, maar het waren wel zijn broeders. We passeerden een heuvel krotten achter prikkeldraad, geen sprietje gras of boom. Een Palestijns kamp. Een blijk van broederliefde.

In Homs kan je alleen per taxi naar Palmyra. Ik wacht op een vrachtwagen. Een psychedelisch geschilderde hippiebus laat ik voorbijgaan. Half Homs loopt uit om de bonte passagiers te bekijken. Tapijtbroeken en lange haren. En maar gapen en staren. Nogal bot om als reiziger zo je eigen levensstijl aan anderen op te leggen. Dat je thuis het fatsoen wil tarten kan ik begrijpen, maar waarom hier? Tegenover straatarme mensen je vrijheid uitdragen, je *counterculture*, je vrije zeden. Wat een lef. En je ziet nog eens niks bovendien. Je bent zelf te veel bezienswaardigheid, als zelfingenomen groep sluit je je voor het onbekende af, terwijl je er juist in moet ópgaan.

Vier uur in een vrachtwagen naar Palmyra. Vier uur Arabische jengelmuziek uit een stoffige radio. Als ik niet oppas ga ik het nog mooi vinden.

Palmyra ontdekt. Ik was de enige bezoeker. Een hele middag lang dwaalde ik door het zand, liep onder bogen, kroop graftomben in, groef scherven op, vond een glazen tranenkruikje. Ik heb hardop lopen fluiten en zingen. Tekeningen gemaakt om maar niet te vergeten. Gedichten geschreven om het uit te schreeuwen dat alles daar op mij lag te wachten, op mij alleen.

Geelzand wordt blauwzand.
De kameleons verschieten
met de zonnestand.
En ik verander ongezien
in bedoeïen.

Eind september – ben de dagen kwijt

Dagboek bijhouden lukt niet meer. Te moe en te veel indrukken.

Omdat Jordanië bij de pijpleiding geen grensovergang heeft (de asfaltweg is nog niet klaar) moesten we bij Irak de grens over. Weer eindeloos opgehouden. Moest zelfs een wc-rol afrollen, zo'n vreemd boek hadden ze nog nooit gezien. Iedereen kwam kijken. Veel theater gemaakt, moet wel, anders explodeer ik. Alleen domme mensen werken aan grensovergangen, dat is overal ter wereld zo, het zijn altijd lui die een deur liever dicht dan open houden, daar worden ze op uitgezocht. Maar de Arabieren spannen de kroon, ze controleren letterlijk op de tast: tandpasta, binnenband, ondergoed. En dan ook nog je paspoort ondersteboven houden en heel geleerd kijken.

De tocht zes uur zuidwaarts door het zand is niet te beschrijven. Zes uur stof. Dwars door een onmetelijke vlakte vol zwerfstenen – zwart gebakken door de zon, de onderkant is spierwit. Hier en daar een autoband of olieton als baken. De Renault trok het nauwelijks en we kwamen een keer vast te zitten. 'Als er niet snel iemand komt, vriezen we vannacht dood,' jammerde Rudi, de eigenaar van de Renault. De woestijn vindt hij een *Scheißort*. Na een uur zagen we in de verte een vrachtwagen voorbijsukkelen. Als schipbreukelingen geschreeuwd en gezwaaid. We waren een paar honderd meter van de weg af geraakt. Zeker een olieton gemist, maar zoals een schipper het water kent, kent de Arabier zijn woestijn.

Het is een ervaring die ik niet had willen missen, nu kan ik iedereen vertellen hoe spannend de leegte is. Een uur leegte maakt geen indruk. Maar drie dagen leegte vergeet je niet snel. Alleen de weg trilt voor je uit, een zwarte slang door het gele zand en de oliepijp schittert en soms zie je kamelen aan de einder, opgetild door de hitte, tussen bevende palmen – fata morgana's. Die houden je wakker, evenals de geraamtes van geiten, ezels en kamelen, drooggevallen karkassen, soms met hun jas nog aan. En de leemhutjes met Pepsi Cola-reclames en om de tweehonderd kilometer een benzinepomp. Op de rustplaatsen trekken we telkens bekijks. We eten in pakpapier gewikkeld kamelenvlees dat dagen in de zon heeft liggen smoren. We laten ons aanstaren door bedoeïenenjongens met lange haren en door Bijbelse oude mannen met geverfde puntbaardjes. We slapen in de openlucht, niet ver van een paar bedoeïenententen, en worden 's nachts in de gaten gehouden door een man met een enorm geweer. Hij pist op een paar meter afstand van onze slaapzak en draagt een hagelwitte lange onderbroek. De loop van zijn geweer schittert in de sterrenvloed.

Overdag zit ik zwijgend naast der Rudi. Moet wel, want veel hebben we elkaar niet te vertellen. Alles is *Scheiße*. Behalve zijn verzameling cassettebandjes: operettes, Weense walsen en *Deutsche Schlager*. En maar deinen. Rudi heeft over elk onderwerp iets gelezen – in de *Reader's Digest* vermoedelijk. Mijn geduld raakt op. Als ik der Rudi eens uit de auto duw, met al zijn walsen erachteraan? Een kadaver meer of minder langs de weg zal niemand opvallen. Hij blijkt ook een Tiroler broek bij zich te hebben, maar die durft hij bij nader inzien niet aan. *Denn die Araber sind alle schwul.*

What your heavy? vroeg de douanier aan de Koeweitse grens. De man wou weten hoe zwaar ik was, bang dat ik meer dan mijn eigen gewicht naar binnen zou smokkelen. Ik werd weer eens grondig betast. Der Rudi heeft gelijk.

7 oktober: Basra, Irak

Met een taxi naar de grens gereden – twee keer bloed afgetapt, drie keer mocht niet. Taxi betaald door Mohammed de Palestijn. Ik ben klaarblijkelijk te goed voor de bus.

De voorgaande week: terugblik op Koeweit

Vergulde Eiffeltorens als tv-antenne, jachtgeweren met ingebouwde camera, Deense chocolade, airconditioned Jaguars, whisky uit een theepot in het Hilton, koudwatermachientjes op elke hoek... welkom in de zandbak Koeweit. Een volstrekt kunstmatig land waar de verveling je airconditioned toewaait. Rijen winkels vol juwelen en haute couture, maar geen vrouw die het draagt. Onder de sluier misschien. Dior in het geniep. De mannen wapperen in witte djellaba van slee naar shopping mall. Hun smetteloze wit draagt uit dat ze zich nooit vuil hoeven te maken – het voorrecht van de oliezonen. Voor het zware werk zijn Palestijnen en Indiërs ingevoerd.

We lieten ons de eerste avond door zo'n gastarbeider rondleiden. Mohammed, een Palestijn. Der Rudi kent zijn broer in Amman. Mohammed spreekt geen woord Engels. Maar wat hij in woorden tekortschiet, compenseert hij met gastvrijheid. Om gek van te worden. Drankje, postzegel of ansichtkaart... Mohammed staat erop ons vrij te houden. Als ik naar iets kijk – in mijn geval altijd eten – wil hij het meteen voor me kopen. Mijn weigering accepteert hij niet. Mohammed heeft vrienden opgetrommeld om ons aan te laten zien. Monteurs en bouwvakkers die wel een beetje Engels spreken. Ook zij laten hun gastvrijheid op me los. *You are too kind for me*, zei ik toen een van hen per se mijn thee wilde betalen. *You want four?* Zelfs in het misverstaan zijn ze vriendelijk.

Deze Palestijnen leven als slaven in de kale betonnen kamers van in het zand geworpen flatgebouwen. Mohammed wilde dat we bij hem logeerden. In een hok van nog geen vier vierkante meter, waar tegen de muur de schatten voor thuis stonden opgetast: een gasstel, cassetterecorder, televisie, matras – alles in originele verpakking. Toen we goed en wel op de grond lagen, kwam de Indiase huisbaas ons eruit jagen. Zo belandden we alsnog in een door de overheid gefinancierde jeugdherberg. Ook voor niks.

Het bloed betaalt goed. Wat nog beter betaalt is seks – *sagt der Rudi.* Volgens hem zijn alle witjurken *unbedingt warm*, 275 DM voor een uurtje beddenpret. Het spreekt dat ik me geen scrupules kan veroorloven, zo'n aanbod mag je niet afwijzen. Maar hoe ik me ook aan tafels van koffiehuizen in mijn dijen laat knijpen, geen jurk trekt zijn portemonnee. En we werken niet onder de prijs.

Nu ik hier in mijn dagboek zit te schrijven, word ik weer van alle kanten door mannen aangestaard. Een kring van gapers kleeft om mij heen. Ik reis als een slak van dorp tot dorp en moet daarom vaak uren op een volgende bus wachten. Zo zie ik meer. Ik wil nog naar de stoepenpiramide van Ur en de hangende tuinen van Babylon. Al die ogen vreten me haast op, maar de beloning is groot. Ik hou zo van de uitgesleten paden dwars door de dadelbossen en de leemdorpen waarvan ik de naam niet weet en die op geen kaart te vinden zijn. En overal krijg ik een bed, een bord bonen, thee, veel thee, en dadels. Kinderen lopen achter mij aan. Ik kom uit een andere wereld en ik zal het weten ook. *Your gentlemen.* Ik moet naast de notabelen van het dorpsplein zitten, de handen van spelende kinderen schudden, en ik leg nu al net als zij na elke groet mijn hand op mijn hart. Jaren zou ik zo kunnen reizen. Gelukkig tussen de dadelpalmen.

1975

GEESTELIJK ETEN

Mijn eerste krantenstuk ging over moslims. Mohammedanen, heetten die toen nog. Er waren er niet zoveel, dus was het makkelijk om van goede wil te zijn. Ik schreef als student de serie 'Geestelijk Eten' voor het Cultureel Supplement van NRC Handelsblad *– reportages over de spijswetten van verschillende geloven. Wat mag je wel of niet van je God in je mond steken. Nederland had in die tijd slechts één officiële imam.*

MET HET AANGEZICHT NAAR MEKKA

Een hagedis leeft van lucht, licht en een bittere vlieg. Wat voor hem voedsel is, is voor ons vergif. Houdt u van hagedis? De heilige profeet Mohammed wilde er in ieder geval niet van eten toen woestijnbewoners hem deze gebraden lekkernij serveerden. 'Het is niet verboden, maar het is ongezond,' sprak Mohammed en daarmee gaf hij commentaar op de Koranspreuk 'Eet van de geoorloofde dingen die het beste voor u zijn'. Het werd een feestmaal zonder hagedis. De gelovige herders hadden hun les geleerd.

Ook ongelovigen leren door schade en schande wat ze wel of niet moeten eten: een 'karnemelkbaby' krijgt huiduitslag van de moederborst, wie jeugdpuistjes heeft doet er goed aan patat en varkensvlees te vergeten. De Koran, het heilige boek van de islamieten, heeft enkele van deze voorschriften opgenomen.

Bij wie kunnen we voor tekst en uitleg beter terecht dan bij de hoogste autoriteit van de islam in Nederland, de imam van de Mobarakmoskee in Den Haag. De imam is niet alleen de voorganger van de moskee maar ook de geestelijk leider van de Ahmadiyya Moslimbeweging in Nederland. U vindt geen stukje Isfahan aan de Haagse Oostduinlaan. Geen exotische koepel, maar een sullig vierkant nieuwbouwhuis met twee gouden torentjes. Het is, voor zover ik heb kunnen nagaan, de enige echte moskee in Nederland. In de rechter buitenmuur steekt een vierkant nisje uit, gericht naar de heilige kubus in Mekka. De eigenlijke moskee is niet groter dan een moderne zitkamer, een kale ruimte met een mosgroen tapijt. Dat betekent ruwweg vierentwintig vierkante meter officiële moskeeruimte voor de ongeveer zeventigduizend gelovige islamieten in Nederland. Omdat de meesten hier tijdelijk verblijven, is de imam daar niet erg verdrietig over. Wie vijfmaal per dag zijn aangezicht naar Mekka keert, voldoet ruimschoots aan zijn heilige plicht en heeft geen moskee nodig. Alleen tijdens feestdagen, wanneer gelovigen uit heel Nederland met bussen naar de moskee komen, is Allah's huis te klein. Door toedoen van de imam zijn nu in de meeste fabrieken en pensions bidplaatsen ingeruimd. Elke gebedsplaats heeft een eigen voorganger, maar de enige schriftgeleerde in Nederland blijft de imam.

Hij schetst mij breedvoerig de culinaire problemen waarin gelovigen kunnen geraken. Hij heeft al meer dan eens bemiddeld om regelingen voor hen te treffen. Tot nog toe met schraal resultaat. 'De Nederlander heeft weinig begrip voor onze gebruiken. God heeft ons miljoenen spijzen gegeven. Hij heeft ons echter drie dingen verboden: varkensvlees, bloed en alcohol. Voor de islamiet is de onthouding niet alleen een kwestie van hygiëne; ze is vooral een geestelijke beproeving waarmee hij zijn ware liefde aan God toont.'

Volgens de imam beginnen de problemen bij het bloed. 'Bloed maakt de mensen tot bloedzuigers.' Een islamiet is er wars van, omdat het vergrovend werkt op zijn menselijk gemoed. Het vlees moet bloedeloos en rein zijn. Bovendien mag alleen een gelovige slachten. Hij roept Allah aan en dankt hem voor het voedsel dat hij geeft, dan snijdt hij de keel open, zonder verdoving.

Een van de slagersbedrijven die Allah's voorschriften in acht nemen is de 'Turkse modelslagerij' (Model Türk Kasabi) van de heren Sezgin en Sevingen in de Amsterdamse Gerard Doustraat. Sezgin is een vroom man en stamt uit een oude slagersfamilie. Hij hanteert het mes van kinds af aan en heeft een Turks vakdiploma. Tweemaal in de week slacht hij zelf zijn lammeren in het gemeentelijk abattoir. Omdat we elkaar niet goed verstaan, kunnen we het goed met elkaar vinden. We proeven lachend zijn gepeperde zwarte knoflook-lamsvleesworst, die niet alleen lekker ruikt, maar vergeleken met onze plastic bierworstjes ook nog de verdienste heeft te smaken. Zijn collega spreekt wel goed Nederlands. Voor hem als zakenman is het moeilijk om gelovig te zijn: 'Echte gelovigen zitten in de moskee.' Zelfs zijn vijf dagelijkse bidplichten kan hij met een zaak nauwelijks volbrengen. En welke mohammedaanse restaurateur trekt klanten zonder glaasje wijn?

Nee, 'er zijn net zo weinig echte mohammedanen als echte katholieken'. Maar met het vlees is hij streng, hij zal nooit onrein vlees eten. Model Türk Kasabi levert vlees aan twee restaurants, 'alles van het beste'. Behalve lamsvlees (tientje de kilo) verkopen zij ook olijven, mint, wijnbladen en gedroogde Turkse boontjes. De flessen raki (Turkse pernod) hebben vergeelde etiketten. 'Souvenir,' zegt meneer Sevingen weemoedig, 'niet te koop, elke slok smaakt naar Turkije.'

Met slager Sezgin spreek ik af dinsdagmorgen naar het abattoir te gaan om zijn rituele slachting mee te maken. Om hem niet in moeilijkheden te brengen informeer ik eerst bij het gemeentelijk abattoir of een dergelijk bezoek is toegestaan. Na een eindeloze telefonade via slachtbazen en een meneer van de gemeentevoorlichting verneem ik dat het abattoir verboden terrein is voor reportages. 'Slachten ligt nogal gevoelig bij het Nederlandse publiek.' Een bezoek aan minder achterdochtige provinciale abattoirs heeft geen zin. In Hilversum bijvoorbeeld, waar veel Turkse arbeiders ons kamerbreed tapijt weven, is ritueel slachten verboden. Een employé van het Amersfoortse abattoir zei verontwaardigd dat ze aan dergelijke 'slachtpartijen' niet meededen: 'Een schot voor de kop, meneer, gewoon op z'n Hollands.'

Langs slinkse wegen liet ik mij doorverbinden met lagere regionen van het Amsterdamse slachtwezen en al mocht ik dan niks zien, toch wist een knecht mij in geuren en kleuren te vertellen hoe je een lam de strot doorsnijdt. Amsterdam is een van de weinige steden waar ritueel slachten wordt gedoogd. Islamitisch slachten is officieel verboden, in tegenstelling tot de joodse slachtwijze, die zelfs in onze Grondwet is opgenomen. In België en Zwitserland werd ritueel slachten in de oorlog afgeschaft en sindsdien fungeert het Amsterdamse abattoir als doorgeefluik voor kleine export. Islamitische slagers mogen hun gang gaan op voorwaarde dat hun schapen eerst lichtelijk elektrisch bedwelmd worden. Door middel van twee knijpers leidt men wisselstroom tussen oor en ogen. Dan wordt de keel met een vlijmscherp mes opengesneden.

Bij de joden wordt het dier onbedwelmd 'gekluisterd' (vastgebonden) en gedeeltelijk onthalsd. Schieten, schokken of snijden, het beest heeft maar enkele seconden te lijden. Het leven van slachtvee is vaak erger dan hun dood.

Hoe komen onze Turkse, Tunesische en Marokkaanse gastarbeiders nu aan 'zuiver' vlees als de provincie geen rekening houdt met hun eetgewoonten en de stad zo weinig slachtvergunningen afgeeft? De Turkse medewerker van de Amsterdamse Stichting voor Buitenlandse Arbeiders vindt dat men te weinig tegemoetkomt aan de religieuze wensen van mohammedanen.

Ook de vijftien Turken in het immigrantenwoonoord Fatih (een triest kampement bij het industrieterrein van Duivendrecht, langs een weggetje waar men in een detective lijken zou deponeren) zitten met ongezegend vlees in hun maag. De inwonende Joegoslaven, Portugezen en Turken hebben viermaal in de week een Turkse kok, de andere dagen eten ze uit blik. Net als de honderdvijftig Turken uit het Atatürk-kamp van de NDSM eten ze geen varkens- of paardenvlees, want voor een Turkse mohammedaan is het paard min of meer heilig. Paardenvlees schijnt alleen in oorlogstijd toegestaan te zijn en dan uitsluitend van de rechterzijde.

Door de omstandigheden gedwongen hebben liberalere schriftgeleerden de godsdienst aan de praktijk aangepast. In de Koran staat: 'Het voedsel van de mensen van het Boek is geoorloofd en jullie voedsel is geoorloofd voor hen.' De 'mensen van het Boek' zouden de joden en christenen zijn. Volgens een decreet van de moefti van Casablanca mag een mohammedaan het door christenen of joden geslachte vlees eten mits het door een gelovige geslacht is en het eten islamitisch gezegend wordt. De vraag in hoeverre de slachters op het abattoir kerkelijke lidmaten zijn, moeten we maar even vergeten. Volgens de imam geldt deze regeling alleen voor incidentele gevallen. Wanneer duizenden gelovigen zich ergens voor langere tijd vestigen moet een passende regeling worden gezocht. Ons christelijk fatsoen staat dit echter in de weg.

Er zijn in Amsterdam ruim dertig Turkse, Egyptische, Marokkaanse en Tunesische restaurants. Wie ritueel geslacht vlees wil eten, kan terecht bij de kleinere gelegenheden die vooral door de eigen landgenoten worden bezocht. Bij op lepels tikkende Turken serveert men alleen de buikdanseres als bloedeloos vlees.

In restaurant Marmara op de Zeedijk fonkelen Aladdinlampjes tegen plastic wanden, stoelen en tafels. De eigenaar is een overtuigd mohammedaan, maar schenkt lekkere droge Buzbağ-wijn. Het vlees is bleek en mals. De Turkse balalaika, een gloeiende döner-kebabmachine en het grote aantal etende Turken zorgen voor oosterse temperaturen. Restaurant Carthage in de Kerkstraat, waar duiven in de schoorsteen koeren, noemt zijn vlees 'koosjer'. Carthage beroemt zich erop het eerste Tunesische restaurant in Europa te zijn. De gerant prijst zijn echte 'muzelmannenkeuken', met gevulde goudbrasem, zelfgemaakte couscous (door drie zeven gekorreld) en een kwistig gebruik van jasmijnwater in de koffie en rozenwater op de vruchtensla.

Hoewel volgens de Koran de nadelen van de alcohol groter zijn dan de voordelen blijkt voor de wandelende mohammedaan de liefde tot gewin groter dan de liefde tot God: de Turkse en Arabische restaurants in Amsterdam schenken sterkedrank terwille van hun Europese klanten. De Koran heeft gelijk. Na vier glazen Tunesisch vijgen-levenswater verlang ik naar een sterk geloof.

CHRISTELIJKE HERBERGZAAMHEID

De christenen hebben langzamerhand alle eetafspraken met Onze-Lieve-Heer opgezegd. Nu zelfs vlees op vrijdag mag en het vastentrommeltje leeg blijft, behoren Christus' volgelingen tot een van de weinige allesetende geloofsgroepen. Eva's honger heeft ons voorgoed in het verderf gestort. Merkwaardig genoeg is de appel nooit tot verboden vrucht verklaard. Bij christenen wordt de zonde meer bestreden dan de kwade spijs. Wel kan de omgeving een religieus stempel op de maaltijd drukken, zoals bij de honderden opvangcentra in ons land, waar de Bijbelse herbergzaamheid dagelijks in praktijk wordt gebracht. Wie dakloos en hongerig is kan daar altijd terecht.

Reeds de oude wetten van Mozes spreken van gastvrijheid tegenover 'zwervers, dwalers en ontheemden'. Met de komst van het christendom namen de kloosters die plicht graag over in de hoop dat men zo onwetend een engel zou herbergen. Dezelfde christelijke gedragsregels werden later toegepast door burgerlijke autoriteiten. Meer om het gespuis van de straten te houden dan uit naastenliefde had elke grote stad een instelling waar minder fortuinlijken onderdak en voedsel kregen. Op de plaats van het Amsterdamse Binnengasthuis stond in de zestiende eeuw een 'gasthuys' waar vreemdelingen werden 'gekoesterd, gespijsd en gelaafd'. Boven de zijpoort stond gebeiteld:

Drie nachten, langer niet,
herberg ik die 't behoeft.
En houd de vierde uyt, de
schoysters en 't geboeft.

Vierhonderd jaar later is er niet eens zoveel veranderd. Nog steeds mogen de bezoekers van het thuislozeninternaat aan de Weesperzijde niet meer dan drie dagen per maand blijven logeren.

Het Leger des Heils is herbergzamer: vierenvijftig inrichtingen bieden onbeperkt onderdak en voedsel aan mannen, vrouwen en kinderen. Bij de heilsoldaten gaan gastvrijheid en zondebestrijding hand in hand. Omdat ik alleen toegang heb tot mannenhuizen, beperk ik mij tot de tafels en bedden van mijn seksegenoten.

Wie matineus wil ontbijten in de Amsterdamse binnenstad moet beslist de nacht eens doorbrengen in logement De Gastenburgh. Het ligt als een benauwde veste tussen de 'Live Sex Shows' en paarsige dames in neonlicht. Wanneer om tien uur 's avonds het leven op de Oudezijds begint, sluit het heilshotel zijn deuren.

In de koffiekamer zitten veertien mannen met afgesleten schoenen en gelooide gezichten. Bij het raam kwettert een kleurentelevisie, niemand kijkt. Een norse jongen schenkt cola en koffie. Bij hem moet je zes gulden betalen en een registratiebriefje voor de politie invullen, er wordt je verder niets gevraagd. Een man zit uitgezakt voor zich uit te mompelen: 'Ik ben bij mijn moeder geweest, ik ben naar het Geuzenveld geweest, ik ben naar de Houttuinen geweest.' Hij moet wat afsjouwen met zijn twee weekendtassen vol verzamelde rommeltjes en oude kleren. 'Jansen, slapen,' roept John de buffetjongen. Jansen draagt een ijsmuts met een klep. De zon heeft in zijn leven weinig kans gekregen; de anderen hebben bruine gezichten, maar spierwitte nekken. Met een klap smijt John de deurtjes van de televisie dicht. Het is kwart over tien, 'de hoogste tijd'. Twee agressieve jongens worden naar verschillende slaapzalen gestuurd. Een van hen, een lange met zonnebril en zwarte blazer, verdwijnt met mij naar kamer 2.

In de slaapzaal staan negen moderne houten bedden met negen blauwgeruite handdoeken naast het kussen. De meeste mannen liggen al onder de bonte dekens. Ik word zorgvuldig opgenomen. Op de vragende blik van mijn buurman zeg ik: 'Rotzooi thuis.' Het klinkt flink, maar mijn geaffecteerde stem nodigt niet uit tot kameraadschappelijke ontboezemingen. De zonnebril wil bij het raam slapen en sommeert een oude man in lang jaegerondergoed van bed te verwisselen. 'Ik slaap al veertien dagen op nummer 14, dat kan je niet maken,' zegt de man. 'Klap voor je kaken,' grapt de zonnebril en neemt het bed naast mij. Kleren gaan uit, ondergoed blijft aan, wassen doen we misschien morgen.

Het ronkt. Een snurker? Nee, een feestelijk verlichte zeppelin bromt door de lucht. Dat moeten we zien, we staan als kinderen voor het raam. Schouder aan schouder. Een mislukt moment van verbroedering. De zure stank van lichaamsgeur en oude kleren laat ons vannacht niet alleen. 'Ze kunnen allemaal de kak krijgen,' smoort één half in zijn slaap. Buiten hoert en roert de binnenstad, het ruisen van de wc klinkt als een nachtgebed.

'Halfacht! Opstaan, bed opmaken!' roept de reeds vroeg in zijn vak versleten buffetjongen boos. Op de tafels in de koffiekamer staan her en der bordjes met vier dikke pillen witbrood. Twee met kaas, twee met worst. Honger is het enige wat er smaak aan kan geven. Ik vraag mijn disgenoot of hij hier vaker komt. Hij speelt mijn vraag door aan de anderen en iedereen moet erom lachen: 'We zijn hier om 't plezier en om 't plezier zijn we hier,' zingt een man met zijn kopje thee in de lucht. Jansen grijpt zijn brood en eet alleen buiten op de achterplaats, met volle mond pratend tegen de zon. Niemand maakt aanstalten om weg te gaan. Pas om tien uur komt de maatschappelijk werkster. Wie wil, mag wachten.

'Het Swiebertje-bestaan lijkt romantisch, maar het is een rotleven. Als ze een tijdje bij ons zitten schudden ze in hun tuig, dan moeten ze weer op pad,' zegt majoor Verschoor. Hij ziet toe op het wel en wee van honderd mannen, verdeeld over twee huizen: een pension op de Keizersgracht en een internaat op de Zeeburgerdijk. In het internaat hebben alle mannen een eigen kamertje. Met ontroerende sympathie toont de majoor mij de kamer van een verslaafde drinker, die ooit als zoon van een Rotterdamse waterstoker met een in de jenever gedrenkte fopspeen werd zoetgehouden. 'Zo'n man moest wel alcoholist worden,' zegt hij.

In de keuken staat een kok achter een pruttelende pan, hij is – zoals het hoort – goedgemutst en dik. Hij bepaalt het dagmenu: rodekool, aardappelen, speklapjes en vla – meer Hollands dan christelijk. Door de week geldt de regel: bij soep geen toetje. Op zondag mag allebei en bij de zondagavondboterham krijg je zelfs iets extra's. Ik word uitgenodigd voor zondagavond.

Geen lange tafels en butsige kroezen. De tijden van Oliver Twist zijn voorbij. We eten in groepjes van vier. De kantine is fleurig geverfd, aan de muur hangen enkele verrassende naïeven van schilderende bewoners. Een ogenblikje stilte opent de maaltijd. De een kaapt beleg van de ander, praten doe je met volle mond. De meeste mannen zitten ruim in een liefdadig pak. De jongeren zijn modieus gekleed. Ze hebben dezelfde gezichten als de jongens uit De Gastenburgh, er moeten overeenkomsten zijn tussen sociaal geluk en gelaatstrekken. Omdat het zondag is krijgt iedere tafel een blikje sardientjes, achter mij ruziën vier mannen om vijf visjes.

Ik eet uit zenuwachtigheid meer boterhammen dan goed voor me is.

Zoals alles in Nederland is ook de christelijke gastvrijheid verzuild. Niet alleen het Leger des Heils, ook de roomsen openen hun deuren – maar bij beiden dondert het niet wat voor geloof je hebt. De franciscanen van het vormingscentrum Mozeshuis serveren appelthee en -taart in de kerk van de Heilige Antonius van Padua aan het Waterlooplein. Vroeger stond op dezelfde plaats de

Mozes en Aäron-schuilkerk en nu wordt de Paduakerk nog steeds zo genoemd. Drie zomermaanden lang ontvangt men meer dan vierhonderd mensen per dag in Gods theehuis, waar behalve frisse dranken ook müsli, fruit en broodjes te krijgen zijn. De koele schaduw van de Mozes en Aäron biedt eveneens ruimte tot creatieve en dramatische expressie, yoga, films en kritische gesprekken over Kerk en samenleving. De activiteiten van de franciscanen komen niet zozeer voort uit bekeringsijver als wel uit de wil iets te doen aan de opvang van jeugdtoeristen. De orde wijst wel de weg tot God en gebed, maar die loopt via de sacristie, waar bijbels in vele talen voorhanden zijn. Aanvankelijk moest de bisschop even wennen aan zijn kerk als cafetaria, maar nu naast het laven ook het bezinnen tot zijn recht komt, heeft hij geen bezwaar. In het voorschip staan banken bekleed met oude perzen, alwaar de vermoeide jeugdtoerist onder het reliëf *Jezus valt voor de derde maal onder het kruis* zijn bekertje müsli kan leeglepelen.

Ook het door de pinksterbeweging geïnspireerde jeugdhonk de Shelter in de Barndesteeg staat klaar voor jeugdige reizigers van alle gezindten. In wat vroeger een 'bewaar- en voorbereidende school' was, heeft de vereniging Tot Heil des Volks deze jeugdherberg ingericht. Op de deur hangt een bord: 'Geen drugs en alcohol, niet roken in de slaapzaal, twaalf uur binnen zijn, wees aardig voor elkaar, Jesus is the Lord of this house and he loves you.' De assistent-manager van de herberg is de eerste uit de serie gelovigen die christelijk met een 'g' uitspreekt. Volgens hem heeft eten en slapen op gristelijke grondslag zeker nog een functie. Hij hoopt op deze manier de argeloze jeugdtoerist 'te confronteren met de blijde boodschap van het evangelie'. Het huis is versierd met teksten en foto's die deze boodschap moeten onderstrepen: 'God is liefde', 'God loves you', of simpelweg 'Jezus'. In de gang hangt naast een kaart met bus- en tramlijnen: 'Jesus is the way'. Het percentage christenen onder de bezoekers is klein; het aantal geïnteresseerden in Bijbelstudie na de warme maaltijd navenant. De keuken serveert soep, gehakt en kaas- en hamomeletten. Na de vlaflip is er Bijbellezing: 'Verlangt u naar vrede en vreugde? In de Bijbel vindt u beide!' Omdat het Heil des Volks niet van de wind kan leven, vraagt het van zijn gasten vijf gulden per nacht en daarmee is de Shelter het goedkoopste jeugdhotel in Amsterdam.

Wie een tocht maakt langs de voor ieder toegankelijke christelijke eettafels beseft dat we Adam en Eva diep dankbaar moeten zijn. Zij brachten niet alleen de zonde maar ook de dood in de wereld. Dankzij de appel is ons smartelijk leven tijdelijk.

2003

HET IDEE VAN JE LEVEN

Wij streven naar andere hoedanigheden, omdat we niet weten hoe we moeten omgaan met de ons aangeboren eigenschappen, en wij treden buiten onszelf omdat wij niet weten wat er in ons zit.
Michel de Montaigne, *Op dood of leven*, vertaling Hans van Pinxteren

Volgens Montaigne mag je van geluk spreken als je ten minste één goed idee in je leven krijgt, een idee waarmee je voortkan, een onderliggende gedachte die het handelen onbewust stuurt en die je bovenkamer op orde houdt. Eén idee? Ik heb wel tientallen 'levensideeën' gehad! Hoe vaak heb ik me niet aan een idee vastgeklampt dat richting aan mijn bestaan moest geven, structuur! Het roer om. Je leven veranderen. Ik had er een dagtaak aan.

Misschien waren die ideeën niet helemaal wat Montaigne bedoelde. Laten we ze ondoordacht noemen. Ondoordacht, omdat ik niet wist hoe om te gaan met de mij aangeboren eigenschappen en omdat het lang duurde voor ik begreep dat ook de *zaaigrond* waarin die eigenschappen zich konden ontwikkelen een grote rol in mijn leven zou spelen.

Is het niet de chaos die mij stuurt? Al maanden loop ik met die vraag rond. Of ligt er wel degelijk één allessturend idee aan mijn leven ten grondslag? En als dat idee aanwezig is, zit het dan niet al in mijn werk? Een beetje schrijver laat zo'n idee natuurlijk niet in een la liggen.

Het moet ook een bijzonder idee zijn, niet iets van de straat. Ik zou me kunnen spiegelen aan de schrijfster die op de vraag 'Wanneer wist je dat je schrijfster wilde worden?' antwoordde: 'Op mijn zesde, toen ik besefte dat letters betekenisdragers waren.'

Toe maar.

A = een aapje, B = een bal, waar ik niks van geloof...

Ik zou kunnen schrijven over de enorme invloed die Robert Louis Stevenson met zijn *Schateiland* op mijn jongensjaren heeft gehad. Hij creëerde een volstrekt amorele held, Long John Silver. Een zeerover die ons het aantrekkelijke van het kwaad toont. Interessant onderwerp. Maar als idee van mijn leven? Nee, voor het echte kwaad ben ik toch altijd veel te bang geweest. Angst houdt me meer bijeen.

Toen ik het boek las, wilde ik meteen naar Schateiland toe. Voor de rollator in huis komt moest ik erheen. Welnu, ik ben in de buurt geweest, in Frans-Polynesië. Op het eiland Hiva Oa, waar Jacques Brel begraven ligt, sprak ik met vrouwen die nog niet eens waren geboren toen Brel er woonde. Ze hadden de beste herinneringen aan hem. Brel is een mythe op het eiland geworden. Iedereen eigent zich hem toe, ieder herinnert zich dingen die onmogelijk gebeurd kunnen zijn. Prachtig vind ik dat. Ik hou van verzinsels. Ik geloof in God als broodnodig verzinsel. Mooi levensidee, toch? Maar dat mag niet van Michel de Montaigne. De grote religieuze overtuiging valt bij hem buiten het idee van je leven.

Montaigne gebiedt ons tot zelfonderzoek en vooral: eerlijkheid. Dus geen etalage-ideeën. Maar hoe eerlijk kan je zijn? Wat mij het meest op de been houdt is het idee dat ik elk moment zelfmoord kan plegen. Zelfmoord is mijn angstbezweerder. Zelfmoord als pensioen. Pistool tegen de slaap en de hele kamer onder de hersendrab.

Ik maak graag grappen over zelfmoord, maar mijn vrienden vinden ze meestal niet leuk. Ben ik nu eerlijk? Als iemand me zomaar in de gracht gooit, zal ik heus heel hard zwemmen. Toch denk ik vaak aan zelfmoord. Al mijn leven lang en altijd in mei, de maand dat Werner uit de Hindeloopenstraat zich op tienjarige leeftijd ophing. God, wat werd er toen van die jongen gehouden. Werner staat me nog helder voor de geest, dat hebben niet veel kinderen uit die tijd in mijn geheugen voor elkaar gekregen. Wat is er mooier dan herinnerd te worden... Dan heb je niet helemaal voor niets geleefd.

Werners zelfmoord maakte vooral zo'n diepe indruk omdat zijn daad volledig in strijd was met het devies van mijn jeugd: je moet te allen tijde zien te overleven. Het werd mij in vele varianten door mijn ouders ingefluisterd en het kwam altijd op hetzelfde neer: 'te allen tijde' stond voor 'de oorlog' en 'de oorlog' stond voor alle oorlogen die nog zouden uitbreken. De oorlog was het leven! Mijn hele werk is met dat idee doordesemd. Het heeft me tot nog toe zelfs van zelfmoord weerhouden. Maar is het ook mijn allesbepalende, levenssturende idee? We zullen het ontrafelen. We? Ja, ik en al die afsplitsingen van mij die het samen enigszins hopen te redden.

De mens is de mens een wolf. Nog zo'n van thuis meegekregen wijsheid. Mijn vader was in zijn rug gebeten, mijn moeder hadden ze onnodig de tanden uitgerukt, mijn zusters zaten onder de littekens. Ja, de oorlog zat thuis ieder onder zijn vel. Wat heet: de oorlog zat elke dag bij ons aan tafel. 'Honger' was een verboden woord. ('Trek' mocht je ook al niet zeggen, dat was plat.)

Je moest slim zijn om de oorlog door te komen. Ik werd er spelenderwijs in getraind. De oorlog zelf leek me ook een spel. Een kruising tussen ganzenbord en stratego. In het kamp wisselden gevangenen recepten uit om de honger te verdrijven, maakte je tekeningen op klapperbast die je ruilde voor eten. Ook de vijand betrok je in dat spel, niet alleen door hem te bedriegen, maar soms ook door hem te bekoren, te paaien. De voorbeelden vlogen in mijn jeugd over de rijsttafel. Alleen, je moest het spel wel goed spelen. Beter dan de dorpskapper die de hele oorlog Duitse soldaten had geknipt, met scheerkwast en schaar in zijn hand meelulde en zo informatie opving en aan het verzet doorgaf. Na de oorlog werd hij ervan beschuldigd 'fout' te zijn geweest – een moffenvriend. Hij, die dacht een held te zijn! Bewijs het maar, zei het dorp. De verzetsmannen die hadden geweten dat hij voor de goede zaak knipte, waren opgepakt en niet meer teruggekomen. Arme kapper. In de put.

Of de vader van mijn halfzusjes, Indische jongen, eerste luitenant in het KNIL. Duikt onder zodra de Japanners Nederlands-Indië bezetten en maakt slim gebruik van zijn zeer bruine kleur: hij pleegt met een groepje getrouwen verzet. Wordt opgepakt en onthoofd. Pech gehad. Maar onthoofd door de vijand was je na de oorlog in Nederland niet automatisch een held. Een Indische jongen – met voor driekwart Javaans bloed – die de kant van de Nederlanders koos? Bewijs het maar, zei de overheid.

Ik had dus al jong door dat je voor het spel getuigen nodig had, publiek. Je kon je als wolf verkleden, maar je had wel ingewijden nodig die wisten wát je speelde (schaap in wolfskleren) en waaróm. Mij zou niemand ooit vangen... En als het me per ongeluk toch overkwam, zou ik me binnen de kortste keren weer naar buiten spelen. Ook zo'n levensidee: toneel maakt je ongrijpbaar. Ook voor jezelf. Al dan niet verkleed een ander worden, in andere levens door de tijd reizen. Als dat geen ultieme ontsnapping was. Van mijn zesde tot mijn twintigste heb ik nooit iets anders dan een ander willen worden. Tot ik op de toneelschool strandde.

Doek.

Ik ging Nederlands studeren. Je kan ook als *lezer* andere levens leiden en door de tijd reizen. In boeken vond – en vind – ik een bijna even veilig onderkomen als op het toneel. Bovendien schreef ik gedichten... Nederlands leek me een artistieke studie. Ik kleedde me als personages uit boeken, sprak in zinnen van schrijvers, zoende de helden na. En ik las en las en dacht: Boek, verander mijn leven.

Mijn romantisch lezen viel niet in goede aarde op de universiteit, toen ik daar in 1967 aankwam. Men zocht er naar meetbare zaken. Lezen moest een wetenschap worden. (O, wat heb ik aan dat waanidee veel talenten kapot zien gaan.) En streng, die studenten en docenten! Genieten, je identificeren, amuseren... hoe kon ik zo over literaire teksten praten?

Na anderhalf jaar smeerde ik 'm. Rugzak om en op wereldreis. Negen maanden weg. Ik hield uitgebreid dagboek bij. Hé! Al schrijvend kon je de chaos ordenen. Wat een goed idee. Maar het werd geen levensidee. Ik durfde het niet te denken. Nog niet.

Wel merkte ik onderweg dat je beter kon reizen als je wat meer geld had. Dus een vak leren. Terug naar de universiteit.

En zo dook ik weer in de boeken. Literatuur als tentamenkost. Droger dan de eindeloze woestijnen die ik had doorkruist. Tijdens mijn Grand Tour had ik kennisgemaakt met de boeken van Graham Greene – *The Quiet American*, *Our Man in Havana*, *The End of the Affair* – die ik in beduimelde staat in de goedkope hippiehotels vond. Greene beviel me heel wat beter dan Hermann Hesse, die ook overal rondslingerde (al had een van zijn boeken de aantrekkelijke titel *De Steppenwolf*). Ik was gek op Greene. De lichtheid van zijn stijl, die sardonische glimlach. Zo te kunnen schrijven! Die toon vond je zelden in de Nederlandse literatuur. Maar mijn medestudenten haalden hun neus voor hem op, een docent wees hem af als 'gemaksliteratuur' – die eeuwige rangen en standen. Men sprak van 'verkeerde boekenkasten', van schrijvers die deugden en niet deugden, en de smaak van velen kon nóóit de goede smaak zijn. Hou me ten goede: ik pleit niet voor populisme. Ik heb alleen iets tegen een elite die niet wil *delen*. Het kleine groepje dat elkaar de laatste Geheimtip influistert, maar de bejubelde vondst laat vallen zodra er meer bewonderaars volgen en uiteindelijk overblijft met het onleesbare, onhoorbare, onspeelbare. 'Bevorderaars van het dorre landschap' noem ik ze nu. Maar toen had ik er toch moeite mee dat ik met de beste wil van de wereld niet in de ernst van J.F. Vogelaar en Ivo Michiels kon geloven. Was het wel een goed idee dat ik Nederlands was gaan studeren?

Ik zat op de plee, vierentwintig jaar oud, broek op de schoenen. En ik las een gedicht, ja, het begon met een gedicht op de plee van het huis waar ik een kamer huurde. Van de mij toen nog onbekende Breyten Breytenbach – een schrijver, dichter, schilder, die niet lang voordat hij ingelijst op de plee belandde een paar huizen verderop bij Galerie Espace aan de Keizersgracht geëxposeerd had. In het gedicht stelde hij zijn vrouw aan zijn volk voor. Een Vietnamese vrouw, bezongen in de taal van de Boeren.

Het was 1971 – de tijd dat het blanke deel van Zuid-Afrika de gebeten hond van de wereld was omdat het de zwarte meerderheid van de bevolking het recht op volledig burgerschap ontzegde.

Gediscrimineerd werd en wordt er overal, maar Zuid-Afrika was toen het enige land ter wereld dat er in zijn grondwet bot voor uitkwam. Breytenbach ervoer die discriminatie in zijn persoonlijk leven. Zijn huwelijk met een Vietnamese viel in theorie nog onder de Ontugwet – een wet die een relatie tussen een blanke en een anders gekleurde in Zuid-Afrika verbood. Of het huwelijk in de praktijk tot vervolging zou hebben geleid, is twijfelachtig, maar voor Breytenbach was het bestaan van het verbod reden genoeg om de wetgevers in zijn land op poëtische wijze te confronteren met hun verwaten ideeën over kleur en ras.

Na een paar weken brilzitten kende ik het gedicht uit mijn hoofd:

My vrou se naam is Yolande
sy is'n vrou
klein en getrou
maar getrain
haar hare is swart
haar oë mispelbruin
haar neusie is plat
en haar mond 'n rooiborsie
gestol in die vlug
agter haar tande
hang die vleesklok van 'n vreemde land
Yolande Yolande gee my jou hande
ek het jou getrou
jy is my vrou

– en al julle vraatsige oë, Here, kakkerlak
vir spek en boontjies oor my handkaart
as julle verwag, onnosele age, dom donders
dat ons my vrou vir julle slag en rangskik
in die beddens van julle verbeelding
dis ons twee wat lag –
(my vrou en ek)

om af te rond:
haar ore is dus kerke
haar hande is soos wyn
haar voete is meesterwerke
roosblaar en klein konyn
sy dra vijf tone aan elke voet
worsies spek en bloed
van die beste in die land
my Yolande
hier kom sy nou
my vrou

Wat een taal! Een overspelig Nederlands, lenig en krachtig, een kleurtaal aan Calvijn en klei ontstegen. Wat een lichtheid en dat bij een zo ernstig onderwerp.

Wat me vooral trof was het zinnetje *slag en rangskik in die beddens van julle verbeelding*. Het indelen van mensen op kleur en afkomst. Het Indische milieu waarin ik opgroeide deed niet anders. Hoe lichter je vel, hoe beter je woonde in het repatriantenhuis waar mijn familie tien jaar onderdak vond. (Of zou dat toeval zijn geweest?) Aan de ene kant was men trots op zijn Indische afkomst, want aangeraakt door het fijnzinnige Oosten was je minder bot dan 'die Hollanders'. Aan de andere kant ontkende men zijn kleur en wilde men zo veel mogelijk bij de blanke cultuur horen. Mijn ketjapbruine tantes beroemden zich op hun Italiaanse bloed en keken neer op de kleur van mijn drie halfzusjes, die, gezien het eerste huwelijk van mijn moeder met een halfbloed, er naar hun smaak te 'Ambonees' uitzagen. Dat de halfbloed-echtgenoot van mijn moeder voor meer dan driekwart inlands was (weet ik sinds kort) maar voor een halfbloed dóórging, en dat die Italiaanse tantes – de zusters van mijn vader – de achterkleinkinderen bleken te zijn van een Hollander die met een inlandse vrouw was getrouwd, mocht de pret niet drukken. Mijn zusters waren te Ambonees en mijn tantes hadden Italiaans bloed ja. Punt uit.

Het Afrikaans van Breytenbach herinnerde me aan de taal van onze urenlange zondagse rijsttafels, aan het bruingebakken Nederlands van de indo ('In Nederland Door Omstandigheden') en ook aan het Petjoh uit de boekjes van Tjalie Robinson: *Je lâh je kripoet* (kraaienpoot), *Je lâh je rot*. Een mengeldialect van Maleis en Nederlands, vol verbasteringen, waarin mijn vader en zusjes excelleerden. Alleen het Afrikaans van Breytenbach was voor mij gastvrijer.

Daar moest ik meer van weten. Ik begon te lezen: Opperman, Van Wyk Louw. Ik wist niet wat me overkwam. Deze dichters schreven met het mes op de keel, ze benoemden de pijn van hun land, de liefde, de haat. In een taal gekoesterd binnen de heiningen van de *plaas* en de teerpaden van het dorp, dwars tegen de wildernis in. Een beklemde taal, jonge taal. Passietaal.

Het Afrikaans opende verre verschieten. Sinds mijn Grand Tour verlangde ik steeds meer naar reizen, naar de sepia landschappen uit het familiealbum, naar het exotische, gebrul in de rimboe... ja erger: ik verlangde naar koloniën. Nee, die gedachte was te schandelijk. Maar met een klein beetje moeite kreeg ik toegang tot een ander continent. Afrika. Ik mocht weer op reis. Emigreren in een taal, me laten vervoeren door schoonheid. Wat een idee.

Samen met een zeer langharige studievriend betrad ik de toen nog open deuren van het Suid-Afrikaans Instituut aan de Keizersgracht. En daar, omringd door indrukwekkende boekenkasten, gezeten aan een groenfluwelen tafel, troffen wij mevrouw

Truida Lijphart, docent. Mevrouw Lijphart zat braaf aan de thee én de poëzie met een groepje oudere dames. Wandelstokken en tassen kieperden om, zulk jong volk had het huis sinds de Boerenoorlog niet zien binnenkomen. We hadden nog geen slok van onze thee genomen of de dames begonnen de lof te zingen van Zuid-Afrika: we moesten vooral niets geloven van wat er in de kranten stond. Allemaal leugens. Een prachtig land was het, maar de bantoes waren nog als kinderen en er werd door de Afrikaners groots werk verricht. Wie er niet was geweest, kon er ook niet over oordelen. Mevrouw Lijphart kromp ineen.

Een week later vormden we al een eigen groepje met haar. Mevrouw Lijphart overgoot ons met bundels en bloemlezingen – eerste drukken, want de bejaarde dame die ze uitreikte vond het zonde recente uitgaven mee te geven want die waren nog zo mooi en nieuw. Zoals we toen lazen lees je nooit meer, zo veel, zo intensief. Ik plukte de mooiste woorden en vrat ze op. Mevrouw Lijphart blóéide!

Zo begon het dus, met de esthetiek. Maar de ethiek kwam er onvermijdelijk achteraan. Het goed en kwaad van de politiek. Ik besloot de Afrikaners te zien als een antropoloog die kennismaakt met een vreemde stam – anders zou ik het nooit lang met ze uithouden. Ook zij kenden 'het recht van de sterkste stam'. De witte stam in dit geval, die ene clan die de andere bevoogdde, knechtte, buitensloot. Ik bestudeerde de wonderlijke gebruiken van de Apartheid. De vele taboes, de seksuele riten van de Afrikaner (hoogste aantal echtscheidingen ter wereld), het *geskinder* (geroddel) van de elite. Maar ook de geboden en verboden van cultuur en censuur.

In 1972 besloot ik officieel Zuid-Afrikaans te gaan studeren. Als enige hoofdvakstudent. Ik kocht een dik gemarmerd kasboek en nam me voor daarin alle Afrikaanse boeken samen te vatten. Want ik zou álle boeken lezen, dat leek me haalbaar bij een literatuur die begin negentiende eeuw in druk gestalte kreeg.

Al lezend kwam ik een hottentottin op het fort bij Jan van Riebeeck tegen. Door diens biograaf nog beschreven als een smerig hottentotswijf in stinkvellen, maar elders al menselijker geportretteerd. Krotoa was haar naam – Eva voor de fortbewoners. Ze had Nederlands geleerd en onderhandelde als tolk tussen haar volk en de nieuwe heersers. Eva's diensten gingen verder: ze kreeg een kind van een Duusman. Aha! De vermenging, o zo noodzakelijk voor blanken die zich voor langere tijd in den vreemde willen vestigen. En er móést wat vermengd zijn, als je de scheepslijsten van de VOC naast het aantal gezinnen der Vrijburghers legde! De enkele Zuid-Afrikaanse historicus die daarop wees, kon zijn woorden niet genoeg omzwachtelen.

Geen vermenging zonder ontkenning. Dat de edele Boeren mogelijk inheemse invloeden hadden ondergaan, was een spiegel die je geen Afrikaner mocht voorhouden. Voor mij werd dat in die tijd spectaculair geïllustreerd door een krantenfoto van mevrouw Betsie Verwoerd, de weduwe van de architect van de Apartheid (een Hollander natuurlijk, want alleen een verzuilde geest kan zoiets verzinnen): mevrouw Verwoerd had brede lippen, een knopneus, uitgesproken negroïde trekken, maar de mond vol van *die Blanke Baasskap*. Hé, dacht ik, ook Italiaans bloed in Zuid-Afrika.

Bastaarde op soek naar suiwerheid, noemde Breytenbach dat.

Ik had de studie van mijn leven gevonden. Het roer ging om. Een nieuwe richting. (Al kwam ik zo steeds dichter bij mijn zaaigrond uit, alleen besefte ik dat toen nog niet.)

Bewondering en afschuw wisselden elkaar af, maar de schoonheid overwon. Ik was als de dood om vuile handen te maken. De term 'politiek correct' was nog niet in zwang, maar ik was het wel, en die houding knaagde... Want ik had met *Klipwerk* kennisgemaakt, die prachtige gedichtencyclus van Van Wyk Louw over zijn jeugd in een afgelegen streek van Die Karoo, waar de scheiding tussen wit en bruin nagenoeg was weggevallen. In de bibliotheek van het Suid-Afrikaans Instituut zat ik glossaria door te vossen, op zoek naar door landmeters en antropologen opgetekende streekwoorden en gebruiken, en probeerde zo *Klipwerk* te ontcijferen. Geloof me: ik was werkelijk gelukkig... Nu bleek uit mijn nader onderzoek echter dat Van Wyk Louw tijdens zijn leven een vooraanstaand *swartskoen* was geweest – lid van de Broederbond. Een in de jaren dertig naar nazivoorbeeld opgerichte organisatie van Afrikaner voormannen, die een grote invloed op de nationalistische politiek uitoefende. Mocht ik met deze schrijver voortgaan?

We leven midden 1973. Er breken verwarrende tijden aan. Een periode die in mijn hoofd bijna een roman is geworden...

Ik verricht karweitjes voor de verfoeilijke Nederlands-Zuid-Afrikaanse Vereniging. Het zolderarchief afstoffen. Ik krijg vuile handen. Vind een reepje handschrift van Paul Krüger. Ik ontmoet professor W.E.G. Louw – de broer van de dichter – op doorreis in Amsterdam. We spreken met elkaar in literaire citaten, ja, ik ken mijn Afrikaner klassieken. De professor ziet in mij de laatste strohalm tussen Zuid-Afrika en Nederland en ik in hem een nieuwe vader. Hij nodigt me uit naar Stellenbosch te komen – op de universiteit aldaar bevindt zich het manuscript van *Klipwerk*, vol aantekeningen in de kantlijn. Ik neem de uitnodiging aan.

O jee, denk ik, straks kapselen ze me nog in, laat ik me omkopen door het systeem.

En dan klopt uitgever Rob van Gennep bij me aan, voor wie ik samen met Jan Louter een verhalenbundel van Breytenbach vertaal. Of ik er wat voor zou voelen me aan te sluiten bij de verzetsgroep van Breytenbach: Atlas – later Okhela genaamd. Onder auspiciën van het African National Congress, het ANC. Doel: Afrikaner studenten bewust en opstandig maken en hen uiteindelijk rekruteren voor het ANC.

Ja. Ik aarzel geen moment.

Zou ik, vraag ik me nu af, behalve aan verzet en moed en heldendom en verlossing van mijn schuldgevoel, op dat moment ook aan het lot en de strijd van de zwarte bewoners van Zuid-Afrika hebben gedacht? Ik hoop het maar. Maar in mijn roman zou mijn held voornamelijk met zichzelf bezig zijn. Ik zou uitgebreid beschrijven hoe hij naar Parijs afreist om daar voor zijn taak als undercoveragent te worden klaargestoomd. In Parijs krijgt hij een nieuwe naam: Maarten.

Maarten leert schrijven met onzichtbare inkt, wordt ingewijd in de kunst van het achtervolgen én het afschudden van achtervolgers. *La filature!* Hij leert afluisteren, paspoorten vervalsen, krijgt les in geheime Cubaanse codes. Ja, het was hard werken. Nooit zoveel gevreeën in zijn leven. Míjn leven.

Om de twee, drie dagen kreeg ik een ander logeeradres toegewezen. We mochten niet opvallen. Het verraad loerde overal. Ik sliep bij een uitgetreden priester die met een Afrikaanse samenwoonde, bij een atoomgeleerde aan de Sorbonne. Dat mocht ik eigenlijk niet weten, maar ja, de post viel op de mat. (Je ogen dwalen, je geheugen onthoudt... vooral dat wat vergeten moet worden.) In een van die kamers had iemand een Zuid-Afrikaans paspoort laten slingeren. Een student, aan de foto te zien. Rebels lang haar. Diezelfde naam stond ook in de boeken op het nachtkastje (veel Hermann Hesse). Ik fantaseerde over die jongen. Zou hij met zijn clan hebben gebroken? Of onderhield hij toch nog een heimweecontact met de Zuid-Afrikaanse ambassade in Parijs? Het was namelijk mijn taak mij daar in te likken: *Meneer die kultuurraad, ek is nou so lief vir Afrikaans, dis so lekker vir my om hierdie taal te gesels... kan ek maar 'n bietjie van julle boeke kom inkyk.* Ik werd er met open armen ontvangen. Toneel! Wolfskleren! Ik kon die jongen verraden. Wat een opwindende gedachte. Wat een macht. Bloedgeil. Ik leefde in een roman van Graham Greene.

En dan de geheime vergaderingen. Waarbij de Algerijnse top van het ANC aanwezig was. Johnny Makatini die ons zijn zegen kwam geven. Aangezien er in de buurt van Stellenbosch een kazerne was, leek het de leiding wenselijk dat Maarten contacten met legerrekruten zou leggen. Hij, die het verschil tussen een korporaal en een kolonel niet eens wist. 'Wat gebeurt er als ik gepakt word?' vroeg Maarten aan Johnny Makatini. En Maarten zag zijn naam – zijn werkelijke naam – al op muren en banieren gekalkt.

'Sacrifice yourself,' zei Makatini.

Opofferen? Daar moest Maarten nog eens heel lang over nadenken.

In werkelijkheid – en wat ik nu vertel is maar een heel klein deel van die Parijse werkelijkheid – gebeurde er na die ontmoeting niet veel. Het enige wat ik ten slotte voor die club deed, was een aantal bruine enveloppen mee naar Zuid-Afrika nemen met toespraken van Nelson Mandela – destijds streng verboden lectuur.

Ik vertrek naar Zuid-Afrika, voor mijn *Klipwerk*-studie. Mijn geleerde gastheer, tegen wie ik – en dat is heel gewoon in Afrikaner kring – 'oom' moest zeggen, woonde in een prachtig huis even buiten Stellenbosch. Geen moeite was oom Gladstone te veel, een stoet van geleerden en cultuurdragers werd ontboden en aan mij voorgesteld; ik mocht al mijn kritiek uiten en er werd welwillend naar geluisterd.

De bruine enveloppen waren ondertussen veilig doorgespeeld.

Oom Gladstone probeerde mij te kneden: *die swartmense* hadden nog een lange weg te gaan, zag ik dat zelf dan niet. Europa moest zich niet van Zuid-Afrika afkeren, maar juist een lichtend voorbeeld zijn. Waarom kwam ik niet in Zuid-Afrika lesgeven. Een post op de universiteit was geen probleem. Oom Gladstone kon van alles voor me regelen... Zijn prachtige landschap kon ook het mijne worden. Zo lokt het verraad. Zijn gastvrijheid verried ik al.

Ik wist me aan zijn aangenaam rijke milieu te ontworstelen en zocht de vrienden van Breytenbach op – *almal renegate*, volgens een kwaaie oom Gladstone. Maar voor mij: echte schrijvers en kunstenaars, mensen die in Nederland onbereikbaar voor me zouden zijn geweest. Ik maakte van dichtbij mee hoe ze met hun samenleving worstelden, wat het betekende om voor keuzes te staan: erop afgaan of ervan weglopen. Vrijwel allemaal blanken natuurlijk, want ook de goedwillenden zaten gevangen in de cocon van de Apartheid.

Terug in Nederland begon ik naast mijn studie te publiceren over hedendaagse Zuid-Afrikaanse schrijvers. Dat hield voor mij in: schrijvers in conflict met de Apartheid. Schrijvers in oorlogstijd. Ik rolde de journalistiek in (een vak dat – zo wil het gezegde – tot veel kan leiden, mits je het tijdig verlaat). Eén gebeurtenis werd bepalend, zowel voor mijn journalistieke werk als voor mijn studie: de arrestatie van Breytenbach in augustus 1975, toen hij met een vals paspoort naar zijn geboorteland terugkeerde, niet als de gevierde dichter die hij inmiddels was geworden, maar als leider van zijn eigen verzetsgroep Okhela. Hij werd al vanaf de eerste dag gevolgd door de veiligheidspolitie en na een paar weken gearresteerd.

Het ANC in Londen distantieerde zich van Breytenbach. En niet alleen omdat hij zijn excuses aanbood aan president John Vorster voor een aan hem opgedragen beledigend gedicht. Ook de vrienden bij de Anti-Apartheids Beweging Nederland vonden het politiek niet opportuun zich voor hem in te zetten. Het is een lang en ingewikkeld verhaal. Gemor tussen Mao en Moskou, dat soort gedoe. Maar ik zal nooit de opmerking vergeten van een belangrijk voorman bij de Anti-Apartheids Beweging, een overtuigd communist, die toen ik hem vroeg waarom hij niets voor onze gearresteerde vriend deed, zei: 'De partij gaat boven de persoon.'

Val dood, dacht ik. Werd dat bedoeld met 'Sacrifice yourself'?

Breyten kreeg negen jaar gevangenisstraf, waarvan hij er twee in eenzame opsluiting doorbracht en in totaal zeven uitzat.

We hadden waarlijk van het leven geproefd. Maar hoe stond het ondertussen met mijn levensidee?

Met partijpolitiek wilde ik nooit meer iets te maken hebben. Ik wilde me alleen nog maar met literaire zaken bezighouden – bovendien paste een actief politiek standpunt niet bij mijn eerste echte baan: ik kreeg een schrijfcontract bij het Cultureel Supplement van *NRC Handelsblad* en daarbij hoorde dat ik voortaan objectiviteit moest betrachten. In 1976 maakte ik voor radio en krant een grote reis door Afrika en interviewde tientallen (zwarte) Afrikaanse schrijvers. Daarnaast werkte ik aan mijn doctoraalscriptie over Breyten Breytenbach, de dichter die wanhopig meende dat zijn mooie woorden tekortschoten en dat hij er ook *daden* aan moest toevoegen. (Mao Zedong indachtig: *Nie deur die pen maar deur die masjien geweer.*) Dus uiteindelijk hield ik me toch weer met die rotpolitiek bezig. Maar opnieuw won de schoonheid: ik raakte steeds meer opgewonden over Breytenbachs prachtige taalgebruik. Die schaamteloze lyriek. De ernst en lichtheid.

Ik begon zelf voorzichtig verhaaltjes te schrijven. Hij gaf me de durf. En *Klipwerk* inspireerde me om bitterzoet op mijn zaaigrond terug te kijken. De eerste *Nathan Sid*-verhaaltjes ontstonden, in een studiecel van de Universiteitsbibliotheek. Het zou nog jaren duren voor ik ze voorzichtig als eetrubriek in *NRC Handelsblad* wegmoffelde. Achter mijn engagement school een onzeker heerschap.

Negenentwintig jaar was ik al. Journalist. Per ongeluk geworden, want echt thuis voelde ik me niet in het journalistieke milieu – ondanks de kansen die ik er kreeg. De meeste journalisten gaven niets om mooie taal (als eindredacteur was ik voortdurend bezig hun bruinkoolproza glans te geven). Ze gaven om nieuws en om feiten. Nieuws! Wie las er nou de voorpagina (de 1)? Voor mij begon de krant op de kunstpagina. En feiten? Interessant hoor, maar ik las liever een goedlopende zin.

Voor Breytenbach schoot de literatuur tekort. Maar ik wou van mijn leven juist literatuur maken. Mijn krantenstukken moesten daar ook van getuigen. Veel glimmende zinnen, veel buitenkant. En op zoek naar spanning, passie, reizen, avontuur. Ik huldigde de mening dat je alles minstens één keer in je leven gedaan moest hebben – behalve moord. Weer zo'n ondoordacht idee. Ik kon me reuzedruk maken over de oorlogen in de wereld, niet wetend dat ik eigenlijk in oorlog was met mezelf. En zo kwamen *wij* steeds meer buiten onszelf te staan. *Ik* en al die andere karakters die ik me in mijn grenzeloosheid aanmat. Oftewel: 'Ik streefde naar andere hoedanigheden omdat ik niet wist hoe ik moest omgaan met de mij aangeboren eigenschappen, en ik trad steeds meer buiten mijzelf omdat ik niet wist wat er in mij zat.' (Monsieur de Montaigne herkent het citaat.)

Het was een heel vermoeiend levensidee.

Geschrokken van die grenzeloosheid en ouder geworden (maar niet wijzer), meende ik telkens weer troost in de schoonheid te vinden. Een verheven woord, maar ik gebruik het graag. De zee is schoonheid. De woestijn. Een duinlandschap, vooral na de storm. Een zich telkens schoon gummende natuur, onbezoedeld door mensen. Als kind bouwde ik in mijn hoofd al een schaduwhuis waar alle gebroken dingen vanzelf weer heel vielen. Het huis waar nooit ruzie is. Waar de verf glanst en de muren heel zijn, zonder wasgoed en fietsen op de gang. En dan de telkens terugkerende droom te kunnen vliegen, je letterlijk aan het vuil te kunnen onttrekken. Ik fiets om in de stad als ik er een lelijk gebouw mee kan vermijden. Vroeger ging ik er tamelijk ver in, ongetwijfeld ingefluisterd door een door mij slecht gelezen Dorian Gray. Toen ik voor mijn militaire-dienstkeuring de drie legeronderdelen een rangorde naar voorkeur moest geven, vulde ik in: 1 – marine, 2 – luchtmacht, 3 – nooit. 'Wat heeft u tegen de landmacht?' vroeg de mosgroene sergeant die de vragenlijst met me door moest nemen.

'Ondraaglijk lelijke uniformen,' zei ik.

'Wij hadden u juist bij de militaire politie gedacht, dat is ook landmacht,' zei de sergeant.

'O, is dat met die witte helmen en tressen? Maar dat vind ik enig.'

Nog diezelfde middag afgekeurd.

En dan te bedenken dat ik in dienst *wilde*!

Schoonheid, zuiverheid, heelte – ik heb er vroeger veel over gezwijmeld (met het woord 'heelte' heb ik zelfs de Van Dale gehaald). Op een meer volwassen niveau zoek ik schoonheid vooral in de stijl, in 'grammaticale schermutselingen' (een term van Ter Braak). De taal als harde rots en maar hakken en ciseleren. *Poliser et répoliser toujours*. Daarom bewonder ik Céline en Flaubert, die beiden hun woede met stijl beteugelden. En Couperus, Elsschot, Rilke, Baudelaire, Philip Roth, Mahler en Kathleen Ferrier – allemaal met stijl ingehouden pijn.

Toch is mijn verlangen naar schoonheid geen allesverbindend idee. Het is eerder een vorm van fetisjisme. De ikken in mijn boeken zoeken het kapotte juist op: de zelfkant, aberraties, gonorroe, om zich na bevuiling aan de schoonheid schoon te wassen. Ze zijn eigenlijk als de dood voor schoonheid: ordening en heelte verstikt ze. Ze zweren bij het adagium van Paul Claudel: *L'ordre est le plaisir de la raison, mais le désordre est le délice de l'imagination* (orde is het genoegen van de rede, wanorde het genot van de verbeelding). De oorlog wordt niet verdrongen, maar opgezocht en herbeleefd. Ook in de kunst (en dat geldt dan weer voor déze 'ik'). Niet voor niets zijn mijn lievelingsschilders Francis Bacon, die verscheurd vlees maakt, Lucian Freud, de meester van het vervallen naakt, en Roger Raveel, die zo mooi lelijke dingen schildert.

De vuile boel een sopje geven, de ellende in een lijstje vatten, het tranendal in dithyrambisch proza bezingen: is dat de uitkomst van het zelfonderzoek, poets de pijn op? Moet dat me op de been houden? Maar dat wil ik helemaal niet.

Maar wat dan verdomme? Monsieur de Montaigne verliest zijn geduld.

Ik wil gelukkig zijn. Tja... wie niet? Zo'n eenvoudig verlangen, maar zo moeilijk te bereiken. En weer een zwaarbeladen woord. Besmet ook: wat heet geluk? Velen noemen hun trouwdag de gelukkigste dag van hun leven. Bah. Geluk kan ook nooit een permanente toestand zijn, zoals kwezels die een heilsleer hebben gevonden ons willen doen geloven.

Ik wil het prettige maximaliseren en het onprettige minimaliseren (Skinner zei het al). Een heel natuurlijke behoefte – de omgeving uitzoeken waar het beste voedsel is, de meeste bescherming wordt geboden en de beste nesten te bouwen zijn. Vogels doen het, alle dieren, wolven ook.

Ik weet: echt veilig bestaat niet, maar de schrijftafel is *mijn* beste omgeving, daar voel ik me het prettigst, het veiligst, daar ben ik in al mijn naaktheid afgesloten. Achter de schrijftafel heb ik mijn eigen zaaigrond leren kennen. Al schrijvend heb ik ontdekt dat ik wel degelijk bij het koloniale verleden van mijn familie hoor, en bij hun oorlog. Dus toch ergens thuis, al had ik daar vreemd genoeg Zuid-Afrika voor nodig, dat kleur-overgevoelige land, die kolonie van mijn hart waar ik als bastaard bij de zwarten kon horen. Achter de schrijftafel heb ik geleerd nare herinneringen, verdriet en vooral woede vorm te geven en óók tederheid, vriendschap (de getuigen!) en de liefde. Het meeste nog de liefde, waar ik lang zo bang voor was. Achter de schrijftafel kan ik me redden.

Ja, dat is mijn allesverbindende idee: van het leven – mijn leven – een verhaal maken zodat het draaglijk wordt. Dat is iets totaal anders dan leven als in een roman. Het eerste is binnenkant, het tweede buitenkant. ('Binnenkant' riekt naar 'geest' en 'hogere motieven', maar ik bedoel er niets verhevens mee – ik wantrouw idealen. Het gaat ook om de maag, de materie: ik wil met mijn verhalen geld verdienen. We moeten tenslotte overleven.) Het kunnen totaal verzonnen verhalen zijn, papieren exercities waarin eigen ervaringen worden getransformeerd en daarmee beheerst en vormgegeven. Soms komt een verhaal dichter bij de autobiografische waarheid uit, maar dat is veelal schijn, want de herinnering zit vol leugens en ook van leugens mag men verhalen maken.

Het heeft verdomd lang geduurd voor ik mijn bestemming achter de schrijftafel vond, voor ik leerde mijn buitenste naar binnen te keren. (Aan die omweg zit nog een ander verhaal verbonden: dat van de outcast in het koninkrijk der spieren, bij sport altijd de minste, en van de outcast in het koninkrijk van de geest, die zich zo dom voelde in bijzijn van bebrilde slimmeriken. Uit schaamte om door beide partijen te worden geminacht, ging hij maar de clown uithangen.) Het clownspak hangt in de kast, de schminkstift is voor de pen ingeruild, bruin zal ik nooit worden, de wereldverbeteraar erkent zijn grenzen, de reiziger heeft zijn rugzak afgelegd. Ik loop niet langer voor mijn moeizaam verworven talent weg, al blijft het buiten spelen lokken (we willen tenslotte nog geen ouwe zak worden).

Met de pen het leven draaglijk maken – dat is het. Een 'filosofische wereldbeschouwing' kan ik niet aanbieden, en dat spijt me niks: als het verhalen maken lukt mag *ik* mij gelukkig prijzen.

1996

ENGAGEMENT MET DE PLOETERAAR

Als ik onder belezen vrienden weer eens klaag hoe langzaam ik lees – en dus veel minder weet dan zij – troost mijn geleerdste vriend mij altijd met de opmerking dat ik nu eenmaal 'een ideale lezer' ben. 'Schrijvers dromen van de aandacht waarmee jij leest,' zegt hij, 'jij gaat tenminste helemaal in een boek op. Je leeft erin. Je gaat er zelfs anders door praten. Telkens als je vreemde kuren vertoont, blijken ze aan je laatst gelezen boek te kunnen worden toegeschreven.' Het mag zijn dat ik licht beïnvloedbaar ben en dat ik, eenmaal opgenomen in een verhaal, er zo lang mogelijk in wens te verblijven – of juist andersom, ik wil er meteen uit: het boek grijpt me zo aan dat ik niet verder kan lezen. En het is ook waar dat ik mij plotseling soms anders kleed, of een vreemde voorkeur voor bepaalde spijzen aan den dag leg, alleen omdat de uitgesproken smaak van de hoofdpersoon dat gebiedt. Maar als het boek eenmaal terzijde is gelegd, gaan ook de wanen in de kast en ben ik de inhoud weer snel vergeten. Het zijn maar liefdes, kortstondige, dweepzieke liefdes.

Voor mij heeft lezen, en de waardering van een boek, klaarblijkelijk veel met identificatie te maken. Een begrip dat je weinig in de literaire kritiek tegenkomt, omdat het zo overduidelijk subjectief is en het voor een beroepslezer ondoenlijk is in elke recensie zijn ziel en zaligheid bloot te geven. Toch laten vele lezers, en ook critici, zich er heimelijk door leiden.

Je vereenzelvigen met de hoofdpersoon van een boek. Zo plat als het klinkt. Neergezet worden in een door de auteur opgeroepen wereld, meegaan met de gedachtenstromen, naast de auteur staan en tegelijk in de jas en het karakter van de personages stappen. Verdriet, geluk, jaloezie, moord, overspel, een ander meesterlijk de bek snoeren, aan alles wil ik medeplichtig zijn.

Lezen is duizend levens leiden.

Twee romans hebben diepe sporen in mijn leven nagelaten: *Karakter* van F. Bordewijk en *De leerschool der liefde* van Gustave Flaubert. Wat hebben deze ogenschijnlijk zo verschillende boeken met elkaar gemeen? Daarvoor moet ik eerst de staat van ontvankelijkheid beschrijven waarin ik mij bevond toen ik ze begon te lezen. Zonder bedding geen indruk.

Als kind was ik een moeizame lezer. Mijn eerste letters werden erin geramd. Mijn vader vond dat ik vóór de lagere school het lezen en schrijven machtig moest zijn. Als oud-militair meende hij dat slaag de beste leerschool was. Geen goede basis voor een lezer. Ik liet me liever voorlezen. Vooral van de verhalen van mijn oudere zusters kon ik geen genoeg krijgen. Sprookjes, Cissy van Marxveldt en de hele Kluitman-serie, want die van Kluitman zaten bij hen op school. Ik vrees dat mijn kijk op de wereld er lang door werd bepaald: vrouwen waren prinsessen, al dan niet opgesloten in torenkamers, mannen ridders die hen bevrijdden of berijders van sportwagens die hen verleidden, maar de meeste waren gemeen of een kei in sport (wat voor mij hetzelfde was). Je zou er bijna homoseksueel van worden.

Wie zo denkt mag niet doorleren. Ik was de enige uit de klas die te licht werd bevonden voor de middelbare school. Terwijl de anderen zich bogen over sommen waarin een mijnheer van A naar B fietste, mocht ik een stronk tot kerststukje vergulden.

Op naar de mulo, een stampschool. Rijtjes, rijtjes en jaartallen. Ik moest alles uit mijn hoofd leren, zelfs Franse, Duitse en Engelse gedichten. Nog net geen boeken, al behoorde je een flinke leeslijst af te werken. Voor het eerst openden zich de grenzen van andere landen, nergens heb ik zoveel geleerd als daar.

Een stilzitter was ik niet. Lezen wond me te veel op, ik wilde de wereld in, de helden van de leeslijst achterna. Moeder zuchtte. Ik was een zessenkind.

Tot ik *Karakter* las. Ook in dat boek sprak een held mij toe: Jacob Willem Katadreuffe. Onwettig kind – zoals ik. Zoon van Dreverhaven, de ploertige deurwaarder die zijn bastaard de keel dichtkneep tot er maar 10 procent asem overbleef. 10 procent die hem groot zou maken. Genoeg ook om zijn vader te vervloeken. En dan die moeder, Joba, ook verstikkend, maar dan in haar zuinige liefde.

Ik streepte het hele boek onder, leerde passages uit mijn hoofd – de hebbelijkheid van een muloklant. Ik declameerde in andermans woorden wie ik zou worden: 'Hij [ik] moest kunnen meespreken over alles, niet met de boekengeleerdheid van een lexicon, maar schertsenderwijs. Hij moest een vlotte conversatie kunnen ontwikkelen onder mannen, en op een andere wijze weer, bij vrouwen, zijn litteratuur kennen, vreemde talen spreken met het juiste accent, hún litteraturen kennen, – hij moest op de hoogte zijn van plastische kunsten, van muziek, – hij moest vlot leren reizen in vreemde landen, hij moest kunnen vertellen van steden, landschappen, volkeren, gebruiken en eigen ondervindingen, – hij moest geestig kunnen zijn...'

En zoveel meer moest Jacob Willem Katadreuffe kunnen. Want Jacob wilde advocaat worden, hij wilde een koperen plaat met zijn naam erop. Hij zou meester in de rechten worden, zijn milieu ontvluchten, breken met zijn moeder, zich afzetten tegen zijn onredelijk strenge vader. Jacob Katadreuffe moest hard werken, harder dan alle andere jongens, maar hij zou ze voorbijstreven. 'Roman van zoon en vader' stond in kleine letters op het titelblad. Een zoon die zijn vader zou overwinnen. Een vader als een zwaard zonder genade. Ook ik was gevormd door een Dreverhaven, een man die mij drilde voor de Derde Wereldoorlog. Sterk en paraat moest ik zijn, een Siberisch kamp kunnen doorstaan.

Er was maar één uitweg: meester in de rechten worden. Evenals Jacob Willem, net als Bordewijk. Een baan waarbij je 'ergens op terug kon vallen'. In mijn schoolagenda schreef ik op elke bladzijde: *word MR, word MR*. Week in, week uit. Een mantra voor mijn mulojaren.

Het duurde dertig jaar voordat zich een tweede roman aandiende die eenzelfde effect op mijn leven zou hebben. Gustave Flauberts *De leerschool der liefde*. Wat was er met me gebeurd dat ik daar zo ontvankelijk voor was?

Terug in de tijd: vader dood, zusters het huis uit, Indië de hutkoffer in, moeder voedt op. We woonden in Hilversum, een dorp dat ik haat, een standsdorp, trappen naar beneden en likken naar boven. Na de mulo en een jaar kweekschool deed ik eindexamen hbs-A. Ik zou naar Amsterdam gaan. Naar een anonieme stad waar ik een ander kon worden. Wie, dat wist ik nog niet. Ik wilde aan mijzelf ontsnappen. Geen mr. Maar wel iets waarbij ik me ook verkleden mocht en een publiek met woorden aan me kon binden. Toneel was de droom. Maar daarvoor bleek ik na een blauwe maandag Toneelschool een eeuw te laat geboren. Voor ingetogen spel had ik geen talent. Nederlands studeren? Al lezend duizend levens spelen? Dat dan maar. Wraak nemen op alle enendictees. Doctorandus worden. Een drs. kon altijd ergens op terugvallen.

Voor het zover was brak de langste vakantie van mijn leven aan. De maanden tussen eindexamen en de eerste collegedag. Lege maanden waarin ik weinig las: ik kon niet tegen die moeder om me heen. Hormonen zaten me dwars. Wat heb ik me die zomer van '67 verveeld... tot ik bij een schoolvriendin een vrouw met een teckel in de serre thee zag drinken. Zwart, kort haar met puntjes tussen oog en oor. Zoals ze haar tompouce leegschraapte, beheerst en toch wellustig. Ze leek op een Franse zangeres van melancholieke liedjes, maar dan een nette in een zachtroze mantelpakje. Mantelpakjes, ik ben gek op mantelpakjes. We raakten in gesprek. R. woonde in Parijs, maar was in Nederland geboren. De moeder van mijn vriendin kende haar nog van de lagere school. *Bien*, zei R., dus ik ging Nederlands studeren? Alleen maar Nederlandse *littérature*? Ze gaf haar zinnen een mooi Frans deuntje. En hoe heetten onze schrijvers van tegenwoordig. *Pardon*? Ik moest haar voortaan op de hoogte houden. We lieten haar hond uit en ze gaf me haar adres in Parijs. Ik moest eens langskomen, met een mooi Nederlands boek. Ze wilde de batterijen van haar taal opladen. Maar waarom ook niet meteen, hier in Hilversum, waar ze bij een oude tante logeerde? De volgende dag stond ik daar met een tas vol boeken voor de deur. Het soort villa waar ik als lagereschooljongen een keer het grindpad was af gestuurd toen de vader van mijn nieuwe vriendje ontdekte dat ik bruine zusjes had en ook nog eens een onwettig kind was. Maar R. wees me niet de deur, ze schonk weer thee, in een ander mantelpakje, en zou de hele stapel lezen.

Ik was verliefd. Voor het eerst. Twintig was ik, de dagen vlogen om. Wat was ze mooi, en rijk, die witte barracuda voor de deur was van haar! Ze sprak zes talen vloeiend, had op buitenlandse internaten gezeten en kende de halve wereld. Haar vader was een grootindustrieel, zijn enige dochter hoefde niet te werken. Ze had nog veel meer mantelpakken.

Vier dagen later reed ik met haar mee naar Parijs. Met R. at ik mijn eerste vlees. Eerst voorzichtig bedekt met een sausje, later steak tartare – *tres affiné* – bij Balzar in de rue des Écoles. Na mijn vaders dood en het verdwijnen van de door hem bereide rijsttafels was ik vegetariër geworden. Vlees vond ik eng. R. nam de angsten weg. Mijn angst te converseren in gezelschap, mijn angst voor de grote stad, voor autorijden, voor vrouwen. Met haar dronk ik mijn eerste champagne, ik leerde hoe je kreeft at, hoe je je in een restaurant gedroeg, hoe je je inschreef in een hotel. We gingen naar theater, ballet, opera, we soupeerden. Ik ontmoette bekende schilders, schudde op een vernissage Salvador Dalí de hand. R. maakte mijn wereld groter. Ik zoog het allemaal in me op.

De colleges begonnen, ik moest naar Amsterdam, maar drie weken later liftte ik weer naar Parijs en bleef een week bij haar. En dat gebeurde voortaan elke maand. Het was alsof ik al liftend naar het zuiden elke keer een ander werd. Ik leefde in twee werelden. In Amsterdam was ik de student driehoog achter in West, mijn medestudenten waren links en ik deelde hun idealen. Ik zong de Internationale op het Beursplein en protesteerde tegen de oorlog in Vietnam.

Driekwart jaar later braken er in Parijs studentenrellen uit. De

Meirevolutie ging geheel langs R. heen: in het zestiende arrondissement stonden geen barricades. Mei '68 ging ook langs mij heen, ik werd te zeer door mijn verliefdheid in beslag genomen. R. en ik spraken nooit over politiek, anders kregen we ruzie. Zij kende mijn wereld niet. Bij haar droeg ik een blazer en broeken met een plooi.

Het was een onmogelijke liefde, die van haar kant ook nooit beantwoord is. Zij vond het leuk om mij op te voeden. Het kostte me veel moeite om aan haar eisen te voldoen. Vooral financieel. Ik leefde boven mijn stand, begon geld te lenen en goochelde met betaalcheques. Alles verzilveren, nieuwe rekening openen, nieuwe cheques aanvragen, verzilveren en oude schulden afbetalen. Zo kon ik boeken voor haar blijven kopen, boeken die ze nooit las. Ik moest haar cadeaus geven, niet om indruk op haar te maken maar uit een gevoel van verering, wijding.

Mijn studie vlotte niet. In mijn tweede jaar kocht ik een rugzak en trok richting India. Ik was ontevreden over mezelf. Leefde tegen mijn gevoelens en principes in, zat tot mijn nek in de schulden en verwaarloosde oude vriendschappen. Weg, weg, weg moest ik. Breken met het verleden. Dag moeder, dag R., vrienden, knekelhuis.

Onderweg kwam ik zoveel tot niksen gedoemde hippies tegen dat ik voldoende ambitie verzamelde om twee studies af te maken. Pas op de universiteit ontdekte een docent mijn halve dyslexie. Maar daar bleek met muloslimheid heel wat aan te doen: wat telkens moeilijk en fout gaat gewoon uit je kop leren.

Elf zomers na mijn ontmoeting met R. studeerde ik definitief af. Ik kreeg een baan aangeboden als chef van het Zaterdags Bijvoegsel van *NRC Handelsblad*. Dat was in die tijd, 1978, geloof ik, heel wat. Ik moest een budget van enige tonnen beheren – ik, die totaal niet met geld kon omgaan. En de mensen schreven mij macht toe, ik kon journalisten een platform geven of uit mijn kolommen mieteren. In mijn gezicht deed iedereen erg aardig, ik sprak met ministers, schrijvers en kunstenaars en vroeg of ze het 'Hollands Dagboek' wilden schrijven. Schrijven, schrijven – de besten moesten voor mij schrijven. Maar ik was doodongelukkig, ik was gevraagd omdat ik zo aardig kon schrijven en ik schreef zelf nooit. Altijd maar jagen en jagen. Een kop als een telefoonklapper en redigeren, corrigeren, mee helpen opmaken, we zouden de beste bijlage van het land maken. Contacten met invloedrijke mensen vond ik belangrijker dan het onderhouden van oude vriendschappen. Ambitie, ambitie. Notabiliteit. R.'s opvoeding kwam mij goed te pas.

Drie jaar werkte ik me te pletter, tot ik tijdens een hernia Flauberts *De leerschool der liefde* las. Het was een boek dat me al op de eerste bladzijde bij mijn lurven greep. Een boek met ruggengraat en daar ontbrak het mij op dat moment aan.

Ook Frédéric Moreau, de hoofdrolspeler in de *Leerschool*, werd opgevoed door zijn moeder. Hij had zijn vader op jeugdige leeftijd verloren, er was weinig geld, maar op zijn eenentwintigste zou zijn erfdeel vrijkomen, een bescheiden rente, genoeg om zijn stand mee op te houden. Frédéric Moreau wachtte een lange zomer voor hij naar Parijs ging. Hij luierde en lanterfantte en 'dacht aan de kamer die hij in Parijs ging huren, aan het plot voor een drama, onderwerpen voor schilderijen, toekomstige liefdes'.

Hij koesterde de ambitie eens de Walter Scott van Frankrijk te worden. Hij besprak zijn plannen en dromen met zijn jeugdvriend, Charles Deslauriers, van een ietwat lagere komaf. Frédérics moeder mocht Charles niet, ze was er zeker van dat hij haar zoon had meegetroond naar verdachte huizen en hij verkondigde republikeinse zienswijzen. Heethoofdige praatjes zouden Frédérics carrière alleen maar schaden.

De leerschool der liefde speelt zich af tijdens de roerige jaren voor en na 1848. Februari 1848 brak in Parijs een revolutie uit die spoedig naar andere steden overwaaide. Heel Europa gistte. Na de Franse Revolutie van 1789 had de bourgeoisie steeds meer macht gekregen, ze werd niet alleen zelfbewuster maar ook steeds zelfgenoegzamer; vooral na 1840, onder de conservatieve premier

Guizot, wiens leus *enrichissez-vous* hoog in het vaandel van de bezittende klasse stond.*

Republikeinse en links-liberale groeperingen preekten al jaren een revolutionair socialisme. De utopisch socialist Fourier, die voor productiecoöperaties van arbeiders pleitte; Saint Simon, die wilde dat de staat geheel op het welzijn van de armste klasse was gericht; Proudhon: *La propriété c'est le vol*; Louis Blanc, voorstander van een gematigd proletarisch socialisme. Hun aanhangers zijn samen met de arbeiders de drijvende kracht van de Februarirevolutie. Ook Frédéric wordt erdoor beïnvloed. Maar hij verraadt zijn idealen, zoals de bourgeoisie dat na de Revolutie van 1789 had gedaan. Zijn persoonlijk falen, de concessies die hij doet aan geld en gemak, het verzaken van zijn intellectuele plichten: ze zijn symbool voor het geestelijk bankroet van zijn generatie.

Flaubert vond het een uitdaging de gebeurtenissen in Frankrijk tussen 1840 en 1851 als achtergrond te gebruiken. Maar de zaken van algemeen belang laten Frédéric eigenlijk onverschillig, hoezeer hij er ook met zijn vrinden over spreekt. Frédéric wordt vooral in beslag genomen door zichzelf. Frédéric is verliefd.

Het zal niet verbazen. Na tien bladzijden wist ik het al: Frédéric Moreau, *c'est moi*. Niet zoals ik wilde zijn, misschien nog niet zoals ik was, maar het gevaar lag op de loer.

Ook in *Karakter* is de tijdgeest van groot belang. De jaren na de Eerste Wereldoorlog, de malaise, de crisis. De roerende stem van de communisten. Katadreuffe stond er middenin, samen met zijn communistische vriend Jan Maan bezocht hij de vergaderingen van de Communistische Partij Holland, ging naar Russische films. De gebeurtenissen tussen 1916 en 1937 spelen beslist een rol in de compositie van het verhaal, maar aan Katadreuffe gaat de revolutionaire koorts toch voorbij. Jacob Willem Katadreuffe is

* Voor de historische achtergrond bij *De leerschool der liefde* citeer ik uit 'De geschiedenis van een generatie', het nawoord bij de briljante vertaling van Hans van Pinxteren.

verliefd, verliefd op Lorna te George. Niet dat hij daar wat mee doet, nee, hij vergenoegt zich slechts in gedachten met een bruiloft. Katadreuffe wijst haar af omdat hij nog meer verliefd is op zijn ambities.

Frédéric Moreau was dus ook verliefd, maar bij hem leveren ambitie en liefde een veel ingewikkelder strijd. Op de boot van Le Havre naar zijn dorp zag Frédéric zijn geliefde voor het eerst: 'Het was net een visioen: Zij zat midden op de bank, alleen; hij zag althans niemand anders, zozeer werd hij door haar stralende ogen betoverd [...] Haar zwarte haar viel in twee helften langs de uiteinden van haar lange wenkbrauwen neer, als tedere sluiers om haar gezicht.' Zij leek op de vrouwen uit romantische boeken. Hij zou niets aan haar willen toevoegen of veranderen. Plotseling was de wereld groter geworden. Zij was het brandpunt waarin heel het bestaan samenkwam.

De vrouw heet Marie Arnoux. Haar man, Jacques Arnoux, zit in de Parijse kunsthandel en Frédéric zoekt hem dikwijls op, om háár te zien, al is het maar een glimp. Arnoux introduceert hem in het grote leven, de kunsthandelaar houdt salons waar schilders, journalisten, politieke idealisten en bon-vivants samenkomen. Frédéric zit aan, doet mee en zuigt de nieuwe wereld in zich op. Hij trakteert, zwetst onzin over de ophanden zijnde revolutie, laat zich veel te dure kleren maken, huurt een appartement boven zijn stand, richt zich te luxueus in, kortom: Frédéric maakt schulden.

Hij verzaakt zijn oude vriendschap met Charles Deslauriers. Hoe groot zijn liefde voor de onbereikbare madame Arnoux ook is, hij houdt er een maîtresse op na – 'uit wanhoop,' zegt hij haar later, 'zoals je ook zelfmoord pleegt' – en omdat hij niet graag door een slecht geweten wordt gestoord, verlustigt hij zich in romantische clichés. Frédéric laat zich drijven op de stroom van het leven, en door zijn slapheid en gemakzucht laat hij na de grote schrijver of schilder te worden die hij zich als jongeling had gedroomd. Om zichzelf te troosten maakt hij zichzelf wijs dat hij geen enkele eerzucht heeft.

Als hij echter ontdekt dat zijn moeder zijn erfenis voor een deel heeft verloren en hij heel wat minder rijk is dan hij dacht, moet hij terug naar de provincie. Hij zal een rijke jonge boerendochter trouwen, ze wacht op hem, want in zijn zwakheid heeft hij haar een toezegging gedaan. Maar eenmaal terug in zijn geboortedorp bedenkt hij zich: de armoede zou hem juist kunnen sterken, terug bij zijn idealen kunnen brengen, zijn talent aanwakkeren, en hij ziet zich al op een zolderkamer grote werken schrijven. Maar dan wel in de hoofdstad: kunst, wetenschap en liefde – de drie gezichten van God – kunnen uitsluitend gedijen in de hoofdstad. Dus keert hij weer terug naar Parijs.

Hij droomt maar wat, die Frédéric, hij doet niets en alles lijkt om geld te draaien. Leningen, woordbreuk, faillissementen, deurwaarders, de hoofdpersonen praten over niets anders. Het woord 'rente' komt meer voor dan het woord 'liefde'. Telkens worden Frédérics wensen door geldgebrek gedwarsboomd, of juist door een verlangen naar geld ingegeven.

Frédéric wordt heen en weer geslingerd tussen vier zaken: loyaliteit, geld, zinnelijkheid en de extase van het kunstenaarschap. Hij verraadt zijn vrienden voor zijn vrijages. Als ze in nood zitten, of als de revolutie hem roept, hoert en snoert onze Frédéric en laat hij het afweten. Hij bedriegt zijn geliefdes en het meest nog zichzelf: hij is niet trouw aan zijn idealen. Frédéric moet keuzes maken en hij kan het niet, de conflicten hadden hem moeten vormen – dat is de leerschool der liefde – maar onze held brengt er weinig van terecht. Hij is een antiheld, een slappeling. Frédéric Moreau heeft geen karakter.

De leerschool der liefde was bij eerste lezing een *levensspiegel*. De leerschool toonde mij hoe ik me staande moest houden in de wereld van de journalistiek, het beroep van de snelle schouderklop waarmee je zo makkelijk een succesje kunt behalen, als het niet bij de lezers is, dan in ieder geval bij je collega's in het café. Flaubert liet me zien hoe ik moest omgaan met macht, roem en glamour. Ik streepte allerlei passages aan. De verwijten van Frédérics vriend Deslauriers: 'Op school zweer je dure eden, maar als het erop aankomt, houd je alles voor jezelf.' Over opportunistische vriendschappen: 'Er zijn mensen die bij hun medemensen geen andere opdracht hebben dan te dienen als tussenpersoon; men loopt over hen heen als over een brug en gaat verder.'

Ik streepte vooral Flauberts ironische terzijdes aan, want al vond de schrijver dat de auteur zelf niet in het werk aanwezig mocht zijn – *il faut que l'auteur soit absent de son oeuvre* – er zijn heel wat momenten waarin de schrijver wel degelijk met zijn eigen mening naar voren komt. De opmerkingen die Flaubert maakt over de journalistiek bijvoorbeeld. Armzalig vuurwerk, noemt de schrijver haar. Al die meningen, al die kritiek op degenen die uit de pas lopen met de modes van de dag, het makkelijk neersabelen van bekende persoonlijkheden, de roddels, de sensationele nieuwtjes. Verdieping eist hij, rust en concentratie, alleen zo kun je waarachtig schrijven.

En ik maar aanstrepen en instemmen. Wat was ik het met mijn grote schrijver eens. Ik had het boek nauwelijks uit of ik schreef een ontslagbrief naar de hoofdredactie. Ik wilde niet langer chef zijn, baas spelen, geld uitgeven, dinertjes aflopen. Nee, ik moest voor mijn ware liefde kiezen: schrijven. Dankzij *De leerschool der liefde* had ik mij bevrijd. Het portret van een slap karakter kon je karakter ook sterken. Dat het nog allemaal een tijd zou duren voor ik me werkelijk losmaakte van de journalistiek en dat ik nog steeds strijd lever met de stilte en de concentratie die nodig zijn voor het 'waarachtig' schrijven, is een andere zaak. Zaak was en is dat literatuur mijn leven kon veranderen.

Ik herlas *De leerschool* na het herlezen van *Karakter* en ik schrok ervan dat die boeken zoveel met elkaar te maken hebben. In beide boeken zijn de hoofdpersonen niet in staat hun gevoelens te uiten. Liefde en haat worden in geld uitgedrukt.

O, over geld valt zoveel meer te vertellen. Jacob Willem Katadreuffe wordt verwekt uit woede, woede om geld. Dreverhaven heeft een groots plan uitgedacht en hij ziet het voor zijn ogen vergaan omdat de geldschieter zich op het laatst terugtrekt. Om zijn woede te koelen verkracht hij Jacoba Katadreuffe. Frédérics liefde voor mevrouw Arnoux wordt pas openlijk beleden als hij al zijn kansen heeft verspeeld om er financieel beter van te worden. Pas dan toont hij zijn ware passie, passie voortkomend uit armoede.

En ik, alias Frédéric en Jacob Willem? Waarom herkende ik me zo in de kasboekzorgen van mijn helden? Mijn eerste vijf levensjaren stonden in het teken van de gulden. Geld was er niet. Geen kapitaal, geen salaris, geen pensioen. Mijn moeder heeft jaren moeten vechten voor het pensioen van haar in de oorlog vermoorde man. Al het verdriet, alle boosheid om de oorlog werd thuis in geld uitgedrukt. Mijn vaders gekte werd toegeschreven aan het feit dat hij al zo lang zonder werk zat.

Het is verbazend hoeveel er in beide boeken over geld wordt gesproken. *Karakter* begint niet alleen met geld, het eindigt er ook mee. De dag dat de eindelijk tot advocaat beëdigde Jacob Willem het 'vadermonster' voorgoed uit zijn leven zet en in een wankele stemming troost zoekt bij zijn stroeve moeder, vindt hij haar spaarbankboekje in de naaimand. 'Zijn hand speelde met de bladen, hij las op de laatste bladzijde een hoog cijfer, en met bevreemding teruglezend zag hij van maand tot maand dezelfde inlagen, van maand tot maand had zij het geld dat hij haar gaf, gebracht op de bank. En toen, op de eerste bladzijde las hij haar testament, in groot, kinderlijk gebleven schrift: "Voor mijn zoon Jacob Willem na mijn dood. Mej. J. Katadreuffe." (...) Het testament, onwettig, ongeldig, onnodig. Het sublieme testament.'

Ook *De leerschool der liefde* eindigt met geld: hoe Frédéric op bescheiden voet probeert te leven van zijn bijna opgesoupeerde vermogen.

Het is opmerkelijk hoeveel thema's van beide boeken elkaar raken, met elkaar oplopen en elkaar bestrijden. Thema's die ook in mijn eigen boeken voorkomen.

Identificatie als drijfveer van de lezer? Het klopt niet. Als er al sprake is van herkenning, is dat voornamelijk om wat je niet bent. De prins die de schone slaapster wakker kust. Je leest een leven dat je had kunnen overkomen als... als... De lezer leeft een paar uur in een verhevigde romanwerkelijkheid. Identificatie is een valse spiegel.

Nee, wat me uiteindelijk in beide boeken raakt en wat ze ook voor mij aan elkaar verbindt, gaat dieper dan de glanslaag van een spiegel.

Bordewijk toont ons de kracht en laat het goede overwinnen. Jacob Willem Katadreuffes handelwijze geeft ons hoop, de schrijver voert ons omhoog. Ook voor de ploeteraar is er een uitweg. *Karakter* is een roman van de wilskracht, een ouderwets exempel.

Flaubert toont het zwakke en ontleedt het slechte in onszelf. De schrijver laat ons zien waar gemakzucht en zinnelijkheid toe leiden. De schrijver drukt ons terneer. *De leerschool der liefde* is een roman over het gebrek aan karakter.

Misschien etst Frédéric Moreau daarom wel dieper in onze ziel dan die brave Jacob Willem. Wie van ons bleef er immers trouw aan zijn idealen, wie moet er niet met zijn eigen falen leven?

Karakter toont ons de moeizame weg tot succes, aanzien en macht. *De leerschool der liefde* laat zien hoe succes, aanzien en macht een mens uiteindelijk corrumperen. Niet alleen één mens, een hele generatie. Ik heb *De leerschool* nooit los van mijn eigen tijd kunnen lezen. Flaubert klaagt niet alleen het morele verval van zijn eigen generatie aan, de generatie die tijdens het uitbreken van de februarirevolutie van 1848 zo'n twintig, dertig jaar oud was, hij klaagt ook míjn generatie aan.

Mijn generatie – die massa naoorlogse borelingen – heeft altijd duidelijk laten merken dat ze er was. Omdat we met zo velen waren, hebben ze de scholen voor ons moeten vergroten, de wegen moeten verbreden, de drempels tot de universiteiten geslecht. En als er geen ruimte was hebben we die ruimte gekraakt. We hebben een stempel op onze tijd gezet: we hebben gedemonstreerd, inspraak bedongen, medezeggenschap. *'L' imagination au pouvoir'* was in ’68 de kreet van de studenten in Parijs. ‘De verbeelding aan de macht,’ riepen ze een jaar later in Amsterdam.

En waar komt die verbeelding nog geen dertig jaar later op neer? Op een hypotheek, een tweede huis, koopsompolissen en andere Zwitserlevengevoelens. De verbeelding van de markt. *Enrichissez-vous!* De sprong van utopisch socialisme naar utopisch kapitalisme is minder groot dan we dachten. Ik ben geen haar beter, ik ben ook maar een kind van mijn tijd, maar toch verzet ik me ertegen. Het is een strijd tegen mezelf. Flaubert en Bordewijk hebben me doen inzien dat je, wil je iets van je zuiverheid behouden, je afkomst niet moet verloochenen: de ploeterplek waar de meesten van mijn generatiegenoten uit voortgekomen zijn. Wat doen wij voor de ploeteraars van nu? De asielzoekers, de vluchtelingen, de migranten, zij die buiten de boot vallen. De mensen op drift die óók zo graag willen laten merken dat ze er zijn. Ik ben teleurgesteld in de zelfgenoegzaamheid van mijn generatie. We houden alles bezet, schuiven niet op. Onze weekbladen worden grotendeels gevuld door journalisten van onze eigen generatie, we schrijven over elkaar, interviewen elkaar. We praten over onze eigen kleine zorgen. Ik ook. Maar ik ben teleurgesteld omdat mijn generatie niet verder kijkt dan de termijn van hun koopsompolissen. Wie interesseert zich echt voor het debat met het Zuiden? Hoe vaak hoor je erover praten in onze Tweede Kamer? Schrijven onze columnisten er ooit over? De miljoenen aan de gatkant van de wereld willen ook een aandeel in onze welvaart. Vier vijfde van de wereldbevolking leeft in omstandigheden die spotten met de retoriek van de Verklaring van de Rechten van de Mens. Ook zo’n product van onze verbeelding. Clichés, ik weet het. Onrecht is van alle tijden.

Maar mijn generatie heeft zo’n grote mond, is zo verschrikkelijk slecht in delen. Ook met de generatie die na ons komt.

Mijn engagement met de ploeteraar komt niet alleen voort uit mijn achtergrond. Deze gevoelens zijn ook gevoed en aangescherpt door *Karakter* en *De leerschool der liefde.*

Flaubert zou me uitkafferen als hij het hoorde. Hij voelde zich op geen enkele manier betrokken bij het lot van de armen, de slaven, de zwarten en de uitgestotenen. De wereld is mijn woning niet, hij schrijft het keer op keer in zijn prachtige brieven aan Louise Colet: 'Er is geen ijsbeer op zijn schots in het verre noorden die minder op de hoogte is van wat er in de wereld omgaat dan ik [...] Ik heb me in mijn hol gegraven en ik blijf er zitten met geen andere bekommernis dan er steeds dezelfde temperatuur te laten heersen.' Toch heeft de kluizenaar van Croisset de wereld vanuit zijn hol met zoveel mededogen beschreven dat hij ondanks zichzelf mijn sociale betrokkenheid alleen maar heeft aangewakkerd.

Of, zoals Flaubert het in een brief uit 1853 verwoordde: 'Wat heb ik toch in me dat al wat zwakzinnig, gek, idioot en wild is, op het eerste gezicht voor mij in liefde ontvlamt? Begrijpen die arme schepsels misschien dat ik één van hen ben? Voelen zij dat er tussen ons een band bestaat? Het moet wel zo zijn.'

2007

IN GESPREK MET DE VOORVADEREN

Nieuwjaar 2006 verschenen in de Parijse metrostations enorme aanplakbiljetten die niet tot kopen maar tot denken aanspoorden: een kop van Paaseiland midden op de Place de la Concorde, een reuzenhand van Fatima in de Tuilerieën en een Garudavogel op een boomtak in de Jardin du Luxembourg. Daaronder de tekst: *Les cultures sont faites pour dialoguer.* Reclametaal. Dubbelzinnige titel ook. De beelden op Paaseiland, de hand van Fatima en de mythologische vogel Garuda zijn inderdaad ooit door verre volken gemaakt en verzonnen om een 'dialoog aan te gaan' – een gesprek met voorvaderen, goden, de profeet, met de mystieke wereld van geloof en verbeelding. Maar de aanplakbiljetten in de metro verwezen naar een andere wereld: de Europese. De hand van Fatima maande: er wonen ook nog andere mensen onder ons, mensen uit een andere cultuur. Laten we met elkaar in gesprek blijven.

Vreemd.

De obelisk die sinds het midden van de negentiende eeuw Place de la Concorde siert – een geschenk van de in Parijs toen zeer populaire pasja van Egypte Mehmet Ali – is op het affiche zorgvuldig buiten beeld gehouden. De naald met hiërogliefen hoort zozeer bij het stadsbeeld dat hij Frans is geworden, niet langer vreemd, maar volledig geïntegreerd. Het oudste monument van Parijs, melden de gidsen nu trots: dertien eeuwen voor J.C.

De ontwerpers van de geheimzinnige campagne hadden met de modernste digitale technieken beelden uit de verste uithoeken van de wereld in het trotse hart van Parijs geplaatst. Waarom die moeite, dacht ik? Parijs biedt al jaren gastvrijheid aan exotische bouwsels: een Chinese pagode, een boeddhistische stoepa, een

Indiase tempel, een steen voor steen uit Noord-Afrika geïmporteerde moskee, een Russisch-orthodoxe kathedraal met fonkelend gouden dak. Mogelijk verbazen die niet meer genoeg. Het vreemde is ingelijfd. Het vreemde in steen althans.

De affiches verdwenen uit beeld. De uitverkoop plakte zich er overheen. Maar een paar maanden later verschenen ze opnieuw, dit keer op de reclamepilaren in de stad. Alleen de boodschap luidde anders. Fatima, Garuda en de Paaseilandkop kondigden het in juni 2006 te openen Musée du quai Branly aan. Een project van president Chirac, die in Parijs een zichtbaar blijk van zijn politieke ambitie wil achterlaten: een tempel voor de 'kunst van de eerste mens'. Wat voorheen in verschillende musea was verspreid, zou daar voor het eerst worden bijeengebracht.

In de week van de opening verscheen in *Libération* een spotprent van 'Willem' waarop hij uitgeputte Afrikanen tekende die zwemmend de kust van Frankrijk proberen te bereiken. Op het strand staat het ontvangstcomité al klaar: een soldateske brigade van de vreemdelingenpolitie. Excuus van de Afrikaanse zwemmers: *nous venons visiter le musée des arts premiers.*

Een wrange grap, maar tekenend voor het tijdsbeeld. Dagelijks lezen we in de kranten hoe Zuid-Europa wordt overstroomd door vluchtelingen uit Afrika en Azië. Duizenden mannen, vrouwen en kinderen wagen hun leven in gammele *pirogues* voor de oversteek naar een beter leven.

In de week van de opening van het Musée du quai Branly verschenen er ook kritische artikelen over de koloniale kunsterfenis van Frankrijk. Onder welke omstandigheden waren die tentoongestelde schatten eigenlijk verkregen? Ging het hier niet om geroofde kunst? Werd het niet tijd dat Azië, Afrika en Polynesië hun culturele erfgoed opeisten?

Vooral van Afrikaanse zijde klonk forse taal. De discussie was nog maar nauwelijks geluwd of de kleur van de rijen voor quai Branly veranderde: zwarte gezichten dienden zich aan, en opvallend veel Aziaten. De kranten meldden het verbaasd.

Kwamen ze hun spullen terughalen? Nee, trots voerde hen naar het museum. Hele gezinnen kwamen naar 'hun' meesterstukken kijken.

Een nieuwe lichting blijkt de weg naar Branly te hebben gevonden: nazaten van migranten die gewoonlijk aan de gevestigde cultuur voorbijgaan en nu wel eens met eigen ogen willen zien waarom de kunst van hun verre voorouders met zoveel tamtam wordt tentoongesteld. De twee keer dat ik er was, liet ik me verdringen door Afrikaanse families die niet zwijgend maar pratend en wijzend naar de vitrines keken. Te veel van wat ze zagen smeekte om verhalen...

'Waarom is dat gezicht wit?' vroeg een jongetje oog in oog met een Fang-initiatiemasker.

'Vroeger schilderden wij onszelf wit om de geesten te misleiden,' zei de vader.

'En kijk eens naar die spijkers in dat beeld!'

'Zo verjoegen wij de pijn.'

De wijsheid van de educatieve bordjes verbleekte bij hun kleurrijke uitleg. Herkenning bepaalde de toon, ook al had men het tentoongestelde nog nooit gezien.

C'est nous, zei een Marokkaanse moeder die voor een vitrine met trouwgewaden stond.

Wij. Men kwam zichzelf zien.

Hoewel statistieken over kleur en landsaard in Frankrijk officieel taboe zijn (we zijn immers allemaal gelijk), wist de Parijse editie van de *International Herald Tribune* te melden dat 10 procent van de museumbezoekers uit een migrantengemeenschap afkomstig is. Een ongekend verschijnsel, dat maar weer eens illustreert hoe sterk de oude koloniën het nieuwe Europa kleuren. (Al blijkt dat niet uit de politieke vertegenwoordiging. Slechts negen leden van het Europees Parlement zijn zwart. Negen van de 785, iets meer dan 1 procent.) Veel van de bewoners uit die overzeese gebieden zijn trouwens allang Europeanen geworden. Maar hoe geïntegreerd ook, de band met het land en geloof van hun voorouders blijft dikwijls sterk. Hoe meer geld, scholing en vrije tijd, hoe heftiger die cultuur zelfs wordt gevierd. Uit sentiment en verlangen naar een stevige identiteit – al is die soms historisch vals. En zelfs daarin blijken de kindskinderen van migranten volkomen Europees, want ook zij die zich oerburgers wanen, zijn meer dan ooit op zoek naar hun kern – maar dan een van vreemde smetten vrij. Een virus van nationalisme trekt door de lidstaten. Vooral politici en populisten werpen zich op om het eigen land opnieuw uit te vinden. Met al dat dreigende vreemde om ons heen dient de burger zijn geschiedenis te kennen, zijn wortels. Geen volledig burgerschap zonder historische kennis. Stad, staat en kerk reiken ons top tienen van culturele wapenfeiten aan. Bulderende canons worden op ons afgevuurd. En als we geen nationaal verleden hebben, omdat het al te zeer verwaterd is, dan verzinnen we er een.

AFRIKA

1988

DE BEELDENREIZIGER

We liepen zwijgend verder en na een dagreis bereikten we de restanten van een dorp. Het zand smeulde. Twee dagen eerder waren de huizen met brandbommen bestookt. De witte schorten van een groep langsreizende dokters en verpleegsters hadden de aandacht van de bommenwerpers getrokken. Nu viel er nog meer te helen. Er waren doden en gewonden gevallen, vooral onder de verpleegsters, en overal liepen mensen met bloedige verbanden. De lucht was zwaar van het opgestoven zand.

We liepen voorzichtig langs de huizen maar die leken onbewoond, want al rookte het achter de muren, we zagen er geen huisraad en de leuzen op de muren waren al oud en door nieuwe vlammen aangevreten. Waar de grond op de binnenplaatsen zwartgeblakerd was, had de hitte ook golfijzeren platen verwrongen en trappen naar schuilkelders blootgelegd. Een schroeilucht steeg op uit de gaten en daar beneden zagen we de restanten van het vluchtelingenleven: emaillen kommen, gesmolten plastic waterflessen en wat verschroeide lappen. Vrouwen renden de kelders in en uit en redden hun laatste bezit. Niemand had tijd voor gejammer. De brandwonden eisten verzorging en nog voor de avond moest er een nieuwe schuilplaats klaar. De jongemannen zongen zelfs overwinningsliederen, ze hadden een straaljager naar beneden geschoten en gunden de vijand hun tranen niet.

De stad was niet ver meer, we roken de zee en liepen door de buitenwijken. Wat opviel, was dat de bommenwerpers vooral bomen, tuinen en boerenlandjes hadden vernietigd. Nu had de wind vrij spel en op de enige asfaltweg naar de stad lag al een dikke laag zand. De piloten deden het werk van de woestijn. Vrachtwagens beladen met rijst, poedermelk, sorghum en blikken maïsolie stoven voorbij. Hier in de stad, waar de hulp op wielen reed, leek de onderlinge zorg minder dan in de dorpen waar we doorheen trokken. In de stad vocht ieder voor zich. We zagen steeds meer groepjes jongemannen met geweren door de straten schuimen. Ze hielden de hulpkonvooien aan, zetten de chauffeurs tegen de muur, gooiden de zakken op handkarren en verspreidden zich weer als mieren tussen de huizen.

We maakten ons zo onopvallend mogelijk, want een onderzoekende blik bekocht je met de dood. De kleine gangsters hadden alles in handen, ze deelden rijst uit aan hun clangenoten, kinderen vaak, die dezelfde spiegelzonnebrillen, amuletten, cowboyhoeden en insignes droegen als hun leiders. Zagen ze rivalen, dan bestormden ze hun karren en wie zijn voedsel niet uit handen gaf kreeg de kogel.

We liepen in een andere eeuw, stapten over gewonden, stervend in de goot, en trapten bijna op een kaalgeschoren kind, de mond open, als in een flauwte. Niemand die zich om hen bekommerde, ook wij dachten alleen maar aan onszelf.

We zochten de haven, daar moest het veiliger zijn. Het gerucht ging dat er een leger van overzee zou komen. Vreemde soldaten kwamen de hongerigen beschermen en de strijdenden verjagen. De vrede was ophanden, we hoorden het overal. De wegen naar de hongergebieden zouden worden vrijgemaakt en alle monden kregen evenveel. Ja, zeiden de mensen, de soldaten komen Gods werk doen.

Midden in die chaos zagen we ook de toekomst en de vrede. Een schoolklas tussen de puinhopen, broodmagere kinderen die alvast de taal van hun bevrijders leerden. Ze zongen een welkomstlied en leerden tellen in de nieuwe taal. Het hoofd te groot voor hun schouders en hun armen zo broos als stro, ze konden nauwelijks hun vinger opsteken. Als Gods leger niet gauw kwam, zou het zwaaien ze niet meer lukken. Nog één seizoen zonder regen en hun kennis zou in de dood verdampen.

Zij die spoedig zouden sterven verzamelden zich bij de haven. Alles was zoals we verwachtten. Wij herkenden het kind dat een vleesloze hand voor zijn ogen hield. (Om de zon af te wijzen en de wereld die het vergat.) De open mond die van de lucht leeft en het lichaam dat niet meer beweegt. De oude vrouw naast een lege kom. Wij kennen de beelden.

En de stervenden kennen ons. Wij zijn de vreemdelingen met jeeps, camera's, pen en papier. Wij reizen in het wielspoor van de hulp. Zij ontmoeten ons in hun dorpen, waar wij hun dood nauwgezet volgen, onze ogen verstopt achter reuzenlenzen om hun lijden nog beter te kunnen zien. We zien dat alles om hen heen verdort, de koeien, de geiten, alles sterft. De boeren zaaien niet meer, de gewassen verdwijnen, het gras vergeelt, het stro op de daken wordt niet meer vernieuwd, de muren van de huizen barsten in de zon en er is geen water om de scheuren met klei te hechten. Alles houdt op te bestaan. De wolken ijlen voorbij, de regens blijven weg, er kan geen vrucht meer gedijen. Ook de vrouwen verdorren, er wordt geen kind meer geboren. De stervenden kennen alle beelden, al hebben ze nog nooit een foto of een film gezien.

Maar wij begrijpen de stervenden niet. Ze tonen geen verzet, ze huilen niet. Ze vallen niet op hun knieën, ze smeken ons niet om water of rijst. Voedsel interesseert hen niet meer. We willen verdriet zien, maar zij kijken ons alleen maar aan. Glimlachend, hun geest al bij hun geliefden, wij zien alleen een taai lichaam. Zo sterven ze in alle kranten, op alle nieuwsjournalen, en hun glimlach maakt ons bang.

1977

EEN ZWARTE KLOMPENDANS

Op afstand wordt veel van Afrika gehouden. Als Afrikanen na hun honger zich ook nog aan kunst wagen, kan dat in het Westen steevast op een positieve ontvangst rekenen – zelfs als het slecht is. Gireren maar! In Afrika kijken jonge kunstenaars en intellectuelen vaak kritischer naar de eigen cultuur. Maar hun stem werd op het prestigieuze International Black Art Festival in Lagos nauwelijks gehoord. Antikolonialisme en slachtofferschap waren daar de bindende elementen. Waar bleef de zelfkritiek? Ik vroeg het me af en schreef het op, niet beseffend dat de schuldbewuste derdewereldverbeteraars thuis het slachtofferschap van Afrika eveneens koesterden. Nog nooit zo op mijn donder gekregen voor een stuk.

Nigeria, februari 1977. Voor me staat een leeg flesje Fanta, een rode spuitbus Shelltox-insectenkiller en een blikje Nescafé. Op alle drie wappert een brandende kaars. Het is de enige verlichting in ons vertrek. Lagos ondergaat de zoveelste *power-cut*. Ik weet zeker dat er duizenden lampen branden in en om het National Theatre van Lagos. Want daar zit een handjevol mensen te kijken naar de traditionele dansen van een of ander exotisch woestijnvolk. Ook het National Museum is nu vast verlicht. Misschien kijken daar wel drie bezoekers hun ogen uit naar nationale kalebasgravures uit Niger of een stoffige nationale trommel uit de Soedan. Het is feest in Lagos. Spandoeken zeggen waarom: 'Second World Black and African Festival of Arts and Culture: FESTAC '77'.

Ik heb het ongenoegen dit festival 'van onderen' te mogen beleven. Niet zoals de officiële genodigden vanuit een gerieflijk hotel met een FESTAC-auto en chauffeur ter beschikking. Niet zoals de vijftienduizend zwarte kunstenaars uit alle continenten die hier dertig dagen 's morgens, 's middags en 's avonds hun kunsten vertonen. Zij wonen in het speciaal gebouwde festivaldorp en kregen na een week zelfs stromend water en elektriciteit. Ik huur, na dagen jeugdherberg en missiehuis, een kale kamer boven een staalconstructiewerkplaats. Hotelaccommodatie is altijd moeilijk te vinden in Lagos en de stad is niet berekend op zoveel extra bezoekers. IJzer zagen is slecht voor het oor en kaarslicht maakt sentimenteel, maar ik mag niet klagen.

De bewoners van Yaba – de wijk waarin de altijd zonnige M. en ik wonen – hebben het slechter. Kinderen slapen buiten onder de kraampjes, er is nauwelijks verlichting en de open riolen bepalen de geur. Overdag drijft iedereen er handel. Rode pepers, gerookt vlees, vis en trossen half rottende bakbanaan, waarvan de dumpplaats toevallig onder ons raam is. Ik heb nog geen blanke in deze omgeving gezien. Wanneer we buiten lopen roepen de kinderen *oyinbo pepe chuke chuke pepe*. Ik heb na drie weken nog niet door of ze ons toezingen of uitjouwen. Wel weet ik dat *oyinbo* 'blanke' betekent. Soms hou ik best van Yaba.

Ik hou niet van Lagos. Drieënhalf miljoen mensen vinden hier eten en werk. Buitenlandse bedrijven verdienen er miljarden olienaira's. De stad dijt uit als een rottende zweer. Misschien blijf ik zo lang om nog iets positiefs te ontdekken aan FESTAC. Want ook al zat ik te midden van eeuwig waaiende koeltemachines in een van de residentiële gebieden, dan nog zou ik het grootste culturele treffen in de geschiedenis van de zwarte volken negatief moeten beschrijven. Waarom ben ik daar zo huiverig voor? Westers schuldgevoel? Moet ik meehobbelen in de zachtzinnige Afrikakritiek, waarin alles begrepen en goedgepraat wordt wat in andere continenten wordt veroordeeld?

Het verloop van de eerste twee festivalweken werd gekenmerkt door chaos. Het programma werd dagelijks veranderd, zodat er geen touw meer aan vast te knopen was. Soms kwamen artiesten niet eens opdagen. Dan was er voor hen geen vervoer tussen festivaldorp en theater. Dan was hun dirigent per abuis gearresteerd. Dan waren er weer eens honderdtwintig airconditioned FESTAC-Volvo's gestolen.

De distributie van perskaarten werd na zeven dagen herzien. En kreeg je al toegang tot het theater, dan moest je je voor elke passerende soldaat legitimeren. Tweemaal heb ik de banden van mijn taperecorder ten overstaan van een 'official' moeten afspelen. En een catalogus van de tentoonstelling Africa & the Origin of Man werd na lang aandringen pas afgegeven toen ik de vraag 'Gelooft u dat Afrika de bakermat der mensheid is?' positief beantwoordde. Vrijheid van meningsuiting en militaire regimes kunnen het slecht met elkaar vinden.

Het is duidelijk dat de ambitieuze opzet van dit wereldfestival in een psychologische behoefte moet voorzien. De koloniale ervaringen en de huidige technologische en economische afhankelijkheid van Afrika hebben het zelfvertrouwen niet bevorderd. Daarom wilden de Afrikaanse volken en de zwarte gemeenschappen in de diaspora zichzelf en de wereld nu eens bewijzen hoe rijk de eigen artistieke en spirituele waarden zijn. FESTAC moet voorgoed afrekenen met de geestelijke bevoogding door de blanke wereld.

De glorie van de zwarte volken wordt deze dertig dagen echter niet gezocht in de kunstzinnige verworvenheden van het twintigste-eeuwse Afrika maar in de grootheid van het verleden. Vandaar de eenzijdige aandacht voor traditionele volksdans, traditionele volkskunst en traditioneel volkstheater. Meer dan de helft van de voorstellingen is toebedeeld aan folkloristische dansgroepen. Gastheer Nigeria heeft al een jaar van tevoren tot in de verste uithoeken van het land wedstrijden georganiseerd om de beste groepen voor het festival te rekruteren (cynici beweren dat de militaire regering op deze wijze een wit voetje in de provincie heeft willen halen). Ethiopische boeren verbeelden de oogst met sikkels en houten grepen. Burundi presenteert een krijgsdans door mannen in luipaardvel, met trommels op hun hoofd. Cuba toont volgens het programmaboekje 'dansen die een instrument zijn tegen culturele kolonisatie en die bijdragen tot de redding van de Cubaanse identiteit'. Het resultaat is een vruchtbaarheidsdans in tricotpak. Soms zijn het fantastische producties die uitdrukken wat woorden niet kunnen zeggen, vaak is het versleten folklore.

Of het in de dansen zo verheerlijkte 'volk' ook met deze kunsten kon kennismaken is een vraag die de festivalorganisatoren zich te laat hebben gesteld. Laat een Holland Festival de meerderheid der Nederlanders koud, dit wereldfestival zou voor de burgers van Lagos net zo goed op de Noordpool hebben kunnen plaatsvinden. Alleen de slingers, de vlaggen en de extra duisternis maken duidelijk dat er ergens iets aan de gang is. Zelfs de bezoeker die veertig gulden neertelt voor een plaatsbewijs, was er de eerste week niet zeker van dat hij ook toegang had tot de door soldaten bewaakte theaters. Na dagen slecht gevulde zalen heeft de militaire regering de FESTAC-organisatie zelf in handen genomen en de toegangsprijzen gehalveerd. De voorstellingen bleven slecht bezocht. De laatste week zijn de prijzen nogmaals verlaagd. Twaalf gulden maximum, veertig cent minimum. En inderdaad, iets meer mensen kwamen kijken.

Het bij elkaar brengen van over de wereld verspreide zwarte kunstenaars berust op de veronderstelling dat huidskleur een verbindend element in cultuur is. Een Papoea en een Aboriginal uit Australië voelen zich in Afrika klaarblijkelijk even thuis als een Braziliaan en een zwarte uit New Orleans. In oorsprong zullen er zeker culturele overeenkomsten zijn: Yoruba, een van de wijdst verspreide talen in Nigeria, wordt door nazaten van West-Afrikaanse slaven ook gesproken in Brazilië en Cuba; elementen van Afrikaanse maskerades vindt men nu nog terug in het Latijns-Amerikaanse carnaval. Maar dat een levende cultuur niet statisch is, dat eeuwen van gescheiden ontwikkeling ook markante verschillen hebben teweeggebracht, schijnt niet in de mythe van *sharing tradition* en *black brotherhood* te passen. Trouwens, waarop berust de idee dat alle zwarten broeders zijn? Het verbindende element van FESTAC is dan ook niet zozeer kunst, maar een gemeenschappelijk protest tegen het blanke imperialisme en neokolonialisme dat stelselmatig de zwarte eigenwaarde ondermijnt.

Het moet voor Afrikanen inderdaad frustrerend zijn wanneer blijkt dat de speciaal voor FESTAC tentoongestelde, eeuwenoude Afrikaanse kunstschatten nog geen dertig jaar geleden door buitenlandse archeologen uit de grond zijn gehaald. En dat deze blanke geleerden altijd de grootste moeite doen om de een of andere geavanceerde brons- of ijzertechniek aan niet-Afrikaanse volken toe te schrijven. De fraaiste Afrikaanse maskers en beelden staan in buitenlandse musea. De naam 'Nigeria' is verzonnen door een Britse lady. De inheemse toontalen zijn op schrift gesteld door missie en zending, en wel zo dat een protestantse Ibo het schrift van een katholieke Ibo niet kan lezen. Zelfs het bier met het speciale 'Cheers FESTAC'-etiket, komt uit het vat van Heineken.

Deze afhankelijkheid en buitenlandse dominantie worden tijdens FESTAC op alle fronten bestreden. Er verschijnen krantenartikelen met koppen als: 'Laat ons exploitatie bestrijden', 'Afrika lanceert een raket van culturele emancipatie en vooruitgang', 'Culturele revival moet waardigheid en zelfvertrouwen herstellen'. De Nigeriaanse FESTAC-presentatie is gedompeld in een saus van optimisme. Wie niet meejuicht is tegen. Kritiek wordt niet geduld. En grapjes al helemaal niet. Twee weken voor FESTAC zijn nog twee Europeanen voorgoed het land uit gezet omdat ze op de uitnodigingskaarten voor een tuinfeest het festivalembleem (een zestiende-eeuws Benin-masker dat nog steeds in Britse handen is) hadden geparodieerd. De inderdaad weinig doordachte tekst, 'Westac – First Annual White and European Garden Buffet Dinner Party', gedrukt rond het hoofd van Giscard d'Estaing, was volgens de Nigeriaanse *Evening Times* 'een even ernstige misdaad tegen de zwarten als de brute huurlingenaanval op de Republiek Benin terwijl in een aangrenzend Afrikaans land FESTAC werd gehouden'. Historisch is zo'n reactie verklaarbaar. Dat een dergelijk festival kan ontaarden in kritiekloze zelfverheerlijking en wanstaltig zwart racisme evenzeer, maar het is geen pretje daar een maand lang getuige van te moeten zijn.

Als we de slangenbezweerders, de traditionele dansdrama's en het volkstoneel buiten beschouwing laten, herkennen we de strijdbare sfeer ook in de keuze van de toneelstukken. Producties met titels als *The Struggle* (Ethiopië), *Soweto* (Zambia), *l'Homme blanc dans le monde noir* (Mozambique), *Here Comes the Nigger* (Australië), verbeelden alle dezelfde monotone boodschap van koloniale exploitatie. Niet het spel maakt het tot een kwelling, maar de bombastische dialogen van het van-dik-hout-zaagt-men-planken-toneel. Opmerkelijk zijn de toelichtingen van auteurs en recensenten.

Zo zou het politieke toneelstuk *The Drum* (Somalië) meer portretteren dan de bevrijding van de 'lang geëxploiteerde en verontmenselijkte Afrikaan'. Een in mijn ogen onbeduidend tafereel van een man die zijn been breekt en door zijn lotgenoten wordt geholpen, is volgens de schrijver een vingerwijzing naar de vermeende medische superioriteit van de blanke: 'Deze episode toont aan dat de Afrikanen al voor de komst van de kolonisten de kennis bezaten om zich door middel van natuurlijke kruiden te genezen.' De bos-, rivier- en zeegeesten in een voor toneel bewerkte Yoruba-legende symboliseren voor een dagbladrecensent 'de koloniale krachten die het vredige leven van de zwarten verstoren'. Modern Afrikaans toneel waarin de eigen hedendaagse samenleving wordt bekritiseerd – een genre dat wel degelijk in Afrika bestaat – heb ik op één uitzondering na niet in het FESTAC-aanbod kunnen ontdekken.

Tijdens het colloquium – waarop honderden geleerden uit een vijftigtal landen van gedachten wisselen over het onderwerp 'Zwarte beschaving en opvoeding' – worden de gevolgen van koloniale dominantie eveneens tot in den treure besproken. Net zoals de belangrijkste toneelschrijvers zich van dit miljoenenfestival hebben gedistantieerd, schitteren ook hier de intellectuele kopstukken van de zwarte wereld door afwezigheid. De voorspelling van de Nigeriaanse toneelschrijver Wole Soyinka dat het colloquium een spreekbuis van regeringsknechten dreigde te worden, heeft hun komst naar Lagos in ieder geval niet bevorderd. Gelukkig is voor sommige geleerden het opsommen van historische prestaties der zwarte volken niet genoeg. Zij geven manieren aan om de zwarte erfenis in stand te houden en deze verder te ontwikkelen in de moderne tijd.

Het merendeel van de gepresenteerde teksten en lezingen is erop gericht de mythe van inferioriteit der Afrikaanse talen, kunst, filosofie, geschiedenis en technologie te ontmaskeren. Men doet voorstellen tot afrikanisatie van het onderwijssysteem, neemt resoluties aan die aandringen op een grotere politieke eenheid, en beveelt het 'Afrikaans socialisme' aan als de beste ideologie van het continent. De werkgroep 'Zwarte beschaving en massamedia' pleit voor een beperking van de invloed van de internationale persbureaus, omdat deze 'vijandig staan tegenover de Afrikaanse economische, politieke, culturele onafhankelijkheid en ontwikkeling'.

De meeste ophef veroorzaakt de bijdrage van Wole Soyinka, die tot ieders verrassing zijn gezicht toch enkele dagen op FESTAC laat zien. Heeft het Nigeriaanse staatshoofd, luitenant-generaal Obasanjo, al tijdens de opening van het colloquium gezegd: 'Het is een tragedie dat alle zwarte en Afrikaanse volken hun *Africanness* in geleende talen moeten belijden', Soyinka meent dat daar niet langer over gezeurd moet worden en dat de tijd rijp is voor Swahili als taal voor het gehele Afrikaanse continent.

Het ziet er niet naar uit dat de West-Afrikaanse intellectuelen bereid zijn het plan ten uitvoer te brengen. Swahili mag voor Oost- en Centraal-Afrika alle taalverschillen overbruggen, voor de gemiddelde Nigeriaan of Senegalees is het even on-Afrikaans als Engels of Frans. Waarom geen Arabisch, dat in West-Afrika veel algemener verspreid is? vragen enige gedelegeerden zich af.

Soyinka betoogt dat Swahili niet speciaal aan een etnische groep gebonden is en dat het als taal zonder koloniaal verleden ook allerlei door de 'Euro-Amerikanen' verzonnen en bezoedelde termen als 'zwart', 'Afrika' en 'Afrikaans' opnieuw zou kunnen definiëren. De vraag waar een land als Nigeria het lerarenkorps vandaan haalt om tachtig miljoen inwoners een tweede taal bij te brengen, valt buiten het bestek van de colloquiumfilosofen.

Mijn verhaal wordt eenzijdig, net zo eenzijdig als het gelijk van de FESTAC-geleerden. Wat te denken van discussiegroepen waarin literaire dwergen vier uur lang (in het Engels) hun veto uitspreken over de roman als literair medium voor Afrikaanse en zwarte schrijvers, omdat de vorm on-Afrikaans is? Of het gespreksonderwerp 'De invloed van de Afrikaanse literatuur op de wereldliteratuur'? Op zichzelf een origineel uitgangspunt, omdat de meeste recensenten vaak met graagte Europese of Amerikaanse invloeden in het werk van Afrikaanse schrijvers aanwijzen. Op het gebied van beeldende kunst en theater zijn Picasso en Peter Brooks veelgenoemde voorbeelden van kunstenaars die zich door Afrika hebben laten inspireren. Maar wat gebeurt er wanneer niemand onmiddellijk een Afrikaanse invloed op de wereldliteratuur kan aanwijzen?

De Ghanese toneelschrijver Joe de Graft stelt voorzichtig dat het uitgangspunt misschien toch wat onrealistisch is, omdat Afrikaanse literatuur zo slecht verspreid wordt dat er van wereldbeïnvloeding nog geen sprake kan zijn. Dan maken de dwergen die het onderwerp zelf voorgesteld hebben zich weer groot. Roepen dat ze niet schrijven voor de wereld maar alleen voor hun eigen zwarte broeders en zusters. '*To hell with Picasso, Sartre and their white crap. Forget about the whites,*' roept een jonge Amerikaanse schrijver. Daverend applaus van de zeventien aanwezigen.

Hoe moet ik reageren op het betoog van een architect die het speciaal voor dit festival gebouwde theater (kosten honderdtwintig miljoen) prijst om zijn typisch Afrikaanse cirkelvorm? Iedereen kan weten dat het op een politiepet lijkende gebouw een uitvergrote kopie is van een Oost-Europese sporthal die nog geen vier maanden geleden door Bulgaarse architecten en aannemers is opgeleverd. Dan ontdek ik ook nog dat het theater is geopend met het Zuid-Afrikaanse dansdrama *Ipi Tombi*. Een stuk Apartheidsfolklore waar progressieve jongeren tijdens de Londense en New Yorkse voorstellingen tegen protesteerden. Dat maakt mij heel droevig. De naweeën van het koloniale tijdperk hebben inderdaad ernstige verwarring gezaaid.

De twee maanden dat ik nu door Afrika reis, heb ik met tientallen jonge schrijvers en kunstenaars gesproken. Ik heb me telkens laten vertellen dat de door kolonisatie ingegeven thema's voor hen passé zijn. Ik heb het niet mogen merken. 'Natuurlijk is het een conservatief en oersentimenteel festival,' zegt een jonge FESTAC-mijdende hoogleraar in de Afrikaanse literatuur aan de universiteit van Ife. 'Laat ze dat verleden herkauwen. Net als jullie doen wanneer jullie zeuren over onderlinge moordpartijen die "wereldoorlogen" heten. Je mag ons land en zeker de Afrikaanse cultuur niet beoordelen op zo'n festival.'

2004

FONTAINE NOIRE

Het getrommel werd steeds luider. Een paar straten verder vonden we vier trommelaars, omringd door een kluwen vrouwen en kinderen. Een trouwerij. De vrouwen deden een wedstrijd wie het hoogst kon springen. Heupschokkend naar de trommelaars schuifelen en dan: rechtstandig de lucht in. Hoe meer inkijk, hoe harder het tromgeroffel. Toen ze mij zagen werd er een stoel gehaald. Een blanke moet zitten! Naast de drummers en niet wegkijken. De ene krullenbol na de andere passeerde de revue. Ik kwam ogen te kort... tot ik een paar benen zag die niet op leken te houden: ebbenhouten hemelbogen. Daarboven een stralend gezicht. Dat is haar, dacht ik. Mijn hart trommelde van geluk. Ze sprong het hoogst, naar de kracht van de roffel te oordelen, maar ik keek alleen naar haar ogen. Ik stond op om haar te feliciteren. Zij sprak Wolof, ik Frans. We konden elkaar niet verstaan maar hadden ook geen woorden nodig. Hier stond mijn vrouw. Al pratend deed ze een stap opzij, tilde haar linkerbeen op en piste in de goot. Een trotse straal. Ze schudde lachend de laatste druppels los. Mag ik haar dit afleren? vroeg ik me af. Nee! Het was niet haar plas die mijn verliefdheid bluste, maar de gedachte dat ik haar verwonden zou door haar te ontwortelen.

1977

MELODRAMA'S OP DE MARKT

Ghana. Op het gammele busje dat ons van het vliegveld naar Accra brengt, staat: *Travel and See*. De chauffeur schudt ons de hand en tot mijn grote verbazing hoeven wij niet meer te betalen voor de rit dan de andere reizigers. In de bus worden we behandeld als Ghanezen. Ook wij krijgen andermans kinderen op schoot en zitten met z'n vieren op een tweepersoonsbank. De mensen negeren ons niet. Wat een verademing. We worden bijna sentimenteel. Deze stad heeft bomen; ik hoor een vogel fluiten; kinderen spelen op straat en politiemannen regelen hier het verkeer zonder mitrailleur. Lagos tuit nog na in onze oren. Laten we in Ghana weer blanco beginnen, de kleur komt vanzelf wel. Travel and see.

De eerste uren in een nieuw land, een nieuwe stad, speelt het hele lichaam camera. 'Hé, moet je deze boom eens ruiken, zie je dat ook hier de plateauzool in alle kleuren oprukt? Voel eens hoe warm het venster, hoe dun de krant?' Maar na een wandeling door het centrum van Accra trekt eigenlijk maar één ding onze aandacht: vrijwel lege winkels en hier en daar een lange stoet wachtende klanten. Waarom weten we de volgende dag. Dan staan ook wij in de rij voor lucifers, wc-papier, suiker, koffie, zeep en melk. Schaarste is een alledaags woord in Ghana.

Het leven is duur; één brood kost de werkman zijn halve dagloon. '*You have to know somebody*,' grappen de winkeliers. Inderdaad, een invloedrijke kennis bespaart veel dagelijkse ellende van uren wachten op mondjesmaat toegewezen waren. Corruptie tiert. In het noorden heerst honger. De kranten prijzen de voorspoed, de revolutie, de generaals.

Wat gaan we doen in Accra? Praten met schrijvers en studenten en luisteren naar hun hartstochtelijke plannen die de alsmaar groter wordende groep van stedelijke Afrikanen (ruim 10 procent van de Ghanezen en de Nigerianen) weer in contact moeten brengen met hun wortels: de landelijke cultuur.

De stad is geen gesloten gemeenschap, waar de *storyteller* eeuwenoude verhalen vertelt en de dorpsdichter de geschiedenis in verzen vastlegt. Je vindt er geen aan seizoenen of maanstanden gebonden festivals, waar dank aan goden en gewassen wordt gevierd met muziek, dansen, maskerades en vertellingen. De man die de mooiste maskers snijdt of het beste de drum bespeelt is de boer in het dorp, zelden de werkeloze of twaalf uur per dag rondrijdende taxichauffeur in de stad. De nieuwe stad is een toevallige verzamelplaats van mensen van verschillende stam en streek; de eigen tradities en kunsten kunnen zich daar onder de druk van nieuwe levensomstandigheden vaak maar moeilijk handhaven.

En het moderne Afrika? Het Afrika van Cambridge en Oxford African Studies, van de Heinemann African Writers-serie, van de Penguin African Library, die aardige boekjes vol bloemlezingen van talentvolle toneelschrijvers, dichters en essayisten? Laat de stad een neerslag van hún activiteiten zien? Het theater: al maanden onbespeeld. Het museum: zestien jaar geleden voor het laatst afgestoft door een repatriërend etnoloog. De bioscoop: James Bond en *Samson and Delilah*. De boekhandel: het verzameld werk van Jane Austen en een volledige cursus steno weggedrukt onder riemen schrijf- en pakpapier.

Mogelijk tref ik het niet, maar tijdens weken reizen door Afrikaanse steden speelde nergens een toneelstuk of een film van een Afrikaanse kunstenaar, behalve dan op de dertig cultuur-overspannen dagen van het Black Art Festival in Lagos. De boekhandels van Londen of Parijs hebben meer Afrikaanse literatuur in huis dan die van Accra, Kumasi, Lagos, Ibadan, Onitsha, Nairobi of Mombassa. Ook de inhoud van deze *African literature* lijkt vaak meer gericht op buitenstaanders dan op de bewoners van Afrika zelf.

Maar de situatie verandert. Kweektuin van de urbane cultuur is de universiteit. Het academisch onderwijs groeit in Afrika gelijk op met de steden. Nigeria begint dit jaar met zeven nieuwe universiteiten (en heeft er dan dertien in totaal). Ook de Letterenfaculteiten in Accra en Cape Coast zijn overvol. Een campus heeft wél een goede boekhandel, die wat literatuur betreft in ieder geval aan de vraag van de verplichte leeslijsten voldoet. Studenten spelen er theater van eigen bodem; de workshops worden geleid door kunstenaars, die bijna altijd aan de universiteiten verbonden zijn. Ze experimenteren met traditionele kunstvormen in de nieuwe omgeving. Wie binnen de campus blijft, wordt getroffen door een bloeiend artistiek leven. Maar de universiteit ligt vaak mijlenver van de stad verwijderd.

'Het gevaar is groot dat de jonge mensen die na hun studie in de maatschappij terugkeren de meest ontwortelde Afrikanen worden. Eerst verloren zij het contact met de wijsheid van hun voorvaderen en in de stad weten zij geen weg met de wijsheid van de campus. Cultureel belanden ze in een soort niemandsland. Er zijn nauwelijks faciliteiten voor dat nieuwe en snel groeiende publiek.' Een uitspraak van de Ghanese dichter Kofi Awoonor.

'Niemand zit hier op geïnstitutionaliseerde kunst te wachten. Maar ik weet zeker dat er vanavond heel wat mensen in de stad zijn die graag een goed toneelstuk zouden willen zien. Ze kunnen nergens heen. In de dorpen vindt theater plaats als er iets gebeurt wat de gemeenschap raakt. De moderne toneelschrijver kan een brugfunctie tussen dorp en stad vervullen.' Aldus de toneelschrijfster Efua Sutherland.

Valt er in de stad dan werkelijk niets te beleven? Er is altijd wel ergens dans, zang en muziek – vooral in de overbevolkte krottenwijken. Rondtrekkende groepen muzikanten en toneelspelers die in de grotere Ghanese dorpen optreden, doen ook de stedelijke volkswijken aan. Zo'n gezelschap – een *concert party* – brengt op de orale tradities geënt toneel in een van de volkstalen, doorspekt met jazz en potsenmakerijen. De nieuwe elite – de geletterde

Afrikaan – staat hier echter veelal buiten en heeft tot deze evenementen nauwelijks toegang. Hoe ik ook rondvroeg om ergens iets van dit veel geroemde en typisch Ghanese toneel te kunnen zien, niemand kon mij vertellen waar en wanneer een groep zou spelen.

En natuurlijk is er de markt, een schreeuwerige ontmoetingsplaats van de landman en de stedeling, ook op cultureel gebied. De bedelaars neuriën er voor hun geld. Jongens tokkelen op van benzineblikken gemaakte gitaren en overal hoor je het zangerige roepen van bus- en taxichauffeurs die hun klanten lokken met een cantate op hun einddoel. Je kunt er brieven laten schrijven, krakende cassettebandjes van lokale muziekgroepjes horen, en ook boeken kopen die je alleen daar en nooit in de winkel ziet. Deze boeken zijn misschien wel de interessantste literaire ontdekking van deze reis.

Op elke markt staat wel een jongen met een halve kalebas vol van deze handel. De pakkendste werkjes liggen bovenop: *Money hard to get but easy to spend*, *The modern way boys speak to girls and win their love*, *Beauty is a trouble*. De eerste keer kocht ik er een paar uit louter nieuwsgierigheid, maar sinds ik ze gelezen heb, stroop ik elke West-Afrikaanse markt af op zoek naar meer. Er bestaan honderden titels. Het zijn fantastische, vaak humoristische en belerende werkjes waarin allerlei elementen van de orale verhaaltraditie, de westerse christelijke opvoeding, de moderne media en de Europese klassieken zijn terug te vinden. Veranderende culturele gewoonten en de conflicten van jonge mensen in de grote stad worden er breed in uitgesponnen.

In tegenstelling tot de veelal in het buitenland gepubliceerde African Writers-series worden ze door duizenden West-Afrikanen gelezen en, te oordelen naar hun verfomfaaid uiterlijk, druk geruild. West-Afrikaanse letterkundigen noemen het marktliteratuur (in Europa heet zoiets triviaalliteratuur), en ook in Afrika telt het niet echt mee. Toch leert het lezen ervan ons voorlopig meer over de stedelijke samenleving dan uren kletsen op de campus.

De boekjes tellen zelden meer dan vijftig bladzijden, kosten maar twee of drie gulden en zijn iets smaller dan een schoolschrift. Op voor- en achterkaft prijkt meestal een plaat van een ouderwets fotomodel of jeugdig paar. Merkwaardigerwijs zijn die 'sterren' bijna altijd blank, maar aangezien deze illustraties zelden iets met de inhoud te maken hebben, zal dat wel te wijten zijn aan een verdwaalde partij koloniale clichés.

De meeste boekjes verwijzen naar drukkers en uitgevers uit Onitsha, een handelscentrum in Zuidoost-Nigeria. Al zijn de schrijvers veelal Nigerianen, dankzij rondtrekkende handelaren strekt het lezerspubliek zich nu uit van Engelstalig Kameroen tot aan Sierra Leone. Zelfs in het droge noorden van Ghana lagen de boekjes onder een boom.

De uitgaafjes spreken vooral lagereschoolverlaters aan, voor wie de officiële literatuur te moeilijk is. Ook de schrijvers zijn zich bewust van de beperkingen van hun lezers. Zo bericht de zich als *ex-grammar schoolboy* introducerende Cletus Nwosu in de inleiding tot zijn *Miss Cordelia in the Romance of Destiny*: 'Ik heb het boek zo eenvoudig mogelijk gemaakt zodat een schooljongen met een gemiddelde intelligentie er zonder woordenboek op zijn schoot van kan genieten.' De marktauteurs kunnen, zoals de meeste schrijvers in West-Afrika, van hun werk niet leven. Hoewel sommige evergreens wel een oplage boven de zestigduizend halen, betalen uitgevers voor een goed verhaal tussen de vijf en twintig gulden.

De wens te worden uitgegeven is kennelijk groter dan de geldelijke beloning. Voornoemde Nwosu hoopt met zijn romannetjes zijn naam 'bij de lijst van Nigeriaanse schrijvers te voegen'. Maar de meesten troosten zich met het geluk hun naam in druk te zien.

Anders dan de meer intellectuele schrijvers van West-Afrika, die sceptisch staan tegenover de hedendaagse samenleving en de geïmporteerde waarden, lijken de pamflettisten zich juist met de veranderingen te identificeren. Modernisering wordt toegejuicht en een *modern life* gepropageerd. De pamfletschrijver acht het zijn taak de lezer voor te bereiden op de nieuwe rol die hij in de maatschappij kan spelen.

Vooral het grote aantal non-fictiewerkjes geeft hiervan een voortdurende getuigenis. Een mooi voorbeeld is *How to live better life and help yourself*, een veel verkochte handleiding voor jongste bedienden. De schrijver geeft richtlijnen voor een zuinig en deugdzaam leven en adviseert hoe een *thousaneer* (een miljonair in duizendjes) te worden. Gedramatiseerde dialogen laten zien hoe bazen hun personeel exploiteren en hoe je zo'n werkgever van repliek kunt dienen. Andere schrijvers onthullen examentechnieken of verstrekken het soort kennis dat men algemene ontwikkeling pleegt te noemen. Werkjes als *How to write good english composition*, *How to succeed in life*, *How to know proverbs and many other things*, hebben slechts één doel: het verbeteren van de economische positie van de lezer. Toch zijn de materialistische lofzangen geen saaie boekjes. Alle voorbeelden zijn uitgewerkt in dialogen, anekdotes, sprookjes en citaten, al of niet met tekeningen. Daarom is het onderscheid tussen fictie en non-fictie soms moeilijk te maken.

Het fraaist zijn de stichtelijke werkjes in de sfeer van *Drunkards believe bar as heaven*, *Why harlots hate married men and love bachelors*. De boodschap maakt ze tot een economische catechismus voor de onbevangen stedeling waarin ideeën als huishoudboekje, sparen, tering en nering worden geïntroduceerd. De melodramatische vorm viert hoogtij, vraag-en-antwoordspelletjes moeten de lachlust opwekken. Kwaaie karakters worden geridiculiseerd in pidgin-Engels, brave borsten beroepen zich voortdurend op citaten uit de wereldliteratuur. De klassieken van de Engelse leeslijst vind je vaak verwrongen terug. De hoofdpersoon uit het telkenjare herdrukte huwelijksdrama *Veronica my daughter* breekt met zijn belezenheid alle records. In een feestrede confronteert hij een groot publiek van ongeletterden maar liefst met acht Britse dichters, plus een vers van Johann Wolfgang von Goethe.

In de fictieve romans en toneelstukjes blijkt het huwelijk het populairste onderwerp. Nergens wordt de strijd tussen Afrikaanse en westerse tradities zo hevig uitgevochten als daar. Bron van het conflict is de macht van de ouders bij het bepalen van de huwelijkspartner van de kinderen. Het probleem wordt altijd zwartwit geschetst: de kinderen (en de schrijver) kiezen voor een huwelijk uit liefde. De vader en de door hem uitverkoren partij zijn gruwels. De moeder staat ertussenin. De vrede wordt gesloten op de trappen van het altaar. Met de introductie van deze als westers afgeschilderde huwelijksgewoonte doet ook de romantische liefde haar intrede, een beleving die, gezien de tientallen gidsjes op dit gebied, klaarblijkelijk een schriftelijke begeleiding behoeft: *The game of love*, *Public opinion on lovers*, *How to fall in love with girls*, et cetera.

De schrijvers zijn verliefd op de liefde. Ze wentelen zich in suikermystiek maar treden nooit in technische details. Daarvoor wordt verwezen naar de bioscoop, de enige plaats waar je de fijne kneepjes kunt aanschouwen. De auteurs die liefdesscènes beschrijven, nemen de film dan ook graag als voorbeeld, compleet met stoere praat en vlotte stijl.

Hoewel veel marktschrijvers geen sympathie meer kunnen opbrengen voor de waarden van hun oorspronkelijke cultuur, hebben ze de artistieke tradities niet kunnen ontvluchten. Experimenteren hun intellectuele collega's bewust – en daarom soms gekunsteld – met oude technieken, bij de pamflettisten lijkt de orale traditie van het volksverhaal nog springlevend. Vrijwel overal treedt een verteller op die aankondigt dat hij iets te melden heeft. Deze laat het publiek vragen om een verhaal. De schrijver vertelt en aan het eind komen de morele conclusies. De eeuwenoude *folktale* kent dezelfde procedure. Ook lijken de talloze politieke drama's gewijd aan Patrice Lumumba, Nkrumah en de in 1976 vermoorde Nigeriaanse president generaal Murtala Muhammed – drama's waarin politici worden afgeschilderd als heiligen begiftigd met bovennatuurlijke krachten – veeleer op de traditionele prijszangen dan op de kritische toneelstukken en romans van Wole Soyinka en Chinua Achebe, die Afrikaanse politici juist schetsen als corrupte onderdrukkers van het volk. Wat dat betreft is het jammer dat het 'gewone volk' van de invloed der African Writers-series verstoken blijft.

Het ziet ernaar uit dat de bloeitijd van de marktliteratuur langzamerhand tot een einde komt. Het drukkerscentrum Onitsha heeft sinds de Biafra-oorlog zijn vitaliteit verloren. Kranten, fototijdschriften en televisieseries nemen de rol van deze volkslectuur duidelijk over. De officiële Afrikaanse literatuur wint met de opkomst van lokale literaire uitgeverijen meer en meer terrein.

De marktgeschriften behoorden tot de eerste culturele voortbrengselen van de nieuwe stad. Tot op heden geven ze in ieder geval literaire kleur aan de stenen grauwheid, net als de rondrijdende busjes met hun poëtische teksten.

1977

EEN AFRIKAANS ALFABET

Op het hoofd van Theodor Christaller balanceert een roestig pannetje. Niet dat deze *erste Lehrer an der Deutsche Reichsschule* nog zoveel schaduw nodig heeft. Hij is ijskoud, dood. Zijn fraai gehouwen kop troont op het praalgraf en kijkt uit op het aangrenzende schooltje. Na schooltijd is Theodors huishoudelijke tropenhelm een gewild mikpunt voor de steentjes gooiende jeugd uit de hoofdstraat van Douala. Er valt ook weinig anders te doen in deze te snel gegroeide havenstad van Kameroen. De grote verlaten begraafplaats is een beter speelterrein dan het roodbestofte schoolveldje. Hagedissen zonnen op de zerken, het gras is manshoog en voor wie honger heeft groeien er bananen. Historisch is het de interessantste plek van Douala, een intens saaie stad met een klimaat dat je omarmt als een lauwe dweil. Drie koloniale regimes gingen er ten grave: *Ici repose... Hier ruhet in Gott... In memory of...* spoorwegbouwers, magistraten en missionarissen.

De Duitsers zijn het eerst gekomen en het eerst verdwenen. Na de Eerste Wereldoorlog werd hun buit tussen Engeland en Frankrijk verdeeld. De Britten verlieten hun westelijke strookje in 1961. De Fransen zijn nooit weggegaan. Reeds voor de onafhankelijkheid van 1960 hadden zij het fundament van hun beschavingsmissie gelegd: een bestuurlijk apparaat naar Frans model, een geschoolde Franssprekende Afrikaanse elite met meer politieke macht en minder politieke grieven dan Engelssprekende West-Afrikanen, en stokbrood en croissants tot in de verste uithoeken van het land.

Ook nu nog spendeert de Franse regering enorme bedragen aan de verspreiding van de francofone cultuur. Het gaat er niet om dat de haltes van de spoorlijn Marseille-Parijs tot diep in de rimboe kunnen worden opgedreund, wat telt is het prestige van het Frans als voertaal voor Afrika. De Franse politiek van assimilatie heeft een generatie Afrikanen voortgebracht die Franser is dan de Fransen.

Na Kenia verbazen we ons er niet meer over in Afrikaanse steden een stoffige kopie van Europa te vinden. Wel zijn we verrast dat we hier, anders dan in Oost-Afrika, geen schrijvers ontmoeten die het liefst in de eigen Afrikaanse talen zouden willen schrijven om, zoals een Keniaanse auteur het uitdrukte, 'de identiteit te herstellen'. De boekwinkels in Douala zijn in vergelijking met die van Nairobi rijk bevoorraad met Afrikaanse literatuur – in het Frans. De bioscoop draait hier wél films van eigen bodem. Het theater speelt hier wél Kameroens toneel. Dat Frans de taal is waarin dit alles tot uiting komt, wordt hier niet ervaren als een vorm van culturele overheersing. De zes miljoen inwoners van Kameroen verdelen zich in honderdtwintig taalgroepen. De grootste taal telt driehonderdduizend sprekers. Frans is het medium dat alle verschillen overbrugt.

In de Franse koloniën werd literatuur in de inheemse talen volstrekt ontmoedigd. Hoe Franser je leefde, des te meer je werd geaccepteerd. De gevolgen van deze politiek vindt men nog terug in menig introductie tot de Kameroense letteren. 'De late verschijning van Kameroen in de Afrikaanse literatuur,' schrijft J. Rial in *Littérature Camerounaise de langue Française*, 'is mogelijk te wijten aan het feit dat het land van 1885 tot en met de Eerste Wereldoorlog een Duits protectoraat was en dat het daarom pas veel later [...] met de Franse cultuur in aanraking kwam.'

Maar werd de Kameroense literatuur dan alleen in het Frans geschreven?

Er moet meer zijn dan een francofone boekerij en het Onzevader in honderdtwintig inheemse talen. We gaan op zoek. We laten Douala liggen om 1200 meter hoger en 330 kilometer verder naar Foumban te gaan. Een stadje dat het cliché 'Afrika, continent zonder schrift' met een eigen alfabet heeft willen bestrijden. Want Foumban kon al lezen en schrijven voordat de *erste deutsche Lehrer* er zijn gezicht had laten zien.

We gaan over land. Tot nog toe zagen we van Afrika niet veel meer dan stof, steden en bibliotheken. Het wordt de eerste grote tocht weg van de stad.

Reizen in Kameroen bevestigt alle vooroordelen van 'romantisch Afrika'. Bussen en taxi's zijn zelden in de jaren van hun jeugd en de trage stoomtreinen zijn meer ingesteld op pakketten dan op passagiers. Wie zich per se wil verplaatsen maakt gebruik van privétaxi's die, eenmaal volgestouwd met passagiers, hun vaste routes rijden. 's Morgens om vier uur ziet het plein waar auto's en passagiers zich verzamelen al zwart van de mensen. Wanneer twee uur later de baas van ons minibusje eenentwintig reizigers voor Foumban heeft weten te verzamelen, is voor hem de tocht economisch verantwoord. Hoewel de vier bankjes op twaalf volwassenen zijn berekend, zullen we ons naar zijn eisen moeten schuiven en schikken.

Nu het wat lichter wordt, tekent ook de handel zich duidelijker af. Vrouwen leuren langs de raampjes met proviand en geschenken: fleurig ondergoed aan een stok gebonden, pinda's, bananen, suikerriet (dat wanneer je buurman erop kauwt op jouw armen de plaksporen achterlaat), gedroogde vis ter verrijking van het bus-bouquet. En we zien de bedelaars, zonder tenen of vingers. De een kruipend met schoenen om zijn handen. Een man met een gespleten verhemelte, een afgrond van boven- tot onderkaak. Kinderen die niets meer kunnen zien terwijl hun stemmen aanhoudend zingen van Allah's goedheid. Het is hier met de mismaakten als met de gewassen: ze groeien in het wilde weg.

De ruimte in het busje geeft alle gelegenheid tot nadere kennismaking. Het sterk wisselende landschap van tropisch regenwoud, bergen en hoger gelegen savannen vervult ons met verbazing. Daarom krijgen we bij alles tekst en uitleg. Zo bloeit koffie, zo droogt cacao, daar zwemt een nijlpaard. En waarom zijn de bananen krom? Ze groeien naar de zon toe.

Met een gemiddelde snelheid van vijfendertig kilometer per uur over verharde stoffige paden – de beste – en geasfalteerde hobbelwegen – de slechtste – zijn we tien uur later in Foumban. Armen en benen slapen al, de rest volgt snel.

Foumban: 25 000 inwoners, één brokkelige hoofdstraat en over de heuvels verspreide huizen en hutten. Middelpunt van het Bamoun-district. De bevolking verbouwt koffie, cacao, avocado's, peper. Het merendeel is islamitisch, 10 procent gaf zich gewonnen voor het christendom. De vrouwen wikkelen zich in kleurrijk bedrukte stoffen, de mannen dragen statige lange hemden, borduursel is een teken van rijkdom. De jongeren prefereren strakgesneden jeans en kaki's. Stadje en omgeving worden geregeerd door sultan El-Hadj Seidou Njoya, zoon van sultan Njoya, de uitvinder van het Bamoun-schrift.

De twee verdiepingen hoge, nu verlaten residentie lijkt eeuwenoud, maar werd pas in 1914 volgens zijn ontwerp gebouwd. In dit huis, opgetrokken uit halfgebakken steen bedekt met een dikke harslaag, woonde Njoya omringd door zijn 561 vrouwen en 120 jonge meisjes. De meer naar het monogame neigende opvolger koos voor zijn 50 vrouwen een ander onderkomen toen het bouwwerk in 1954 versleten bleek. Sindsdien bestaan er plannen voor restauratie.

De dag dat wij het hof bezoeken zit de sultan op de trap. In de galerij naast het paleis houden notabelen, rustend op nijlpaardschedels, juridisch spreekuur. Het recht wordt in samenwerking met de officiële prefectuur gesproken. De straffen variëren van stokslagen tot het aanharken van de paleistuin.

Een groot bord in Europees en Bamoun-schrift geeft een overzicht van de sultandynastie die hier volgens overlevering sinds 1394 op paarlen tronen zit. Njoya de schriftgeleerde was de nummer 16. Tijdens zijn regering (1895-1933) legde hij de geschiedenis, tradities, verhalen en de medische wetenschap van zijn volk vast in tweeëndertig dikke delen. Hij ontpopte zich als typograaf en bracht zijn rijk in kaart. Stichtte scholen om zijn schrift te onderwijzen en creëerde op latere leeftijd uit onvrede met Koran en Bijbel een nieuwe godsdienst, die een mengeling van beide en het traditionele geloof was. Dicht bij zijn paleis liet Njoya een museum bouwen waar hij de Bamoun-kunst conserveerde. Voor ambachtslieden werden ateliers ingericht waar beeldhouwers, hout- en ivoorsnijders, meubelmakers en wevers onder zijn bescherming konden werken. Tot op heden is Foumban bekend om dit kunstenaarscentrum, waar ambachtslieden met een hoogontwikkelde techniek namaakantiek vervaardigen voor New Yorkse en Franse galeriehouders.

Hoe kwam deze opmerkelijke sultan op de gedachte de rijke cultuur van zijn land schriftelijk vast te leggen voor het nageslacht?

Een hoveling heeft er een verklaring voor: op een nacht had sultan Njoya een droom. Een man verscheen voor hem en zei: 'Njoya, neem dit plankje en teken daar met houtskool een mensenhand op.' De sultan deed zoals gevraagd en gaf het plankje terug aan de vreemde man. Deze schreef er tekens bij. De man schoof het plankje terug naar de sultan en zei: 'Was nu wat geschreven is weg met water en drink het vocht met de houtskooloplossing op.' Zo gezegd, zo gedaan. Na het ontwaken riep de sultan de edelen tot zich en zei: 'Als jullie de dingen om je heen natekenen en benoemen, zal ik een boek maken dat spreekt zonder dat je het hoort.' Wat de edelen ook deden, het lukte niet tekeningen en namen overeen te laten stemmen. Toen probeerde de sultan het zelf. Na zesmaal pogen, gaf hij zijn volk een schrift. En ze leerden het allen vlijtig, tot groot genoegen van de sultan.

De werkelijkheid is prozaïscher. Njoya moet het idee van schrijven van jongs af hebben gekend. Al tijdens de heerschappij van zijn vader werd zijn land bezocht door rondreizende mohammedaanse Hausa-handelaren, met in hun bagage de heilige Koran uit Mekka. De jonge prins verklaarde de macht van de Hausa's uit het feit dat ze hun verleden in boeken bewaarden en zo alle aandacht hadden voor de toekomst. Ook zijn volk moest een schrift.

Njoya zat nog geen jaar op de troon of hij ontwierp op negenentwintigjarige leeftijd zijn eerste schrift. Het was een bont gepriegel van torren, kikkers, gereedschappen en huisraad. Alles uit de directe omgeving werd pictografisch vastgelegd in 510 verschillende tekens.

Maar niet elk tekeningetje verwees naar een bestaand voorwerp. Homoniemen kregen dezelfde afbeelding, voorafgegaan door een bepaald merkje. De 510 tekens waren lastig te onderwijzen. Daarom ontwikkelde Njoya een tweede schrift, van 437 symbolen. Deze vereenvoudiging was mogelijk omdat de sultan de meerlettergrepige woorden aanvankelijk één teken per syllabe had gegeven. Door een aantal van deze symbolen door klanktekens te vervangen, was verdere simplificatie mogelijk. Njoya was zo bezeten door deze vondst dat hij eindeloos bleef experimenteren. In totaal ontwikkelde hij zeven verschillende alfabetten en eindigde op 80 letters en 160 accentjes.

Dankzij bemiddeling van een in Foumban wonende Nederlandse leraar is de huidige sultan bereid ons de beginselen van het schrift te onderwijzen. Hij was een van de eerste leerlingen van zijn vader en geeft sinds hij het schrift beheerst, dagelijks les in een schooltje naast het paleis. De meest unieke manuscripten slingeren daar beduimeld in het rond. Een trouwe leerling, zuigend op een colanoot, fungeert als tolk.

Volgens de sultan wilde Njoya op alle mogelijke manieren zijn onafhankelijkheid als schriftontwerper bewijzen. Niemand mocht denken dat hij door vreemdelingen was beïnvloed. Schreven de Arabieren van rechts naar links, Njoya probeerde het van onder naar boven. De keuze viel ten slotte op van links naar rechts, dwars tegen de Arabieren in. Maar toen hij in 1902 van de eerste Duitse zendeling in Foumban vernam dat de Europeanen hetzelfde deden, was hij zeer teleurgesteld. Deze zendeling, dominee Göhring, trof het schrift aan in de derde fase. Het is niet waarschijnlijk dat hij enige invloed op de vereenvoudiging van Njoya's schrift heeft gehad. De lettergrepenvondst was toen al uitgewerkt en Njoya schuwde elke invloed. Mogelijk heeft Göhring er wel op aangedrongen dat de sultan ook de verhalen en formules vastlegde waarvan de kennis voorheen uitsluitend aan een elite voorbehouden was. Zo is Njoya's medisch handboek uniek voor Afrika omdat de kruidenkennis lang tot de best bewaarde geheimen van dit continent behoorde.

Toch moet Njoya bepaalde aspecten van zijn Bamoun-schrift zelf ook gevaarlijk gevonden hebben. Niet voor niets heette de eerste serie tekens 'Lewara', een term die volgens de sultan verwijst naar 'een kletsende dwaas, die er alles tegenover iedereen uitflapt, zonder aan de gevolgen van zijn woorden te denken'. Uit angst dat de esoterische wetenschappen ooit in verkeerde handen zouden komen, ontwierp de sultan op latere leeftijd een geheime hoftaal, een fonetisch samenraapsel van Frans, Duits, Engels en enkele inheemse talen. Voor het onderwijs in het Bamoun-schrift stichtte hij zevenenveertig over het hele sultanaat verspreide scholen. Wie eenmaal één bepaald alfabet had geleerd, bleef dat ook altijd gebruiken.

In 1920 moesten de scholen op last van de Franse gouverneur sluiten. Ook pogingen Njoya's schrift te laten drukken (een van zijn dienaren had een druksysteem uitgevonden) werden door de Fransen ondermijnd. De reden voor deze dwarsbomerij? Njoya had te veel vrouwen naar de zin van de Kerk. Njoya had te veel macht naar de zin van de administrateurs. Hij stond de francofonisatie in de weg. En, erger nog, hij was dol op de Duitsers. Hij bleef ze trouw, ook toen ze er officieel niets meer te zoeken hadden. Der Wilhelm had hem een uniform geschonken, hij de keizer een troon. De laatste jaren van zijn leven sleet de sultan als banneling in Yaoundé.

Nu ontcijferen studenten in dezelfde hoofdstad zijn schrift en publiceren linguïsten er aan zijn alfabet gewijde studies. In Foumban wonen hooguit twaalf dienaren die het Bamoun nog kunnen lezen. De door Njoya opgetekende verhalen behoren officieel tot de inheemse literatuur van het land. Maar als de bejaarde sultan sterft, 'de laatste leraar aan de Foumbanse Rijksschool', is het schrift voorgoed historie.

Sic transit Africa.

1999

GESTOLEN TALEN

Dit is een verhaal over de rijke wereld en de arme wereld, over grote talen die kleine talen van de globe duwen.

Een paar jaar geleden woonde ik enige maanden op het eiland Gorée, een oud slaveneiland vlak voor de kust van Dakar. Gorée, mooie naam, Oud-Nederlands; geen bewoner die dat weet. Het betekent letterlijk 'goede rede', veilige ankerplaats. De Hollanders kochten het eiland van de Portugezen en daar hadden ze een goede reden voor: tienduizenden slaven uit West-Afrika stapten er aan boord voor de Amerika's. Wie het eiland later ook in bezit nam, de Fransen, de Engelsen en later weer de Fransen, de Hollanders bleven voor het vervoer zorgen. De Hollanders zijn altijd goed in opslag en handel geweest, kijk naar de Amsterdamse grachtenhuizen en pakhuizen, hier en daar zie je op de Herengracht nog de negerkoppen boven de deuren.

Frans is de officiële taal in Senegal. In de steden en op Gorée, zo dicht bij Dakar, kan een vreemde reiziger zich er redelijk mee redden. In het binnenland wordt het al problematischer. 80 procent van de bevolking spreekt Wolof, andere inheemse talen zijn Sérère, Diola, Mandingo en Socé en dan is er ook nog het Pulaar, de taal van het oude woestijnvolk de Peul. Pulaar is een soort lingua franca voor West-Afrika, zoals Swahili dat in Oost-Afrika is.

Senegal heeft een bloeiende moderne cultuur. Vooral op filmgebied geniet het land veel aanzien in West-Afrika. Sembène Ousmane is de grote cineast daar en hij is ook een bekend schrijver, zijn boeken, zoals *Xala* en *Les bouts de bois de Dieu*, zijn in vele talen vertaald. Ousmane schrijft in het Frans, zoals alle belangrijke schrijvers in Franstalig Afrika.

Ik woonde op Gorée om te werken, rustig weggestopt in een oud slavenhuis, ik was een van de weinige witneuzen op het zevenhonderd zielen tellende eiland. Mijn aanwezigheid wekte nieuwsgierigheid: wat deed ik de hele dag?

Schrijven.

Aha. Dus ik kan een boek van u lezen?

Ik weet het niet, er zijn er wel een paar in het Frans vertaald.

Vertaald? Schrijft u dan niet in het Frans?

Nee, dat spreek ik niet goed genoeg.

In het Engels dan?

Nee, in het Nederlands.

Is dat een taal?

C'est le Wolof des Pays Bas.

Maar wie kan dat nou lezen? Waarom schrijft u niet in het Frans?

Zo ging dat wel een paar keer per dag, want er gebeurt niet veel op zo'n eiland. Nieuwsgierigheid is er een tijdverdrijf. Elke keer als ik zei dat ik in het Nederlands schreef, lachten de eilandbewoners verlegen: de hoofdonderwijzer, de verpleger van de *dispensaire*, de gids in het slavenmuseum – geschoolde mensen, die wisten wat een boek was: dat kon nooit wat zijn met die man, wie schreef er nou in zijn moedertaal? De hoofdonderwijzer bij wie ik elke dag een uur Franse les nam zei dat je in het Wolof nooit een boek kon schrijven, daar was die taal toch echt te arm voor. Nee, wie wat te zeggen had koos voor het Frans of het Engels.

Het maakte niet uit dat ik zei: Ga naar de baobab op het grote plein waaronder de vrouwen elkaar verhalen vertellen, zet de radio aan en luister naar Youssou N'Dour, die hits scoort op de Europese hitparades, trek het land in en luister naar de griotten die de geschiedenis van West-Afrika in heldenzangen bezingen. Ssst: hoor je het gezang van de vissers, de liedjes die de moeders op de binnenplaatsen voor hun kinderen zingen? Allemaal Wolof.

De hoofdonderwijzer sprak redelijk Frans, maar een Franstalige Afrikaanse roman lezen was toch te moeilijk voor hem; ik merkte het toen we samen een boek van de Congolese schrijver Henri Lopez lazen. Ik moest heel wat woorden voor hem in het woordenboek opzoeken. Het Frans is een taal die op de lagere school geleerd wordt, het is een tweede taal, de eerste zes, zeven jaar spreekt een kind een Afrikaanse taal die ook buiten school wordt gesproken.

Al leert een Senegalees kind Frans op de lagere school, onderzoek heeft uitgewezen dat nog geen 10 procent van de bevolking die taal ook beheerst. Meer dan de helft van de Senegalezen kan niet lezen of schrijven – ook niet in de eigen Afrikaanse taal – en dan geef ik een fleurig beeld.

Niets is zo makkelijk dan een heel dorp te leren lezen en schrijven. De leesbus rijdt voor, allemaal onder de boom en: aap, noot, Mies. De karavaan trekt verder en daarna krijgt niemand ooit nog een letter onder ogen. Binnen een jaar is men de lees- en schrijfkunst dus weer verleerd. Nadine Gordimer heeft het in haar essay 'Turning the Page' al zo duidelijk gesteld: wil Afrika een literaire cultuur ontwikkelen, dan zal het ook lezers moeten bereiken en dan zullen de Afrikanen proza, poëzie en non-fictie in hun moedertalen moeten kunnen lezen.

Maar voorlopig bevindt het publiek van de Afrikaanse schrijver zich in de stad en vooral in het buitenland – Londen en Parijs. Het Frans in de francofone landen en het Engels en Portugees in

andere ex-koloniën zijn de talen voor het intellectuele verkeer. Vrijwel geen schrijver publiceert in de moedertaal. In sommige landen zit er weinig anders op dan de taal van de kolonisator als nieuwe taal te omhelzen. In Kameroen kan de ene berghelling de andere niet verstaan. Maar er zijn in Afrika ook tientallen talen die door miljoenen worden gedeeld, zoals het Wolof.

Ik moet er niet aan denken dat ik in een andere taal dan mijn moedertaal zou moeten schrijven, al zouden er nog maar vijftienhonderd mensen Nederlands spreken, dan deed ik het nog. Wat goed genoeg was voor Isaac Bashevis Singer, die voor het Jiddische krantje *Forverts* in New York schreef (oplage vijftienhonderd exemplaren), is *good enough for me*. Hoe zou ik zonder de klanken en de geur van mijn eerste taal kunnen schrijven? Het ritme, de rare ouderwetse woorden van een vader die uit een oud koloniaal geslacht stamde. Daar ligt mijn inspiratiebron: in de melodie en klanken en de mythologie van de Indische Nederlander.

Ik spreek wel Engels en kan er een praatje in houden, maar het blijft voor mij een geamputeerde taal. Het 'buitenlands' dat alle halve en hele intellectuelen op het vasteland van Europa nu spreken, heeft maar weinig gemeen met het Engels dat in Groot-Brittannië wordt gesproken. Het is niet eens het Neolatijn van deze tijd, het is een uit soapopera's, popliedjes en tijdens vakanties bijeengeraapt zootje woorden.

De Albanees Ismail Kadare, volgens mij een van de grootste Europese schrijvers van deze tijd, kan ik dankzij een vertaler lezen. Door Kadare begrijp ik veel meer van wat er nu op de Balkan gebeurt, hoe historisch zijn romans ook zijn. Kadare spreekt Frans, woont half in Parijs, half in Tirana, hij kan een brief in het Frans schrijven, spreekt vloeiend Russisch, maar voor zijn magistrale vertellingen kiest hij zijn piepkleine moedertaal.

Schrijvers uit Estland, Letland en Litouwen, die zo lang in de schaduw van het sovjet-imperialisme hebben moeten leven, willen ons ook hun eigen stem laten horen. Ook zij hebben vertalers nodig om de wereld te vertellen dat ze leven in onafhankelijke, eigenzinnige landen met een eigen verleden en rijke cultuur. De Duitsers hebben net ontdekt dat de Hollanders meer dan waterige tomaten kunnen exporteren, onze schrijvers smaken hun beter.

Dankzij vertalers krijgen schrijvers een grotere erkenning, niet alleen in het buitenland, maar vooral in eigen land. Nederland mag dan graag prestaties van eigen bodem ontnuchteren, we gloeiden van trots tijdens de erkenning die ons als *Schwerpunkt* op de Frankfurter Buchmesse ten deel viel. Onze eigen literatuur schijnt toch de moeite waard te zijn.

En zo is het ook met de derde wereld. De mensen daar hebben hun talen laten stelen, en hun geloof, hun geschiedenis en trots. Willen we hen niet laten afglijden in onverschilligheid, haat en fundamentalisme, dan zal er ook een erkenning voor hun eigen taal en cultuur moeten komen. Een levensvatbare democratie heeft wortels nodig in een eigen cultuurgemeenschap. Dat is in de eerste plaats een taak voor de bewoners in die landen zelf. De hooggeschoolden in de derde wereld zijn tweetalig en het moet voor de vertalers onder hen niet moeilijk zijn hun in het buitenland gevierde schrijvers aan hun moedertalen terug te geven.

De vertaler slaat niet alleen een brug van de ene naar de andere taal, hij is ook een heraut, hij kan een kleine taal over de grote wereld uitblazen. Hij kan een kleine taal met de literatuur van een groot land verrijken. Hij kan een land terug op de kaart brengen. Hij kan een cultuur uit haar isolement halen, en trots of identiteit helpen hervinden.

Hoe meer er in de eigen taal vertaald wordt, hoe meer dat de eigen cultuur ten goede komt. Er zijn vele tientallen volken in de wereld die dat niet kunnen ervaren. Het uitgeven, drukken en distribueren van boeken valt niet onder ontwikkelingswerk. Er verschijnen in heel Afrika ten zuiden van de Sahara veel te weinig dagbladen in de moedertaal. Het juiste aantal is moeilijk te achterhalen. Twintig, dertig? Vermoedelijk nauwelijks meer dan de vijfendertig zelfstandige dagbladen die Nederland rijk is, een land bijna even groot als het Krugerwildpark.

De dictaturen vinden het wel goed zo: hoe minder het volk weet, hoe beter. Alleen als de politicus op verkiezingstournee gaat weet hij de taal van het volk goed te gebruiken. Een Afrika waar het volk geen eigen stem heeft, nodigt uit tot populistische wrok; dan komt de stam boven en dat geldt niet alleen voor Afrika, maar ook voor Europa, de voormalige Sovjet-Unie, Azië.

Het is aan de vertalers om aan beklemde culturen hun talen terug te geven.

1977

DE ZANDVLO

Het is mannen niet gegeven vrucht te dragen, toch schonk ik ooit het leven aan een dier. Het was in Lagos, Nigeria. Omdat Lagos de duurste stad ter wereld is en hotels er onbetaalbaar zijn, stond ons bed in een opzichterskamertje boven een ijzerwerkplaats in de volkrijke armoewijk Yaba. De straten waren er niet geplaveid en dagelijks liep ik er met mijn schoenen door het stof.

Het was er warm en al snel ruilde ik mijn afgunstwekkend eerstewereldschoeisel voor een sandaal van autoband. Mijn voeten pasten zich snel aan bij de kleur van de buurtbewoners: dofzwart. Als mijn reisgezellin en ik door de straten van Yaba liepen werden we door de marktvrouwen als bezienswaardigheid toegeroepen en zongen de kinderen een scheldliedje op onze bleekheid.

Het was geen kwaad bedoelde spot, want toen na drie dagen stoftrappen mijn rechtervoet vreemd begon te zwellen en ik half hinkend langs de ventende vrouwen liep, klakten hun tongen van medelijden. Een van de vrouwen, de dikste, riep me bij zich: '*What with your foot, mister?*'

Een kleine infectie, vreesde ik. Maar de vrouw die mijn voet betastte, stelde een andere diagnose: *jigger.*

Nooit van gehoord. Het woordenboek sprak van 'zandvlo' en geraadpleegde kenners vertelden mij dat de zandvlo liefst zijn eitjes onder een warme huid legt. Mijn dikke voet broedde dus op een vlo.

De dokter kon me pas eind van de week ontvangen. Onder mijn voet tekende zich nu een rode amandelvormige bobbel af. Nieuwsgierig prikte ik er met een ontsmette veiligheidsspeld in. Het vrijkomen van het wondvocht bracht verlichting. En toen zag ik een grijzig eitje, en nog een, en nog een...

Een nest grijze dril klopte in mijn voet. Echt pijn deed het wegpulken van mijn eelthuid niet, dus voorzichtig legde ik het wonder bloot. Mijn gezellin scheen me bevend met de zaklantaarn bij. Misschien dacht het rijpste eitje dat de zon het tot leven riep, want toen de lantaarn fel op het grijs scheen vloog er één nattig vliegje uit mijn zool. De zandvlo Icarus op weg naar de zon.

Later heb ik mijn jiggernest aan tropendokters voorgelegd. Wat mij is overkomen schijnt alleen de dikhuidige nijlpaarden en olifanten te zijn beschoren. De medici hechten weinig geloof aan mijn verhaal. Toch is het waar, ik heb hem zelf zien vliegen.

1993

ONDER DE BUSHMEN

Het was in het jaar dat ik naar het zuiden trok, in de zomer van 1989. Ik liftte van Zimbabwe via de Victoriawatervallen naar Botswana. Langs nieuw aangelegde wegen met bermen vol afval, links en rechts een glinsterspoor van door de zon gebleekt blik; je kon zien dat Botswana een rijker land was dan Zimbabwe, de mensen hadden hier wat om weg te gooien.

Even voor Nata kreeg ik een lift van een Afrikaner. Vreemd vond ik dat niet, want in het noordwestelijk deel van Botswana wonen vele nazaten van de Dorslandtrekkers, een groep Boeren die omstreeks 1881 Transvaal verliet op zoek naar vrije weidegrond. Zijn kompas wees niet naar het zuiden maar naar de dichtstbijzijnde kroeg. Hij verlangde naar *beskawing*, zei hij, ik kwam uit Europa, en beschaafder bestond er niet. Hij stopte zijn auto voor een betonnen kavalje in de bocht van de weg. *Jy het my hart bekoor, jy het my lied gehoor*, denderde het uit de radio (Good Hope), de gordijnen bestonden uit aaneengeregen bierbliklipjes. Binnen zat het vol met volk uit de omtrek: chauffeurs, herders, boeren, arbeiders van de zoutpannen, *white hunters*, safarigidsen en ook wat zwervers die warmte zochten. Er joeg een koude wind door de woestijn, 's nachts vroor het twaalf graden. Mijn Afrikaner bestelde in het Setswana, de hoofdtaal van Botswana, sprak een woordje met de mannen aan de bar en sloeg wat zwervers op de schouder. Aan hun uiterlijk te oordelen Bushmen-jongens, goud van kleur, amandelogen, peperkorrelhaar, schamel gekleed en... zwaar beneveld, bedelend om nog een blikje bier. De man klikklakte met zijn tong, hij sprak ook een van de San-talen. Mijn bewondering steeg, een Afrikaner vergroeid met zijn continent, dacht ik, zie je wel, de Boeren hebben hier wortel geschoten, hoe koppig en racistisch ook, zij horen hier, ze zijn meer van Afrika dan ze zelf beseffen. *Ek praat sewe swart tale*, zei hij.

'Acht,' zei ik overmoedig, 'Afrikaans heeft ook zwarte wortels.'

Nu stelt u me teleur, zei de man: '*Afrikaans is een beskaafde taal.*'

Het werd meteen een stuk minder gezellig. Vooral toen hij me begon uit te leggen waaróm hij zeven zwarte talen sprak. 'Om illegale wildjagers en stropers op te sporen,' zei hij.

'Criminal Investigation Division' stond er op het geplastificeerde kaartje dat hij me na zijn tweede whisky vertrouwelijk onder mijn neus duwde. Hij hield meer van wild dan van mensen, zei hij, nu zat hij achter een bende Bushmen-jagers aan. Om in hun eigen onderhoud te voorzien mochten de Bushmen als enigen zonder vergunning op wild jagen, met pijl en boog welteverstaan, maar de verlokking was te groot. Ze konden de huiden duur verkopen, 'tegenwoordig maaien ze met uzi's door de bush'.

Ik liet hem verder alleen met zijn verhalen en ging achterin zitten, aan een tafel bij de jonge Bushmen. Engels spraken ze niet, Afrikaans evenmin, op mijn stroeve zinnetjes Setswana reageerden ze nauwelijk. *Dumela*, goedemiddag. *Dumela, dumela*. Verder hielden we het op een glimlach. Tot een van de jongens me zijn kapotte gymschoenen liet zien, alleen de bovenkant hing nog om zijn enkel, de zolen waren eraf gelopen, hij vroeg me om geld voor een paar nieuwe, alles in gebarentaal.

'Niet doen,' zei een blonde Amerikaanse man tegen mij, 'ze kopen er drank voor en je ziet hoe erg hij er al aan toe is.' De jongen zag er inderdaad slecht uit, haar onder de schimmel, ontstoken ogen en wonden op zijn armen en handen. Ik schudde dus nee tegen de kleine Bushman, hoe hard en gemeen ik het ook vond dat de Amerikaan mij in ruil voor mijn medemenselijke hardheid een blikje bier aanbood. Hij was een voormalig Peace Corps-werker, zo verknocht aan Afrika dat hij niet meer terug naar huis wilde; nu reed hij in zijn jeep toeristen rond en kocht onderweg manden en poppen op bij de vrouwen langs de Okavango-delta, elk jaar stuurde hij een kist naar Bloomingdales. Hij stelde zich voor als Mike, maar de Afrikanen in de kroeg noemden hem Morena, dat, zo begreep ik later, zoiets als 'heer' betekent. Morena hield ook van een glas, maar hij was bij zinnen genoeg om mij een half college over de Basarwa te geven.

'Basarwa' is het Setswana woord voor Bushmen en betekent 'zij die geen vee hebben'. Er zouden er nog zo'n honderdduizend in Afrika wonen, waarvan iets minder dan de helft in Botswana. Al worden de Bushmen in de geschiedenisboekjes geëerd als de oorspronkelijke bewoners van Zuidelijk Afrika, de regeringen tonen de neiging zich voor hen te schamen. Bushmen passen zich te slecht aan bij de moderne tijd en zijn op geen enkel politiek niveau vertegenwoordigd. De naam 'Bushmen' wordt trouwens als beledigend ervaren, te primitief. Progressieven spreken dan ook liever over 'Rads', *remote area dwellers.*

Ook ik koos deftig voor 'San', de wetenschappelijke naam voor de Bushmen, maar de kleine zwerver die nog steeds met opgehouden hand voor me stond en die donders goed wist dat we het over zijn volk hadden, zei: '*Ek is 'n fokken Boesman.*' Een opgepikt zinnetje Afrikaans. Morena en ik hielden het dus verder maar op Bushmen, opgelucht dat de betrokkenen er geen aanstoot aan namen.

Over geen volk in Afrika is zo geromantiseerd als de Bushmen, hun kennis van de natuur is fenomenaal, ze zouden wild en water op afstand kunnen ruiken, in een spoor herkennen ze niet alleen de soort, maar ook het geslacht van het dier, zijn leeftijd en plaats in de familie, plus het tijdstip waarop het voorbijtrok. Ze lezen de grond zoals wij een boek. Ze leven in volstrekte harmonie met de natuur, ze gebruiken alleen wat ze nodig hebben, zonder bezit of vaste nederzetting trekken ze in kleine familiegroepen door het veld, met vaak niet meer dan vijf tot vijftien mannen, vrouwen en kinderen. Man en vrouw zijn elkaars gelijke, jaloezie in de clan zou niet bestaan. Hun gifpijlen doden alleen het wild dat niet goed mee kan, ze graven niet alle eetbare wortels op zodat er ook voor volgend jaar iets overblijft.

Hun mythen over het ontstaan van hemel en aarde behoren tot de mooiste van Afrika en ze zijn even gevarieerd als de talen en dialecten die ze spreken. Zij zijn het die de melkweg hebben geschapen uit de vonken van hun houtvuren, hun geesten stalen het vuur onder de oksels van struisvogels vandaan en verstopten het onder stenen en in de takken van de *brandy bush*, waarvan de Bushmen sindsdien hun vuurstokken maken. Zij kennen verhalen uit de tijd dat de stille dingen nog bewogen, toen de rotsen mensen waren. Aan elk dier zit een verhaal en in elk verhaal een dans en met die verhalen kunnen wij ook hun duizenden jaren oude rotsschilderingen begrijpen. Het is een vredelievend volk, zonder oorlogen en veroveringsdwang. Ze kenden alleen zichzelf en de aarde en hun hele bestaan was gericht op een harmonie tussen die twee. Daarom bestaat er ook in geen van hun talen een naam voor henzelf – ze waren zich er niet van bewust dat er ook andere mensen waren.

En nu zagen we om ons heen hoe dit trotse volk door het contact met de moderne wereld een armzalig leven leidde. Het traditionele nomadenbestaan als jager en voedselverzamelaar is opgegeven, de familiebanden zijn verbroken, de tradities door het moderne leven aangetast en de verhalen vergeten. Ze verhuren hun arbeid aan de blanke boeren rond Ghanzi of ze hoeden het vee voor de Tswana's en Herero's, de Bantoe-herdersvolken die zich ook in het westen van Botswana hebben gevestigd. Langs de nieuw aangelegde wegen heerst het kwaad: jonge Bushmen-meisjes verkopen hun lichaam aan vrachtwagenchauffeurs en bij elk pompstation houdt wel een dronken zwerver zijn hand op. Wie eenmaal met het moderne leven kennis heeft gemaakt, kijkt neer op het traditionele bestaan. De jongeren vinden het 'achterlijk', voorbij zijn de dagen van bezitloosheid en gelijk delen. Zij zijn de 'new Bushmen'. Ze haken naar geld en status en kunnen niet meer terug.

De verhouding tussen de zwarte veehouders en de Bushmen is er een van dienstbaarheid, maar ook van een vreemd soort aanhankelijkheid. De band tussen baas en knecht is zeer hecht en veel Bushmen zijn dan ook als lijfeigenen aan een familie toegevoegd. Vaak krijgen de Bushmen een stukje land toegewezen, met een koe of wat en het recht op drinken aan de bron. Heel menselijk, maar ook zeer paternalistisch, en het deed me denken aan de door de wereld afgewezen Afrikaner Boeren, ook zij zeggen zo van hun *plaasarbeiders* te houden en geven ze een hok achter de wingerd en een zuur veldje om hun eigen knollen te verbouwen.

Merkwaardig, alle ogen waren gericht op Zuid-Afrika en nu leefde ook in Botswana een groep rechteloze mensen, overgeleverd aan de grillen van het *baasskap.* De regering in Gaborone hield niet van vreemdelingen die belangstelling toonden voor de Bushmen, de hulporganisaties die hun lot wilden verbeteren ondervonden veel tegenwerking en moesten diplomatiek te werk gaan. Het ligt klaarblijkelijk in de menselijke aard de zwakke te knechten, misschien zou ik door hier goed om me heen te kijken iets beter kunnen begrijpen wat er in de kern ook in Zuid-Afrika was gebeurd. Ook daar gold het recht van de sterkste, niet in getal maar in westerse kennis, techniek en wapens; ook daar werden mensen in sneltreinvaart nieuwe werelden in getrokken, werden tradities vertrapt en nieuwe waarden omhelsd. Hele groepen (en generaties misschien) werden tussen verleden en heden vermorzeld. Begrijpen, niet goedpraten, opdat je het ook in je eigen omgeving herkent.

Ik wilde dus naar de Bushmen en het liefst naar een groep die nog dicht bij hun tradities stond, ik wilde rotstekeningen en dansen zien en naar verhalen luisteren. Morena wist van het bestaan van de !Kung (het uitroepteken staat voor een klikklak van de tong), ze hielden zich op in de buurt van Dobe en de Aha-heuvel, een nederzetting mijlen van de weg, haast onbereikbaar ver in het zand, links van de Okavango-delta, tegen de noordwesthoek van Botswana. De Canadese antropoloog Richard Borshay Lee had er jaren onderzoek gedaan en een dikke studie over de !Kung geschreven. Morena was bereid me ernaartoe te brengen, mits ik hem betaalde. Zijn 4WD moest het kunnen halen, de blauwe Toyota was ooit van professor Lee geweest.

We spraken een prijs af en besloten meteen op pad te gaan. Eerst naar Maun, aan de rand van de delta, om voorraad in te slaan. Het zou een echte Teddy Roosevelt-expeditie worden, met tenten, stoelen, een tolk en een bediende. En terwijl Morena achter de kroeg zijn auto in orde maakte, kocht ik bij het pompstation een paar gymschoenen voor de Bushman-jongen die het hele plan ontketend had. Het is leuk om te geven en toch walgde ik van mezelf toen ik de dankbaarheid van die jongen zag: '*Dankie basie, dankie basie.*' Soms denk ik: we horen hier niet.

'Dat kan nog een dure hobby worden, die gymschoenen,' zei Morena.

Er zat een hamerkopvogel op de benzinepomp, een teken van onheil. We namen goedgemutst de nieuwe teerweg naar het westen en stopten in Maun, dat verwende dorp aan de Okavango, waar rijke blanke jongemannen uit Zuid-Afrika hun hart aan de wildzorg gaven om niet in militaire dienst te hoeven en zich tot diep in de nacht bezopen met de *white hunters*. Een hap uit je been of een arm minder was daar een statussymbool. Toeristen met natte billen snorden in kleine boten langs de oevers, camera in de aanslag, op zoek naar krokodil en nijlpaard, vrachtwagens reden safarigangers in Yves Saint Laurent-groen af en aan naar het kleine vliegveld. Dit was de plek om in te slaan. Dozen *sheeplick* of *mabolara*, zoals de bladertabak hier genoemd werd, twintig kilo suiker, tien kilo toffees, twintig liter gepasteuriseerde melk, twaalf pakken Ouma-*beskuit*, drie kilo Laager-*rooibostee*, bonen, meel, rijst, en een kookpot groot genoeg voor een missionaris. 'Waarom zo groot?'

'Voor onze gasten,' zei Morena. Bij Spiros de Griek kochten we nog blikken *cooking oil* en een margarinedoos aspirientjes. En bij de Zezuru, het metaalslagersvolk dat alleen voor God werkt en voor niemand anders, een kilo marihuana. Wilde ik dit wel, waar was ik in hemelsnaam aan begonnen? Morena sloeg ook nog een krat whisky in. 'Geen drank,' zei ik, 'zo zijn we geen haar beter dan al die anderen.'

'Voor ons,' zei Morena, '*it kills the bugs.*'

De watertanks werden gevuld, alles opgetast en vastgesjord. Linjatsu, een Tswana-kok, klom erbovenop, en naast ons in de cabine schoof een jonge Herero bij, Badisa, die vloeiend !Kung sprak, opgestoken bij de herders van zijn vader. Hij sprak wel vier, vijf talen en hij spijkerde meteen mijn Setswana bij: *moeng ga a dibedi*, de vreemdeling moet zich gedragen. Ik zou mijn best doen.

We reden het dorp uit, keerden onze rug naar de delta en kozen voor zand, heuvels en savannen. De 4WD kon het maar met moeite trekken. 's Nachts maakten we kamp naast het pad. Morena, de tolk en de kok sliepen in de openlucht, naast het vuur, ik kroop doodsbang in de tent na alle verhalen over reizigers die 's nachts door hyena's waren besnuffeld, *they went home without a face*, zei Morena.

De paden verdwenen en het zand werd te mul om onze wielen te dragen, alleen na zonsondergang en 's morgens vroeg, als de dauw het pad wat harder maakte, konden we nog rijden. Overdag schuilden we bij de Herero-vrouwen onder een boom, de boom die alles was, voedsel, bijenkorf, huiskamer en voorraadkast, er hing altijd wel een tot de kop gevild geitje aan een tak te drogen. Wij zaten wijdbeens te puffen, achtendertig graden in de schaduw, we konden niet veel meer doen dan met de vrouwen praten, lang zwijgen en dan een instemmend 'eeeh, eeeh'. Vrediger conversatie bestaat er niet.

's Nachts renden de cheeta's voor onze autolichten, eenmaal werd een duiker voor onze ogen verscheurd. Het kampvuur ging hoger, de rits van de tent dichter en de volgende morgen zagen we de tanden van een hyena in onze koelbox.

Na vijf dagen slakkengang troffen we op een morgen vriendelijker bezoek naast onze tent. Er zaten twee Bushmen op de treeplank van onze Toyota, een man en een vrouw, ze hielden elkaar teder bij de arm. Beiden droegen een leren schaamlap, de vrouw was met kraalwerk versierd, de getatoeëerde kerven in hun armen en benen rimpelden over hun huid, ze moesten allebei stokoud zijn. We wisselden groeten uit, onze tolk Badisa zei dat ze de auto van professor Lee herkenden, ja ze kenden deze auto goed, maar het was al lang, lang geleden. Dat kon kloppen: Lee was hier in '73 voor het laatst geweest. We konden niet ver meer van Dobe zijn. Het echtpaar zou ons verder begeleiden, ze wilden niet voorin, maar boven op de dozen tabak. De tabak, hoe konden we zo onaardig zijn, ieder kreeg een volle hand en de man stopte meteen zijn benen pijp. Hij nam een geweldige trek, en nog een. Zijn ogen draaiden in zijn hoofd, hij wankelde, hij moest in geen maanden tabak hebben gerookt. Ik dacht dat hij buiten westen ging. Weer een trek. Waar bleef de rook? Minutenlang hield hij zijn adem in, elke binnenvezel moest doorwalmd, tot hij de dampen als een gelukzalig nijlpaard uit zijn neus blies. Opgelucht klommen we in de auto, achter ons hoorden we een mooi tweestemmig lied. Wat zingen ze? vroeg ik Badisa. 'Ze zijn blij dat onze wielen het werk van hun voeten doen.' Een dag later kwamen we in Dobe aan.

Niets en niemand te zien, de eerste dag niet, de tweede niet. We inspecteerden de omgeving, nergens een 'werf' of grasschutting te zien. De derde dag kwam het oude echtpaar weer terug, met in hun gevolg een sliert kleine kinderen, we dronken thee met gecondenseerde melk, of beter andersom, en zetten onze tent op. De kinderen bleven de hele dag, de volgende dag zongen ze ons al wakker voor de tent. Hun ouders kwamen en ooms en tantes, onze kookpot borrelde. Ieder kreeg zijn portie mieliemeel en suiker. Een vrouw vroeg om een aspirientje, ze had pijn, zei ze en ze vermaalde de pil met een blij gezicht tussen haar tanden. Plotseling brak er een luid gekrakeel los, iedereen wilde een aspirientje. Alles moest gedeeld, ook mijn druppels tegen droge ogen. Had ik ze maar in mijn tent gelaten, nu was ik betrapt, weigeren lukte niet, het hele gezelschap keek met een scheel oog omhoog en hield de vinger onder het ooglid.

We merkten het ook bij de tabak: als iemand zich ook maar een grammetje misdeeld voelde, zette hij het op een schreeuwen. Vreedzaam waren de mensen, ja, zolang ze samen hetzelfde niets deelden, maar nu wij hier goed en genot brachten, zaaiden we ook verdeeldheid. Het oudere echtpaar meende bijzondere rechten bij ons te hebben, zij hadden ons immers naar hier gebracht. En als ik met hulp van de tolk te lang met één man in gesprek was, verdrongen de anderen zich om ons heen; hield een gespreksgenoot geen maat, dan trokken of duwden ze hem weg. Zelfs het woord werd eerlijk verdeeld. Ik tekende een mond, een hand, een olifant, een slang en vroeg naar de woorden: *tsi, du!kan !ko* en *garissa*, zo schreef ik mijn eigen woordenboek. Als ik iets voordeed omdat ze mijn belabberde tekeningen niet begrepen, imiteerden ze mij perfect, elke handeling die ze vreemd vonden deden ze na, scheren bijvoorbeeld, en zo wandelden mijn gebaren door een groep van vijftig mensen. Later zag ik dat ook in hun dansen terug, hoe perfect ze een bok of een leeuw nadeden, ze speelden het niet, hoe langer ze dansten hoe meer ze het werden. En klopte dat ook niet met hun oude verhalen dat dieren vroeger mensen waren?

En toen gebeurde er iets wonderlijks. Ik stond naast de auto, Morena hing weer eens onder de motorkap en ik gaf als een operatiezuster de tangen aan, vijftig Bushmen keken luid gebarend toe, tot ik een Engelse sleutel op mijn blote voet liet vallen en mij een gezonde Hollandse vloek ontsnapte. '*Jy mag nie vloek nie*,' zei een oude man achter mij, hij was me al eerder opgevallen want hij was een man zonder kerven in zijn huid en hij droeg een broek en een overhemd, weliswaar tot op de draad versleten, maar je herkende vaag een westerse snit. Een afdankertje van professor Lee, dacht ik nog. De man heette Frans en sprak behoorlijk Afrikaans, als kind was hij door een Afrikaner boer bij zijn ouders weggehaald, zomaar op een ochtend midden in het veld, terwijl zijn vader op jacht was. Het gebeurde tot de jaren vijftig wel vaker, dat een boer zijn personeel vers uit de woestijn plukte.

Frans werkte jaren als boerenknecht in westelijk Zuid-Afrika en later zelfs in een bandenfabriek in Johannesburg, tegen zijn zestigste keerde hij terug naar Botswana en zwierf net zo lang rond tot hij zijn clan terugvond. '*Die vlees is te oud*,' zei hij, '*geen krag*.' Ik was voor het eerst dankbaar dat ik ooit Zuid-Afrikaans studeerde en dat we hier samen dat derivaat van het zeventiende-eeuwse Hollands konden spreken. Hij had nog nooit van Nederland gehoord, ik vertelde hem over ons water, onze grijze luchten en koeien die graasden op weiden lager dan de zee.

Ik had geen tolk meer nodig, Frans praatte honderduit. Zonder protesten van zijn mede-Bushmen, we spraken nu een vreemde taal en Frans was toch al vreemd, al was hij een van hen. Hij bleek er treurig aan toe: hoeveel wereldse ervaring hij in zijn leven ook had opgedaan, in deze gemeenschap telde hij nauwelijks mee. Hij kon niet jagen, hij had nooit een antilope geschoten, nee, hij was nooit een man geweest. Zijn vader had hem niet kunnen inwijden en de rite van de eerste rake worp was nooit op hem verricht, daarom bezat hij ook geen tatoeages, de pijn van verkoold vlees en vet in de kerven van zijn huid kende hij niet. Zulke tatoeages verzekerden een jongeman dat hij een onverschrokken en onvermoeibaar jager zou zijn. Frans had die kracht niet meegekregen. 'Een man die niet jaagt blijft een kind,' zei hij.

Als er 's avonds gedanst werd, om twee vuren, een voor de mannen, een voor de vrouwen, zat ik naast Frans. Hij fluisterde mij de namen in van de beesten die de dansers verbeeldden en tijdens de *healing dance*, waarbij de oude man die met ons was meegereden in trance ging, vertelde hij waarom zijn groep wel drie keer in de week deze dans uitvoerde: om de kwade speren van de goden en de geesten van de doden af te wenden. Iemand die in trance raakt is *!Kia*, dan stroomt de energie vanuit de lage buikstreken tot onder aan je schedel. Ook de oude man verkeerde nu in een staat van verlichting en het was volgens Frans niet zeker of hij nog wel in zijn eigen lichaam zat, wie weet danste zijn geest hoog met de vonken mee, via een onzichtbare draad, en zag hij een glimp van God. Rusten was er niet bij, de vrouwen zweepten de mannen op, ik kon er uren naar kijken, het moest wel want een healing dance duurde vaak tot de volgende ochtend.

Frans was teruggegaan en leefde als een vreemde tussen zijn eigen volk. Maar er is geen terug, ook voor de !Kung bij Dobe niet, al willen de meesten in de woestijn blijven. Er leeft geen Bushman meer die niet is aangeraakt door het nieuwe leven, ook in Dobe is een waterput geslagen, alleen dat al heeft het bewegingspatroon sterk veranderd. De jonge zonen hebben kippen en ezels meegenomen, de smaak van kip maakt jagers lui en een ezel verlicht de tocht naar de waterplaats. De verandering kruipt naderbij, hoe mul ook het pad.

Zo'n twee keer per jaar komt een Herero-handelaar de huiden van de jagers opkopen. Toen wij na een paar dagen ons kamp opbraken, kwam de handelaar juist met zijn jeep aangereden. Zijn laadbak puilde uit van de blikken bier, lappen, kralen en goedkope eau de cologne. Een paar uur later lagen alle gezinnen laveloos onder een boom. Dronken van het bier en van de eau de cologne. We zijn zonder groet weggereden.

Alleen Frans zwaaide ons nog lang en wankel uit.

Er is alleen maar een weg vooruit, hoe pijnlijk ook. Het heeft geen zin de Bushman en zijn cultuur in een veredeld wildpark te conserveren, hoezeer sommige instanties zich daar ook voor inspannen. De Bushman zal zelf het tempo van de verandering moeten bepalen.

Ik geloof niet zo in de romantische onschuld of nederigheid van de Bushmen, noch in het zuivere kind, het primitieve in ons, dat zij bij ons zouden doen ontwaken. Evenmin geloof ik in de helende confrontatie met de rust en de tijd die men voor elkaar neemt en met het gebrek aan materialisme van mensen die hun bezittingen in één hand kunnen dragen.

Maar de Bushmen wijzen ons wel op iets anders, op iets wat we in de hoogmoed van ons intellect zijn vergeten. Het zijn de dingen die we met ons verstand niet kunnen ontrafelen, noem het spiritualiteit, eeuwenoude ervaring, passie, creativiteit. 'In hun leven is gebrek aan alles, maar het is rijk aan betekenis,' schreef Laurens van der Post in *The Lost World of the Kalahari*. Alles betekent iets, elke danspas, handbeweging, klikklak van de tong, kleur, pootafdruk. Het zijn dingen die we niet goed meer kunnen of willen zien, ze zijn verdrongen door een agressief soort rationalisme. Ook bij de Bushmen zal deze oude kennis verdwijnen. Maar voorlopig leeft die voort in hun muziek, hun zang, hun oude rotstekeningen en, wie weet, hun moderne schilderkunst.

BRONNEN

Trewhella Cameron, ed., *Nuwe Geskiedenis van Suid-Afrika*. Kaapstad, 1988

Richard Borshay Lee, *The !Kung San: Men, Women and Work in a Foraging Society*. Cambridge/New York, 1979

Laurens van der Post, *The Heart of the Hunter, Customs and Myths of the African Bushman*. New York, 1980

_, *The Lost World of the Kalahari*. New York, 1958

David Lewis-Williams, *Images of Power, Understanding Bushman Rock Art*. Johannesburg, 1989

Anke Kooke, *Sporen in de Kalahari, over Bushmen, kunst en overleven*. Amsterdam, 1993 (de beste introductie in het Nederlands)

1989

EEN TUIN VOOR ISMAIL

'*Kom ons sing 'n klompie gesange*,' zei de dominee aan het eind van zijn preek. De vrouw voor me bladerde in haar liedboek. Haar vinger kende de weg. *Gesang 199*. Ze huiverde en trok haar sjaal nog verder over haar hoofd. Ik probeerde over haar schouder mee te zingen, vertrouwend op de protestantse dreun.

Het sombere lied sloot aan bij wat de dominee ons die morgen had voorgehouden. *Afrika kry swaar* – aids, honger en een verval van waarden. Kijk maar naar Namibië, Angola en Mozambique, waar revoluties dood en verderf brachten. We moesten bidden voor Afrika en zongen: *Van wat ons op die aarde sien, is daar min wat lof verdien*.

Alleen het geloof kon de *swartman* redden. Het christelijk geloof, welteverstaan, want de Afrikaan gaf zich te veel over aan tovenarij. Het was de taak van *ons blankes* een voorbeeld te stellen, de dominee riep ons op onze bedienden dichter bij God te brengen. De ouderlingen in hun witte overhemden en witte dassen knikten vurig ja. Er gold maar één waarheid en die werd onder dit dak beleden – tussen witte kale muren met een gemene akoestiek.

Buiten roffelde Afrika. Trommelaars die klanten lokten voor het gokkantoor aan de overkant – straks begonnen de paardenraces. Het volk stroomde toe. De stemming zat er hoorbaar in. Het orgel pompte er dwars tegenin, de gemeente zong steeds luider. Nauwelijks bij te houden en ik haalde ook nog eens psalmen en gezangen door elkaar. En ik viel al zo uit de toon met mijn door rugzakreizen verkreukelde broek en jasje. Daarom zat ik op de achterste rij. Op de straffend harde banken van de Nederduits-gereformeerde kerk aan de Samora Machel Avenue van Harare.

En ik vervloekte mijn nieuwsgierigheid. Een advertentie in *The Herald* had me op deze dienst gewezen. Op reis spel ik altijd lokale kranten uit en dit keer viel mijn oog op de wonderlijke combinatie van een kerk die te lang de Apartheid had goedgepraat en de naam van een revolutionair die in Mozambique voor de vrijheid had gevochten. Wie weet zat er een verhaal in, want ik vroeg me af hoe Afrikaners zich handhaafden in een onafhankelijk, door zwarten geregeerd land.

Terwijl de gelovigen devoot de ogen sloten, gluurde ik langs de rijen – *tannies* met strohoedjes die elke wufte krul wegdrukten, *ooms* met opgeschoren rooie nekken. Nazaten van blanke Boeren wier voorouders in het spoor van Cecil Rhodes naar het noorden waren getrokken; ze hadden ooit voor Rhodesië gekozen en na de onafhankelijkheid schoorvoetend voor Zimbabwe. Afrikaans was de huistaal gebleven. Al had de zon hun huid verweerd, toch leken het me geen echte boeren meer. Eerder zakenlui of kantoorklerken.

Ik had gehoopt 'Wat de toekomst brengen moge' in het Afrikaans te kunnen zingen. Maar de dominee zocht houvast bij vermanende woorden en gebood ons staand en met gebogen hoofd onze slechtheid te belijden: '*Ons sondaars verdien die lewe niet.*' Toen we weer mochten zitten kon ik een zucht niet onderdrukken. De vrouw voor me draaide zich om. Van schaamte durfde ik haar niet goed aan te kijken. Ze glimlachte. Had ik het goed gezien? Haar neus breed en bruin, haar volle lippen. Alleen haar handen leken lichter.

De dominee stuurde zijn gemeente met een '*En gaan dan heen, sy vrede*' de deur uit. Bijbels werden in tassen gestoken. Ik liep achter de vrouw aan naar buiten, in het zonlicht zag ik pas hoe bruin ze was. 'Ik hoop niet dat u het vervelend vond dat ik zo in uw nek zat te brommen,' zei ik in het Afrikaans tegen haar.

'Ik ben gewend dat mannen vals zingen,' antwoordde ze in het Engels.

‘Spreekt u geen Afrikaans?’
‘Ik kan het lezen.’
‘En zingen.’
Ze glimlachte weer, eerder spottend dan aardig.
Zij liep de stad in, ik liep de stad in. Dezelfde weg, maar onze ogen en stappen meden elkaar. Pas bij het verderop gelegen Café de Paris durfde ik haar weer aan te spreken. In het Afrikaans. Ze zei dat ze die taal niet graag hoorde.
‘Maar waarom gaat u dan naar een Nederduits-gereformeerde kerk?’
‘Voor mijn werk,’ zei ze. Ze groette me vriendelijk en liep kordaat door.

Ik zou onze ontmoeting misschien zijn vergeten als ik haar niet de volgende middag bij The Vanguard naar binnen had zien gaan – de enige boekhandel in Harare waar je Zuid-Afrikaanse kranten kon krijgen. Aangezien het nieuws in Zimbabwe voornamelijk beperkt bleef tot regeringsbesluiten en toespraken van de president, kwam ik er elke dag een krant kopen. Het was ook een strijdbare winkel en de huiskamer van de Zuid-Afrikaanse ballingen in Harare. Achterin, aan de leestafel, tegen een wand van anti-Apartheidsaffiches, kon je dikwijls mensen aantreffen die de laatste nieuwtjes wilden uitwisselen. Vooral de laatste tijd was het er drukker dan ooit. De krantenkoppen waren er dan ook naar: er waaiden in Zuid-Afrika ‘WINDE VAN VERANDERING’. Misschien zou Nelson Mandela aanstaande Kerstmis worden vrijgelaten!

Volgens geruchten was The Vanguard een postkantoor voor bevrijdingsbewegingen. Je hoefde niet in samenzweringen te geloven om op te merken dat er bij de toonbank van alles werd afgegeven en opgehaald, sommige klanten lieten zich er zelfs internationaal bellen. Blanke conservatieven zagen in The Vanguard dan ook een communistisch bolwerk. Het gebouw werd regelmatig met rode verf beklad en twee maanden geleden was er

’s nachts zelfs een brandbom naar binnen gegooid. Om de stad aan deze wandaad te herinneren had de boekhandelaar het geblakerde raam op de eerste verdieping nog altijd niet hersteld.

Hoe vaak had hij me niet verteld dat veel van zijn klanten zich bedreigd voelden – juist sinds er een politieke doorbraak gloorde. De blanke extremisten in Zuid-Afrika zochten steeds vaker hun toevlucht tot geweld en ook hun handlangers over de grens waren nu actief.

Ik kende de boekhandelaar redelijk goed, hij wist dat ik al tijden tevergeefs probeerde Zuid-Afrika binnen te komen. Een geweigerd visum was in zijn winkel een compliment en een paspoort tot contact. Maar de middag dat ik die vreemde vrouw zijn winkel binnen zag lopen, verstopte ik me voor hem en wachtte ik buiten mijn kans af. Hij zag gelukkig niet hoe ik mijn gezicht tegen de stoffige ruit van zijn winkel drukte... Die twee kenden elkaar! Wisselden meer dan een groet uit... Pas toen ze achterin aan de leestafel ging zitten, durfde ik naar binnen te glippen en hem terloops te vragen wie ze was.

‘O, dat is Yasmine, onze advocaat,’ zei hij, ‘ze heeft veel voor de organisatie gedaan. Het is een wonder dat ze nog leeft.’

‘Hoezo?’

‘Een bompakket,’ fluisterde de boekhandelaar.

Op het moment dat ze de zaak wilde verlaten, sprak ik haar aan – in het Engels, maar die taal nam haar wantrouwen niet weg, ook het noemen van namen van revolutionaire vrienden hielp niet.

‘Wat wilt u toch van me?’ vroeg ze.

Ik gaf haar het kaartje van mijn krant. ‘Ik werk aan een verhaal over Zuid-Afrikaanse ballingen, misschien kunt u me op weg helpen.’

Ze schreef het telefoonnummer van mijn hotel op de achterkant en zei: ‘Als het me schikt, hoort u van mij.’

De boekhandelaar beloofde nog een paar mensen te bellen die bij haar misschien een goed woord voor me konden doen.

Het schikte vijf dagen later. Ze noemde me *comrade* door de telefoon, een woord waar ik allergisch voor ben. In de staatsmedia werd het woord gebruikt voor meelopers die de revolutionaire idealen van de regering onderschreven; critici werden afgedaan als *mister*.

Yasmine woonde in een van die residentiële wijken waar zelden een bus stopt en waar de bedienden paadjes in de bermen hebben uitgesleten. Achter haar hek zat een bewaker een aan zijn bajonet geprikte maïskolf te roosteren. Hij sloeg de rook weg en verwees me naar de zijkant van het huis. En daar stond ze: schop in de hand, rode hoofddoek om, rubberlaarzen. Groene werkbroek – strijdvaardig als op een revolutionaire poster. 'Hier, pak aan,' zei ze en ze duwde me een mand tomaten in de handen. Echt hartelijk klonk het niet, haar gezicht was vertrokken van pijn. Ik complimenteerde haar met de oogst.

Yasmine wiste het zweet van haar gezicht en leidde me ongevraagd langs de perken. Tomaten, maïs, aubergines, uien, pompoenen... 'Allemaal zelf geplant en gestekt, dit was een kale boel, een hondenkennel. Ik wist niet dat ik zoiets kon. Ik ben een stadsmens.'

Zeven jaar woonde ze nu hier. 'Het is verbazend hoe een struik in zo'n tijd kan groeien, terwijl ik hier zelf nog steeds geen wortels heb.'

Ze trok wat onkruid uit het tegelpad en het viel me op hoe moeizaam ze overeind kwam. 'Ik heb dit allemaal voor mijn zoon geplant. Om hem te laten zien dat ik ook groene vingers heb en dat we nooit van de honger hoeven om te komen. Hij zou deze kerst komen.'

'Tuinen zijn geduldig,' zei ik.

Ze zweeg. We plukten nog wat tomaten en brachten de mand naar de keuken.

Haar huis was een toonbeeld van koloniale bouw. Witte pilaren, een bloedrode stoep, een zinken dak waar zo nu en dan een peul van de bloeiende flamboyant op plofte en een keuken zonder gootsteen omdat bedienden nu eenmaal geacht werden de afwas in het hok ernaast te doen. Maar de bediendenkamers achter in de tuin waren overwoekerd en verwaarloosd en de stoep smeekte om een dweil. En ook binnen werd het koloniale verleden zichtbaar bestreden: de ANC-vlag hing in de hal en de muren waren beplakt met affiches van grote anti-Apartheidsdemonstraties in Zuid-Afrika. *No easy walk to Freedom*, stond er onder een foto van Nelson Mandela. Ik probeerde het ijs te breken en vroeg naar haar betrokkenheid bij de strijd en wat de kansen voor Mandela waren.

'Kom, ik laat je mijn werkkamer zien,' zei Yasmine.

Haar kamer keek uit op de moestuin. Ondanks de warmte mocht er geen raam open. Wind was hier een gevaarlijke gast, want de schrijftafel lag bezaaid met foto's en losse knipsels. Het rook er naar lijm en oude kranten, overal slingerden boeken en tijdschriften. Een tekstverwerker zoemde in de hitte. Geen stoel was onbezet.

Naast de boekenkast lagen kartonnen borden met foto's. Ordelijk opgeplakt en gerangschikt, in rijen van drie. Close-ups van uiteengereten lichamen, verkoolde lijken. Yasmine zag me schrikken.

'Dit is een deel van ons leven,' zei ze, 'kijk er goed naar, comrade.' Ze liep de kamer uit en liet me alleen.

Ik keek naar een verminkt gezicht, naar een geschonden geslacht, kapotgeschoten armen en borsten. Naar een glimlach op dode lippen. 'Maseru, Lesotho, 9 december 1982, 42 doden,' stond er in zwarte inkt bij geschreven.

'Heb jij ook zulke foto's van je vrienden?' vroeg Yasmine toen ze weer binnenkwam en een theeblad op de knipsels zette. Ze kieperde een stoel leeg, legde twee kussens op de zitting en ging voorzichtig zitten. 'Deze stoel is te hard,' zei ze.

'Wat moet een kerkbank u dan pijn doen.'

Weer dat zwijgen.

We roerden lang in onze thee. Yasmine wees naar uiteengereten lichamen. 'Allemaal vrienden uit de Transkei,' zei ze, 'daar kreeg ik vijf jaar lang asiel. Dit waren mijn buurjongens, vluchtelingen uit de Transkei... Mooie jongens.' Ze krabde een lijmklodder weg. 'Het spijt me voor je, maar ik moest je dit laten zien, het moet gezegd en nooit meer vergeten. Als straks de geschiedenis van ons land wordt geschreven, wil ik dat moordenaars hun eigen gruweldaden zien. Je hebt geen idee hoeveel er rondlopen. Ook hier.'

Het klonk als een dreigement. Yasmine schoof boos de foto's en knipsels opzij. Er viel werk te doen. Er moest nog een album gesloopt. Met kiekjes ditmaal – een baby, een schoolkind, een bijna volwassen man. Ook die werden op een karton geplakt. Ze hield ze lang in haar hand, het viel haar moeilijk een keuze te maken. Foto's van een en dezelfde jongen... je zag hem groeien.

'Wie is dat?' vroeg ik.

'Ismail,' zei ze kortaf, 'hij zou met Kerstmis komen.'

'Voor de moestuin.'

'Ja.'

Ze werkte rustig door, alsof ik niet langer in haar kamer zat. 'Kom overmorgenmiddag maar terug,' zei ze toen ze me ongemakkelijk hoorde schuiven, 'dan maak ik een curry voor je.'

Yasmine riep haar bewaker: '*Let the comrade out*.' Ik werd met een geweer in de rug uitgelaten.

Voor mijn hotel liep een reus van een neger met een aangeplakte wattenbaard in een kerstmanpak. Hij klingelde met een grote koperen bel en maakte als sandwichman reclame voor Air Zimbabwe: *Nieuw: Directe vlucht naar Durban*, stond er op zijn buik. En op zijn rug: *Kerstmis aan de Indische Oceaan*. Door de zomerse hitte lukte het me maar niet aan december te denken, maar dankzij deze pijnlijke verschijning besefte ik ineens dat het over twee dagen Kerstmis was en dat Yasmine me op een feestdag had uitgenodigd.

Yasmines huis werd die middag niet bewaakt, maar na mijn gerammel aan het hek kwam ze met een paar meter computervel in haar hand naar buiten rennen. De strook wapperde in de lucht. 'Kijk eens wat een eenenzestigjarige op een computer kan. Ik heb er de hele nacht aan zitten schrijven. Mijn verhaal over de dood in Pretoria.' Ze wees met een vuile nagel naar de titel: 'Op weg naar de dood in Pretoria.' 'De gang van dodencel naar galg, stap voor stap.'

'Vrolijk kerstfeest,' zei ik.

Ze zag er moe uit maar praatte aan één stuk door. 'Dit hebben we straks nodig. Moet je horen: "De laatste vijf dagen ga je in De Pot. Geen matras meer, alleen een kaal bed. Je hebt geen recht meer op gymnastiek. Je gezondheid is nu niet belangrijk. Je moet je hemd en je onderbroek inleveren. Ze willen niet dat je je eraan opknoopt en de beul het brood uit de mond stoot. Je moet je tandenborstel en tandpasta inleveren. Niemand weet waarom. Bezoek blijft toegestaan, geen lichamelijk contact; ook geen hand. Op de vijfde dag word je gewogen en wordt je nek gemeten. Kijk de man die dat doet goed in de ogen, want hij is de beul die de strop om je nek hangt. Hij is de man die je de laatste vraag stelt: klaar? Je hoeft niet te antwoorden."'

We liepen naar binnen. De fotoborden stonden in de hal, met een rol tape, touw en een grote doos punaises. 'Vanmiddag gaat alles de deur uit. En van dit verhaal moet ik straks nog een stapel kopieën maken.'

Yasmine liep opgewonden naar de keuken. Ik rook geen curry. De boodschappen waren erbij ingeschoten. Ze zette water op en

we dronken bittere koffie in haar werkkamer.

'Ik weet wat een familie doormaakt wanneer hun zoon wordt geëxecuteerd. Ik heb kameraden tot de galg begeleid. Hield hun hand vast terwijl de beul de kap om hun hoofd vastmaakte, hun handen achter op hun rug ketende, het touw om hun nek bond. Het is verschrikkelijk, geen menselijk wezen mag deze straf ondergaan.'

'Was je hun advocaat?'

'Ik heb jaren voor terdoodveroordeelden gewerkt,' zei ze. 'De gangen van de Centrale Gevangenis in Pretoria ken ik als de palm van mijn hand. Elke derde dag wordt daar iemand opgehangen, het is een echte dodenfabriek. Als advocaat heb ik van alles geprobeerd om hun omstandigheden te verbeteren, ik voerde actie om gratie voor ze te krijgen. Tot het me onmogelijk werd gemaakt.'

'Een aanslag,' probeerde ik voorzichtig.

'Nee, huisarrest.' Ze pakte het album waar ik haar de foto's uit had zien halen. 'Kijk, dit heeft mijn zoon toen met Kerstmis aan de minister van Justitie geschreven. Zes jaar oud.'

Het viel in één keer op de juiste bladzij open, bij een kladje dat met klonterlijm zat vastgeplakt: 'Meneer Pelser, mag ik weer met mijn mammie naar het strand? Voordat ze straf kreeg gingen we elke zondag... Mijn pappie zit op Robbeneiland. We hebben geen tuin, het is binnen zo warm. Daaaag Ismail.' Onbeholpen letters op grauw papier.

'Heeft de minister geantwoord?'

'Mijn huisarrest werd verlengd, ik kreeg in totaal tien jaar. Toen moest ik het land uit. Het was een zaterdag, dat blijft je altijd bij. Ik ken een gevangene – hij is nu vrij – en hij was de dag van zijn arrestatie vergeten, ook de dag waarop de doodstraf tegen hem werd geëist, en de dag dat hij vrijkwam. Maar niet de dag dat hij het land uit moest.' Ze zweeg en keek naar de moestuin. 'Exil is de ergste gevangenis.'

Ze nam me bij de rechterhand, sloeg een andere bladzij in het album op en liet mijn wijsvinger over een in plakband verpakte ijzeren scherf gaan. 'Daar had ik er drieëndertig van in mijn lichaam. Er zitten er nog zes in.' Ze drukte zo hard dat ik me bijna in mijn vinger sneed.

De scherf was een souvenir uit Lesotho, waar ze na haar uitzetting een paar jaar als advocaat werkte. Op een dag kreeg Yasmine een postpakket uit Oost-Duitsland. Ze ontving wel vaker drukwerk uit het Oostblok. Dit keer was de zending extra goed verpakt. 'Ik kreeg het niet open. Mijn huis zat vol vrienden, een van hen was *father* John, een anglicaanse pater. Hij had me nog de vijf rand strafporto voorgeschoten omdat de postbode niet kon wisselen. Ik zei: "Father, dit is mannenwerk." Hij sneed het touw los en ik werd naar buiten geblazen, het raam uit, met een klap op het grasveld. Nog zie ik hem verdwaasd, glimlachend, in de deurpost staan. Zonder hand, in verschroeide kleren en met twee gaten boven zijn knieën. Toen viel ik flauw. In het ziekenhuis lag ik samen met hem op een kamer. De dokter zei: "Father, we konden uw rechterhand niet redden."

"Ik ben links," zei hij.

"We konden ook uw testikels niet redden."

"Ik behoor tot een celibataire orde."'

Yasmine hield een foto van father John op. Een blozende zendeling achter zijn bureau, één hand onder een krant – de afgeblazen hand. De zes vrienden in haar kamer raakten allemaal gewond. Een verloor een oog, een ander een paar vingers en iedereen zat onder de granaatscherven. Yasmine kwam er nog het beste van af.

Ze drukte het album tegen haar boezem, ze streelde het even.

Kort na de gebeurtenis moest ze Lesotho verlaten. De strijd tegen de Apartheid had ook haar gezinsleven ontwricht. Haar man had zich op Robbeneiland van haar laten scheiden en vertrok na zijn vrijlating naar Londen. Ismail ging studeren in Hongarije.

Yasmine zag me fronsen. 'Jullie westerlingen hebben ons in de steek gelaten,' zei ze gestoken. 'Wij worden geofferd aan jullie Koude Oorlog. Zuid-Afrika als bastion tegen het communisme. Dacht je dat een westers land onze zoon kansen bood? Alleen landen waar hij de taal niet van sprak, waren bereid hem op te leiden. Zo word je in de armen van het Oostblok gejaagd. Maar Hongarije heeft wel zijn studie betaald en daar zullen we altijd dankbaar voor blijven. Landbouwingenieur,' schamperde ze, 'en dat terwijl hij zonder een sprietje groen is opgegroeid. Hij wilde zo graag nuttig zijn voor zijn land.'

'En nu, wat doet hij nu?'

'Hij is vorige maand in Zambia vermoord. Om kwart over negen 's avonds. Ik lag hier op mijn bank te doezelen en hoorde een schot. De bewakers maken amok, dacht ik nog. Ik rende naar buiten, maar alles was stil. De volgende morgen hoorde ik dat Ismail om kwart over negen die avond was vermoord. Hij was net afgestudeerd en logeerde bij ANC-vrienden in Lusaka. Met de kerst zou hij thuiskomen.' Yasmine keek me strak aan. Na lang zwijgen zei ze: 'Soms kan ik me niet voorstellen dat hij ooit heeft geleefd.'

Ismail had zijn moordenaar gekend. Een blanke dienstweigeraar met een zucht naar verzet, zoon van een vooraanstaande Afrikaner familie. Beide jongens raakten bevriend in een ANC-trainingskamp. Niemand wist dat de jongen door de veiligheidspolitie was bewerkt en gedwongen werd te spioneren. Ismail had hem vermoedelijk ontmaskerd. De dader wachtte nu op zijn vonnis in Lusaka. De doodstraf, zo was het recht in Zambia.

Yasmine trok lades open (ze kon niks vinden, ze kon alles vinden), gooide een stapel ansichtkaarten op mijn schoot, 'ontvangen tijdens mijn huisarrest', maakte zich vrolijk over de bureaucratische kronkelwegen van de Zuid-Afrikaanse rechtspraak en zat dan weer moedeloos op haar knieën om de 'allerbelangrijkste brief' te vinden.

Ik stelde voor een wandeling door de tuin te maken. Of had ze geen honger, zouden we ergens iets gaan eten?

Maar die brief moest en zou. Ze vond hem uiteindelijk, hij lag boven op de stapel. Gericht aan de president van Zambia, een pleidooi om het leven te sparen van de moordenaar van haar zoon.

'Is dat niet te veel gevraagd?'

Ze ontweek mijn ogen en dook weer in een la. 'We mogen niet in dezelfde fouten vervallen.'

'Klinkt wel erg christelijk,' zei ik, 'zeker in de kerk geleerd.' Het klonk gemener dan bedoeld.

'Wat denk je dat ik daar zocht?' Ze verachtte die kerk. Ze was er als kleurlingmeisje mee opgegroeid, in de *Susterkerk*, de zendingstak van de Nederduits-gereformeerde Kerk. Haar gemeenschap en de Afrikaners spraken immers dezelfde taal en het merendeel aanbad ook dezelfde strenge God – al was het dan in aparte kerken.

'Maar u zong uit volle borst mee.'

Ze lachte om mijn verontwaardiging.

'Ik was daar net als jij voor het eerst. De Afrikaner gemeenschap in Harare is aartsconservatief. Ze sympathiseren met de extremisten in Zuid-Afrika. Ze zouden er het liefst nog vandaag naartoe terug willen. Maar ze kunnen niet. Hun bezittingen zijn buiten Zimbabwe niets waard. Ze hebben hun privileges zien afkalven en zien nu dat het tijdperk van blanke overheersing voorgoed voorbij is. Ze zijn bang voor ons, bang voor Afrika. Wat hun rest is haat.'

'Haat u ze ook niet?'

'Verzet doet pijn,' zei ze. 'We moeten nu al besluiten hoe we straks de Swanepoels en Strydoms, de folteraars in de gevangenissen, na de bevrijding zullen behandelen. Dus niet straffen zoals zij ons straften. Geen galg, nog niet voor de grootste schoft.'

Schoft, ze zei het krachtig als een vloek. En ze zou die schoften de les leren. Ze laten zien wat er uit hun naam en taal en geloof voor onheil werd aangericht. 'Vandaag, op deze kerstmiddag, zal ik ze hun moorden en haat laten zien.'

Ja, ze zou haar fotoplakkaten in het voorportaal van de kerk ophangen en haar verhaal *Op weg naar de dood in Pretoria* uitdelen.

En ik moest mee.

'Mee?'

Ja, de Afrikaners waren toch een soort Hollanders! 'Jullie talen lijken op elkaar, de Kaap was een Hollandse kolonie. En jullie hebben hier het calvinisme gebracht en dat fraaie gevoel uitverkoren te zijn. Was Verwoerd, de architect van de Apartheid, niet ook een Hollander?' Mooi dat ik mee moest. Als Hollander. Al sputterde ik nog zo tegen dat ik geen calvinist was, volgens Yasmine zouden de gelovigen eerder naar mij luisteren dan naar een verbannen *bruinvrouw* die zich afgaf met terroristen.

Ze lachte mijn bezwaren weg en duwde me alle fotoplakkaten

in de armen. Tekst, tape en punaises gingen in een grote tas en ik liet me gedwee naar haar auto leiden. Ze had me verdomme nog een schuldgevoel aangepraat ook.

Er hing een geur van verbrand vlees in haar wijk, rook kringelde boven de tuinen. De gegoede burgerij vierde kerstfeest met een *braai*. Niet echt kerkweer. We reden langs een verlaten kantoor van 'de organisatie', maakten de nodige fotokopieën en haastten ons naar het centrum.

Het was druk onderweg: ronkende autobussen van het platteland – zelf opgelapt en al jaren niet meer gesmeerd – minibusjes die door hun assen zakten en vrachtwagens vol zwaaiende en zingende kinderen. Op de bermpaadjes liepen gezinnen in zondagse kleren, moeder voorop met een pan op het hoofd. Er was om vijf uur een popconcert in de botanische tuin, niet ver van de kerk. Dat werd weer hard zingen vanmiddag.

Yasmine was te moe om naar de kinderen terug te zwaaien. Ze had nauwelijks geslapen en durfde niet in te halen, zodat we lang achter stinkende bussen en vrachtwagens bleven hangen. Bovendien werkte haar versnelling niet goed en zat de voorruit los; reserveonderdelen waren al maanden niet meer te krijgen. Wolken roet sloegen onze auto binnen. Toen we voor de kerk stopten zaten we onder de vegen.

De Samora Machel Avenue lag er vredig bij – geen gokkers, geen trommels, alleen jongelui op weg naar het gedreun. De kerkdeuren stonden open, het voorportaal was leeg. De gelovigen hadden zich nog niet gemeld. Yasmine ging meteen aan het werk. Ze legde de plakkaten op volgorde, sorteerde de fotokopieën en gebruikte mij als dommekracht. Binnen een paar minuten hadden we het portaal in een tentoonstellingsruimte omgetoverd. Yasmine ging pontificaal voor de binnendeur staan, niemand kon de kerk in zonder haar te passeren.

Even voor vijf uur kwamen de eerste families, zondagser dan de vorige week en met meer kinderen. Sommige vrouwen droegen manden met *kos* en *soet rooiwijn*, een enkele *oom* had al een glaasje op. Ze groetten ons beleefd en wilden de kerk in lopen. Yasmine hield ze tegen en nodigde ze beleefd uit naar de foto's te kijken. De kleine jongens wezen verlekkerd naar de lijken en verminkte gezichten, de mannen lazen hardop de bijschriften.

De vrouwen – die elkaar Gogga of Baba noemden – hadden het te druk met het vragen naar elkaars *tuisgemaakte lekkergoed*; straks hadden ze nog een feestje in de consistoriekamer. Binnen speelde de organist, harder en harder en al voor de tweede keer 'Wilt heden nu treden', maar Yasmine gaf niemand de kans. De mannen bespraken de foto's met elkaar: 'Zulu-aanslagen,' zei de een, 'stamtwisten,' zei de ander. 'Ze maken elkaar onderling af.' 'Sinds wanneer bemoeit dominee zich met politiek?'

We stonden er verloren bij. Niemand vroeg ons iets. Yasmine wees naar de foto's, ze vertelde over 'haar' jongens, waarom ze vermoord waren en door wie. De kerkgangers begrepen haar niet.

Zo bleven we staan, in een kring van Afrikaners. Tot de dominee, gesecondeerd door zijn ouderlingen, het portaal in kwam. 'Waar blijven jullie?'

Een schriele man wees naar Yasmine en de foto's. De dominee gaf haar een hand, keek naar de plakkaten, wendde zich tot mij en vroeg: 'Een ongeluk?'

'Ja,' zei ik geschrokken.

'Het verkeer is hier ook levensgevaarlijk,' zei hij. Een ouderling maakte aanstalten de deuren te sluiten en de kudde liep mompelend naar de banken. 'Jullie zijn welkom,' zei de dominee. 'Maar vandaag vieren we een geboorte, niet de dood. *Kom vergeet en laat ons sing.*'

Yasmine beet haar tranen weg en schudde heftig nee.

'Zeg iets, zeg iets,' siste ze me toe.

Ik zei niets.

1982

DE DOOD EN HET RUISEN VAN DE ZEE

Interview met Breyten Breytenbach na zijn vrijlating

Breyten Breytenbach (1939) wordt in Zuid-Afrika als de belangrijkste Afrikaanstalige schrijver beschouwd. Hij ontving vele literaire prijzen voor zijn poëzie en zijn werk is in vele talen vertaald.

Na zijn huwelijk met een Vietnamese, dat in zijn geboorteland onder de Ontugwet viel, woonde hij in zelf opgelegde ballingschap in Parijs. Breytenbach raakte steeds meer betrokken bij het verzet tegen de Apartheid. In 1975 bezocht hij Zuid-Afrika onder een valse naam, met een vals paspoort. Hij werd gearresteerd en veroordeeld tot negen jaar gevangenisstraf. Door bemiddeling van de Franse regering werd hij na zeven jaar uit de gevangenis ontslagen.

Dit interview was het eerste dat na zijn vrijlating werd gepubliceerd.

We ontmoeten elkaar in Le Soufflot, een koffiehuis aan de rue Soufflot, een paar honderd meter van zijn huis, niet ver van het Panthéon; in een van zijn gedichten noemt Breytenbach het 'die fluisterplek'. Aanvankelijk fluisteren wij ook, in een mengeling van Afrikaans en Nederlands. Onnodig, niemand kan ons bargoens hier verstaan. 'Ik moet er nog aan wennen om te kunnen zeggen wat ik wil.'

Hij ziet er goed uit, wat meer kraaienpootjes om de ogen, korter haar en een mooi wit puntje in zijn baard. Zijn overhemd is van een ouderwetse snit: een kraag met het soort malle lange punten dat tien jaar geleden in de mode was. Hij maakt een opgewekte indruk, maar na langer praten bespeur ik hoe zwaarmoedig zijn ogen staan. Telkens verwijst hij naar zijn gevangenissituatie. 'Zoals we nu zitten, zo recht tegenover elkaar, is net als tijdens een gevangenisbezoek van Yolande. Alleen de glasplaat tussen ons en de bewaker achter ons ontbreken. Alles wat we zeiden, kwam op de band. Ik ben nu een meester in het tussen de regels door spreken. Ik moet kotsen bij de gedachte aan dit interview. Maar ik wil het beslist doen om alle Nederlandse vrienden een teken van leven te laten horen.'

We spreken elkaar donderdagmiddag, kwart over een. 'Op dit ogenblik, precies een week geleden, ging mijn celdeur open en zei de bewaker: Je bent vrij. Ik wist wel dat de Franse en de Nederlandse regering zich voor mij inspanden en ook dat er in Zuid-Afrika sinds enkele maanden een vrijlatingsadviesraad bestond, maar tot die donderdag rekende ik nergens meer op. Er werden de laatste tijd ook voortdurend publieke pleidooien voor mij gehouden. Vooral door schrijvers, onlangs door Elisabeth Eybers, die zich zelden in de politiek mengt en daardoor misschien extra invloed heeft. Ook uit de Afrikaner elite klonken stemmen voor mij op. De Franse diplomatie heeft echter de doorslag gegeven.

Je moet mijn vrijlating zien tegen de achtergrond van de huidige machtsstrijd binnen het Afrikaner establishment. Het is niet zozeer een gebaar tegenover de kritische buitenwereld, als wel een welwillendheid van de regering in de hoop de van de Nasionale Partij vervreemde Afrikaner intellectuelen goedgunstig te stemmen.'

Hoe smaakt de Vrijheid?

Zucht diep, sluit de ogen. 'O god, o god. Ik heb nooit beseft dat het zo smaakte. Al die klanken, die geuren en kleuren, ik kom zintuigen te kort om ze in mij op te nemen. Het mooiste is de stem van een vrouw of een kind te horen. Ik heb zeven jaar alleen mannenstemmen gehoord. Ik was die klanken vergeten. Soms zijn er lege momenten dat ik niets meer hoor of zie. Direct na mijn ontslag uit de gevangenis ben ik in een auto naar Grahamstown vervoerd om, voor ik het land zou verlaten, mijn oude, verlamde vader te kunnen bezoeken. Ik reed door een van de mooiste stukken van

Zuid-Afrika; zomer, blauwe lucht. Het duizelde me, maar na vijf minuten kon ik niets meer ervaren: ik staarde voor me uit en zag alleen maar een grijze muur. Uit de gevangenis komen is zo'n pijnlijk ervaring dat je bijna instinctief terug wilt krabbelen naar je gaatje in de grond, terug naar je cel. Je wordt nooit meer onschuldig. Je hebt aanvaard dat je elk moment vernietigd kan worden. Ik kan nooit meer iemand onvoorwaardelijk vertrouwen.'

Waarom ben je in 1975 illegaal naar Zuid-Afrika teruggegaan?
'We hadden geld losgekregen om vakbondsactiviteiten in Zuid-Afrika te steunen. De betalende organisaties drongen erop aan dat het door echte vakbondswerkers in ontvangst genomen zou worden. Ik vertrok om voor dit doel twee mensen – een blanke en een zwarte – te gaan werven. In die beginperiode van onze verzetsgroep vond ik het belangrijk dat ik zelf ging; een ander kon ik dat risico niet laten nemen. Daar kwam nog iets anders bij. Ik voelde een sterke drang om iets praktisch te doen. Ik zocht naar een katharsis.

Bij mijn aankomst zondag in Parijs is me gevraagd of mijn terugkeer een zelfmoordwens was. Misschien wel, maar dan op het literaire vlak. Ik wilde, voordat ik vertrok, ophouden met schrijven. Ik werkte in 1975 aan een bundel die ik alvast *Sterfstoel* had genoemd – die zou mijn laatste zijn. Er was een tegenstelling tussen mijzelf en mijn mede-Afrikaners die ik moest oplossen. Het alternatief was zwijgen, vervagen. Ik moest als het ware sterven om te kunnen ophouden met doodgaan.'

Je bent tijdens je missie verraden?
'Absoluut, ja. Ik ben achtervolgd vanaf het moment dat ik aankwam. Toen ik me daarvan bewust werd, heb ik onmiddellijk al mijn contacten gestaakt. Wie me precies verraden heeft weet ik niet. De veiligheidspolitie zegt dat ze een tip uit Europa heeft ontvangen. Het moet iemand zijn geweest met wie ik nauw samenwerkte. Mogelijk een infiltrant in de bevrijdingsbeweging. Daar was een grote groep sterk gekant tegen onze ideeën.'

Wat wilde de mede door jou opgerichte groep Okhela en wat waren de banden met de in Zuid-Afrika verbonden bevrijdingsbeweging African National Congress (ANC)?
'Okhela is ontstaan uit de machtsstrijd binnen het ANC tussen communisten en niet-communisten. Het ANC in Londen was toen bijna, nu helemaal, in handen van de Zuid-Afrikaanse Communistische Partij. De niet-communisten van het ANC waren gretig op zoek naar alternatieve kanalen om een netwerk binnen Zuid-Afrika op te richten, met eigen financiële bronnen. Het ANC heeft de rassenintegratie hoog in zijn vaandel, maar een effectieve *samenwerking* tussen wit en zwart is in Zuid-Afrika onmogelijk. De kloof, het wantrouwen is enorm.

Het is een illusie om te denken dat je door zwarten aanvaard wordt als "volkomen" deel van hún strijd. Dat is de oogst van generaties Apartheid. Wij vechten uit gewetenswroeging, zij uit levensnoodzaak. Wat ons bindt is de monsterachtige navelstreng van Apartheid. Okhela pleitte voor een alternatief. De bevrijding van de zwarten wordt door de zwarten gevoerd. Okhela richt zich op de witte gemeenschap: de blanke bevrijden van zijn vrees en benepenheid. De tegenstand die er in Afrikaanse kringen leeft, moet effectief gemaakt worden; het nationale politieke machtsblok moet gebroken.

Okhela werd gesteund door top-ANC-mensen als Johnstone Makatini, nu meen ik ANC-vertegenwoordiger bij de Verenigde Naties, en Oliver Tambo. In die zin was Okhela een officieuze ANC-gelegenheid. Dat wij in de Zuid-Afrikaanse rechtszaal onder het ontleedmes kwamen, was hoogst compromitterend voor de ANC-betrokkenen. De Londense tak liet mij na mijn arrestatie natuurlijk meteen vallen.'

Je bent in 1975 samen met Berend Schuitema, toen secretaris van de Anti-Apartheids Beweging Nederland (AABN), naar Zuid-Afrika gegaan. Hij wist te ontsnappen, was de veiligheidspolitie klaarblijkelijk te slim af. Twee jaar geleden keerde Schuitema terug naar zijn vaderland en gaf zich aan bij de veiligheidspolitie. Wat was zijn rol?
'Wat ik weet is me door mijn ondervragers verteld. Ik heb nooit iets kunnen verifiëren. Ik was een willoze pion in hun spel. Zij hebben me nooit diepgaand over Schuitema gehoord, terwijl hij politiek toch actiever en militanter was dan ik. Het is een moeilijk te aanvaarden inconsequentie dat de veiligheidspolitie hem niet voor de rechter heeft gedaagd.

Soms hoorde ik wel eens wat op een andere manier en via zo'n kanaal vernam ik dat goedgezinden een onderzoek hadden ingesteld naar het verloop van mijn inhechtenisneming. Ze hebben alles nageplozen, ook in Europa, volgens hen was het Schuitema. Zelf weet ik het niet.'

Je legde een wel zeer deemoedige rechtbankverklaring af.
'Men kan zich geen voorstelling maken van de psychologische omstandigheden waaronder de dagelijkse urenlange verhoren plaatsvinden. Er vindt een zielkundige afbraak plaats. Als ik niet werd ondervraagd zat ik in totale afzondering. Ik werd voortdurend gechanteerd, er waren zeventien anderen als gevolg van mijn aanhouding gearresteerd. Bewakers beheren je denken, je wordt deel van hun experiment. Ondervrager en prooi zijn op elkaar aangewezen. Camus heeft gezegd: "*La résistance est une forme de collaboration*", dat geldt ook voor de verhouding tussen vervolger en prooi. Je gaat belang stellen in de menselijkheid van je ondervrager en beseft dat je beiden deel uitmaakt van dezelfde verschrikkelijke situatie.

Na afsluiting van het vooronderzoek zei het hoofd van het ondervragersteam: "Jij hebt geen advocaat nodig. Ik zal je wel verdedigen." Met andere woorden: Kom maar, je bent mijn kind. Ik begrijp alles.

Ik kon me niet opwerpen als vertegenwoordiger van het ANC,

want binnen die organisatie werkte ik immers clandestien. Mijn familie was onder zware druk gezet en koos een advocaat uit loyale Afrikaner kring. Het advocatenkantoor zou belangrijke financiële contracten verliezen indien het mijn zaak op de spits dreef. Als ik er geen politieke zaak van maakte, zou ik de minimumstraf krijgen die de wet op het Terrorisme toelaat: vijf jaar. De veiligheidspolitie en naar ik vernam John Vorster zelf waren in het bezit van mijn rechtbankverklaring, lang voordat ik die zelf voorlas. Ze behoorden als het ware tot mijn juridische adviseurs. De veiligheidspolitie heeft mij uitdrukkelijk gevraagd mijn excuus aan Vorster aan te bieden voor het gedicht "Brief uit die vreemde aan Slagter", waarin de toenmalige premier als moordenaar wordt beschreven.

Met dit kruiperige gebaar wilden zij de eerste minister tonen wat zij al niet voor elkaar hadden gekregen. Ik heb het hoofd ook gebogen: onder zulke omstandigheden word je zelf het werktuig van je eigen vernietiging.'

Heb je nu spijt van dat gedicht?
'Hoegenaamd niet. Het is misschien te eenvoudig één man te symboliseren voor het hele stelsel. Maar als je weet hoe Biko door mishandeling aan zijn eind is gekomen, besef je hoe waarheidsgetrouw de inhoud is. Het feit dat er sinds kort wettelijke voorzorgsmaatregelen bestaan voor de gezondheid van gevangenen, is een erkenning van de misstanden die ik in dat vers beschrijf.'

Tijdens het voorarrest mocht je schrijven en kort na je veroordeling is er zelfs een bundel gevangenispoëzie van je uitgekomen.
'Ik weet heel goed dat ik in een uitzonderingspositie verkeerde. De veiligheidspolitie werd geconfronteerd met een bekende Afrikaanse schrijver. De kinderen van mijn ondervragers moesten mijn poëzie op school analyseren, ze gaven hun bundels mee om ze door mij te laten signeren. De kolonel die het vooronderzoek leidde – Kalfie Broodryk – vond het voor zijn imago belangrijk om als een wellevend cultuurondersteuner te worden gezien. Hij

stond mij toe te schrijven. Hij zou niet graag als cultuurbarbaar de literatuurgeschiedenis zijn ingegaan.

Als ik in de gevangenis niet had kunnen schrijven, zou ik gek zijn geworden. Het was de enige manier waarop ik de ervaringen kon verwerken. De wijze van uitgave van de bundel *Voetskrif* is buiten mij om georganiseerd. Pas later begreep ik dat er een veelbetekenend gedicht was weggelaten: “Help. Help”. Ik had de verzen opgedragen aan Yolande met als motto “Nee kolonel, ik speel niet, ik zoek speling in de hel”. Dat was een verwijzing naar de omstandigheden waaronder de teksten ontstonden.

Maar de kolonel heeft toen buiten mijn medeweten de bundel aan zichzelf opgedragen. Ik heb wel toegestemd in publicatie omdat ik mijn vrouw financieel te hulp wilde komen. Nu beschouw ik *Voetskrif* niet als een acceptabele tekst. Ik heb die gedichten in een maand geschreven. Ik wil er nog op terugkomen, ze herschrijven, ze herzien. Toen wilde ik met die bundel alleen maar roepen: Ik zit hier, ik leef. Vergeet me niet. Het was mijn enige kans om contact met de buitenwereld te maken.’

Hoe verklaar je die lange eenzame opsluiting?
‘De periode van onderzoek en ondervraging was na de rechterlijke uitspraak nog steeds niet afgelopen. Daarom kreeg ik ook vier jaar boven op de door de aanklager geëiste vijf jaar. De rechter meende dat Okhela zich wijd vertakt had. Ook hielden ze me na de uitspraak niet de normale drie maanden in observatie, maar tweeëntwintig. Ik had wel de status van politiek gevangene, maar werd niet tot hun afdeling toegelaten.

De blanke politieke gevangenen zaten bij elkaar, aten samen, hadden bepaalde privileges. Ik bleef in *maximum security* op de afdeling waar de terdoodveroordeelden zaten. We noemden die The Hills, naar Beverly Hills. Het was een klinisch dodenhuis. De enigen die er weer zelf uit lopen zijn de gevangenen die ter observatie zitten; de rest, 98 procent, vertrekt in een kist. Op de achtergrond hoorde je altijd het gezang van de terdoodveroordeelden, als het ruisen van de zee.

Er was een eb en vloed aan dodenzangen. Twee weken van tevoren werden ze aangezegd, dan zongen ze in een andere toon, dat hoorde je. Ze zongen in een extase, in een soort zelfverdoving.'

Breytenbach sluit de ogen en vertelt snel, ongeordend over zijn totaal geïsoleerde opsluiting. Als hij naar de badkamer moest, stond de schoonmaker met zijn gezicht naar de muur. Ramen werden afgeplakt. Medegevangenen mocht hij niet zien. De bewakers maakten wrede grapjes over de doden: 'Gelukkig hangen we maar weinig mensen, alleen kaffers en zwarte meiden.' Een executie noemden zij *fliek*, een bioscoopje pikken.

'In Pretoria ging het licht 's avonds om acht uur uit en dan lag ik uren in het donker te schrijven. Ik kon mijn eigen regels niet zien en kon dus niets veranderen of wegkrassen. Ik schreef een soort nieuwe taal die ik niet meer kon teruglezen; lyrische poëzie, *d'écriture automatique*. Er is veel wreedheid en zwarts in mijn gevangenispoëzie. Ik denk dat mijn verzen beter zijn geworden, geconcentreerder.

De belangrijkste afleiding boden de telkens terugkerende verhoren. Alles wat ik ooit in een interview had gezegd moest ik verantwoorden. Wat jij nu opschrijft wordt in de gevangenis gebruikt als allerbelangrijkst bewijsstuk. Ook mijn schrijfwerk namen ze letterlijk. Een van de meest bizarre verhoren was dat over een fantasiefiguur uit mijn boek *Seisoen in die Paradys*, Panus, mijn alter ego.

"Wie is Panus?" vroegen ze. "Waar staat hij politiek?" Ze hebben me nooit vergeven dat ik de mannen van de veiligheidspolitie in dat boek "mensen met kauwgomhersenen en donkere brillen" heb genoemd. Ze hebben de absolute, totale macht, toch zijn ze zo lichtgeraakt over hun imago als een jong verliefd meisje over haar uiterlijk.

Er zijn tonelen die ik nooit zal vergeten. Op mijn luchtplaatsje van drie bij vijf meter groeide een tomatenplant. Ik koesterde die plant als een kind. Een keer nadat er 's morgens heel vroeg een blanke was gehangen – ik kon soms wel schreeuwend communiceren met mijn medegevangenen – plukte de bewaker die de executie net had bijgewoond voor zichzelf en voor mij een volrode tomaat. Samen aten we toen de dauwverse koude vrucht. Het lijk lag nog lauw binnen handbereik. Het was alsof ik die hemelse vrucht namens de dode opat. Ik zei je al dat de relatie vervolger-slachtoffer heel complex is.

Achteraf denk ik dat het beter is dat ik, ook later in Kaapstad, met "gewone" misdadigers gevangen heb gezeten. De gevangenissen in Zuid-Afrika zijn overvol en de omstandigheden mensonterend. De meeste criminelen zijn directe slachtoffers van de ontreddering die Apartheid in verscheurde gezinnen heeft gebracht. De politieke gevangenen hebben het relatief beter; zij zijn een elite. Maar je kunt geen politieke pretenties hebben zonder de mensen in wier naam je alles wilt veranderen te kennen. Politici zijn dikwijls afgesneden van die laag.

Er kwam een eind aan mijn isolement toen ik door de beschuldigingen van bewaker Groenewald in juni 1977 opnieuw voor de rechter moest verschijnen. Het contact met deze naïeve verklikker was een voortzetting van mijn ondervraging. Maar omdat ik via hem allerlei brieven naar buiten had gesmokkeld – hetgeen de veiligheidspolitie toeliet in de hoop dat er op deze wijze nog bestaande Okhelacontacten zouden bovenkomen – kwamen nu de slechte gevangenisomstandigheden naar buiten.

Dat werd ongewild het hoofdonderwerp. Ze hebben tijdens die tweede rechtszaak geprobeerd me helemaal kapot te krijgen. Als laatste poging kwam een door mij geschreven brief ter tafel waarin ik, in ruil voor de vrijheid, mijn spionagediensten aanbood aan generaal Mike Geldenhuys, toenmalig hoofd van de veiligheidsdienst. De brief heb ik inderdaad geschreven. Dat was een domme poging van mijn kant om hen te manipuleren. Als er ook maar iets van waar zou zijn geweest, hadden ze die brief toch nooit openbaar gemaakt. Ik zocht speling in de hel.

Na weerlegging van de beschuldiging – ik had dit keer advocaten met ervaring in politieke processen – was de veiligheidspolitie woedend op me. Ik werd overgebracht naar de politieke gevangenen, maar na enkele uren weer naar The Hills teruggebracht omdat ik met een politieke medegevangene, Alexis Moumbaris, Frans had gesproken. Toen zei Broodryk: "Nu kan je als Kapenaar die berg van jou gaan zien", en ik werd overgebracht naar Pollsmoor Prison in de buurt van Kaapstad, waar je de Tafelberg bij het luchten kan zien. In Pretoria zag ik aasgieren boven het binnenplaatsje zweven.

De autoriteiten hadden nu besloten dat ik niet meer mocht schrijven, maar na druk van buitenaf werd het weer toegestaan: "Om de Afrikaanse literatuur te dienen. Maar," zei de generaal van het departement van het gevangeniswezen, "als je ons nog een keer zoiets flikt, kan de hele Afrikaanse literatuur naar de donder gaan!"'

Zo'n positie en je brief aan de veiligheidspolitie dragen bij tot wantrouwen.

'Ja, dat besef ik maar al te goed. Maar ik ben wantrouwig tegenover demagogen die, gezeten in hun geriefelijke fauteuil, eisen dat je de hoogste prijs betaalt ter bevrediging van hun begeertes. Ik weet wel dat er mensen zijn die liever wilden dat ik niet mocht schrijven, die me het liefst zagen hangen zodat ze me als martelaar konden vereren. Iemand die het niet heeft meegemaakt, zal nooit begrijpen wat voor afschuwelijk spel er wordt gespeeld tussen vervolger en ondervraagde.

Ik kan tenminste zeggen dat van alle zeventien medearrestanten er niet één is aangeklaagd. Niets van wat ik heb losgelaten kon tegen hen worden gebruikt. Ik hoop niet dat ik mezelf hoef te verwijten dat ik leef.'

Wat hield je op de been, die bijna zevenenhalf jaar?

'Mijn schrijfwerk en het mediteren. Je kunt zo'n situatie alleen maar gezond overleven indien je erin slaagt de fysieke en geestelijke beperkingen van het celleven op te heffen. Ik heb getracht me niet vast te klampen aan mijn vroegere identiteit. Ik probeerde het idyllische van vroeger te vergeten, deel te worden van het nieuwe ritme. Het belangrijkste was niet *tydmal* te worden, het wachten op te heffen. Dat kan door elke gebeurtenis zo intens mogelijk te beleven, ook de domste gevangeniskarweitjes.'

Mocht je ook schilderen?
'Nee. Tijdens mijn voorarrest heb ik twee schilderijen gemaakt en vóór het tweede proces heb ik tekeningen naar buiten gesmokkeld. Schilderen mocht niet omdat ze bang waren dat ik het binnen de gevangenis zou gaan verhandelen voor tabak of fruit. Wel heb ik in Pollsmoor stapels geschreven. Ik kreeg bij mijn vrijlating alle notitieboeken terug. Ze hebben alles gecontroleerd. Ik heb een enorme overkoepelende dichtbundel geschreven die uit vier grote afdelingen bestaat, en twee prozawerken. Mijn beelden zijn heel zwartgallig. De ervaring is in poëzie en proza verwerkt. Het is voor een deel in het Engels geschreven en doorspekt met gevangenistaal.

Ik ben geen Afrikaner meer. Dat is geen rebellie, geen schaamte. Ik voel me niet meer verbonden aan dat concept. Ik ben hooguit nog Zuid-Afrikaan.'

Zie je nog een toekomst voor het Afrikaans?
'Tien jaar geleden zei ik dat er alleen nog hoop voor het Afrikaans is als het ook in het verzet wordt gesproken. Nu wordt die mening gedeeld door het merendeel van de Afrikaner schrijvers. Maar het is al te laat. Het is een miskenning van de werkelijkheid en vooral een vernedering voor zwart en bruin: ze willen het niet meer. De pogingen om Afrikaans voor zwarten aanvaardbaar te maken zijn tragisch. Misschien zal het nog een rol spelen als overblijfsel in stads-*slang*. Maar Afrikaans als jongste prins van de Germaanse familie – die prins is vergiftigd. Wat overblijft is een taal voor grafschriften.'

2000

KOPZORG

Notities bij *Country of my Skull* van Antjie Krog

Antjie Krog is een van de grootste Afrikaanstalige dichters van deze tijd. Ze heeft maar weinig woorden nodig om twijfels en gevoelens op poëtische wijze te ontleden; ze is scherp, grappig en slim, en prikt met haar woorden onder je huid. Maar met *Country of my Skull* heeft ze me lamgeslagen. De dichter is hier journalist en doet verslag van ruim twee jaar betrokkenheid bij de Waarheids- en Verzoeningscommissie, de welhaast Bijbelse poging van het nieuwe democratische Zuid-Afrika om de wonden en kloven van de Apartheid publiekelijk uit te wassen. Zelden heb ik met zoveel ongemak een boek gelezen. Elk excuus om het neer te leggen greep ik aan, om het na een zenuwloopje weer ter hand te nemen. Het is te gruwelijk, het is te mooi. Ik wou het niet weten, ik moest het weten. Zuid-Afrika leek soms heel ver weg, even later lag het in mijn achtertuin.

Het is geen optimistisch boek, al getuigde het idee om slachtoffers en daders met elkaar te verzoenen wel degelijk van optimisme: kennis van het verleden is noodzakelijk om samen de toekomst in te gaan; wil een land een nieuwe moraliteit creëren en een hechte samenleving weven, dan dient het goed en kwaad helder te definiëren. Te lang hebben veel Zuid-Afrikanen als vreemden in hun eigen land geleefd. Het werd tijd nu eindelijk eens te horen hoe er uit hun naam was gemarteld en gemoord. De onderste steen moest boven komen. Blanken zouden inzien dat het ideaal van een eigen identiteit in de praktijk neerkwam op de stelselmatige vernedering en cynische uitbuiting van de zwarten. En de zwarten behoorden te weten dat ze niet alleen slachtoffers waren, maar in hun strijd tegen de onderdrukkers zelf mensenrechten schonden en zo ook daders werden. Het was de taak van de media om de pijn, waarheid en verzoening van alle partijen in woord en beeld door te geven.

In de uitgewerkte radioberichten van Antjie Krog krijgen de slachtoffers een naam en een gezicht, ook al zijn ze onherkenbaar beschadigd, aan flarden geblazen of tot as verbrand. De daders krijgen een geweten, al beseften de grootste schoften het zelf soms niet, maar ook in de ontkenning schuilt soms iets van schuld. Ja, zelfs het kwaad krijgt een menselijk gezicht. En dat is juist de kracht van haar werk als verslaggever. Natuurlijk wijst Krog de Apartheid af, maar ze distantieert zich niet van de erfenis en probeert te onderzoeken hoe het zover heeft kunnen komen: wat is de rol van haar eigen volk geweest, in hoeverre behoort ze nog tot de clan uit wiens naam aan anderen volledig burgerschap is ontzegd, wat heeft ze gemeen met de mannen die ze het meeste haat? En wat wordt er van haar als blanke in Afrika verwacht?

De journalist Krog probeert zo objectief mogelijk door te geven wat ze hoort, maar ze kijkt met het oog van de dichter. Al neemt ze zich nog zo plechtig voor geen poëzie over de gruwelijke getuigenissen te schrijven, toch tekent ze de verhalen met een oor voor schoonheid op. Niet uit ongepastheid, maar uit betrokkenheid. En de lezer is getuige.

Een man vertelt hoe hij zijn slachtoffers verbrandde om zo min mogelijk sporen na te laten. De familie zit erbij en we zien hen door de ogen van Krog. Moeders horen voor het eerst waar hun zonen zijn gebleven. Lang zwijgen wordt doorbroken. Vrouwen getuigen met de kogels nog in hun lichaam. Heel veel vrouwen getuigen: de waarheid wordt verteld door vrouwen. Zij leven letterlijk tussen de resten van hun uiteengereten gezinnen en willen eindelijk weten wat er met hun mannen en kinderen is gebeurd. De lijken rollen uit het vriesvak. En niet alleen zwarte lijken: een blanke boer vertelt hoe zijn vrouw en kinderen op een landmijn reden en hoe hij de hersens van zijn zoon met een tissue van de bank veegde en begroef. Het zijn getuigenissen van mensen die de vreselijkste dingen hebben gezien en meegemaakt.

Slachtoffer en dader worden uitgenodigd om hun ervaringen in woorden te herbeleven. De bombrief explodeert opnieuw, de met benzine overgoten autoband wordt nog eenmaal om een nek gehangen, de gemartelde staat weer oog in oog met zijn folteraar. En we vragen ons met de gemartelde af: Wat voor man bent u? Wat voor persoon bewaart een mensenhand in een weckfles op zijn bureau? Tot de getuigen niets meer kunnen uitbrengen... Pijn vernietigt taal en toch maakt Antjie Krog hun pijn voelbaar op papier. Niet alleen omdat ze goed kan observeren – in haar details zit de schoonheid, hoe afschuwelijk soms ook – maar ook omdat ze daders en slachtoffers de juiste vragen stelt, zichzelf pijnlijke vragen stelt. Wat voor soort haat maakt van mensen beesten? Hoeveel kwaad zit er in onszelf? Haar vragen komen zo dichtbij dat je als lezer steeds minder durft te oordelen.

Zuid-Afrika heeft gehoord wat het moest horen. Alles is gezegd en uitgebraakt: waarheid en leugens. De verhalen zijn te boek gesteld. Wie later nog steeds ontkent, kan met feiten om zijn oren worden geslagen. Maar hoe staat het met de verzoening? De witte mannen aan de top hebben zich niet werkelijk hoeven verantwoorden. De grootste misdadigers – witte en zwarte – gaan nog steeds vrijuit. Het ANC heeft moeite met het eindrapport van de Waarheids- en Verzoeningscommissie en ook menig zwart burger vindt het onrechtvaardig dat het verzet tegen de Apartheid en alle wetteloosheid die daarmee gepaard ging, met dezelfde maat gemeten wordt als de misdaden van het Apartheidsregime.

Misschien is de verbittering nog te groot voor verzoening. Eist Zuid-Afrika niet te veel van zichzelf? Hoe menselijk is het niet om na zoveel vernedering te haten? Het lijkt des christendoms om je vijand te vergeven, maar sanctioneerde datzelfde christendom niet rassenwaan en brute overheersing? En met die vragen ligt Zuid-Afrika plotseling in onze achtertuin: veel van wat dat land thans doormaakt, raakt ook het eigen verleden. Europa is vandaag de dag nóg bezig met de verwerking van de Tweede Wereldoorlog. Ook al vonden er processen en veroordelingen plaats, met straffen sluit men de herinnering niet op (en de pijn nog minder); veel daders ontsprongen de dans. Zij die hadden geleden, moesten voort, wilden liever zwijgen en vergeten. In de joodse gemeenschap, wat daar nog van over is, zijn ongeneeslijk diepe wonden geslagen, tot ver buiten Europa. Pas nu spreken de kinderen voor hun getraumatiseerde of vermoorde ouders: ze eisen hun gestolen bezittingen terug, geld. Ook zij die de oorlog niet hebben meegemaakt, blijven de oude vijand aan zijn daden herinneren. Sommigen koesteren zelfs een aangeprate haat: het is in Nederland onder jongeren normaal om anti-Duits te zijn en NSB'ers worden tot in het derde geslacht nagewezen. Kinderen van Indische Nederlanders die in Japanse interneringskampen hebben gezeten, kunnen zich, als ze lijden onder het lijden van hun ouders, officieel laten erkennen als tweedegeneratieslachtoffers, en terecht. Als het zo lang bij ons doorzeurt, hoe lang zal het genezingsproces in Zuid-Afrika dan wel niet duren?

Iedereen die zich met de verwerking van het verleden bezighoudt, weet hoe pijnlijk dat proces is: excuses zijn snel gemaakt, maar ressentimenten gaan eeuwen mee. Kijk naar voormalig Joegoslavië, Argentinië, de Aboriginals in Australië, de indianen in de VS en Canada. Er bestaat een eindeloze behoefte aan feiten en waarheid, maar de behoefte aan verzoening kent grenzen.

Veel van wat er in Zuid-Afrika gebeurt, raakt onze toekomst. De verhouding tussen wit en zwart staat voor rijk en arm, Noord en Zuid. Zuid-Afrika als pars pro toto. Het rijke Westen kan men beschouwen als een blanke elite die geconfronteerd wordt met een steeds mondiger derde wereld. Het witte fort Europa kraakt aan alle kanten. De armen glippen naar binnen en eisen hun deel, en zij die achterblijven, verschansen zich achter anti-westerse sentimenten. Zolang het rijke Noorden andere volken buitensluit, zullen fanatisme en verbittering elders niet afnemen. Toch wil het maar niet tot ons doordringen, we moeten niet aan delen dénken, we moeten blijven groeien en kunnen geen stap meer terug. We hebben geen idee wat elders uit onze naam gebeurt, we willen niet weten onder welke omstandigheden (goedkoop en ver weg) onze luxeproducten worden gemaakt. We vinden het doodnormaal dat er miljoenen mensen in armoe leven, dat jaarlijks honderdduizenden van de honger sterven, dat in Afrika kinderen oorlog voeren met westerse wapens. En áls we het weten, verbinden we er geen consequenties aan.

20 procent van de wereldbevolking verbruikt 80 procent van de energie. (We denken maar liever niet aan het milieu als de ten achter gestelde landen straks ook computers, ijskasten en auto's gaan gebruiken; er is geen woud meer veilig als alle Chinezen op zaterdag een vuistdikke krant willen lezen.) Slechts 9 procent van de wereldbevolking is blank, maar toch lijkt het alsof er een wit denkpatroon aan de hele wereld wordt opgelegd. Natuurlijk zou het mooi zijn als feodaal bestuurde landen verlicht werden door westerse idealen van vrijheid, gelijkheid en broederschap, idealen die we vooral uit naam van de vrijheid graag uitdragen – zolang het niks kost – maar met de praktijk van gelijkheid en broederschap weten we geen raad.

Ook de rijken zullen hun schatten moeten herverdelen. Veel van de vragen die Antjie Krog zichzelf stelt, zijn vragen die we ons ook hier kunnen stellen: in hoeverre profiteer ik van andermans tenachterstelling? Ben ik er persoonlijk verantwoordelijk voor? Wat hebben vernederden aan mijn schuld en schaamte? Wat verlangt het slachtoffer van de dader? Zal het verleden mij en mijn kindskinderen worden nagedragen? Zijn alle problemen uiteindelijk terug te voeren op verschillen in kleur en cultuur?

Zuid-Afrika is de snelkookpan waar wit en zwart en rijk en arm tot een nieuwe verdeling moeten komen. Als het daar lukt, is er hoop; als het misgaat, kan het voor de rest van de wereld een voorbode zijn. Of maak ik u nou bang? Dat zou ik niet willen, maar ik hoop wel dat dit boek u net zo verwart als het mij heeft verward.

(Een groter compliment kun je een schrijver trouwens niet maken.)

Natuurlijk is de verwerking van de Apartheid in de eerste plaats een Zuid-Afrikaanse zaak en het zou wel heel bevoogdend zijn om de problematiek helemaal naar ons toe te trekken, maar uiteindelijk gaat het om universele thema's. Rassenwaan vind je overal. En dat tilt dit boek over de landsgrenzen.

In het tweede hoofdstuk citeert Antjie Krog de dichter Adam Small, die bij aanvang veel reserves toont over het welslagen van de commissie: 'Alleen literatuur kan het wonder van verzoening verrichten.'

Hoezeer Antjie Krog zich ook voorneemt geen poëzie over de getuigenissen te schrijven ('mag mijn hand eraf vallen als ik er wel over schrijf'), op een gegeven moment helpt ze haar zoon toch met een rijmwoord omdat hij met zijn band een liedje maakt over de Waarheids- en Verzoeningscommissie. Halverwege presenteert ze een getuigenis in de vorm van een gedicht.

Antjie Krog heeft literatuur gemaakt, tegen haar wil in misschien, maar ze heeft gedaan wat dichters in Afrika al eeuwen doen: de geschiedenis doorgeven. En daarmee tilt ze de rapportage van de Waarheids- en Verzoeningscommissie over de tijd heen. Haar hand zal er niet af vallen.

2007

OVERZEE

Het leek de leiding van het Durban Festival een goed idee de schrijvers een middag naar een school te sturen. Alleen 's avonds de elite vermaken kon niet de bedoeling zijn, we moesten ook kinderen tot lezen overhalen. Rijke en arme scholen verwachtten ons, de rijke waren overwegend wit, de arme geheel zwart. De Apartheid was in Zuid-Afrika dan wel bij wet afgeschaft, maar nog niet uit hoofd en hart gewist. Wij van het schrijverscircus hadden niet veel in te brengen, de keuze van de school lag in handen van keurige dames met te veel vrije tijd: vrijwilligsters. Geen literair festival zonder vrijwilligsters die zich over de schrijvers ontfermen. De mijne – roze van opwinding en goede bedoelingen – was dolenthousiast. 'Waar ik u nu heen breng, ben ik zelf ook nog nooit geweest. Dit is een nieuwe klant.'

Over hoge wegen reden we, cirkelend voorbij de stenen huizen, links en rechts doemde het golfplaat van de townships op. Een niemandsland lag onder ons, witte vlekken op de plattegrond. De vrijwilligster keek angstig uit haar raampje. 'Daar beneden moet het ergens zijn.' Ze stopte de auto en wees naar een pad onder het viaduct van een snelweg. Kinderstemmen weerkaatsten tegen de heuvels. Gejoel. Ik kon er maar beter naartoe lopen. 'Dit is de auto van mijn man, ziet u, en ik ben zo bang dat ze hem met stenen zullen bekogelen.' We keken zwijgend naar een paar roodbestoven barakken in een kaal dal.

'Zouden ze daar echt op een wildvreemde schrijver zitten te wachten?' vroeg ik.

'Ze hebben er nog nooit een gezien,' zei ze. 'Vertel maar een verhaal.'

Ik liep het pad af, stof dwarrelde op en gaandeweg nam ik de kleur van de barakken aan.

'School' stond op een bord boven de hoofdingang. Maar in de hal was geen kind te bekennen. En waar waren hun stemmen gebleven? Het geraas van de snelweg vulde de gangen. Ik klopte op deuren, gluurde naar binnen: lege lokalen, nergens tafels of stoelen, hier en daar slingerde een vuile matras. Onder de klok hing een schoolbord met de regels van het huis: 'Alle drugs verboden. Geen lijm snuiven. Messen inleveren.'

Een verpleegster in een witgesteven schort schoot voorbij. School? Ze lachte. 'Nee, dit is geen school, maar een dagcentrum voor straatkinderen.'

En het bord boven de deur?

Dat was een teken van hoop.

Ze bracht me naar de kamer van de directrice en sprak honderduit: 'School... maar van leren komt niet veel, de meeste kinderen zijn veel te ziek.' Aids. En wie het nog niet had, zou het spoedig krijgen. Pap en pillen waren belangrijker dan boeken. 'Wat kunnen wij ze trouwens nog leren?' vroeg de verpleegster zich af. 'Overlevers zijn het, *streetwise*. Ze redden zich in het Engels van hoeren en sjacheraars, goochelen met geld, trainen hun geheugen door nummerborden van gevaarlijke klanten te onthouden en tijdens het wekelijkse wegen overtroeven ze ons allemaal bij het berekenen van hun gewichtsverlies. Hoofdrekenen kunnen ze als geen ander.'

De directrice, een kordate dame met een kartonnen buste waarop veel was uitgehuild, had juist een ruzie tussen twee rivaliserende bendes gesust – 'ze sloegen mekaar met de theekroezen om de oren' – de spatten zaten nog op haar schort. 'Leergierig,' noemde ze haar pupillen. De rust was weergekeerd en ik hoefde beslist niet bang te zijn. 'Ze hongeren naar aandacht.'

Ze ging me voor naar een afgeleefd lokaal en riep een slagveld van slapers wakker. Rijen jongens en meisjes lagen uitgeteld op een kale vloer, in T-shirts en vodden, dij aan dij, hoofd op elkaars buik.

'Rechtop allemaal.' De directrice klapte in haar handen. 'Deze meneer komt helemaal van overzee om jullie een verhaal vertellen. Is dat niet aardig?'

Oude gezichten gaapten mij aan.

Ik stelde me voor en vroeg of ze wel naar een verhaal wílden luisteren.

Ze giechelden en leunden weer lui achterover. De brutaalsten draaiden zich om. Ik verstoorde hun middagdutje. Praat ze wakker, dacht ik, maak grappen, kietel ze onder hun schedel.

Ik klom op een tafel en wees richting oceaan, die ergens achter de heuvels moest liggen. Overzee, ja, daar kwam ik vandaan... En ik vertelde hoe ik ooit, komend uit Indië, 'over zee' aan hun strand voorbij was gevaren. Als volgevreten foetus in de buik van een moeder met hongeroedeem. Ik had er de beste herinneringen aan.

Ze begrepen me niet.

De tafel wiebelde en ik maakte er meteen de deining van. Aanschouwelijk onderwijs. Wisten ze dat de Hollanders vroeger langs de Kaap naar Indië voeren? Ja, mijn overgrootmoeder was bruin.

Slijmerd die ik was. Door bij hun kleur te horen, hoopte ik dichter bij die kinderen te komen. Maar ze gaapten om mijn flauwe grappen. Ik kon me ook nauwelijks verstaanbaar maken met die razende snelweg boven ons hoofd. De directrice schoot me te hulp. Ze schudde een paar slapers wakker, trok een vervelende klier aan z'n oren. De kinderen lachten haar uit.

Ik stelde voor weer op te stappen.

Nee, dat was de afspraak niet, zei de directrice. 'Vertel iets over uw land.'

Maar wat? Over de strijd tegen het water dan maar?

En ik sprak over dijken, polders en zeespiegel. Hol-land.

Ze hadden geen idee.

Ik kletste de zee omhoog, stak mijn vinger in een lekke dijk, liet mijn land voor hun ogen verzuipen. En de boeren dreven op een dak voorbij.

Ze zagen het niet.

'Waarom vertellen jullie míj niet een verhaal?' vroeg ik ten einde raad.

Domme stilte.

Ik probeerde wanhopig naar ze af te dalen: 'Jullie maken toch veel mee op straat? Vertel mij eens wat.'

'Is meneer soms van de politie?' vroeg een jongen die het bloed van zijn verband krabde. Hij kon nauwelijks rechtop zitten, zo zwak en mager was hij, maar hij keek uitdagend.

'Ik ben nieuwsgierig naar verhalen,' zei ik, 'verhalen laten je de wereld beter begrijpen.' Veel te grote woorden – al meende ik ze wel. Ik had geen zin nog verder af te dalen.

'Hoe vertel ik een verhaal?' vroeg die jongen.

'Door te beginnen,' zei ik, 'geeft niet waar.'

Hij hapte naar woorden.

'Vertel ons hoe je woont.'

'Op straat.' De jongen keek naar de grond en zweeg.

'Alleen?' Ik ging op de tafel zitten – een afdalen uit genegenheid – maar durfde nauwelijks door te vragen.

De jongen knikte.

'Leeft je moeder nog?' vroeg ik.

Een hoopvol ja – een lach.

'Wat zou je schrijven als je haar vandaag een ansichtkaart zou sturen?' Ik vroeg maar wat.

'Ik kan niet schijven.'

'Stel dat je het wel kon, wat zou je haar dan vertellen?'

'Dat ik nog leef.'

'Daar zal ze blij mee zijn en het is een mooie eerste zin. Maar verder? Er is nog een heleboel ruimte op de kaart.'

Hij wist niks meer.

'Vertel haar wat je doet.'

'Dat zou haar verdrietig maken.' Het ritselde in de barak, de kinderen gingen verzitten, slapers kregen een por.

'Stel je moeder gerust. Schrijf hoe groot je bent geworden.'

'En dat ik een mes heb.'

‘Een mes?’

‘Om de mannen die me bedreigen mee dood te steken.’

De kinderen loeiden. De directrice sputterde tegen.

‘Spannend,’ zei ik.

‘Ja, jaja!’ riepen de kinderen. Ze jutten de jongen op verder te gaan.

Hakkelend liet hij flarden van zijn leven los. Over de blanke mannen die hem in hun auto meenamen en hoe de politie op straat zijn geld afpakte. Een keer werd hij tot ver buiten de stad gereden en dagen op een boerderij vastgehouden. Heel veel te eten kreeg hij, maar ’s nachts – hij aarzelde – ’s nachts gingen de luiken dicht en hoorde hij jakhalzen janken, rook hij de houtvuren en moest hij telkens van zijn dorp dromen. Bang was hij geweest.

De kinderen gniffelden. Plotseling zweeg de jongen. Hij stond op, stapte over zijn vrienden heen en liep naar mijn tafel. Een wankele faun.

‘De kaart is vol,’ zei hij. Zweet parelde om zijn lippen.

‘Waar ligt je dorp?’ vroeg ik.

Hij wees naar buiten, landinwaarts. ‘Vier dagen lopen van hier.’

‘Wil je niet terug?’

‘O, nee.’ Waar zou hij heen moeten? Zijn moeder woonde in een ander dorp, bij haar zuster. Zijn broer zat in de gevangenis en verder was iedereen dood.

‘Wat vreselijk,’ zei ik.

‘Ja meneer, dank u, meneer.’ Klein en bedeesd stond ie daar, alsof hij opeens besefte wat hem overkomen was. Hij hield zich met een hand vast aan de tafel en deed zijn vader na. We zagen hem dronken thuiskomen, we lachten om hem. En toen barstte hij los: hij troostte zijn moeder en een huilend zusje. We zagen de broer met zijn vader vechten. Hoorden hun stemmen. Hij zwaaide met zijn vuist. Was dat een mes? We keken weg. Maar we roken het bloed.

Een goed verteller, die jongen.

‘Dat is nu een verhaal,’ zei ik en ik gaf hem een hand. ‘Wie wil er nog meer een verhaal vertellen?’

De kinderen stootten elkaar aan. Ze duwden een meisje naar voren.

‘Nee, nee.’ ‘Ja, ja.’ Ze durfde niet, ze durfde wel, werd beplukt, aangemoedigd, ging weer zitten en kwam uiteindelijk samen met een vriendin naast de tafel staan. Ook zij vertelden over hun dorp. Het ene werd weggebulldozerd voor een golfterrein, in het andere waren alle jongemannen gestorven. Ze haalden hun schouders erbij op. In hun dorpen viel niet meer te leven.

En in de stad?

Ze kenden de gevaren. De waarschuwingen. Hadden altijd nee gezegd tegen het spul dat op de hoek van de straat werd aangeboden. Ze wilden er nooit niks van weten. O nee, ze liepen er mooi voor weg. Als tuimelbos was het, een brandend kluwen in het droge veld. Ze wasten autoruiten voor het stoplicht. Wezen vreemde mannen af. Tot die jongen met die glimlach kwam. Hij kende de weg naar een ander licht: de lome gloed die zo gelukkig maakt. Waarin je zweven kon en zo vrij was als een engel. Koortsig. Geil.

De duivel had hen in bezit.

Aangemoedigd door hun biecht, stak nog een junk haar vinger op, een kind, hoe vrouwelijk ze ook met haar heupen naar onze tafel wiegde. Ze vertelde over een hond die vuilnisbakken afliep en op straat sliep. Beschreef grommend een laag-bij-de-gronds leven. Ze kon blaffen als de beste. We moesten erg om haar lachen. Zíj was die hond.

Na haar deed een ventje met een bril een os én een ezel na. Als toegift zong hij een liedje van de zondagsschool – ‘Blij, blij, blij, want Jezus is een vriend van mij!’ – geleerd van een dominee die in zijn dorp een kerk kwam bouwen, maar die kerk was door *tsotsis* in brand gestoken.

En toen trad De Ervaring naar voren. Een stevig meisje. Verhalen? Niks an. Ze moest al zo vaak over haar leven vertellen. Ze zette haar handen in haar vette heupen en stond trots voor onze tafel.

Hoezo niks aan?

Wat wilden we horen? Ze had in de duurste auto's gezeten, met leren stoelen die achterover konden klappen. Een deinend bed op wielen. Lachen was het de eerste keer, de eerste weken. Alle meiden deden het. Tot haar beste vriendin niet meer op straat verscheen en ze haar schoen in de goot hadden gevonden. Een andere vriendin belandde op de vuilnisbelt, en laatst was er een van het viaduct gegooid. Gewurgd. Ja, zulke verhalen... Je werd opgepakt, weer opgepakt. En dan moest je vertellen. 'Eerlijk. Eerlijk. Verhalen... niks an.'

Ik krabde aan mijn hoofd, masseerde mijn schaamte weg. Zij waren geschrokken van hun woorden, ik van wat ik had uitgelokt – een magisch moment dat niemand had bedoeld.

Wel twee uur zaten we daar in die benauwde barak.

'Wie schrijft het op?' vroeg ik.

Ze wezen naar mij. Maar ik wees naar hen.

De jongen die het allemaal had losgemaakt, stond nog altijd naast me. Hij klampte zich aan mijn arm vast en toen ik de barak verliet, fluisterde hij iets in mijn oor. Ik kon het niet goed verstaan, maar hij wou het niet herhalen, niet waar anderen bij stonden. Hij pakte me bij de hand en trok me mee naar een hoek.

'Als u bidt,' zei hij, 'vraag dan aan God of ik schrijver kan worden.'

Buiten wilde ik even heftig kunnen geloven, in een Grote Tovenaar die de dood wegblies.

NAAR ZEE

1996

MIJN DORP IS EEN VERZINSEL

Mijn dorp is een verzinsel. Ik ontmoet wel eens mensen die het menen te kennen, maar die hebben er niet gewoond zoals ik er heb gewoond. Tien jaar heb ik er rondgezworven, alle paden en pannen in mij opgeslagen. Ik wist waar de brandweerschoppen hingen, waar je het veiligst kon zwemmen. En toen moest ik er weg. Een stomme verhuizing. Ik heb het hele dorp bij elkaar geschreeuwd, maar wat had ik in te brengen? Er zat niks anders op dan het mee te nemen. Een verstandig besluit, al weet ik niet wie van ons op het idee is gekomen – mijn dorp of ik. Hoe dan ook: we hebben samen een dennenbos van de ondergang gered, geen meter duin aan de zee prijsgegeven en bouwers en slopers geweerd. Mijn dorp ligt nu veilig in de kluis van mijn verbeelding. Alleen ik ken de code. Een smaak, een geur, een beeld, een geluid... en het dorp opent zich. Hoor ik ergens het geklipklap van rubberlaarzen, dan zie ik garnalenvissers met schepnetten op weg naar het strand. Mijn strand. Soms zie ik mijn dorp in een man op krukken, broekspijp wapperend in de wind: een Duitse badgast op zoek naar zijn bunker. Voel ik warm zand aan mijn voeten of hoor ik de branding, waar ook ter wereld, dan jeukt mijn dorp onder mijn zolen. Eén sprong en ik zweef over mijn duinen, heel laag. De helm zwiept tegen mijn benen, zand schuurt mijn verbrande huid, ik haal me open aan distels en braamstruiken. De zon gaat onder, het groen van de dennen kleurt donkerblauw... ik ben de vlieger boven ons huis. Het pannendak ligt onder me, een rood dat langzaam uitdooft. En daar zie ik ze: de mensen die maar niet ouder willen worden, al zijn de meeste al jaren dood. De avondwind bolt in hun witte overhemden.

De zomers zijn er lang en na een lauwe zonsondergang kan de zee wonderlijk lichten. Mijn dorp houdt mijn kop boven water. Het geeft me moed, verdrijft mijn pijn. Als ik niet slapen kan, klim ik op het duin en kijk naar de ondergaande zon en de schaduw die over mijn dorp trekt. En dan lieg ik er een vuurtoren, en emmers vol aardbeien en bramen. Ik lieg er geluk. Geen mooier dorp dan het dorp onder mijn schedeldak.

En dan hebben we het dorp dat op de kaart staat: Bergen aan Zee. Er zijn nog sporen uit mijn jeugd te vinden: het huis waar ik opgroeide, het duin waar ik leerde vliegen. Maar het is alles schimmig en buitenkant. Ik loop er nog wel eens doorheen. Geen vliegende jongen meer te bekennen. Bunkers evenmin.

Wat je er wel ziet?

Een dorp te lelijk voor woorden.

Maar voor de lelijkheid vorm kreeg, was er een droom. De passie van één vrouw, die van Bergen aan Zee een lustoord wilde maken. Toen ik nog voor een krant werkte, heb ik dat verhaal eens opgeschreven, trouw aan wat men zo graag 'de werkelijkheid' noemt. In augustus 1982 liep ik er een week rond, een paar maanden voordat het vijfenzeventigjarig bestaan van Bergen aan Zee zou worden gevierd. Ik schreef over de eerste bewoners, sprak getuigen die de jaren van opbouw hadden meegemaakt en haalde met hen herinneringen op aan kleurrijke figuren: stropers, jutters, vissers, de laatste boer, een van de eerste bouwers (die zijn werk ook weer door de Duitse bezetter zag worden afgebroken), hoteliers, de kruidenier, de bleekneuzen van Jong Nederland (die met mooi weer met bed en al naar buiten werden gereden), de naar teerzeep ruikende wezen en de gebrekkige kinderen van Biovakantieoord (die hoog op een duin voor ons verborgen bleven). Om het dorp aanzien te geven liet ik Herman Gorter in het Parnassiapark tennissen met Adriaan Roland Holst. En ja, voor het eerst schreef ik over mijn familie. Met schroom. Vooral over dat wonderlijke huis waar ik de eerste tien jaar van mijn leven (1946-

1956) doorbracht, een repatriantenhuis vol verhalen – ik kon er niet langer omheen.

Ons huis lag tegenover een bos, aan de rand van de duinen. Het ligt er nog steeds, maar het bos is door een parasietenplaag verdwenen. Ooit was het een *Kinderheim* voor scharminkels uit het Ruhrgebied, na de oorlog werd het door de gemeente genaast en was het goed genoeg voor armoedzaaiers uit de tropen.

We hoorden er dag en nacht de zee. De zee in de dennen tegenover ons. De zee van het strand achter ons. We woonden tussen een dubbele zee. En tussen de meeuwen. Ons dak was hun baken, soms zaten er wel honderd op de pannen hun poten te warmen. In de broedtijd pikten ze naar je kruin. Maar het meest nog woonden we tussen de mensen. Mensen van komen en gaan. Mensen met brommers en motoren, met dozen en kisten en *barang* door rieten matten bijeengehouden. Mensen met heel veel kinderen. En we deelden met z'n allen één gang. De volste van het dorp.

Het rook er anders dan op andere gangen. Naar gebakken rijst en bami en trassie en sambal. Die geur hing ook in de gordijnen en in de koffers. (Koffers met plakplaatjes van verre hotels in Singapore, Aden, Genova, Budapest... we speelden er 'verlofganger' mee.)

Repatrianten heetten de mensen in ons huis. Maar de meesten hadden hun patria nog nooit gezien, al konden ze alle spoorstations langs de lijn Roodeschool-Maastricht opzeggen.

In de zomer van 1982 rook ik die geuren uit ons huis heel sterk en ik hoorde er stemmen bij. Maar ik durfde er toen niet veel over te schrijven. Schaamte. Schaamte voor dat slordige huis. Schaamte voor een werkeloze driftige vader die zich vaak dagen achtereen opsloot. Schaamte voor het verloren paradijs, dat in fotoalbum en kris en worteldoek aan de muur werd aanbeden. Schaamte voor een oorlog waarover je moest zwijgen.

Voor de jongens uit het dorp telde maar één oorlog: de oorlog tegen de moffen. Daar wilde ik met alle geweld bij horen, als het dan niet bij die van Indië lukte, dan maar bij die van de Hollanders. Het landschap nodigde er ook toe uit: rijen bunkers achter de duinen, grijze helmen in het zand. Het dorp was *Sperrgebiet* geweest. We speelden op de fundamenten van de boulevardvilla's die voor de Atlantikwall moesten worden afgebroken. Eenmaal aangemeld bij het kleuterverzet, stuurde ik heldhaftig alle Duitse badgasten de verkeerde kant op. Nee, in het Bergen aan Zee van mijn jeugd was de oorlog nog niet voorbij. Ook niet toen ik daar voor een krant rondstruinde en me dingen afvroeg die ik me vroeger niet durfde af te vragen.

Al die geuren, klanken, de schaamte, toegedekt door het stuifzand, dacht ik, en ineens waaide het allemaal open. Met de dag hoorde ik meer stemmen. Zoals de zee in een schelp huist, zo waren de stemmen uit mijn jeugd in de duinpannen blijven hangen. Het was een mooie maar vooral beangstigende ervaring. Voor een krant kon ik me maar beter schools aan mijn onderwerp houden. Dus vertelde ik braaf de geschiedenis van mijn dorp na:

'Bergen aan Zee werd in 1906 gesticht door de vrouw van de Heer van Bergen, Marie van Reenen-Völter. (Bergen was toen nog een echte Heerlijkheid.) Marie Völter wist haar man Jacob over te halen zijn bezit open te stellen voor het publiek. Haar droom was aan de kust, zeven kilometer buiten Bergen, een fraai aangelegd *Kurort* te vestigen. Een herstellingsoord voor kinderen moest het worden, maar ook een uitwaaiplek voor de rijken. Nu was het oude Bergen in die tijd zeer arm. Eind negentiende eeuw was er van toerisme geen sprake (het eerste pension werd pas in 1901 geopend). En de Heer van Bergen bezat wel veel grond – 1750 hectare van Egmond tot Schoorl, waarvan duizend hectare duinen die niets dan een enkel konijn opleverden – maar geen geld. De familie Van Reenen had echter wel oren naar de plannen van de aangetrouwde Duitse Marie. Ze sloten wonderwel aan bij de ideeën uit die tijd om de duingrond rendabel te maken. Zou Maries droom niet betaald kunnen worden uit de exploitatie van de vochtige duinpannen? En zo ontstond het plan kleine landbouwnederzettingen te laten verrijzen die kost en inwoning moesten bieden aan de eerste boeren. De eerste boeren zouden ook de eerste bouwers worden. Om de kust toegankelijker te maken, zette men haast achter het oude plan om een stoomtram tussen Alkmaar en Bergen te laten rijden. In 1905 tufte Bello Bergen binnen.

In de jaren tachtig van de negentiende eeuw had de eerste Heer Van Reenen al honderden hectaren woest zand door helmbeplanting laten vastleggen omdat de duinen door landinwaartse verstuivingen Bergen dreigden binnen te wandelen. Zijn zoon Jacob, die al jong het bestuur van de Heerlijkheid kreeg toegeschoven en die in Duitsland een ingenieursopleiding had gevolgd, plantte vernuftig voort en liet de natuur een geul naar de kust uitstuiven. Zijn zeven jaar oudere vrouw Marie, dochter van een Duitse hoogleraar, sprak haar talen en had zakelijke talenten. Ze wist steeds meer mensen te winnen voor haar ideeën over de heilzame werking van zeewater en zeelucht, en bevorderde dat het eerste bouwsel – Prins Maurits genaamd – niet alleen als boerderij maar ook als herberg dienst kon doen.'

Tijdens mijn bezoek in die zomer van 1982 ging ik ook naar het archief van Alkmaar, waar de stichters van Bergen aan Zee veel van hun paperassen hadden ondergebracht. Al bladerend stuitte ik op brieven en telegrammen waarin Jacob van Reenen onderhandelde over de kleur steen van de aan te leggen zeeweg. Van Reenen wilde 'hardgrauw', de fabriek adviseerde 'grijskleurig'. Besloten werd de kustweg meer dan een boerenpad te laten zijn. Jacob koos niet voor de goedkoopste oplossing: hij riep de hulp in van landschapsarchitect Leonard Springer, die in Noord-Holland al eerder faam had verworven met zijn aanleg van de Alkmaarderhout. Beginnend bij de 'donkere bocht' op de grens van Bergen en Egmond, ontwierp Springer een drie kilometer lange weg waarin hij de glooiing van duin en pan sierlijk uitbuitte; loofhout en dennen moesten voor de aankleding zorgen.

Op de verjaardag van Marie van Reenen – 5 maart 1905 – gingen de eerste stenen in het zand. Een jaar later was het werk geklaard: de weg naar zee lag open. In de zomer van 1906 rolde de eerste koets over het strand. De rekening vond ik nog tussen de papieren, in houterig schoolschrift geschreven: tien koetsen voor driehonderdzes gulden. Het volgende seizoen werd de eerste badgast verwelkomd: mevrouw Quarles van Ufford uit Maarssen. Er zou nog meer adel volgen. En welgestelde Duitse dames en heren met *Freie Körper Kultur*-verlangens, met in hun kielzog arme bleekneuzen uit de grote Duitse steden.

De stichters wilden van Bergen aan Zee iets 'goeds' maken, zoals de Heer Van Reenen het uitdrukte. Jac P. Thijsse (de populaire bioloog en volksopvoeder, die later beroemd zou worden met zijn Verkade-albums) werd gevraagd een duintuin te ontwerpen, het Parnassiapark. De bedoeling was er een asiel van bedreigde plantjes van te maken. 'Als onze Parnassiatuin eenmaal tot bloei is geraakt, kunnen wij aan ieder die erom vraagt de mooiste en zeldzaamste duinplanten verschaffen,' schreef Thijsse in *De levende natuur*. Bouwmeester Hendrik P. Berlage werd aangetrokken om villa's te ontwerpen. Hij tekende zelfs een heel stratenplan in vogelvluchtperspectief, compleet met stadhuis. Bergen aan Zee moest zich als een zelfstandig dorp ontwikkelen.

En dat gebeurde in zekere zin ook. De Bergenaren moesten niet veel hebben van die nieuwlichterij. Ze vertrouwden de nederzetting aan de kust voor geen cent. Geen kruidenier of bakker wilde er iets brengen, laat staan komen 'horen'. De neringdoenden die zich er vestigden kwamen dan ook van buiten Bergen. De eerste hotelier werd 'den gekken kerel in 't doin' genoemd.

De beginjaren van de nederzetting waren minder mooi dan de plannen en ontwerpschetsen leken te beloven. Het eerste seizoen telde het dorp zeven vaste bewoners, onder wie een kok-kelner van herberg Prins Maurits, die bestelde en serveerde in rok en in een witte buis achter het fornuis stond. Water kwam uit een zanderige pomp. Elektrisch licht was er niet. En de landbouw die het eerste geld in de la moest brengen, bood weinig perspectief. De oogst van aardappelen, asperges en tulpen was bedroevend. Bergen aan Zee bleek precies op de grens van kalkarme en kalkrijke grond te liggen, zelfs mest wou er niet baten. In 1925 zou Van Reenen het boerenbedrijf definitief uit de boeken laten afvoeren.

Ik schreef het allemaal keurig op. Tijdens die ontdekkingsreis kwam mij op het gemeentehuis van Bergen ook nog een kaart van Rijkswaterstaat onder ogen. Tot mijn verbazing zag ik dat er niet ver van ons woonhuis een dikke stippellijn over die kaart was getrokken. 'Stormvloedlijn 2030' stond erboven.

'Wat is dat?' vroeg ik de dienstdoende ambtenaar.

'Volgens verwachtingen van Rijkswaterstaat zal het duin dan tot die hoogte zijn weggeslagen,' zei de man luchtig.

Ik kon het niet geloven. Hotel Nassau-Bergen, het Zeeaquarium, dat lelijke flatgebouw, de hele boulevard, zou dat allemaal in 2030 verdwenen zijn?

'O, er is al zoveel weggeslagen.' De ambtenaar wees op een punt waar vroeger een tegelpad naast de boulevard liep.

'Maar dat is ons wandelpad,' riep ik uit. Bergen aan Zee bleek sinds ons vertrek uit het repatriantenhuis al zo'n veertig meter zandstrand te hebben ingeleverd.

'Ach, dat zijn dingen die gebeuren.' De ambtenaar lachte om mijn verontwaardiging.

(Die vent gaf geen lor om mijn dorp, een echte Bergenaar. Als kind wist je al: die geven niet om ons strand. Boeren zijn het, en die wantrouwen zout water. Wij van de kust zijn anders. De animositeit die tussen de twee dorpen speelde, laaide ook in mij weer op. Cor Schotten, die in 1982 al tweeënzeventig jaar in Bergen aan Zee woonde – zijn vader bouwde als voorman mee aan de eerste huizen – kon het me toen het beste zeggen: 'Die van Bergen vergeten dat ze het hele vreemdelingenbedrijf aan ons te danken hebben. Zonder onze zee was het daar helemaal niks.' En zo is het.)

'Maar kunt u daar niets tegen doen?' vroeg ik hem. 'Er gaat een hele cultuur verloren.'

'Ja, je kan het opspuiten, maar dan is het bij de volgende storm weer weg.'

Ik staarde naar de Rijkswaterstaatkaart. Naar ons bijna door de zee verzwolgen huis. Een huis dat kolkte van de verhalen.

'Ach, het is maar een verwachting hoor,' zei de ambtenaar om mij gerust te stellen. 'De stromen en golfslagen veranderen voortdurend.'

Ik eindigde mijn artikel toen met de hoopvolle gedachte dat Rijkswaterstaat er met zijn voorspelling naast zou zitten. Ik had die duinen nog even nodig, ik wilde de hoge blinkerd achter ons huis nog eens beklimmen en daar het zand uit mijn oren laten blazen opdat ik beter naar de stemmen kon luisteren. Stemmen waarvoor ik me te lang doof had gehouden.

Moest ik vóór mijn dorp door de zee zou worden verzwolgen mijn verhalen niet eens gaan opschrijven? Onze verhalen, de verhalen van de nieuwkomers van na de oorlog?

Een jaar na het krantenartikel over Bergen aan Zee verscheen mijn eerste novelle, *Nathan Sid*. Er volgde meer. De stemmen dicteerden: verhalen over een jeugd aan zee en een krankjorume familie, met als decor de duinen, altijd de duinen en het strand...

De duinen veegden het verleden schoon, daar kon je alles vergeten, zelfs de bekendste weg was telkens weer anders. Geen voetstap bleef zichtbaar, je kon er elke wandeling een nieuwe jongen worden. Uren heb ik er rondgezworven, het liefst alleen. Niets troostte zo als de duinen.

Het strand gaf weer een andere ordening, daar bracht ik de wereld van overzee in kaart. Het was de tijd vóór de containervaart, toen schepen hun lading nog met regelmaat verloren en met een beetje geluk voor onze kust vergingen. Van een grote partij Braziliaans hout had je als kinderen af te blijven, die was voor de jutter, al pikten veel verbouwende vaders in het donker een balkje mee. Het kleine driftsel was voor ons. Kokosnoten uit Afrika, sinaasappelkisten uit Venezuela. En waar kwamen die rieten matten vandaan, keurig in raffia opgerold? Letters zochten we, afzenders. Wie het verste land vond, won. Kijk, een reddingsboei uit Hong Kong, een flessenkrat uit Zuid-Afrika, een jerrycan uit Bombay, sigarettenblikjes uit Rusland en Griekenland! Vooral na een storm was een wandeling langs het strand een ontdekkingsreis. Zo leerde je aardrijkskunde. En zo hoorde je ook meer bij de wereldreizigers in ons huis.

Mijn slaapkamer hing vol trofeeën, roestige blikjes met de vreemdste letters, schatten verlicht door een wereldbol met een lamp erin. Ik sliep in de gloed van de globe en Bergen aan Zee was het middelpunt van de wereld.

Toch zal men die naam in mijn boeken niet tegenkomen. Mijn beschreven dorp was immers een verzinsel. Ik liet er mensen opdraven die ter plekke uit mijn pen vloeiden. En ze vielen weer dood waar ík wou. Ook huizen verplaatste ik. In mijn almacht gaf ik mijn dorp zelfs een vuurtoren, waar het in de armzalige werkelijkheid geen aanspraak op mocht maken. Wat een wellust om zo'n zwaaiende vinger licht over het duin te laten trekken en tegen je slaapkamerraam te laten tikken. Al schrijvend herinnerde mijn oor zich geheimzinnige geluiden die geen ander oor ooit hoorde. En mijn oog zag monsterlijke kwallen aanspoelen, boodschappers van het naderend einde. (Het laatste nieuws over de waterstofbom werd aan tafel hardop voorgelezen. Mijn vader wist het zeker: de Russen waren al onder ons. Hadden we niet de hoefafdrukken van hun paarden in het drijfzand gezien? Mijn koffertje lag boven op de kast – helaas nog zonder plakplaatjes, maar met vluchten kon je er veel vergaren.)

Onbewust moet ik als kind de met leugens toegedekte oorlog van thuis in het landschap hebben gelegd.

Met die oorlog ben ik nu wel klaar, maar dat landschap laat me niet los. Het bezet zelfs steeds meer plaats in mijn herinnering. Het groeit met de jaren, ook in Parijs, waar ik woon. Soms zoek ik 's nachts in de nooit rustende stroom verkeer de branding. Of de golven in het geklots van de Seine tegen de kademuren. Dan weer roept een krijsende meeuw het bij me op, of een knarsend schelpenpad in een park. Maar hoeveel schoonheid me in Parijs ook omringt, ik mis het schrikbewind van de Noord-Hollandse wolken en Gorters 'metalen ruischen van de metalen stralende zee' en de groengele duinen.

Als ik achter mijn schrijftafel mijn ogen dichtdoe en even naar Bergen aan Zee uit wandelen ga, dan zoek ik niet het verzinsel, het decor dat ik zo vaak schrijvend naar mijn hand heb gezet, maar het landschap dat ook werkelijk heeft bestaan. Vroeger – het vroeger van ná de oorlog en vóór de watersnood – verdween ons dorp in de winter nagenoeg onder het zand. Van de boulevard lagen alleen nog een paar ribbetjes klinkers bloot. De straat voor ons huis moest je tegen Pasen zoeken met een schop. De duinen stoven nog in die jaren, en hoe! Soms lag er een meter hoge wal voor de deur. Je vond ze zelfs in je bed en op je bord – duinzand schuurde voeten en maag.

Het duin brak ook regelmatig door in die jaren. Bij het noordelijke strand van Bergen aan Zee werden voor de zwakste steeën rijen palen in de branding geplaatst. Golfbrekers. Bij de stormvloed van 1953 sloeg de zee daar de laatste duinen weg: het water stond tot achter ons huis. Het grondwater stond ook hoger in die tijd. Je hoefde maar even te graven en het glansde in je kuil. In de drassige delen groeiden wilde orchideeën en de greppels zaten vol water. Richting Bergen spiegelden de vennen het bos. Oranje salamanders zochten we daar, en bosbramen en bosaardbeien, kleiner en donkerder van smaak dan hun zandgenoten. Waar niks groeide was het gevaarlijk, het drijfzand lokte daar – hele vlakten, vooral in het waterleidinggebied, waar grote gleuven waren gegraven om het drinkwater te leiden.

Toen ik daar begin jaren tachtig als verslaggever rondliep, bleken de moerassen drooggevallen. De dennen dood. Er stond geen water meer in de greppels. Kleur en verscheidenheid leken uit het duin verdwenen. Zo kaal was het rond mijn dorp geworden. Het Parnassiapark – ooit 'asiel van bedreigde plantjes' – bleek een afgetrapt weitje. Heel Bergen aan Zee lag er als een verschoppeling bij. En nog trouwens. Dat krijg je als je gemeenteraadsleden die eerst het hart van hun eigen dorp hebben verkwanseld ook nog laat meepraten over onderhoud en inrichting van een kustmonument als Bergen aan Zee. De schepping van Marie van Reenen-Völter hoort toe aan heel het land en is in oorsprong veel te belangrijk en te mooi om door incompetente middenstanders te worden beheerd. Niks zo dodelijk voor de schoonheid als de politiek van meeste stemmen gelden.

Waar de gemeente Bergen gelukkig niets over te zeggen heeft, zijn de duinen. Goddank, anders waren ze nu van beton. De laatste jaren doet Rijkswaterstaat z'n best de duinen weer in ere te herstellen. Op de plek waar de golfbrekers stonden, is een heuse *kerf* in de duinen gebulldozerd om de 'natuurlijke processen' van weleer op gang te helpen. Borden met uitleg spreken van 'uitblazingsvalleien'. De ooit door dennen omzoomde wei tegenover ons huis – een herinnering aan het landbouwproject van de stichteres van het dorp – moet nu van rijkswege verduinen. Maar het duin wil niet meer zoals vroeger zijn. Er staat zelden water in de kerf. En door de verruiging van het duin kán het zand ook niet meer stuiven. De duindoorn groeit nu overal. Nu de natuur moet, wil ze niet.

Hoeveel wilder groeit het landschap van mijn jeugd niet in mijn geheugen. Mijn hoofd zit vol duinen, onveranderlijk stuivend en nimmer hetzelfde. Ze wissen zich elke dag schoon. Schuldloos zijn ze. Ongrijpbaar. Verleidelijk in elke gedaante. Eenzaam was ik er, geschonden in al die maagdelijkheid, maar de pijn waait er weg. Dit is het landschap dat mij vormde. Daar liggen mijn wortels, in vernieuwing en verandering. Ik begin er zelfs aan te twijfelen of het ooit heeft bestaan. Of ook dat niet een verzinsel is. Alleen ver weg zie ik het helder, maar als ik erheen ga, vind ik het niet. De werkelijkheid van vroeger is fictie geworden. Er zit voorlopig dus niets anders op dan in mijn hoofd uit wandelen te gaan.

2006

RED DE LEEGTE

Vroeger wilde ik nog wel eens opscheppen dat ik als kleuter bij Adriaan Roland Holst op schoot heb gezeten. Mijn moeder vond die zogenaamde Prins der Dichters maar een viezerik omdat hij met een zak zuurtjes achter mijn exotische zusjes aan liep. Het heeft dan ook even geduurd voor ik hem als *dichter* leerde waarderen. De angsten en vrezen die hij in het duinlandschap ervoer zijn voor mij pas echt pakkende herinneringen. 'Dit is de plek,' schrijft hij, in zijn cyclus *Een winter aan zee*, over de duinen van Bergen aan Zee:

Dit is de plek, wantrouwen
ontzenuwt hier den moed
tot inkeer: in dit nauwe
duindal komt het wel voor,
dat men zichzelf ontmoet,
en aanziet, en moet lezen
in de andre blik. Dit oord
suizelt van angst en vrezen.

Bergen aan Zee heeft altijd een grote rol gespeeld in de literatuur. Het heeft veel meer dichters geïnspireerd dan prozaschrijvers. We kennen allemaal Herman Gorter, die het in zijn sensitieve verzen heeft over 'het woestlichte gebots, het wreede golfweê, het flitsige bijtige fijnstralend oneindige, het zoowijdspreidige vloedendomheinige, en toch dat volle natte blauwe aangerol'.

Gorter staat nu als beeld langs de Zeeweg naar de aanrollende auto's te kijken.

Gorter is de grootste.

Er liepen nogal wat dichters los in ons dorp. Vrijwel allen schreven over 'het schrikbewind boven de zee': de wolken. Of over die 'angstige stilte' in de winter, over hoe een leeg landschap zich aan je kan opdringen.

Lees Maurits Mok, Gerrit Kouwenaar, Lucebert, H.C. ten Berge. Later zouden twee dorps- en leeftijdgenoten prachtig over die woeste duinen dichten: Neeltje Maria Min en Elly de Waard. Mischa de Vreede voegde zich daarbij. Nu houden Joost Zwagerman en Pieter Boskma die traditie levend.

'Een duinpan was onze bedding,' schreef Neeltje Maria Min. Een bedding die heel wat kunstenaars heeft voortgebracht, misschien omdat je langs de kust ook de noodzakelijke eenzaamheid kan vinden om naar je innerlijke stem te luisteren. Alleen daar, 'op het dode zand', schreef Lucebert, vind je 'de lege, eenzame mens'.

Ik herinner me de leegte. De ruimte. De stilte na de zomer. Er bleven hooguit twee mensen met een auto over. Er waren misschien vijf telefoons in het hele dorp. En dan de winters, als je die doorstond, hoorde je er pas echt bij. Je washandje ontdooien op de kachel. De bloemen van de ruiten krassen. Een bevroren plee. Ooit was er een winter, zo streng, dat de hele waterleiding van het dorp bevroor, op één kraan na. De kraan van bakker Born. 's Nachts werd hij bij toerbeurt 'door de mannen' opengedraaid. Het hele dorp kon daar water komen halen. (Een herinnering ontleend aan een van de legendarische radiopraatjes van mevrouw Van den Berg-Van Lidt de Jeude over Bergen aan Zee in de jaren vijftig.)

En ja, ik hoor de luiken weer klapperen en mijn moeder het bed uit gaan om ze vast te zetten. Ze krijgt een luik tegen haar oog en loopt tot de lente met een verband om haar kop. En ik beklim weer de ijsschotsen op het strand. Eskimo's waren we.

Het landschap was wilder in mijn kindertijd, maar ook toen al werden pogingen gedaan de natuur te temmen. Elk voorjaar werd er helm gepland en prikkeldraad gespannen. De enige rijkspolitieagent van het dorp joeg ons met regelmaat de duinen uit. En niet alleen omdat we 'tuut, tuut zonder eieren' achter zijn rug riepen. Het duin moest beschermd. En het was gevaarlijk. Drijfzand, hele vlakten. Moerassen.

De moerassen zijn nu droog. En waar zijn de leeuwenbekjes gebleven? Het duinviooltje? 'Het grondwaterpeil is gezakt,' zei de oude Mees Ravenhorst me jaren geleden. 'Allemaal de schuld van doctorandussen die niet met hun tengels van de natuur konden afblijven.'

Vandaag de dag lijkt het zand weer te mogen stuiven. De doctorandussen van Rijkswaterstaat staan zelfs een mate van verwildering toe. Onderwijl bouwt men wel duinpannen vol villa's in de vorm van omgekeerde portemonnees. En wordt er met regelmaat zand uit zee gezogen en op het strand gespoten. Zandsuppletie, opdat Bergen aan Zee nog even blijft.

Uit al dat beheren en temmen van onze kust spreekt volgens mij een diepe angst. De oerangst die je ook bij onze zeedichters vindt.

Van oudsher stond de zee voor wanorde, voor de ongeschapen natuur die geen vorm heeft. In de vroegste geschriften werden oceanen beschouwd als overblijfselen van de zondvloed. De zee als verzwelger van zondaars. In de Hof van Eden was dan ook geen kust.

De kust werd in de antieke literatuur algemeen als lelijk ervaren. Het strand is de plek waar de zee haar afval deponeert en haar monsters uitspuwt. Monsters die we nog tegenkomen bij *Beowulf*, bij Shakespeare – *The Tempest* –, bij Milton, bij Dante. Ja, zelfs tot ver in de achttiende eeuw. Voor een verlicht man als Racine waren de zee en haar kust nog steeds 'absoluut afzichtelijk'. Ze vielen voor hem niet alleen buiten de schepping, maar konden evenmin het resultaat zijn van het 'oerwerk der natuur'. 'De zee is slechts een afgronddiepe afvalbak,' schrijft Racine.

Dit negatieve beeld wordt versterkt door de herinnering aan de vele plagen die zich vanuit zee aandienden: Vikingen, Arabieren, de zwarte pest, dode schipbreukelingen. (Terwijl ik dit alles uitploos, besefte ik hoezeer ik me in mijn eigen geschriften bij deze traditie aansloot; ook in *Indische duinen* zijn zee en strand vol dreiging: het drijfzand dat je bij de kuiten greep, de stormen, de schepen in nood. De gevaarlijke muien en kolken. Elke zomer verdronken er minstens twee of drie verpleegsters van de kindertehuizen. Ik zie nog de stoet van in rouw gebogen zusters voorbijgaan.)

Maar juist vanwege dat onheilspellende imago trok de kust ook ondernemende reizigers aan. De afgrond van de wereld werd in kaart gebracht, de ontmoeting met kannibalen beschreven. Of, zoals in *Robinson Crusoe*, de kennismaking met een vredelievende inboorling. *The Swiss Family Robinson*, *Gulliver's Travels*, *Paul et Virginie* – het zijn allemaal verhalen over het gevaar van de kust, maar ook voorzichtige pogingen tot een waardering ervan. Er wordt niet gezwommen of gezonnebaad, maar op de vreemde kust waar de reizigers zijn aangespoeld, wordt een nieuwe Hof van Eden opgericht. Een paradijs ná de zondeval, waar hard moet worden gewerkt.*

In deze voorzichtige bewondering voor de kust, die zo midden achttiende eeuw op gang kwam, speelde Nederland een belangrijke rol. Vooral toen onze kust werd opgenomen in het reisprogramma van de Engelse elite. Holland werd een *must* in de Grand Tour. Hoogtepunt van de Hollandse reis was een bezoek aan 's-Gravenhage, alwaar de Hollanders de moed hadden getoond een weg door de duinen te klieven. De prachtige weg naar Scheveningen, een project van de staatsman-schrijver Constantijn Huygens. Bejubeld door Diderot, Voltaire, Samuel Pepys.

Men maakte tijdens die reis ook kennis met geschilderde zeegezichten. Het werk van Jan van Goyen, Simon de Vlieger, Jacob van Ruysdael en Adriaan van de Velde toonde hun een waarde-

* Hele en halve citaten uit *Het verlangen naar de kust* van Alain Corbin, Parijs, 1988

ring voor de woeste leegte. (Ook al hadden deze schilderijen vaak een religieuze strekking: de Noordzeekust als de oever van het meer van Tiberias.)*

Meer reizigers volgden in het kielzog van de Engelse elite, ook de eerste toeristen wilden de strandtaferelen binnenstappen die ze inmiddels hadden leren kennen door gravures en museumbezoek. Ze schreven erover naar huis. Over hun confrontatie met de lege woeste Hollandse kust, over het enge idee te vertoeven in een overstromingsgebied. 'En toch wordt er in dit land geslapen,' schreef Diderot.*

Maar hoe bang waren de Hollanders zelf eigenlijk voor hun kust? Sliepen ze niet liever met hun rug naar de zee? Bergen, Schoorl, Castricum, het oorspronkelijke Noordwijk, of Renesse en Haemstede – plaatsen die we nu badplaatsen noemen – lagen ooit kilometers van de zeereep verwijderd. Amsterdam, dat *ramblas* had kunnen hebben – flaneerboulevards naar de haven – pleurde een spoordijk voor het IJ. Het lijkt wel of de oeroude angst voor de kust ook in onze planologie doorleeft. En nog steeds! Lelystad en Emmeloord werden met hun rug naar het water gebouwd.

Als we al dicht bij de kust bouwen, neigen we ertoe grote gebouwen voor de zee te zetten. We weten nog steeds niet goed hoe we de badplaatsen moeten inrichten. Wat te doen met al die ruimte, met dat uitzicht, die leegte? Volbouwen, lijkt het antwoord.

De angst voor de leegte, voor een klein beetje wildernis, zit er diep in. Niet de zee gebruikt de kust als afvalbak, maar de mens. Wij maken er een rommeltje van. Kustplaatsen, door miljoenen bezocht, worden beheerd door gemeenteraden waar neringdoenden het hoogste woord hebben. Goedwillende amateurs.

Dit toont zich ook in Bergen aan Zee.

Het was altijd al lelijk, vooral na de afbraak van Berlages boulevard. Maar er is nog uitzicht, een ogenschijnlijk eindeloze leegte richting Schoorl en Petten.

* Idem

We hebben behoefte aan die leegte. Ons brein hongert naar een verre horizon, juist in eigen land. Veel van onze maatschappelijke misère komt voort uit het feit dat we te dicht op elkaar zitten. Waar kunnen wij nog de 'lege, eenzame mens zijn', openstaan voor 'het schrikbewind boven de zee', waar, om Adriaan Roland Holst nogmaals te citeren, 'men zichzelf ontmoet' zonder de tienduizenden zombies die op zondag een frisse neus halen op onze Nationale Uitlaatstrook: het strand.

Laten we niet bang zijn voor dat beetje leegte dat ons in Bergen aan Zee nog rest. Laten we het niet verder verpesten. Eén dorpje zonder camping, zonder Center Parc, zonder Albert Heijn of pretpark. Eén zo'n dorpje langs die hele, langzamerhand zo foeilelijke Hollandse kust. Zou het kunnen? Zou het passen in de portefeuille van al die toekomstige ambitieuze wethouders?

Het beste toekomstplan is géén plan. Eén dorpje dat níét groeit, dat geen melkkoe is voor de gemeente, waar de restanten braakliggende grond niet aan een projectontwikkelaar worden verpatst. Grond die je maar één keer kan verkopen. Zou het lukken? Niet uit nostalgie, maar uit noodzaak. Voor onze geestelijke volksgezondheid.

Bergen aan Zee als natuurreservaat in een steeds meer verstenende kust. Wat een geweldige uitdaging. Een voorbeeld in Europa. Inspiratiebron voor schrijvers en schilders.

We zijn het verplicht aan de grondleggers, aan de Heer en de Vrouwe van Bergen, die ons honderd jaar geleden een oord hebben geschonken waar we onze angsten kunnen laten uitwaaien.

Laat duizend leeuwenbekjes bloeien!

2005

ONZICHTBARE STRANDEN

Ingeblazen door Italo Calvino

Sinds de twee vrienden in twee verschillende landen wonen, wandelen ze nog maar zelden met elkaar. Maar vroeger, toen ze dezelfde stad deelden, trokken ze er samen vaak op uit. Het strand was altijd hun doel. Dichtbij, ver weg, ze moesten de zee horen. Alleen dan voelden ze zich veilig en durfden ze alles tegen elkaar te zeggen. Ze namen er de boeken door. De boeken van anderen. De boeken die ze zelf nog zouden schrijven. Op het strand durfden ze schaamteloos te bewonderen én te haten. De branding wiste hun woorden toch uit. Niemand zou ooit weten wat ze daar bespraken. Met de jaren vulde de leegte van het strand hun herinneringen.

STRANDEN & GEHEUGEN

Aangekomen en dan twee uur noordwaarts bereikt men de dijk waar geen vloed tegenop kan. Daar liggen de restanten van een Teutoonse vloed die eerder met geweld uit het Oosten kwam. Loodkleurige tempels blaast de wind daar open, daken in de vorm van helmen, bronzen kogels, een zeemijn hangt verstrikt in een struik. Al deze schatten komen hun bekend voor, de vrienden kennen ze uit verhalen van andere stranden waar dapperder gevochten werd. Maar voor de wandelaars is de schoonheid van deze vondst – als de zon op een septembermiddag het zand goud kleurt en kinderstemmen in de duinen opklinken – verbonden aan het gevoel dat ze daar eerder liepen, in hun jeugd, en dachten dat ze gelukkig waren – toen.

STRANDEN & VERLANGEN

Als de twee vrienden uren langs het strand lopen, verlangen ze naar een stoel. Uiteindelijk naderen ze een inham, waar de zee voor zichzelf een rustplaats heeft uitgesleten, waar schelpen aan juthout kleven, waar roestige blikken een geur uit verre landen vasthouden en verdwaalde wandelaars zich afvragen hoe een aangespoelde ijskast toch zo'n lange reis kon maken. De vrienden zoeken naar schatten die alleen in dromen aanspoelen. Wat hun voor ogen stond hebben ze niet bereikt, wat op hun pad kwam waarderen ze niet. Ze verlangen naar andere stranden, andere kusten.

De wind heeft twee stoelen in het zand geblazen. De mannen rusten en kijken naar de blauwe lucht. Met gesloten ogen lopen ze verder. Onvermoeibaar in hun herinnering.

STRANDEN & VERLANGEN 2

Het strand kan op twee manieren worden bereikt: per fiets of te voet. De fietser neemt het teerpad en ziet aan zijn horizon een houten keet, althans in de zomer. Hij ziet vlaggen wapperen en ruikt de geur van patates frites. Op zijn pad waaien de ijscowikkels hem tegemoet. Hij stuit op mensen. Buiten het toeristenseizoen vindt hij slechts een fundament van houten palen – de strandtent is afgebroken en ergens hoog en droog opgeslagen. De palen lijken op mensen. En ook dan denkt hij aan zijn strand in de zomer, aan zwempartijen en kuilen graven, aan een krentenbol die met de besmeerde kant in het zand valt. Aan vrouwen die zich met zonneolie insmeren. Hun glanzende huid vult zijn uitzicht. En hij hoort niks meer: oren en ogen gaan op in een vrouwenhuid.

De wandelaar ziet in de verte een fietspad – een schelpgrijze streep in de duinen. Hij vermijdt die streep. Hij zoekt de stilte van het mulle zand, wil helm in het duin horen krassen, verheugt zich op het suizen van meeuwen boven zijn hoofd. Toch hoort de wandelaar fietsbellen, radio's, het gejoel van balspelers. Hij verlangt naar stilte en ergert zich aan lawaai dat hij niet ziet. Het achtervolgt hem, juist als hij ervan wegloopt.

Fietser en wandelaar bereiken hetzelfde strand, elk van een andere kant, daartussen een leegte waar het verlangen hen treitert.

DUNNE STRANDEN

Of de mensen het geen strand noemen omdat het op geen enkele kaart staat, omdat het soms onderloopt en op een andere plaats weer bovenkomt, omdat wandelaars vaste grond onder hun voeten willen hebben... de vrienden weten het niet. Maar het is een feit dat het strand geen duinen kent, geen stuifzand, geen ribbels van de wind, geen vegetatie, het is niet meer dan een glanzend ovaal. Vaak kan men het maar op één punt betreden, dan ligt het als porselein in de branding. Het druipt nog na. Je zou denken dat iemand er net een natte dweil over heeft gehaald. Schoongeschrobd. Verlaten. Maar dat is gezichtsbedrog want de vrienden hebben er al een paar keer vrouwen gezien: een keer wasten zij elkaar de haren, ook schraapten ze met schelpen het zand van hun huid, ze lachten en zongen en dansten met elkaar – ze leken zich niet bewust van de wandelaars. In de zon lijken hun haren op zeewier, groenglanzend, en hun tanden zijn schitterend wit. De vrienden hebben lang niet begrepen wat ze zagen.

Maar na de nodige verkenningen kwamen ze met de volgende verklaring: het zijn zeemeerminnen op doorreis. Gewend als ze zijn zich onderweg te verpozen, kiezen zeemeerminnen zandbanken uit; daar spelen ze telkens een ander spel. Door voortdurend van rol te verwisselen hopen ze argeloze wandelaars zand in de ogen te strooien en zo de indruk te wekken alleen in de fantasie van mensen te bestaan. Maar de twee vrienden kunnen hun aanwezigheid bewijzen: ze hebben de zang van de zeemeerminnen in een schelp gevangen.

Thuisgekomen spraken de vrienden over andere dingen. 'Waarom mag ik niet weten naar welk strand jullie zijn geweest?' vroeg de vrouw van de geleerde vriend toen zij op de mat het zand van hun schoenen stampten. (De andere vriend was minder geleerd, maar hem had het leven met de jaren zo treurig gemaakt dat hij misschien wel wijzer was dan de geleerde vriend.) De vrouw was in een wantrouwige stemming: 'Misschien gaan jullie helemaal niet naar het strand. Zand aan de schoenen? Er zijn in de stad veel cafés waar zand op de vloer wordt gestrooid. Ik weet wel dat jullie geheimen voor me hebben, jullie vertellen elkaar verhalen waar ik buiten sta.' De geleerde vriend die de bui al had zien hangen, zei: 'Ja, dat is het doel van onze tochten. Het bedriegen zit ons in de benen.'

Maar andere keren was de vrouw van de geleerde vriend juist zeer te spreken over de wandelingen. Haar man deed er goed aan zich te vertreden, zei ze: 'De zee spoelt je zorgen weg, ik zie het aan je.' En ze sprak over moleculen en kristallen die aan zee een nieuwe ordening in het lichaam vinden. De geleerde vriend antwoordde: 'Kijk me in de ogen, lieveling, vandaag is het laatste residu van mijn ongeluk eruit gewandeld. Geen zwart meer in mijn ziel te vinden, ik ben zo doorzichtig als een diamant.' En hij verblindde haar met zijn woorden.

STRANDEN & TEKENS

Men moet de stranden niet verwarren met de woorden die hen beschrijven. En toch, er is een verband tussen beide. Bij de beschrijving van het Zuiderstrand – waar de parelvissers elke ochtend uitvaren om tegen zonsondergang met rijke buit terug te keren – kan men niet om zijn rijkdom heen: de paleizen van waaiboomhout, de ritselende bladerdaken, de bedden van zeewier en de glans van parelmoer op de meubels. Pelikanen slaan er hun vleugels uit, ze zijn te vet om te vliegen; tegen zonsondergang duiken zwaluwen met gespreide bekken in de zwermen muggen boven het strand. Maar juist die rijkdom heeft het ook tot een oord van stank en vette walmen gemaakt. De huizen aan het strand zijn bedekt met een laag roet van de vuren waarop dagelijks vis wordt geroosterd. Heen en weer rijdende taxi's van bezoekers uit de stad duwen voetgangers in de berm. Wie van ver komt, zoekt slechts de glans van parels. 's Avonds viert men zijn aankoop met een wandeling langs de boten van de parelvissers – in een geur van teer, verf en lekkende olielampen. Zaagsel waait over de pier. De beelden die deze woorden oproepen, prikkelen de fantasie. Maar wie ziet in het donker de holle ogen van de vissers, hun barstende hoofdpijn? Wie mist de overmoedige duikers die verdronken?

Men kan vele woorden gebruiken om het Zuiderstrand te beschrijven. Het zijn niet de woorden die liegen maar de dingen.

STRANDEN & LUCHTEN

Dit is het geloof van de garnalenvissers: boven elk strand hangt een hemels strand waar de netten zich vanzelf vullen, en als het aardse strand het hemelse als voorbeeld neemt, dan zullen beide stranden één worden. Blauw is de kleur van de lucht, daarom dragen de vissers blauw. Hun vrouwen gaan in het blauw gekleed, ook onder hun kleren. Men eet van blauwe borden. Op zondag kookt men de eieren blauw.

De garnalenvissers geloven ook dat er een onderaards strand van hun strand bestaat. Hun gescheurde netten hopen zich daar op en al het slechte dat hun in het leven is overkomen. De vissers vinden het van levensbelang dat hun zichtbare strand in niets aan de tweeling in de hel herinnert. Elke ongerechtigheid wordt onmiddellijk verwijderd. Hun strand is het schoonste in de verre omtrek. De garnalenvissers hebben gelijk: elk strand kaatst zich naar twee kanten. Maar wat zij niet beseffen, is dat zij in hun streven naar hemelse perfectie zoveel zonden overboord hebben gegooid dat de helse variant duintophoge vormen heeft aangenomen. Volgens kenners klitten beide stranden nu al aaneen. De vrienden zien hierin het bewijs dat de mens – of hij nou garnalen vist of niet – gedoemd is met zijn slechtheid te leven. Het verhaal van de garnalenvissers sterkt hen in hun voornemen zich niet langer voor hun slechtheid te schamen.

De vrienden beloven elkaar de draad weer op te nemen en samen opnieuw naar het strand te gaan – zodra stad en land hen weer samenbrengen. Vele stranden liggen in het verschiet. 'Stranden die ons aan vroeger zullen herinneren,' zegt de ene vriend. 'Stranden voor de toekomst,' zegt de ander.

INDIË

1993

PANNETJE

Vroeger was een vaag gebied. Wat wist ik? Mijn vader was kapitein geweest, op een schip, in de oorlog, ver weg. Tot hij last kreeg van 'paarse lippen', een geheimzinnige kwaal waarover nooit werd gesproken. Sindsdien lag hij dagelijks uren op een divan voor het raam. Ook over werk of geld nooit een woord, ik had geen idee waar mijn ouders van leefden. Toch was luieren thuis uit den boze. Elke ochtend en middag wachtten er taken en alles had zijn ritme. Mijn moeder deed het huishouden en mijn vader voedde mij op. Hij zou me alles leren. Taal en rekenen natuurlijk, maar vooral de dingen die ertoe deden. Overleven moest ik, slim zijn. Bij goede vordering trakteerde hij me op een waargebeurd verhaal:

'Het waren magere dagen in die jaren. We zaten in de ramadan, niemand at overdag en de koks wilden niet koken. We voeren op de Neel Compaen en lagen voor de kust. Er stond een stevige wind en het regende. Op weg naar de brug moest ik me schrap zetten, het dek was glibberig en vet van de stookolie. Ik gleed uit, greep me nog vast aan de reling, maar mijn spieren hielden het niet. Voel hier maar, de scheuren zitten nog tussen mijn schouderbladen.' Ik voelde, zijn lichaam was me vertrouwder dan het mijne.

'Daar ging ik, recht het water in en de zee zat vol met haaien. Ik schreeuwde, niemand die me hoorde. Het was laat in de middag, de bemanning was flauw van de honger en schuilde benedendeks. Ik begon als een gek te zwemmen, maar de golven voerden me weg. Ik slikte steeds meer water en links en rechts zag ik de haaienvinnen. Het water verkilde mijn bloed, ik verloor het gevoel in armen en benen en toch zag ik mezelf lopen, in een landschap dat me vreemd was. Ik liep met een jongen in mijn armen en ik zag je moeder, die ik nog maar nauwelijks kende. We waren ouder en die jongen, dat was jij. Ik vond het wreed met dat beeld voor ogen te moeten sterven. Maar net toen ik bereid was me voorgoed aan de zee te geven, schaafde er iets hards langs mijn gezicht. Een stuk hout! Ik had geen kracht meer om mijn arm op te tillen, maar ik dacht aan jou en klampte me eraan vast. Opeens schoot er een nek omhoog, een groen hoofd draaide zich om en twee ogen keken me aan. Ik hing aan de rug van een zeeschildpad.

Als tropenkind had ik van de vissers gehoord dat als je een zeeschildpad bij de nek grijpt hij niet meer kan duiken. Ik sloeg mijn armen om zijn nek en voor ik hem goed en wel beet had, schoten we door de golven. De schildpad deed geen moeite mij van zich af te werpen, integendeel, hij vermeed de haaienvinnen en voer me op de golven. Toen het droog werd en de zon me de volgende dag dreigde uit te drogen, spatte hij me met zijn vinnen nat.

Later zeiden mijn vrienden dat ik wel zestien uur op de schildpad had gehangen. Pas aan het eind van de ochtend zag de stuurman een stip op de radar, een drijvend voorwerp, te klein voor een schip. Met kijkers zochten ze de horizon af en toen ze mij eindelijk ontdekten, begonnen ze pas op hun alarmfluitjes te blazen. Tweemaal zwom de schildpad om ons schip en toen meerde hij voorzichtig langszij. Zonder moeite hesen ze me aan boord. Ik was uitgeput, versuft en stierf van de dorst, maar verder mankeerde ik niks, behalve dan mijn rug. Ik moest alleen overgeven van de stookolie.

We vonden het allemaal een wonder. Na een paar uur slaap keek ik weer eens voorzichtig over de reling en zag dat de schildpad nog steeds niet was verdwenen. Het leek wel alsof hij dacht dat ik op mijn schip niet in goede handen was. De volgende dag zwom hij er nog, en ook de ochtend daarna.

De bemanning raakte zeer opgewonden en wilde de schildpad met een net vangen. Eerlijk gezegd was ik bang dat ze hem 's nachts zouden opeten; onze bemanning bestond voor een deel uit Javanen en die eten alles – slangen, honden, apen – als er maar sambal op zit. Maar deze schildpad vereerden ze. De kok bood hem een feestmaal aan: een bordje tapiocapap met een hapje groente en daarbovenop een pop van aan elkaar geregen vruchten. De mannen aanbaden de schildpad als een god, ze offerden bananen, overgoten hem met rozenwater, ze dansten om hem heen en onderwijl nam ik zijn maten op: drie meter lang en met de vinnen gespreid vier meter breed. De schildpad vond het allemaal best en keek ons liefdevol aan. De bemanning was diep ontroerd, dit dier moest wel een god zijn. Ook ik kon mijn tranen niet bedwingen. Diezelfde avond schreef ik een brief aan je moeder en vroeg haar of ze met me wilde trouwen.

Voordat de mannen de schildpad met een net in zee lieten zakken, bonden ze hem een rubberband om de nek waarop in houterige letters geschreven stond: “Dit is een Redder van de Mensen. Bescherm hem.”

Maar de schildpad was nog niet klaar met ons. Bij zijn tewaterlating nam hij het net mee en hoe wij ook trokken, hij liet het niet meer los. We lieten het maar lachend gaan. Daarna zwom hij van ons weg. Kort daarop raakte onze schroef in het net verstrikt. We slaagden er niet in het zelf los te snijden en zo werden we gedwongen een haven te zoeken. Een nieuwe wind stak op, een storm die uitgroeide tot een orkaan, vele schepen kwamen in moeilijkheden en die nacht zijn er veel zeelui voor de kust verdronken. De zee zag rood de volgende morgen.’

We oefenen. Ik zit geknield op de matras, steek mijn kussen voor me uit en hou het aan twee punten vast, mijn vader pakt de andere kant. We trekken allebei om het hardst. Het bed is het eiland, ik ben de schipbreukeling, mijn vader de haai. Soms valt de haai boven op mij. Ik moet mijn rug recht houden.

We oefenen buiten. Paard trekt wagen. Vader is de voerman. De riem gaat langs mijn borst en onder mijn oksels. Hoe harder de wind, hoe beter. Ik trek er recht tegenin. Vader zet zijn voeten dwars, het zand krast onder zijn schoenen. Ik buk, maar mag niet bukken, anders valt de voerman boven op zijn paard. Een trots paard ben ik. Als ik buk, slaat hij mij met zijn horlogebandje in mijn nek. We hebben maar één riem.

Niemand wist dat mijn opvoeders niet mijn echte ouders waren. Ik was verlaten door een adellijk echtpaar dat voor een oorlog moest vluchten. De mand waarin ik werd afgegeven, stond me nog helder voor de geest: ik lag op een bed van zachte, gouden twijgen, onder een witte deken met Frans borduursel aan de randen, en om mijn hals droeg ik een snoer van edelstenen waar mijn opvoeding van betaald kon worden. Door een vloek hadden mijn echte ouders me niet meer kunnen ophalen.

De soberheid van het huis waarin ik opgroeide was mij eigenlijk vreemd. Huis, kamer, stoep – die woorden waren mij te gewoon. Buitenplaats, eetzaal, bordes – dat waren de woorden van mijn eigen taal. Ja, ook ik was een wees, geen arme maar een met blauw bloed. Ik vond het beneden mijn stand om de man en de vrouw die zich zoveel moeite voor mijn opvoeding getroostten daar dagelijks aan te herinneren. Ik deelde hun nederigheid en noemde ze altijd, zowel in mijn gedachten als tegenover de buitenwereld, mijn vader en mijn moeder. Woorden die geborgenheid boden.

Aangezien mijn vader mijn gedachten kon lezen, wist hij dat ik te hooghartig was. Hij vreesde dat mijn trots me week zou maken. Waren mijn ware ouders niet te vroeg ten onder gegaan? Dat mocht mij niet overkomen. Hoe hoog ik ook geboren was, het was zijn taak mij voor het leven te harden. Daarom was ik naar dit huis gebracht. Alleen een straffe opvoeding kon mij redden.

In het huis waar ik werd opgevoed stond alleen het hoognodige, alsof de bewoners zich niet aan aardse goederen wensten te hechten. Het was een huis dat je van de ene dag op de andere kon verlaten. Bezit moest draagbaar zijn en het leek wel of mijn opvoeders nog het meest om hun koffers gaven. Ze werden regelmatig afgestoft en mijn vader inspecteerde maandelijks de sloten en de hengsels. Voor mij stond een kleine rugzak klaar. Onze tafels en kasten kwamen van de uitdragerij, geen meubel had voor hen een geschiedenis. Schilderijen hingen er niet en er was maar weinig dat aan een verleden herinnerde. Mijn witte jas met Franse borduursels die mijn moeder van mijn deken had gemaakt, was allang versleten.

De dingen waarvan mijn vader zei dat hij ze uit de tropen had meegebracht, zaten verstopt in zijn koffer: de uitgedroogde rug van een zeeschildpad (niet groter dan een wieldop), een opgezette slang, een handje edelstenen, een gedeukte veldfles (die, zoals mijn vader eens vertelde, de dorst van honderd monden had gelest), twee beschilderde klapperschillen en een vreemd aluminium pannetje, met ingegraveerde namen. Om dat pannetje maakten ze dikwijls ruzie. Mijn vader bewaarde het in de slaapkamer en soms las hij daar hardop de namen voor. Mijn moeder, die alles afstoffen moest, vond dat pannen in de keuken hoorden. Als mijn vader zich weer eens wilde opsluiten, nam ze het mee naar de keuken voor de wijting van de poes.

Vreemd was ook mijn vaders uniform, dat goorwit was en waarvan de knopen koperbitter smaakten. Het hing altijd in de klerenkast en het rook niet naar zee maar naar de gedroogde duinviooltjes die in zakjes op de bovenplank lagen. Ik heb hem nooit anders dan in burger gezien, de vouw in zijn broek was zo scherp als een bajonet.

Het enige verre dat ik met hem delen mocht, waren wat bruine ansichtkaarten. De zegels had ik losgeweekt en ingeplakt. Maar wilde ik weten hoe de paradijsvogel op de kaart uit Nieuw-Guinea zong, of waar de vlinders van anderhalve roepia broedden, dan snoerde hij me de mond. Alleen híj bepaalde de inhoud van zijn verhalen en verder diende ik mijn verlangen naar vreemde landen en reizen te bedwingen. Eerst sterk worden. Oefeningen doen, nog jaren en jaren. Wie zich in het leven niet weren kon, zou nooit ver komen.

De schemerlamp naast mijn bed was een globe. Na mijn opvoeding zou ik alle continenten bereizen, maar zolang ik leren moest, trok ik over een wereld met een lamp erin. Elke avond voor het slapen keek ik waar ik heen zou gaan. Over land of over zee? Misschien moest ik de zee voorlopig mijden. (Las ik het woord 'zee', dan zag ik schuim in het wit van de kantlijn en werden de punten torpedo's.) Eerst zocht ik ons land op de globe, maar dat was te klein om zelfs een eigen kleur te krijgen. Dan gaf ik de wereld een zetje... en daar draaide hij, blauw, geelgroen met bruine vlekken, dat waren de bergen. Ook daar zou ik komen, hoog, waar het zwaar ademhalen is, in het voetspoor van een sherpa, of over een plateau waar een droge wind mijn tong aan mijn verhemelte zou plakken. De namen op de witte toppen schoten voorbij... Kongur, Kangchenjunga, Karakoram. Ik was een vriend van Marco Polo.

De middagslaap was een rustige oefening. Ontspanningsthee, de riem om, de gewichten vast en de zwaartekracht deed zijn werk. Mijn vader lette op het evenwicht en las zijn ochtendblad. Ik dommelde meestal weg. Maar op een van die middagen maakte hij me plotseling wakker. Hij tikte op mijn dij, nee, hij kneep me in de binnenkant van mijn dij, om te kijken of mijn spieren al aan kracht hadden gewonnen. Ik werd wakker, maar ik zag hem niet, hij verborg zijn gezicht achter een krantenfoto.

Ik moest goed naar die foto kijken. Wat zag ik? Een oude man voor een huis, hij hield een pan in zijn hand, hij droeg een uniform. Beter kijken! Het huis stond in brand. De vlammen weerkaatsten in de pan. En verder? Ik zag niet wat mijn vader zag. Hij ging voorzichtig naast me zitten en las het artikel hardop voor:

'Van onze speciale verslaggever. Naar men ons nu eerst bericht is vorige week Pension Buitenzorg geheel in vlammen opgegaan.' Al om de eerste zin moest hij zacht lachen. 'De bejaarde bewoners werden door de brandweer in hun bed aangetroffen. Het was pas zeven uur in de avond, maar de kou van dit land joeg ze al vroeg onder de wol.' We lachten allebei, ook de gewichten schudden van het lachen, het was de warmste week van de eeuw. Volgens mijn vader vijfenveertig graden in de schaduw. 'De vrouwen droegen wollen dusters, de mannen lange onderbroeken en hun pyjama's roken naar kretek. De tropenzon zat in hun huid gebakken, zachtgeel waren ze en op hun armen en enkels zaten donkere sproeten.

Eén man was niet in pyjama, hij droeg het majoorsuniform van ons oude tropenleger en sliep met al zijn medailles. Hij wilde niet gedragen worden, maar hij wilde ook niet lopen. De majoor weigerde zijn bed te verlaten. Twee brandweermannen moesten de spartelende man in de gereedstaande bus van het Leger des Heils duwen. "Mijn pannetje, mijn pannetje," jammerde hij aanhoudend. Terwijl zijn pensiongenoten met een kop chocola in de hand toekeken hoe hun huis in vlammen opging, probeerde hij uit de bus te ontsnappen. Hij bleef maar om zijn pannetje brullen.

Net voordat het dak dreigde in te storten en de brandweer alle handen nodig had om de omgeving af te zetten, rukte de man zich los en stormde het brandende pand binnen. De brandweercommandant verbood zijn mannen de majoor te volgen. Het instortingsgevaar was te groot, hij weigerde ook maar één van zijn mannen voor een dwaas te offeren. De omstanders hielden hun adem in. De vlammen schoten de hemel in.'

Mijn vader vouwde de krant op en liep zonder een woord te zeggen mijn kamer uit. Ik droomde dat mijn globe als een maan aan een gloeiende hemel stond. Mijn bed was een raket. Ik rukte me los uit de riem, de gewichten, en liet mijn slappe spieren achter me. Mijn lichaam werd een vreemdeling. Ik vloog op de globe af, suisde tussen wolk- en vuurkolommen en was niet meer te stoppen. Mijn bed stortte in zee en dreef als een vlot tussen twee continenten. Mijn vader trok in het oosten, mijn moeder trok in het westen. Mijn rug brandde een pad door de zee.

Mijn vader kwam mijn kamer weer binnen, de krant opgerold in zijn hand. Mijn wangen gloeiden van de brand. Hoe liep het af, lieten ze de oude man zomaar verbranden? Mijn vader ging zitten, zocht het artikel in de krant weer op en las verder:

'De omstanders protesteerden, de oude mensen in de bus snikten en toen werd het stil. Het leek wel een Dajakkershuis dat brandde, als riet ging het, zo snel. De balken van de nok vlamden als een kruis tegen de hemel. Iedereen keek omhoog. Maar het werkelijke wonder voltrok zich beneden, plotseling verscheen daar de oude majoor. Uit gruis en wolken trad hij naar voren, kaarsrecht, krijgshaftig, jeugdig bijna. Hij zwaaide naar de bus, de vlammen dansten op zijn epauletten en in zijn rechterhand hield hij het pannetje omhoog. "Mijn pannetje," riep hij, "mijn pannetje." Een brandweerman wikkelde hem in een natte deken en leidde hem naar een gereedstaande ambulance. Het publiek applaudisseerde.'

Opnieuw liep mijn vader zonder een woord te zeggen weg.

'Ach wat, dat pannetje is een legerpannetje,' zei mijn moeder toen ze even later de lege theebeker kwam ophalen, 'daar graveerden de soldaten hun namen in, als herinnering omdat ze geen foto's van elkaar hadden. Misschien wilde die majoor zijn vrienden om zich heen.'

Zodra ik uit mijn riem was, zocht ik de foto in de krant op. Gewoon een oude man met een pan in zijn hand, niks geen uniform, maar een overjas van de vrijwillige brandweer. 'Bejaarde inzaat helpt bij bluswerk,' stond eronder. Alsof ik dat zelf niet lezen kon. ('Bejaarde inzaat', het stond niet in het woordenboek en het is me altijd bijgebleven.) Mijn vader was een leugenaar, hij loog elke dag.

Mijn moeder loog ook. Moesten hun leugens mij voor het leven harden? Het stonk in huis. De poes kreeg weer wijting.

2006

LEUGENLAND

Geen valser vriend dan de herinnering. Neem het Indië dat wij achter ons lieten. Mijn Indië... Het zou mij niet veel moeite kosten onze overtocht met de Klipfontein van Palembang naar Amsterdam voor de geest te halen. De klamme hut, de geur van kots in de hol klinkende gangen en de schrik in de ogen van mijn vader toen hij een buiging maakte voor de marechaussees die bij de sluizen van IJmuiden aan boord sprongen. Per ongeluk. Of uit gewoonte misschien, omdat in de drieënhalf jaar kamp die achter hem lag, het buigen in zijn rug was gaan zitten. Een overlevingshouding. Hij werd er nog om uitgelachen ook.

Mooi verhaal? Ik kende het zelf ook nog niet. Ontsnapte zomaar aan mijn vingers. En toch zie ik het tafereel voor me. Nu. Zo helder. Bang. Bang. Bang. Mijn vader als bange man. En nog voel ik de wind aan boord, zie ik zwarte politiejassen opflapperen. Nog herinner ik me het wakker worden aan boord, hoe we elke morgen de lucht uit de patrijspoort proefden. Elke morgen een hap kouder. En daar kleedden we ons naar: van bloes naar trui, van trui naar jas en daarna de eerste sjaal, de tweede sjaal. Toegeknoopt naar het nieuwe land.

Waar verhaal? Niet volgens de feiten. Ik droeg geen jas op de Klipfontein. Mijn moeder droeg *míj*. In haar buik.

En toch is Indië voor mij een herinnering. Ik ken het uit de rijsttafelverhalen van thuis, mijn leerschool in liegen. Pas op mijn vijftigste heb ik het geboorteland van mijn vader en halfzusters voor het eerst bezocht. Zij waren Indisch. Mijn in Holland geboren moeder woonde lang in Indië. Ik bezit de foto's die ze naar haar vader in Brabant stuurde. Het zwart-op-wit bewijs dat ze er echt heeft geleefd. Maar maakt haar dat Indisch? En mij? Het roze biggetje van de familie, zoon van een vader met een kleur die hij ontkende.

Ik ben in een Indische omgeving opgegroeid. De smaak thuis was Indisch. De korst aangebakken rijst met suiker, de verse tempeh dobberend in een gouden blik, het apenhaar, de avocado met zoete koffiestroop. Avocado? Begin jaren vijftig in Nederland? Ja, van meneer Schoen uit Den Haag, importeur van exotische waren. Meneer Schoen droeg een korte bruine stofjas en rook naar verre reizen. Afstanden golden niet voor hem, al pratend en prijzend sprong hij van eiland naar eiland, met een mand in zijn hand – en dat in onze gang. Aan seizoenen deed hij ook al niet: meneer Schoen plukte abrikozen en doerians als het buiten vroor. Hij bracht de tropen in huis. En de smaak van *apokat*. Pap of keihard, deed er niet toe: de naam van de vrucht droeg herinnering.

Ons huis was Indisch. *Tjebok*-fles in de wc, *sapoe lidi* in de slaapkamer, obatkastje in de badkamer, wadjang in de keuken, antimakassar in de nek van de luie stoelen, rotanmeubels, kris aan de muur, de Balinese buste, wajangpoppen op de vensterbank. En de poef. Veel Indische mensen hadden een poef. Net als mijn vader bij een van de parlevinkers in Aden of Suez gekocht. Een souvenir van de overtocht. Maar maakt dat de poef Indisch?

De kinderen met wie ik speelde waren Indisch. Hoeveel woonden er niet in Bergen aan Zee? Laatst was ik in mijn oude dorp, op een feestelijke bijeenkomst om het honderdjarig bestaan te vieren; een oud-schoolgenoot reikte mij op die dag een foto van onze kleuterklas aan. Zoveel bruine gezichtjes, bijna de halve klas. Nooit beseft. Als je vroeger door het dorp fietste, kon je zo zien waar die kinderen woonden: in de huizen waar 's winters een deken halverwege het raam hing en waar 's zomers juthout in de tuin lag opgetast. De huizen waar de vensters niet blonken, waar de tuin verwilderd was, waar altijd mensen in de woonkamer zaten. De gezellige, rommelige huizen.

Rommel was Indisch. Onze gang was de rommeligste gang van het dorp. Vier repatriantenfamilies moesten erdoorheen, met aanhang algauw een mannetje of veertig, vijftig. Fietsen stonden daar en een solex of wat en de Ariel en een Djawa (of je dat zo schreef, weet ik niet, maar die D en j werden uitgesproken; ook dat was Indisch). De handvatten krasten in het witsel van de gang. De motoren lekten olie op de vloer, een geur die zich mengde met de geur van trassie. Niemand die zich er wat van aantrok. Behalve ik.

Schoon op je lichaam was Indisch. Hoe rommelig ook het huis, je ging elke dag in bad. Schone haren, schone nagels, schoon ondergoed. Vergeleek dat eens met die stinksok-Hollanders. Die douchten zich maar één keer in de week. Dus de tobbe in, ook ik, de totok. En een pannetje over je kop uitgieten, mandiën om bij Indië te horen.

Goed gekleed was Indisch. Mijn vader mocht dan niets anders om handen hebben dan mijn opvoeding, je kon niet aan hem zien dat hij geen 'betrekking' had. ('Baan' zei hij niet, dat was te gewoon en 'werkeloos' weer te plat; hij gebruikte graag dure en soms verkeerde woorden: het *ontvreemdde* hem hogelijk dat hij nergens *employé* kon worden.) Hij liep erbij alsof hij directeur van een onderneming was: altijd in een jasje of pak, en er moest twee centimeter overhemd onder de mouw uitsteken. Gepoetste schoenen, scherpe vouw in de broek. (Zelf geperst, ja!) Keurige hoed. Nooit een vlek. Een heer. Ook de kinderen gingen goed gekleed: gesteven strikken, gepoetste schoenen, nooit een torntje los.

De taal aan tafel was Indisch. Mijn vader kruidde zijn zinnen met Petjoh. En hij schepte Indisch op. Wat kon die man overdrijven! Getallen groeiden in zijn mond. Tien werd vanzelf honderd. Duizend al snel een miljoen. Het gewoonste maakte hij 'ontzettend'. Het kleinste 'gigantisch'. Mijn vader sprak in uitersten, liefst bekrachtigd met een ja! Ook het nee. 'Afgelopen, ja!' 'Stop, ja.' 'Nee, ja!' Ja was Indisch.

De mep was Indisch. Klinken moest ie, ja. Op beide wangen, zodat je tien vingers op je vel kon natellen. Links en rechts een gloeiende wajanghand. Geen stomp. Stompen was grof. Hollanders stompten. En je zag het resultaat van al dat meppen. Hoeveel beleefder waren de Indische kinderen. Manieren hadden ze. Opstaan als iemand binnenkwam, opstaan als een volwassene opstond, mond dicht als volwassenen spraken en niet te brutaal kijken.

Indisch was fijnzinnig. Hollanders waren *kassar*. Zeiden ze thuis. Kassar, een grotere belediging bestond er niet. Kassar: grof in de omgang, grof in de mond, grof van lijf en leden. Luid praten, voordringen: allemaal kassar. Wit. Plomp. Ik was kassar.

Alles en iedereen was Indisch de eerste tien jaar van mijn leven. Behalve ik. En mijn moeder dan? Die was na de oorlog nog geel van de tropenzon en kon lachen om grapjes in het Maleis. Zij hoorde erbij. En was niet kassar, al was ze de dochter van een witte plompe boer. Misschien had mijn moeder Indië wel het meest van allemaal in zich opgezogen, verbeeldde ik me als kind. Het land van haar beide echtgenoten had een gordijn in haar geest opengeschoven. In Indië had ze een andere kijk op het leven gekregen. Ja, er zat een gat in het firmament boven de archipel, wisten wij dat niet? De volken die daar woonden, stonden open voor het onzichtbare in kosmos en natuur. De omgeving was er bezield. Indië had met de jaren niet alleen mijn moeders vel verkleurd, maar ook haar geloof: ze had er afscheid genomen van de dominees uit haar jeugd. Je zag haar veranderen op de foto's die ze naar haar vader had gestuurd.

Negentien was ze, net getrouwd – ze straalde nog na van haar grote stap. Hoe opwindend was haar nieuwe leven: een boerendochter onder de palmen, arm in arm met een knappe bruine officier. Haar familie had het er moeilijk mee, de dominee wees haar op de gevaren. Maar ze had haar klompen in het hok gegooid en de boot genomen. Bij aankomst in Indië bleek ook de Hollandse gemeenschap moeite met de kleur van haar echtgenoot te hebben – hij was wel érg donker voor een officier. Gelukkig werd hij naar een uithoek gestuurd, verbannen leek het wel. Haar man pacificeerde het binnenland – soms hoorde ze schoten in de nacht, een echo van achter de bergen. Ze leerde de taal van de bevolking, maar vertrouwen winnen ging moeizaam, de inlanders wantrouwden haar nieuwsgierigheid. Ze was te wit in hun ogen en haar man te verdacht: zoon van een familie die voor een vreemde vlag had gekozen, voor Hollands gezag en geweren en knevelwetten.

Haar protestantse god voldeed niet in de tropen. Lange preken en te veel benauwenis. Ze verzette zich tegen de mentaliteit van vragen en bevelen, blank tegen bruin; ze wilde zo graag bij die nieuwe wereld horen en liep de hoge grassen in, stond stil onder de palmen en luisterde naar de verhalen van de vrouwen die haar was kwamen doen, haar erf schoonveegden, voor haar dochter zorgden. Ze ging met hen de kampong in, sprak met de dorpsoudsten, diende zich aan bij de lokale vorst. Sterven, geboorte, huwelijk, waakceremoniën – ze mocht aan alles deelnemen.

Veertig dagen en nachten keek ze het koken af en het dansen en zingen. Ze hoorde verhalen over vogels die konden praten, dieren die zich in andere dieren veranderden: een zwijn in een slang, een tijger in een olifant. Ze hing haar dochter in een lap om haar heupen en toen die door een vreemd insect werd gebeten en de Europese huismiddeltjes niet hielpen, waste ze haar aan de oever van een rivier waar volgens overlevering ooit een door krijgers gespietst kind uit de dood was opgestaan. Baat het niet schaadt het niet, dacht ze. Haar dochter genas. Ze won met die daad vertrouwen bij de lokale bevolking. Een vrouw nam haar mee naar een boom waar de geesten woonden. Een ander legde haar dromen uit. (Die tijger die haar 's nachts in haar slaap kwam bezoeken? 'Pas op, meisje, dat is de dood die op je loert!') Ze zag wat stille kracht kon doen, hoe een vervloeking de sterkste kerels kon vellen. Een oude man had haar de magie van een *kris poesaka* laten voelen. Met het lemmet boven haar kruin was ze toen niet in staat geweest haar hoofd op te heffen, alsof iemand aan haar nek hing. Bang was ze geweest. Bang voor haar geloof in bijgeloof. Ze had met eigen ogen gezien hoe een eeuwenoude gamelan – door geen mensenhand beroerd – een oorverdovend lawaai maakte. Toen haar man na een lange afwezigheid dat alles hoorde, verbood hij haar die contacten, bang dat ze zou 'afglijden'. Een stad zou haar goed doen, een ander eiland. Hij vroeg om overplaatsing.

De oorlog brak uit, haar man zat nog altijd in de buitengewesten en keerde niet terug van zijn patrouille. Ze maakte kennis met een ander Oosten: Japanse internering. En daar waar de honger aan haar lijf vrat, groeide haar geest. In het kamp ontmoette ze een vrouw die haar over heilige boeken vertelde: de Oepanisjaden, soefigeschriften, de Bhagavad gita, het *Tibetaans dodenboek*. Ze luisterde en leerde. Ze maakte zichzelf wijs dat lijden de enige manier was om tot spirituele rijpheid te komen.

Na de oorlog bleek haar man te zijn onthoofd. De tijgerdroom was uitgekomen.

Een nieuwe echtgenoot diende zich aan – een lichter exemplaar, maar niet minder Indisch: mijn vader. Tot ook hij door de tijger werd gepakt... in Holland, ja. Met zijn dood verdween de geur van Indië uit huis. Moeders aardappels wonnen het van zijn rijst, maar de geest van Indië mocht blijven. Indië had haar wereld immers groter gemaakt. Wij kinderen moesten vooral beseffen dat andere volken er andere geloven op na hielden en dat iedereen zijn eigen god of leer de hoogste achtte. Niemand had de waarheid in pacht.

'In alle godsdiensten zit dezelfde kern,' zei moeder. Om het te bewijzen las ze met Pasen en Kerstmis een stukje voor uit de Koran, de Thora en de Bijbel – drie geloven die putten uit eendere bron. Ik zie haar nog bladeren in die beduimelde boeken, zoekend naar een geschikte passage voor kinderen, liefst zonder moord, doodslag, zonde of wraak. Eenvoudig was dat niet.

Boeddha bood betere verhalen. Wij leerden al heel jong hoe Siddharta Gautama onder een bodhiboom tot verlichting kwam. Krishna en de grote yogi's kwamen ook langs aan tafel. Heel gewoon vonden we dat. Het waren wereldleraren, maar je kon ze ook profeten noemen, net als Jezus en Mohammed en Confucius, of Aristoteles en Plato, want ook de grote denkers en geleerden waren 'gezondenen' – een typisch moederwoord. En allen predikten de gouden levensles: 'Wat u niet wil dat u geschiedt, doe dat ook een ander niet.'

Er waren niet veel moeders die zo dachten, begin jaren vijftig. De hang naar wijzen uit het Verre Oosten moest nog mode worden. Ze werd door mijn vrienden een beetje vreemd gevonden.

Mijn moeder geloofde in heel veel dingen: yoga, theosofie, antroposofie, astrologie, handlezen, waarzeggerij, kabbalistiek, kaartleggen, *I Tjing*, aardstralen, engelen. Ze geloofde ook in geesten. Haar tuin zat er vol van, zei ze, maar ze wist ze ook in de duinen te vinden, in bossen, in huizen. Je hoefde je er maar voor open te stellen. Wij mensen leefden tussen wezens die we niet konden zien, wezens die voor goede en slechte vibraties zorgden. Niet iets om bang voor te zijn, zolang je ze maar niet stoorde. Met aandacht het gras maaien, daar kwam het in de praktijk op neer, want voor je het wist versnipperde je een paar engelenbeentjes. Respect voor de natuur, ook een moederles. Planten voelen net als mensen pijn. Zag ik die tak niet bloeden die ik zo wreed had afgerukt? Heel simpel. Praktisch als het erop aankwam, soms kon het haar geen donder schelen of ze haar 'geloof' met voeten trad. Een familietrek. (Wandel even mee over een West-Brabantse dijk... Mijn moeder bezoekt haar stokoude vader, een protestantse boer. Ze staan zij aan zij en overzien de akkers met het jonge koren. Vader boert in het vertrouwen Gods. Mijn moeder prijst de Kosmos. Ze heeft haar vader overgehaald met volle maan te zaaien – veelbelovend lijkt de oogst nog niet. 'Bidden of kunstmest?' vraagt haar vader. 'Doe maar kunstmest,' zegt ze.)

Heeft mijn moeder werkelijk haar zieke dochter in de kali gewassen? En die verhalen over haar opgaan in de inlandse cultuur? Waar? Onwaar? 'Rijsttafelwaar,' zeg ik nu. Elke zondag een beetje anders opgedist.

Waar is dat ik nog nooit een geest heb gezien. Mijn moeder

evenmin. Maar als ik weer eens een nieuw huis betrek, gehoorzaam ik aan haar wens even met een kaars langs de muren te lopen, om de band met de vorige bewoners door te snijden. 'Geloof je in die onzin?' vragen mijn vrienden. 'Nee, natuurlijk niet, maar mijn moeder zegt dat het ook helpt als je er niet in gelooft.' Zo geloofde zij. En zo geloven haar kinderen. In een bezielde wereld. (Is dat Indisch? In Afrika en langs de Amazone denken ze er niet anders over.)

Onwaar is die kris aan de muur, die hing bij de buren. Een kris was te Indisch. Net als die deken voor het raam. En zij die uit Indië kwamen, moesten ook niet te lang bij elkaar blijven hokken. Mijn moeder was dolblij na tien jaar aan het repatriantenhuis te kunnen ontsnappen. Eenmaal verhuisd flikkerde ze dat hele land in een hutkoffer. Met het sentiment van de Pasar Malam wilde ze niets van doen hebben. Ook haar dochters gebood ze het verleden te vergeten. Het was voorbij. Dacht ze. Maar het bleef. Vooral haar verlangen naar de bezielde natuur. Bovendien had ze in haar poging Indië uit te vlakken één kind over het hoofd gezien: de totok die zich buitengesloten voelde.

Ik wilde niets liever dan bij Indië horen. Niet het Indië van verdriet, maar het Indië van avonturen. Ik wierp me op als schatbewaarder en reconstrueerde een verleden waarin ik vrede met mijn vader kon vinden en mijn moeder weer gelukkig kon worden.

Ik bladerde door grootvaders fotoalbum, stapte aan boord van de hekwieler Johanna II en voer van Djambi naar Moaratebo, in gezelschap van Batakkers en Minangkabauwers. Wij voeren langs sepiabruine kusten, op weg naar de buitenpost van mijn moeders eerste man, en moesten bukken voor de speren van de Sumatraanse Koeboes. Ik beschermde mijn moeder als een prins Valiant. In de opgediepte medailles van mijn vader rook ik het zweet van een krijgsgevangene. De kamptekeningen van mijn zusjes vertelden mij het verhaal van hun tampat; hun onder de afwas gezongen kampliedjes werden mijn kampliedjes. Ik verbeeldde me in een hutje van zestig centimeter breed te moeten wonen. Dapper was ik: een slangenvanger, spoorwegbouwer, een held op een vlot. En als de Russen ons huis binnenvielen zou ik me, net als mijn moeder voor de jappen, in een bultzak rollen. Ja, ik kwam de oorlog wel door. O, de oorlog, was er iets spannenders dan oorlog? Ja, schep nog maar eens op. De dampende rijst werd het zweet in de tropen en mijn mes de klewang waarmee ik me een pad door de rimboe baande. Zo echt werd het, zo voelbaar, zo hoorbaar, dat mijn hoofd opzwol van nooit vertelde verhalen. Een paar maar heb ik opgeschreven.

Misschien is dat voor mij de kern van het Indische: verhalen vertellen. De rekkelijkheid van de herinnering. Herinneringen aan een verleden waar ik geen toegang toe had. Een Indië dat ik zelf heb verzonnen.

2004

KRAKATAU

Niets sprak als kind zo tot mijn verbeelding als de vulkaan boven grootvaders schouw: een berg met een rookpluim, weliswaar getemd in een vergulde lijst, met op de voorgrond een vredige groene sawa en een ploegende landman achter een karbouw, maar als de haard brandde en de vlammen knetterden, leek het of de vulkaan echt rookte. De Krakatau, noemde mijn grootvader het schilderij, al wist hij donders goed dat het in werkelijkheid de Bromo moest verbeelden, de vulkaan die het landschap van het Oost-Javaanse Malang bepaalt – aan welks voet drie van zijn kleinkinderen waren geboren. Zijn dochter had het schilderij op verlof naar Holland voor hem meegenomen. Maar wat had je aan een geschilderde werkelijkheid die je niks zei? Voor hem moest het ding Krakatau heten, want die naam deed zijn wangen tot op hoge leeftijd gloeien.

Vijf was hij toen de vulkaan ten westen van Batavia op 27 augustus 1883 tot uitbarsting kwam en hij kon er tot op zijn vierennegentigste over vertellen alsof hij er zelf naast had gestaan. De hele berg was weggeslagen, tienduizenden kubieke meters rots werden tot stof verpulverd en door de oceaan verzwolgen. De aarde spuwde eenentwintig uur lang zijn gal: muren van schuimend water donderden over de kust, 165 dorpen met zich meesleurend; bijna veertigduizend mensen vonden de dood. Het gebulder was wel vierduizend zeemijlen ver te horen, maar nauwelijks in het nabijgelegen Batavia, daar werd elk geluid in lagen as gesmoord. Puimsteen en schedels spoelden tot in Zanzibar aan, de lucht beefde en wekenlang waren er tot in de verste uithoeken angstig mooie zonsondergangen te zien: in licht gevangen vulkaanstof dat over de wereld stoof. Ook in grootvaders Brabantse dorp liep de bevolking er voor uit. In het rood aan de hemel zag hij het bloed van de inlanders. Zijn moeder had nog dekens voor ze opgehaald.

Krakatau... een woord dat over de hele wereld ging, een etmaal na de ramp reeds: dankzij de net gelegde onderzeese telegraafkabels die de koloniën met Europa en Amerika verbonden. Krakatau... goed voor spannende verhalen over schepen die door de springvloed mijlen landinwaarts werden gesmeten, over mensen die met bed en al uit hun huis werden gespoeld en boven op een berg ontwaakten, over krokodillen die drenkelingen tot vlot hadden gediend.

Later moest ik die Krakatau natuurlijk met eigen ogen zien, ook al wist ik dat er niets van over was. Er groeit en broeit op die plek in Straat Soenda nu een zoon van de oude vulkaan: Anak Krakatau. En opnieuw rommelt het er vervaarlijk. Toch haalt die werkelijkheid het niet bij grootvaders verhalen bij de haard.

2006

HET BEELD VAN DE ANDER

Iedere tijd herschrijft de geschiedenis: mentaliteiten veranderen, nieuwe bronnen komen boven en andere interpretaties winnen terrein. De tijd dat een land of volk zijn geschiedenis alleen schrijft is voorbij: het nationale wordt internationaal bestudeerd. Amerikaanse en Britse historici hebben belangrijke bijdragen geleverd aan de studie van 'onze' Gouden Eeuw. De blik van buiten hoeft geen rekening te houden met nationale gevoeligheden. En ook de geknechte volken van weleer brengen hun visie op het verleden steeds sterker naar voren. Allemaal confrontaties die tot zelfonderzoek leiden. In het Westen en in het Oosten.

Neem generaal Van Heutsz, de man die Atjeh op de knieën dwong en die van 1904 tot 1909 als gouverneur-generaal vele kleine koninkrijken uitroeide. Nederland kijkt met schaamte op hem terug. Het te zijner ere opgerichte monument in Amsterdam-Zuid is onlangs zelfs onttakeld. In Indonesië is bij mijn weten van hem geen spoor terug te vinden. Het reusachtige gedenkteken voor hem in Jakarta is in 1953 op last van president Soekarno afgebroken. De bergen gruis zijn gebruikt om sportvelden te verharden.

Toch sprak ik in Indonesië historici die erkenden dat zonder Van Heutsz het huidige Indonesië nooit zou hebben bestaan. Hij bracht de veroverde eilanden in de Indische archipel onder centraal gezag. Te vuur en te zwaard weliswaar, maar toch.

Erkenning voor Van Heutsz? Nee. Maar het toont wel aan dat deze gouverneur-generaal van *twee* kanten wordt bekeken. Van Heutsz hoort ook bij de geschiedenis van Indonesië. Het zou mal zijn hem alsnog van zijn voetstuk te halen, de man verbeeldt nu eenmaal ons verleden.

Veel van onze 'koloniale schande' wordt in musea tentoongesteld. De Nieuwe Kerk toonde in 2005 – zestig jaar na de onafhankelijkheid van Indonesië – topstukken uit het Museum Nasional Indonesia en het Leidse Rijksmuseum voor Volkenkunde. Een gezamenlijk project onder de titel *Shared Cultural Heritage*.

Hoe kijken beide landen nú naar deze in Amsterdam bijeengebrachte schatten? Hoe kijken Nederlandse en Indonesische historici en kunsthistorici naar het gedeeld verleden? De meningen van de wetenschappelijke onderzoekers vinden we in de tentoonstellingscatalogus. Hoe verscheiden de artikelen ook, één ding valt direct op: het verschil in toon tussen de Indonesische en de Nederlandse bijdragen. De Nederlandse historici gaan zelfonderzoek niet uit de weg. Ze staan vooral stil bij de verzamelgeschiedenis en halen pijnlijke herinneringen op aan het koloniaal verleden. De idealen van de etnologen en museumdirecteuren waren destijds vast en zeker hooggestemd – de conservatoren kunnen het niet genoeg benadrukken – maar als we de schatten nu overzien, overheerst toch de indruk dat we er niet altijd even netjes aan gekomen zijn. Bestuursdwang, bevoogding, minachting en hebzucht voerden bij het verwerven van de kunstschatten al te zeer de boventoon.

De soms ronduit schokkende verhalen versterken die indruk. Je kijkt anders naar het borstsieraad van de elfjarige kroonprins Déwa Agung Gedé Agung als je weet dat het Balinese prinsje samen met zijn hele familie zelfmoord pleegde door in 1908 recht op een Hollandse kogelregen in te lopen. Menig tentoongesteld sieraad blijkt letterlijk van het lijk gerukt, of uit de haren geknipt. Het is destijds allemaal keurig genoteerd en bijgehouden. Ordening boven al.

De manier waarop de schatten in de musea zijn beland doet echter niets af aan hun belang en schoonheid. Al blijft het barbarij. Je hoeft er ook niet bij stil te staan, schuldgevoel achteraf heeft geen zin. Onwetend genieten kan ook. Maar als iemand een kritische kanttekening bij de herkomst van deze schatten mag maken, zijn het de Indonesiërs wel. Wat blijkt echter? De opstellen van de Indonesische geleerden zijn zakelijk, ordenend, beschrijvend. Geen woord van verwijt of conflict. 'Zie je wel, wij hebben meer moeite met ons koloniaal verleden dan de Indonesiërs...' Hoe vaak hoor je dat Nederlanders die het land hebben bezocht niet zeggen. Nooit een klacht gehoord. Alsof er in de Hollandse tijd nooit iets is voorgevallen. Maar hoe waar is zwijgen? Wordt er met het zwijgen niet iets anders gezegd?

De neiging de geschiedenis uit te vlakken is lang een officiële richtlijn onder president Soeharto geweest. Toen in 1991 het groots opgezette festival Indonesia in de Verenigde Staten werd georganiseerd – met prachtige tentoonstellingen en spectaculaire dansvoorstellingen in Washington, New York, Houston en San Francisco – kon er zelfs geen verwijzing naar het koloniale verleden af (Gouda, 1995, p. 35). Het festival presenteerde een zuiver, onbezoedeld Indonesië, onaangeraakt, van vreemde smetten vrij. Alsof Nederlands-Indië nooit had bestaan. Driehonderd jaar Hollandse aanwezigheid ontkend! Wat een bittere pil voor een land dat nog geen eeuw geleden internationaal triomfen vierde als koloniale grootmacht.

In 1883 had Nederland zelfs de eerste koloniale wereldtentoonstelling georganiseerd. Indië in Amsterdam. Nooit eerder was zoiets vertoond. Ons land verschafte zich daarmee een eerste plaats tussen de moderne geïndustrialiseerde naties van Europa. Frankrijk was zo onder de indruk van de Nederlandse aanpak dat het besloot het koloniale aspect een veel grotere rol te laten spelen in de toen in zwang zijnde wereldtentoonstellingen. Nederland heeft Parijs drie keer – in 1889, 1900 en 1931 – versteld laten staan met indrukwekkende koloniale paviljoens. Zo werd er een Javaanse kampong opgetrokken en een Balinese tempel, bevolkt door inlandse wevers, houtsnijders, gamelanspelers en dansers en danseressen die hun kunsten vertoonden. Enkele van de in de

Nieuwe Kerk tentoongestelde schatten waren ook in Parijs te zien; in 1931 is er zelfs een deel verloren gegaan bij de grote brand van het Nederlands koloniaal paviljoen.

Nederland presenteerde met deze tentoonstellingen ook zijn visie op een veranderd koloniaal beleid. Na het winstgevende Cultuurstelsel – waarbij gewassen massaal voor de markt werden geproduceerd, zeer ten koste van de welvaart der inlandse bevolking – had ons land besloten over te gaan tot de ethische politiek. Het verschijnen van Multatuli's *Max Havelaar* speelde daarbij een grote rol. Een ereschuld moest worden ingelost. Aanvankelijk een economische: door de infrastructuur van de kolonie te verbeteren en de bevolking te verheffen. Later gingen er ook stemmen op een 'artistieke ereschuld' in te lossen. Zo zou Nederland door kennisname en herwaardering van de Indische kunst en kunstnijverheid verbetering kunnen brengen in de leefomstandigheden van de ambachtslieden in Indië.

Nederland heeft op dat vlak beslist goede dingen gedaan. Er is veel kennis verzameld en belangrijk archeologisch werk verricht. Dat is de positieve kant van het verhaal en daar getuigde de tentoonstelling in de Nieuwe Kerk ook van.

De Nederlandse koloniale bijdragen op de wereldtentoonstellingen waren een *succès fou* in Parijs. Het publiek stroomde met tienduizenden toe. De 'Indische schatkamers' inspireerden tientallen Franse schrijvers en kunstenaars: Émile Zola fantaseerde over de 'gelige gezetheid' der Javaanse vrouwen, Edmond de Goncourt liet zijn hoofd op hol brengen door de twaalfjarige hofdanseres La belle Wakiem en prins Roland Bonaparte verdiepte zich in de Javaanse dans. Paul Gauguin was in 1789 zo geraakt door het Javaanse dorp op de Esplanade des Invalides dat hij een jaar later besloot voorgoed naar de tropen af te reizen. Claude Debussy schreef lyrisch over de gamelan en liet het slagwerk in zijn composities opklinken (Bloembergen, p. 119-131).

De koloniale tentoonstellingen inspireerden ook wetenschappers, bestuurders en politici. Rond 1900 vond in de Europese pers een levendig debat plaats over de problemen van koloniaal bestuur. Parijs en Amsterdam organiseerden zelfs internationale congressen over dit onderwerp. De stem van Nederland werd daarbij duidelijk gehoord. Geen land had behalve militairen, kooplui en planters, zoveel onderwijzers, ingenieurs en doktoren naar de tropen gestuurd. Al was slechts 0,35 procent van de totale bevolking in Indië Europees, toch bleek deze enclave veel groter dan het totale aantal Franse en Britse kolonisten dat in Azië werkte. De aanwezigheid van dat geschoolde kader vloeide voort uit de eerder genoemde ethische politiek.

Het vertrek van de Nederlanders naar de Oost was echter niet alleen een zedelijke missie. Er school ook een zakelijk belang in het uitzenden van Europeanen naar de Oost. Emigranten konden daar met hun aanwezigheid een afzetmarkt creëren voor vaderlandse producten. Het was mede om die reden van belang voor de Europeaan in de koloniën niet te integreren. De emigrant diende trouw te blijven aan zijn herkomst. Ook pogingen de inlandse bevolking naar Europees model te scholen, werden afgeraden. Assimilatie was een slechte zaak. Men kon de inheemse volken maar het beste hun eigenheid laten behouden.

En in dat *anders* zijn kon men de inlander dan ook gerust bewonderen: in zijn dansen en getrommel of gamelanspel, in zijn primitieve houtsnijwerk, edelsmeedkunst en zijn exotische keuken.

Nederland meende wijzer en discreter te handelen dan de andere koloniale machten. Minder militair dan de Engelsen, minder het geloof in eigen superioriteit uitdragend dan de Fransen. De kracht van het Nederlands koloniaal beleid school in het bestuderen van de eigenaardigheden van de inlandse bevolking, in de kennis van inheemse talen, zeden en gewoonten, in de toepassing van het lokale recht. Alleen met die kennis kon een klein land een kolonie veel groter dan het eigen grondgebied onder controle krijgen.

Hoe anders denken we nu over migratie. Tegenwoordig eisen we integratie en aanpassing. De vreemdeling in Europa wordt kennelijk met andere maten gemeten. Maar ook toen was het een gespleten wereld: enerzijds de verheven missie van de ethische politiek, anderzijds een sluw zakelijk beleid. De verslagen over de koloniale conferenties in de Franse en Nederlandse pers, bijeengebracht in het boek *Koloniale inspiratie* van Marieke Bloembergen en nader geanalyseerd in de Amerikaanse studie *Dutch Culture Overseas* van Frances Gouda, getuigen daarvan.

De angst dat verheffing en onderwijs uiteindelijk het Nederlands gezag zouden ondermijnen, was groot. De bevoogdende meester hield de leerling strak aan de leiband. Het bij de jonge elites groeiende nationalisme werd dan ook met harde hand onderdrukt. De gevangenissen waren vol in de jaren dertig. Zeer vol. Het is alles geboekstaafd, ook de martelpraktijken. Fraaie bronnen voor het zelfonderzoek naar ons koloniaal verleden. En hoe reageert Indonesië? Indonesië doet net alsof we er nooit zijn geweest. Ze gunnen ons zelfs niet hun woede.

Hoe wreed.

Zou het echt waar zijn?

Drie jaar geleden, voorjaar 2003, nam ik deel aan een literair festival in Indonesië, een idee van het Haagse festival Winternachten in samenwerking met een cultureel gezelschap uit Jakarta. De erfenis van de koloniën was het thema. Er nam een Zuid-Afrikaan aan deel, een Surinaamse, een schrijver uit Sint-Maarten en ik mocht Nederland vertegenwoordigen. We lazen samen met lokale schrijvers uit Bali, Solo en Jakarta.

De opkomst was overweldigend. Honderden jonge mensen stroomden toe. In de eerste plaats om hun eigen helden te zien, maar ze waren toch ook nieuwsgierig naar het stelletje buitenlanders dat klaarblijkelijk iets met het koloniale verleden uitstaande had. Wat opviel was het aantal hoofddoeken en gebreide kalotjes onder het jonge publiek. Niet eerder zag ik bij een bezoek aan Indonesië zoveel uiterlijke tekenen van de islam: de fall-out van de aanslagen op het World Trade Center in New York. Was die vroomheid wel bestand tegen het optreden van een zwarte Zuid-

Afrikaan met dreadlocks, over straatjongens in Kaapstad die zich door blanken lieten misbruiken? Ja, want deze sociale misère werd gezien als een stuiptrekking van de Apartheid, als een vuile bladzij van de culturele erfenis van Nederland.

Trouwens, waarom schreef die Surinaamse schrijfster nog steeds in het Nederlands? Hadden ze daar geen eigen taal? Nee, dan die zwarte dichter uit Sint-Maarten, die las zijn gedichten tenminste in het Engels, met gebalde vuist. Al was zijn eiland nog altijd aan Nederland 'geketend', hij weigerde de taal van de 'koloniale overheerser' te spreken, ook niet met mij, hoewel zijn hele familie in Nederland woonde. Nederland werd door hem aangeklaagd als de uitbuiter van de Antillen. De studenten vonden hem geweldig, ze hadden werkelijk met hem te doen: daar stond een geknecht onderdaan van het onverbeterlijk koloniale Nederland. Ik – de enige witneus van het gezelschap – werd als schrijver van de nostalgie gezien. De Hollander die er moeite mee had dat zijn familie uit Indië was verjaagd. En ook al beweerde ik het tegendeel en probeerde ik uit te leggen dat ik schreef over migranten die een nieuw bestaan in een voor hen onbekend moederland probeerden op te bouwen, ik kreeg het etiket 'koloniaal' van het gezelschap.

Er ontstond zelfs nog een rel toen ik me in Jakarta veroorloofde op het toneel Soekarno na te doen. Grijnzend met een bloempot op mijn hoofd en een zonnebril op. *Ayam senang*. Kiplekker. Diep beledigd waren de studenten. Soekarno is heilig. Niet dat ze veel van hem wisten. Maar over de Vader des Vaderlands mocht ik als buitenlander geen grapjes maken. 'Van Dis met dood bedreigd,' schreef de correspondent van *de Volkskrant* die zich onder de aanwezigen bevond. En zo kreeg de kreet van één heethoofd uit het publiek meer aandacht dan hij verdiende. Uiteindelijk leidde mijn blunder nog tot een levendige discussie. Wat toen opviel was dat een groot aantal studenten niet zozeer anti-Nederlands was, als wel anti-westers. Het ging niet om landen, maar om een mentaliteit. Het Westen toonde geen respect voor de islam, het Westen dacht Azië nog steeds de wet voor te kunnen schrijven. Westers was een ander woord voor arrogant.

Eenmaal attent gemaakt op dat sentiment, ontmoette ik later, op een na het festival gemaakte individuele reis, steeds meer studenten die zich schamper over het Westen uitlieten. Hun boosheid was niet altijd even makkelijk te duiden: velen wezen onze materialistische, geïndustrialiseerde wereld af, maar de meesten wilden er gek genoeg ook naartoe, al wisten ze dat zoiets niet makkelijk meer kon. En in die verwarring lag ook de kern van hun boosheid: het leek wel of de kloof tussen het *verlangen* om bij de rijke wereld te horen en de *mogelijkheid* daartoe zo groot was geworden, dat hun verlangen was omgeslagen in jaloezie en wrok. En wat doe je als je het gevoel hebt dat je niet wordt opgenomen in de vaart der volkeren? Je bindt een doek om je kop en zoekt troost bij een godsdienst die jou wél superieur verklaart.

Niet dat de studenten voor achterlijkheid kiezen. Onder Soeharto mag dan geprobeerd zijn de geschiedenis af te schaffen, de jonge Indonesiërs kunnen heel goed in de toekomst kijken. Door televisie en internet is hun wereld steeds platter geworden: ze weten donders goed hoe bevoordeeld de westerlingen zijn en wat er schort aan hun eigen samenleving. Ze zien elke dag hoe rijk we zijn en hoe vulgair we ons etaleren. Zoals wij in het Westen steeds beter weten hoe arm en kuis zij zijn. Dankzij de globalisering is het zicht op elkaars verschillen pijnlijk helder geworden.

Mijn ervaring staat niet op zichzelf. Ik hoor onder academici steeds meer hoe moeizaam de intellectuele uitwisseling tussen de ontwikkelde en de zich ontwikkelende wereld verloopt. Het is vaak één lange-tenendans. De geringste kritiek wordt als discriminatie opgevat. Slachtofferschap dicteert de onderhandelingstafels. De zogenaamde derde wereld stelt zich steeds assertiever op. *Toean besar* dient een toontje lager te blaffen.

Ook Europa krijgt een rekening gepresenteerd. Nazaten uit voorheen geknechte landen roepen hun oude meesters ter verantwoording. De Afrikanen, en met hen de zwarte mensen in de diaspora, willen genoegdoening voor de slavernij. Voor het aidsbeleid. Voor het feit dat de internationale gemeenschap niet of telkens te laat ingrijpt bij honger en volkerenmoord in Afrika. Ja, er bestaat een niet uitgesproken onderlinge solidariteit tussen landen en volken die het gevoel hebben slachtoffer te zijn van westerse arrogantie en expansiedrift. En ook de kinderen van gastarbeiders beginnen van zich af te bijten: zij verwoorden het zwijgen van hun dikwijls vernederde ouders en eisen respect.

Vernedering, buitengesloten zijn, geen stem hebben. Heimelijk beseffen dat je achtergrond tekortschiet, dat je niet goed uitgerust bent voor de uitdagingen van de moderne wereld en dan toch vasthouden aan antieke gebruiken. Angst voor verandering. Of totale ontkenning van je achtergrond en je koste wat het kost vereenzelvigen met de overheersende macht. En vooral woede, een grote woede om gekrenkte trots. Ik heb het onderweg tijdens mijn reizen in Afrika en Indonesië gezien én herkend.

Vooral dat laatste. Ik ben opgegroeid tussen verhalen vol verlangen naar een verloren paradijs. Die verhalen moesten de schaamte bedekken van een verloren oorlog in de Pacific, jaren internering in een Japans concentratiekamp, de verdrijving uit de kolonie Nederlands-Indië en uiteindelijk het verlies van status in Europa. Mijn op Java geboren halfzusjes ervoeren pas in Nederland hoe bruin ze waren. Ik hoorde bij Indië als mijn zusjes in het dorp voor blauwen werden uitgemaakt, ik hoorde bij Nederland als ik de grapjes met Maleise woorden niet begreep en me schuldig voelde dat ik niet ook in een jappenkamp had gezeten. Zonder het te beseffen was ik een boodschapper tussen twee culturen en leerde zo al jong met enige afstand naar beide te kijken.

East is East and West is West and never the twain shall meet... Rudyard Kipling stelde in de negentiende eeuw al vragen bij deze ogenschijnlijke uitersten. De internationale politiek spreekt vandaag liever prozaïsch over 'Noord-Zuid'. Ging het vroeger om verschillen in mentaliteit, thans worden die verschillen materieel uitgedrukt: rijk tegenover arm. En Noord bepaalt de agenda. Maar hoe lang nog? Is de verwachting dat wij het westers beschavingsideaal aan anderen kunnen opleggen wel realistisch? Neem het geloof. In Nederland ontwijden wij onze geloofsruimten tot tapijthallen en expositieruimtes. Kunstschatten uit het grootste moslimland ter wereld worden in een kerk (op grafstenen met kruisen) tentoongesteld. Dat zegt toch iets over de bescheiden plaats van God in Nederland. Elders in de wereld zien we een omgekeerd proces: daar speelt religie een steeds belangrijker rol.

De desecularisatie is misschien wel een van de belangrijkste sociale ontwikkelingen van deze tijd. Godsdienst biedt kennelijk een vaste burcht aan mensen die door de snelheid van de moderne ontwikkelingen bang zijn van hun traditionele gewoonten en gebruiken vervreemd te raken. Vooral de onder- en middenklassen zoeken hun toevlucht bij een strenge God, als schild tegen een in hun ogen veel te moderne en verdacht opgeleide elite. Vandaar de aantrekkingskracht van de islam. Het Westen heeft het daar steeds moeilijker mee. Maar kunnen wij moslims waar ook ter wereld dwingen modern en verlicht te zijn? Is dat de tolerantie die we ten voorbeeld willen stellen? Of is hier eerder sprake van de arrogantie waarmee het Westen zich elders in de wereld zo gehaat heeft gemaakt?

Het gaat niet om de islam maar om de fundamentalisten, zult u tegenwerpen. Alle fundamentalisten? Ook de christenfundamentalisten in de Verenigde Staten die wetenschappelijk onderzoek belemmeren en op hun scholen de evolutieleer verbieden? Ook de orthodoxe joden die ongestelde vrouwen de hand weigeren te schudden? Als ergens de Verlichting niet is doorgedrongen dan is het daar! Ook hier meet het Westen met twee maten. Zou beschaving niet juist een veelheid aan opvattingen moeten inhouden: het naast elkaar laten bestaan van een veelheid van meningen?

Natuurlijk, wie tolerantie bepleit, behoort zich onmiddellijk tegen de sharia te keren, het middeleeuws islamitisch recht dat overspel 'in naam van God, de barmhartige' met honderd geselslagen straft. De rechten van de mens laten dat niet toe, maar het zal nog een heel probleem worden de hele wereld van onze verlichtingsidealen te overtuigen.

De westerse beschaving heeft ook letterlijk licht in de duisternis gebracht. Technologische vernieuwingen hebben een groot deel van de mensheid van armoe en ziektes bevrijd. Maar men kan zich terecht afvragen of het Westen zich genoeg heeft ingezet om ideeën te verbreiden als Vrijheid, Gelijkheid en Broederschap. Daarvoor waren uitbuiting en onderdrukking toch te veel onderdeel van de koloniale situatie.

De gelijkheidsgedachte staat hoog in het vaandel van onze beschaving, al gedragen we ons er niet naar. Anderen in onze rijkdom laten delen, grenzen aan onze groei stellen – het lukt ons niet. Meten met twee maten is een vorm van ongelijkheid.

De kloof tussen rijk en arm groeit met de dag en daarmee de verbittering, de haat. Het zou eigenbelang van het Westen moeten zijn tot een betere verdeling van zijn rijkdommen te komen. Het spreekt vanzelf dat het temperen van ons 'superioriteitsdenken' niet mag leiden tot het vermaledijde cultuurrelativisme. Luisteren en samenwerken betekent nog niet dat men gebruiken accepteert die in strijd zijn met de menselijke waardigheid. Bedenk echter: slechts 9 procent van de wereldbevolking is blank, een nog kleiner percentage is de idealen van de westerse beschaving toegedaan. De steeds mondiger wordende 'ander' eist ook een plek in ons wereldbeeld. En die ander woont allang onder 'ons'.

BRONNEN

Marieke Bloembergen, *Koloniale inspiratie, Frankrijk, Nederland, Indië en de wereldtentoonstellingen 1883-1931*. Leiden, 2004

Jan Breeman, 'Over oriëntalistiek en occidentalistiek', in het Kolonialisme-nummer van *De Gids*, jrg. 154, nr. 5/6, mei/juni 1991

Frances Gouda, *Dutch Culture Overseas, Colonial Practice in Indonesia, 1900-1942*. Amsterdam, 1995

Indonesia, de ontdekking van het verleden, catalogus tentoonstelling Nieuwe Kerk. Amsterdam, 2005

1991

ALLES IN DE WIND

Een televisiemonoloog in opdracht van IKON/BRT

Exterieur nieuwbouwwijk – dag
WE ZIEN BEELDEN VAN EEN TROOSTELOZE NIEUWBOUWWIJK. EEN OUDERE VROUW SCHARRELT MET PLASTIC TASSEN IN DE HAND LANGS DE STOEP.

WE HOREN OFF-SCREEN EEN MANNENSTEM:
Dit is een waargebeurd verhaal. Er was eens een oude vrouw, die wandelde in de nieuwbouwwijken van een grote stad. Alleen, maar altijd in gesprek met zichzelf en soms met moeders die hun baby's naar de parken duwden. Ze droeg drie jurken tegen de kou en zes tassen, drie in elke hand, haar schoenzolen waren versleten. Haar voeten leken voor de kou te vluchten. Ze zweefde.

VROUW:
Waarom? Moet voor alles een antwoord zijn? Ik loop mijn routes, dat is alles. Gisteren Sloterdijk, Haarlemmerweg, Radarweg, Orlyplein, vandaag Duivendrecht, onder het nieuwe viaduct. Waarom? Niks te waarommen. Ik hou van nieuw, weg met die ouwe rommel. Soedah, passé, ouwe koek. Nieuw. Nieuw asfalt, nieuwe tegels. Ruimte. En wind. Ik hou van de wind.

Ze vragen me wel eens of ik het niet koud heb. Ach, wat leven de mensen toch mee. Al vriest het twintig graden onder nul, het zal ze een rotzorg wezen of ik dooie voeten heb. Ze vragen me heus niet binnen. Bang. Bang dat ik hun spulletjes vies maak. Ja, met Kerstmis, dan voelen ze zich schuldig, dan krijg ik plotseling een rijksdaalder in mijn hand gestopt.

ZE LOOPT VERDER.

Mensen geven graag uit de hoogte. Hier, een Hermès-sjaal. Vier graden onder nul, krijg je zo'n dun vod met gouwe touwen erop. Ik hoef jullie sjaals niet. Laat maar rotten om jullie vette nekken. Stelletje klepkonten. Vrouwen, brrr, ik moet me er niet zo over opwinden. Ik kan heel goed tegen de kou. Veel bonen eten en weinig wassen.

ZE GOOIT DE SJAAL WEG.

Sjaal, sjaal, weg met dat ding. Allemaal ballast. Ja, m'n tassen, ik moet mijn tassen bij me hebben. Je moet altijd weg kunnen. Voor je het weet is het oorlog. Bezit houdt je vast. In Palembang heb ik mijn tafelzilver begraven en na de oorlog nooit meer teruggevonden. Ik heb er jaren over zitten jammeren. Alsof dat het belangrijkste was wat ik ben kwijtgeraakt. Weg met die rommel, je moet het maar poetsen. Ik verdenk nog altijd de djongos ervan. Soedah.

Wat ik niet aan spullen had. Hier in Holland dan, ja. Twee dressoirs, een servies met een gouden randje, zesendertigdelig, ha ha en nooit eters, een bankstel met drie luie fauteuils en nooit bezoek. En een kast vol Boheems glas, afschuwelijk. Uit de familie van Henk. Je moet het allemaal zelf afstoffen. Vroeger liet je die dingen doen, vond je doodgewoon.

Wij zaten in de rubber, van die dunne bomen met zo'n potje eronder. Ach, ons leven sijpelde daar voort. Maar wel lekker de ruimte en groen, groen! Als je een pitje uitspoog, stond er de volgende dag een boom. Djeroek, *markisa*, *leboedjagoeng*, maïs... stommelingen.

Wat ik heb, kan in zes tassen en dat bevalt me best.

Ik zal de dag dat ik mijn boekenkast heb weggedaan, nooit vergeten. Dag *Hoe groen was mijn dal*, dag meneer Couperus, dag mevrouw Székely-Lulofs, dag meneer Van de Velde met je *Volkomen huwelijk*. Weg met die rommel, bij het grofvuil. Weg met de krant, weg met de damesbladen. Praat me niet van dames. Ik heb er m'n hele leven tussen gezeten. Plantersvrouwen, verlaten vrouwen, gevangen vrouwen. Met vierentwintighonderd vrouwen op een terrein twee keer groter dan een voetbalveld en ieder woonde in een *kolong*... een hok van zestig centimeter breed. Nou, dan leer je ze kennen hoor.

Ik heb al mijn speelkaarten in de vuilnisbak gekieperd. Nooit meer bridge. Nog een kopje thee, mevrouw Van Kwartsen? Een bonbon? Ja, ja, een minuut in de mond, een maand aan de heupen. Ooo verrukkelijk, hè? Wat wil je, van Lentveld Nicolai! Laat ze toch godverdomme die bonbons in hun haren smeren!

Vriendinnen? Weg ermee. Bonbonschaaltjes, bloempotten, kleedjes, traplopers, weg ermee. Brievenbussen, die verschrikkelijke tochtige mondjes die maar wachten op bericht, op brieven van kinderen die nooit schrijven. Weg ermee. Kinderen? Je voedt ze op en ze gaan de deur uit. Alles de deur uit. Weg ermee. Mijn baljurk, dansschoenen, eksterogen, weg ermee. Alsof er nog een man zou zijn die me ten dans zou vragen.

Mannen, na Henk geen mannen meer. Weg met de tweepersoonsmatras, weg met dokter Freud. Bij het grofvuil.

En daar zat ik, in een kaal huis, alleen, met de echo van mijn stem en het gekraak van de houten vloeren. Weet u wat ik toen ben gaan doen? Ik ben op de grond gaan liggen, zo lekker op die kale vloer, en liet de warmte van dat oude hout in me trekken. Ik rook het weer, die zachte verrotting van de tropen, de bloemen, de zware lucht van de middag, en ik hoorde een gekko en zingende kinderen.

Net mijn *kolong*, maar toch lekker.

Ik lag daar en ik was er klaar voor. Maar ik ging niet, er gebeurde geen donder zeg, of toch, een stem in me zei: 'Ben je gek, Lies.' Lies, ja zo heet ik, eigenlijk Elisabeth van Pesch, hele goeie Indische familie, er komen alleen maar goeie families uit Indië, ha ha. 'Lies,' zei die stem, 'je echte leven begint nog, je moet op avontuur. Vroeger lag de wereld aan je voeten, Lies, ze vochten om je op de bals, je was een naam op ieders lip. Ga naar de grote stad, ga reizen. Neem je tas op en wandel.'

Ik heb de hele donderse boel achter me gelaten, zomaar, de deur achter me dichtgetrokken. Ik heb nog wel even de kinderen gebeld en gezegd: Tabee. Ze maakten alleen maar bezwaren, bang dat ik bij hen zou komen logeren. 'En wat heb je met de dekenkist gedaan?' vroeg mijn oudste dochter. 'Grofvuil,' zei ik en toen heeft ze de haak erop gegooid. Te druk zeker.

ZE ZIET EEN BANKJE EN GAAT ZITTEN.

Nee, het is een bevrijding. Elke dag een andere route, vandaag langs de nieuwe ringbaan, Spaklerweg, langs de gevangenis. Morgen naar Oost en maar om je heen kijken. En als ik moe ben, ga ik zitten. Gewoon hier op een bank. Tassen een plekje, ik een plekje, mijn voeten laten schommelen... even het asfalt eraf laten dampen, poe poe...

ZE ZWIJGT EVEN EN GAAT DAN WEER ENERGIEK VERDER.

Je ziet wat op straat, gisteren nog een moedertje, zo dun, ik dacht eerst dat ze oedeem had, maar ze was zwanger van een tweede en dat baby'tje in haar karretje was zo vuil, het had korsten in d'r haar en een lopend oor. Ook een zwerfstertje, moeder en kind. Ik zeg: 'Je bent nog veel te jong. Je kunt pas zwerven als je wat achter je hebt gelaten.' Bleek ze thuis geslagen te worden. Ze zwierf al drie maanden rond en sliep ergens in een tentenkamp bij de haven. Om rond te komen liet ze zich oppikken door mannen in auto's. Ik heb haar meteen het adres van de zusters gegeven.

Bij ons moet je om tien uur naar bed, zei ik. De zusters zullen goed op je kindje passen en ik zal haar wonden met Vademecum wassen. Dat ontsmet reuzegoed. Heb ik altijd een flesje van bij me. Zonder Vademecum was ik het kamp niet doorgekomen. Maar ze wou niet. Ze wou lol hebben, zei ze.

ZE STAAT OP EN LOOPT VERDER.

Er is altijd een eerste keer, zei ik. Ik weet nog goed hoe ik daar de eerste keer aankwam, met een tas. Mijn naam werd keurig in zo'n computer getikt en ik kreeg een plastic kaartje met mijn geboortedatum erop. Ze gaven me een handdoek, een washandje, een stuk gele zeep, een tandenborstel en een tube tandpasta en ik moest meteen onder de douche. De zuster bleef achter het gordijn wachten en inspecteerde me na het wassen op luis.

O, die nonnetjes zijn zo schoon. Bij ons in het kamp hielden ze ook de wind eronder. Ze vinden luizen erger dan vloeken.

En ik kreeg een eigen kast, met een sleutel en een vast bed in de slaapzaal. Op het bed naast mij lag een mooie vrouw met een rond gezicht, een Antilliaanse geloof ik, niet ouder dan een jaar of dertig, met roze krullers in haar haar. Ze nam me scherp op. Ik haalde de spullen uit mijn tas en richtte mijn kast in. Een extra paar sokken, wat ondergoed, obat en een keukenmes. 'Doe dat mes weg,' schreeuwde die Antilliaanse, 'als ze je daarmee zien, stoppen ze je meteen in de isoleer.' Het is maar een keukenmes, zei ik onverschillig. Ja, waarom ik het nou meegenomen had. Huisvrouweninstinct, zonder mes had ik mijn kinderen niet kunnen voeden. Je troggelde altijd wel wat los en met een mes op zak kon je delen.

Ook bij de zusters heeft dat mes me gered. Ik mag dan een bril dragen en grijze haren hebben en keurig praten – daarom noemen ze me daar ook de schooljuffrouw – maar ik draag een mes. Daardoor houden ze rekening met me.

Ik kreeg meteen snoep van die Antilliaanse en ik moest Ellie tegen haar zeggen. Ze stelde me aan de andere vrouwen voor: Ilse, Hester, Rineke, één grote familie. Iedereen vertelde haar verhaal, drugs, drank, prostitutie – ze hadden allemaal iets achter zich gelaten. Ik voelde me er meteen thuis.

Wat is jouw verhaal? vroegen ze. Heb ik niet, zei ik. Ik heb niks meegemaakt. Ik wil lichter leven, zonder huis, bezit en giro's op de mat. Het werd me te zwaar. Ze verklaarden me allemaal voor gek. 'Had je een eigen huis? Een giropasje? En een ziekenfondskaart?!' Ze doken met z'n allen mijn kast in om te zoeken of ik niet stiekem geld bij me had. Verscheurd, zei ik. Allemaal ballast. Ze dachten dat ik uit een inrichting kwam.

Buiten slapen doe ik niet. Het weer trekt te veel in mijn knieën, ach die rotknie, maar je liep ermee door. Elke dag hout halen en ze kenden geen pardon.

Ze wrijft over haar knie.

Voor een knie geen ziekenboeg. Kapotgeslagen door de jap, een stukje vlees gesmokkeld. Mijn trouwring verkocht aan de inlanders. Je deed alles om je kinderen in leven te houden. En hij was zo teer, hè, zo broos als een wajangpop.

Verleden tijd, soedah. Gek, hè, na zesenveertig jaar gaat zo'n knie toch protesteren. En die kan ik niet wegdoen. Ik moet met die knie de stad door.

Ze ziet een moeder lopen met een klein kind.

Kijk, daar gaat weer zo'n moedertje. Een kind in een witte zomerbroek, met dit weer. Pas toch op, zo vat hij kou. Ze gaan er zo slordig mee om, hè, wie het heeft, beseft de waarde niet.

Het huis bij de zusters zou ook niet goed zijn voor een kind. Dat geschreeuw op de gangen. Het lijkt wel een gevangenis. De helft is gek. Ik wil het eigenlijk liever voor me houden, want je geniet er toch gastvrijheid. Maar 's nachts is het in onze zaal zo'n geratel. Ik heb weken tegenover een vrouw gelegen die in vreemde tongen sprak. 'Ze gaan je huis in de fik steken,' riep ze, 'jullie gaan er allemaal aan.' Eergisteren hebben ze haar in de fietsenkelder gevonden, verkoold. Ze had zichzelf met benzine overgoten en in brand gestoken. Je kon haar zo met een stoffer opvegen.

Veel geschreeuw, maar nooit geklaag. Hoe erg ze het ook hebben, niemand klaagt in het huis. Ja, over het eten, dat de boterhammen te dik voor onze kaken zijn, maar nooit over het leven. Deden we bij ons in de barak ook nooit, je mag niemand in je ellende mee naar beneden trekken.

Dat gezeur.

We moeten elke week een kwartier naar de maatschappelijk werkster; nou, ik ga nog liever naar de mis. God, wat haat ik die kwijleballen. Laatst zei er een: 'Lies, moeten we niet eens met je kinderen gaan praten.' Ik zeg: Lies? Zijn we zo intiem? Mevrouw Van Pesch graag. Dat ik hier woon, is nog geen reden voor gejij en gejou. Mijn kinderen hebben geen tijd, niet voor mij en zeker niet voor dat gezeur van u.

Ik laat me daar een beetje bevoogden door zo'n non in een kartonnen mantelpak.

Ik had het goed met Henk. Hij is dood, dat is ook goed. Maar ik maak hem geen verwijten. Zijn pensioen wil ik niet, dat mogen de zusters hebben, als ik maar nooit meer een envelop open hoef te maken.

Die maatschappelijk werksters hebben een heel vertekend beeld van de samenleving, die komen geen normaal mens tegen. Daar raak je beschadigd van. 'We willen je helpen opstarten, Lies,' zei er laatst een tegen me. Ik start mezelf elke morgen al op, met die knie, elke dag loop ik zo'n twintig kilometer. Ik ben overal al tien keer geweest. Alleen in Zuid kom ik niet graag. De mensen kijken er te veel naar me, je zou er bijna meelij met jezelf krijgen. Nieuwbouwwijken, daar hou ik van, van straten waar het altijd waait.

ZE ZINGT ZACHTJES.

'Alles in de wind, alles in de wind, ik ben een schipperskind, kom hier mijn kind, ik ben je Liesje, ik ben je Liesje, kom hier mijn kind...'

Mannen kunnen verschrikkelijk zijn, laten we eerlijk wezen. Neem nou die vrouw die ze bij ons verbrand in de fietsenkelder hebben gevonden. Horen we later dat d'r man met zijn dronken kop haar hele huis in de fik heeft gestoken, dochtertje verbrand en hij zelf ook, samen met de poes. Mannen zijn slapper. Vrouwen onder elkaar zijn sterker. Niet op bridge of theekransjes, maar als het er echt op aankomt. Zoals bij ons in de barak. Tijgerinnen waren het. Sterk. Ze hebben me erdoorheen gesleept. De meeste mannen zijn in het kamp geknakt. Geen puf meer, ja. Ze moesten te veel ophouden. Ze zijn aan hun flinkheid ten onder gegaan.

Henk ook. Sumatra-spoorweg. Niets meer van over. Was dat de man waar ik lekker tegenaan kon kroelen, met van die lekkere droge borsthaartjes? Ik begreep het allemaal zo goed, maar ik kon hem niet helpen. We zaten allebei met onze herinneringen, hij met de Pakan Baroe en de meisjes en ik met Kota Radja. Drieënhalf jaar zonder man, driëenhalf jaar honger.

Het klinkt onaardig, maar ik had hem niet meer nodig. Er was te veel gebeurd, de meisjes vonden hem een vreemde bemoeial.

Wat moesten ze met een man die hun vertelde hoe ze hun mes moesten vasthouden, terwijl ze in het kamp al met een *padang* overweg konden. En hij sloeg ze. Als hij wou strelen, ging hij slaan.

Hij zat thuis maar wat te mompelen als hij van kantoor kwam. Kantoor. Een planter achter een bureau, *kasian*. Altijd met die aktetas waar niets in zat, niks anders dan zijn brood en een appel. Twee bobbels. Je zag aan de dunte van zijn tas hoe onbelangrijk hij was geworden. En hij liet zijn hoofd zo hangen, die lange nek, die treurige lippen en die zweetdruppeltjes op zijn kruin. Ik ergerde me zo aan hem. Aan de manier waarop hij zijn vork vasthield, aan de hoeratenen in zijn schoenen.

Ik begon hoe langer hoe meer het gevoel te krijgen dat ik een fout had begaan, een verschrikkelijke fout. Waarom was ik niet alleen verder gegaan. Ik begon hem te haten, ik wist dat hij nooit meer zou veranderen. Hij leek naar binnen te groeien, een schrompelplant. En ik voelde me zo schuldig. Ik kon hem niet meer de liefde geven waar hij recht op had. De bevrijding werd voor mij pas een echte gevangenis. Ik weet dat ik het bij de zusters niet zeggen mag, maar hier wel, in de wind.

Een mens moet licht gaan in zijn leven, herinneringen zijn de zwaarste last. Weg met je adresboek, waarom nog schrijven of bellen naar dovemansoren? Weg met de merklappen van mijn grootmama. Familie is de grootste plaag. Je moet in hun leven passen. Mammie mag geen ouwe jurk meer aan. Mammie moet opzitten en pootjes geven. Ik dank je stichtelijk. Foetsie.

Vroeger kon ik de dingen niet loslaten. Mijn dochters ook niet, te bezorgd. Je vecht drie jaar voor hun leven, die hoopjes leven, de jongste woog nog geen zeven kilo, vier jaar oud. Dat vergeet je niet, zo'n ribbenkind. Je wil dat ze er nooit meer aan hoeven denken, maar je herinnert ze er elke dag aan. Het woord 'kamp' kunnen ze niet meer horen. Ze gaan al krijsen wanneer ik per ongeluk een Maleis woord gebruik. Als ik per ongeluk '*ketimoen*' zeg, *ketimoen*... komkommer.

Nou schamen mijn kinderen zich voor rijst. En voor mij. Ietsjes te bruin misschien? Haar in een knoet, nooit eens een permanent of een deftige blauwspoeling. Ze schamen zich omdat ik zo aan vroeger hecht. Ze hebben gelijk. Vroeger? Weg ermee.

Dag Gordel van Smaragd, dag woorden van vroeger en de smaak van *stroop soesoe* met *salassi*. Water, Hollands water, uit de grijze lucht, elke dag, tot de kouwe paadjes over mijn rug lopen.

Mijn fotoalbums heb ik ook weggedaan. Henk op de plantage, Henk op jacht, de meisjes met een wasbeer in de tuin. Wat moet ik ermee. Die beelden zitten in je kop gegrift en als je dement bent, zeggen ze je niets meer.

ZE ZOEKT IN HAAR TASSEN.

Ik heb er maar één bewaard. Waar heb ik hem? Waar zit dat kreng. Ik moet hem ergens hebben, ik kijk er nooit naar, maar ik moet hem wel altijd bij me hebben.

ZE GAAT ERGENS ZITTEN EN PAKT UIT.

Wat een rommel. Ik heb alweer te veel. Tassen in tassen. Maar kun je tassen genoeg hebben?

Je hebt er die verzamelen van alles. Veters om iets mee in te kunnen pakken, papiertjes, flessen voor het statiegeld. Niet te tillen wat ze allemaal meezeulen. Anderen zoeken naar een vergeten gulden in de parkeermeter of ze gaan de telefooncellen af. Altijd op zoek naar geld, die kunnen niet naar een grasveld kijken zonder naar de glans van een muntje te speuren. Ze krijgen er een bochel van.

ZE VINDT DE FOTO.

Daar is hij. Aha, lachte de graaf in zijn vuistje. Wil je hem zien? Nee, hup, in de brievenbus. Van het hart, op het hart.

ZE SCHUIFT HEM IN HAAR BEHA, PAKT ALLES WEER IN EN LOOPT VERDER.

Ze stelen als de raven in dat huis. Hoe minder ze bezitten, des te hebberiger ze zijn. Hun deken, hun sprei, hun kussen, hun bed, de kleren in hún kast. Waag het niet op het bed van je buurvrouw te gaan zitten. Iedereen heeft zijn eigen afgebakende terrein. Er wordt wat afgevochten. De plukken haar liggen in de gang. Ruzies om niks.

Als je ooit in het huis komt, kijk dan nooit iemand te lang aan, staren is het gevaarlijkste wat je kan doen. En stoot niemand aan als je in de etensrij staat. Niet op reageren, altijd beleefd blijven, net als bij de jap. Buigen voor Nippon.

ZE BUIGT.

'Jap' mocht je niet zeggen.

Ach, ruzies verbreken de eentonigheid. De meesten zitten, kijken televisie, dat ding staat de godganse dag aan, en roken, ze rapen zelfs de peuken van de straat. Er hoeft maar iets te zijn wat hun ritme breekt of ze gaan uit de bol. Daarom zijn er zoveel regels: om tien uur naar bed, licht aan tot twaalf uur, om de smeerlapperij tegen te gaan. Om zes uur onder de douche, vroegmis, zeven uur ontbijt. Voor negenen de deur uit of recreatie, tekenen onder leiding van zo'n therapeutendame.

Laatst vroeg zo'n trut of ik het niet moeilijk had in het huis omdat mijn medebewoonsters zo vloeken. Ach, zei ik, ik ben al op jeugdige leeftijd verpest, te veel gelezen, te veel gezien. Als de vrouwen in het huis vulgair zijn, komt dat omdat hun omstandigheden vulgair zijn. Misbruikt, vertrapt, geslagen. Er is er bijna niet een die niet door een man is mishandeld. Daar zonder vloeken over praten, dat is pas obsceen.

Soms is het wel veel. Als ze op tilt slaan, vooral bij de ex-patiënten. 'Gek' mag je niet zeggen. Het lijkt wel of ze allemaal om aandacht schreeuwen. Iedere nieuwkomer is de ster in haar eigen drama. Nu hebben we een meisje, vijfendertig jaar, zo mager als een lat, maar in de mooiste kleren. Ze kiest alleen de feestjurken uit de Leger des Heils-zakken. Altijd op hoge hakken en in hogere sferen. Ze slikt alles wat ze maar aan pillen kan los troggelen... Minstens één keer in de week zet ze het op een krijsen, dan zoent ze een poster van Michael Jackson en duikt met hakken en al in bed. We weten niets van haar, maar elke avond voor het licht uitgaat, hoor je d'r: 'Weg met die geest, stop die Winti. Jullie hebben mijn kind ontvoerd. Praat me niet over liefde, over Christus en z'n klerezooi, ik hou van jullie, met een vleeshaak.'

Voor een gek is altijd plaats, vooral als ze om je kunnen lachen.

Ik laat me niet uitlachen, ik hou mijn mond daar. Als ik wil praten, ga ik wandelen. Park in, bankje. Ik ga me daar even vertellen, pfff.

ZE PAKT DE FOTO, KIJKT ER EVEN NAAR EN STOPT HEM DAN WEER WEG.

Ik heb niks meegemaakt en jij gelukkig ook niet. Een jaar ouder dan je foto. Rijstewater stopt geen dysenterie. Wat ben je toch mager, mijn jongen. De dood schijnt al door je heen. Zo licht zal ik nooit kunnen gaan. Ik heb alles weggedaan om dichter bij je te zijn.

Terug naar 't kamp.

ZE GLIMLACHT EVEN, DAN ZIEN WE HAAR WEGLOPEN. ZE STEEKT AF TEGEN DE LUCHT.

OORLOG

1982

HET ONVERWOESTBARE NEE

De Duitse schrijfster Grete Weil woonde twaalf jaar noodgedwongen in Nederland. Als joodse vluchtelinge begon ze een fotostudio in de Beethovenstraat in Amsterdam-Zuid. In haar romans Meine Schwester Antigone *en* Tramhalte Beethovenstraat *speelt de oorlogstijd in die buurt een grote rol. Ik las haar boeken omdat ik de buurt goed ken en ik ontmoette er later de schrijfster – ze zocht er nog dikwijls oude vrienden op. En zo ontstond een vriendschap. Dit gesprek vond plaats in haar woonplaats München. Grete Weil stierf daar in mei 1999.*

Mijn zuster Antigone is een roman over oorlog en deportatie. 'Ik kan over niets anders schrijven,' zegt Grete Weil. 'Hier draait – of ik het wil of niet – mijn hele leven om.' Ze verwoordt haar ervaringen zo broos en omzichtig dat de vele vragen die ik haar stellen wil me ongepast voorkomen. Ik kan haar toch moeilijk nog eens in frisse krantentaal laten navertellen wat ze in haar boeken zo fijnzinnig aanduidt? Hoe haar man, Edgar Weil, op drieëndertigjarige leeftijd door de Gestapo in de Beethovenstraat werd opgepakt en wat er in de twee brieven stond die hij haar uit het concentratiekamp Mauthausen stuurde voordat hij na tweeënhalve maand internering werd vermoord? Waarom ze na de oorlog naar Duitsland terugkeerde? Hoe haar omgeving reageerde op het huwelijk met operaregisseur Walter Jockish, de beste vriend van haar man, een goede Duitser weliswaar, maar iemand die in het laatste oorlogsjaar toch het uniform van Hitlers Wehrmacht heeft gedragen?

Haar boeken vermijden het zwart-witbeeld van de oorlogsjaren: geen dreunende laarzen en heldhaftig verzet, maar nuances en twijfels, die beter dan clichés verklaren hoe mensen kunnen ontsporen en hoe haat de rede kan overwinnen. Ze beschrijft een wereld waarin mensen die onderduikers opnemen 'schitterende nazi's zouden zijn als ze het niet opportuun vonden om zich tegen de vijand van buiten te verzetten', waarin Duitse soldaten soms met begrip worden bezien 'omdat ze in een vreemd vijandig land zinloos rond moeten hangen'. Weils werk is sterk autobiografisch, ze schrijft over een vrouw die haar ondergeschiktheid aan de tegenstander als een zwakte, als schuld ervaart, en die er later onder gebukt gaat dat ze nog leeft, dat ze haar onderdrukker de baas is gebleven. Een vrouw die het verlangen heeft bij 'de velen te horen, bij de gewone mensen die geen moordenaars zijn en geen slachtoffers'.

Als ik Grete Weil mijn schroom voorleg, zegt ze dat ze in het boek waar ze op het ogenblik aan werkt ('ik heb het voorlopig *Generaties* genoemd, maar ik heb nog nooit zelf een titel verzonnen, dat laat ik aan de uitgever over') een felle aanval op journalisten doet.

De ene journalist noemt haar de weduwe van de componist Kurt Weil, de andere zet 'Concentratiekamp Mauthausen' onder een foto van de binnenplaats van de Hollandsche Schouwburg, waar de joden voor het transport werden verzameld. 'Zo stellen naoorlogse Duitsers zich blijkbaar een concentratiekamp voor: een betegeld hofje waar behoorlijk geklede mensen staan te praten zoals leerlingen op een schoolplein.' Maar sinds *Meine Schwester Antigone* in Duitsland zo goed is ontvangen, beantwoordt ze 'bereidwillig' alle vragen ('ik moet wel, ik heb me na de oorlog voorgenomen in de openbaarheid te treden, te getuigen'). Ze houdt, op uitnodiging, lezingen in het land waar vooral jonge mensen haar vragen: 'Hoe was het vóór 1933? Wat vindt u van Duitsland? Hoe is het om oud te worden?' Ondubbelzinnige antwoorden geeft Grete Weil zelden, dat past slecht bij haar intellectuele twijfel.

Een literaire doorbraak op uw vierenzeventigste jaar, hoe verklaart u dat late succes?

'Ik weet het niet. Ik denk dat het de tijd is. Ik ben voor de oorlog met schrijven begonnen. Toen Hitler aan de macht kwam had ik een novelle af – een liefdesverhaal, heel amoureus, niet politiek. Misschien is het slecht, te gecompliceerd; ik heb het nooit willen uitgeven. De nazi's hebben ook in dit opzicht mijn leven stukgemaakt. Ik vraag me af waarom ik niet meteen na de oorlog weer ben gaan schrijven. Ik kan daar heel moeilijk antwoord op geven.

De eerste naoorlogse jaren in Duitsland waren spannend. Maar later kreeg ik het gevoel dat alles voor niets was geweest. Ik wilde vertellen, maar niemand wilde luisteren. De mensen hadden geen tijd. Bouwen wilden ze. Ze vergaten dat ze ook geestelijke bouwstenen nodig hadden. Ik heb de wederopbouwgeneratie verschrikkelijk gevonden. In *Tramhalte Beethovenstraat*, dat twintig jaar geleden uitkwam, is mijn thema ook vervolging – iets wat me blijft boeien, want er wordt hoe langer hoe meer vervolgd in de wereld. Toen wilde men er niets van weten. De weinige kritieken die ik kreeg waren goed, maar de lezers bleven weg. Ook op *Happy, sagte der Onkel* werd nauwelijks gereageerd. Dat uitblijven van succes heeft me ontzettend geremd. Maar er is in Duitsland na de televisieserie *Holocaust* iets merkwaardigs gebeurd, dat in Nederland niet meer nodig was: deze triviale film heeft de naoorlogse generatie met de neus op de feiten gedrukt. Jonge mensen hebben nu een grote belangstelling voor de oorlog. Het lijkt alsof veertig jaar geleden in Centraal-Afrika iets heel verschrikkelijks heeft plaatsgevonden, waar ze nu plotseling voor het eerst van horen. Ze wisten van niets.

Tot mijn ontsteltenis wordt er over de oorlog veel in eufemismen gesproken. Ook onder joden wordt erover gezwegen. Men spreekt van weggehaald als ze gedeporteerd bedoelen, van omgekomen in plaats van vermoord. Ik ben in een tijd groot geworden waarin men niet openhartig was, waarin alles werd toegedekt. Maar ik heb, laat en heel oud, van jonge mensen geleerd dat het een ongelofelijke rijkdom is veel te zeggen en oprecht te zijn. Ik merk aan de reacties op mijn boek dat jonge mensen verbaasd zijn en het op prijs stellen als een oud mens eerlijk is.'

In het werk van Grete Weil is de openheid met de jaren groter geworden. In *Antigone* toont ze haar diepste gevoelens en verbergt ze zich minder dan vroeger in abstracte vertelvormen. Jeugd en ouderdom spelen een belangrijke rol in *Mijn zuster Antigone*. De hoofdpersoon – tot in details een beschrijving van Grete Weil zelf – is een bejaard schrijfster die leeft met haar herinnering aan de tijd van vervolging en verzet ('als ochtendgebed dreun ik de namen van de doden op'). Haar petekind brengt een zijdelings bij terroristische activiteiten betrokken vriendin bij haar onder die een schuilplaats zoekt voor de politie ('een vluchteling wijst een andere vluchteling niet de deur').

De komst van het meisje confronteert haar met haar eigen verzetsverleden: helpen zonder te vragen naar ideologie. De ontmoeting met deze opgejaagde vrouw voert de schrijfster terug naar de oorlogstijd in Nederland: de Amsterdamse Beethovenstraat, het werk voor de Joodse Raad in de Hollandsche Schouwburg en de onderduikperiode. Naast bespiegelingen over het ouder worden in het naoorlogse Duitsland, de oorlogsherinneringen en een nooit eerder gepubliceerd ooggetuigenverslag van een Duitse onderofficier die gedwongen deelnam aan de liquidatie van een Pools getto, vertelt de schrijfster de geschiedenis van Antigone. Deze heldin, haar ongelijke zuster, is voor haar het symbool van verzet.

Ze heeft nee gezegd toen Kreon haar verbood haar broer te begraven. De schrijfster vindt dat ze met haar werk voor de Joodse Raad – een compromis dat ze sloot om haar moeder uit handen van de moordenaars te houden – 'door vuil is gegaan'. Ze heeft zich laten beledigen zonder zich te verweren: 'Ik zei geen nee – nee zeggen, de enige, onverwoestbare vrijheid. Antigone heeft die soeverein gebruikt – ik zei ja.'

De openhartige wijze waarop Grete Weil het gevoelsleven van vrouwen beschrijft – hier en daar met erotische ondertonen – en de lofzang op een vrouw die nee zegt, blijken veel Duitse lezeressen aan te spreken. 'Ik heb er nooit aan gedacht dat dit boek speciaal vrouwen zou interesseren. 80 procent van de brieven die ik krijg zijn van vrouwen tussen de dertig en vijftig. Misschien voelen ze zich zo door Antigone aangesproken omdat vrouwen zich eerder in een situatie moeten schikken. Nu word ik plotseling door het feministische tijdschrift *Emma* voor een bijdrage uitgenodigd. Ik wil niet.'

Waarom niet?
'Ik ben geen feministe. Ik vind vooral economische veranderingen noodzakelijk. De feministen draaien de zaak om, ze zijn tegen mannen en dat ben ik niet. Het feminisme is ideologie. En ik verzet me tegen elke ideologie, net zoals ik me in mijn boek verzet tegen de heilloze politiek van de vrienden van het bij mij ondergedoken meisje. Ideologieën zijn de bron van alle euvels.'

In uw boek zegt u dat u in de onderduikperiode 'zeer links' was?
'Ik wil niet zeggen dat ik nooit ideologieën heb gehad. Wat ik nu ben kan je niet echt links noemen, rechts ben ik zeker niet. Er was altijd een zekere rem in mij, anders was ik vast en zeker communiste geweest.'

En het zionisme?
'Natuurlijk is dat een ideologie. Kort na de Putsch van Hitler heb ik me even tot het zionisme aangetrokken gevoeld. Uit gekwetstheid en uit verlangen ergens bij te horen. Al heel gauw zag ik dat het niets voor mij was. In mijn ouderlijk huis werd niet gevraagd waar iemand vandaan kwam, wat iemand was. We hoorden bij de joodse gemeente, maar gingen niet naar de synagoge. Ik beschouwde het godsdienstonderwijs als een noodzakelijk kwaad. Onze feesten waren Kerstmis en Pasen, niet Chanoeka en Pesach. Het credo van onze ouders was: we zijn geïntegreerd.'

Toen Edgar Weil voorjaar 1933 in München op zijn werk bij de Kammerspiele werd gearresteerd en zonder opgave van reden ('de politie zei me: hij is een jood, hij blijft') veertien dagen lang was vastgehouden, zag Grete Weil in dat ze Duitsland moest verlaten. 'Op dat moment doorzag ik het fascisme: als men iemand langer dan zeven dagen zonder aanklacht kan vasthouden, dan kunnen dat evengoed zeven weken, zeven maanden zijn.'

Kort daarop vertrok Edgar naar Nederland, waar hij een tak van de farmaceutische fabriek van zijn vader opzette. Grete, die haar studie in de germanistiek al op last van de nazi's had moeten staken, volgde lessen in fotografie om ook buiten de grenzen haar brood te kunnen verdienen. December 1935 arriveerde ze in Amsterdam.

'Eerlijk, ik heb niet van Nederland gehouden. Ik vond het onrechtvaardig dat ik in een land geplaatst was waar geen bergen waren. Landschap is heel belangrijk voor me. Ik voelde me vreemd. Het duurde lang voordat ik van Nederlandse mensen ging houden. Maar uiteindelijk ben ik erg op ze gesteld geraakt. Dat is altijd gebleven. De eerste tweeënhalf jaar woonden we in Amstelveen. In het begin heb ik elke avond zitten huilen. Je kende niemand, sprak geen Nederlands, je was van alles en iedereen afhankelijk, kreeg kennissen opgedrongen die je niet had uitgekozen, sidderde van angst of de vreemdelingenpolitie je verblijfsvergunning zou verlengen en had geen geld. Het was traumatisch.

Door de emigratie werd ik geconfronteerd met een sterk joods milieu in Nederland. Ik werd gedwongen een identiteit aan te nemen die ik niet kende, waar ik me niet bij thuisvoelde. Door mijn fotografenwerk leerde ik een mij totaal onbekende klasse joodse kleinburgers kennen. Ik fotografeerde typen die Rembrandt schilderde. Dat was boeiend, maar de omgang met hen was voor mij als geassimileerde en religieus ongebondene zeer moeilijk. Toch voelde ik dat we hetzelfde lot deelden.

Ik woonde niet graag in de Beethovenstraat. Hoewel we veel vluchtelingen kenden, hebben we er nooit aan enig emigrantenleven deelgenomen. We hadden het te druk en waren te pessimistisch. Ik was bang. In de winter van 1939-1940 had ik voor de enige keer in mijn leven een paar keer zo'n hevige migraine dat ik niets meer kon zien, van pure angst. We wisten dat er oorlog dreigde. De Duitse emigranten hingen aan de radio, maar de Nederlanders vonden dat we ons aanstelden, zelfs toen de oorlog uitgebroken was. De eerste troepen frontsoldaten gaven snoepjes aan de kinderen. De Nederlanders hadden mensenvreters verwacht en zeiden dat we overdreven. Ze waren ook boos dat de koningin was weggegaan; die Duitsers vonden ze eigenlijk wel behoorlijk. Dat was voor ons moeilijk te accepteren.

Echte vijandigheid heb ik alleen van Nederlandse joden ervaren. Ze hadden waarschijnlijk dezelfde angst voor ons als de Duitse joden na de Eerste Wereldoorlog voor de Oostjoden. Die werden als vreemd ervaren – dat waren ze ook – en de Duitse joden waren bang dat hun komst het antisemitisme zou aanwakkeren. Daar kwam in de oorlog iets bij wat heel onrechtvaardig was. Ze hadden het gevoel dat wij de Duitsers het land in hadden gehaald. Ze dachten ook dat de Nederlandse joden eerder op transport werden gezet – in Westerbork is daar geloof ik ook wel sprake van geweest. Ik zal nooit vergeten hoe op de dag van de bevrijding, toen de Canadezen de Apollolaan op reden, twee joden elkaar uit een boom toeschreeuwden: "Het eerste wat ik doe is ervoor zorgen dat die Duitse joden het land uit gaan." Ik stond daaronder, het gaf een bittere smaak aan mijn bevrijding.

Toen in het najaar van 1941 tot me doordrong dat Edgar in Mauthausen was vermoord, wilde ik maar één ding: dood. Een vreemd sprankje hoop weerhield me van zelfmoord. Ik dacht: Zolang ik hem niet dood heb gezien is het misschien niet waar. Maar ik kon het ook niet doen omdat ik me verantwoordelijk voelde tegenover mijn moeder. Toen de zekerheid het won van de hoop zocht ik naar wegen het anderen voor me te laten doen. Ik wilde eigenlijk dat de Duitsers het voor me deden.'

U naar de slachtbank laten afvoeren zoals Etty Hillesum?
'Ja, dat wilde ik, maar de gedachte aan mijn moeder weerhield me. Ach, waarschijnlijk leefde ik toch te graag, anders had ik het ook wel gedaan. Ik wil me niet beter voordoen dan ik ben. En achteraf beschouwd vind ik het verkeerd wat Hillesum heeft gedaan. Geen mens heeft er toch iets aan gehad dat ze mee is gegaan.'

U vindt dat u iets had moeten doen, Hauptsturmführer Aus der Fünten vermoorden bijvoorbeeld?
'Ja, dat was een hevige wens toen er in juni 1943 in één keer zesduizend mensen werden weggevoerd.'

'Ik droeg de armband van de Joodse Raad, ik kon me vrij bewegen, hoefde er alleen maar langzaam heen te lopen en af te drukken. De revolver die ik niet had, maar waarom had ik hem niet,' schrijft u in het boek.
'Die schuldvraag is een beetje literair, als ik een pistool had gehad zou ik het waarschijnlijk niet hebben gedaan uit vrees voor represailles, zoals na de aanslag op Rauter. En omdat ik geen revolver had, hoopte ik die dag dat de overvliegende geallieerden ons zouden bombarderen. Als er maar bommen vielen, dan was alles voorbij. Het was vermoorden of vermoord worden. Ik was toen heel pessimistisch. Ik wist sinds het bericht uit Mauthausen wat er met de joden gebeurde. Op één uitzondering na, ik dacht: Kinderen vermoorden Duitsers niet. Kinderen sterven misschien aan honger en ziektes, maar vermoorden doen ze ze niet. Niemand wilde toch geloven wat er werkelijk gebeurde? Ik weet nog dat ik met een joodse vriend aan het raam stond toen we op Radio Oranje hoorden wat de Russen in Auschwitz aantroffen. Hij zei: "Dat is Russische propaganda." Ik wist toen dat ook het ergste waar was.'

U schrijft: 'ik ervaar het eigen meedoen met de tegenstander als schuld.' In hoeverre heeft u dan meegedaan?
'Ik heb bij de Joodse Raad gewerkt.'

Daartoe heeft men u moeten dwingen.
'In juli 1942 kreeg ik een oproep voor tewerkstelling in Duitsland. Van onderduiken was toen nog geen sprake. De Duitsers hadden gedreigd voor elke ondergedoken jood een andere naar Mauthausen te sturen. Dat nee zeggen kwam bij mij pas later. Ik heb me door een vriendin laten overhalen bij de Joodse Raad te gaan werken, maar ik heb het besluit zelf genomen omdat ik zo mijn moeder kon beschermen. Wie bij de Raad werkte verrichtte in de ogen van de Duitsers zijn *Arbeitseinsatz* in Nederland. Omdat mijn man in Mauthausen was vermoord had ik recht op een baantje.

Ik beschouw de Joodse Raad nog altijd als een rotte instantie. Ik had er maar een nederig baantje, eerst fotograferen, later eenvoudig typewerk. Omdat de meeste deportaties 's nachts plaatsvonden, werkte ik 's nachts, ik wilde erbij zijn als moeder werd binnengebracht, dan was er een mogelijkheid haar vrij te krijgen. Gelukkig werkten er mensen als Walter Süskind, een echte held die honderden volwassenen en duizenden kinderen uit de Schouwburg wist te smokkelen. Hij was een tegenstander van raadsvoorzitter David Cohen en gebruikte zijn taak heel anders dan de Raad officieel bedoelde. Haast alle medewerkers hebben geprobeerd mensen eruit te krijgen. Ik heb zelf ook wel iets kunnen doen, in dat opzicht heb ik geen kwaad geweten, maar ik zou me beter voelen wanneer ik er niet bij was geweest. Misschien was de ramp kleiner geweest zonder Joodse Raad. Ik weet het niet. Het is moeilijk je eigen tijd te beoordelen, je te verplaatsen in een tijd waarin men niets wist. Vele joden dachten: We moeten er hard werken, dat houden we wel vol. Maar de naïviteit van Cohen is afschrikwekkend. Ik heb onlangs zijn memoires gelezen... het afwijzen van de illegaliteit... krankzinnig. Zijn houding grenst aan misdaad.'

In uw werk identificeert u zich een enkele maal met de agressor. Bestond er een band tussen de Duitse soldaten en het joodse Schouwburgpersoneel?
'Beide partijen hadden er belang bij dat de toestand verlengd werd. De Duitse soldaten wilden niet graag naar het front. Anders weet ik niet waarom dat kat-en-muisspel is gespeeld. Zij hadden de opdracht Nederland jodenvrij te maken en dat hebben ze getraineerd, zonder twijfel. Wij wilden niet op transport. In die zin was er een bizarre band, ja. Het is niet zo, zoals Cohen beweert, dat een man als Aus der Fünten medelijden toonde. Als ik lees dat hij bij een bezoek tranen in de ogen zou hebben gekregen... belachelijk. De man was verantwoordelijk voor het wegvoeren van alle joden uit Nederland. Een koele onbewogen man. Dat medelijden was gespeeld.'

U bewondert het nee van Antigone, maar u kon in de oorlog toch niet als eenling nee zeggen?
'Onderduiken was het enige nee dat ons restte. Mijn vijanden wilden mij vermoorden. Ik heb nee gezegd. Ik heb een beetje meer nee gezegd, een onderduiker bij me gehad, persoonsbewijzen en stempels vervalst, niet veel, te weinig. We hebben te weinig gedaan.

Toch geloof ik dat een enkeling iets kan doen. We kunnen ons als enkelingen verzetten wanneer Rusland en Amerika boven ons hoofd een oorlog willen beginnen: zorgen dat die raketten hier niet geïnstalleerd worden.'

Ze kijkt me met dieptreurige ogen aan. Ik wijs haar op een passage uit *Antigone* over de gelatenheid waarin mensen over zich laten beschikken: 'We weten wat er komen zal. Wachten af, doen niets, brengen onszelf niet in veiligheid.'

Zij: 'Ik zou mezelf niet meer in veiligheid willen brengen. Ik pleeg zelfmoord als er weer een oorlog komt. (Lacht.) Als ik mijn nieuwsgierigheid, die heel groot is, tenminste kan beteugelen.'

In 1947 keerde u terug naar Duitsland. Nieuwsgierigheid?
'In plaats van te zeggen: Ik ga naar Israël om in een kibboets te werken, heb ik gezegd: Ik ga naar Duitsland. Ik had alleen maar die twee keuzes. Die Duitse component heb ik wat sterker gevoeld. U kunt zeggen dat het pervers is, daar heb ik niets op tegen. Het boeide me, het was als een magneet. Niemand zal het waarschijnlijk begrijpen. Ik ben geen leerling van Hitler. Hitler heeft gezegd dat ik geen Duitse kon zijn. Dat leg ik naast me neer. Ik ben Duits. Of het me plezier doet of niet. En het doet me geen plezier, ook niet om joods te zijn. Mijn opvoeding, mijn cultuur is Duits. Daar kan ik toch niets aan doen! De Duitse schrijvers zijn mijn schrijvers. Ik heb me altijd aangetrokken gevoeld tot het moeilijke. Moeilijke mensen vind ik interessant.

Daarom trok dit land me. Ik vond het opwindend dat het zo stuk was. Ik was ook stuk, kapot. Vlak na de oorlog bezocht ik Zweden en Zwitserland, ik zag dat ik daar nooit zou kunnen wonen. Met deze wond valt niet te leven in landen die geen wond hebben.

Ik kon niet het hele Duitse volk haten. Zelfs toen Edgar in Mauthausen zat, wist ik dat er ook goede Duitsers waren. Dat was een soort zelfverdediging, anders had ik geen ogenblik meer kunnen leven. Niet lang na Edgars dood hadden zijn beste vriend en ik afgesproken na de oorlog samen te blijven. Ik weet dat het krankzinnig was, Walter, een Duitse ariër, en ik, een staatloze jodin. Hij was typisch een goede Duitser, hem heb ik voor ogen gehad bij de hoofdpersoon in *Tramhalte Beethovenstraat*. Zomer 1939 was hij bij ons in Holland, hij wilde vreselijk graag emigreren. Wij hebben toen gezegd: Blijf in godsnaam waar je bent. Als theaterman hoefde hij aanvankelijk niet in dienst. Pas najaar 1944 is hij als telegrafist in Denemarken gestationeerd. Een Nederlander kon makkelijker in het verzet gaan dan een Duitser. Voor een Nederlander kwam de vijand van buiten.'

1982

STRAAT VAN DE HUIVER

Een reis door mijn buurt en de zaak van de vermoorde onderduiker

Geen winkelstraat die ik beter ken dan de Amsterdamse Beethovenstraat. Nergens deed ik meer boodschappen dan daar. Geen buurt is mij vertrouwder. Ik kan blind de winkels opsommen, van noord naar zuid, aan beide kanten. Speel met verve de middenstanders na – de groenteboer die eerst het doosje weegt voor hij zijn handgeplukte frambozen erin uitschudt, de nuf die slissend zijn kaasjes aanprijst, de drogist die bij elk aangeschaft middeltje zegt: 'Gebruik ik zelf ook.' Maar liever nog kruip ik in de tong van hun klanten: 'Schlager is daar schwein in die wurst?' 'Meinheer, u drinkt voor, dat is onleuk.'

Al sinds de jaren dertig kruidt een zacht Duits accent de Beethovenstraat. Joodse vluchtelingen brachten het naar de buurt. Nu spreekt alleen een handjevol overlevenden er nog mee. Oude dames vooral, de haren nog stijf van de droogkap en tegen alle modes in zilverblauw gespoeld. 's Zomers zie je soms getatoeëerde nummers op hun blote armen. Maar wat in taal en teken aan een oorlog herinnert, wordt op straat nimmer uitgesproken. Ook de buurt heeft haar best gedaan het verleden toe te dekken. De bordjes zijn verhangen: de gevreesde Euterpestraat om de hoek, waar de *Zentralstelle für Jüdische Auswanderung* en het hoofdkwartier van de SD waren gevestigd, heet nu naar de verzetsheld Gerrit van der Veen. Er vielen Britse bommen in de tuinen, maar de schade in de straten daarachter is hersteld, de gaten zijn met nieuwbouw opgevuld. En lijn 24, die met hulp van ijverige Amsterdamse politiemannen en trambestuurders de bij razzia's opgepakte joden naar de Hollandsche Schouwburg vervoerde, rijdt niet meer om. Alleen de getuigen lopen nog altijd over straat.

Het zou niet bij me opgekomen zijn iemand ooit naar dat verleden te vragen als een mevrouw mij er niet zelf over had aangesproken, in de lokale boekhandel Van Rossum, waar een etalage was ingericht om een oud-bewoonster te eren die de huiver wel durfde te doorbreken: de Duitse schrijfster Grete Weil.

'Kent u haar werk?' vroeg de mij onbekende mevrouw. Ze bleek een goede vriendin van de schrijfster te zijn. Weil woonde van 1937 tot herfst 1943 in de Beethovenstraat. In haar werk spelen de Beethovenstraat, het leven van de emigranten en de jodenvervolging in Amsterdam-Zuid een belangrijke rol.

De vriendin – mevrouw C. – wilde me alles over de schrijfster vertellen. Ja, ze had ook haar man Edgar goed gekend, die al in 1933 naar Amsterdam was gevlucht. 'Grete kwam later, ze wilde eerst nog een vak leren dat ze ook in het buitenland kon uitoefenen.' De studente germanistiek koos voor de fotografie. 'Daar, daar,' – mevrouw C. wees naar een portiek aan de overkant – 'daar was haar vitrine met foto's. Op 48 driehoog richtte ze een fotostudio in. Om klanten te lokken hing ze foto's van bekende Duitse kunstenaars in de vitrine beneden.'

Mevrouw C. bleek Grete Weil goed te kennen. Hun vriendschap dateerde van de dag na de capitulatie, toen ze tijdens een gezamenlijke poging het land te verlaten in IJmuiden uren aan dek van een boot zaten die niet uitvoer. De vrouwen hadden nog veel contact. En altijd kwam de buurt ter sprake, de Beethovenstraat. Mevrouw C. keek naar de grond. 'Het is hier voor ons nog altijd oorlog.' Als ik vragen had, kon ik haar bellen.

Niet ik maar zíj belde. Kort daarop. Alsof ze bij onze ontmoeting in de boekhandel aan mij had gezien dat ik niet ongevoelig was voor oorlogsverhalen. Als ik wou kon ze mij met andere buurtbewoners laten kennismaken. 'Nu kan het nog, straks is het te laat.' Ik noteerde nieuwsgierig een aantal namen.

Ik kon niet vermoeden dat ik door mevrouw C. zo snel in een web van vertrouwelijkheden verstrikt zou raken. Ook voor de mensen met wie ze me in contact bracht bleek de oorlog nog niet afgelopen... En nu weet ik: de vader van die en die kruidenier was een NSB'er en daar zat een foute sigarenboer; op de hoek van de Corellistraat zat ooit het door emigranten gefrequenteerde Café de Paris; slagerij Hergo heet eigenlijk Hergershausen en de eigenaar was een uit Keulen gevluchte jood wiens twee zonen zijn opgepakt en vermoord; waar nu twee dure boetieks zijn, werkte een fietsenmaker; tegenover dat huis werd een lijk in de vuilnisbak gevonden; op die hoek is de actrice Fien de la Mar uit het raam gesprongen... Ja, één mevrouw zong me zelfs een van haar beroemdste liedjes voor: *Ik wil gelukkig zijn. Ik wil dansen tot ik niet meer kan. En al word ik er draai'rig van. 't Hindert niet. 't Hindert niet.*

Om de verhalen een passend decor te geven ga ik een middag oude foto's bekijken op het Gemeentearchief. De Beethovenstraat in de steigers – 1930. De Beethovenstraat bestraat – 1933. En op alle foto's is de straat leeg. Zelfs het enkele winkelpand stelt het op de foto zonder klanten. De hoekpanden – waar nu de grote zaken bloeien – zijn nog gewone woonhuizen met vensterbanken en brave gordijntjes. Het tweede gedeelte van de straat is een rustige brede woonbuurt zonder etalages. Hier en daar een schriel boompje, twee onbeschutte haltes van lijn 24, de Gymnasiumboekhandel, een winkel voor hoeden en petten en een VAMI-melkhandel. De melkboer heet nu Fromagerie Européenne.

Het plan voor de buurt stond in 1915 op papier. Bouwmeester H.P. Berlage stelde zich een wijk voor met brede straten en monumentale pleinen. Waar nu het nabijgelegen Hilton staat, had hij zich een kunstacademie en een winkelgalerij gedacht. In een realistischer plan van 1924 blijkt de Beethovenstraat de rol van winkelallee over te nemen. 'Er zullen flats komen voorzien van liften en garageblokken,' vermeldt een fotobijschrift, 'en de benedenverdiepingen moeten zo worden ingericht dat deze zonder aan het esthetisch aspect afbreuk te doen in winkelhuizen kunnen worden veranderd.' De straten zullen hun namen aan de muzen, schilders en componisten ontlenen.

Wanneer de Beethovenstraat in 1933 gereed komt, is er aanvankelijk leegstand. Een oude bewoonster herinnert zich nog hoe de makelaarsknechten buiten op klapstoeltjes appartementen zaten aan te prijzen. Overal staken roodgeverfde planken uit de portieken met daarop: 'Te huur'. In datzelfde jaar vluchtten honderden joodse intellectuelen, kunstenaars en zakenlieden uit Duitsland naar Amsterdam. Wie arm was huurde in de oude jodenwijk, wie wat kon missen vestigde zich in de Rivierenbuurt, wie geld had betrok een verdieping in Nieuw-Zuid. De straat, al snel 'de brede jodenstraat' genoemd, een variant op de eeuwenoude Jodenbreestraat, trok ook een groot aantal Nederlandse joden aan. Het weekblad *Het Joodsche Huisgezin* kwam in 1939 zelfs met een speciale Amsterdam-Zuid-editie.

'Van de Kurfürstendamm naar de Beethovenstraat was voor mij maar een kleine stap,' zegt de voor zijn leeftijd opmerkelijk kwieke heer K. Hij woont al decennia niet meer in Nederland, maar elke lente voeren financiële besognes de tachtigjarige naar Amsterdam. Traditiegetrouw logeert hij dan in een hotel op de Beethovenstraat. 'Het is altijd een wat excentrieke straat geweest, vol zwierige dames met *Dachshundchen*. In de bij elkaar tweeëntwintig jaar dat ik er woonde, heb ik hun heupen en winkels zien uitdijen en weer en wind aan de gevelsteentjes van Hildo Krop zien eten. Ik kwam hier in 1938 en ik herinner me nog goed hoe in het voorjaar van '39 veel emigranten, ook die uit andere buurten, hier in groten getale kwamen flaneren. Het leek wel een ontmoetingsmarkt voor oude bekenden, vooral bij de Zuidelijke Wandelweg aan het eind van de straat. Daar waren vroeger sloten en weilanden en kon je als je puf had zo naar Café het Kalfje aan de Amstel stappen. Er hing vaak een lichtelijk nerveuze stemming. De mensen spraken over niets anders dan een dreigende oorlog en bij Frau Rabl, de eigenaresse van Café de Paris, waar de emigranten bijeenkwamen, werd na 1939 zelfs de landkaart uitgevouwen om de Duitse troepenbewegingen te bestuderen.'

Meteen na de Duitse inval vluchtte de heer K. naar Zwitserland. Zijn gezin liet hij een maand later overkomen, maar zijn vrouw werd onderweg gepakt en stierf in Bergen-Belsen. De kinderen hebben via via Zwitserland toch bereikt.

In 1946 kwam hij weer in Zuid wonen. 'De Beethovenstraat had voor mij iets vertrouwds. Ik vond het voor mijn kinderen belangrijk dat ze hier opgroeiden. We hoorden bij de ontwortelden.'

We besluiten op een zaterdagmorgen de Beethovenstraat van nummer 1 tot nummer 265 af te wandelen. Beide eerste huizen van de straat zijn in 1944 door brand verwoest, als represaille voor de moord op de SD'er Oehlschlägel. Ook zijn er toen negenentwintig gearresteerde verzetsmensen in het plantsoentje op de hoek Beethovenstraat-Apollolaan gefusilleerd. Een beeldengroep herinnert daaraan. Een van de groen uitgeslagen bronzen figuren lijkt door een klodder duivenpoep op zijn borst dodelijk getroffen. Mijn gids kijkt ervan weg en wil niet over die gebeurtenis spreken. 'Ik leef in het nu,' zegt hij nors.

De straat maakt een welvarende indruk en doet haar naam eer aan een van de deftigste en duurste straten van Amsterdam te zijn. De parfumeriezaak wolkt zijn geuren tot ver over het trottoir, de kruideniers stallen onalledaagse waren uit. 'Mijn vrouw noemt dit de liflafjesbuurt. Ze hebben hier de wonderlijkste zaken, maar voor een pak Brinta of een doosje punaises loop je tien winkels af.'

We passeren de eerste van de drie slagers, de traiteur, en kibbelen over welke van de twee banketbakkers de beste is. Ook gniffelen we om wat de heer K. de pantoffelparade noemt: echtparen in soepel leder en lentebont, dames onder helmen pasgebakken haar en opgedofte gezinnen met dreinende kinderen. Hier en daar vormen zich pratende groepjes buurtgenoten. Hoewel het nog geen twaalf uur in de ochtend is, zijn veel vrouwen al zwaar opgemaakt. 'Vroeger, in de jaren vijftig, ging de halve buurt zondags naar Huis ter Duin. Tegenwoordig drinkt men thee in het Hilton. Deze parade is de generale voor de zondag.'

Het is dringen in de winkels. Bij groenteman Kamman verdringen de klanten zich voor de vele soorten sla, paddenstoelen en fruitprimeurs. Alles staat buiten in manden uitgestald. Vijgen à 2,25 gulden per stuk. Naast alle weelde zie je hier en daar opvallend slecht verzorgde oude mensen. Zoals de vrouw in de afgetrapte zwart-suède laarsjes, die bijkans naast haar zolen schuifelt. Of de dame in nylonjas met pantermotief die luid kwebbelend met haar twee poedels de inkopen voor het weekeinde overlegt.

De winkels minderen waar de drukke Stadionweg de Beethovenstraat kruist. Daar zijn de huizen nieuwer, hoger, en de bomen kleiner. Aan de linkerzijde wonen veel buitenlanders in dure gemeubileerde huurappartementen. Nog verder staan moderne flats die pas in de jaren zestig zijn gebouwd. Volgens mijn gids wonen daar 'hele oude steenrijke dames' die niet weten wat ze met hun geld moeten doen. 'Ik ken er twee,' zegt hij, 'de een heeft een Ruysdael en de ander een Gabriël Metsu aan de muur. En geen van beiden durft met vakantie omdat ze bang zijn voor inbraak. Ja, daar is veel nood onder de mensen.'

De heer K. vindt het een treurige wandeling. Hij grijpt telkens verbijsterd naar zijn hoofd als hij zich bij deze of gene winkel wil herinneren wie of wat er vroeger zat. Hij is te veel vergeten. We rusten uit op het terras van de Beethoven Stube, waar vrouwen met roestige stemmen over hun kwalen praten. Mijn gids wordt steeds onrustiger. Zijn het de dames? 'Nee... zou ik u om een gunst mogen vragen?' Hij aarzelt. 'Het gaat om een pijnlijke affaire... Ik wil dat u mijn zuster bezoekt. Zij is al veel eerder dan ik naar Amsterdam gekomen en er de hele oorlog blijven wonen. Hoe dat kon zal ze u zelf wel vertellen. Ik maak me zorgen over haar, we hebben geen contact meer. Dat komt door haar huisgenoot... die, die... houdt haar van mij weg. U zou me een plezier doen eens te kijken hoe het met haar gaat. Ze kan u veel over de buurt vertellen.'

Ik beloof het.

Tot slot geeft de heer K. me ook nog het telefoonnummer van een oude 'Beethovenvriendin'. 'Zij heeft een beter geheugen dan ik. U kunt vanmiddag al langskomen.'

De verdieping van mevrouw S. is met een lift te bereiken. Het gevaarte wiebelt zich trager dan trapvoets naar boven. Onder de drukknop staat: 'Personeel gelieve de trap te nemen.' Mevrouw S. is gezet en spreekt met een zwaar Duits accent. Ik zit nog maar net of ze zegt me niet te kunnen helpen omdat ze nooit meer aan vroeger denkt, waarna ze – zonder een vraag mijnerzijds – spontaan over haar jonge jaren in de Beethovenstraat vertelt. Ze woont er sinds 1938 en is begin '43 ondergedoken. Na de oorlog keerde ze in haar eigen flat terug. Ook zij herinnert zich maar al te goed wie er allemaal fout zijn geweest. Toch was de buurt volgens haar 'over het algemeen solidair'. Toen ze voor het eerst met de jodenster over straat ging, schudden wildvreemden haar de hand. 'Draag het met waardigheid,' zei een voorbijganger. Ze weet van horen zeggen dat boekhandel Van Rossum na de boekverbranding in mei 1933 zijn etalage inrichtte met door de nazi's ongewenste werken. Elk boek was voorzien van een zwarte rouwband. 'Dat maakte een enorme indruk op me. Sinds ik dat weet, koop ik daar mijn boeken.'

'In de oorlog was deze straat vergeven van de Duitse uniformen. De SD en de Zentralstelle zaten hier om de hoek. Aanvankelijk mochten ze hier boodschappen doen, maar dat gaf soms enorme ruzies in de winkels en toen is dat door de nazi's verboden.'

Het lijkt wel of ik met mevrouw S. een roman van Grete Weil binnenstap. 'Op een avond laat ben ik bij een razzia uit huis gehaald en met de tram naar de Hollandsche Schouwburg gebracht. Na uren wachten werd ik de volgende morgen weer vrijgelaten. Vermoedelijk hadden de nazi's die dag al hun quotum gehaald. Mijn man was die avond toevallig niet thuis. De volgende dag doken we samen onder in Zeist. Onze zoon zat elders en is gepakt.'

Mevrouw S. toont geen enkele emotie, onderwijl pulk ik verlegen aan het tapijtje van de salontafel. Ik durf niet naar het lot van haar zoon te vragen. Om me op mijn gemak te stellen schenkt ze thee en presenteert in chocola gedompelde sinaasappelschilletjes. 'Ze zijn van Trianon, die is guller met de chocola.'

Haar korte verblijf in de Hollandsche Schouwburg is vooral in geuren blijven hangen. 'Het stonk er zo. Het stonk naar lysol. Sindsdien heb ik een geestelijke allergie voor die geur. Als ik het ruik komen mijn angsten terug. Ik herinner me nog goed dat mijn hulp een keer het trappenhuis met lysol had schoongemaakt. Toen ik dat rook kwam alles weer boven. De slaapzaal met de strozakken, het toneel met de koffers, de jongemannen die geslagen werden. In de gangen rook het zo sterk dat ik er misselijk van werd. De drogist verkoopt die flesjes lysol nu nog, met zo'n SS-doodskop erop. Hoe verzinnen ze het.'

Als ik de zuster van meneer K. voor een afspraak opbel, vertelt ze me al door de telefoon dat ze voor 1933 in Berlijn actrice was. Ze speelde in films bij de UFA en heeft nog triomfen gevierd in het Schloßparktheater. De pers was laaiend enthousiast over haar rol als Susi in *Arm wie eine Kirchenmaus* van Fodor. 'Kent u Fodor?'

Een halfuur later sta ik voor haar deur. In de woonkamer gloeit de verwarming op de hoogste stand, ondanks de lentetemperatuur buiten. Zus Edith lijkt in niets op haar welverzorgde broer, ze is gekleed in een slonzige duster en heeft knaloranje haren.

'In '33 kwam ik naar Nederland. Ik had een heel groot huis met veertien kamers en drie badkamers op het Bachplein. Het hing vol schilderijen. Mijn man was de zoon van een mecenas. Dat huis is gevorderd door de Wehrmacht en de verhuiswagen van Puls nam driekwart van de meubels mee. Die heb ik nooit meer teruggezien. Daarna ben ik in een flat op de Beethovenstraat gaan wonen. Voor de oorlog had ik veel contact met gevluchte Duitse kunstenaars, die waren zo blij dat Edith M. van het Schloßparktheater hier woonde. Joseph Roth heb ik gekend, die kwam veel bij ons op bezoek. Ja, ik was beroemd. Ik stond in de almanak.'

Ik vis naar haar man, vis naar familie...

Edith M. neemt me onderzoekend door haar ronde bruine bril op. 'Dat is alles niet interessant,' zegt ze beslist. Ze wil over haar successen praten en ze wijst me op een ingelijst theateraffiche aan de muur. De arme kerkmuis, met de rol van Susi in teleurstellend kleine letters. Maar in haar verhalen zwelt haar naam. Ik mag geen triomf missen.

Plotseling komt een man de kamer binnen. Een forse gestalte met een bruinverbrand hoofd en een paar flinke ringen aan de vingers. Na wantrouwende vragen over het doel van mijn bezoek, vertelt hij me ongevraagd dat hij in Dachau heeft gezeten en vandaar op transport naar Mauthausen is gezet. Edith, voor wie hij nu zorgt, ontmoette hij kort na de oorlog. Ik begrijp ook dat zij de bescheiden flat in de Beethovenstraat wel móést betrekken, want haar man was de dag na het uitbreken van de oorlog via IJmuiden naar Engeland gevlucht – met zijn hond.

Edith M. heeft in de vijf bezettingsjaren niet hoeven onderduiken. Door bemiddeling van de legendarische advocaat Hans Calmeyer heeft ze zich arisch laten verklaren. De voor de nazi's werkende Calmeyer behandelde aanvragen van joden die konden aantonen dat ze geen jood of halfjood waren. 'Ik had niet de joodse bouw. Ze hebben mij de armen gemeten, maar die waren te lang voor een jodin. Dan hebben ze mij de haren *gespritzt* en gezegd dat ik arisch haar heb. Uiteindelijk ben ik voor driekwart arisch verklaard.' Edith M. voelde zich betrekkelijk veilig in een huis waarvan de eigenaar een invloedrijke NSB'er was die zijn joodse schoonzoon uit de kaartenbak van de Zentralstelle had laten lichten. Een verdieping lager was het Café de Paris gevestigd.

'Frau Rabl verzamelde daar een kring van emigranten om zich heen. Ze had ook een joods restaurant en professor Singer, de directeur van de Charlottenburger Oper, zat daar met een mand op zijn schoot aardappels te schillen. Eind '42 is ze gehaald. Toen kwam het in handen van een NSB'er en zat de SS hieronder te eten. De stoelen en tafels van het joods restaurant hebben heel de oorlog in mijn hal gestaan, met het uithangbord erbij.

Ach ja, de oorlog. Mijn buren, de C.'s, hebben zich bij de eerste razzia's van '42 van het dak gegooid. Ik heb die vrouw met een gebroken nek hier achter in de tuin zien liggen.'

'Kent u het verhaal van de moord op die onderduiker?' vraagt haar verzorger. Met naam en toenaam van de betrokkenen vertelt hij lacherig over een 'niet te kalmeren' onderduiker die een paar portieken verderop in een badkamer aan stukken werd gesneden.

Thuisgekomen, nog napuffend van de verstikkende hitte bij Edith M., bel ik onmiddellijk meneer K. om hem gerust te stellen dat zijn zuster in redelijk goede gezondheid verkeert. 'En die vent?' vraagt hij. Merkwaardige man, ja. 'Een man met een dubieus oorlogsverleden die zich een paar dagen na de oorlog als verzetsheld heeft gepresenteerd. Het is een NSB'er die leeft van mijn zusters geld.' We praten nog lang over de 'Werdegang' van de in haar wanen levende Edith. Ik luister en maak geen aantekeningen meer. De lijn tussen spion en verklikker is dun.

Meer bewoners reppen over een moord in de Beethovenstraat. Alleen de details verschillen. De verhalen herinneren me aan een passage uit *Tramhalte Beethovenstraat*, waarin Weil beschrijft hoe onderduikers zich van een overleden hoofdhuurder moeten ontdoen omdat zijn natuurlijke dood hun schuilplaats in gevaar brengt.

Wanneer ik de kunstschilderes mevrouw F. – die al voor de oorlog onder Grete Weil woonde – vraag of dit verhaal op fantasie of waarheid berust, kijkt ze me geschrokken aan. 'Nee, hierboven was het altijd rustig. Wel is er iets afgrijselijks aan de overkant gebeurd. Daar hebben ze een dode zomaar op straat gelegd. Ik moet daarover zwijgen, want de mensen die het gedaan hebben leven nog.'

Mevrouw F. woont al drieënveertig jaar in hetzelfde appartement, te midden van de enorme buffetten en fauteuils van haar overleden ouders. 'Mijn vader was een Tsjech en zat in Duitsland gevangen. Toen ze hier aankwamen met hun zware meubels moesten ze wel groot gaan wonen. Geld voor nieuwe meubels hadden we niet.'

Haar ouders hebben zich zelfs nog over de huisraad van Grete Weil ontfermd toen ze onverwacht onderdook. Mevrouw F. heeft haar bovenbuurvrouw na de oorlog niet meer teruggezien. Wel kent ze haar boeken en ze herinnert zich nog goed dat haar moeder boven een foto voor haar persoonsbewijs mocht laten maken. 'Maar die vond ze zo lelijk dat ze hem nooit heeft ingeplakt.' Omdat haar ouders gemengd waren gehuwd, hoefde de familie F. niet onder te duiken.

'U komt vijf jaar te laat,' zegt ze. 'Ik heb me er altijd over verbaasd dat de geschiedenis van deze buurt nog niet is opgeschreven. Vijf jaar geleden woonden hier nog veel emigranten, nu zijn we bijna allemaal dood. De mensen vergeten ook altijd dat deze buurt zo hevig is gebombardeerd. 26 november 1944 hebben de Engelsen de Zentralstelle hierachter vernietigd. Daarbij zijn tientallen huizen in de omtrek verwoest. In onze tuin viel een onontplofte bom. Alle ramen en deuren vlogen eruit.' Haar flat draagt nog duidelijke oorlogssporen. In het plafond loopt een vingerdikke scheur. De schuifdeur schuift niet meer en een ontzette muur heeft de huisbaas pas in 1955 willen repareren. Uit haar raam kijkt mevrouw F. neer op de beruchte tramhalte.

'Ik heb hier vaak Duitse soldaten zitten tekenen, ik kon ze van hier onbespied gadeslaan. Ze hadden zo'n typische houding, Afgezakte schouders, een uitpuilend buikje en opgeschoren vette nekken. En altijd die zwartglimmende pistoolholsters. Ik tekende ze op het slechtste papier, want ik dacht altijd dat de oorlog tien jaar zou duren. Na de bevrijding had ik alle goede tekenvellen nog over.'

Als ik haar vraag naar de avondrazzia's voor haar deur schudt ze treurig het hoofd. 'Ach, de mensen waren zo *harmlos*. Je zag ze verslagen met koffers en rugzakken een voor een de tram in gaan. De trams werden links en rechts door blaffende honden bewaakt.'

Ik zeg: 'Grete Weil laat in haar boek een bij de tramhalte opgepakte jongen naar uw portiek vluchten.'

'Was het maar gebeurd. Ik hou niet van dat boek. Waarom moet de hoofdpersoon per se een goede Duitser zijn, terwijl er nauwelijks goede waren?'

Bij het verlaten van mevrouw F.'s huis zie ik in het portiek vier ruw opgevulde boorgaten: de sporen van het fotokastje van Grete Weil.

Mevrouw C. – de trouwe vriendin van de schrijfster – is voor mij de vraagbaak van de buurt geworden. Kloppen al die verhalen wel die ik de laatste weken heb gehoord?

Ze bevestigt dat het wel degelijk een enkele keer voorkwam dat iemand uit de bijeengedreven groep kon wegvluchten. Toen ze nog op het nabije Minervaplein woonde, heeft ze zelf meegemaakt hoe een van de tramhalte weggevlucht meisje ergens kon worden ondergebracht.

En wat is er waar van het gerucht over die dode onderduiker?

Ze reageert verrast. Het verhaal van de weg te werken dode uit Grete Weils roman berust op fantasie, maar de praatjes uit de buurt zijn waar.

'De man die dood is gemaakt, was betrekkelijk jong. Het was een neef van een echtpaar dat ik goed kende. Ik had hun verschillende keren gezegd onder te duiken. Maar ze konden niet besluiten en lieten het erop aankomen. Wel vroegen ze me op een dag of ik me over hun neef O. wilde bekommeren. Na een grote razzia in Zuid zag ik dat hun huis gesloten was. Ik ben toen meteen naar de kamer van neef O. gegaan en heb hem naar een onderduikadres op de Koninginneweg gebracht. Op een gegeven moment kreeg ik een telefoontje dat ik hem daar niet meer hoefde op te zoeken. Hij was elders ondergebracht omdat de bewoners van de Koninginneweg een inval verwachtten. Daarna heb ik nooit meer wat van hem gehoord. Totdat ik in de winter van 1944 in een illegaal blaadje las dat de mensen van de stadsreiniging delen van een lijk in een vuilnisemmer op de Beethovenstraat hadden gevonden. Uit het verhaal maakte ik op dat het om de jongen O. ging. In het blaadje stonden de namen van de bewoners – een broer en een zus – bij wie hij in huis was geweest. De politie had omwonenden verhoord. O. was een tengere man, hij sleepte wat met zijn been en had een licht spraakgebrek. Zijn Duits was moeilijk te verstaan. Een heel hinderlijke gedachte is dat de oom van O. me had gezegd: "Papieren kunnen we niet verzorgen, maar de kans dat hij iemand ten laste komt is heel gering. Hij heeft veel geld en dat beheert hij zelf." De feiten zijn na de oorlog bij Justitie gedeponeerd, maar de zaak is, als zoveel tijdens de bijzondere rechtspleging, geseponeerd. Dat is de geschiedenis van mijn onderduiker. Als hij lastig was, hadden ze hem toch elders kunnen onderbrengen. Het was onze taak onderduikers in leven te houden. Niet dit. Ik zou graag een confrontatie willen met de man of vrouw die het gedaan heeft.'

De Beethovenstraat. 4 mei zullen de buurtbewoners weer kransen leggen bij het verzetsmonument op de Apollolaan. Het is op het Nationaal Monument op de Dam na, traditiegetrouw de drukst bezochte herdenking van de stad.

Naschrift, september 2007

Een week na de publicatie van de oerversie van dit verhaal verscheen in NRC *Handelsblad* een door een advocaat opgestelde rectificatie waarin werd gesteld dat 'het doden van de joodse emigrant [...] een door de bezettingsomstandigheden geboden daad van een jong verzetsstrijder is geweest'. Geen naam of initiaal, niks. Net als in mijn stuk – al wist ik uit de verhalen van de buurt wel om wie het ging. Ook mevrouw C. wist het, beter dan wie ook, maar voor de krant hielden we het vaag. Hoe wonderlijk: een anonieme rectificatie om een niet bij name genoemde persoon te rehabiliteren.

 Daags na dit ingezonden stuk hoorde ik van mevrouw C. dat de bij de moord op O. betrokken man de avond van het verschijnen van mijn reportage in het Cultureel Supplement, met een zaklantaarn de portieken was afgegaan om enkelen van mijn (op hun verzoek) met initialen aangegeven gespreksgenoten ervan te overtuigen dat hij had gehandeld in opdracht van het verzet. Mevrouw F. was er nog van in de war– haar adres was door mijn verwijzing naar de boorgaten van het fotokastje van Grete Weil makkelijk te achterhalen.

De moordenaar bleek dus een held! Bij mevrouw C. had hij niet aangebeld, terwijl hij heel goed wist wie zij was en waar zij woonde: Greet Carvalho, een door de oorlog getraumatiseerde dame die al jaren probeerde schriftelijk met hem in contact te treden omdat ze ernaar hunkerde te weten hoe haar onderduiker precies aan zijn eind was gekomen. Van een ontmoeting was het nog niet gekomen.

Het duurde twee jaar voor ik zelf met de man kennismaakte. Hem was ter ore gekomen dat ik de reis door mijn buurt wilde bundelen. In aanwezigheid van zijn advocaat werd mij toen op het kantoor van mijn uitgever gesommeerd zulks na te laten. Ik zwichtte omdat er een zwaar getraumatiseerd man tegenover me zat. Al had ik zijn naam dan niet genoemd, ik had er geen enkele behoefte aan hem aan de schandpaal te nagelen.

Ik kon toen niet bevroeden dat de dood van onderduiker O. later tot een stroom van publicaties zou leiden. Naam en foto van de man die hem had gedood kwamen daarbij uitgebreid in de krant. Misschien was hij toch niet zo'n held geweest. Of had hij een selectief geheugen. Wie niet. Andere motieven werden in de pers geïnsinueerd. Een rechtszaak werd aangespannen. Veel artikelen verwezen naar mijn 'onthulling', maar ik wou al spoedig niets meer met de zaak te maken hebben.

Door 'Straat van de huiver' heb ik een bijzondere band met de Beethovenbuurt gekregen én gehouden. Mijn gesprekken met door de oorlog getekende mensen deden me beseffen dat er ook dichter bij huis zulke verhalen vielen op te tekenen: binnen de kring van mijn familie. Daarom, omdat het literair zoveel bij me losmaakte, publiceer ik nu alsnog het verhaal.

De naam van de man die onderduiker O. – om welke reden dan ook – om het leven bracht, speelt daarbij geen enkele rol. Het gaat me om de buurtbewoners.

De mensen die in 'Straat van de huiver' aan het woord komen zijn nu op één na allemaal dood. Om die reden heb ik het gewaagd een paar zaken te veranderen en toe te voegen. De aanleiding om mijn buurtonderzoek destijds te publiceren – een televisieportret van Grete Weil door Hans Keller en Maud Keus – heb ik eruit geschreven. Wat ik toevoegde (ik bezit nog een margarinedoos vol uitgetikte vellen met getuigenissen) is de verwijdering tussen de heer K. en zijn zus Edith. Een slachtoffer dat heult met een dader – vreselijk en menselijk tegelijk. Destijds kon ik dat om redenen van privacy niet publiceren. Maar het moest er nog bij. Om het grijs van de oorlog te laten zien.

EEN DEKEN VAN HERINNERING

Toespraak gehouden op 4 mei 1998 in de Nieuwe Kerk te Amsterdam, voorafgaande aan de Nationale Dodenherdenking

Een maand voor het vlaggen kwam de envelop, de deftigste van het jaar. Er zat een bedrukte kaart in, je kon de letters erop voelen, zo dik was het papier, 'geschept' heette dat. De afzender was de Nederlandse Oorlogsgravenstichting, die mijn moeder uitnodigde op 4 mei de dodenherdenking op de Dam bij te wonen. Mijn moeder gooide de kaart elk jaar weg. 'De mensen die daarheen gaan hebben niets meegemaakt,' zei ze. Ze zei het elk jaar weer. Als het herdenken op de Dam werd uitgezonden en de draadomroep ons de twee minuten stilte op de juiste tijd liet horen, zag ik haar ingehouden woede. Ze moest niet veel hebben van de omfloerste stem van de radioverslaggever en later, toen er televisie in huis kwam, brieste ze bij het zien van de ernstige gezichten van de hoogwaardigheidsbekleders. 'Allemaal gespeeld verdriet.'

Ik begreep haar woede niet: ze was de weduwe van een door de jappen onthoofde KNIL-officier. Haar man was slachtoffer én held geweest. We bezaten medailles en een oorkonde in een blauwe koker, en had ze niet met haar drie dochters bijna drieënhalf jaar in een kamp gezeten? Haar eerste man lag in een Hollands stukje eregrond op Java, kruis en naam stonden in een fotoboek en blijkbaar ook nog eens op een lijst van de Oorlogsgravenstichting, wat wou ze nog meer? Ik had me wat graag in die grote kerk gemeld, om achter koningin en prins mooi somber naar het monument te schrijden. Maar ik had daar niks te zoeken, zei mijn moeder. Jammer. Al zong ik onder de afwas nog zo hard de kampliedjes mee, als vredeskind werd ik buiten hun oorlog gehouden.

Mijn eigen vader kwam gebroken uit de oorlog – eenendertig en stokoud. Als krijgsgevangene had hij de grootste scheepsramp aller tijden meegemaakt, de torpedering van het Japanse transportschip Junyo Maru waarbij minstens 5620 mensen verdronken; van de weinigen die deze ramp overleefden, stierf het merendeel later bij de aanleg van de dodenspoorlijn Pakan Baroe op Sumatra. Maar daarover werd op de vierde mei thuis niet gesproken. Als hij zich dagen in een verduisterde kamer opsloot of zomaar begon te razen en je daarna sentimenteel om de hals viel, kwam het altijd door zijn zieke hart. Wisten wij veel. De vijftiende augustus – de dag waarop de Japanners capituleerden – ging thuis ongemerkt voorbij. (Een eigen Indisch monument bestond trouwens toen nog niet.) Het verleden zat in een fotoalbum, Indië werd aan tafel opgediend – terug in Nederland wilden we niet opvallen.

Als jongen vond ik de oorlog van mijn ouders en mijn zusjes eigenlijk niets vergeleken met die van de Nederlanders, want waar hadden ze het nou helemaal over tijdens die urenlange rijsttafels met hun kampvrienden? Dat de vrouwen in hun barakken zelfgeschreven kookboeken in elkaar fröbelden! Niks hongerwinter zoals je op school hoorde, of erger: bombardementen, razzia's, gaskamers. Ook het verzet van mijn moeders eerste man gold niet, een indo die tegen de Japanners vocht nam in Nederland niemand serieus. Bovendien waren mijn ouders en hun vrienden kolonialen geweest, uitbuiters: zoveel had ik inmiddels al opgestoken.

Ik mocht dan jaloers zijn op de oorlog van mijn ouders en zusters, ik schaamde me er ook voor, zeker met zo'n eigenaardige vader, en het leek wel of zij zich ook voor hun oorlog schaamden. Buitenstaanders kregen er in ieder geval niets over te horen.

Maar waarom dan boos als anderen hun oorlog officieel herdachten? Hing de vlag niet voor alle gevallenen halfstok – burger en militair? Zijn er gradaties in leed? En altijd weer die dooddoener in mei: wie erover klaagt heeft niets meegemaakt. Vreemd, dat concurreren in verdriet, en tegelijk zo menselijk: niet behoorlijk over je eigen ervaringen kunnen of willen praten, maar wel vinden dat iedereen het moet weten. Zwijgen met een zichtbaar uitroepteken. Vooral de kinderen moesten het weten, de kinderen die maar de helft hoorden en die niets hadden meegemaakt.

Thuis sliepen de jongsten onder een deken van ruwe harde wol, vol stekels en pitten. Ik haatte die gemene deken, maar een zachtere kreeg ik niet. Klagen? Hoe durfde je. Het waren dekens van het Australische Rode Kruis, mijn vader had ze op de boot naar Holland gekregen. 'Daar moet je dankbaar voor zijn.' Ik snapte niet waarom zijn dankbaarheid mij pijn moest doen. Vals sentiment misschien, maar de dekens waren voor ons thuis een symbool geworden, daar dekten we de oorlog mee toe. Ik heb er tot mijn elfde – het jaar van zijn dood – onder moeten slapen.

Ik zou deze deken het vermelden niet waard vinden als ik vorig jaar niet een artikel had gelezen over Nederlandse Shoah-overlevenden die meewerkten aan het internationale project van de Amerikaanse filmregisseur Steven Spielberg*. Na het succes van zijn film *Schindler's List* heeft hij het plan opgevat zo veel mogelijk verhalen van overlevenden van de naziterreur op videoband vast te leggen. Er zullen over de hele wereld zo'n vijftigduizend videobanden worden gemaakt. Het is de bedoeling dat vooral kinderen van oorlogsslachtoffers de interviews afnemen. In Nederland werden daarvoor al duizend gesprekken opgenomen. Een van de interviewers – inmiddels een man van middelbare leeftijd – zei in dat artikel: 'Tot mijn dertiende sliep ik onder de deken die mijn vader had meegenomen toen hij, kort voor de bevrijding, uit Auschwitz ontsnapte.' Ik huiverde toen ik dat las, ik rook en voelde mijn deken weer. Ook deze man had onprettige herinneringen aan een deken. Hij noemde zijn ouders beschadigd, aan tafel maakten ze ruzie over wie het in het kamp het zwaarste had gehad. Een interviewster zei over het onuitgesproken oorlogsleed van haar moeder: 'De maatstaf was altijd: wie heeft er het meest geleden.'

* Zie Peter de Koning, 'De Nederlandse Shoah-survivors vastgelegd', in: *Vrij Nederland*, 8 maart 1997.

Precies, zo ging het bij ons thuis ook. Maar na de herkenning kwam onmiddellijk die oude schaamte boven. Wat mensen in de nazi-vernietigingskampen hebben meegemaakt mag je niet vergelijken met de gebeurtenissen in Japanse interneringskampen. Los van de vraag of je zoiets subjectiefs als leed kunt meten, zyklon-B kwam er in de tropen niet aan te pas.

Toch werden er binnenskamers wel degelijk parallellen getrokken. Juist omdat veel uit Indië teruggekeerden hun kampervaringen in Nederland niet kwijt konden – net als veel joden na de oorlog – verlangden ze na jaren verbeten zwijgen eenzelfde erkenning als de joden uiteindelijk kregen. Niet alleen in woorden, maar ook tastbaar, in geld.

Zolang er niet naar de Indische Nederlanders geluisterd werd, groeide de pijn. Sommigen gingen schreeuwen, anderen overdreven omdat ze er moeite mee hadden hun ware ervaringen te voelen. Later voegden hun kinderen zich bij hen, zij hadden de oorlog dan wel niet of nauwelijks meegemaakt, maar wisten donders goed wat het betekende om door vernederde ouders te worden opgevoed. Ze schaamden zich voor de machteloosheid van hun ouders, hun pijn moest nu eindelijk eens worden gehoord. De feiten deden er minder toe. Waar het uiteindelijk om ging was erkenning. Het slachtofferschap als maatschappelijke status.

Ook ik behoor tot die groep kinderen – de zogenaamde tweede generatie – maar ik weet bij god niet wat ik met dat etiket aan moet. Vroeger was ik jaloers op de oorlog van mijn zusters, vandaag wantrouw ik mijn gevoelens er alsnog bij te willen horen, maar ik accepteer ze ook. Velen hebben er behoefte aan om bij elkaar steun te zoeken, vooral de groep die in de oorlog jong was en die overal tussen valt – ons land heeft daar gelukkig allerlei instellingen voor en dat is een groot goed.

Toch vind ik dat mijn tweedegeneratiegenoten – en ik gebruik die naam nog steeds met schroom –, dat wij ervoor moeten waken ons in een oorlog te wringen die we niet echt hebben meegemaakt, we mogen ons niet bijzonderder maken dan we zijn. De behoefte je met de slachtoffers te identificeren is mooi en begrijpelijk, maar de verhalen van vervolging, uitroeiing en gevangenschap blijven van de eerste generatie. Zij hebben het waarlijk meegemaakt. Ook een betrokkene bij Steven Spielbergs interviewproject waarschuwde daarvoor. Zij zei: 'Ik vind het weerzinwekkend, walgelijk, maar het is zo dat wij in het zwarte sprookje van de oorlog een rol verzinnen voor onszelf. Je krijgt er aandacht mee, het maakt je speciaal, dat is prettig.'

Soms lijkt het of iedereen de oorlog naar zich toe wil trekken. Alsof iedereen die erge oorlog wil annexeren. In de literatuur, de media, tijdens de geschiedenisles. De generaties van na de oorlog hebben er klaarblijkelijk behoefte aan zich voor te stellen hoe zij zich onder dergelijke omstandigheden zouden gedragen. Fatsoenlijk natuurlijk. Alleen al daarom zijn veel jongeren tot op de dag van vandaag graag anti-Duits. Onze annexatiedrift heeft in ieder geval een goedkoop vijandbeeld opgeleverd. De oorlog als zwart sprookje waarin we ons allemaal beter mogen voelen.

De neiging bestaat het verleden in het heden toe te passen. De oorlog als toetssteen. Praten we over Bosnië en Afrika, dan komen er algauw begrippen uit de Tweede Wereldoorlog aan te pas en ook actuele maatschappelijke misstanden worden makkelijk met de jodenvervolging vergeleken. 'Wir haben es gegümüst' stond op een gevel in de Pijp als protest tegen de uitwijzing van het Turkse gezin Gümüs. Wat een associaties roept zo'n zin niet op. Gebrek aan burgermoed... deportaties... moord. Vanwaar die behoefte het hedendaagse onrecht erger te maken, is het dan niet erg genoeg?*

Sommigen zeggen dat zo'n vergelijking de herinnering aan de oorlog levend houdt, zo herken je het kwaad. Het is natuurlijk belangrijk om alert te blijven, maar ik ben bang voor een ontwaarding van begrippen. (En het is vaak ook zo beledigend voor de Europese joden die als ongedierte zijn afgemaakt.) Hoe vlot nemen

* Idem

we niet woorden als 'fascist' en 'nazi' in de mond? Om ons het onvoorstelbare te kunnen voorstellen hebben we de oorlog getrivialiseerd.

Maar ook onze ouders hebben het niet altijd even nauw genomen met de feiten, zelfs al zeiden ze niets. Je kon het je als kind toch niet voorstellen. Waar je ook mee aankwam, het kamp en de oorlog waren altijd erger. Er is veel gefabuleerd over de oorlog, daar kunnen kinderen van oorlogsslachtoffers over meepraten – niets is zo pijnlijk als de waarheid.

Sommigen verdrongen de eigen vernederingen door zich dingen te herinneren die nooit zijn gebeurd, anderen pasten persoonlijke waarnemingen aan hun politieke overtuiging aan. We weten allemaal wat gezichtsbedrog is, maar er bestaat ook zoiets als geheugenbedrog. Onze hersenen slaan niet passief dingen op, maar zijn altijd bezig te interpreteren en te reconstrueren. Herinneringen zijn nu eenmaal vol emoties, gekleurd door passie en latere ervaringen. Dat geldt ook voor diegenen aan wie de oorlog eigenlijk stilletjes voorbij is gegaan. Pappie, wat deed je toen? Hoe langer de oorlog geleden is, hoe meer grootvaders er in het verzet hebben gezeten – vooral na Dolle Dinsdag.

De tijd van troostende mythes en clichés zou langzamerhand achter ons moeten liggen. Nederland is al jaren bezig zich ervan te ontdoen – de koningin heeft daar drie jaar geleden tijdens een rede in het Israëlische parlement (28 maart 1995) heel eerlijk over gesproken. Opkomen voor de bedreigde joden was een uitzondering in Nederland. Er zijn maar weinig mensen held als het erop aankomt. Nu er steeds meer archieven worden ontsloten, blijkt veel gedrag van destijds toch minder fraai dan men wilde doen geloven. De laatste tijd zien we dat dit proces van nationaal zelfonderzoek zich ook elders in Europa voltrekt.

Zij die de oorlog hebben meegemaakt, hebben niet alleen recht op een luisterend oor maar ook op gedegen onderzoek. Het gaat niet om het gelijk van nu, evenmin om hoe we het verleden in het heden kunnen gebruiken, maar om het achterhalen van de ware historische toedracht. Er is behoefte aan onderzoek dat het fabuleren vervangt en ongelukkige annexatiepogingen ontkracht. Misschien is juist deze tijd daar geschikt voor. Na de oorlog hadden de overlevenden wel iets anders aan hun hoofd – verdringen en voort met de wederopbouw, was het devies. Daarna werd het vorsen decennialang vertroebeld door de ideologische verschillen tussen Oost en West. Misschien kunnen we nu helderder denken en meer afstand nemen, om het verleden in al zijn nuances te ontleden – hoeveel schijnzekerheden ons daarmee ook worden ontnomen, hoe pijnlijk zo'n operatie ook is. Dat is een opdracht aan onze generatie. Juist omdat wij niets hebben meegemaakt.

MAPJE DERDE WERELDOORLOG

DAGBOEKFRAGMENTEN

Iran, 1969
Sommigen van mijn studiegenoten bezetten het Maagdenhuis, ik word door een Afghaanse soldaat uit een autobus geknuppeld. Iran ligt achter me, Afghanistan blijkt een hindernis. De soldaten zijn de hippies zat. We zijn te vreemd, te onzedelijk modern. Alle rugzakken open, tubes tandpasta uitgeknepen, wc-papier ontrold, paspoorten ondersteboven tegen het licht gehouden, namen opgeschreven – tot in het derde geslacht.

Al wachtend bij de grens luister ik naar de verhalen van hippies op de terugtocht. De adressen van de goedkoopste hotels worden uitgewisseld, het goedkoopste eethuis, de beste bus. Over de bevolking, de cultuur of het beste boek van een Indiase schrijver geen woord. Ja, Kabul blijkt een paradijs: voor nog geen twee gulden kun je vierentwintig uur stoned zijn. Voor de zoveelste keer tijdens deze reis schaam ik me een westerling te zijn.

Duizenden jongeren uit de Verenigde Staten en Europa trokken in die tijd richting India. We wilden ontsnappen aan het opgelegd parcours van werk, succes en gezin. In werkelijkheid vluchtten we voor onze plichten en ambities. Hoe langer we onze volwassenheid konden uitstellen, hoe aangenamer. Het was betaalbaar om lang weg te blijven: in Kathmandu kon je voor een dollar per dag leven als een prins. Zonder het te beseffen reisden we in een nieuwe kudde: dezelfde pleisterplekken (de Pudding Shop in Istanbul, Amir Kabir in Teheran), dezelfde slaapplekken (voor nog geen kwartje boven op een dak in Isfahan), zelfde busroutes, zelfde gedeelde ervaringen. Zelfde uiterlijk: lang haar, spijkergoed of lappenbroek, jas van schapenbont, rugzak. Door streken zonder elektriciteit, langs lemen dorpen, de hemel was nog onvervuild, 's nachts suisden de sterren boven je hoofd. En de bevolking maar staren naar deze in hun ogen schatrijke, goddeloze vreemdelingen. Vriendelijke mensen, die Irakezen, Perzen, Afghanen. Je kende eenenvijftig Arabische woorden, niet genoeg om het geijkte pad te verlaten. Dwaalde je toch door de stille hoeken van de soek, luisterde je te lang naar het Koranklasje rond de waterplaats, keek je te brutaal naar een gesluierde dochter of liep je er te bloot en ongewassen bij, dan verjoegen ze je met spuug en stenen.

Negen maanden duurde mijn Grand Tour. Ik reisde alleen en was niet gelukkig. En toch wou ik weer en meer. Voortaan elke zomer de rugzak om, op naar de landen waar je voor een appel en een ei kon reizen. Nog dieper het zand in: meer Irak en Syrië, naar Egypte en Soedan. Mijn liefde voor Afrika werd geboren. Onderweg heb ik altijd slordig dagboek bijgehouden: impressies, knipsels met en zonder datum, citaten uit boeken, met en zonder bron. Ik had al die getuigen nodig om te staven wat ik zag: de zaaigrond waarin wrok kan gedijen.

Bagdad, zomer 1972
Pantoffelparade langs de oever van de Tigris: mannen in djellaba, altijd en alleen maar mannen. De vrouwen zitten binnen of hangen hun was op het dak te drogen en schreeuwen met elkaar over de stegen van de medina. En kinderen natuurlijk, klonters kinderen en mankepoten. Het is die avond druk langs de rivier. Iedereen houdt stil voor de televisietoestellen die op de wandelpromenade zijn geplaatst. Vijf glanzende kasten op ijzeren palen. Geen idee hoe die dingen daar komen. Een buitenlands geschenk vermoedelijk, want de televisies vertonen Amerikaanse series: *Father Knows Best, Mister Ed the Talking Horse, newsreals*. Onderbroken door Amerikaanse commercials: druipende hamburgers, kippen, sissende boter, glanzende tegelbadkamers. Geen bedelaar houdt zijn hand meer op, met open mond kijken ze naar een

onwerkelijke weelde, zonder ondertitels, maar voor iedereen duidelijk. Wie in dat kastje woont ziet alle wensen vervuld. 'Ammerrikka' is het land van beloften. De tv als doos van Pandora.

Negentien jaar later zag ik op cnn honderden jonge mannen Amerika als de duivel verdoemen in een uitgebrand Bagdad. Ze balden hun vuisten voor de camera. Pandora's doos liet hun woede over de wereld stromen. 70 procent van de bevolking van Irak is na 1970 geboren. Deze jonge mensen weten maar weinig van de onafhankelijkheidsstrijd van de Arabische volken, van de Arabisch-Israëlische oorlogen, maar ze weten allemaal dat het Westen in 1991 het door de koloniale mogendheden bedachte Irak heeft vernederd.

Nigeria, 1974

Politiemannen op de weg van Ibadan naar Lagos houden met een pistool in de hand een bus staande en doorzoeken de tassen van de passagiers om alles van waarde in te pikken. Ik tel de vette auto's en paleizen van de politici in Lagos. Ben getuige van hun champagne-braspartijen in de grote hotels. Verbaas me over de stuitende weelde van de regeringsleiders, die zich verrijken met het geld van westerse hulpfondsen. En overal ontmoet ik ontwikkelingswerkers die onder een vertrouwelijk glas klagen dat de westerse kennis die ze introduceren zo slecht aanslaat. Een veelgehoorde klacht: 'We slaan waterputten, zetten kleine werkplaatsen op, alles draait en groeit. Ze doen precies wat je zegt. Maar als je weggaat en later terugkomt, is alles weer in verval en kan je weer opnieuw beginnen. Ze eisen wel verbetering en modernisering, maar ze willen niets zelf doen. Ze stellen zich zo afhankelijk op.'

Hoe langer de ontwikkelingshelpers in Afrika werken, hoe kolonialer hun standpunten. Als ik hun aanwezigheid voorzichtig vergelijk met die van de kolonialen van vóór de onafhankelijkheid worden ze boos. Toch wonen ook deze idealistische vrijwilligers in blanke *compounds* en worden ze tien, twintig keer beter betaald dan hun zwarte *counterparts*.

Malawi, 1989
De zending elektrische dekens die ik in een vluchtelingenkamp zag.

Universiteit van Harare, 1989
Een groep studenten op de campus van de wegens onlusten gesloten universiteit. We discussiëren en ik vat het koor van stemmen samen: 'Als alle Afrikanen auto gaan rijden en een ijskast kopen, kan de ozonlaag dat niet trekken. 20 procent van de wereld soupeert 80 procent van de energie op. En wij moeten minderen? Minderen waarmee? Jullie verwachten dat wij ons houden aan internationale verdragen ter bescherming van natuur en milieu. Wij mogen het overschot aan ivoor uit onze wildparken niet uitvoeren terwijl jullie de zeeën leegvissen.'

Botswana, 1989
Zaterdagavond. Jonge boeren in Maun, een nederzetting aan de Okavango-delta, gaan naar de disco op een splinternieuwe tractor, *provided by the people of the United States.* Er liggen er al een paar onbruikbaar in de greppel te roesten, niemand die ze repareren kan. Doet er ook niet toe. Uncle Sam stuurt wel weer nieuwe.

Ik wist toen nog niet dat een zelfgekochte en -onderhouden auto vijf keer langer meegaat dan een door de hulporganisaties geschonken auto. Waren de jonge boeren in Botswana er nog niet aan toe? Zou het beter zijn als ze hun akkers met de hand bewerkten? Moesten ze voorlopig maar arm blijven omdat de weelde hen toch maar corrumpeerde? Het waren de stille vragen die de blanken zich op hun veranda's stelden, kijkend naar hun zwembad en 4wd. De antwoorden waren tegenstrijdig en ingewikkeld. Dus zwegen we maar. En als we niet zwegen, jokten we een beetje, want wie echt kritisch was, werd door het thuisfront algauw van racisme beschuldigd of kwam geen Afrikaanse dictatuur meer in. We zwegen in ieder geval te lang: over de miljarden die in de hulpbureaucratie bleven steken, of in de zakken van bedrijven en regeringsklieken. We zwegen over het feit dat ondanks alle inzet het gewone volk in Afrika er niet beter op werd. We zwegen over de mensenrechten in Afrika. Ik zweeg ook.

Harare, 1989
Op mijn hotelbed kijk ik televisie en zie de Zaïrese president Mobutu Sese Seko één hoogwaardigheidsbekleder van het vliegveld halen met eenenvijftig Mercedessen. In dezelfde maand dat hij zevenduizend onderwijzers en leraren ontsloeg omdat er geen geld meer in de staatskas zat. Mobutu, de man met zijn paleizen in België en Frankrijk en zes miljard dollar op een Zwitserse bankrekening – evenveel als de nationale schuld van het land. Mobutu, vriend van het Westen, ferme buffer tegen chaos en communisme.

Johannesburg, 1990
'Sinds wanneer zijn jullie in onze gezondheid geïnteresseerd,' zegt een zwarte student aan de universiteit van Witwatersrand. 'Voor nog geen vijftig gulden kan je een kind van lepra genezen, toch komen er jaarlijks 800 000 nieuwe zieken bij. En nu maken jullie je zorgen over onze aids? Omdat jullie het ook kunnen krijgen.'

Gelezen, 1991:
'Sinds het met de economie in Afrika slechter gaat dan ooit en de rijke landen steeds meer steun aan Oost-Europa geven, neemt de anti-westerse stemming sterk toe. "*Nonsense*," zegt de Engelse ontwikkelingseconoom Lord Bauer, een van de felste academische criticasters van de ontwikkelingshulp, in een interview met Frits Bolkestein. "Gewone mensen in de derde wereld koesteren geen anti-westerse gevoelens, met mogelijke uitzondering van islamitische fundamentalisten [...] ze zijn dol op Coca-Cola en

dergelijke. Het zijn de politici en de journalisten die anti-westers zijn, niet de gewone mensen."' (HP/*De Tijd*, 9 november 1991)

Is het dan allemaal projectie? Werkt het ongemak van mijn rijkdom en mijn schaamte als een vergrootglas?

Gambia, 1992

75 procent van de mannen in dit West-Afrikaanse land is werkeloos. Het merendeel van de bevolking is islamitisch. De jonge mannen schuimen verveeld de stranden af op zoek naar prooi: de toerist uit het koude, rijke Noorden. Iedereen wil je adres, of de vrouwelijke toeristen vermaken. De jongens lopen in versleten T-shirts: *Viva Saddam*. Ze willen allemaal naar Europa en zeggen Amerika te haten. Waarom? Omdat het toerisme sinds de Golfoorlog zo is teruggelopen.

Senegal, begin 1993

De uit de Verenigde Staten overgewaaide 'rassenleer' is zeer populair op de universiteit van Dakar. Een docent stelt het destructieve blanke ras van koude materialistische ijsmensen tegenover het intellectueel superieure zwarte ras van warme humanistische zonnemensen. De kille Europeanen hebben de wereld verrijkt met drie D's: *Domination, Destruction et Déprivation.*

Eiland Gorée, dezelfde tijd

Het huis waar ik verblijf is een van de weinige met een televisietoestel. De jeugd komt elke avond bij ons kijken. Lievelingssoap: *Loveboat* – avonturen op een wit cruiseschip. De kinderen op het eiland zijn er vast van overtuigd dat ik met zo'n boot naar Afrika gekomen ben.

Amsterdam, 1994
Femi Akomolafe, een in Amsterdam wonende Nigeriaan en hoofdredacteur van het daar verschijnende blad *The African*, schrijft op de opiniepagina van *de Volkskrant*: 'Een paar jaar geleden voorspelden jullie zogenaamde wetenschappers dat Afrika zou worden weggevaagd door het aidsvirus [...] Voor ons had geen vloek een vernietigender werking dan de slavernij waaraan jullie ons continent onderwierpen. Geen enkele epidemie is te vergelijken met de Europeaan-epidemie, die ons honderd miljoen van onze sterkste en slimste mensen kostte. Europeanen zijn de ergste gesel die Afrika treft. Het is gewoon een feit: jullie hebben meer Afrikanen gedood dan een virus ooit zou kunnen. Jullie zijn op het Afrikaanse land erger tekeergegaan dan een sprinkhanenzwerm. Jullie hebben meer natuurlijke bronnen geplunderd dan ooit bij een natuurramp het geval zou kunnen zijn.'

Gelezen, 1995:
'Nationalistische politici in Bangalore, India, ijveren voor de sluiting van het eerste filiaal van Kentucky Fried Chicken. Het eten zou er ongezond zijn, en dat – volgens de journalist – terwijl er even verderop plakjes komkommer worden verkocht die in een open riool zijn gewassen. Dezelfde politici hebben zich al eerder beijverd voor een boycot van andere buitenlandse producten, zoals Nescafé, Adidas-schoenen, Levi's spijkerbroeken en Amerikaanse soaps. De linkse partijen in India steunen die boycot, omdat ze vinden dat een land met vierhonderd miljoen straatarme mensen zich niet mag uitleveren aan de Pepsi-cultuur en niet de kas moet spekken van de multinationals. Hun bondgenoten, de fundamentalistische hindoes, verzetten zich vooral tegen de buitenlandse satellietzenders, omdat ze vrezen dat goddeloze programma's het geloof ondermijnen. Een onverwachte combinatie – fundamentalisme en socialisme. Linkse politici en vrome hindoes vinden elkaar steeds meer in een klimaat van xenofobie.' (*Het Parool*, oktober 1995)

Gelezen, 1996:
'De toekenning van de Nobelprijs voor de Vrede aan twee ijveraars voor de onafhankelijkheid van Oost-Timor roept in Azië kritische reacties op. De Nobelprijs wordt als een typisch westers product afgedaan. Mannen of vrouwen die zich tegen het westers kolonialisme verzetten zijn nooit gelauwerd. Althans niet toen het erop aankwam: de apostel van het geweldloos verzet Mahatma Ghandi niet, evenmin Léopold Senghor, of Tunku Abdul Rahman. "In plaats van Aziaten en Afrikanen te steunen in hun strijd tegen honger en andere vormen van menselijk lijden, ging de bijval van het Nobel-comité uit naar Albert Schweitzer en moeder Teresa. Het comité heeft de aandacht gevestigd op westerse functionarissen, maar negeerde onbekende vredestichters en bruggenbouwers in India en Indonesië," ' schrijft een medewerker van de *Far Eastern Economic Review.*

'Zes landen in Zuidelijk Afrika willen de handel in haring verbieden als de westerse wereld de verkoop van olifantenvlees blijft tegenwerken. Deze represaillemaatregel is afkomstig van Zuid-Afrika, Namibië, Zimbabwe, Zambia, Botswana en Malawi. De wildparken daar kampen met een olifantenoverschot. De actie is vooral tegen de noordelijke landen gericht. De Afrikanen willen de haring op de lijst van beschermde dieren laten zetten tijdens de jaarlijkse Conferentie voor het behoud van bedreigde planten- en diersoorten.' (Knipsel zonder naam en datum.)

Gelezen, 1998:
Hans Magnus Enzensberger stelt in zijn essay *Aussichten auf den Bürgerkrieg* (1993): 'Iedereen praat over mensenrechten, maar nooit was het aantal mensen dat ze alleen van horen zeggen kent zo groot. Vier vijfde van de wereldbevolking leeft in omstandigheden die spotten met de retoriek van de Verklaring van de Rechten van de Mens: recht op vrijheid en veiligheid en recht op een sociale orde waarin al die mooie andere rechten – dertig in getal – ten volle kunnen worden verwezenlijkt. Jaarlijks komen er nog

eens honderd miljoen mensen bij waarvan de vooruitzichten nog slechter zijn dan die van hun ouders. Het collectieve geweld is niets anders dan de wanhopige reactie van de verliezers op hun uitzichtloze economische situatie.'

Al die morele eisen die we aan onze conferentietafels verzinnen gaan volledig aan de verliezers voorbij. Ze staan in geen verhouding tot hún werkelijkheid, de wereld is de hunne niet. Iedere verantwoordelijkheid wordt ontkend. Daarin ligt de kiem van de barbarisering die kan uitgroeien tot razende agressie.

Amsterdam, 2002

Debat in De Balie over het slavernijmonument. Een plukje blanken in een volle zwarte zaal. 'Waarom wel *Wiedergutmachung* voor de joden en niet voor ons?' zegt een zeer boze Surinamer met priemende vinger. 'Betalen moeten jullie, betalen zullen jullie. Zo makkelijk komen jullie niet van ons af.'

Parijs, 2003

Het Nederland dat ik verliet was in de war. Een land dat zich steeds meer naar binnen keert in een proces van globalisatie, onzeker over de kleinere rol in een uitdijend Europa, bang voor nieuwkomers die blijvers blijken met een vreemd geloof. En Parijs? De metropool die Frankrijk van achter vergulde hekken bestuurt, vervreemd van het platteland en de ressentimenten van de kanslozen. Ook hier woelt de verandering. De kinderen van de naar de voorsteden verbannen migranten houden zich vooralsnog koest, maar de werkeloosheid en ontevredenheid onder hen zijn onevenredig hoog. Verken op een zaterdagmiddag de darmen van de Hallen of Gare Montparnasse en je voelt de spanning. De kloof tussen volk en volksvertegenwoordiging is ook in Frankrijk groot. Ook hier een grote vrees voor te veel buitenland! Buitenland in het binnenland én over de grenzen: mokkende volken – oud-koloniën vaak – die zich ten achter gesteld voelen en van zich afbijten; tien nieuwe Europese lidstaten, bereid om voor minder geld harder te werken; een opstomend China; een ambitieus Indiaas subcontinent. En wanneer ontwaakt Afrika? Wat voor nare rekening wacht daar? Respecteert men de diplomatieke glorie en macht van Frankrijk nog wel?

Op de televisie zag ik een minister van Buitenlandse Zaken (namen doen er niet meer toe, daarvoor wisselen politici hier te veel van macht en wacht) tijdens een debat Frankrijk op de wereldkaart aanwijzen: een heel klein ingekleurd stipje. 'Denkt u heus dat we het in de toekomst alleen afkunnen?' vroeg de minister aan een verzameling boze anti-globalisten en anti-Europeanen. 'Maar dat is geen goede kaart,' riepen de omstanders verontwaardigd. 'U heeft Frankrijk kleiner gemaakt.'

Inderdaad, de rol van Frankrijk is gekrompen. Parijs waant zich echter nog steeds het middelpunt der wereld. Voor wie nooit naar het buitenland gaat – zoals het merendeel der Fransen – heeft de metropool nog steeds het beste van het beste te bieden. Het is ook een voorrecht er te mogen wonen, maar het verguldsel begint flink te bladderen. Ik sta erbij en kijk en luister. Keur. En wat zie ik: een zich steeds meer naar binnen kerend land, smachtend naar veranderingen. De stellingen zijn ingenomen. Beweging blijft uit. Soms net Nederland.

Citaat

'Over tweehonderd jaar (men moet precies zijn) zullen de overlevenden van de al te fortuinlijke volkeren in reservaten bijeengebracht worden en zal men ze gaan bekijken, met walging, medelijden en stomme verbazing, maar ook met boosaardige bewondering.'

E.M. Cioran, *Geboren zijn is ongemak*

OMWEGEN

1997

PENSIOENVREES

Het eerste woord dat ik als kind hoorde was: pensioen. Niet mijn naam, geen 'ta ta' of 'goh, wat heeft ie een grote mond', nee, mijn ouders bogen zich zorgelijk over mijn wieg en zeiden: pensioen. Elke dag, maand, jaren achtereen: pensioen, pensioen, hadden we maar pensioen.

Het eerste woord dat ik zei was: pensioen. Ik wou pensioen in de box, op de po en aan tafel. Ik schreef het, in blokletters, keurig tussen de lijntjes: P-E-N-S-I-O-E-N. En mijn ouders keken vertederd toe. Wij hadden thuis namelijk geen pensioen. Mijn vader was zo onverstandig geweest pas na de oorlog last van zijn hart te krijgen en niet toen hij als soldaat in een Japans interneringskamp zat. Hij was te trots om zich in en door de dienst te laten afkeuren, ook al kon hij na zijn ontslag nooit meer werken, en zo zaten wij zonder pensioen.

We werden thuis zuinig opgevoed, maar daar merkte je niets van als kind, dus daarover werd niet geklaagd, als we op school maar ons best deden en later een beroep met pensioen kozen. Geen toekomst zonder pensioen.

Mijn zusters hebben zich keurig aan die belofte gehouden en ook ik deed aanvankelijk mijn best, maar het is me niet gelukt. Grijs, kaal en nog maar nauwelijks zicht op pensioen. Twee keer per maand word ik midden in de nacht wakker met een aanval van pensioenvrees en dan zie ik mezelf oud en arm door de straten gaan. Krekel van Dis heeft alleen maar plezier gemaakt, te goed gegeten en gedronken en nu is het op. De wereld wil niets meer van hem weten, geen mens die zijn naam nog kent en daar loopt hij: rafels aan zijn broek, afgesleten hakken, elleboog door de mouwen. Als het wintert laat geen mens hem meer binnen, hij stinkt, je kan zijn armoe ruiken. Nu staat hij op de hoek van de straat en houdt hij zijn hand op, een ijskoude rode hand. De mieren hebben het beter gedaan, die warmen zich in hun hol, hebben eten in overvloed en allemaal pensioen.

Klevend van onrust word ik wakker en dan neem ik het me weer eens voor: begin nu, leg iets opzij, bel een geldman en regel je pensioen. Want je wordt oud vandaag de dag, of je het nou wil of niet, en die kogel die je altijd door je kop wou schieten, dat lukt je niet, dat durf je niet, en die rijke vrouw of dat legaat van die aardige douairière, je krijgt ze niet. Je zal het zelf bijeen moeten garen.

Waar komt die angst om arm te worden vandaan? Van mijn ouders met hun gejengel over pensioen? Ja, maar dat niet alleen. Van de sprookjes die mijn zusters mij voorlazen? Verhalen over arme kinderen die op blote voeten door de kou moesten, zoals het meisje met de zwavelstokjes en Hans en Grietje. Nee, dieper, het zit dieper. Het is de zwerver in mij, de man die als hij op de trein naar Den Haag wacht liever de trein naar Parijs zou nemen en dan nog verder naar het zuiden, je aanmelden bij het Vreemdelingenlegioen. Weg van de lessen en de regels. Je tas in de sloot en ervandoor. Nooit meer plichten. Dag zuster Ursula, ik ga naar Amerika. Swiebertje plukt de dag.

Het is de man die zich niet kan binden en omdat hij dat weet, vergaart hij van alles om zich heen: boeken, schilderijen, kleren, eten (want hoe zwaarder hij is, hoe dichter hij bij zijn voerbak blijft), hij maakt zelfs schulden om zich aard- en nagelvast aan het bestaan vast te kleven, omdat hij er het liefst uit weg wil. Opgelost, foetsie, zonder woon- of verblijfplaats. Zoals ik het vroeger deed, op de lagere school, een dag met de stroper op stap, zijn tas met dode hazen om mijn schouder. Schijt aan de wereld, knal knal. En dan kreeg je straf en dan was je zoet, tot je weer weg moest, met de strandjutter mee, zoekend naar de schat die je eeuwig rijk zou maken.

Als ik thuis voor mijn gespijbel moest boeten, keek ik omhoog naar de vluchtkoffer die boven op de kast stond, daar zat alles in wat je voor een volgende oorlog nodig had. Zeep, veel zeep, en een gouden Zeeuwse knoop, een blik Patria-biscuit en verschoning voor ons allemaal. Je wist maar nooit in die dagen, de Russen stonden zo voor de deur. Ik kon maar niet begrijpen waarom mijn ouders zo braaf op hun ongeluk zaten te wachten, waarom gingen we er niet meteen vandoor? Naar de landen uit de fotoalbums van mijn grootouders, waar het gras hoger groeide en je tijgers in plaats van hazen schoot.

Als ik eenmaal over mezelf de baas was zou ík het doen: rugzak om en weg. In het tweede jaar van mijn studie was het zover. Kamer opgezegd, spullen verkocht en vertrokken. Duim hoog en liften naar het zuiden. Je mee laten nemen door onbekenden die jouw route bepaalden: Griekenland, Israël, Syrië, Jordanië, Irak, Perzië en verder naar beneden. Waar je kon werken werkte je.

Negen maanden zwierf ik, en ik maak me achteraf wijs toen gelukkig te zijn geweest. Vooral na een glas te veel móét ik erover praten. Die leegte, die prachtige onbezoedelde pre-industriële wereld. Kleidorpen in Noord-Iran, eindeloze dadelbossen langs de Tigris en een suizende sterrenhemel die maanden mijn deken was omdat ik voor een kwartje per nacht boven op het dak van chauffeurshotels sliep. Tijdens die tocht is mijn angst ontstaan. De angst voor armoe en verval. Ik zag het zoveel om me heen, niet onder de bevolking die vaak in schaarste leefde, nee, zij hadden hun trots en geloofden in de zekerheden van hun eigen cultuur, maar onder de hippies, de rijke jongeren uit Amerika en Europa die begin jaren zestig bij duizenden richting India trokken. Ik was een van hen, zo origineel was mijn verlangen nou ook weer niet.

Ik merkte dat je na drie, vier maanden reizen niets meer in je opnam, je reisde om weg te blijven, niet om wat te zien. Ik zag ook dat het mijn reisgenoten steeds meer moeite kostte zich schoon te houden. Waarom dat dwaze scheren elke dag, die kam door je haar, je spijkerbroek wassen? Leg af het knellend verband en laat je baard en paardenstaart groeien, hul je in harembroek, slobberhemd, sandaal. En op naar Kathmandu, waar je voor minder dan een dollar per dag stoned kon zijn. Daar ervoer je pas echt de betrekkelijkheid van het leven. Waarom je ooit nog uitgesloofd als je het paradijs kon opsnuiven: zitten en gelukzalig dromen, wie wou er meer? Ik. Ik voelde dat ik een grens overschreed, een aantrekkelijke grens met daarachter een verlokkende tuin, maar wie daar eenmaal binnentrad hoorde een hek achter zich dichtvallen en kwam er nooit meer uit. Zag ik het niet om me heen? Nog maar net op reis kwam ik in Genua een jongen tegen die al zeven jaar onderweg was. 'Het is voorbij,' zei hij, 'ik ga naar huis en een gezin stichten.'

Ach, dacht ik, de meesten trappen voor hun vijfentwintigste al in die val. Hij had tenminste de wereld verkend en wist wat hij wou. Acht maanden later zag ik hem weer, ergens aan de grens van Afghanistan, vuiler en waziger dan voorheen. 'Ik dacht dat je naar huis zou gaan,' zei ik. '*Yeah*,' zei hij, '*the long way around*.' Hij was gedoemd te blijven reizen.

Ik had die jongen kunnen zijn, ik denk nog veel aan hem en vaak verlang ik er zelfs naar hem te zijn, zo 's morgens als ik me weer overgeef aan die dwaze rituelen van wassen en scheren en kleden, als ik me in de tredmolen begeef en me laat opjutten door telefoon, fax en voicemail. Maar ik ben ook bang voor die jongen. Bang een zwerver te worden. Ik weet nog hoe ik na Afghanistan mijn haar kort knipte, mijn broeken waste en steun vond in schoon blijven om niet af te glijden in ledigheid.

Hij wenkt nog steeds, die jongen: 'Kom, smeer 'm.' En dan kijk ik naar buiten, naar de jagende wolken, en weet ik dat elders de hemel blauwer is, dat er streken zijn waar de sterren 's nachts praten en dan verman ik me weer. Aan het werk.

1985

EEN KAPITALE REIS

Groepsproces met zesenzeventig Britten

Londen. Een man met in elke jaszak een Baedeker zette zich achter de vleugel en speelde 'Schöne blaue Donau'. Twee vrouwen in avondjurken met kofferkreukels zongen woordloos mee. Ze hielden hun hoofd scheef als nachtegalen. De Donau vlekte hun mascara. Weer schonk een dienster mijn glas vol. Ik toostte met mensen van wie ik de naam niet wist. 'Op onze vlucht.' 'Morgen walsen we in Wenen.' De champagne maakte me slaperig en ik zocht mijn bed op.

Mijn kamer lag boven de feestzaal. Licht en rook kierden door de vloer. Op bed, de kleren nog aan, luisterde ik naar de uitgelaten stemmen. De schaterlach hoorde toe aan de man uit Wales die zijn bril met pleister had gerepareerd en de gilletjes waren van de twee vrouwen naast de vleugel. De houten vloer was niet het enige wat ons scheidde: beneden verbroederden landgenoten. Ze zongen 'Oh, Do I Love Good Old England'. Het was een lied zonder wijs, het borrelde op door de champagne. Iemand klapte in zijn handen en vroeg om stilte, dat moest de gids zijn. Bij zijn welkomstwoord had hij nog naar mij gewezen. Iedereen wist nu wie ik was: de vreemdeling.

Ik zag op tegen deze reis, tien dagen samen met zesenzeventig Britten. Wie zou ik mogen, wie mocht mij? Het gemurmel van de gids werd overstemd door geroep aan mijn deur. Met het hemd half in mijn broek deed ik open. In het ganglicht stond een oude vrouw in nachtjapon. Haar ogen priemden uit een wit crèmemasker dat van de opwinding gebarsten was. Ik stond voor een beschadigd schilderij. Het was de Schotse dame, een paar uur daarvoor had ze mij verteld dat ze dertig jaar als doktersvrouw in Oeganda had gewoond. Ze was weduwe en maakte deze reis met een buurvrouw die bij haar niet veel te zeggen kreeg en die ze telkens stompte als ze haar voor een roddel terzijde nam.

'Kunt u de kraan van het bad voor mij dichtdraaien,' vroeg ze bezorgd. De kuip liep over en het water was te heet om de stop eruit te trekken. De receptie antwoordde niet. 'We hebben een sterke man nodig.' De badkamer stond al blank. De vriendin, ook in de nachtcrème, riep: 'O, o, o.' Met een schoen en een handdoek kregen wij de kraan in beweging. Maar het water golfde al naar de gang en sijpelde weg in de kieren. Toen enkele heren uit de feestzaal bezorgd kwamen aangesneld, troffen zij mij met druipende hotelhanddoeken geknield voor vier damesvoeten in doorgestikte pantoffels. Mijn hulpvaardigheid werd geprezen. Ik had gehandeld in de geest van Hans Brinker, een overstroming was voorkomen.

Wat deed ik hier, dweilend in een keurig pak? De volgende morgen zou ik van Londen naar Wenen vliegen en vandaar naar Athene, Caïro, Luxor, Rome en terug. Twee nachten per stad. Ik had ingetekend op een *air cruise*, die begon met een diner in een tot hotel verbouwde boerenhofstede buiten Londen. Om de afstandelijke Britten tot elkaar te brengen liet het reisbureau zo kwistig schenken dat menig reiziger zich voor vertrek al in de wolken waande. De dorstigste van al was Harry, de gids die tien dagen lang over ons moest waken. Aan tafel had hij zich met een hikje voorgesteld als 'de man voor als het bad lekt'. Nu het lekte, was hij nergens te bekennen.

Hoe gemengd het reisgezelschap me deze avond ook leek, we hadden allemaal een paar dingen gemeen. Iedereen las hetzelfde zondagsblad waarin de reis werd aangeprezen en we hadden allen binnen enkele uren eenzelfde besluit genomen. 'Reis in de stijl van de jaren dertig' stond boven het artikel, dat was opgemaakt met vergeelde foto's van elegante mannen en vrouwen die champagne dronken in luie dekstoelen. Ook deze reis zou bruisend zijn: hotels met vijf sterren, stoelen met eersteklas beenruimte en – als gold het ranja voor de nieuwe rijken – champagne tijdens iedere vlucht. Het was een eenmalig aanbod, het aantal plaatsen was beperkt.

'Wij zitten nú aan de telefoon,' stond onder aan de advertentie. Voor mijn hoofd kon wikken en wegen, toetsten mijn vingers het nummer. Ik mocht van geluk spreken: ik hoorde bij de laatste tien. We zouden reizen als de jetset. Nergens hoefden we te wachten, we beschikten immers tien dagen over een privévliegtuig. Er lag al een plaats voor me klaar bij de Staatsoper. Met de knoflooksmaak van de Atheense tzatziki nog in de mond zou ik zoute pinda's eten op een dakterras in Caïro, pinda's gewikkeld in een puntje krantenpapier, gekocht van ventende jochies in pyjamajasjes.

Wat ik vergat in mijn dromen was dat ik moest reizen met een groep. Dat ik moest dweilen voor twee Schotse oudjes en glimlachen naar een domineesechtpaar uit Cambridge, bij wie de grijns in hun porseleinen gezichten gebakken zat. Met hen moest ik bereid zijn alles plezierig en prettig te vinden. Ik moest aan tafel met een man die drie vingers miste, andijvie delen met een man met overbeet en een perkamenten vel van jaren tropendienst, dezelfde die in elke zak van zijn naar lichaam geurend jasje een Baedeker droeg. Uit de ene zak piepte Wenen, uit de andere Caïro.

Toch had ik me vanavond dapper geweerd. Ik maakte al grapjes met ene Terry en John en met de piloot met vier strepen en de piloot met drie. Een stewardess streek me over de wang en met een andere greep ik naar hetzelfde toastje. De gids vlinderde van groep tot groep en duwde de verlegenen naar de uitbundigen. Wie ik sprak vertelde wat hij deed. Een kleine man uit Ashford zat in meubels en zei niet van Italianen te houden omdat ze hem te vaak bedrogen. De Hollanders waren prompt van sturen en betalen, die mocht hij graag. In welke branche ik zat? 'Ach, ik schrijf wel eens wat.' 'Dan moeten wij op onze woorden passen', en weg was hij. Ik kon nu bezwaarlijk nog een ander beroep verzinnen.

Een man met vuile nagels had fortuin gemaakt met alarminstallaties. Hij droeg een gouden pinkring met het vrijmetselaarszegel en om zijn hals, over zijn kraag, bengelde een diamanten kruisje. Een davidster stak in zijn das. Zo was hij als zakenman van alle geloven thuis.

Er was ook een dame met een stok, ze had een voet zonder tenen en schreef poëzie. Ze had er een naam in, verzekerde mij een ander. Ook schreef zij brieven naar *The Times*. Een man las in een hoekje *Le Monde* met een halve bril, hij doceerde Frans in Cardiff en zei *santé* in plaats van *cheers*. Na al die handen en champagne wist ik dat de meesten rijk waren en dat zij dat graag lieten merken. Wie verstand had, verborg dat bescheiden. Iedereen was met iemand. Ik was alleen, met twee koffers.

Op weg naar Wenen zit ik tussen de man met de vrijmetselaarspinkring en een makelaar uit Londen. Ze klagen over het onderhoud van auto's en vrouwen. Ze zijn het zo met elkaar eens dat de pinkring van opwinding elke zin herhaalt. Hij is bang dat ik als buitenlander iets zal missen. Zijn adem ruikt naar de binnenkant van een hoed.

De stewardessen schenken champagne en serveren toastjes. De captain vertelt hoe hoog wij vliegen en welke steden er onder de wolken liggen. Bij de naam Neurenberg valt het woord oorlog. Mijn achterbuurman kent deze streken goed. In de oorlog vloog hij hier tientallen malen. 'Als jongen van twintig liet ik hier heel wat bommen vallen,' zegt hij, uit het raampje naar beneden turend. 'Ik zag München onder me verkruimelen.' De rijen naast en achter hem knikken vol ontzag. Een man die zich heeft voorgesteld als een huisarts uit Liverpool en die een das draagt met rode esculaapjes, komt naast hem in het gangpad staan: 'Heeft u ooit Duitsland bezocht?' vraagt hij.

'Zeker, ik wilde wel eens zien wat we daar hadden uitgespookt. We zijn daar flink tekeergegaan, ha ha.'

'Ik heb Duitsland na de oorlog nooit durven weerzien,' zegt de huisarts. 'Het lijkt mij iets als kijken in een gebarsten spiegel. Ik ben er bang voor.’ Hij zegt er ook moeite mee te hebben als jood Egypte te bezoeken.

Nu mengt de kleine meubelhandelaar uit Ashford zich in het gesprek. Of de dokter wel eens een in Duitsland vervaardigd medicijn voorschrijft en of hij wel beseft dat de vliegtuigstoelen in Duitsland zijn gemaakt. ‘U kan maar beter blijven staan.’ De omstanders lachen smakelijk.

Het is duidelijk dat mannen deze reis de boventoon zullen voeren. Ze vragen naar banen en bezigheden en bieden tegen elkaar op. De vrouwen vinden elkaar in de niet-rokenrijen en vragen om sinaasappelsap in hun champagne. De mannen drinken het puur. Ik besluit het spel mee te spelen en steek een sigaar op, zeg dat ik een bestseller heb geschreven en word tot Wenen voor vol aangezien.

In de bar van hotel Regina zitten de meeste mannen met een glas in de hand. Zij weten wat er in de wereld omgaat. Iedereen is het erover eens dat je ten zuiden van de Donau maar beter je tanden met mineraalwater kan poetsen. Ook heeft iedere man in Griekenland en Egypte een geslachtsziekte en is de Griekse moraal tegennatuurlijk. De heren hebben veel gereisd of lang in het buitenland gewoond. Een man met een snor, die een vuile zakdoek als pochet uit zijn borstzak laat wapperen, woonde jaren in Birma en weet te vertellen dat de armen tussen de keerkringen zich gedragen als roofvogels. Hij heeft zijn beurs aan zijn bretel geketend.

De Schotse weduwe, die sigaren rookt en whisky drinkt als thee, haar pink omhoog bij elke slok, zegt dat in Egypte de dieven nietsontziend te werk gaan. In haar tijd was in Port Said een man uit de bus gehaald omdat hij zo verdacht uit zijn regenjas bloedde. Het was een gauwdief die een dure dameshand had afgehakt met de bedoeling thuis de ringen los te wrikken. De vrijmetselaar, die zijn fortuin heeft gemaakt met inbraakalarm, kijkt bezorgd naar zijn pinkring.

Ik vertrek naar de opera en bezie de avances van Falstaff van achter de vette nek van een Oostenrijker.

De Schotse dames klagen aan het ontbijt dat het hotel zijn sterren niet verdient. De lift werkt niet en in het trappenhuis liggen troffels en emmers, en klodderen mannen met zakdoeken op het hoofd. De dames dienen als gesproken ochtendblad: de man uit Wales is gisteravond zo dronken geworden dat hij verdwaald is in het trappenhuis en vannacht tussen de bouwvakkersspullen is blijven slapen; een echtpaar uit Kent heeft zo'n ruzie gemaakt dat ze om twee verschillende kamers vroegen en die nog hebben gekregen ook. 'Voor hetzelfde geld,' zegt de Schotse dokterswedu-we.

Die morgen maken we gezamenlijk een tocht door de stad, de middag is vrij voor excursies. Sneeuw klontert nog op de hoeken van stoepen. De gids stopt ieder een toegangskaartje voor het Kunsthistorisches Museum in de hand. We dwalen door de zalen, ik maak me los van mijn Britten en geniet van het alleenzijn. Niet lang: bij Titiaan bots ik op de man met de vrijmetselaarspinkring die zijn hoogblonde vrouw luidruchtig wijst op de gammele alarminstallaties. Hij ziet geen kunst, hij ziet draden. Ik deel zijn zorgen en wil me uit de voeten maken, maar zo makkelijk laat hij me niet gaan. Hier spreekt een man met ervaring, een die weet hoe je inbrekers om de tuin kan leiden. Kijk, en daarom moet ik even mee naar de zaal ernaast, waar een bejaarde kopiist zich aan Titiaans *Mädchen im Pelz* waagt. 'Laat ze dat ophangen!' Als het aan hem lag kocht ie 't meteen. Nat en al. Hij overhandigt de kopiist ongevraagd zijn kaartje: STUART – naam en wapen bobbelen van het karton. Zijn vrouw lacht schamper: 'De naam van een vorstenhuis, nu krijgt hij ook nog de neigingen.'

Buiten verlaat ik de groep. Ik neem een taxi naar het Freud Haus in de Berggasse. De oude heer houdt nog praktijk, ik groet zijn wandelstok, kleerhaakjes, hoed, pet en koffer onder glas. Ik aai de stok en ruik aan de hoed. De hoed van Freud ruikt naar karamel. In de wachtkamer ligt een plastic zeiltje over de pers. Een Japanner buigt zich van foto naar foto. Er loopt ook een punkmeisje rond, met laarzen tot over haar knieën. Ze kijkt naar de terracottaverzameling en naar zichzelf in het glas van de uitstalkasten. Ik kijk naar haar laarzen en zie dat ze mijn gedachten raadt. Wat zoekt zij in dit bedevaartsoord? Beiden staan we stil voor de bank in de wachtkamer en glimlachen om het bordje *Bitte nicht niedersitzen*. Zij spreekt mij aan: 'Zit u ook in het vak?' Alles aan haar glimt en kraakt. Ze zegt psychologie te studeren en in deze buurt te wonen. Elke week bezoekt ze het museum omdat ze er zo rustig van wordt. Ze vraagt of ik met haar mee wil. Het is een kostbare studie. Ik knik. We zijn uitgepraat.

We zwijgen op straat, we zwijgen in bed. Aan de muur hangt een foto van Freud met zijn dochter Anna. Sigmund in jagerskostuum, Anna in dirndljurk. Zij heet ook Anna, ze lijken op elkaar. Pas bij de sigaret vraagt ze wat ik van Freud weet. 'Niets,' zeg ik, 'alleen dat hij namen gaf aan jouw en mijn angsten en verlangens.' Ze schrijft met haar nagel in mijn rug en ik moet raden. TRAUM, voel ik: 'Wat droom jij dan?' 'Dat jij een bank voor me berooft en me meeneemt op wereldreis,' zegt ze. Ik groei in mijn dromen. Ik ben Clyde en zij is mijn Bonnie. Samen roven we het geluk. Haar nagels krassen andere woorden. Ik raak verward in de s'en en z'en en laat mijn ogen door de kamer dwalen. Armoebehang, kapotte stoelen, een vuile kattenbak. (Poes, waar ben je?) Anna is een gelaarsde kat. Het huis ruikt naar rook, wij naar rouge. Zoet en zweet smaken bitter.

Buiten loop ik met open jas. Een steppewind stoomt kleren en geweten. Ik drink koffie bij Landtmann en stil mijn schuldgevoelens met een taartje. Waarom ging ik mee? Omdat ik op reis ja zeg tegen alles wat mijn pad kruist en omdat het duistere feller lokt.

In Landtmann drinken vrouwen met bontmuts thee. Ik verberg me achter *Die Presse*, die aan een bamboeklem zit vastgepind. Midden in een rechtbankverslag over een zwendelaar die er een gewoonte van maakte argeloze toeristen aan te spreken in de Spanische Reitschule om ze vervolgens in hun hotel te beroven van hun eerbaarheid en creditcards, wordt er tegen mijn krant getikt. De grijns van de kleine meubelman uit Ashford: 'Hoe gaat het met mijn Nederlandse vriend?' Hij schuift aan en ik adviseer hem de sachertaart. Hij neemt er twee zuinige hapjes van.

Het is de meubelman opgevallen dat er erg veel joden in het reisgezelschap zitten. Hij houdt niet van joden. Ze bedriegen in zaken, zijn te langzaam met betalen en geven je het gevoel er niet bij te horen. Hij kan het weten, want zijn vrouw is half joods.

'Waar is uw vrouw eigenlijk?'

'Die doet Wenen met een bus. We hebben ruzie.'

'Ook al? Ik hoorde dat een echtpaar uit Kent zelfs gescheiden slaapt.'

'Dat zijn wij. Ashford ligt in Kent.'

Hij laat mij betalen voor zijn taart en we spreken de hoop uit dat het goed komt. We besluiten de lippizaner in de Reitschule te bezoeken; we zijn tenslotte toeristen.

Hoewel een bakker het nodig achtte een zonnescherm voor zijn etalage met tere waar te spannen, warmt de zon ons niet. De stad is modderig van de kiezel die in koudere weken tegen sneeuw en ijzel is gestrooid. Ook in de rijschool heerst winter. Er is geen programma. We mogen vrij rondlopen. In de stallen zijn de muren witter dan bij Anna en de beesten eten uit marmeren troggen. In de waterkoude balzaal dansen zes paarden opgezweept door napoleontisch uitgedoste ruiters. De paarden hinniken niet, ze plassen niet, ze dampen als een stil stoomcarrousel. De glazen luchters lijken bevroren ademtochten. Ook wij briesen in de kou. Op de gaanderij ontmoeten we de dokter uit Liverpool, die zijn vrouw juist omstandig vertelt hoe schandelijk het is dat deze nuffige draaimolenpaarden in de oorlog beter zijn behandeld dan mensen. 'Heb je die plaquette gezien waarop generaal Patton wordt bedankt voor het redden van die krengen? In de oorlog was het sappigste gras ze nog niet goed genoeg. Die beesten sliepen in gecapitonneerde bunkers. Patton heeft een pantserdivisie ingezet om ze uit handen van de Russen te houden. Ha ha, is het niet fantastisch, kosten noch moeite gespaard voor een paard. Terwijl mijn ouders een paar honderd kilometer hiervandaan crepeerden omdat ze niet eens gras te vreten kregen. Afgeslacht zijn ze en waar is de gedenktegel?'

Zijn vrouw kijkt beschaamd naar de schelpen en bloemen op de zoldering. 'Je bent nu met vakantie, George.'

'Praten we over nare dingen?' zegt de meubelman uit Ashford, Kent, die ongenood bij ons komt staan. Ik leer deze reis in alle talen te zwijgen.

In Athene word ik wakker van getrommel en gejoel. Voor het hotel staan mannen in grauwe plunje. Ze slaan met stokken op de blikken luiken van de krantenkiosk en roepen: *'Ochi! Ochi!'* Sommigen ballen hun vuist. Ze kijken boos. Zijn dit dezelfde mannen die ons gisteravond achtervolgden? Heeft onze braspartij tot een volksoproer geleid?

Mijn rug steekt, mijn handen zijn geschaafd, mijn hoofd bonkt. Hoe zou het de man uit Wales zijn vergaan? Gisteravond heb ik met hem en een Schot de Plaka verkend. Ze mochten een avond alleen op stap. Hun vrouwen kozen voor een verlichte Akropolis met luisterspel en fanfare, wij voor de nog winterstille straatjes aan de voet.

Ik hou van Sean, de man uit Wales. Zijn ogen lachen door zijn dikke pleisterbril, zijn hemd hangt altijd uit zijn broek, hij praat met zijn handen. Obers schenken minder zuinig na zijn schouderklop, taxichauffeurs tonen hem familiekiekjes als hij te dicht naast ze zit. Alles wat hij aanraakt wordt vrolijk. De whisky lacht altijd in zijn adem. Hij noemt mij *Dutchman* en ik kan geen kwaad bij hem doen. Sean heeft een goede neus voor drank. Elk lokaal waar mannen zwijgend drinken wil hij binnengaan. 'Voor de ervaring,' zegt hij, omdat hij zelf een kroeg bezit die The Gold Pot Inn heet.

Gisteravond beproefden Sean en ik de ouzo, de Schot bleef bij zijn whisky. Uit een café met beslagen ramen klonk de ijzeren galm van een jukebox. Het zat er vol soldaten en matrozen die ons op de drempel toeklapten en met een luid '*toeristes!*' verwelkomden. Sean deed alsof hij met een mitrailleur om zich heen schoot, wapperde met geld en bood een rondje aan.

De soldaten dansten met elkaar. 'Allemaal flikkers,' zei de Schot. Sean danste mee. De matrozen hingen in hun stoelen. Hun broeken lieten weinig speling voor de wind. De soldaten knipten ruw met de vingers, ze maakten een cirkel en daarbinnen toonde er een zijn stoere kunsten. Hij zette zijn tanden in een tafelblad, duwde de poot in zijn kruis en danste verbeten in het rond. Nu gaf de patroon een rondje.

Een matroos sjorde zijn zwarte ceintuur recht en vroeg de Schot ten dans. Die schudde zuinig nee en keek de andere kant op. De matroos staarde hem met waterige ogen aan en deinde neuriënd om hem heen. De van zenuwen verstijfde Schot riep naar Sean dat hij weg wilde. Maar Sean oefende net met twee soldaten hoe je een stoel in balans op je voorhoofd zet. De matroos maakte zijn ceintuur los en zwaaide ermee boven zijn hoofd. Zijn gesp sloeg per ongeluk tegen de wang van de Schot. De Schot vloekte en gaf de onvaste danser een duw. Hij viel. Een glas spatte uiteen. Een matroos met een halve voortand trok aan mijn das en prikte Sean een stoelpoot in zijn buik. Een soldaat sloeg een matroos. Wij renden naar de deur, ik struikelde en botste tegen een tafel. Ik hoorde een vuist op een wang slaan. Achter ons vochten soldaten met matrozen.

De cafébaas eiste schadevergoeding. 'Dollars, dollars,' schreeuwde hij gebarend met gebalde vuist. Sean maakte een lange neus en zette het op een lopen. Wij renden mee. Achter ons vermeerderden de voetstappen. Potige mannen schoten uit donkere hoeken, riepen: '*Kleftes!*'

'Net een film,' zei Sean hijgend op de hoek van een stil pleintje. De Schot kreeg de schuld. 'Thuis loop je in een jurk, hier word je zenuwachtig van dansende soldaten,' zei Sean. We verlangden naar het hotel, maar Sean wilde nog door de stegen dwalen. 'Ik vind het zo leuk om hier mijn eigen voetstappen tegen de muren te horen weerkaatsen, onze bergen hebben zo'n echo niet.'

Sean zit beneden aan een zachtgroen gedekte ontbijttafel. Hij ruikt naar drank, zijn hemd hangt uit de broek en op zijn kraag zit lippenstift. Lusteloos lepelt hij een eitje.

'Laat gemaakt?' vraag ik.

'Nog geen bed gezien en platzak,' lacht hij. 'Hoe vertel ik het mijn vrouw.'

Hij schenkt zich wijn in zijn theekop. 'Spumante Casanova' staat op de fles. Een souvenir uit de laatste taveerne. Naast hem zit de dichteres zonder tenen. Zij houdt Seans mouw vast en schudt bezorgd haar hoofd. 'Je leeft in een roes,' zegt ze, 'straks weet je niet eens meer wat je gezien hebt.'

'Ik maak foto's,' voert Sean ter verdediging aan.

'Ik zal mijn gedichten voor je overschrijven. Dan heb je ook een herinnering in woorden.'

'Daar drinken we op,' zegt Sean.

De dichteres pakt haar stok en verhuist naar een tafeltje verder. Al sinds haar zestiende schrijft zij elke dag een gedicht. Maar in Wenen vloeide haar pen spontaan. 'Ik schreef er twaalf in twee dagen,' zegt ze. Voor de groep bewaart ze de afschriften tussen twee door groen lint bijeengehouden kartonnen. *Aircruise Blues* staat op de kaft.

Ze overhandigt mij haar Weens dozijn. Verzen over componistengraven in de regen waar raven op het witte marmer trippen als natte noten in een schrift. Verzen over Mozarts huis en Strauss' standbeeld. Er zit veel muziek en slecht weer in haar werk. Deze morgen legde zij de laatste hand aan haar eerste gedicht over Athene. Wel honderd regels over het wit, het blauw, het marmer en de zee en de vlag die voorgoed in haar herinnering wappert, met als refrein:

O Athens! What a lovely city
Here to die is not a pity
Where things of beauty go together:
Such Art! Such Nature! Such Good Weather!

De dominee, die tot ergernis van Sean zijn toast schraperig bebotert, vindt het rijm knap maar mist een passage over de sneeuwstorm tijdens de landing in Athene. De dichteres knikt en maakt een aantekening. De makelaar uit Londen zegt geen geduld voor poëzie te hebben: 'Waarom zou je hinken als je ook kan lopen?'

'Daar drinken we op,' zegt Sean.

De dichteres verlaat ontstemd haar tafel. Op haar schrijfblok lees ik: *snow, window, low...*

Na vier dagen begint de groep te klonteren. De dommen scharen zich bij de dommen, de deftigen bij de deftigen, de lachers bij de lachers, maar ook zijn er verlegenen die optrekken met vrijpostigen. Wie moeilijk mengt, groept rond de gids. Alleen de Schotse weduwe stompt zich overal dwars doorheen. Haar zwijgende buurvrouw heeft een oogje op mij. Telkens als ik alleen zit, vertelt ze fluisterend over haar leven. Ik vraag me zo langzamerhand af waarom ze nog geen zelfmoord heeft gepleegd, zo saai is het. Als ik zucht, zegt ze: 'O, o, o.'

Buiten wachten twee bussen voor de Peloponnesos. Nog steeds joelen er mannen voor de luifel. 'Stakende bootwerkers,' zegt de gids ter geruststelling, 'een van de reders onderhandelt in dit hotel.' De mannen zwaaien met rode vlaggen, de dominee knijpt van schrik in zijn bijbel. Het Boek moet hem leiden bij zijn bezoek aan Corinthe. Aan het ontbijt zag ik hem het leeslint langs Corinthiërs 1 vouwen. Vandaag treedt hij in Paulus' voetsporen.

De protesterende mannen trommelen op onze bussen. 'Vuile communisten,' mompelt de voormalige RAF-piloot. Ik zit achter de dominee en lees mee in de apostelbrief: 'Weest allen eenstemmig en laten er geen scheuringen onder U zijn, weest vast aaneengesloten, één van zin en één van gevoelen.' De chauffeur fluit de 'Internationale'. Voordat de stakers ons de ruimte geven, tikt een bezorgde gerant op de busdeur. Hij wil de gids spreken. Wat moet hij doen met die slapende man in de ontbijtzaal?

Seans vrouw is nergens te bekennen.

De meubelman uit Ashford vertelt me in de bus dat zijn kamernummer hetzelfde is als dat van zijn bankrekening in Zwitserland. De voormalige RAF-piloot zegt nooit iets anders te lezen dan de roze bladzijden van de *Financial Times*. De man die drie vingers mist, compenseert zijn tekort met drie huizen. En de dominee waant zich de apostel Paulus. Waarom zoek ik het gezelschap van dit soort mannen, opscheppers die het niet aan zelfvertrouwen, geld en succes ontbreekt? Ben ik het schoolplein nog niet ontgroeid? Ga ik door en laat ik me met gestrekte benen naar Caïro en Luxor vervoeren? Of haak ik af en kneus ik morgen de knieën in de economy class naar huis?

Terwijl ik dit overdenk op de trappen van Epidaurus, zoent iemand mij warm in de nek. Het is Seans vrouw. Ze zat in een andere bus en ze is dronken. Ook zij wil naar huis.

'Zo kan het niet langer,' zegt een vrouw in Forma Naturaschoeisel. 'Dit moet ophouden,' zegt haar wandelvriendin. 'Harry, maak er een eind aan,' zeggen ze in koor tegen de gids. Ze zijn gewend in koor te spreken omdat ze alles samen doen, samen lopen, samen zingen, samen klagen. 'En samenwonen,' fluistert de Schotse weduwe. Beiden dragen een blauw-witte bloemjurk. Zij vinden dat er te veel gedronken wordt. 'Wat moeten de Grieken wel niet van ons denken,' zegt de een. 'Onze moraal en manieren moeten hun een voorbeeld zijn,' zegt de ander. De bloemen hijgen op hun gemoed.

Harry, de gids, knikt bezorgd. Al heeft hij zelf een rode neus van de dorst, hij blijft een heer. Elke klacht neemt hij met een lichte buiging in ontvangst. Hij zal de al te opzichtige drinkers vertellen dat het minder moet.

De ochtend van het vertrek naar Caïro, aan het ontbijt, wordt afgesproken tijdens de vluchten geen champagne meer te schenken. Onze Sean heeft het opnieuw te bont gemaakt. Met de schillen van pistachenootjes in zijn profielzolen gestoken, heeft hij de vorige avond in de hal van het hotel een tapdans ten beste gegeven, trommelend op een dienblad.

We zijn stil in de lucht. Sean roert een derde zakje melkpoeder door zijn koffie. Hij kreunt, zijn oren piepen. Een stewardess houdt twee champagneglazen met hete natte watten tegen zijn oren. Hij lijkt op een marconist. Ik zit naast de dichteres, die aan een vers werkt over een dronkeman in de wolken.

The drinker trembles, cries for pain,
The Lord will curse his aeroplane.

Caïro wekt zonnige verwachtingen. De sandalen komen uit de koffers. Kalknagels snakken naar lucht. De Birmaman is klaar voor de roofvogels onder de Kreeftskeerkring en laat de ketting aan zijn portemonnee rammelen. Hij draagt een verschoten safaripak. Een echtpaar dat me niet eerder was opgevallen, detoneert in groene jagerskostuums. *Trachtenkleidung*, aangeschaft in Wenen. De veertjeshoeden rusten braaf op de knie.

In de douanehal van Caïro denderen televisies boven ons hoofd. Voetbal om het wachten te verlichten. Volgens Sean is het Manchester-Sofia van drie jaar terug. Onze eersteklas vlucht dient zich aan te sluiten achter een uit Koeweit gelande groep gastarbeiders. Goedlachse kerels in pyjama of djellaba – hun tassen puilen uit van de geschenken. Ze spuwen klodders woestijn op de grond. De douaniers nemen de tijd. Enkele heren uit ons gezelschap hebben de wc's geïnspecteerd: de syfilis dampt er van de bril. De twee wandelvriendinnen kruipen griezelend tegen elkaar aan. Hoe luider het klagen, des te beter ik me voel. Thuis kan ik geen vlek velen, maar hier, bij zoveel gerochel en kleverige warmte, laat ik mijn benardheid juist varen en geef ik me over aan een leefstijl die ik me in het Noorden niet toesta.

De in een kuipstoel vastgeschroefde vriendin van de Schotse weduwe dommelt tegen de schouder van een Arabier, in ruil legt hij zijn hand op haar buik... tot de Schotse opstuift en hem uitfoetert. Geschrokken loopt hij weg. De vriendin: 'O, ik vond het wel prettig, ik dacht dat het mijn tas was.'

We zijn eindelijk aan de beurt en de meubelman moet als eerste zijn koffer openmaken. De douanier keurt zijn doorschijnend ondergoed. Al veins ik belangstelling voor het voetbal boven mij, de meubelman ziet me kijken. Zijn woede spat me tegemoet. Na twee uur wachten en dringen verlaten we het vliegveld. Het is donker in Caïro. Op de stoepen spelen kinderen bij olielampen. In de lichten van de bus glanzen reclameborden voor de pil.

Het hotel is een paleis, een jachtslot aan de rand van de woestijn, waar koning Fouad gasten verzamelde voor het vogelschieten. Nu stapt er een ooievaar over het gras.

’s Morgens word ik wakker van watergekletter. De tuinman vecht met een slang. Hij zwaait als ik me uitrek op het balkon. De morgen is een witte mist. Vogels kwetteren. Een paar minuten later brandt de eerste zon de mist roze, tot een zachte woestijnwind de hemel blauw en helder veegt. De ooievaar slaat zijn vleugels uit maar komt niet van de grond. Palmbomen wuiven – groene zweepjes in de lucht – en als de laagste wolken zijn opgejaagd ligt daar de piramide, de grootste. Cheops alleen voor mij.

Wat naast de deur ligt, wordt het eerst bezocht. En masse wandelen wij naar de piramides. Kameeldrijvers en souvenirventers dringen om ons heen. ‘*Special price, real scarab, this for good luck.*’ Een dame met een hooggesloten blouse tuurt met haar hand boven de ogen naar de woestijn en zegt dat het landschap hier zo anders is dan in Buckinghamshire.

Sinds vorig jaar een Amerikaanse toeriste naar beneden is gestort, is het verboden de piramides te beklimmen. Dus gaan wij erin. We wurmen ons naar het hoge binnenste van Cheops’ grafkamer. Zweet stroomt langs ruggen en gezichten. Sean moet halverwege terugkeren. Zijn hart bonkt uit zijn ogen. ‘Ik ben geen kip,’ zegt hij.

Het is druk in de grafkamer. Er staan mensen met hun handen tegen de muur gedrukt. Ze kijken strak voor zich uit, een bruine man met paardenstaart geeft aanwijzingen. We hebben het gevoel iets te verstoren. In de sarcofaag ligt een jongeman en in het midden van de ruimte staat een meisje met de armen wijd – klaar voor welke zegen dan ook. Dan verwisselen de muurleuners van plaats en klimt een ander in de sarcofaag. Ik vraag een van de meisjes tegen de muur wat er aan de hand is. 'Wij mediteren,' fluistert ze uit haar mondhoek.

'Waarvoor?' Ze zwijgt. Ik loop naar de jongen die net uit de sarcofaag is gestapt. 'Wij mogen niet praten,' zegt hij.

De meubelman uit Ashford maakt schampere opmerkingen. Maar zijn vrouw sluit de ogen en leunt ook tegen de muur. Haar boze gezicht krijgt vredige trekken. Als onze groep het duistere hol weer giechelend verlaat, staat ze er nog. De man met de paardenstaart pakt haar hand en geleidt haar naar het middelpunt. Buiten wachten we op haar. De meubelman verzekert ons dat ze vanzelf terugkomt. 'Ze dweept met dat soort dingen,' zegt hij.

Caïro heeft de groepsleden ontsteld. Te arm, te vuil, te vol, vinden ze. 'De bedelaars verstenen je hart,' zegt de dominee, 'mijn portefeuille lijkt wel een magneet.'

De reizigers vinden troost in cocktails. De Birmaman constateert dat het hotel beheerd wordt door dieven. Gisteravond heeft hij zijn schoenen voor de deur gezet; in plaats van gepoetst zijn ze gestolen. De roomservice wordt bevolkt door analfabeten, zegt een dikke man. 'Ik vroeg iets te eten, *quick and handy*, en ze brachten me een brandy.' De man met de Baedekers vindt dat de bezienswaardigheden niet aan hun beschrijving beantwoorden. De een mist de vreugde van een Engels ontbijt, de ander vindt de Egyptenaren te handtastelijk. Zelfs de dichteres zonder tenen is ontstemd. Zij wil een brief naar *The Times* schrijven. De gids hikt. De meubelman uit Ashford flirt met een verlegen dienster, maakt grapjes en leert haar komische woordjes uit Kent. 'Waar is je vrouw?' vraagt de domineese.

'Ja, waar is Yvonne?' roepen de twee wandelvriendinnen.

'Die komt wel weer opdagen,' zegt de meubelman. De gids wordt verweten dat hij niet goed op zijn mensen past.

De captain zal gaan zoeken. Sean, die weer frisse lucht nodig heeft, en ik lopen achter hem aan. De tuinman spuit nog steeds.

Er springen kikkers in het natte gras. De ooievaar peinst. Het beest zit aan een ketting en hapt naar kikkers waar het niet bij kan. 'Zo voel ik me ook,' zegt de captain. 'Het liefst zou ik in mijn eentje wegvliegen.'

Aan de voet van de piramides stapt een gezelschap diplomaten uit zwarte limousines. Ze bewonderen de late zon. (Ik merk dat ik de zon wil beschrijven. Maar waarom moet de zon vergeleken worden met iets waar ze in de verste verte niet op lijkt. De zon, meer dan ooit zichzelf, hield het die avond voor gezien.)

Cheops is gesloten, maar de kameeldrijvers sturen ons naar een tent achter de Sfinx. Bij de ingang kookt een Nubiër water op een houtvuur. De meditatiegroep zit binnen in een kring, de bruine man met de paardenstaart spreekt ze toe. Yvonne draagt een wit hemd en kijkt gelukkig in het rond. De captain richt zich luid tot de paardenstaart, die doorpraat maar dan op ons afstapt.

Natuurlijk wil hij haar laten gaan. Ze is hier uit vrije wil. Ze moet zelf beslissen. Yvonne wordt erbij gehaald. Ze zegt te willen blijven. Hier is ze pas echt op reis. Ze spreekt over vibraties en over de piramide die een levensknoop op aarde is. 'Vanmiddag was ik 381 jaar oud. Ik was een prinses in de Congo en droeg een laken, geweven van de zachtste palmvezels.'

'Trek er drie eeuwen af en je komt in de buurt,' zegt Sean. De paardenstaart vraagt ons buiten te wachten. Hij zal met haar praten. We leunen tegen het tentdoek en horen daarbinnen geen woord. De Nubiër brengt ons muntthee in glaasjes beschilderd met gouden piramides. Sean spuugt de bladeren met een vies gezicht in het zand. Hij drinkt thee als kapitein Haddock.

De man met de paardenstaart komt naar buiten. 'Yvonne staat erop hier te blijven. Ik kan haar moeilijk dwingen.'

'Dan stuur ik morgen de ambassade op u af,' antwoordt de captain. 'U houdt een vrouw in gijzeling, dat is verboden.'

'Mummie!' bijt Sean de paardenstaart toe.

We lopen langzaam terug. 'Wat een gezelschap,' verzucht de captain. 'Besefte u wel op wat voor reis u intekende?'

'Niet helemaal,' zeg ik voorzichtig.

‘Wat had u dan verwacht?’

‘Excentrieke Britten. Kolonels met borstelsnorren. Misschien heb ik als jongen te veel Biggles gelezen en te lang in de fotoalbums van mijn ouders gebladerd... Tropenkleding, deftige hotels, bediendes en wuivende palmen... Ik vrees dat ik me heb vergist.’

‘Ik ook,’ zei Sean. ‘Ik belde die zondag op met mijn zatte kop. En toen zat ik eraan vast, want de stamgasten hadden gewed dat ik toch niet zou durven. Een kroegbaas tussen de kak. Ik krijg het hier elke dag ingepeperd. Geld heb ik genoeg, maar de anderen kunnen hun afkomst beter verbergen. Gisteren zei die professor dat hij mij door mijn Welsh accent niet kon verstaan. Nou vraag ik je, die man praat zo deftig dat hij *chairs* zegt in plaats van *cheers*.’

In het hotel schuiven de gasten met lange gezichten langs het buffet. De twee wandelvriendinnen stappen kordaat op de captain af. Ze eisen opheldering over Yvonne. Wat is hij voor kerel om die vrouw in een piramide achter te laten!

‘Morgen stel ik de ambassade op de hoogte.’

‘Morgen vliegen wij volgens plan naar Luxor,’ keft de een.

‘Het is een schandaal!’ roept de ander. ‘Waar is haar man?’

‘Hier,’ zegt de meubelman. ‘Hoe gaat het met mijn vrouw?’

‘Had u niet al eerder wat belangstelling voor haar kunnen tonen?’ zegt de captain.

‘Het is uw taak de passagiers uit de handen van wilden te houden,’ zegt de meubelman. ‘Ik ga ervan uit dat ik haar terugkrijg zoals ik haar heb afgegeven.’

De captain balt zijn vuist en moet zich verbijten om niet uit te halen. De meubelman lacht hem uit. Te tergend. De vuist bekoelt zich op een bord. Scherven spatten op. De meubelman deinst achteruit. ‘Ongehoord,’ roepen de wandelvriendinnen in koor. De gids schiet toe: ‘Alex, hoe kan je zo stom zijn.’ De captain beent de eetzaal uit. De vriendin van de Schotse zegt: ‘O, o, o.’

We rijden aan de groene kant van de Nijl. De nog ijle zon schittert in de waterige akkers. De piloten hebben ons in alle vroegte naar Luxor gevlogen; vroeger dan gepland – wraak van de captain. De meubelman is mokkend in Caïro achtergebleven. Ons doel ligt nu aan de overzij, in de Vallei van de Koningen en de Koninginnen, waar bussen en gidsen wachten om ons naar de graven te brengen.

De toegang tot de vallei is versperd. Harry, de gids, zegt dat het nog een uur duurt voordat onze groep tot de tombes kan worden toegelaten. Er zijn nog twaalf bussen voor ons. De zon brandt meer en meer. De Schotse weduwe vouwt een zonneklep uit een oude krant, de vrouw met de hooggesloten blouse maakt een knoopje los.

Overal leuren mannen met souvenirs. Mr. Stuart, de pinkring, koopt een portret van Nefertiti met aangeplakte borsten. Hij verbergt de rol voor zijn vrouw.

Na anderhalf uur wachten schuifelen we langs de wanden van de grafkamer van Ramses VI. Het is er warm van de lampen en de o's en a's van bewondering. De Egyptische gids zegt: '*Feathers are symbols of birds*,' en vat duizend jaar in twee minuten samen. Sean dreigt flauw te vallen van benauwdheid en verlaat de tombe. De dokter uit Liverpool geeft hem zoutpillen. Grapjes maakt hij niet meer.

Wanneer we badend in het zweet het daglicht betreden zie ik een man en een vrouw eerbiedig naast een stokoude man staan. Hij spreekt hen bedaard toe. Aan zijn morsige djellaba kleeft een sticker van Cook's reisbureau. 'Dit is Mr. Peter, de oudste gids van Egypte,' zegt onze begeleider. 'Hij werkte nog onder Howard Carter en was erbij toen Toetanchamons graf werd ontdekt. Hij is hier elke dag te vinden.' De oude man knikt ons vriendelijk toe.

'*And now we go to the tomb of Koekakoela and Queen Pepsi*.' De gids gaat ons voor naar de cafetaria.

Sean trekt zich terug in een donker hoekje. Hij heeft last van de warmte. 'Dit is een levenvretend landschap,' zegt hij. 'Nergens een grassprietje te vinden. Ik vind dat de natuur hier overdrijft.'

Maar afhaken wil hij niet. 'Als ik het nu niet zie heb ik er later zo'n spijt van,' zegt hij. En hij loopt met een van pijn vertrokken gezicht naar de groep. Zijn vrouw wuift hem koelte toe. De dokter zegt dat het een kater is.

De antimakassars op de luie stoelen van het Savoy Hotel in Luxor kleven. De *karkadeh*-thee smaakt zurig. Maar voor het groepsklagen losbarst wandel ik alleen naar de nabijgelegen tempel waar ik over de omgevallen pilaren klauter – ze liggen als torentjes overwoekerde damstenen in het gras. Niksende jongens bieden mij aan hun gids te zijn. Ze weten niks. Waarom niet naar de beste gids gezocht? Mr. Peter. Om van hen af te zijn laat ik me door een van hen naar het kantoortje van Cook brengen.

'Mr. Peter woont achter de tempel, aan het dorpsplein,' zegt de man van Cook. 'Hij is zelf een monument. De hoogste gasten leidde hij rond: Sadat, Mubarak, koningin Elizabeth – hij kent ze allemaal.' Sinds een week heeft hij telefoon, dus ik kan hem bellen. Hij werkt nog elke morgen.

Mr. Peter kan mij in de namiddag ontvangen. Om vijf uur sta ik voor een slordig gesmeed ijzeren hek, dat sterker lijkt dan het appartementengebouw waar het de toegang toe verbiedt. De muren zijn opgetrokken zonder meetlat, de stenen niet gevoegd. Na mijn gerammel aan de kettingen komt Mr. Peter aangeschuifeld, zijn handen zijn te broos om het slot te openen. Hij duwt het hangslot naar buiten en geeft mij de sleutel. 'Dit hek stond jaren voor de gang naar Toetanchamons graf,' zegt hij. Boven verwacht ik een huis vol schatten. Zei de man van Cook niet dat Mr. Peter een uitgebreide boekerij bezat? Maar de kamers zijn schamel en de muren kaal. Op de keukenvloer zit een vrouw met kinderen, ze eten uit een ronde, blikken pan.

Het huis ruikt naar gebakken schaap. Mr. Peter leidt me door een kamer waar vier bedden staan en wijst me een stoel op zijn ijzeren balkon. Hij kiest voor de grond en wil van geen ruilen weten. We kijken uit op de tempel, de Nijl en de heuvels aan de dodenoever. Hij door de spijlen, ik over de rand.

Beschaamd vraag ik hoe oud hij was toen Carter na zes jaar vruchteloos zoeken op de morgen van de vierde november 1922 de eerste treden tot de tomben van Toentanchamon ontdekte.

'Twaalf. Ik was de klokjongen. Om het uur luidde ik een bel. Ik verdiende twee piaster per dag. Nu verdient een arbeider vijf pond per dag, als je er een kunt vinden. Geloof mij, die twee piaster van toen smaakten me beter.' Hij heeft geen tand meer in zijn mond, zijn botten schijnen bijkans door zijn vel, het lijkt wel of Mr. Peter zo uit een sarcofaag is ontsnapt. 'Ik ben nu vijfenzeventig jaar oud, en vijftig jaar gids. Ik hou van mijn werk en ik leer nog steeds. Ik spreek met mijn hart en niet met mijn lippen.'

'Was u erbij toen Carter voor het eerst door een gaatje de tombe binnenkeek?'

'Ja, wij mochten stiekem allemaal even kijken.'

'Wat zag u?'

'Niets. De hete oude lucht die vrijkwam deed mijn ogen tranen en toen moest ik mijn plaats weer aan een volgende afstaan. Maar die geur vergeet ik nooit. Later heb ik alles goed gezien. Een schatkamer kleiner dan mijn huis, vol dieren van goud. Ach, weet u, vroeger hadden de archeologen nog geduld. Ze zochten jaren. Tegenwoordig blijven ze zes weken, ploegen de boel om en vinden niks. Toch moeten er nog tweeëntwintig graven zijn. Ik weet er zo zes te vinden. Maar wat moet de wereld ermee? De mensen vergapen zich alleen aan het goud, wijzer worden ze niet. Toen ik op mijn twaalfde jaar voor het eerst goud zag wist ik niet eens wat het was. Wel wist ik dat wij kopten van de farao's afstammen. Ook zij kenden de drie-eenheid en toen Marcus hier kwam prediken, hebben mijn voorouders zich daarin herkend. Dat is de schat die ik koester.' Zijn waarschuwende vinger zwaait in het late zonlicht. De vingerkootjes lijken gouden staafjes.

'Wat zoekt u hier?' vraagt hij.

'Ik reis met een gezelschap.'

'The time you spend with people you are not spending with God,' zegt hij in zijn mooiste Engels. 'Concentreer u op het wezenlijke.' Hij staat op en wijst naar de dodenoever.

'Ziet u dat licht, ziet u hoe oranje de bergen kleuren. Daar wil ik begraven worden. Bij mijn voorouders.' Wij staren beiden naar het langzaam van kleur veranderende landschap. De Nijl is bijna zwart.

'Mooi,' zeg ik.

'Laat u niet verleiden door het uiterlijke,' zegt hij geheimzinnig lachend. 'Nu moet u gaan, ik ben moe.'

Bij het plein slaat een man zijn ezel met een stok. Ik voel me gelouterd na deze ontmoeting en ben bereid terstond mijn leven te veranderen. Mr. Peter bezit vier bedden en een blikken pan, liep op met de rijken en maalt er niet om. Ik vlieg door de wereld, geef me over aan gerief en grootheidswaan en vertil me aan mijn dromen. Dan ontmoet ik een oude uitgemergelde armoedzaaier en kom tot inzicht door zijn kalenderwijsheden. 'Ik hou niet van te veel mensen,' zei hij nog toen hij het ijzeren hek ontsloot. 'Wanneer mensen in groepen reizen worden hun oren langer.'

Ik troost de ezel met een klapje op zijn hals, drink een glaasje arak op het terras, rook mee aan de waterpijp van een kwijlende grijsaard en geef me over aan de sentimentaliteit. Ik droom ervan me te vestigen als correspondent te Luxor. Voldaan stap ik naar het hotel, waar we na het diner zullen verzamelen voor de terugvlucht naar Caïro. Voor het bordes staan enkele mannen van onze groep. Ze praten niet, ze lachen niet. Ze roken zwijgend. Ik voel hun onrust en mijn lichte roes verdwijnt op slag.

De makelaar uit Londen komt me tegemoet. 'Waar was je vanmiddag, heb je het al gehoord? Sean heeft een hartaanval gekregen. Hij is dood. Om drie uur is hij flauwgevallen. Ik heb hem nog in de bus gelegd, maar toen de dokter kwam was het al te laat.'

Ongewoon kalm neem ik het bericht in ontvangst. Hij wel, denk ik. In de hal tref ik handenwringende groepsleden. De twee wandelvriendinnen delen Quiet Life-pillen uit. Politie en de plaatselijke arts zijn traag met de formaliteiten, van vertrek is voorlopig geen sprake.

Ik steek de straat over en slenter langs de Nijl. De zon verdwijnt achter de heuvels, een andere schoonheid kondigt zich aan. Na een paar grauwe minuten waarin de ogen kunnen wennen aan een nieuwe belichting, gloeit alles weer op: de heuvels kleuren purpergoud, de palmen geel, tot ook dat licht dooft en de maan het overneemt. Er dansen witte ribbels op het water.

Twee uur 's nachts verlaten we het Savoy. Baarden komen op, kapsels storten in, we vormen een slonzig cortège. Op de plaats in het vliegtuig waar de champagne werd uitgeschonken, hangt een gordijn met een bobbel. Dat is Sean. De dominee kondigt aan dat hij morgenmiddag een dienst zal houden. Wij krijgen geen snoepje voor het opstijgen.

De volgende dag zitten we om één uur in een conferentiezaaltje van ons hotel aan de rand van Caïro. Cheops oogt grauwer dan de vorige keer. Het zomergoed is verruild voor stemmige winterkleren – we moeten ergens in rouwen. Achterin waait het echtpaar in Trachtenkleidung zich koelte toe. De dominee preekt over het leven dat een reis is en de dichteres zonder tenen leest een rijmloos vers. De meubelman uit Ashford hield zich lang voor ons verstopt, maar is uiteindelijk ook weer aangeschoven. Zijn vrouw heeft zich nog niet gemeld. De vriendin van de Schotse fluistert: 'O, o, o.' De gids ruikt naar drank.

Na de dienst loop ik verloren in de tuin van het hotel. Morgen vertrekken we naar Rome. Of we willen of niet. Gids Harry heeft met het hoofdbureau in Londen gebeld: doorvliegen, luidde het advies, uit vrees voor schadeclaims. Bij wie moet ik me nu nog aansluiten? De tuinjongen verlegt de ketting van de ooievaar, hij glimlacht, ik grijns, een andere taal proberen we niet. Gebarend maakt hij duidelijk dat de ooievaar een vogel is. Hij wrijft een blad tussen zijn handpalmen fijn en wenkt me te komen ruiken.

We bukken boven de perken. Telkens moet ik ruiken aan de rul van bladeren. Snuivend loop ik achter hem aan. Bij de deur van het restaurant tikt hij tegen zijn wang. Hij wil een kus als *baksjisj*.

Ik schud zijn groenbruine hand, tuit de lippen en geef hem een klapzoen. De wandelvriendinnen en de meubelman slaan dit tafereel met gefronste wenkbrauwen gade.

Onder het diner wordt alweer gelachen. De meubelman heeft het hoogste woord. Als hij al gebarend zijn mes van tafel stoot en de ober het niet direct voor een schoon inruilt, kaffert hij de man publiekelijk uit. Ik knipoog naar het personeel.

Onder het toetje vraagt de meubelman me vilein: 'Ben je getrouwd?'

Ik denk aan zijn doorschijnend ondergoed en zeg: 'Ja.'

'Wat jammer voor de tuinjongen.' Hij hapt glimlachend in z'n honingpastei.

Ik verfrommel mijn servet en verlaat de tafel, kwaaier op mezelf dan op hem. Leer ik het dan nooit, dat eindeloze aanpassen, dat overal bij willen horen. Had ik maar vuisten als de captain.

De tuinjongen verpoot de ooievaar. Hij toont me twee kikkertjes in de kom van zijn hand. '*For you*,' zegt hij. Als hij de glibberdingen naar mij wil laten overspringen, vallen ze op de grond. Van schrik trap ik er een dood. De jongen knielt voor het platte beestje en kijkt me boos aan. Het lijkje voert hij aan de ooievaar. De enige vandaag met vrolijke kraaloogjes.

De ochtend voor ons vertrek aarzel ik voor de deur van Seans vrouw – ze moet in Caïro blijven tot het lijk is vrijgegeven. Het bordje *Do not disturb* weerhoudt me ervan aan te kloppen. Maar ik hoor stemmen in haar kamer, een ingehouden lach, en waag het er alsnog op. De deur zwaait open. Ik sta oog in oog met een wankelende vrouw. De meubelman is op bezoek. Whisky walmt in mijn gezicht. Op het nachtkastje ligt Seans kapotte bril. Ze volgt mijn blik en weegt de glazen in haar trillende hand: 'Voor wat Sean dronken besloot, moest hij nuchter boeten.' Ik weet niet anders te antwoorden dan dat ik Sean graag mocht en zwijg verder uit angst voor platitudes.

In de bus naar het vliegveld vertrouwt de Schotse weduwe me

toe dat de meubelman zichzelf nog een week geeft om zijn vrouw van de piramidesekte los te krijgen.

'Denkt u dat het hem zal lukken?'

'*Never.* Die Yvonne wordt nog liever mummie dan dat ze mee teruggaat naar Ashford.'

Gids Harry laat pas op het vliegveld weten dat hij ons verder aan de zorgen van de bemanning overlaat. Hij blijft achter om Seans vrouw te ondersteunen. De laatste halte zullen we op eigen kracht moeten doen.

Gemor alom.

Geen nood. De man met de Baedekers heeft de gids van Rome al in zijn linkerjaszak gestoken.

Twee dagen slenter ik alleen door Rome. In het oude centrum hebben de gietijzeren deurkloppers faraokoppen en telkens weer zie ik Sean. Ik heb een illusie verloren en een waarheid gevonden: het is aangenamer in het hoofd te reizen dan in de lucht of op de grond.

Hoewel, had ik dan ooit kunnen verzinnen dat de meubelman en de vrouw van Sean ons arm in arm in Londen zouden opwachten? Volgens de Schotse gaat ze mee naar Ashford, Kent.

2003

GERANIUMS

De geraniums thuis groeiden wel anderhalve meter hoog. Fors en breed waren ze, met bloemen als vuisten zo groot. Ze werden op antroposofische wijze gekweekt, dat wil zeggen: bij volle maan gestekt, regelmatig toegesproken en tot groeien aangemoedigd met behulp van de zachtste tonen – in de ochtend liefst een lied van Kathleen Ferrier en na de middagboterham, als de zon pal op de vensterbank stond, veel Mozart. Vooral Mozart deed in de natuur wonderen, dat wist iedere soof; een paar deunen bij het voer en de kippen legden vaker, een dagelijks duet in de stal en de koeien gaven meer melk en zo ging het ook met onze geraniums, *Eine kleine Nachtmusik* deed ze bij ons de pot uit schieten. Rudolf Steiner was in dezen onze leidsman. En vergeet de geheime krachten van mijn vader niet. Jaren stond hij voor het raam naar het niets te staren, de warmte van zijn binnensmonds gevloek moet de planten beslist omhoog hebben gejáágd, omdat hij dacht dat alles wat klein en broos was door zijn woede weerbaar werd (maar daar wou ik het dit keer even niet over hebben). De werkelijke eer van onze reuzengeraniums komt moeder toe: zíj draaide de potten als de stelen scheef tegen het glas leunden, zíj gaf water, krabde de aarde open en zorgde op z'n tijd voor een kloddertje paardenmest. Het binnengroen moest voor haar goedmaken wat buiten in de duingrond niet wou groeien.

Dankzij haar zorg hadden wij thuis geen glasgordijnen nodig, de geraniums hielden nieuwsgierige blikken buiten. Het was alleen jammer dat achter die schaamtebedekkers geen voorbijganger ooit mijn trots gezicht kon zien, want ik hield zo van onze geraniums, van hun rode en witte bloemen waar ik sap uit perste, eau de cologne voor mijn zusjes, maar meer nog hield ik van de geur van hun harige bladeren. Lekker tussen je handen wrijven en dan opsnuiven. Naar mosterd en citroen roken ze en bedwelmd kraste ik dan letters in de schimmel op de terracotta bloempotten, geheime boodschappen vol verlangen naar oerwoud en koloniën. De wereld van Schateiland en Long John Silver, de wereld die mijn familie achter zich had moeten laten. Later zou ik die werelden gaan bereizen. Daar droomde ik van achter de vensterbank en het was een later dat elk moment kon aanbreken.

Zoals op die dag dat er een grote auto voor ons raam stopte, een Bentley met een open dak. Witte handschoenen wenkten door het geraniumgebladerte, buiten. Hoog op de achterbank zat een echtpaar in witte zomerkleren en voor, achter het stuur, een chauffeur met pet en witte handschoenen. Ze bleken hun hotel niet te kunnen vinden en de vrouw vroeg mij vriendelijk de weg. Aan het rode kruis op hun nummerbord zag ik dat ze niet Duits genoeg was om haar *immer gerade aus* de verkeerde kant op te wijzen. Mijn op het strand geleerde Duitse woorden schoten in uitleg tekort. De vrouw vroeg me om in te stappen en hen persoonlijk te begeleiden. Zo aardig keek ze, zo rijk leek haar man... maar ik durfde niet, bang dat ze me zouden ontvoeren en meenemen naar Zwitserland. Op het moment dat ze wegreden kreeg ik al spijt. Dit was mijn kans geweest, ik had een rijke jongen kunnen worden, een ander leven kunnen krijgen, tussen vlekkeloze ouders en gouden bergen.

Reizen en geraniums – ik moest nog lang groeien voor die twee opnieuw samenkwamen. Pas in de winter van 1978-'79, toen ik de eerste en enige vaste betrekking in mijn leven had en dagelijks droomde van vluchten. Zodra ik maar enigszins mijn recht op vakantie kon doen gelden, was ik weg. Ik boekte een reis naar het eiland Mauritius in de Indische Oceaan om met een Zuid-Afrikaanse vriendin Kerstmis en meer te vieren. Maar na een maand van geveinsd eilandgeluk wilde ik de laatste week van mijn vakantie alleen zijn. Ontsnappen aan wie ik geworden was: een man ongelukkig in de liefde, een journalist die binnenkort weer terug moest naar zijn krant en zijn land (waar de winter zowaar wereldnieuws was geworden, met ingesneeuwde noordelijke provincies en een leger dat geïsoleerde dorpen moest ontzetten), een dromer die naar een grootser leven verlangde maar er in werkelijkheid veel te bang voor was.

Zodra ik mijn vriendin op het vliegtuig naar Johannesburg had gezet, zou ik mijn hotel verlaten, het lag in een uithoek van het eiland waar geen lokale bewoner langskwam, tenzij om iets te bezorgen of te bedienen, en waar niks anders te doen viel dan aan de rand van een zwembad hangen met lawaaiige gasten die zich de hele dag ongans aten en dronken omdat het bij de prijs was inbegrepen. Misschien moest ik onderdak zoeken in het morsige koloniale stadje Port Louis, waar alles wat je aanraakte kleefde van de warmte en waar een Indiër me in het voorbijgaan had gevraagd of mijn vriendin *a good fuck* was. '*I beg your pardon*,' zei ik quasi verontwaardigd, '*that's none of your business*.' Maar de man bleek niet uit het veld te slaan: '*You wanna fuck a virgin? Wanna fuck a virgin*,' lispelde hij in mijn oor. Zelden heb ik zo keurig gekeken – zonder resultaat – tot mijn vriendin erbij kwam staan, de viezerik op een knipoog trakteerde en hij wegspoot.

Nee, beter niet naar Port Louis, tijdens mijn ontsnapping wilde ik niet het allerslechtste in mezelf tegenkomen. Beter een ander eiland en niet in een hotel, maar *en pension* bij een oude planter; me ergens vestigen met een schijnbaar doel, donderde niet welk, onder een andere naam liefst, een andere nationaliteit. Een week een ander spelen. Me inleven in een ander beroep, dat in ieder geval. Handelaar in parels bijvoorbeeld (de zwarte duikers langs de rotskust hadden indruk op me gemaakt en bij Jack London had ik gelezen dat er langs de riffen parels zo groot als duiveneieren werden opgedoken. Waarde: de prijs van een nieuw houten huis). Ik kon me ook vestigen als gebedsgenezer (dat talent had ik thuis al bewezen en met resultaat, zolang de patiënt er maar in geloofde), of nog beter: als een karakter uit een boek van

Graham Greene, een ontwortelde westerling die had besloten een wending aan zijn leven te geven. Als ik een ander er maar in kon laten geloven, dan gebeurde er met mij ook wel wat...

Op het vliegveld bladerde ik door de toeristenfolders van lokale luchtvaartmaatschappijen: Seychellen, Comoren, Madagaskar... te groot, te ver en veel te veel kokosnoten. Tot mijn oog op een vulkaaneiland viel, kraters, slingerpaden, amfitheaters van lava, wat slaperige stadjes aan een rondweg en een heus casino. La Réunion, een uurtje vliegen naar het zuidwesten. Ik kocht meteen een ticket, nog geen acht uur later stond ik gebogen over de roulette en vertelde een stewardess van Air Réunion over mijn ontsnapping aan Noorwegen. '*Oui, Norvège, près du pôle Nord...*' Ik sabbelde op het ijs in mijn whisky en proefde mijn nieuwe vaderland, een paradijs waar de medemens je niet in de kou liet staan en de zorg zo ver ging dat aan de kassa in de supermarkten automatisch het alcoholpercentage van je boodschappen werd berekend en waar bij herhaalde overschrijding zich vanzelf een maatschappelijk werker aandiende. '*C'est pas vrai!*' riep de stewardess met beide handen voor de mond – een mooie breedlippige mond – ze begreep heel goed waarom ik mijn zaken daar had verkocht (handel in parels en houten huizen) en ze was dolblij dat ze nooit op Noorwegen had gevlogen. Ik ook, want hoe later de avond, des te nieuwsgieriger ze naar Noorwegen werd. Enfin. We dronken veel whisky, te veel, en mijn lippen zochten haar nek. Ik snoof.

'Geraniums,' zei ze. Haar wijsvinger trok een glimmend spoor van achter haar oor langs haar diepbruine hals. Geraniumolie, de basis voor veel Franse parfums, boven in de bergen van Réunion geperst, het eiland was er beroemd om.

'Geraniums, hier, op deze vulkaan?'

De volgende morgen – mijn neus nog vol van haar geur – reden we in een auto met open dak de bergen in, naar de hoogvlakten waar geraniums werden verbouwd. De stewardess zou mijn gids zijn, zonnebril in haar ontkroesde haar, *Le Monde* (van dezelfde dag) ritselend op de achterbank, France Inter op de autoradio. Ze was elegant gekleed, meer voor het Bois de Boulogne dan voor vulkaanhellingen. Op en top Française, ook al was ze op Réunion geboren. Haar ouders hadden haar niet zomaar Marianne gedoopt! En ze wás ook een echte Française, Réunion is immers Frans grondgebied, een *département d'outre-mer*, zelfde postzegels, zelfde giro, zelfde tarieven en nagenoeg dagelijks een vlucht naar Parijs. Ook haar politieke stem telde mee in Frankrijk. En toch reden we in een soort koloniaal Afrika, over de Plaine des Cafres, langs hutjes en armoe, alleen waren de bewoners niet zwart, zoals beneden in de stad, maar rossig, vlekkerig wit. En erg fris keken ze niet uit hun ogen. Arme blanken – Petits Blancs des Hauts, noemde Marianne ze. Vergeten arbeiders die na de afschaffing van de slavernij aan den lijve ondervonden dat de kleur van je vel niet langer garant stond voor rijkdom en bescherming en die, teruggetrokken op de koelere hoogvlakten, zich met wat schamele bloemen- en veeteelt in leven hielden. Op hun eigen teelt hadden ze niet zo goed gelet: o-benen, flaporen en veel traag knorrende kinderen, op het imbeciele af. Maar wel goedkope handen genoeg om uit geraniumbloemen etherische olie te persen. Parijs haalde zijn neus er niet voor op. (Jammer dat ik dit mijn Zuid-Afrikaanse vriendin niet kon laten zien, het was me die nacht in het casino al opgevallen dat de croupiers en obers deftig zwart waren en de glazenopruimers sukkelig wit, en ook op straat zag ik zwarte agenten witte clochards uit de goot vissen – het zou haar schuldgevoel hebben verlicht.)

Hoog gezeten in een cabriolet, met een weelderige Marianne aan mijn zijde, reed ik langs de geraniumperken; stevig en houterig oogden de stelen, struikhoog, maar de bloemen waren kleiner dan bij ons thuis, véél kleiner. Ik rook de paardenmest, Mozart klonk uit de autoradio, even leek het of de geraniums hun blaadjes spitsten, mijn vinger schreef onzichtbare tekens in de lucht... alsof we langs de vensterbank van mijn jeugd reden – eindelijk ontvoerd.

Lang mocht ons geluk niet duren. Ik viel door de mand, begon te praten over de geraniums thuis, over bloemen als vuisten zo groot, over paardenmest en koloniën, over Nederland.

'Ligt dat in Noorwegen?' vroeg Marianne. Ik bloosde (alleen al daarom zou ik zwart willen zijn). Ik werd weer de man aan wie ik wilde ontsnappen en eenmaal mezelf lukte het me niet meer het spel met Marianne te spelen. *Rien ne va plus.*

2005

LITTLE CAYMAN

Verscholen onder een van de weinige grote bomen van het eiland stond een withouten huis – verveloos en verlaten. Een spookhuis, zeiden de eilanders. Niemand wil daar wonen. Waarom? Gedraai... maar geen verhaal. Na een week hoorde ik stukje bij beetje: dertig jaar geleden woonde er een vrouw die voor haar twee doofstomme neven zorgde. Ze waren nooit naar school geweest. Liplezen of gebarentaal was hun niet geleerd. Wel stootten ze de nodige geluiden uit, maar daar kon alleen tante wijs uit worden. De neven leefden in hun eigen wereld en vielen niemand lastig. Tot die dag na Pasen, toen het eiland traditiegetrouw varkens aan het spit reeg om boven een gemeenschappelijk vuur te roosteren. De neven mochten er van hun tante niet aan meedoen. Heidens gedoe, vond ze. En terwijl het eiland danste en dronk en feestte, zaten de neven binnen te mokken. Maar niet lang. Ze maakten een vuur, zochten een stok en sneden er een punt aan. Tante was al mooi bruin toen de buurt de geur kwam opsnuiven. Geen politie die ze kon verhoren. De neven schaterden om de witte pruik van de rechter. Uiteindelijk werden ze op Jamaica gevangengezet. Ieder apart. 'Was dat geen dubbele straf?' vroeg ik. 'Ze toonden geen schaamte,' zeiden de eilanders. Het schijnt dat ze geen klank meer hebben uitgestoten.

1985

SEKS MET DE TANDARTS

De verhalen zijn bizar. Het verhaal over de aidspatiënt wie wegens besmettingsgevaar de huur was opgezegd en die in een tehuis voor daklozen moest worden ondergebracht. Een moddervette verpleegster regelde het vervoer. Ze plantte hem in een rolstoel en duwde hem naar buiten. De taxi ronkte al voor de deur. De stoep was scheef, het wagentje kieperde om. De uitgemergelde patiënt viel boven op de verpleegster. Zij, te dik om zich zelf weer op te richten, spartelde als een tor op haar rug en riep: 'Hij heeft aids, help me, hij heeft aids!' Omstanders maakten zich uit de voeten en de taxi reed hard weg, het portier nog open.

Of het verhaal van de jongeman die naar zijn ouderlijk huis in Phoenix vloog om daar te sterven. Toen de piloot hoorde dat hij een aidspatiënt aan boord had weigerde hij op te stijgen. Na overleg werd zijn taak door een onverschrokkener collega overgenomen. In de lucht bleek de man incontinent te worden. Hij bevuilde zijn stoel. Er ontstond paniek onder de medepassagiers, die vreesden van de geur alleen al aids te zullen krijgen. In Phoenix wachtte de doodzieke man geen ambulance maar een arrestantenwagen. Hij stierf onderweg naar het ziekenhuis. De dokter wilde geen lijkschouwing verrichten uit angst voor besmetting. Een overlijdensakte kon hij dus niet tekenen. Na dagen wist zijn moeder een begrafenisondernemer om te kopen. Voor duizend dollar werd de jongeman in een plastic zak ter aarde besteld.

Het zijn verhalen die, aangedikt en in varianten, in New York de ronde doen. Je leest ze in de stroom van artikelen die hier over aids verschijnen. De kranten berichten wekelijks over ziekenhuizen die hun deuren sluiten voor aidspatiënten. Het komt voor dat ziekenhuispersoneel weigert patiënten te wassen en te voeren.

Inmiddels is bekend dat aids in de eerste plaats een seksueel overdraagbare ziekte is. Ook kan aids ontstaan door het gebruik van vuile naalden of door toediening van besmet bloed. Van alleen praten en aanraken krijg je geen aids. Toch blijkt het misverstand nog wijdverbreid. Eind maart liep in Manhattan een WNBC-televisieploeg de studio uit toen bekend werd dat in een religieus actualiteitenprogramma twee aidspatiënten zouden worden geïnterviewd. Cameramensen en geluidstechnici vonden de opdracht te gevaarlijk. Uiteindelijk werd er één cameraman bereid gevonden de opname te verzorgen, op voorwaarde dat de slachtoffers zelf hun microfoontjes zouden opspelden en na afloop ontsmetten.

Ook krijgt niemand aids van andermans adem. Wat in de lucht zit, is de angst voor aids. De behoefte aan voorlichting blijkt groot. De kranten doen hun plicht in de medische rubrieken, en nu over heel het land is uitgeschetterd dat *all American boy* Rock Hudson aan aids lijdt, kent iedere Amerikaan ten minste één patiënt van horen en zien. Dankzij een filmster die zijn beste rol heeft gespeeld door zijn homoseksualiteit dertig jaar lang voor zijn fans verborgen te houden, weet de goegemeente dat voortaan ook andere mensen dan toegetakelde engerds uit de homosubcultuur het kunnen krijgen.

De ziekte raakt het theater ook op andere wijze. Van de zes toneelstukken in deze stad die homoseksualiteit tot onderwerp hebben, gaan er twee over aids: *The Normal Heart* van Larry Kramer, een off-off-Broadwayproductie, en *As Is* van William Hoffman, een stuk dat na weken draaien in een bescheiden theater nu veel succes heeft op Broadway en dat – al gaat het over lijden en dood – door *The New York Times* als ‘een van de levendigste theatergebeurtenissen van dit seizoen’ wordt beschouwd. In beide stukken teert een geliefde weg aan aids en worden de mythes rond de ziekte gehekeld.

As Is bereikt niet alleen door Broadway een groter publiek. Het is vermakelijk, vlot van toon en drijft de spot met de excessieve promiscuïteit die een minderheidsgroep van homoseksuelen jaren botvierde. De schrijver verklaart deze levenswijze op elegante wijze passé zonder dat hij in een morele toon vervalt. *The Normal Heart* gaat dieper op de problemen in, maar doet soms meer denken aan een debatingclub dan aan toneel. Woede is in dit stuk de grote drijfveer. Woede over de laksheid van de autoriteiten die te lauw en te laat op deze epidemie reageerden. Maar vooral woede over de homoseksuele actievoerders zelf, die volgens Larry Kramer te laf zijn om de 'heteroseksuele machtsstructuren' aan te vallen. Bovendien klampen zij zich volgens hem te veel vast aan de vage idealen van de seksuele bevrijding. Wil al wat nu verworven is niet verloren gaan, dan zal de homoseksuele gemeenschap zich seksuele en morele beperkingen moeten opleggen, meent Kramer. Zijn eindconclusie is duidelijk: 'Dit is geen zaak van burgerrechten maar van besmetting.'

The Normal Heart speelt zich af tegen een decor waarop de namen van honderden slachtoffers zijn geschreven. Ook worden wekelijks de getallen van ongeneeslijke aidslijders bijgehouden. Het stuk begon eind april met 10 400 patiënten, een getal dat in nog geen drie maanden is opgelopen tot 11 871. Die getallen blijven beter hangen dan de dialogen.

Er zijn aanwijzingen dat de risicogroepen onder de indruk raken van dit soort getallen. Toch blijft er een groep van desperado's actief. De wetenschap dat 80 procent van de New Yorkse homoseksuelen en 60 procent van de spuiters het aidsvirus reeds met zich draagt, is voor velen klaarblijkelijk geen reden het pad der lusten te verlaten. (Deze percentages willen overigens niet zeggen dat virusdragers per se aids zullen krijgen.) Hoewel het aantal gonorroegevallen in de homoseksuele gemeenschap hier met 59 procent is afgenomen, genieten de kelders (*for all-men entertainment*) en de sekssauna's nog volop klandizie.

De verslavende kanten van de aldaar beoefende 'pik-en-ik-gerichte seks' worden nu algemeen onderkend. Velen willen wel anders, maar zitten – zoals wel meer verslaafden – geketend aan bepaalde milieus en obsessies.

Een bewijs dat ook steeds meer drugsgebruikers van het aidsvirus weten, is het feit dat New Yorkse straathoekwerkers melden dat de verkoop van schone injectienaalden de laatste maanden is gestegen. In de zijstraten achter de theaters van Broadway bieden de dealers swingend en vingerknippend schone naalden aan met een pakkende slogan: '*Get the good needles. Don't get the bad aids.*'

Maar de scharminkelhoeren die het nabijgelegen Times Square bevolken lijken zich weinig aan te trekken van hygiëne en voorzichtigheid. Je ziet ze samen een naald delen en velen zijn te versuft om een voorbehoedmiddel te gebruiken. Voor tien dollar was een van broosheid bijna doorzichtig meisje bereid het volgende te verklaren: 'Aids? *I don't give a fuck.* New York heeft mij ziek gemaakt, waarom zou ik New York niet ziek maken?'

De organisatie die zich het meest om aidspatiënten in New York bekommert is The Gay Men's Health Crisis. Deze in 1982 uit nood geboren vriendenclub is opgericht om aidspatiënten bij te staan en om de verspreiding van de ziekte zo veel mogelijk te voorkomen. De diensten van de GMHC overschrijden nu de grenzen van het homogetto. Een belangrijk deel van de mensen die de organisatie om hulp vragen, blijkt heteroseksueel te zijn. Nu het aantal patiënten de twaalfduizend overstijgt wordt aids niet meer als een exclusieve homoziekte gezien.

De activiteiten van de Gay Men's Health Crisis zijn honderdvoud: van boodschappendiensten voor zieken tot stervensbegeleiding. Vooral nabestaanden en vrienden van aidsslachtoffers bieden hulp. Ruim elfduizend vrijwilligers hebben zich de afgelopen drie jaar aangemeld. De Gay Men's Health Crisis wordt vooral geassocieerd met hun aidshotline, de belangrijkste vraagbaak over aids aan de oostkust. 'Als je daar een dag meeluistert, hoor je alles over aids wat je altijd al wilde weten maar nooit durfde te vragen,' zegt hotline-coördinator Berry Davidson. We spreken af.

Ergens in Chelsea, downtown, driehoog, zitten drie mannen aan drie telefoons in een keurig grijs kamertje. Ze zijn alle drie in gesprek, een vierde telefoon rinkelt. Dit is de centrale waar wekelijks veertig vrijwilligers in wisseldienst duizend mensen te woord staan. Ik val midden in een gesprek over een gezwollen penis. Details worden niet geschuwd. De telefoons geven ons geen kans om behoorlijk kennis te maken. Ik ga er maar bij zitten en schrijf op wat ik hoor. Als ik zo nu en dan vragend of zorgelijk mijn wenkbrauwen frons, krijg ik tussen de gesprekken door tekst en uitleg.

'Gay Men's Health Crisis, *can I help you?*' zegt een melodieuze stem. 'Waar zitten die plekjes?... Hoe lang hebt u die al?' De opbeller blijkt twee zweertjes te hebben en vreest nu dat hij kaposisarcoom heeft, een zeldzame huidkanker die bij aidspatiënten makkelijker kan ontstaan door de afbraak van het afweersysteem.

'Elk puistje brengt paniek,' zegt Steve. Hij is zanger en doet hier een dag per week vrijwilligerswerk. 'Ik vond dat ik wat moest doen. In Amerika is vrijwilligerswerk heel gewoon en op deze manier doe ik ook iets voor mijn aan aids overleden vrienden. Deze telefoongesprekken beschouw ik als kussen op hun graf.'

'Gay Men's Health Crisis, can I help you?' zegt Jerry, een door het leven getekende vals-vrolijke man, die snel zijn bellers op hun gemak weet te stellen en in de loop van de dag heel wat met ze afkwekt en schatert. 'Tongzoenen is *low risk*, slijm is low risk, dat betekent niet *no risk, honey...*

Nee, van droogzoenen krijg je geen aids... Ja, dat is weer een van die mythes... Hoezo? Heb je Rock Hudson gezoend? Nee? Nou, dan is er geen gevaar.' Jerry legt neer met een grijns en een zucht: 'Dat was een meisje dat gisteravond wang-aan-wang met een homoseksueel heeft gedanst. Vanmorgen had ze een koortslip. Nu is ze bang dat ze aids heeft. De onwetendheid is enorm. Wat wij doen is voorlichten en opvoeden. Sinds Rock Hudson staat de telefoon hier niet meer stil. Zijn bekentenis is een doorbraak in de acceptatie van de ziekte.'

Jerry stopt veel tijd in het vrijwilligerswerk. Eén avond in de week staat hij met voorlichtingsmateriaal in een herensauna en 's zondags klapt hij zijn tafeltje uit op straat. Hij is eraan gewend beschimpt te worden en half afgevreten pizza's in zijn collectepot te krijgen. 'We moeten wel,' zegt hij. 'De regering heeft tot nog toe 150 000 dollar uitgetrokken voor voorlichtingsprogramma's over aids. Dat is een dollar per stad.'

De telefoon blijft rinkelen. 'Hoe weet u dat u het heeft? ... Ja, we zweten allemaal met dit weer. Het is erg warm. ... Gezwollen klieren zijn niet ongewoon. ... Vier pre-aidssymptomen betekenen niet dat je aids hebt. Het zijn heel algemene verschijnselen die een voorbode kunnen zijn van velerlei ongemak. Je maakt je te veel zorgen. ... Stress is ook ondermijnend voor je gezondheid.'

Jerry tot mij: 'Langzamerhand kent iedereen in de risicogroepen het rijtje van de tien symptomen uit zijn hoofd. Sommigen leven nu in een constante angst. Elk puistje zien ze aan voor aids. Droge hoest, diarree, opgezwollen lymfeklieren worden meteen alarmerend geïnterpreteerd. Het is onze taak ze gerust te stellen en eventueel naar artsen te verwijzen. Maar soms moet je wel zeggen dat ze hysterisch zijn.'

De recentelijk ontwikkelde aidstest roept de meeste vragen op. De Gay Men's Health Crisis is geen grote voorstander van deze test, die moet aantonen of het lichaam antistoffen heeft tegen het zogenaamde HTLV-III. De test zegt alleen of men wel of niet aan

het virus blootgesteld is geweest, maar zegt niets over het krijgen van aids. Het feit dat 80 procent van de homoseksuele mannen in New York aan HTLV-III is blootgesteld en antistoffen heeft, wil niet zeggen dat ze alle 80 procent aids krijgen. Integendeel, de score is waarschijnlijk niet hoger dan 10 procent.

De test wordt door de met de Gay Men's Health Crisis samenwerkende medici 'hoogst onbetrouwbaar' genoemd. Het komt namelijk voor dat de test antilichamen aanwijst zonder dat ze er zijn. *Time Magazine* van deze week bericht echter dat de eerste drie maanden landelijke testervaring aantoont dat de aidstest voor 98,8 procent betrouwbaar is.

De weerstand tegen de test lijkt bij de GMHC vooral ingegeven door de sociale gevolgen die een positieve uitslag kan hebben. Homoseksualiteit is in het merendeel van de Amerikaanse staten nog steeds een overtreding, en aangezien geheimhouding van de testuitslagen niet overal wordt gegarandeerd, vrezen homo-organisaties dat het leger (waar de test al op ruime schaal wordt toegepast) en andere werkgevers zich zonder pardon van virusdragers kunnen ontdoen. Ook zijn er al tientallen gevallen bekend van (nog) gezonde personen die na een positieve aidsbloedtest door hun levensverzekeringsmaatschappijen zijn uitgesloten.

Berry Davidson: 'Het aantal mensen dat ontslagen is nadat op hun werk bekend was geworden dat zij het aidsvirus dragen, is schrikbarend groot. Alleen al het feit dat zij mensen kennen die aids hebben of eraan gestorven zijn, kan al tot ontslag leiden. Zolang niet schriftelijk gegarandeerd wordt dat de testuitslagen geheim blijven, raden wij medewerking af. Deze wijze van testen heeft eerder chaos dan zekerheid gecreëerd.'

Voor wie afhankelijk is van bloedtransfusies is de test echter van levensbelang. De Gay Men's Health Crisis drukt dan ook de bellers op het hart de bloedbanktest vooral niet te gebruiken als gratis instelling om te testen of je wel of niet besmet bent. 'Een homoseksueel of een biseksueel mag onder de huidige omstandigheden geen bloed afstaan,' is het advies dat meer dan eens door de telefoon gegeven wordt.

Geduldig praten de mannen zich schor. Ze verwijzen belangstellenden naar de vele gespreksgroepen waarin de organisatie voorziet. Voor elk lijden is wel een avond. Een belangrijke groep is The Worried Well. Deze verontruste gezonden zijn veelal zo bang aids te krijgen dat sommige onder grotere druk staan dan de aidsslachtoffers zelf. Om The Worried Well gerust te stellen moet er naar de intiemste details worden geïnformeerd. 'Heb je ooit zaad van een andere man tot je genomen?' vraagt Steve. 'Nee? Dan ben je low risk. ... O toch. ... Eén keer? Tja, dan wordt seks Russische roulette. ... Nee, ik kan niet zeggen of je het krijgt, de incubatietijd kan vier, vijf of zelfs twaalf jaar zijn. Hou mond en bips op elkaar en kies voortaan voor veilige seks.' Steve tot mij: 'Ze willen allemaal horen dat ze het niet hebben, maar dat zullen wij in zo'n geval nooit zeggen.'

Mijn vocabulaire wordt hier opmerkelijk verrijkt met termen die school en leven mij nog niet leerden. Ook blijkt het menselijk lichaam meer erogene zones te bezitten dan ik voor mogelijk hield. Een Engelse jongen die zojuist achter de nog onbezette telefoon is gaan zitten, licht met het nodige plezier zijn bellers voor over de verrukkingen van safe sex. 'Heb je ooit oksels, tepels, voeten, oren en geschoren testikels geprobeerd? O, doe het toch. Er staat je een prachtige sekservaring te wachten.' De Engelsman waarschuwt vooral tegen extreme onthouding. Maanden geven notoire neukepieten zich over aan bijkans kloosterlijke versterving en dan plots, na een glas te veel of in een treurige bui, doen ze alles wat nu verboden is. 'Het is beter om veilige seks te hebben met verschillende partners dan er helemaal mee op te houden,' adviseert hij een beller. En weer noteert hij iemand voor het ophanden zijnde safe-sexweekend.

Het pijnlijkst zijn de gesprekken met de getrouwde mannen die een dubbelleven leiden. 'Wat moet ik zeggen tegen een getrouwde man bij wie aids is geconstateerd en die ons vraagt hoe hij het voor zijn vrouw verborgen kan houden?' vraagt Steve vertwijfeld. Hij informeert geduldig naar mogelijke vrienden die zouden kunnen bemiddelen. De man wil er niet van weten. Steve smeekt hem het toch te zeggen. De man hangt boos op. 'Drie van dat soort klanten en ik kan niet meer,' zegt Steve.

'Hoeveel keer heb je zaad ingeslikt het afgelopen jaar? Duizend keer!' roept Jerry. 'Goh, dat je nog tijd hebt gevonden ons even te bellen. Stop ermee. Nee, het heeft geen zin om je tanden te poetsen, dat maakt het zelfs erger, want bloedend tandvlees en zaad is de gevaarlijkst mogelijke combinatie.' Het hele gezelschap vervalt na afloop van dit gesprek in gereken om de activiteiten van de hongerige beller in dagen en daden op te delen.

Dan valt er een stilte. Een lange man, met een ingevallen gezicht en grauw als krantenpapier, stapt de kamer binnen. Hij heeft aids en als ik zijn paarse vlekken in de nek en op zijn gezicht bezie, weet ik dat zijn maanden zijn geteld. 'Hoe voel je je?' vraagt Berry. 'Slecht, maar goed,' zegt hij cryptisch.

Vijf van de veertig hotlinemedewerkers hebben aids. Hij schuift gezellig bij. De man is de expert die droogkomisch kan vertellen hoe je stervenden begeleidt, hoe belangrijk het is een testament te maken als je wilt dat je vriend ook nog iets anders dan aids aan je overhoudt en die je adviseert hoe je als zieke te verweren tegen discriminerende maatregelen van huisbazen.

Hij is door alle stadia gegaan. De zelfhaat ('Je voelt je zo vuil en schuldig in het begin,' zegt hij tegen een ander door de telefoon), het uit de weg gaan van vrienden en het in de steek gelaten worden door anderen. Het verlies van werk, de woede en uiteindelijk de berusting. Ik vraag hem waarom hij, met de dood voor ogen, niet naar de Stille Zuidzee gaat of, gesterkt door twee buisjes Mogadon, niet van het Empire State Building af springt. 'Jong en bewust sterven heeft ook iets moois,' zegt hij. 'Bovendien voel ik me hier voor het eerst van mijn leven echt nuttig en dat had ik niet graag willen missen', en na een stilte: 'Ik wil niet als een lepralijder alleen sterven.' Zijn gebroken stem, het zwijgen dat volgt, drukken de stemming niet lang.

'Wat zegt u? U bent bang dat uw kat aids krijgt? U bent bang dat hij uw homoseksuele dierenarts zal bijten? Mevrouw, ik verzeker u: uw kat is gevaarlijker voor hem dan voor u. *Thank you for calling.*'

De drugsverslaafden behoeven een extra geduldige aanpak omdat hun brein dikwijls te afgestompt is om meer dan tweelettergrepige informatie te kunnen bevatten. 'U moet een schone naald gebruiken. Nee, uitspoelen heeft geen zin. Zolang u schone naalden gebruikt zult u veel andere problemen hebben maar geen aids,' zegt Jerry.

Berry Davidson: 'Het misverstand dat aids alleen maar een homoseksuelenziekte is lijkt voorlopig onuitroeibaar. In Afrika, in

Zaïre, Burundi en Ruanda, heeft 50 procent van de bevolking het en daar tast het zowel mannen als vrouwen aan. De ziekte wordt daar vaak door prostitutie overgebracht. Nu heeft de kiem zich vooral in de homoseksuele gemeenschap gevestigd. Hoe? Er zijn honderden theorieën over. Ik ben er niet in geïnteresseerd.'

'Kan ik aids krijgen van mijn homofiele tandarts?' hoor ik meeluisterend een mevrouw aan de andere kant van de lijn schetteren. 'Heeft u seks met uw tandarts? Nee? Dan kunt u ook geen aids van hem krijgen.' Dan kijkt Steve me weer heel treurig aan. In de zes uur dat ik hem bezig zie heb ik een grenzeloze bewondering voor hem gekregen. Altijd maar vriendelijk en rustig, een gezicht en stem vol medeleven – van hem gaat de troost uit die ik altijd meende te zien in de schoolboekgravure van Florence Nightingale, wandelend door een lazaret in de Krim. 'Ik had zojuist een jongen die zonder aanwijsbare reden in twee maanden tien kilo is afgevallen. Bovendien ontdekte hij gisteren paarse vlekken bij zijn enkels. Die heeft dus aids.'

Steve gaat morgen met hem naar het ziekenhuis.

2007

DON'T SELL THE SHOP

Ter viering van het honderdjarig bestaan van de Nederlandse Boekverkopersbond mocht ik mijn favoriete buitenlandse boekhandel portretteren. 'En, welke wordt het?' vroegen ze. 'La fureur de Kinshasa,' riep ik. Niet dat ik er ooit binnenliep, of dat er een winkel met zo'n naam bestaat, maar ik wou naar een dampende stad, waar de oorlog net is opgetrokken en de aids over je schouders meeleest. Waar de bewoners eerder een doodskist dan een boekenkast hebben gezien. Kijken wie daar nog levend de rust vindt om een boek ter hand te nemen. Hoe zou het trouwens gaan met het boek in Afrika? Lang zag men daar het lezen als een asociale daad – wie tijd overheeft deelt die met familie of groep. Misschien ontmoeten ontlezend Europa en lezend Afrika elkaar wel halverwege. Mooie plannen. Maar praktische bezwaren: mijn favoriete boekhandel moest binnen de grenzen van Europa blijven. En ook nog eens buiten mijn woonplaats Parijs.

Welk Europees land ligt tussen beide continenten? Malta, dacht ik. Afrikanen smokkelen zich daar massaal naar binnen – Malta als springplank voor een beter leven. Wie weet kom ik zo toch nog bij Kinshasa uit...

Een warme Saharawind blaast me op een wintermorgen naar Valletta. En daar zit ik, op Republic Square, de lokale Engelse kranten op schoot, dampende koffie op tafel. Een Afrikaanse jongen wil me een bosje jasmijn verkopen. De zoete geur van poep en Afrika. Mijn neus is dik tevreden, maar voor ik een bloem kan kopen (en een vraag kan stellen) jaagt een dienster hem van het terras. Wacht maar, zeg ik met mijn ogen, straks koop ik je hele handel op. Ik duik weer in de kranten. Maar het komen en gaan leidt me zozeer af dat ik mijn hoofd niet bij het nieuws kan houden. Ik lees geen letters, ik lees de voorbijgangers: de onverstaanbare taal op de lippen van de gedrongen vrouwen, de handgebaren van de drukke meneertjes. Wat een beweging, gezoen en gezwaai, iedereen lijkt elkaar te kennen.

Republic Square – Misrah Ir-Repubblika – is een van de twee grote pleinen van de hoofdstad. Hier spreekt Malta af, op weg naar markt en bus of boot, in de schaduw van het Paleis van de Grootmeester, het gerechtshof en de Biblioteca, waar schriftgeleerden uit de hele wereld eeuwenoude incunabelen raadplegen. Honderden stemmen kaatsen tegen de verweerde gevels. Aan de klanken te oordelen (en aan de neuzen en de donkerbruine koppen) bevind ik mij in een Arabisch land, al herken ik veel Italiaanse woorden en zie ik priesters in wapperende soutanes verstoord wegkijken van de eerste toeristen die zich in de februarizon ontbloten. Ook de tafel met Britse overwinteraars haalt me uit de droom. Zij melden hun vrienden luid per zaktelefoon waar ze zitten: Queen's Square. Voor hen zijn de bordjes nooit verhangen en bleef de oude kolonie *eggs and bacon territory*.

Malta kende vele veroveraars. Het volk is een optelsom van al die vreemdelingen die er voor anker gingen en de schrale rotsen bewerkten. De natuurlijke havens – de mooiste van de Middellandse Zee – waren al ver voor de christelijke jaartelling van strategisch belang en hebben altijd krijgslustig volk aangetrokken: Feniciërs, Carthagers, Grieken, Romeinen. Eind negende eeuw viel Malta in handen van de Arabieren. Na tweehonderd jaar verjoegen de Noormannen hen. Eeuwen werd er met Malta geschoven aan de conferentietafels van Europese hoven, tot keizer Karel v de rotsen aan de johannieterorde schonk, een machtig gezelschap notabele religieuzen dat had gezworen armoe, ziekte en de islam te bestrijden. Zíj maakten van Valletta de 'vaste burcht' die het nog altijd is. Maar hoe hun bouwheren ook probeerden het Zuiden en Oosten buiten de stadsmuren te houden, de houten erkers aan de huizen herinneren toch aan Noord-Afrika en ook sloop er onbewust een Moorse krul boven veel statige deuren en ramen.

De kruisridders regeren al sinds 1798 niet meer over Malta, maar bijna drie eeuwen theocratisch bewind hebben zich tot de dag van vandaag diep in de zeden geëtst. Het uit drie bewoonde eilanden bestaande staatje (samen nauwelijks groter dan Amsterdam) telt 365 kerken – één op elke duizend inwoners. De kruisriddervlag is een nationaal symbool en de Kerk bepaalt nog altijd het sociale en politieke leven. Ooit richtte de Kerk religieuze gilden op en nog altijd heeft een beetje parochie haar eigen harmonie, haar eigen vuurwerkfeest en carnaval. Ook dorp of streek eisen betrokkenheid. De lokale trots is groot. Soms laaien bij hoogtijdagen oude geschillen op. Niet dat je daar als argeloze toerist wat van merkt, maar je ziet in het ogenspel der voorbijgangers dat men elkaar goed kent – al te goed.

Malta gaat er prat op het meest katholieke land ter wereld te zijn. De kranten op mijn schoot bevestigen het: 88 procent van de bevolking beschouwt het geloof als het belangrijkste in hun leven, bericht *The Times*. 'Geloof is onze identiteit,' kopt *The Independent*. Identiteit – in de week dat ik op Malta verblijf, zal ik het dagelijks in de kranten tegenkomen. Het land maakt zich op voor de euro. Sinds het in mei 2004 tot de Europese Unie toetrad, legt Brussel andere regels op. De macht van de Kerk brokkelt af. Scheiding en abortus staan opeens ter discussie en dat in een land waar tot voor kort alleen het kerkelijk huwelijk wettig was. (En de vrouwen maar baren en baren, liefst binnen eigen kring, hetgeen de schoonheid der Maltezers niet ten goede is gekomen. Zelden in korte tijd zoveel lelijke moeders kroost voorbij zien duwen.) Ingezonden-briefschrijvers vrezen dat het permissieve Europa de eigen zeden zal ondermijnen. Brussel bemoeit zich nu ook al met het schieten op kwartels en tortelduiven. 'EU verbiedt de lentejacht'. Willen we wel bij Europa horen? vraagt een ingezonden brief in *The Times* zich af. Trekvogels eten hoort kennelijk ook tot de identiteit.

Brussel biedt tenminste nog een toekomst, maar wat moet het eiland met al die illegale Afrikanen? Ook die halen de voorpagina. Dagelijks kruipen er wel een paar aan wal. Duizenden wisten de havens met hun gammele boten te vinden. Tientallen verdronken er voor de kust. De asielzoekers zijn een zware last voor het kleine land. Volgens een hoofdartikel breekt ook hier een onderhuids racisme naar buiten en winnen haatzaaiers en populisten steeds meer terrein.

Over Malta lezen hoort tot mijn huiswerk. Wil ik de beste boekhandel portretteren, dan dien ik toch enigszins te weten hoe het land in elkaar steekt. In het vliegtuig las ik al een beknopte geschiedenis. Wat een strijd en bloed voor een paar stukken rots! Malta kon maar zelden van zichzelf zijn. Pas sinds 1964 min of meer onafhankelijk van het Verenigd Koninkrijk, en nauwelijks los van een politiek actieve Roomse Kerk moet het nu weer naar Brussels pijpen dansen.

Wat lieten al die vreemde meesters voor sporen na in het volk? Hoewel de elites hun tong telkens aan de heersende machten aanpasten – Frans, Italiaans en Engels – is het volk altijd Maltees blijven spreken, een taal waarin de Arabieren hoorbare sporen hebben nagelaten: God in het Maltees heet Allah. Pas sinds 1934 is het de officiële taal. Nog jonger is de literatuur. En nu voelt het Maltees zich onbegrepen in het uitdijend Europa. Ook daarover lees ik in de kranten.

Een ander land... en toch ook zo verdacht herkenbaar. Maar ik vloog niet naar Malta om een spiegel te zoeken.

Een vriend raadde me Sapienzas aan, een van de oudste zaken van Valletta. Ik stelde me een grote winkel voor, met een braaf katholiek hoekje om meneer pastoor zand in de ogen te strooien maar vooral met een ruime sortering opstandige Maltezer literatuur. Een zaak met *renommée*, waar klanten als Anthony Burgess, Nicholas Monsarrat, Desmond Morris en al die andere voor de belasting naar Malta gevluchte Britse schrijvers en kunstenaars hun boeken kochten. ‘Sapienzas, Republic Street, iedereen kent het,’ zei mijn vriend.

Drie keer die verdomde straat op en neer en te eigenwijs om te vragen. Waarom liet die winkel zich niet zien?

Omdat ie kleiner was dan ik dacht: Sapienzas is een pijpenla. Je moet goed kijken om er niet aan voorbij te lopen. Maar eenmaal binnen kon ik niet vermoeden op die paar vierkante meter zo intens met een eiland kennis te maken.

'Welkom in ons familiebedrijf,' zegt James Sapienza. 'Ik ben de vierde generatie.' James maakt een weids gebaar waarmee hij bijna de beide wanden van de winkel raakt. Hij toont me de boeken over Malta in de linker- en rechtervitrine naast de deur. Specialiteit van het huis. Een paar passen verder keur ik de kasten Engelstalige paperbacks – vooraan de laatste bestsellers, achterin de klassieken. En daarmee hebben we de winkel uit, op een kinderhoekje in de staart na. Met tien klanten is het er al behoorlijk vol. Wat zoek ik in deze uitgerekte boekenkast? Hoe kan ik deze winkel in mijn verhaal groter maken? Ah, er bevindt zich ook nog een halve verdieping boven de pockets! Ik veins grote belangstelling, wring me de wenteltrap op en betreed een mezzanine met stapels woordenboeken en taalcursussen. En één klant zowaar. Zie ik het goed? Staat daar niet mijn Afrikaanse jasmijnverkoper? Prevelend met een *Berlitz English Language Course* in zijn hand. Ik loop enthousiast op hem af: hij moet mijn verhaal redden. Maar de jongen schrikt en haast zich naar beneden.

Achterin word ik voorgesteld aan een tweede Sapienza, jonger ogend dan James. Ook vierde generatie? Ja, een broer. Blozend, verlegen. Ook hem lijk ik te storen. Nee, broer Brian weet niks over het verleden, voor vragen moet ik bij James zijn. 'James is de baas, samen met Mark.' Nog een broer? Leven er dan drie broers van deze zaak?

'Drie families,' zegt James.

Twee diepe zuchten stijgen op.

Mark is in aantocht, we wachten hem buiten op. Brian gaat niet mee, hij past op de winkel. Het is lunchuur, honderden mensen lopen voorbij, Republic Street (vroeger: Kingsway) is de drukste winkelstraat van Malta. Een man groet ons al van ver, hij wordt opgehouden, schudt handen, maakt praatjes. '*And how is the baby?*' '*We got your books.*' Mark groet zijn klanten.

'Een paar meter Republic Street kan soms uren duren,' zegt James.

Als we even later gedrieën naar een restaurant lopen, word ook ik onderweg aan klanten voorgesteld. Geletterde mensen, binnenzitters – minder door weer en wind gewassen dan de passanten op het plein. Ik schud de hand van een heuse lord, overwinteraar en lid van het Hogerhuis, bezitter van twee bibliotheken: '*The Sapienzas are responsible for my Malta library.*' Tien stappen verder ontmoet ik een lid van de Order of St. John: '*We are seventy on the island now, and ten thousand in the whole world.*' De ridder geeft mij een minzaam handje.

'Uw bestellingen zijn binnengekomen,' meldt James met gepaste dienstbaarheid.

'Alle intellectuelen kennen onze boekwinkel,' zegt Mark. 'En dan te bedenken dat onze betovergrootvader met een kiosk voor zeelui is begonnen.'

Kiosk. Een woord dat emoties oproept. Een handeltje in kranten, sigaren en wat boeken, meer was het niet, een stalletje aan de kade waar de veerboot aankomt; in de tijd dat Malta nog het Pearl Harbor van de Britten was. Matrozen op doorreis kochten daar. Waren we daarmee de eerste boekhandel op het eiland? vragen de broers zich af. En was het nu 1905 of 1903?

We duiken in het familieverleden. Maar bij elke herinnering komt het heden weer boven: Mark en James zijn nog in de rouw. Vader Louis is anderhalf jaar geleden overleden. Zijn schaduw blijkt opeens zo voelbaar aan tafel... Hij hield het verleden beter bij. Waarom ben ik niet eerder langsgekomen? Door hun vader zitten ze hier. Ze hebben hem op zijn sterfbed beloofd trouw aan de zaak te blijven. *Don't sell the shop!* De last van die eis weegt zwaar. Louis heeft dozen herinneringen nagelaten. 'Ik durf ze niet te openen,' bekent James.

We zoeken troost in een lokale wijn en nemen ons voor bij het begin te beginnen. Bij de betovergrootvader: oprichter Paul Sapienza, vernoemd naar de apostel Paulus, die volgens de overlevering in het jaar 60 op het naburig eiland Gozo schipbreuk leed en daar met het schuim nog achter de oren de hele bevolking kerstende, de Romeinse consul Publius incluis – Malta's eerste bisschop. Ja, de eerste Sapienza's waren vrome katholieken uit Sicilië. De naam was ook een teken dat de familie bij het Engelse Malta wilde horen en Paul richtte zich dan ook op Engelstalige klanten. 'Aan de lokale bevolking raakte je destijds geen drukwerk kwijt, het merendeel was nog analfabeet.' Paul besloot zich op Kingsway te vestigen – de toen nog stille hoofdstraat. Er braken nieuwe tijden aan: Malta kreeg zijn eerste bus! Door Kingsway.

Paul stierf in de oorlog aan een hartaanval toen in 1941 een bommenwerper zijn pakhuis vernietigde. Zoon Anthony, naar Australië geëmigreerd en net voor de oorlog als Teddy teruggekeerd, nam de zaak over. Hij moet een plooibaar man zijn geweest, volgens de broers een noodzaak op het verdeelde eiland. Zelfs de bom die het pakhuis van zijn vader vernietigde, liet hij al naar gelang de politieke voorkeur van zijn klanten uit verschillende vliegtuigen vallen. Voor de Italianen kwam hij van geallieerde zijde, voor de Britten van de fascisten.

Sterke verhalen gaan over tafel. Maar de gezichten betrekken opnieuw, te veel pijnlijke herinneringen komen boven. Spanningen tussen vaders en zonen. Amoureuze avonturen. Opvolgingsproblemen. En dan was er de Kerk, die een van de zonen van Teddy verleidde. De slimste nog wel – ook een Anthony, die we gemakshalve Tony noemen – hij had volgens plan de boekhandel moeten overnemen. Tony was de eerste echte lezer in de familie, maar wilde godbetert missionaris worden. 'Wat, wil jij je laten opeten door krokodillen?' riep zijn vader. 'Hoe moet het dan met de zaak?' Hij moest er niet aan denken het toen al in waarde gestegen pand aan zoon Louis – de vader van James en Mark – te verkopen. Louis ging door voor domoor. Het einde van Sapienzas was in zicht. Er was wel een goedlerende dochter, 'maar,' zegt

Mark, 'een vrouw aan het hoofd van een boekhandel in Malta... daar kon geen sprake van zijn.' Toch was grootvader Teddy achter de rug van zijn familie bezig de zaak te verkopen: aan een rijke vriendin met wie hij meer dan zakelijke banden onderhield. Grootmoeder kwam erachter en verbood de verkoop; zoveel macht had een mater familias nog wel. En ook jurkdrager Tony stond achter zijn broer. Te broos voor de missie, was hij door de jezuïeten naar Chicago gestuurd om daar tot bibliothecaris te worden opgeleid. Hij zou de eerste bibliothecaris van Malta worden.

Louis mocht dan niet de slimste van de familie zijn, hij bleek wel de ondernemendste. Als bezorgknecht van zijn vader – een hogere post was hem niet gegund – had hij al een eigen klantenkring opgebouwd met het colporteren van de *Encyclopedia Britannica*. Eenmaal in de zaak haalde hij de Britse elite binnen. Hij begon een drukkerij, verkocht loten voor de Engelse paardenraces en startte zo zijn eigen *sweepstake* (de eerste op Malta). '*Yes, the family is connected to a lot of firsts*,' verzucht Mark.

Louis kocht zijn vader ruimschoots uit. Maar hoe bitter was de overwinning. Na de overdracht is Teddy nooit meer in de zaak geweest, al liep hij er elke morgen langs – zwaaiend met de krant van de concurrent. '*That hurt our father a lot*.'

Tranen worden weggesnoten. De jezuïetenoom de hemel in gestoken. Hij bracht discipline in de boekhandel. De sweepstake ging eruit. De drukkerij werd afgestoten. Boeken – daar ging het voortaan om. En met de boeken veranderden de klanten. De *sixpenny settlers* kwamen – Britse gepensioneerden die op elke pond slechts zes pence belasting hoefden te betalen. Daarna studenten en medewerkers van de universiteit. Sapienzas werd dé boekhandel. Vader Louis wist niet wat hem overkwam, maar hij speelde het spel als een volleerd verkoper: altijd net één achterflap wijzer.

Hij onderhield ook goede contacten met schrijvers. Desmond Morris was een van zijn beste klanten. De hele familie weet nog hoe de auteur van *The Naked Ape* zich op Republic Square oefende in het *manwatching* – een sport waarover hij uitgebreid bericht in *The Naked Eye*.

Anthony Burgess liep er regelmatig binnen. Maar de boekhandel kon hem niet alle boeken leveren: de strenge censuurwetten zaten de invoer dwars (na het wegvallen van het Brits gezag drong de Kerk zich in de eerste jaren van de onafhankelijkheid sterker dan ooit naar voren – een Kerk die de moderne literatuur liever op de index zag dan in de kasten der gelovigen). De douane hield boeken achter die Burgess van Britse kranten ter bespreking kreeg aangeboden. 'Schuld van de jezuïeten,' schreef Burgess. Maar de Sapienza's bestrijden dit. Het was juist oom Tony, de jezuïetenbibliothecaris, die Burgess in 1973 uitnodigde om een lezing te geven over *Obscenity and the Arts*. Volgens Burgess' memoires zat er 'niet één leek in de zaal, alleen maar nonnen, monniken, priesters en bisschoppen'. Klopt niet, zeggen de broers, minstens de helft van Louis' klantenkring zat onder het gehoor. Na afloop werd de lezing zelfs in de winkel verkocht – een uitgave van broer Tony's Malta Library Association.

Burgess vond de atmosfeer op het eiland 'onderdrukkend' en 'veel te religieus'.

'Malta heeft sindsdien zijn deuren voor de wereld geopend,' zegt de immer verzoenende James. Maar als de broers mij na de lunch trots in de naar hun oom vernoemde bibliotheek rondleiden – ijzeren rekken vol kerkelijk werk, bewaakt door een perkamentkleurige jezuïet – hangt daar nog altijd een muffe mijterlucht.

We wandelen langs de burchtwallen van Valletta en laten de zeewind in onze hemden bollen. Er klinken schoten in de verte. Een melancholie overvalt ons. Is het de wijn, de dalende zon die de lucht rood kleurt. Of zijn het de trekvogels, vluchtend voor hun jagers? Ik gooi een steentje op de rotsen in de diepte: de perfecte echo voor zelfmoord.

'Het is bijna een cliché,' zegt James.

Louis' ziekte komt ter sprake. De klanten die hij op zijn sterfbed ontbood om hen voor hun trouw te danken. De elite uit het landinwaarts gelegen adelsdorp Mdina, aan wie de Sapienza's zoveel verschuldigd zijn. Wil ik een van die mensen ontmoeten?

Ik sla het aanbod af. Het toeval moet me naar klanten leiden. En ik dwaal nog lang door de schaduwstraten van Valletta op zoek naar de jasmijnverkoper.

De Nederlandse vriend die mij op Sapienzas wees, leende me voor deze reis een boek van de lokale schrijver Immanuel Mifsud: *Happy Weekend*. Uit het Maltees vertaalde korte verhalen die een ander eiland tonen dan Kerk en toeristengids ons willen doen geloven. Verveling, drugs, werkeloosheid, overspel, incest, kindermishandeling, broeierige vetes – dát zijn Mifsuds thema's. Geen schrijver weet de verstikkende verbonden op Malta beter op te roepen dan hij.

De volgende morgen bel ik hem op. Ja, ook hij is een goede klant van Sapienzas. Een paar uur later ontmoeten we elkaar in de lobby van mijn hotel. Hij komt net van de universiteit, waar hij moderne literatuur doceert. 'Leven van je pen is voor mij onmogelijk,' zegt hij. Te weinig bewoners en te weinig lezers. Eind negentiende eeuw schreef men nog in het Italiaans, de volkstaal werd daar niet geschikt voor geacht. Tot de Britten het Maltees ook als schrijftaal begonnen te propageren, voornamelijk om het Italiaans eruit te werken en het pad te effenen voor het Engels als officiële tweede taal voor onderwijs en administratie. De eerste boeken in de volkstaal waren sentimentele streekromans en nog is dat het meest gelezen genre; al is vijf- à zesduizend exemplaren voor een bestseller de uiterste grens. Mifsud, die als een jong, serieus en opstandig schrijver wordt gezien, verkoopt hooguit vijf- à zeshonderd exemplaren. En toch is hij de schrijver die Malta in Europa cultureel opstoot. De dichter, dramaturg en romanschrijver organiseerde na de toetreding tot de Unie 's lands eerste internationale poëziefestival en sindsdien wordt hij ook zelf veelvuldig in het buitenland uitgenodigd – een positie die hem lokaal erkenning geeft, al heeft de politiek het daar moeilijk mee.

'De regering wil dat ik als een ambassadeur de loftrompet over Malta steek, maar ik weet zo langzamerhand niet of ik van mijn land moet houden of het moet haten. Soms doe ik maar net alsof het niet bestaat. We zitten te dicht op elkaar, we willen ontsnappen.'

Waarom blijft hij dan?

'Er gaan al zoveel jongeren weg. Ik neem mijn verantwoordelijkheid. Mijn generatie zoekt aansluiting bij Europa. We willen onze literatuur uitdragen. Ik kies voor mijn taal, niet voor het Engels: ik kom uit een arbeidersmilieu, dáár liggen mijn klanken.

De staat doet helemaal niets voor ons schrijvers,' zegt Mifsud. 'We zijn te lastig, we scheppen te veel verwarring. Het grootste probleem is literair vertalers; de weinigen die we hebben, worden opgeslokt door Brussel.'

Immanuel Mifsud prijst Sapienzas. 'Ik koop er ook zo veel mogelijk mijn boeken – al betrap ik me erop dat ik steeds vaker vreemdga op het internet. Sapienzas heeft nog steeds dé naam voor fictie, maar voor wetenschappelijk werk is er nu ook een boekhandel op de campus en sinds kort zijn er buitenlandse ketens die kleine inloopzaken oprichten. Met die open grenzen wordt de concurrentie steeds groter. Maar gelukkig doen ze veel voor de eigen literatuur. Drie jaar geleden zouden ze geen Maltees boek in hun etalage hebben gelegd. Nu organiseren ze signeersessies – een fenomeen dat we hier helemaal niet kenden.'

Mifsud verontschuldigt zich: 'Diep in ons hart voelen wij ons in dat grote Europa buitengewoon inferieur. Het Noorden is heilig voor ons.'

Ligt de Arabische wereld niet dichterbij?

'Het Zuiden bestaat niet. In de jaren zestig, zeventig – onder het bewind van Dom Mintoff, de man die Khaddafi zijn bloedbroeder noemde – hebben ze geprobeerd het Arabisch als derde taal te introduceren. Dat is een nationale ramp geworden.'

'En nu smokkelt het Zuiden zich alsnog naar binnen.'

'Bedoel je de asielzoekers?' vraagt Immanuel Mifsud. 'We zien ze hooguit bij de benzinepomp, of als schoonmakers. De meesten zitten opgesloten achter hekken. Van de vier opvangkampen is er slechts één open. Heel beschamend. Ook zíj willen allemaal naar het Noorden. Maar wat kunnen wij ze bieden?'

Taalcursussen. Daar houden we het maar op.

De volgende morgen zal James Sapienza het nog beamen ook: sinds de komst van de asielzoekers is de verkoop én diefstal van *Berlitz Language Courses* met sprongen gestegen.

'Je hebt me hard laten werken,' zegt Mark Sapienza.

We ontmoeten elkaar twee dagen later in The British Hotel, een oud kavalje met een weids uitzicht op de Grand Harbour. De kruisridders bouwden er hun eerste nederzettingen en nog altijd staat er hun eeuwenoude hospitaal, dat Malta de bijnaam *Nurse of the Mediterranean* gaf.

Brieven komen op tafel, oude rekeningen, onbekende familiefoto's – allemaal schatten uit vaders nagelaten dozen die de zonen nog niet hadden durven openen. 'Kijk, hier een scherpe foto van de kiosk.' *Stationery, Newsagent. P. Sapienza. Tobacconist, Fancy Goods,* staat er boven op de houten lijst. We spellen de krantenkoppen achter kippengaas: *THE GREAT FIRE. EIGHT DEAD. MANY STILL MISSING*. Over het geboortejaar bestaat geen twijfel meer: 1903. Documenten wijzen het uit. Betovergrootvader Paul had ook een *licence*: hij verkocht drank. *Fancy goods?* Nee, dat was een eufemisme voor kapotjes.

Paul schreef zoon Teddy in Australië daar toch vooral geld te vergaren om te helpen een pand in de hoofdstraat te kopen. Brieven worden voorgelezen. '*Money is scarce in Malta. All I like is capital.*' (De twee broers knijpen elkaar in de arm bij deze woorden.) Niet de vader moet zijn zoon helpen, maar de zoon de vader – zo liggen de verhoudingen. '*Cash cash, have you got it? Save your coppers!*' Noodkreten laat in de nacht geschreven. Honderd jaar geschiedenis komt uit de brieven naar voren: passages over sociale onrust, de komst van de eerste bus, sneeuw in Malta (12 februari 1928), de bouw van het aerodroom, de invloed van Mussolini, de scheepsbewegingen in verband met een dreigende oorlog. En dan de vrouwen. Veel woorden over taaie moeders, grootmoeders én overgrootmoeders die vader Louis moest spekken. Allemaal uit die ene winkel. Nu draaien Mark en James en Brian nog voor een moeder en grootmoeder op. 'Mooi dat het kan,' zeg ik.

'Maar zwaar,' zegt James, 'heel zwaar.'

Het wordt stil aan tafel. Mark en James vinden veel overeenkomsten met hun eigen leven. De vader die zijn zoon smeekt. De ene broer die zich aan de andere broer vastklampt. Zo smeekte James, nadat vader Louis de zaak aan hem had overgedaan, Mark om bij de zaak te komen. 'We wilden voorwaarts,' zegt James, 'hadden het plan een internetboekhandel te beginnen – *another first on Malta* – dat waren we aan onze familietradities verplicht. Amazon.com was ons grote voorbeeld. We gingen samen naar de London Book Fair. O, we voelden ons zo klein daar. Maar we zouden groot worden. Een website, was het plan. Gespecialiseerd in Maltensia, om alle over de wereld uitgezworven Maltezers met boeken over hun eiland te kunnen bedienen. We lieten een specialist uit Londen overkomen, die voor duizend pond per dag de technologie kwam installeren. Malta beschikte niet over die kennis. We huurden een pakhuis, reisden zelfs naar Finland om daar het juiste ribbelkarton in te slaan. *Dot com. High tech.* Het waren toverwoorden. Maar we werkten met verlies. Net als Amazon. Daar hoefde je zelfs geen porto te betalen, maar die hadden veel geld achter zich, grote investeerders. Wij maakten schulden bij de bank en speelden met de spaarcenten van onze familie. En toen barstte de zeepbel.'

James wendt zich af, het wordt hem te veel: '*And then we swam back.*'

Mark neemt het over: 'Het enige wat niet verloren ging was de waarde van het pand. Republic Street groeide als toplocatie. Als we het commercieel verhuurden, konden we er meer uit halen dan met de boekhandel. Maar de gedachte alleen al stond onze vader tegen. We moesten toen heel hard werken...'

James kon er niet meer van slapen. Het werd hem te veel. 'Herinner je je onze wandeling langs de hoge muren? Toen je een steentje naar beneden gooide om de diepte te peilen? Daar heb ik eerder gestaan, urenlang. Maar ik kon het niet.' James barst in tranen uit. Ik vlek op mijn aantekenboek. Het was niet de bedoeling zoveel om te woelen.

We verbergen onze gêne en bladeren in de nagelaten documenten.

'Daar zit een familieroman in,' zeg ik.

'Neem ze maar mee,' zegt Mark, 'ik krijg ze nog wel eens terug.' Hij schuift me een stapel brieven toe.

Maar ik duw ze met een grimlach terug: 'Zo makkelijk komen jullie er niet van af.'

De broers lachen weer.

'Het is net als de winkel,' zegt Mark. 'We moeten ermee leven.'

1989

UITGEKLEED

Alles wat de koopman bezit staat in zijn winkel. Kleden aan de wand, op de vloer, op stapels, in rollen. Van elk kleed kent hij het verhaal. 'Wat zijn dat voor zwarte vlekjes?' vraag ik.

'Vlekjes?' Hij veegt, borstelt, maakt zijn vingers nat en proeft het zwart op het kleed. 'Dat zijn vogels, de maker heeft hier vogels afgebeeld. Vogels die vliegen over de woestijn.'

De koopman woont tussen zijn kleden, ze dienen hem tot tafel, tot stoel en hij kruipt eronder als hij 's middags moe is. Zo vond ik hem, slapend onder vier kleden. Maar hij sliep als een slang: 'Psst, monsieur, psst.'

'Ik wil alleen maar kijken,' zeg ik.

'Ze moeten bewegen,' zegt de koopman en hij knipt met zijn vingers. Vier jongens komen binnen, twee kleine voor de kleine kleden, twee grote voor de grote en voor de lopers roept hij twee mannen met baarden. 'Kleden behoeven lucht, alleen in beweging ziet u hun glans.'

De jongens trekken de kleden op tot hun neuzen en ik zie wollen kamelen en bijen op een honinggeel veld, wolken en oases en daarboven glanzende, bruine ogen.

De koopman zegt: 'De moderne Marokkaan is op het lyceum geweest, op de universiteit, hij kan boeken lezen en hij heeft zijn muil verruild voor een veterschoen. Hij rijdt in een Mercedes, maar hij bidt op een Belgisch kleed, mechanisch geweven, omdat hij denkt dat alleen machines kwaliteit leveren. Hij kan zijn eigen kleed niet meer lezen. Hij weet niet eens dat het olielampje midden in dit kleed op zijn viriliteit slaat... kijk eens wat een forse tuit, en de sterretjes eromheen, ze geven licht, ziet u, dat zijn zijn toekomstige kinderen. De moderne Marokkaan heeft geen eerbied voor de blindheid van de oude vrouw die haar ogen aan de knopen heeft geofferd. Ziet u de gouden gloed, goud dat overgaat in jade? Dat is het verhaal van de Berbers, verteld door vrouwen die niet kunnen lezen, die nooit zijn schoolgegaan, maar die de geschiedenis van hun volk in draden kunnen schrijven. Ze kennen elkaar, overleggen, zien de verhalen tussen elkaars ogen. U staat hier in een bibliotheek, meneer.'

Tien paar ogen kijken mij aan, twintig handen laten kleden en lopers zakken, tien monden grijnzen mij toe.

'Respecteer toch onze geschiedenis, meneer. Het zijn niet zomaar vrouwen, ze zijn van nobele families, hun handen moeten fijn zijn, niet de handen van dienstmeiden, geen handen die wortels snijden, vlees bereiden. Laat mij uw handen zien.' Ik steek mijn rechterhand uit. 'De hand van een intellectueel.' Hij strijkt langs mijn middelvinger. 'Het eeltbobbeltje van de schrijver. Dit kleed komt u toe. U bent het aan uw stand verplicht.'

'Ik zal erover nadenken.'

'Wie nadenkt krijgt het koud. Wij kunnen ons niet veroorloven na te denken. Het enige wat wij de beschaving kunnen bieden is een kleed.'

'Maar uw volk heeft toch de algebra uitgedacht?'

'Ik ben geen Arabier, ik ben een Berber. Mijn taal laat zich van de Libische woestijn tot Senegal verstaan. De Feniciërs, Egyptenaren en de Toearegs hebben evenveel sporen in mijn bloed nagelaten als de Arabieren. Voor ons zijn de sterren er om de weg te wijzen.'

'Ik kom morgen terug,' zeg ik.

'Berbers hebben nooit haast. De tijd is hier niets waard.'

'Ik ben hier nog acht dagen.'

'Ik ben hier mijn hele leven,' zegt de koopman, 'mijn wereld is zo groot als een kleed. Klein, ik geef het toe. Maar ik zie meer dan u. Kijk toch, meneer,' en hij wijst naar het kleed waar we op staan, 'die bergen, dat is de Atlas, en zie, de kamelen drinken, en de vogels, mooier dan op uw bankbiljetten. En het goud vlamt, dit is een vlammend kleed, meneer. Alleen mensenhanden kunnen dit laten branden.'

Het is een mooi kleed. Ik geef het toe.

'Vierduizend dirham, duizend gulden.'

'Duizend dirham.'

'Meneer, u wilt een kameel voor de prijs van een vis.'

'Tweehonderdvijftig gulden.'

Hij neemt mij apart en fluistert: 'Vertel dit niet aan de minister. Hij zal furieus zijn. Dit zijn antieke kleden, ze mogen het land niet eens uit.'

'Driehonderdvijftig.'

'Zevenhonderd.'

'Vijfhonderd.'

We schudden handen. 'Ik breng het naar uw hotel. Vanavond om zeven uur voor de poort. Ik mag daar niet eens binnen. Een Berber in djellaba, daar houden ze niet van. Ik leg het achter in mijn ezelskar.'

's Avonds om zeven uur. Ik wacht onder een palmboom voor mijn hotel. Een Mercedes stopt. De koopman, in een vlot leren jasje, stapt uit. Ik krijg het kleed, hij het geld.

Een sieraad voor de logeerkamer. Nee, niet in de salon, want onder de witte rand, die woestijnwitte zoom, langs Atlas, kamelen en vogels, staat mijn schaamte ingeweven: Made in Belgium.

2005

ORENPARADIJS

'Ga erheen,' schreef *Le Monde*. 'Het zou wel eens de laatste kunnen zijn.' Le Salon Internationale de l'Agriculture. Zeven hallen platteland in de grote stad. De grootste jaarmarkt voor koeien en konten. En je mag overal aan zitten. Aan de limousines, charolaises, blondes d'Aquitaine, maar ook aan de biggetjes van een zogende blanc de l'Ouest of konijnen uit de Bourgogne, merinos uit Arles en kippen uit Bresse. Al aaiend kreeg ik zelfs een bijzonder contact met een zwarte muilezel uit de Berry die me letterlijk bij de kraag greep toen ik na een krabbel op zijn snuit weer voort wou. Nee, ik moest hem (het?) blijven aaien en krabben, we begrepen elkaar, onze ogen gaven dat aan. Ik weet zeker dat hij me meer wilde zeggen.

Een paar hallen verder voelde ik plotseling zijn adem in mijn nek, te midden van die drommen mensen, ik draaide me geschrokken om... Natuurlijk stond hij niet achter me, maar hij moet me geroepen hebben. Ik ben meteen naar hem teruggegaan en daarna nog twee keer; telkens stond ik stom van hem te houden. Zwart was mijn vriend, zijn hoofd grijzig, maar niet van ouderdom, zijn ogen waren kwetsbaar menselijk. Het was liefde op het eerste gezicht – helaas kwam ik een zintuig tekort.

Mijn alledaagse zintuigen manifesteerden zich beter die dag. Neus deed zich te goed aan karrenvrachten prikkelende stront van de honderden paradepaarden en koeien die hun spieren kwamen showen. Oor liet z'n smeer loskraaien door hanen en kippen en tractorgebrul, en door de schelle bellen van koeien uit de Alpen en Vogezen. Het zachte piesen van hun melk in blikken emmers verzachtte weer de pijn: drieëntwintig liter zag ik uit één koe vloeien. Oog kon er niet genoeg van krijgen. En Smaak kwijlde bij de schimmelkazen. Kazen uit streken die ik op de kaart niet kan vinden, maar hoe makkelijk vonden ze niet de weg naar mijn mond?

Naast de koeien stonden slagers karkassen uit te benen. Elke vezel werd opgediend: bloed, bot, staart en hersens. De darmenbrij rook nog naar stront. Tast toe. Een vrouw die dat zichtbaar graag in haar leven had gedaan, weigerde het vierde toastje *rillettes*. 'Nee, ik doe aan de lijn.' 'Mevrouw', zei een boer die naast haar stond, 'als de botten goed op hun plaats zitten, valt het vlees er vanzelf mooi overheen'.

Mijn verhemelte waste ik met uitverkoren wijnen, minder dan *médaille d'or* proefde ik niet. Ook een twintig jaar oude armagnac viel in de prijzen, daar stonden de mensen een uur voor in de rij... voor één slok. Een jongere calvados of *vieille prune* kon in de wandeling zo van het dienblad worden meegenomen. Het drinken en proeven maakte de tongen los, bomen van kerels onderhielden me een kwartier over een kaasje niet groter dan een kurk of lieten me aan een zak spelt ruiken waarvan het oerzaad uit een piramide was opgeveegd en opnieuw tot leven gebracht. Wat voor dialect ze ook spraken, we verstonden elkaar als we de dij van een eend streelden.

Zelden zag ik zoveel dikke ronde koppen, mannen van het land die het er een paar dagen van namen. Ze waakten als ambassadeurs over hun erfgoed, zochten erkenning voor hun cultuur. En de Parijzenaars, minstens de helft van de bezoekers, zogen het op. Schalen, manden, tonnen. Zo afstandelijk als ze zich tegenover de levende have gedroegen, zo opdringerig toonden ze zich bij het tot kant-en-klare hap verwerkte beest. (De stadse mensen bedoel ik...)

Tegen het uur van het aperitief verbroederde ik me met paardenfokkers en de winnaars van een tractorwedstrijd. Ook politici weten dan de hal waar geschonken wordt te vinden. Hun bezoeken worden met de stopwatch bijgehouden. Wie het langst blijft, kan op de meeste stemmen rekenen. Rechts laat zich omringen door gehoornde koeien. Links beklimt een barricade van balen stro. En allen bekloppen de konten en doen beloften en knikken begrijpend bij het aanhoren van klachten en onvrede. Chirac vestigde tot nog toe het record: zeven uur. Een uur langer dan Jospin. Ik bleef negen uur. Tegen die tijd had ik het refrein van een jachtlied uit de Auvergne onder de knie. Een oud lied, vertrouwde een jonge boer me toe. Hij kreeg er tranen van in zijn ogen. Niet alleen van de drank. Hij zong over een paradijs van horen zeggen, het lonkte op de bodem van zijn glas. Veertig jaar geleden werkte 20 procent van de Fransen nog op het land, nu is het hooguit 3,5. De salon vat de laatste resten boerencultuur onder een glazen stolp, gestold leven dat in werkelijkheid nauwelijks nog te vinden is, hoe het ook lawaait en stinkt.

2003

SCHATEILAND

De kapitein recht zijn rug en neemt het roer over, hij draait zich even om naar de passagiers achter hem, zijn epauletten zwellen tot aan zijn oren – aan zoveel strepen mogen wij ons toevertrouwen. Het schip trilt van ongeduld, een laatste ruk en we koersen met volle kracht recht op het koraalrif af. Door strak over zijn schouders te kijken en denkbeeldig mee te sturen, kan ik mijn zeeziekte redelijk bedwingen... en dus zoek ik met de kapitein een gat in het woeste witte hek dat om het eiland buldert: een doorvaarbare geul in het koraal, uitgesleten door het zoete rivierwater van het eiland. De lading rammelt, de reddingsboeien kreunen in hun touwen, maar dan wordt het plotseling stil... Precies daar waar de in- en uitgaande stromen tegen elkaar op draaien stikt de zee in haar eigen gebulder. Het schip lijkt omhoog te komen. Een onzichtbare hand tilt ons uit de blauwe lagune, zet ons over het koraalrif en plaatst ons in de woeste zee. Het is weer gelukt! Ontsnapt aan het ene eiland, op weg naar het volgende. Meer dan een paar seconden zal onze rifpassage niet geduurd hebben, maar het voelde prikkelend traag, alsof de oude Neptunus ons met zijn drietand een kontje gaf.

Volle kracht vooruit! De kapitein steekt een sigaret op, het dek laat zich door de golven wassen – en wij passagiers geven ons over aan het grote deinen. Het wordt me groen om de neus. En toch, hier heb ik altijd van gedroomd: op de Stille Zuidzee te varen, een palmenstrand in de rug, de blik op de horizon en onder mij, zichtbaar in het heldere water, het zacht krakend koraal.

Hoe vaak heb ik als jongen niet samen met Long John Silver naar een doorgang in het rif gezocht om Schateiland te bereiken? Geen zee ging me te hoog in de boeken van mijn jeugd. *De muiterij op de Bounty*, *Robinson Crusoë*, *De Zwitserse familie Robinson* en *Typee* van Herman Melville – avonturen die zich voor een deel afspeelden op onbewoonde eilanden in de grote oceaan. En als ze wél bewoond bleken, dan door kannibalen! Later leerde je over de expedities van de Franse, Britse en Nederlandse ontdekkingsreizigers – Bougainville, Cook en Roggeveen – over hun ontmoetingen met geheimzinnige Maori's die zich op vlotten door de passaatwinden hadden laten meevoeren en zo een eilandenrijk hadden gesticht met één taal, één cultuur, in een oceaan zo weids als een kwart van de wereld. Al liepen volgens overlevering de strijders met de rammelende schedels van onderworpen stamhoofden te pronken, in de praktijk bleken de eilandbewoners vooral vreedzame lieden die de vreemde schepelingen met bloemkransen onthaalden en de overdaad van hun eiland ruimhartig deelden. De wilde bleek een Nobele Wilde en hij leefde ook nog in een paradijs waar schuld en schaamte onbekende begrippen waren. (Ja, de Polynesische vrouwen bedekten hun borsten niet en openden hut en hart voor roodverbrande vreemdelingen!) Een reden voor missie en zending om die volken onmiddellijk de christelijke zeden en gewoonten op te willen leggen, want we dienen nu eenmaal allen even ongelukkig te zijn. Tot troost waren er ook nog schrijvers die hun fantasie op de Stille Zuidzee loslieten en daar werd ik door aangetast: Schateiland bestond dus echt. (Piraat zou ik worden, een tweede Long John Silver... Zilver wilde ik heten.) Ooit zou ik die Stille Zuidzee bevaren, dat had ik me op mijn zestiende al voorgenomen. Het heeft even geduurd, maar nu sta ik toch achter een stoere kapitein, kotsmisselijk, in korte broek met rimpelknieën. Maar het is niet alleen de deining die me parten speelt. Een weeë geur doorstooft het schip, de kapitein heeft wel duizend meloenen aan boord genomen.

Tahiti – waar de reis begon – ligt al twee weken achter me. Ik heb er geen wit strand gezien. Zwart en modderig zijn de kusten daar en waar de uitlopende rotsen maar even ruimte geven, staat een vijfsterrenhotel met kunstmatig aangelegd en dagelijks gestofzuigd wit strand. Nee, de folders van de reisbureaus liegen niet. En de meisjes zijn mooi, getooid met bloemkransen, ook dat klopt – maar het verwelken zit in hun genen: boven de dertig dijen ze wanstaltig uit. De mannen trouwens ook; de kano die de voorouders ooit spieren gaf, is nu een motorboot. Overgewicht is zo'n ernstige nationale kwaal dat het aanbrengen van een maagband in het ziekenfonds zit. Een beetje vent vervet in zijn 4WD.

Rijk lijkt het leven op Tahiti. Het behoort tot een van de duurste vakantiebestemmingen ter wereld. Jongeren van elders uit de archipel trekken massaal naar de hoofdstad Papeete om het er te 'gaan maken'. Tot ze geschrokken bemerken dat het eten er niet zoals thuis van de boom op je bord valt en dat de vis op de markt duur wordt betaald. Een paradijs is Tahiti allang niet meer. Het paradijs ligt overzee: in Frankrijk. Het onderwijs is geheel op Frankrijk gericht, nagenoeg alle televisieprogramma's komen er vandaan, de kranten worden dagelijks uit Parijs ingevlogen, evenals de gendarmes, technici en verpleegsters (om er, verstoken van het luxe vaderland, drie keer zoveel als thuis te verdienen). Al groeit er een broodboom in elke tuin en biedt de gekookte vrucht daarvan een voedzaam ontbijt, iedereen eet verlept stokbrood. Tahiti behoort tot het Franse grondgebied! Maar juist die opdringerige aanwezigheid van een illusoir moederland maakt het isolement zo voelbaar: Parijs ligt 16 000 kilometer ver weg, Australië nog altijd 5200 kilometer.

Weidse horizonnen, diepe oceanen, hoge bergen en toch benauwend. Je ziet het aan de opgeschoten jongens in Papeete: uit verveling stoere rondjes rijden in de dure auto's van de enkeling die het wél heeft gemaakt. Tahiti komen ze er niet mee af. Het blijft drieënvijftig kilometer lang en duizend vierkante kilometer groot. Hoe hard ze ook rijden.

Op mijn tweede eiland, Maupiti (door de Nederlandse zeevaarder Jacob Roggeveen op de kaart gezet), begin ik zelf voor het eerst te ervaren hoe het voelt om van de wereld te zijn afgesneden (voor wat het waard is met een retourkaartje in mijn rugzak). Ik heb me van het hoofdeiland, een rots van elf vierkante kilometer, op een omringende *motu* laten afzetten – een zandbank die zich aan het rif heeft vastgekoekt. Wit zand en palmen, eindelijk mijn zin. Ik logeer bij een familie die een paar houten huisjes verhuurt. Spartaanse optrekjes, maar daar heb ik deze reis voor gekozen: zo veel mogelijk het alledaagse Polynesische leven benaderen, niet de opgejazzte versie van Club Med. Dus geen onnodig stroomvretend vermaak. Niks radio, televisie of krant, wel een bescheiden generator.

Als een ware Robinson ga ik op verkenning uit. Leeg is mijn motu... Na een kwartier heb ik hem over en dwars verkend. Wat verder te doen? Zwemmen en schrikken van de tegen mijn benen aan vrijende roggen. Suffen in de schaduw van een palm (de giraffe onder de bomen) en in mijn sluimer gewekt worden door de heer des huizes, die de lagune in loopt en binnen een mum van tijd tientallen turkooiskleurige papegaaivissen aan zijn harpoen rijgt. Zijn dochters schrapen de schubben af... (Zo idyllisch en vredig lijkt hun eilandleven en dan te bedenken dat een van die meisjes over een paar maanden naar Frankrijk gaat om daar voor politievrouw te worden opgeleid. Ze vertelde het me opgewonden bij de eerste kennismaking.) Tien minuten later wordt de vis rauw opgediend, fijngesneden in een marinade van tomaat, ui en verse kokosmelk. Onder het eten laat ik me bang maken met verhalen over giftige schelpen en vissen (de *poisson de pierre*, die sluimert als een steen in het zand, maar trap je er per ongeluk op dan schiet hij gemene pijlen af, vier- tot vijfmaal giftiger dan het gif van een cobra).

Na drie dagen kokende zandbank laat ik me voor een dag naar het hoofdeiland overzetten, je moet wat doen om de tijd te doden. Tijd? Niemand weet welke dag het is. De mensen dutten wat op de veranda, de hoofdstraat is twee meter breed en een speelplaats voor kleuters. Hotel, bank? De kruidenier speelt voor bank, dat wil zeggen: je kan er kopen op de pof, maar geld wisselen kan hij niet. Het meisje achter de kassa laat me beschroomd de mand opschrijfboekjes zien – haar toko is het kloppend hart van het eiland, de jongens hangen graag om haar ijskast. Nog meer opwinding biedt de pier, waar om de dag een boot komt laden en lossen. Daar zindert het leven. De dood ligt in iedere voortuin: men begraaft zijn familie het liefst onder het raam.

Wij slaan de reisgids erop na. (Wij? Ik ben zo alleen dat ik mezelf in het meervoud toespreek: we moeten er wat van maken in ons eentje.) Maupiti heeft een beroemde *marae* – een uit keien opgebouwde offerplaats waar vroeger het religieuze en sociale leven van de clan werd gevierd. Erheen – ook al kruipt het kwik om de rotsen tegen de veertig graden. Geëscorteerd door de dorpsgek en twee schurftige honden, zwetend op zoek naar de plek waar in vroeger eeuwen de stamhoofden werden geïnstalleerd, mensen geofferd... Geen donder te zien, veel keien, dat wel. De enkele passant die ik vraag of het de juiste plaats is, doet afwerend – ik lijk iets te verstoren. Terug op mijn motu, na een prachtige zonsondergang waar de hele familie voor uitloopt, is het wantrouwen tegenover de nieuweling een beetje verdwenen en wil het echtpaar bij wie ik in pension ben me wel iets over de marae vertellen, al moet ik de woorden uit ze trekken want de marae is nog steeds *tapu*. (Tapu – een woord dat je onderweg tientallen keren hoort en tegenkomt: verboden. Ons woord taboe komt er vandaan. In de oude tijd werden van hogerhand soms de meest omslachtige tapu's opgelegd – als straf of als handicap die de 'uitverkorene' krachtiger maakte. Krab je vandaag de dag aan het westers vernis, dan vind je daarachter nog talloze regels en geboden.)

'De marae is onze trots,' zegt de vrouw des huizes met de schelle stem die zo kenmerkend is voor Polynesische matrones, 'zoals bij jullie een kasteel. Hij is ons verleden, maar ook onze noblesse. Maupiti heeft de oudste marae van de archipel, negen koningen zijn er gekroond, onder wie de koning van Hawaï. Je voelt er de energie.'

Vissers bezoeken de plaats om er een goede vangst af te smeken en haar man leest in de keien aanwijzingen waar de meeste vis zit. Ook de voorouders laten op de marae van zich spreken. Welke laten we maar in het midden, want er is bijna geen Polynesiër zonder Europees bloed (mijn gastvrouw heeft lichtblauwe ogen) – de zeelui van weleer hebben zichtbaar sporen nagelaten. 'De doden houden ons hier in leven,' vat de vrouw opgewekt samen, 'daarom willen we dicht bij ze wonen.' Ik denk aan Robert Louis Stevenson, de schrijver van *Schateiland*, die deze zuidelijke zeeën honderd jaar geleden uitgebreid verkende en Polynesiërs tegenkwam die kisten met voorouderschedels met zich meesleepten. Wat zal dochterlief in haar koffer stoppen als ze over een paar maanden haar zandbank verlaat om in een kazerne ten oosten van Parijs een lelijk uniform te dragen? Zou ze enig idee hebben van het moderne kwaad dat haar daar wacht?

Na vijf dagen hou ik het niet meer uit op mijn motu. Ik wil verder, voort, de vage schimmen aan de horizon verkennen, me desnoods aan een rog vastklampen. Als ik hoor dat er een boot van Maupiti naar Tahaa vaart, haast ik me naar de pier en spring roekeloos tussen de meloenen aan boord.

Tahaa! Het klinkt als een oorlogskreet. Maar bij Frans-Polynesiërs roept het de geur van vanille op, driekwart van de vanilleoogst komt er vandaan.

Voor ik echter in Tahaa aan land ga, laat de meloenenboot een deel van zijn lading achter in Bora Bora, het *honeymoon island* dat door Hollywood beroemd is gemaakt. Ik ben er even wezen passagieren: eilandjes die zich om het moedereiland vouwen, kleine witte strandjes aan turkooizen baaien met duizenden hutten op palen. Het leven is er krankjorum duur, maar wie voor een paar honderd dollar per nacht de zee onder zijn bed wil horen klotsen, kan er zijn lol op. Bel de roomservice en een kano met cocktails peddelt langs je deur. Strijk neer op een terras waar vrouwen in rieten rokjes dansen en de visschotel naar Gauguin is vernoemd. Tientallen restaurants flirten met zijn naam, jammer alleen dat hij nooit op Bora Bora was. Maar het meest heb ik me vergaapt aan de buitenproportionele cruiseschepen die dagelijks horden gepensioneerde toeristen uitbraken – veel broze Amerikanen die zich zichtbaar hebben afgebeuld om eens de duurste reis van hun leven te maken. Met een rollator op avontuur.

Na zo'n uitstapje leer je beter met de stilte te leven. Want stil is het op Tahaa. Opnieuw ben ik de enige bezoeker, dit keer in pension bij een Frans echtpaar dat hier tijdens een wereldreis met hun zeilboot is blijven hangen. En het regent ook nog. Al dagenlang. Ik krijg een fiets te leen en trap over paden van koraalgruis. Kronkelend langs een modderige kust waar jongens met speren vissen spietsen, voorbij hutten en huisjes tussen de vruchtbomen. Paradijs? Dan wel een dat vreemde witte vogels aantrekt. Zoals een oude Duitse planter die zich na jaren vreemdelingenlegioen op het tere werk van de vanilleteelt heeft gestort. Als ik tijdens een bui onder zijn zinkdak schuil en een gesprek met hem aanga, ruik ik achter de zoete geuren van zijn bedrijf de beerput van een bezwaarlijk verleden.

Tussen de buien door snuif ik de geur van de tropen op. Gronderig, scherp: humus en peper. Zoet: guave en hibiscus. De zon droogt mijn kleren, ik waan me een gelukkige fietser, dampend gelukkig op Tahaa.

Na zo'n leeg eiland kan ik het aan: nu durf ik ook naar een atol. Ik heb er al eens een vanuit de lucht gezien, maar reeds de aanblik vervult je met eenzaamheid. Waar eilanden als Tahiti en Maupiti nog een binnenste hebben – hoge bergen van vulkanische oorsprong – is bij de atol de vulkaan terug in de aardkorst gezakt en alleen de met zand bedekte koraalring eromheen overgebleven. Vaak is die ring in kleinere stukken gebroken – motu's – soms is de ring gesloten en de lagune daarbinnen giftig blauw, maar wat overbleef steekt nooit meer dan een paar meter boven de zeespiegel uit. De Polynesiërs die er met hun vlotten bleven steken, hielden zich tot voor kort in leven met de handel in kopra (gedroogde kokosnoten); een arm en vergeten bestaan. Om ook enigszins de vruchten van het toerisme te plukken, is men op sommige atols zwarte parels gaan kweken. Naar zo'n eiland ga ik toe. Manihi – zo blijf ik ook een beetje in het spoor van onze zeevaarder Jacob Roggeveen, die in zijn verslagen menig passage aan de levensgevaarlijke kusten van de atols heeft gewijd en ook dit eiland op de kaart heeft gezet.

Ik neem de veilige weg: de wolken. Als ik op het kleine vliegveldje word opgehaald door een tanige Polynesische die me per motorboot naar het enige pension zal brengen, stapt er een roodverbrande jongeman aan boord, geheel in nylon en Nike. Vreemd accent, waar komt ie vandaan? Corsica, pizzabakker, geboren in Marseille. De helft van wat hij zegt ontgaat me. Gelukkig kan ik naar zijn plaatjes kijken, want als hij aan boord zijn hemd uittrekt, blijkt hij van boven tot onder getatoeëerd: stierengevecht op de borst, twee jongenskopjes op de schouderbladen.

'Leuke stad, Marseille,' zeg ik als we langdurig over de lagune stuiven (die groter is dan ik dacht – Manihi gaat door voor een kleine atol, maar de overkant van de ring is nauwelijks te zien.)

'Speciaal, ja,' zegt de pizzabakker.

'Exotisch.'

'Zeg maar Arabisch...'

'Oui.'

'Allemaal afmaken, die Arabieren.'

En daar mag ik mee op een atol zitten.

De zee, de wind, de golven beukend op het koraal. Niets te doen. Niets te beleven. 'Geen klant die aan je kop zeurt,' zoals de pizzabakker treffend zegt. Hoe groot is mijn atol? Zestig kilometer lang, zegt de kaart. Maar het stukje waar het pension op staat, is nog geen vijfhonderd meter lang en vijftig breed, een strook rif met aan alle kanten zout water: vóór de lagune, achter de oceaan en links en rechts een brakke stroom. Ik kan er niet af. Dit is dus 'Le deuxième Eden', volgens pensionhouder Edmond. *Cabine à la plage.* Door termieten aangevreten triplex hutten. Honderden vliegen in het regenseizoen. Jacob Roggeveen doopte dit niet voor niets Vliegeneiland. Hoe langer ik hier zit, opgescheept met een onverstaanbare pizzabakker en een raadselachtige Edmond, hoe meer ik besef: IK KAN ER NIET AF. Edmond kookt voor ons: ham uit blik, worteltjes uit blik en wat krijgen we 's avonds: opgewarmde diepvriespizza! Onze pizzabakker bijt zich zonder morren door alles heen. Tien maanden per jaar beult hij zich af aan de oven, om dan zijn zuurverdiende geld op een van de warmste plekken ter aarde te komen opmaken. Waarom eten we geen verse vis? Ik las iets over lagunevissen die tijdelijk giftig kunnen zijn, maar Edmond is geen man aan wie je vragen stelt – zoiets voel je.

Wat zoekt die man hier in zijn veel te kleine zwembroek, zijn enige dracht, behalve dan zijn enorme pens met gebarsten navel. ('*Pas de protocol*,' zegt Edmond. We gaan halfbloot aan tafel.) Waarom noemt hij dit korstig stuk zijn Eden? De oceaankant lijkt op een maanlandschap – zwart koraal in woeste vormen: waaiers, paddenstoelen, gemene punten. Het strandje aan de lagune is het enige deel dat blootsvoets begaanbaar is, maar de lagune zelf zit weer vol koraal... de eerste honderd meter waad je door de scherpste stekels. Op het landje zelf krioelt het van de krabben die dol op tenen zijn. Eden? Een hel is het. De hel van een vliegengod. Waarom heeft Edmond dit stuk eiland uitgekozen? Waarom wil een Fransman zo ver van de wereld wonen? En die tanige Polynesische die ons van het vliegveld kwam halen, deelt hij daar nou het bed mee of niet? Waarom vertrekt ze elke dag om vijf uur in haar motorboot? Ik durf het Edmond niet te vragen.

Na twee dagen heb ik me de punt op de houten pier toegeëigend – alleen op een ligstoel, onder de olie, doordrenkt met Le Off (de muggenverjager waar ik me bijkans mee was), tot de vliegen het me ook daar te bont maken of als het weer eens lekker regent. Ja, dan trek ik me terug in mijn triplex hut, steek een verse antimugspiraal aan en overzie vanaf mijn bed de door het wolkenspel veranderende kleuren van de lagune: eerst azuurblauw, dan groen, bruin en ten slotte bijna goud.

Isolement verbroedert. De pizzabakker en ik zitten in Edmonds hut televisie te kijken, dwars door het geraas van de stroomverschaffende generator vermaken we ons met de in de sneeuw vastgelopen vrachtwagens op de Franse snelwegen. Om halfnegen gaat de generator uit. Bedtijd. Morgen brandt de zon ons weer vroeg uit het triplex.

Elke morgen verdwijnt Edmond in een *cabane* aan de rand van de lagune – het winderigste plekje van onze motu. Als hij op een ochtend zijn deur op een kier laat staan, zie ik dat hij daar zit te lezen... en achter zijn rug: planken met honderden boeken! 'Een bibliotheek?' vraag ik tijdens het dejeuner van gebakken Smac. (Mmm!) Ja, ik mag komen kijken. Drie planken Hitler, *la guerre de Pacifique*, Mao, getuigenissen uit Auschwitz, boeken over communisme, fascisme, spionage, Pétain. Mijn ogen schieten langs de ruggen. Verraden de titels iets van de lezer?

'De oorlog,' zeg ik.

'Ja,' beaamt Edmond met een zucht, 'een eindeloos onderwerp.'

'Persoonlijke interesse?'

Edmond draait van me weg, zoekt iets op zijn bureau. Meer durf ik niet te vragen. Een tweede poging – als ik een boek over de Japanse keizer uit zijn kast haal: 'Mijn vader heeft nog voor hem gewerkt, aan de Sumatraspoorweg. Heeft u ook gevochten?'

'Ja, drie jaar Algerije.' Hij lacht verlegen. 'Drie jaar parachutist in de onafhankelijkheidsoorlog.'

De dagen daarop laat hij niks meer los, ik heb kennelijk te veel

gevraagd. Maar juist dankzij het raadsel Edmond hou ik het uit op mijn atol. Telkens als ik hem zie, wolken er verhalen op in mijn hoofd. Bij mijn afscheid vertrouwt hij me terloops toe dat hij zijn stuk eiland van vijftig bij vijfhonderd meter de laatste eenentwintig jaar niet één keer heeft verlaten. 'Zelfs geen pensiongast van het vliegveldje opgehaald?' vraag ik.

'Ik kan geen vliegtuig meer zien.'

En ach, ook de pizzabakker viel mee. De getatoeëerde kinderkoppen op zijn schouderbladen waren natuurlijk zijn zoontjes; de vrouw van wie hij gescheiden is, bleek een Algerijnse. Je moet wat met je haat.

Naar de Markieseilanden, ook een verhaal dat nog in mijn hoofd moet dalen. De meest noordelijke archipel van Frans-Polynesië, veertienhonderd kilometer vliegen van Papeete. De naam is van origine Spaans: *Marquesas* – waarmee 'ontdekker' Mendoza de vrouw van zijn grafelijke sponsor eerde. *Henua Enana*, noemen de bewoners het: land van de mensen. Want op hún eilanden zou alles volgens overlevering zijn ontstaan: de legendes, de godsdienst, de taal. Nergens zijn zoveel archeologische vondsten gedaan. De verhalen over kannibalisme op de Markiezen zijn legio. Herman Melville schreef erover, nadat hij in 1842 als walvisvaarder van zijn schip was gedeserteerd en een paar maanden op het toen nog woeste eiland Nuku Hiva doorbracht. Ik kies een zuidelijker eiland: Hiva Oa, waar Paul Gauguin heen trok om er die prachtige vrouwen met hun melancholieke blikken te schilderen. Jacques Brel zeilde erheen om te sterven en hoewel hem dat net niet lukte, ligt hij er wel begraven – een paar stenen naast Gauguin.

Hiva Oa toont nog steeds het soort wildernis dat Melville beschreef: witte flamboyants, bamboewouden, overdonderende ravijnen en valleien, onverharde kronkelpaden, wilde paarden, geiten, varkens. Toeristen komen er nauwelijks. Leeg is Hiva Oa, geheimzinnig leeg. Wie de verlaten nederzettingen bezoekt, begrijpt dat het vroeger anders was: telde het eiland midden negentiende eeuw (kort na de Franse inlijving) nog zesduizend inwoners, in 1921 waren het er nog slechts 642; tegenwoordig wonen er weer bijna tweeduizend. Op alle vijf archipels van Frans-Polynesië viel de bevolking in die periode met zo'n 75 procent terug. Met dank aan de griep, syfilis, pokken en andere westerse beschavingsziektes. Er staan wel heel veel kerken op Hiva Oa – een schrale troost in de wildernis. Binnen en buiten de kerk zingen de bewoners een oud lied dat aan die droeve tijd herinnert:

De palmboom zal groeien,
Het koraal uitdijen,
Maar de mens vergaat.

In een dergelijke ondergangsstemming trof Paul Gauguin de bevolking op Hiva Oa rond 1900 aan, totaal gedesillusioneerd, drankzuchtig en apathisch. Het verklaart de melancholieke blikken van zijn modellen en de wanhopige vragen die hij zijn doeken meegaf: *Waar komen we vandaan? Wie zijn wij? Waar gaan wij heen? Nevermore.*

Het verleden bloeit alleen nog in de geestkracht van marae, *pae pae* (oude nederzettingen) en *tiki*: de grijnzende beelden van legendarische stamhoofden en mythologische goden. Als een ware Kuifje charter ik een jeep en laat me in duizelingwekkende spiralen bergop bergaf rijden en hak mezelf een pad naar de met lianen omwoelde oudheden... Althans, zo ervaar ik het, in werkelijkheid lift ik betaald mee met een groepje gefortuneerde reizigers (zij die voor een kamer 450 dollar per nacht betalen) en hakt de gids ons pad.

De transpiratie loont: uit vulkaansteen gebeitelde grijnslachpoppen, gedrongen strijders, barende vismensen, in keien gekraste ogen... ze staren je aan. Eerbied en vrees dwingen ze af, maar wat ze precies te zeggen hebben, weten nog maar weinigen op Hiva Oa. De band met de traditie is zo ruw doorgesneden dat de bevolking de eigen geschiedenis slecht kent. De lokale gidsen weten van niets, ze zwetsen maar wat en op een eeuw meer of minder wordt niet gekeken.

De eigenwaarde wordt nog het meest op de huid in ere gehouden. Vrijwel iedereen gaat bedekt onder imposante tatoeages – de Markiezen zijn er wereldberoemd om – jong en oud tonen ze met trots en voelen zich letterlijk dragers van de geschiedenis. Maar wat de oude patronen beduiden? Die vraag kan je maar beter niet stellen, want ook hier blijkt dat wie zijn geschiedenis niet kent, troost zoekt in verzinsels.

Zelfs het jongste verleden neemt op Hiva Oa al snel fictieve vormen aan. Op zoek naar het graf van Jacques Brel (om de zanger vijfentwintig jaar na zijn dood met een bloem te eren) kwam ik in het gehucht Atuona allerlei mensen tegen die Brel en zijn levensgezellin Madly goed hadden gekend. Al vanaf de eerste dag op

Hiva Oa mocht ik prachtige verhalen over hen aanhoren. Hoe 'Jacques' een openluchtbioscoop in het dorp had gebouwd en het hele eiland naar *The Longest Day* liet kijken. Hoe Madly met de jeugd folkloristische sketches instudeerde. Over hun vriendschap met de gendarme en de postbode. En dan het wonder van het vliegtuigje Jojo, dat Brel na de verkoop van zijn zeilschip had aangeschaft. Samen met de postbode wierp hij brieven en pakketten af boven door vrachtboten genegeerde eilanden. Ja, hij vloog de nonnen van het *collège* Saint-Anne naar de buureilanden – Brel de atheïst, die de hypocrisie van de Kerk in zijn chansons vervloekte! Hoog in de lucht trok hij dan een fles wijn open en toostte met hen op God in de hemel. Er lopen vandaag op het eiland nog nonnen rond die giechelen bij de herinnering. Ernstig zieken werden naar Papeete gevlogen; voor een van hen, een meisje met een gevaarlijke oogziekte, betaalde hij zelfs de overtocht naar een ziekenhuis in Parijs. Haar operatie mislukte. 'Ik heb een schim van de Eiffeltoren gezien en daarna werd het totale duisternis,' zei ze bij terugkomst op Hiva Oa. In Parijs hadden de verpleegsters platen van Brel voor haar gedraaid en sindsdien had ze een grote wens: Brel in het echt te horen zingen. Op het eiland wist geen mens dat die rare piloot ook een beroemde zanger was – een anonimiteit die hij koesterde – maar speciaal voor dat blinde meisje schreef en zong hij toen 'Aux Marquises': *Veux tu que je dise, gémir n'est pas de mise aux Marquises...* Je mag niet kniezen op de Markiezen.

Zomer 1978 is Brel zelf ernstig ziek naar Parijs vervoerd, waar hij na twee maanden is gestorven; 13 oktober werd hij in Atuona begraven, op de heuvel die uitkijkt op de baai waar hij met Madly binnen kwam varen. Het vliegtuigje Jojo staat nu te verweren op een piëdestal in Atuona. En natuurlijk heeft iedereen met Jacques in Jojo gevlogen. Ik sprak minstens tien mensen die hem persoonlijk aan zijn huis in Atuona hebben geholpen, en ieder wees naar een andere plaats. Sterke verhalen. Maar de mooiste komen uit de mond van de jongeren die nog niet eens geboren waren toen Brel stierf: ook voor hen is Jacques een '*copain*', evenals Gauguin, die 'een beroemde televisiester' was. Zo wandel je op met de doden, zo ontstaan mythen op de Markiezen.

Ook in het hoofd van een reiziger ontstaan valse herinneringen, om al die nieuwe ervaringen te bevatten móét je er wel een eigen verhaal van maken. En zo vloeien de vele prachtige zonsondergangen na vijf weken zee en koraalrif tot één ultieme herinnering samen. De kusten worden één kust – de mooiste en stilste met zand en palmen. En de vele eilanden eindigen als het niet-bestaande en toch gevonden Schateiland van mijn jongensjaren.

2005

ESPRIT DE L'ESCALIER

Tienduizend stappen loop ik per dag, een aan mijn broekriem bevestigde 'stappenteller' telt ze één voor één. Tienduizend is genoeg om fit te blijven. Gemiddeld komt het neer op zevenenhalve kilometer. Geen betere manier om een stad te leren kennen. Een zijstraat met een vreemd gebouw dat lokt in de bocht? Sla in die straat. Een gevelplaquette die een belangrijk bewoner eert? Lezen. Een steen die aan een gevallen soldaat herinnert? Bedank die jongeman en bedenk dat jij in vrijheid leeft, dankzij hem. Etalages, galeries, stoffige passages – ik tel mijn zegeningen. En om na al dat getreuzel toch nog aan mijn punten te komen, neem ik trappen waar ik kan: in het warenhuis, bij mensen thuis en in de metro.

Halte rue des Abbesses (Montmartre) is het meest lonend: 181 treden. Zelf raak ik bij zoveel treden de tel kwijt, maar ik ken een man die deze trap dagelijks onder het neuriën van de *Can Can* van Offenbach bestijgt. 'Acht vierkwartsmaten per refrein,' vertrouwde hij me hijgend toe, 'ik neem hem in veelvouden van tweeëndertig en dan hou ik nog een staartje over.' We hebben het samen uitgeprobeerd, maar ik kon weer eens geen ritme houden, al was de deun een koud kunstje want ik heb als figurant nog in *Orphée aux Enfers* gestaan (gekleed in een muizenslip en gazen kraagje – al stappen tellend hoop ik dat lichaam weer te hervinden). Onder het neuriën heeft mijn trappenman zelfs de theorie ontwikkeld dat een mens ook zonder telwoorden kan tellen. Een belangrijke vondst, zo meent hij, want antropologen denken dat sommige Austronesische volken geen telwoorden voorbij de drie hebben. Toch belet dat volgens hem die volken niet om zingend en dansend veel rekenkundige operaties te verrichten.

Sinds mijn inwijding bij de Abbesses is er een toon gezet. Ik hoef tegenwoordig maar een flinke trap te zien of er begint al iets in mij te zingen. Als je goed naar je voeten luistert, roept elke trap zijn eigen muziek op. Op de trappen van het Louvre hoor ik Sully – royale stap – ondanks het gedrang der bezoekers. Het Collège de France trapt waardiger, alsof ook de geest zich bij het stijgen verheft: Monteverdi klonk bij mijn eerste bezoek sterk door. De trap van rue de l'École de Médecine naar rue Monsieur-le-Prince neem ik zo jeugdig mogelijk omdat ik daar als student, een jaar na '68, in een rel met veel bloed belandde: revolutionaire liederen klinken er op. (Wij-gaan-door-met-de-strijd!) Maar de keer dat ik niet ver vandaar de trap van het tot museum ingerichte werkvertrek van Auguste Comte beklom, werden mijn voeten tot bedachtzaamheid gedwongen: Bizet! Hoewel ik daar boven aan de trap niet meer zo zeker van was. Niet alleen schuilt er in elke trap een eigen melodie en ritme, een trap met een beetje karakter vraagt ook om een andere stap, passend bij zijn persoonlijkheid. Ja, elke trap verdient zijn eigen stil spel.

Julien Green vergeleek de trappen van de Parijse *hôtels particuliers* eens met een toespraak waarin de spreker veel pauzes neemt. Hij moet ze als kind vaak hebben betreden, je hoort in zijn proza de klank van statige gebouwen. Het huis waar ik huur was ooit zo'n oud *hôtel* (markies de Sade werd in het oerhuis geboren), maar de negentiende eeuw heeft onze trap (en gevel) de mond gesnoerd, het adellijk verleden hangt alleen nog in de kelders. Sinds 1830 spiralen de treden ingesnoerd naar boven, de overloop geeft nauwelijks rust, aan de reling lijkt geen eind te komen. Mijn trap is geen toespraak maar een kwebbel.

De enige die er pauzes neemt, is de schoonmaker die de eiken treden wekelijks met bijenwas insmeert. Dankzij hem kunnen wij bewoners in een geur van honing naar onze appartementen glijden. Zelden kruisen we elkaar. Men opent geen deur als een ander stijgt of daalt. Hoe vaak hoor ik niet iemand in zijn vestibule staan wachten, klaar om naar buiten te gaan, sleutels in de hand. We vermijden elkaar omdat onze trap niet op conversatie is gebouwd.

Dankzij de huiver van mijn buren hebben mijn voeten onbespied naar het juiste ritme kunnen zoeken. En dat was niet eenvoudig: er wou maar geen muziek opklinken. De treden kraken te hard, ze verjagen elke melodie. Mijn trap kermt als een oud martelwerktuig! Er rest mij niets anders dan me uit te leven in het stille spel: al klimmend en draaiend ben ik een slaaf van de markies de Sade, genietend van de zachte pijn soms vreselijk alleen te zijn.

PS Al veertien kilo afgevallen.

VASTLEGGEN

2003

VRIJTAAL

Mijn taal is een klit. Een kleefkruid waar alles aan blijft haken. Een prikkelding dat zich niet graag laat pakken, maar dat wel opgewonden raakt door een mooi, verleidelijk woord. Mijn taal lonkt en vrijt en gaat vreemd bij het leven en toch doet ze o zo kieskeurig, op het nuffige af. Kuis en stijf en streng kan ze zijn. Mijn taal is standsbewust, al aapt ze de ordinairste platterik makkelijk na en kletst ze met iedereen mee; ze speelt nu eenmaal graag toneel. Het liefst ruilde ze telkens van vel.

Er zat een kleur in elke taal, dat merkte ik al jong. Bruin was de rijsttaal van mijn vader, wit de suikerbiettaal van mijn moeder, zeegroen de taal van de vissers, grasgroen die van de Hollandse kaaskop. *Feldgrau* de taal van de badgastmof. En al die talen werden door mij nageaapt – het ene woord beet zich vast aan het andere. Schoolwoorden, aangewaaide woorden uit leesboeken, mooie, exotische, lelijke en vieze woorden, alles wat het nieuwsgierig oor maar kon opvangen ging over de tong. Een wirwar van tonen, accenten en geuren. Ook Gooise kak bleef kleven. Hele en halve citaten hechtten zich onderweg. Oude en versleten woorden vielen af; behalve de fouten, die beten zich vast.

Mijn vader leerde me lezen en schrijven. Zijn medeklinkers knisperden warm en droog, de klemtóón danste op zijn tong. Ik was nog te jong voor schaamte, maar besefte wel hoe vreemd hij sprak, het klonk zo anders dan het zangerige taaltje van de West-Friese jongens uit Bergen aan Zee, met hun *skop*, *skip* en *verskriklik* – ook stevige medeklinkers, maar kouder en natter. West-Fries was voor mij een verboden taal (een dialect hield je vast en ik moest hogerop), maar buiten ons repatriantenhuis sprak ik het als de beste.

We pakten het stevig aan, mijn vader en ik. Veel voorlezen, daar begon het mee. En niet wat er staat, ja! Hij liet tijgers door Germaanse sprookjes kruipen, bij ons gromde het in Grimm. Vader had er zelf een gedood, met de hand, ja. Hij tekende de letters, ik trok ze over. Het alfabet werd er met een liniaal in geslagen. Zolang ik overtrok wilden de letters wel lukken, maar los hield ik ze slecht in toom. Ze draaiden zich onder mijn hand, de k, de b, de d en de r marcheerden de andere kant op. Meer meppen hielp niet. De fouten namen alleen maar toe: een kom werd een mok, een kam bleek mak. De tak sprong op de kat. De kossen lagen in de stak. En daar hielp geen niliaal aan.

Naar school, met pen, inktlap en een hoofd vol wentelletters. Klas overslaan – vaders droom – was er niet bij. Erger nog: ik moest helemaal opnieuw leren schrijven. Adje had thuis schuinschrift geleerd, maar in Holland moest alles rechtop in hokjes. Verskriklik. Aú! Verschrikkelijk.

Vaders lessen zorgden voor meer verwarring. Behalve verkeerde klemtónen, oude spelling en schuinschrift, gebruikte hij ook veel ouderwetse woorden. Een man werkte niet maar was *werkzaam*. Men ging niet naar school, men huurde geen huis, nee: men *genoot onderwijs* en *genoot huisvesting*. Hij was vooral gespitst op de rangen en standen in de Nederlandse taal. Hij droeg geen stropdas of colbert, maar een *das* en een *jasje*.

Maar vaak schoot zijn Nederlands tekort en dan riep hij het Maleis te hulp: alleen *obat* kon hem helpen, medicijnen niet. *Ketimoen* was lekkerder dan komkommer. Heet was *pedis* en rot *boesoek*; zielig, *kasian*... Ook ik gebruikte die Maleise woorden – ik wist niet beter. Als mijn vader en ik samen door Bergen fietsten – in zijn gezonde tijd – kregen sommige plekken zelfs Maleise namen: de greppel aan het begin van de Eeuwigelaan werd dan een *slokan* en de leeszaal, *kamarboekoe*.

'En je vader maar pochen op zijn goede Nederlands,' schamperde mijn moeder met regelmaat. Zij was de grote verbeteraar. Hoewel geboren in West-Brabant sprak ze zonder zachte *g*, in tegenstelling tot haar boerenvader, die er vreemd genoeg trots op was dat je bij zijn dochter níét kon horen waar ze vandaan kwam.

Op welke taal kon je nog bouwen? De taal van mijn vriendjes was een plat dialect, het Algemeen Beschaafd van moeder te neutraal en beheerst, alsof ze bang was het sappige Brabants uit haar jeugd toe te laten. Mijn vader wou klimmen in zijn taal maar viel als werkeloze indo telkens van de ladder dóór de mand (om zijn beeldspraak maar eens te gebruiken).

Kasian.

En toch heeft hij als leermeester de grootste invloed op mij gehad. Misschien doordat hij aan tafel zo geweldig vertellen kon en de woorden naar zijn mond zette, hij proefde ze, trok er rare gezichten bij en wat hem niet beviel spuugde hij uit. Hij kon erin bluffen en rijmen – wat niet paste, beet hij op maat. Zijn stem zit voorgoed in de klankkast van mijn geheugen, redelijk getemd met de jaren, behalve als ik driftig ben, want dan praat ik net als hij.

Als ik schrijf, zie ik kleuren, hoor ik stemmen en klanken in mijn hoofd, maar als ik mijn geboortedorp Bergen tot onderwerp neem (of beter: het dorp kiest mij), dan breekt er een waar pandemonium los: groenteboer, machinist, jutter, vissers, de wezen, de Indische buren van voor en achter en links en rechts – ze willen allemaal met hun verhalen op papier, míjn papier. De klemtóón springt op de motór, de stoomtram gilt, de mussen wassen zich in het zand, de greppels lopen weer vol en als ik in de plomp zak, roep ik: '*Ik heb nat seik!*' In dat dorp heb ik moeizaam mijn alfabet verworven. In het duin achter ons huis kraste het helm *o*'s in het zand, in het bos ertegenover schreven de dennennaalden *v* na *v* en soms vond je een *w* van twee naalden. Met beelden uit de natuur hield ik de letters vast: de *s* en de *z* zwommen als zeepaardjes in mijn hoofd (en ze blíjven zich lastig omdraaien). Alles wat mij in dat dorp omringde werd in letters verbeeld, ik kon het figuurlijk uitspellen. Bergen is mijn letterbron.

Toch zou taal lang een struikelblok blijven. Spellen was een ramp. Elk dictee kwam rood terug. Dictee rijmde op twee. De verhouding tussen horen en schrijven was ernstig verstoord. Schrijvend draaide ik alles om en maakte wat vast moest los en wat los moest vast. Om het op school enigszins te redden, leerde ik domweg duizenden zinnen uit mijn hoofd. Een gewoonte die een tweede natuur is geworden. Zo heb ik mijn talen geleerd. Door mensen na te praten. Vooral zinnen van dichters bleven kleven. Ik ben altijd een langzame lezer geweest, niet alleen om het plezier in de woorden, maar ook omdat ik de zinnen anders niet goed begrijp.

Voor eigen gebruik ontwikkelde ik in mijn aantekenschriften een snellere woordenschat, met *draaiers* (verkeerd om geschreven lettergrepen), *plakkers* (woorden die zich niet volgens de regels aan elkaar hechten) en *duikelaars* – een mengeling van beide. Maar na verloop van tijd begreep ook ikzelf er dikwijls geen jota meer van. (Een knappe hersendokter die ik onlangs eens consulteerde over mijn zogenaamde dyslexie – een naar mijn smaak veel te modieuze kwaal – weet mijn taalperikelen aan een mogelijk vitaminen- en mineralengebrek in mijn vroegste jeugd. Had ik als kind soms ook last van melkintolerantie? Interessant. Ik had de man niets over het wel en wee van mijn ouders verteld. Ook niet dat mijn moeder, nog maar net uit het kamp, door haar dikke hongeroedeembuik pas vrij laat doorhad dat ze zwanger van me was. Bovendien was ik een zogenaamde karnemelkbaby – allergisch voor moedermelk. Persoonlijk hou ik het maar op een foute draadverbinding in mijn bovenkamer.)

Al die uit het hoofd geleerde zinnen brachten me uiteindelijk tot de studie Nederlands. Een grijze ervaring, maar je moest ergens op terug kunnen vallen. Tot ik het Afrikaans ontdekte – een onder de zuiderzon gebakken Nederlands. Wat een bevrijding! Eindelijk een taal die je schreef zoals je hem sprak. 'Verskriklik' stond zelfs in het Afrikaanse woordenboek. De regels waren lenig en de taal nog zo dat sprekers en schrijvers de nieuwe woorden groen uit de boom plukten. Een bastaardtaal bovendien – al wilden de witte Afrikaners dat liever niet weten. In uitspraak herinnerde het me aan het Petjoh, het Indo-dialect vol Maleise en Nederlandse woorden waar mijn vader zo graag grapjes in maakte. De rijsttafeltaal in het repatriantenhuis. Een lenige taal, jong, gevoed door twee culturen, vol ritme en grappen. Sinterklaas werd er thuis in toegezongen:

Ach, goede Sin Niklaas
Heb toch kassian
En seg tegen Pieter
Een beetje plan plan
Si Sihi wat maleh
Ahmed wat nakal
S'ja hareb Sin Niklaas
Niet marah sijn sal

(Ach, Sinterklaas heb een beetje medelijden en laat Pieter niet te hard van stapel lopen. Si Sihi is ervandoor, Achmed is ondeugend. Nu hoop ik dat Sinterklaas niet boos zal zijn.)

Het Afrikaans gaf me het lef met mijn in het geheim geschreven proza naar buiten te treden. Het stookte me op de dingen ongewoner en toch helder te zeggen. Dankzij het Afrikaans ontwikkelde ik een eigen stijl. Ja, heel mijn stijl is uit een tekort ontstaan.

Sinds mijn kennismaking met het Afrikaans durf ik de veters van het grammaticale keurslijf wat meer te laten vieren en sta ik me ook mijn eigen 'woordafwijkingen' makkelijker toe. Hoewel ik mijn neologismen steeds minder in mijn proza loslaat – 'al te origineel' verveelt snel. Maar uitdrukkingen waarbij de ribbetjes van de ene taal door de andere heen steken blijf ik prachtig vinden. Neem een Afrikaans woord als *paddakombers*, letterlijk: 'kikkerdeken', ofwel – kroos. Naar het schijnt een letterlijke vertaling uit het Khoi (voorheen het Hottentots). Niks mooier dan talen die elkaar opvrijen en dan heb ik het niet over gallicismen en anglicismen maar over een verbond waarin de een de ander in schoonheid voedt. Vrijtaal, noem ik dat. Een taal die zich openstelt voor het vreemde, die zich met trots laat verleiden en nieuwe woorden werpt, maar ook een taal die listen en woorden verzint om het vreemde in te kapselen en eigen te maken. Mijn Nederlands wil een Vrijtaal zijn.

Zoals vreemde kruiden een keuken meer pit geven, zo kan ook het Nederlands een andere smaak krijgen door de stroom van nieuwe sprekers die de laatste decennia het taaldomein hebben betreden, sprekers bij wie nog een andere taal achter in de huig hangt. Migranten en hun nazaten hebben het Nederlands altijd kleur gegeven – denk aan onze Spaanse Brabanders en Portugese joden. Vooral Surinamers verrijken onze taal. Zo wordt het thans zo in de mode zijnde rugzakje door velen van hen een *bocheltas* genoemd – een woord dat je steeds meer hoort. Wie in het openbaar vervoer goed luistert, kan de wonderlijkste woorden en uitdrukkingen uit monden van nieuwkomers optekenen. 'Friesstamppotvee', hoorde ik laatst een Nederlands-Marokkaanse vader in de trein tegen zijn zoontje zeggen toen hij naar de zwart-witte koeien in de wei wees.

Sommige woorden zullen als te beperkt of te wit worden afgewezen. De negerzoen is al naar de afvalbak verwezen. Het wachten is op de moorkop en de jodenkoek. Maar het Nederlands krijgt ook weer stokoude woorden terug, van onbevangen gebruikers die zich verbazen over al die voor hen nieuwe, in stoffige boeken weggestopte schatten. Zo spit Hafid Bouazza in zijn romans als een archeoloog door het *Woordenboek van de Nederlandse Taal*.

Nog altijd pluk ik graag woorden onderweg. Ik schrijf ze op in boekjes. Wat mijn oren horen doet me anders naar mijn eigen taal kijken. Vrijtaal moet je bijhouden. Openstaan, klit in de wind, elke dag weer. Voor altijd leerling.

Long live the bastard

Mijn vader was een zuiderling
aan tafel, onder vrienden –
klemtóón verkeerd
en nooit geleerd
waar spreekwoorden toe dienden.

In vel en klank een vreemdeling
wilde hij bij Holland horen
maar bakte alle woorden bruin
– zei batok *tegen kale kruin –*
hij was úít Indië geboren.

Mijn vader was een zonderling,
kromtaal leerde hij zijn zoon:
'Adoeoeeh jij luier doormaardoor
nèèèèks jij doet, 't is onbehoor-
lijk' (dat soort rijm vond hij gewoon).

Spelling werd een marteling
– ik kon nóóit voldoendes halen,
schreef en sprak precies als hij –
bij slecht rapport, dan beuk hij mij.
Lang leve alle bastaardtalen.

2006

GEEN BEGINNEN AAN

Naar aanleiding van een Frans verzoek een stuk te schrijven over hoe ik een roman begin

En als ik nou eens zo begon? Met een nieuw begin: Parijs. Alleen nog maar Parijs. Me nog verder lossnijden van het vertrouwde, van mijn grote liefde, van mijn vrienden, van de literaire krabbenmand. Ja, ik heb de knoop al doorgehakt: Amsterdam is opgezegd. Wil men in nieuwe grond wortelen, dan moet men de oude aarde flink van zich af schudden. Parijs biedt het beste onderdak: na anderhalf jaar zoeken heb ik een betaalbaar appartement gevonden, twee keer zo groot als de mansarde van eenendertig vierkante meter waar ik eerder de proef nam of ik ook werkelijk in deze stad kón en wilde wonen – alleen, op mijn achtenvijftigste. Nu moet ik mijn hele hebben en houden in zestig vierkante meter persen. En dat gaat lukken. In Nederland heb ik driekwart van mijn meubels weggedaan, ja, ook driekwart van mijn kleren, foto's, archief, boeken en schilderijen. Terug naar de kern. Wat een bevrijding. Een leven dat in twee kamers past. (Wat bezielt me? Train ik me voor het bejaardenhuis, voor de dood?) En toch, ik ben optimistischer dan ooit. Parijs wordt het decor voor mijn nieuwe roman. Ja, als ik nou eens zou beginnen met: de verhuizing.

Om officieel Parijzenaar te worden dien je een bureaucratisch parcours af te leggen. Huren, bankieren, belasting betalen, verzekeren, aansluiting op gas, licht, televisie, telefoon: uren mag je ervoor in de rij staan, stapels papieren moeten worden ingevuld (*mille feuilles*, zoals dat hier zo fraai heet). De huurmakelaar wilde een solvabiliteitsverklaring – iets gedegen Frans, geen vodje van een onbekende Nederlandse bank. De huisbazin wenste een bewijs van goed gedrag. Interessant om weer helemaal niemand te zijn, te moeten bewijzen dat je bestaat. De Franse bureaucratie is indrukwekkend. Zelfs voor een verhuizing heb je papieren nodig. Om die reden moest ik mijn Amsterdamse verhuizer dan ook naar de politiepost van 'mijn' nieuwe *mairie* verwijzen. Maar hij kreeg nul op het rekest. 'Die lui spreken daar alleen Frans!' meldt hij me verontwaardigd.

Zelf eropaf. De agente achter de balie kan me niet helpen: de verhuizer behoort de vergunning persoonlijk aan te vragen. Geen uitzondering op mogelijk. De volgende dag probeer ik het opnieuw, maar dan als verhuizer uit Amsterdam – na eerst goed te hebben gekeken of de kenau van gisteren niet weer loketdienst heeft. Ik heb geluk, een andere agente overhandigt mij prompt de formulieren en na het nodige gesoebat en mobiel getelefoneer met Amsterdam (ik moet de nummerborden van de verhuisauto doorgeven, de naam van de chauffeur) krijg ik de juiste stempels. Nog een paar vragen, madame: 'Ik woon [oef!]... *Onze klant* woont vierhoog, zonder lift, in een smalle straat, de Nederlandse arbowet verbiedt tillen boven de twintig kilo.' De mond van de agente valt open. 'Er zit niets anders op in dit geval een buitenlift te gebruiken.' De agente neemt mijn perkamenten handen met argwaan op. 'Kunt u voor dit doel twee parkeerplaatsen tegenover het pand vrijhouden?'

'Nee, dat regelt de politie niet, dat moet u zelf doen,' zegt ze. 'Maar u mag het verkeer onder geen beding hinderen, anders trekken wij de vergunning weer in.'

Van omwonenden hoor ik dat het bij een verhuizing in het drukke centrum gebruikelijk is de avond tevoren met een paar mensen een aantal vrijgekomen parkeerplaatsen te bezetten – voor de verhuiswagen. Het heeft geen zin met klapstoelen en meters rood-wit lint ruimte af te bakenen. Eén blik in de ogen van automobilisten die al een uur hetzelfde rondje rijden, op zoek naar dat ene gat, en je weet dat ze bereid zijn voor iedere vrije centimeter te vechten! Er zal een behendig schaakspel met auto's moeten worden gespeeld. Ik doe de eerste zet en stel twee pionnen op. De volgende morgen ben ik van twee plaatsen tegenover mijn huis verzekerd. De pionnen soezen in hun auto's. De parkeermeters tikken. De verhuizer laat op zich wachten. Ik draag broodjes en koffie aan. Als tegen het middaguur de verhuizer eindelijk aan komt kakken, blijkt de vrachtwagen breder dan we dachten. De lift die dozen langs de gevel naar vierhoog moet opstuwen, past niet op het trottoir en steekt met een flinke poot uit op de rijweg. Een overbuurman – een huisdokter – maakt er bezwaar tegen dat zijn voordeur wordt geblokkeerd: 'Waarom verhuist u niet in augustus, als iedereen met vakantie is?'

Passerende auto's moeten hun buik inhouden. Bij te brede auto's moet de poot van de lift worden ingeklapt, een handeling die telkens een paar minuten kost. Toeters klinken, gassen stinken. En dan de bus. O jee, tweemaal per halfuur rijden er twee bussen door de straat, wist ik niet! Lift en spiegels inklappen en de bussen langs de verhuisauto masseren. Alles onder aanwijzingen in plat Amsterdams. Opstoppingen, boze gezichten. Welkom in de straat. Ik geneer me, trek me terug en bezie de zaak laf vanachter mijn luiken.

De dokter blijft klagen, hij maakt een vuist naar de verhuizers! De verhuizers zwaaien vriendelijk terug. Boze stemmen dreigen met politie. En jawel, daar komt al een auto van de RATP aangereden, de ordedienst voor het openbaar vervoer. Zal ik de verhuizing moeten afblazen? Ik ren naar beneden en bots op een geüniformeerde functionaris, mobiele telefoon in de aanslag. 'Dat gaat zo niet,' zegt hij streng tegen de verhuizers, 'die vrachtauto moet weg.'

'Maar dat is desastreus, meneer,' zeg ik tussenbeide komend en ik stel me voor als aanstaand bewoner: 'Ik heb een immense bibliotheek te verhuizen.' (*Désastreux*, *bibliothèque*: woordinflatie helpt in Parijs. Een beetje slimmerik heet hier algauw *génial*. Een aardige causerie wordt in het dankwoord als *brillant discours* in ontvangst genomen. Dus wat rest van mijn boekenkast is: *bibliothèque*. Vierhonderd dozen: *immense*!)

'Een bibliotheek?' vraagt de man ernstig.

‘Wel duizend dozen, meneer.’

‘Hoe lang zal het duren?’ vraagt hij.

‘Tot zes uur, zeven uur vanavond, schat ik, hoop ik.’

‘Akkoord, tot zes uur en niet langer.’ De RATP-man belt en regelt. Er worden twee bussen omgeleid. Een agent komt het verkeer regelen.

Soms kan er heel veel in Parijs.

Waarom dit begin? Een begin dat verzandt in een anekdote. Weg ermee. En toch, voor een schrijver die zich in een nieuw land vestigt, is het een wonderlijk begin. In Frankrijk heeft men kennelijk nog respect voor het boek. Ik merkte het al na een paar weken: verwijzen naar literatuur hoort tot de goede manieren, aan tafel, in de politiek, maar ook in de winkel. Er is geen debat geslaagd zonder een citaat of mening van een filosoof of schrijver. Schrijvers vertegenwoordigen het intellectuele geweten en wie goed uit zijn woorden komt kan het schoppen tot mediaster. Natuurlijk is het voor een groot deel schone schijn, maar schijn verlicht het leven. (Nederland heeft niet één literair programma meer op de televisie; een politicus die boeken leest wordt uitgelachen, laat staan dat hij of zij ze schrijven zou! Lezen lijkt een tijdverdrijf voor *losers* geworden.) Wie in Parijs zijn bibliotheek verhuist, krijgt dus vrij baan. Ik heb gemerkt dat dit verhaaltje op Nederlandse intellectuelen diepe indruk maakt. Wat een geluk om in zo’n culturele stad te mogen wonen.

Een anekdote als begin van een roman? Ik heb de neiging overal verhalen van te maken, ook daar waar een strakke redenering beter op haar plaats zou zijn. Ik kan me voornemen wat ik wil: me spiegelen aan al die knappe Franse koppen, mijn best doen een filosofisch traktaat te schrijven over *Le commencement*, voorbeelden citeren, naar een conclusie toe werken, maar zodra de hand de pen voert (ouderwets aangedreven door het hart, van bloed naar inkt) vloeit er een verhaal dat ikzelf pas achteraf kan overzien. De prullenbak is dan ook mijn trouwste lezer. Alleen deze keer heb ik de prop weer gladgestreken en zelfs aan het computerscherm toevertrouwd, want ik moet immers schrijven over Het Begin. Wel, ook een valse start is een begin. En zo typerend voor míjn begin.

Als ik me met de jaren bij één ding heb neergelegd, is dat bij mij elk boek in chaos ontstaat. De noodzaak brandt, maar de juiste vorm eist concentratie, rust en eenzaamheid. Niet het schrijven is moeilijk maar de voorwaarden scheppen om te kunnen schrijven. Tijd. Geld. Een lege agenda. Geen gezeur! Als ik dat eenmaal voor elkaar heb, voel ik me meestal flink ellendig. Vies, omdat ik me te lang aan klein spul versnipperd heb. Hoe somberder hoe beter, een dosis zelfhaat brengt me ook in de juiste stemming.

Natuurlijk heb ik als ik begin een verhaal in mijn hoofd. Een plot, soms, of een heuse filosofie – we kunnen niet hoog genoeg grijpen. Ik heb me van tevoren een beeld van de tijd, plaats en karakters gevormd. Maar wat na een paar bladzijden telkens weer blijkt, is dat ik kennelijk graag in de breedte begin: in mijn eerste vijftig bladzijden blijken soms wel drie, vier romans schuil te gaan. Ik weet dat er uiteindelijk één verhaal de kop opsteekt, één duidelijke lijn in zicht komt, één toon de overhand krijgt. Het teveel offer ik aan de prullenbak.

Als ik eenmaal beet heb, schrijf ik elke dag, in strenge regelmaat. De hele wereld kan dan doodvallen. Ik schep mijn eigen wereld. Noem het geluk. Weg zelfhaat, ik blaak van zelfvertrouwen. Meneer de schrijfgod laat zijn helden opdraven, ze nemen het woord, we maken kennis met hun bezigheden en gedachten, met hun vrienden, vreemde lieden dienen zich aan. 'Ze', 'we'? Wie zijn die mensen eigenlijk, zijn ze werkelijk aan mijn brein ontsproten? Waarom doen ze dingen die ik niet heb besteld? Ook de 'ik' die ik verzon, scheurt zich van mij los en wordt een vreemde. Wat een begin!

Onlangs las ik in een wonderlijk boek van Pascal Boyer (*Religion explained. The Evolutionary Origins of Religious Thought*) hoe moeilijk het is ons eigen brein te beheersen. Zodra we denken er vat op te hebben, haalt het rare streken met ons uit. Boyer geeft daar vele voorbeelden van. Eén daarvan sprak me bijzonder aan. Hij schrijft: 'Het bezit van een ingewikkeld brein is zoiets als te gast zijn op Pemberley.' Pemberley? Het enorme landgoed van de trotse Mr. Darcy uit Jane Austens *Pride and Prejudice*. Het buiten is indrukwekkend, de vele kamers zijn fraai en voornaam, de meubilering past bij het fortuin van de eigenaar. Het beheer van stallen, velden, tuinen, keukens en gastenverblijven vergt veel personeel. Een huismeester, kamerdienaar, butler, knechten, meiden – zowel voor meneer als voor mevrouw – een meid voor de provisiekamer, meid voor de bijkeuken, wasvrouwen, melkboerin, koetsier, stalknecht, kaarsenopsteker en nog veel meer. Allemaal specialisten met een nauwkeurig omschreven plaats in de hiërarchie. De bedienden zijn onderling in verschillende klassen op te delen, de ene groep serveert de andere, de hoogsten in rang eten apart. De chef-kok kookt maar heeft niets te zeggen over de wijn. De butler decanteert, maar de meid van de provisiekamer gaat over de glazen. Het huishouden op Pemberley loopt op rolletjes. Eten en drinken verschijnen als bij toverslag op de aangegeven tijd, laarzen staan glanzend gepoetst naast het bed. Voor de gasten is dit alles vanzelfsprekend. *Upstairs* is zich er niet van bewust hoezeer *downstairs* hun verblijf in de hand heeft. Zelfs de eigenaars van Pemberley hebben nauwelijks besef van de ingewikkelde hiërarchie en taakverdeling in de kelders van hun eigen huis. Ze leven in een decor waar ze als heer en meesteres eigenlijk maar weinig over te zeggen hebben.

Downstairs Pemberley staat voor ons mentale souterrain. We menen te weten wat we doen en waarom we denken zoals we denken, maar ons brein is een enorm landgoed, als het meezit werkt het soepel, is de coördinatie verfijnd, maar hebben we er ook werkelijk kennis van?

Toen ik dat las dacht ik: Begrijp ik zelf wel hoe ik schrijf? Ziet een lezer dat niet beter? Op papier waan ik me heer en meester, ik stuur mijn hand, schrijf en streep mijn regels. Maar waar die regels toe leiden? Daar heb ik in de loop van mijn verhaal steeds minder over te zeggen. Zelfs een stukje over Beginnen komt uit bij een heel ander Einde.

1987

BORD MET SPAGHETTI

Hier is Muller nog net geen Mulder, het baasje uit *De wandelaar*. Hij figureert in een broodje-aapverhaal dat ik voor de krant schreef en dat jaren later in een schoolboek belandde – met vragen en al. Nog kom ik volwassenen tegen die dit als eerste verhaal van me 'moesten' lezen.

Muller was een keurig man. Hij zag er altijd uit of hij zojuist van de stomerij kwam, broek vlekkeloos in de plooi, regenjas opgesteven, blauwe blazer ongekreukt en zijn lippen in een glimlach geperst. Niemand mocht zich aan hem storen. Hij wilde een onberispelijke indruk maken.

Muller was beleefd, hij knikte altijd begrijpend als een ander wat betoogde, ja als het ja moest zijn, soms nee. Een vertegenwoordiger mag nooit opvallen, vond hij. Vaak wisten de mensen met wie hij onderweg te maken had niet eens of hij nog komen moest of al was langs geweest. Zo was het ook bij het wegrestaurant waar hij twee keer in de week at, op maandag- en donderdagavond, tussen zeven en acht, als zijn vrouw naar cursus was. Hij nam altijd de dagschotel. Vandaag was het spaghetti bolognese, *f* 14,50. Hij had een drukke dag achter de rug, veel klanten, veel meningen, veel bestellingen. Lekker spaghetti, dacht hij, als het maar veel is.

Er stond een flinke rij voor het buffet waar de warme schotels werden opgeschept. Het viel hem op dat de diensters al een kersttakje op hun witpapieren mutsen droegen. Muller kreeg het benauwd van het geschuifel langs de warmte blazende koelvitrines vol slaatjes en toetjes. Hij deed zijn regenjas uit en sloeg hem over de arm waarmee hij zijn dienblad voortduwde. In zijn andere hand hield hij een diplomatenkoffertje en een onhandig grote kalender – een relatiegeschenk. Hij begreep niet waarom hij dat ding nu mee naar binnen zeulde. Zijn vaste gewoonte waardevolle spullen uit de auto te halen – ze gapten alles tegenwoordig –

was in dit geval onnodig, want dit wegrestaurant stond bekend als een oase van fatsoen en veiligheid. Waar het openbaar vervoer niet komt, selecteert het publiek zich vanzelf, vond Muller. Hij kwam hier graag.

Hij groette het meisje achter de in het water dampende eetwaar vriendelijk, maar pas toen hij zei dat hij honger had voor twee, herkende ze hem – die meneer toch – en ze schepte hem een vol bord. Jammer dat ze de spaghetti brak. Hij had er nu juist zo'n plezier in die lange slierten om zijn vork te draaien en het meelkluwen behendig op zijn lepel te schuiven. Muller noemde dat 'gevaarlijk eten'. Het was voor hem een sport om geen spatje op zijn witte overhemd te knoeien, zoals hij het ook een sport vond zo veel mogelijk doperwten op zijn vork te schuiven zonder er op weg naar zijn mond ook maar één te laten vallen. Ook was hij goed in soep zonder terugplonzende druppels. Ja, waar het om eten ging nam Muller graag een risico. Een kip sneed hij als een chirurg en hij dacht: Zolang het bestek in mijn hand niet trilt, ben ik gezond en kan ik de wereld aan.

Nu moest hij bij het afrekenen oppassen dat zijn bord, druipend van al te scheutig overgegoten vleessaus, niet tegen zijn jas aan kwam. Hij duwde zijn regenjas tot in de kom van zijn elleboog en hield het blad op zijn vlakke rechterhand in evenwicht. Het bord schoof niet.

Muller wilde ongestoord genieten. Zijn vaste hoekje was vanavond bezet, dus liep hij naar de stille vleugel waar het donkerder was dan normaal omdat de plafonnières er gedeeltelijk met kerstgroen waren afgedekt. Hier was plaats genoeg. Muller zette zijn bord neer, hing zijn jas over een stoel en plaatste koffer en kalender naast de tafelpoot. Hij ging er eens goed voor zitten. Hè, wat dom nu, druk met het rechthouden van zijn dampende bord was hij een servetje, vork en lepel vergeten. Hij liep terug. Zelfs bij de bestekbakken moest hij nog op zijn beurt wachten. Hij peuterde wat extra servetten uit de houder, handig voor in de auto, en liep dromerig naar zijn plaats. Maar bij het tafeltje aangekomen frommelde hij van schrik zijn servetten ineen. Er was een grote zwarte neger achter zijn bord gaan zitten. De man wikkelde juist vork en mes uit zijn servet en begon zonder op te kijken in de spaghetti te snijden. Spaghetti eten met een mes, dacht Muller, kan het onbeschaafder. Hij keek de man dreigend aan. De zwarte beantwoordde Mullers blik met onverschilligheid, hij grijnsde zelfs en stak toen zonder aarzeling een op maat gesneden hap in zijn grote mond. Mijn spaghetti, mijn bord, gonsde het door Mullers hoofd. Hij durfde niet naar de chef te lopen uit angst dat de man hem misschien van achteren zou aanvallen. Deze slierten snijdende woesteling reeg hem zéker aan zijn mes. Muller voelde zich heel klein. De zwarte keek hem nu doordringend aan. Op van de zenuwen maar uiterlijk kalm – dat had hij zich wel aangeleerd, een klant mocht nooit wat aan hem merken – ging hij in de stoel tegenover de man zitten. Muller zei geen woord, overdreven beleefd legde hij links zijn vork en rechts zijn lepel, het servetje vouwde hij uit op zijn schoot. De zwarte keek hem aan en sloeg met vermoeide spot zijn ogen naar het plafond. Muller was verbaasd dat het oogwit van negers zo gelig was. Toen keek de zwarte hem weer recht aan. Het leek wel of zijn ogen hem dwongen toe te tasten. Muller wist niks beters te doen dan zijn vork voorzichtig in het bord tegenover hem te steken, zíjn bord nota bene.

Wat minder handig dan normaal draaide hij zijn vork in de gebroken sliertjes. Zou die man hem nu slaan, hem met zijn mes op de knokkels hakken? De zwarte at rustig door. Muller schoof wat hij om zijn vork had gewonden op zijn lepel en bracht de hap voorzichtig naar de mond, de zwarte almaar in de ogen kijkend. Zijn hand trilde licht. De zwarte man grijnsde weer, duwde zelfs het bord naar voren. Tast toe, leek hij te zeggen. O, als hij brutaliteit op prijs stelde, dan kon Muller er ook wat van. Zonder gedraai nam hij een lepelvol spaghettikruim en haalde die nog eens diep door het eilandje vleessaus. De zwarte harkte met zijn vork de resterende saus gelijkmatig over de spaghetti. Beiden aten zwijgend verder. Muller proefde niets. Hij bleef schrikachtig in het rond kijken. Was er niemand in het restaurant die zag wat hier gebeurde?

Dat die lui deden of ze hier thuis waren, vond hij tot daaraan toe, maar dat ze nu ook ongevraagd zijn bord leegaten, ging hem toch te ver. Altijd had hij tegenover klanten de verhalen van uit hun straatje stinkende Turken en zwartjoekels afgezwakt, altijd voorzichtig voor begrip gepleit, niet te veel natuurlijk, het bleven klanten. Hij begreep niet hoe hij ooit een goed woord over Surinamers had kunnen zeggen. Was dit eigenlijk wel een Surinamer, hij zag er zo duur gekleed uit... Vast en zeker allemaal gejat. De zwarte man veegde zijn lippen schoon met een van de extra servetjes die Muller naast zich op tafel had gelegd, ook probeerde hij wat rode spatjes op zijn overhemd weg te wrijven.

Hij schraapte de keel en stond op. Muller wilde iets zeggen maar durfde niet omdat hij zittend een ongunstige positie innam. Aap, dacht Muller. Hij volgde elke handeling van zijn ongenode gast. Hij zag hem kopjes pakken, koffie inschenken en weer zijn richting uit komen. Zwijgend schoof hij Muller een kopje toe en hield hem een zakje melkpoeder voor. Hoewel Muller graag zijn koffie met melk dronk, schudde hij angstig nee. Muller kon aan niets meer denken. Hij voelde zich gegijzeld aan zijn eigen tafel. Ook durfde hij geen suiker in zijn koffie te doen, uit angst dat de zwarte zou zien dat het lepeltje in zijn hand trilde. Hij wist dat zulke types juist agressief werden als je je angst toonde. De zwarte blies in zijn koffie en na zijn laatste slok liet hij een licht boertje. Hij stond op, knoopte zijn jasje dicht, pakte zijn koffertje, zijn regenjas, schoof zijn stoel terug naar de tafel, knikte vriendelijk naar Muller en verdween zonder een woord te zeggen.

Het zweet liep in straaltjes langs Mullers rug. Eindelijk kwam hij tot zichzelf. Hij leefde nog. Geen messteek, geen kaakslag, hij had verstandig gehandeld. Naar huis en vergeten, mompelde hij in zichzelf. Maar waar was zijn koffer, waar zijn jas? Dus toch, die vuilak, die patserige junk. Zoekend keek Muller in het rond of de man nog ergens liep. Waarom was hier geen bewaker met een pistool en een pet op en een fluit in zijn mond om alarm te blazen?

Al spiedend door de nu vrijwel lege eetzaal, zag Muller plotseling twee tafels achter zich zijn jas over een stoel hangen, tussen

de poten door zag hij zijn koffertje en de kalender.
Op de tafel stond een vol bord spaghetti.

Vragen over 'Bord met spaghetti'

A Is de eerste zin van het verhaal auctoriaal of personaal? Licht je antwoord toe.
B Geef aan hoe de spanning in dit verhaal ontstaat door het gekozen vertelperspectief.
C In hoeverre wordt het karakter van de hoofdfiguur ironisch getekend? Welke zinnen wijzen daarop?
D Geef aan hoe het racisme van de hoofdpersoon toeneemt tijdens het incident.
E Beschrijf dezelfde anekdote, maar nu vanuit de zwarte man.

SOUVENIRS

1995

MEE-ETERS

Altijd gek op mee-eters geweest, mijn vingers jeuken als ik ze zie. Vooral bij wat oudere onverzorgde mannen, zo'n kring van zwarte stippen om het ooglid, liefst uitvergroot onder de jampotglazen van hun bril, o heerlijke zwarte vulkaantjes. Hoe ouder de man, hoe harder ze groeien, net als zijn neushaar en het permanent in zijn oren. Je knikt, je praat, je luistert, maar onderwijl voel je hoe de nagels van je beide duimen elkaar ontmoeten en hoger kruipen, je wilt even netjes belet vragen, de bril afnemen en uitdrukken. Het putdeksel verheft zich en een goorwitte slang kruipt naar buiten, soms broos of hard, soms jong en sappig, altijd de moeite waard. De vangst kleeft op je duimnagel, je houdt hem tegen het licht, nee, je eet hem niet op maar veegt hem af aan de rand van een stuk papier, zodat je er nog beter en langer naar kunt kijken. Met wat geluk mag je nog eens en nog eens.

1984

HONDSDAG

De koningin-moeder is jarig, maar wat heeft ze een lief hondje. Ik kende het beestje al van de Pro-Juventutekalender. Iedereen jubelt maar over vijfenzeventig jaar majesteit, maar wie staat er eens stil bij haar hondje?

De Rijksvoorlichtingsdienstman aan de telefoon moest eerst wat 'graafwerk' verrichten alvorens hij mij de naam van het koninklijke hondje kon spellen: 'N'Zara, het is een zeldzame, nietblaffende hond. Een *basenji*,' zegt de man. 'Ze is veel op schilderijen vereeuwigd, althans dat meldt het blad *Weekend*,' zo voegt hij eraan toe.

Hoogwaardigheidsbekleders houden veel van honden, tenminste als de camera kijkt. Het lijkt wel of zo'n foto het publiek moet zeggen: wie van dieren houdt, heeft ook het beste met de mensen voor. Vorige week zag ik Mitterrand nog met een teckel in de krant. Parijzenaar met de Parijzenaars. Want wist u dat 26,8 procent van het Parijse hondenbestand uit teckels bestaat? En wist u dat er in Nederland bijna driehonderd boeken over honden verkrijgbaar zijn en maar 138 over voetbal? Het valt dus mee met de verdwazing.

Hij (ik noem honden altijd hij, ook al hou ik meer van teefjes dan van tegen je op rijdende reuen, want niets is zo vies als zo'n rooie uitpielende hondenpunt), hij, die N'Zara is, heeft zo'n zorgelijk hoofdje. Heel menselijk. Die voorhoofdsplooien moet hij hebben, anders geeft de kynologenclub hem geen geboorterecht. De basenji moet nu eenmaal aan erfelijke regels gehoorzamen. Net als een adelskind. Hij moet zijn voetjes likken als een kat, hij mag niet blaffen, wel huilen. Zijn vrolijke gevoelens uit hij doorgaans met zacht gejodel. Wat een inlevingsvermogen van de koningin (dat blijft ze gewoon, koningin) om een hondje te willen dat niet kan en mag blaffen. 'In het huisdier zit de mens,' heeft de Franse psycholoog Lacan gezegd.

Dus koos majesteit een hondje dat net als zij niet echt iets zeggen mag. Zo is het ras duizenden jaren getraind, het maakte ze geschikt voor stille jacht en paleisgangen.

Niet ver van N'Zara's huis woonde in mijn Gooise jaren een mevrouw die een eender hondje had. Het snuffelde dikwijls aan het reetje van mijn hondje, een *Shetland sheepdog* die van beroken worden al ging janken. Haar basenji droeg een halsband, een lichtblauw lederen collier met glittersteentjes afgezet. Aan de binnenkant stond in goudopdruk haar naam: 'Juffrouw Krul.'

Een pijnlijke naam voor de jongedame, want haar staart viel niet volgens de regels. De krul moet hooggeplaatst naar één kant over de rug liggen. En Juffrouw Krul had een vraagteken boven haar bibs, een onvermoeibare vaan die alleen wou gaan liggen als haar bazin met leukoplast een loden balletje aan haar staarteind plakte. Ook dat schiep een band tussen ons honduitlaters, want mijn Shetland wou de oren niet naar behoren buigen en had pleisters met fietskogeltjes aan de punten.

Jaren later zou ik een dag tussen tientallen basenji's verkeren. In het noorden van Sudan reed ik rond met een missiepater die een spade en een injectiespuit in Afrika nuttiger vond dan een gewonnen ziel. Een aardige man dus. Hij had een web van kerkjes in zijn streek gebouwd, die hij eens in de twee, drie weken bezocht. De dorpelingen maakten van zijn bezoek een gezellig uitje. De vrouwen zetten hun Singertrapnaaimachines op het kerkterrein en stikten er bonte lappen. De mannen hurkten er gelaten voor een aluminium teil tomaten. De pater deed wat met kaarsen en een kwast en iedereen ging prachtig zingen. Na de dienst hield hij spreekuur. Wonden werden gebet, korstige oren gezalfd, baby's geprikt en pillen als ouwel op tongen gelegd. De baas van het dorp was een oude, wijze man, *mzee*. Hij droeg slechts een tot op zijn enkels vallende Burberryregenjas. Een koningsmantel. 'Hij is een gelovig christen,' zei de missionaris. De oude man vroeg of de pastoor mijn vader was.

De mzee had het alleenrecht op tientallen basenji's. Hun staarten krulden zonder loden bolletjes, ze piepten, aten gele sprieten, ze likten mijn hand en hun pootjes. Ze zaten naast de hutten en de tomatenventers als beelden uit een faraograf. Hun neuzen glommen zo zwart als de kinderen die aan hun staarten trokken. De basenji voelt zich thuis in deze contreien, zijn bakermat ligt in het zuiden van Sudan.

'They keep them for chop,' zei de pater, 'ze smaken prima.' Bij feestelijke gelegenheden was hem wel eens een boutje aangeboden. Die argeloze opmerking is in mijn herinnering verbonden met zonlome beelden van basenji's spelend in het dorre gras. Wat me toen choqueerde was niet de dorpelingen hun honger naar de hond, maar het feit dat de hond voor hen vee was.

Ik schrok van mijn decadente reactie. De basenji was hier gewoon een behaard varkentje en niet een nuffige mensenvriend met een stamboom.

De oude man beschouwde mijn aanwezigheid als een feestelijke gebeurtenis. Hij noodde ons naar zijn leemrieten hutten, waar juist een hond bruin aan het spit droop. Hoewel ik mij al jong voornam dat je alles één keer in je leven moet hebben geproefd – ook het muisje van een mensenduim, het lekkerst naar men zegt en bovendien mag het van de paus, in doodsnood als alle blikjes op zijn – ditmaal liet ik het aangeboden boutje toch aan mij voorbijgaan. Ik hou te veel van honden om ze me te laten smaken.

De hond was mij te veel staf en steun in kindereenzaamheid.

Onze samenleving heeft het huisdier gesocialiseerd tot troetel. Niet voor niets blijkt uit een in het Franse damesblad *Elle* van februari 1981 gepubliceerd onderzoek dat het merendeel der hondenbezitters bestaat uit weduwen boven de vijfenveertig jaar.

Hetzelfde onderzoek wees uit dat 77 procent van de Fransen het lijden van een dier even erg vindt als het lijden van een mens. Daarom doden sadisten dikwijls dieren: ze willen mensen raken. Zoals Sendero Luminoso, een maoïstische guerrillabeweging in Peru, die honden opknoopte aan lantaarnpalen met om de nek de naam van verraderlijke personen.

De mzee doodde uit honger. Nu, op afstand, hoop ik dat de oude wijze man nog lang in goede gezondheid mag kluiven.

Een vleeseter is niet noodzakelijk een dierenbeul. Ik heb Franciscus van Assisi altijd wreder gevonden omdat hij van een wolf een vegetariër maakte. Hij met zijn hemelse contacten kon toch weten dat de schepper het zo niet had bedoeld?

Hoe dikwijls is dierenliefde niet beulend. Zoals de Brusselse dame die haar reu met eau de cologne inwreef. Het dier niesde bijkans zijn snuit eraf. Maar ook zij had een geldig excuus: 'Het kost mij eigenlijk moeite om van honden te houden. In de oorlog bewaakten ze onze barak. Zo ruikt hij tenminste niet wreed.'

Ik ben in de box al door dieren besprongen en ik beschouw ze nog steeds als levend speelgoed. Tenminste, als ze ontvankelijk zijn voor liefde en die ook kunnen teruggeven. Dus geen python aan mijn borst gedrukt en god beware me dat ik ooit zo gek word als de Franse schrijver Gérard de Nerval, die op zijn oude dag met een kreeft aan een touwtje in de Tuilerieën liep.

Poezen waren er als vanzelfsprekend. We hadden er thuis twee. Beide werden zestien jaar oud. Ze behoorden tot het meubilair, levende bibelots, lastige presse-papiers op de schrijftafel. Geen dier voor langs het strand. Niet de poes is ergerlijk maar zijn baas die poes hooghartig boven hond stelt. Het enige aardige van de poes zijn de onaardige trekjes: asociaal en ondemocratisch, want mooi, wulps, lui, met een hang naar een eigen gebied.

Maar de hond was mijn enige vriendje. Zijn buikje diende mij tot kussen in een duinpan, hij was deelgenoot van mijn geheimen. Zijn honden mij zo vertrouwd omdat mijn eerste pop een roodpluizen welshterriër was? Tien jaar lang, tot hij te zuur rook, deelde ik met hem mijn hoofdkussen. Komt het door de gele tube

Medinos-tandpasta, toen mijn lievelingssmaak, met dat lieve hondje op de tube? Poets als hondje Medinos, driemaal daags er flink op los.

Nee, ik weet nog goed wanneer ik van honden ben gaan houden. Op mijn achtste jaar, toen ik uit logeren op de boerderij een knecht zes puppy's zag verzuipen. Die stomme blinde beestjes hebben het nauwelijks geweten, mij heeft het de ogen geopend. De mens is de mens en de hond een wolf.

1988

EEN MIDDAGJE AAN HET HOF

30 april 1988, ten paleize op de Dam. Hare Majesteit de Koningin ontvangt kunstenaars en gezagdragers ter viering van het tienjarig bestaan van de Koninklijke Subsidie, een tentoonstelling waar jonge schilders hun bekroonde werken tonen. Het koninklijk gezelschap beweegt zich ongedwongen tussen de genodigden. Ik sta naast een heer met een lintje en een oranje strik op zijn revers. Hij zegt jij tegen prins Willem-Alexander en prins Constantijn en lacht om al wat uit de koninklijke monden komt. De heer spreekt me aan over Harry Mulisch, die, in gesprek met prins Constantijn, niet precies had geweten met welke koninklijke zoon hij van doen had. ('Dus jij studeert in Berkeley?' 'Nee, dat is Friso.')

HEER [*zich tot mij wendend*]: Dat had u als voorlichter van de heer Mulisch toch moeten weten.
IK: Voorlichter van Harry Mulisch?
HEER: Ja, u bent toch van de pers?
IK: Ik ben wel eens op televisie, ja.
HEER: U bent dus mediaspecialist.
IK: Vierhonderd minuten per jaar op televisie maakt mij nog geen specialist.
HEER: U had het hem tenminste in zijn oor kunnen fluisteren. [*Neemt me terzijde.*] Zeg, die Mulisch, is die altijd zo... goed gekleed, zo geacheveerd, of is dat speciaal voor deze koninklijke gelegenheid? [*Kijkt misprijzend naar de schrijver.*]
IK: We mogen wel zeggen dat de heer Mulisch een van de best geklede schrijvers van Nederland is.

HEER: En dat kan ie betalen? Kan ie leven van de pen?
IK: De heer Mulisch zeker. Hij wordt op alle middelbare scholen gelezen.
HEER: O ja, en wat zoal?
IK: *Archibald Strohalm, Het stenen bruidsbed, De aanslag.*
HEER: Ik ben geen boekenman, zie de hele dag al letters. Meer een man voor muziek en ballet.
HOFDAME [*zich bij ons gezelschap voegend, naar de schaal met hapjes reikend*]: Ah. U maakt kennis met onze hofsnob.
HEER [*aan een zoutje knabbelend*]: Ik kijk nooit televisie, alleen TV-5, dat vind ik uitmuntend. Dat boekenprogramma. Kun je zien dat Frankrijk toch een echt literair land is.
IK: Ik heb ook een boekenprogramma.
HEER: Ach, heeft Nederland daar genoeg schrijvers voor?
IK: Eerder te veel.
HEER: En verkopen die ook?
IK: De een meer dan de ander.
HEER: Hoeveel verkoopt zo'n Mulisch nou?
IK: Honderdduizenden.
HEER: Wat houdt hij daar nou aan over?
IK: Hangt ervan af.
HEER: Een kwartje per boek of zo?
IK: Nou nee, ik hou er al twee gulden aan over en mijn boekjes zijn héél dun en goedkoop.
HEER: Ach, schrijft u ook?

IK: Ja, en ik verkoop heel veel.
HEER: Dus u kunt ervan leven?
IK: Beter dan Dagobert Duck.
HEER [*plotseling vriendelijk*]: Dus schrijven loont in Nederland?
IK: Mulisch is miljonair.
HEER: Van het schrijven?
IK: Ja.
HEER [*op Mulisch aflopend*]: Zeg meneer Mulisch, wat ik zo interessant vind, hè... Die aanslag van u...' [*Beiden lopen richting Majesteit.*]

2005

BEDELAARS

De prijs van de bedelaars in het zesde arrondissement is omhooggegaan. Vroegen de handophouders met vaste stek in de winter nog twee euro, met de zomer zijn het er drie geworden. Het is niet voor niets de duurste wijk van de stad. Zelden wordt meteen het gewenste bedrag genoemd, de bedelaar vangt eerst de blik en vraagt of het schikt een vraag te stellen. Heel beleefd, pas dan komt de verlangde som. Ik snauw nee na de eerste kik. Hoeveel ogen van slechtgeklede mensen heb ik al vermeden? Misschien wilden ze me alleen maar de weg vragen. De kloof knaagt. Het wordt tijd weer goede manieren te leren.

1984

NACHT VAN DE POËZIE

Mag de eerste regel met een boertje beginnen, een boertje dat riekt naar oesters en kriekenbier? Ik kan ook niet anders, ontregeld als ik ben door een teveel aan poëzie en gebras, en een tekort aan slaap. Want gezond is het niet, zo'n Brusselse nacht van de poëzie: ruim veertig lezende dichters van acht uur 's avonds tot acht uur 's morgens, gehinderd en gesteund door vierduizend bezoekers, dringend achter de coulissen, tussen het gezwets en gekleef van te veel mensen op eenzelfde plek.

Zaterdagavond 19 mei. Dichters mogen dan in stilte scheppen en het best in stilte gelezen worden, het marathonpubliek verwacht verzen die klappen als circuszwepen. De dichter als dompteur. Vanavond moeten ze de meute en de muze dresseren. Ik neem me voor me nergens aan te ergeren. Wie hier komt weet wat hem te wachten staat.

De van ver reizende dichters verzamelen zich om acht uur 's avonds in Hotel Metropole. De lach van de Franse tekenaarschrijver Roland Topor weerkaatst tegen het marmer. In een hoek keuvelen Cees Nooteboom, Hugo Claus en de Brit Christopher Logue. 'Ik schijn hier in mijn eentje een heel koninkrijk te vertegenwoordigen,' zegt Logue terwijl hij de lijst van optredenden prijzend en smalend beziet. 'Eerst nog wat eten,' besluit Claus, 'het is slecht lezen op een lege maag.' Men verzekert me dat het zo vroeg in zaal De Vorst geen vaart zal lopen. Oesters zwemmen in wijn, asperges ook. We klinken op het ontbijt.

Na elven golft het in de wandelgangen van de Vorst Nationaal. Achter het toneel vlokken dichters en hun aanhang. Enkele goede dichters, meer matige dichters en veel artistieke hechtpleisters, mensen die erbij horen, niemand weet waarom. Drank helpt je van je medemens te houden. Ik drink maar een glas.

De grimmige Christopher Logue, die alles van Napoleon weet en op zijn onderwerp is gaan lijken, beziet het gedrang als een veldslag. Hij ontwaart Allen Ginsberg en Jevgeni Jevtoesjenko en windt zich nu al op over hun optreden. 'Jevtoesjenko moet vanavond een gedicht opdragen aan Sacharov of anders meteen weer naar huis. Wat moeten we met een hielenlikker uit de Sovjet-Unie?' Ik knik instemmend. 'En wat die Rus is voor het Kremlin, is Ginsberg voor het Witte Huis. Laat hem eens zingen over verdwenen of vermoorde Chileense schrijvers in plaats van dat gemum-mum-mum over zijn dode moeder.'

Ik mag het klaarblijkelijk niet bij een knik laten, want Logue daagt me uit Jevtoesjenko om een vers voor Sacharov te vragen. Claus mompelt: 'Ik hou er niet zo van mensen tot heldendaden te dwingen.' Logue, opgewonden: 'We moeten boe roepen.' Ik werp tegen dat ik hier als journalist slechts opteken wat anderen doen en zeggen. 'Schrijf dan nu een ontslagbrief en zeg het als schrijver,' zegt Logue. Halfhartig beloof ik Jevtoesjenko tijdens zijn optreden te interpelleren.

Achter de coulissen zie ik Remco Campert, Judith Herzberg, Adriaan Morriën en achterachterneef Anton Korteweg. Ze zijn allemaal al geweest. Korteweg vraagt zich vertwijfeld af wat hem hier bracht: de drang tot lezen of het honorarium. Een kleine, geheel in het rood gestoken knaap fluistert me in het oor dat 'iemand' me vanavond in de Metropole op kamer 1107 wenst te ontvangen. 'Wie dan?' vraag ik, maar het roodgebroekte ventje giechelt weer weg.

Telkens als ik naar het toneel ren om een dichter te beluisteren, zie ik wat ik niet horen wil. Musicerende Marokkanen, met een zachte g reciterend over 'Antwerpen in de woestijn', saxofonisten, pianisten en grappenmakers. Achter op het toneel beschildert een jongeman in een keurig zwart pak een enorm linnen. *Adrenaline* heeft hij levensgroot opgekladderd, in de linker bovenhoek druipt een tuinkabouter met een bijltje in de hand. Het is Franky De Coninck – een wilde schilder – die op ladders met spuit en spons de nacht in verf zal kleuren.

Het ontbreekt me vooralsnog aan overzicht. Wie leest wanneer? Een enkele dichter mokt dat het schema al een uur achterloopt. Welk schema, waar?

En dan ontwaar ik Fritzi Harmsen van Beek, schoorvoetend aan de rand van het verhoog. Die wil ik horen en zien. Voor ze op moet, bladert ze gejaagd door haar bundels. 'Welke zal ik doen, die van die dooie hond en die van die dooie haas en ook die van die oude verloofde? Of is dat te cru?' Ze vraagt me bezorgd of het publiek wel stil zal zijn. 'Als ze boe roepen, loop ik weg. O, had ik mijn stampschoenen maar aan, met deze hakken hoor je niets.'

Vijf over twaalf loopt ze het licht van de schijnwerper in. De haren gekruld door een regenbui, het lijf springerig; ze gaat erbij zitten als een dame en ze leest als een prinses. De zaal is stil. Een lawaaiige gek krijst ergens achterin. Ze kijkt in het licht en blaast en grauwt naar de zaal. Wat leest ze mooi over haar dode windhondje, dat ze uit de sterrenkennel terug wil halen naar haar streek in het noorden. Vier van die verzen maakt een hele trits zweempoëten verdraaglijker.

In de zaal ritselt de ceriserode folie van het levende kunstwerk Fabiola, een veelal in Amsterdam paraderende Belgische jongeman die nu op eigen bodem haar fonkeljurken vertonen mag. Dichters rennen op en af. 'Ellendelingen,' roept een schaterende Simon Vinkenoog achter de gordijnen. Wat een enthousiasme zo laat nog, op die leeftijd. Ik ga maar eens zitten waar ik hoor: tussen het publiek.

Ginsberg komt op. De troubadour begeleidt zichzelf op een doosharmonika. Hij heeft nog maar een enkele toon uit zijn deksel gewipt of Christopher Logue roept iets onverstaanbaars uit het midden van de zaal. O god, denk ik, nu moet ik straks ook. Ginsberg betrekt Logue in zijn lied over 'Birdbrain runs the world'. Het is Birdbrain die kruisraketten aan België en Tsjechoslowakije slijt, Birdbrain die *Pravda* en *Wall Street Journal* leest. Birdbrain nestelt in Oost en West. 'I am Birdbrain, Christopher Logue,' zingt Ginsberg. Kortom, alles en niets deugt en dat vrolijk getoonzet.

De ene supermacht is nog niet uitgezongen of Jevgeni Jevtoesjenko wordt al trots aangekondigd. Poëzienachtorganisator Guido Lauwaert zegt dat hij de vertaling zelf een *finishing touch* heeft gegeven. De verzen spreken van grenzen 'geschapen door slagbomen en paspoorten' en over het opheffen daarvan, over een 'verdampte traan in Uruguay die als sneeuwvlok op een Eskimo valt' en over 'wolkenkrabbers die Kremlintorens willen knuffelen'.

Als de meester zelf leest, in bloes met folkloristisch borduursel, hoor je hoezeer vertalen verlaten is. Een andere toon, andere muziek. Jevtoesjenko oreert over de stad van ja en de stad van nee en het moeizame verkeer daartussen. Ik schuif naar het puntje van mijn stoel, moet nu roepen: Waarom leest u geen vers over het nee van Sacharov! Maar ik durf niet. Ik sta bij Logue in het krijt. De zaal vindt het allemaal prachtig. Hoe holler de frase, des te harder het handgeklap. Onder stormachtig applaus loopt Ginsberg op Jevtoesjenko af en beide dichters zoenen elkaar alsof zij zojuist de vrede tussen hun landen hebben getekend. Kremlin knuffelt wolkenkrabber.

Na hun optreden grijp ik Logue in de bar. 'Ik heb je niet gehoord,' zegt hij.

'Het spijt me maar ik durfde niets te roepen,' zeg ik.

'Dat is maar goed ook, dat kun je zo'n man op het toneel niet aandoen,' zegt Logue.

'Maar u riep wel iets tegen Ginsberg.'

'Ja, maar niets politieks. Alleen maar dat hij een behoorlijk gedicht moest lezen in plaats van die onzinnige liedjes. Maar heb je ze gezien, die *kissing superpowers*, wat vinden ze elkaar belangrijk, die Jevtoensberg en Ginsbesjenko.'

Schilder Franky De Coninck ploetert maar voort met zijn kleuren. Zijn zwarte pak raakt langzaam besmeurd. Juist wanneer zijn *Adrenaline* onze hoofden extra wakker zou moeten houden, smeurt hij het woord weg onder de schildering van een slapende reuzenkabouter, een Klaas Vaak die het bijltje erbij neerlegt. De zaal lacht, stampt, rookt en drinkt. Het blijft een vrolijke keet en wie de lachers op zijn hand krijgt, heeft succes. Weer komt roodbroekje op me af. Ditmaal met een lief briefje van de schone slaapster op kamer 1107. 'U stelt haar toch niet teleur. Ze bewondert u.'

En Ramses Shaffy zingt en Fritzi danst en J.P. Guépin loopt moe en verstoord weg omdat hij na uren wachten nog niet aan de beurt is. En Lauwaert tiert dat het niet vol genoeg is en dat hij erop moet toeleggen. De een is bang dat hij zijn vliegreis niet terugbetaald krijgt, de ander vangt minder dan afgesproken. Roland Topor wordt niet meer tot de kleedkamer toegelaten, al kraait hij nog zo dat hij dichter is, de wacht gelooft alleen maar in toegangspasjes. De Surinaamse dichter Julian With, die als drie na laatste genoteerd staat, wil geen hekkensluiter zijn.

De zaal verliest haar geduld. Men luistert nauwelijks naar plakhaar Deelder, die anders toch zo makkelijk de lachers op zijn hand heeft. Vlaamse huigen blieven geen Rotterdamse tong.

Ik bemerk dat ik wegdommel bij Kamagurka, dat ligt niet aan hem maar aan de slaap, het bier, het kleefvolk. Ik trakteer Logue op frites met *sauce tartare* bij een friteskraam aan het Noordstation. We drinken whisky in een kroeg waar het schuim van de nacht verzamelt. En we komen weer wakker in de Metropole. Daar wacht gezelligheid. We schuiven aan. De portier schenkt heimelijk drankjes.

Fritzi Harmsen van Beek komt binnen en vertelt op dit uur rijtuigen te verkiezen boven auto's. Ik hou een pleidooi voor gondels.

Voor het slapengaan vraag ik de portier nieuwsgierig naar de identiteit van sleutel 1107. Het blijkt de kamer te zijn van een zeer dikke, zeer geleerde dichter.

De volgende morgen ontbijten de sterken onder de dichters aan een ronde tafel. Ik zie biefstuk, vier dichters lepelen cassata. Ik kies voor croissants met aspirine. De Amerikaan Gregory Corso, al jaren geleden opgehouden om iets om zijn uiterlijk te geven, ziet er nu uit als een heel oud dametje. Geen tand meer in de mond, de bril aan een kettinkje, citeert hij kinderrijmen. Maar wie kletsen daar gedrieën zo geboeid? Jevtoesjenko, Ginsberg en Logue. Ze kwetteren over gezamenlijke nachten vol poëzie. Jevtoesjenko toont zijn ring: 'Ooit behoord aan Raspoetin.' Als Logue me ziet verlaat hij het tweetal. Hij wil oesters gaan eten met kriekenbier. Dat deden we, in de motregen. Ze zitten me nu nog dwars.

1997

ZO GRUWELIJK

Voor een oude vriend die trouwde
met een jonge vrouw

Toen zij merkte dat hij steun zocht bij een wandelstok
en bij het trappenlopen halverwege zitten moest
– het voorhoofd klam en met een nare rokershoest –
toen wist ze: trouw van je leven nooit een ouwe sok.

Ze vloekte binnensmonds en hees haar manlief op
en voelde weer de schaamte voor dat ouwe lijf,
eens had ze het bemind, nu was het stijf,
ook had hij schilfers op zijn kale kop.

En doodgaan deed hij niet, dat ouwe lijk.
Niks kreeg hij meer omhoog, zij moest alles voor hem dragen,
als ze er ook maar iets van zei, begon hij jammerlijk te klagen,

dan beet ze op haar lip, en dacht: Ik zet hem aan de dijk.

's Nachts snurkte hij en zag ze tanden trillen in een waterglas.
Wie bluste in hun lits-jumeaux haar vuur? Zij zou weer
ongedurig woelen
en meteen na het ontwaken zijn pyjamabroek uitspoelen
omdat hij er drie keer uit moest voor een branderige plas.

Maar weggaan dorst ze niet, want wat zij dacht, kon hij zelfs
niet raden.
Hij wist van voren niet dat hij van achteren leefde
en als hij naast haar stond en zo aandoenlijk beefde,
begreep ze dat een scheiding nog het meest haarzelf zou schaden.

Zo gingen jaren heen en zij onthield wat hij vergeten zou:
zijn pincode, zijn vrienden en al het lief en leed.
Ze heeft hem jaren zwijgend aan- en uitgekleed,
ze bleef per slot van rekening zíjn vrouw.

1998

NAAR HET BALLET

Een ballet zonder bobbels is geen ballet. Wij onderscheiden de damesbobbel en de herenbobbel. Beide zitten tussen de benen. Die van de dames ziet men echter gemakkelijk over het hoofd, niet alleen omdat danseressen vaak rokjes dragen, maar omdat ze over het algemeen ook borsten hebben – zij het geringe, maar genoeg om de aandacht van hun bobbel weg te nemen. De herenbobbel daarentegen staat alleen. Het is een peer in een maillot. Je ziet geen steeltje, enkel de vrucht, een eenzame vrucht, omzwachteld en omhooggehesen om fier ten dans te gaan. Het is de zwakste plek van de danser, niet gespierd zoals zijn overige ledematen en toch het meest aanwezig. O, ik wou dat ik die bobbel niet zo zag, dat ik meer op de choreografie zou letten en op de spierkracht en de schoonheid van het hele lichaam, maar ik zie alleen maar dat. Is het dierenliefde, wil ik die gespalkte vogel uit zijn kooi halen? Of afgunst? Meer pik dan ik. Of plaatsvervangende schaamte? Waarom zo uitgevent die peer, berg op dat ding en spring onverdacht.

Als kind had ik de grootste moeite met mijn bobbel, ik wilde als mijn zusters zijn. In de badkamer propte ik hem het liefst tussen mijn benen weg en hopte zo androgyn over de tegels. *Why were we crucified into sex? Why were we not left rounded off, and finished in ourselves?* dichtte D.H. Lawrence. Ook ik heb mijn bobbel in die zin ervaren: als een kruis. En nu nóg eerlijk gezegd, ik draag hem naar kracht, met alle makke van dien, maar om hem nu dansend uit te dragen, nee, daarvoor toon ik me toch te weinig man.

Mijn hbs-leraar Engels, van wie ik veel heb opgestoken en die elke les een leerling een spreekbeurt liet houden, zei eens tijdens een nabespreking dat hij ballet een onsmakelijke vorm van kunst vond omdat alle dansers homo's waren. (We schrijven 1966.) Om hem te pesten heb ik toen een spreekbeurt over ballet gehouden. Ik had net *De groene tafel* van Kurt Jooss gezien en was daar zeer van onder de indruk – zowel van het dansen als van de bobbels. Ik bracht beide klassikaal ter sprake en zei: 'Is een vrouw die haar borsten vooruitgooit lesbisch? Niet noodzakelijk! Is een danser die zijn bobbel op Florentijnse wijze etaleert dan automatisch van de verkeerde kant?' 'Nee,' galmde het in het lokaal. Het gevolg was wel dat ik na mijn bobbelbetoog onmiddellijk tot klassenhomo werd verklaard. Op louter theoretische gronden, want ik had toen nog nooit andermans bobbel aangeraakt.

The proof of the pudding is in the eating, zoveel Engels had ik ondertussen wel opgestoken, en dus nam ik een abonnement op het Nationaal Ballet. Wat ik niet voorbij heb zien springen: zwanen, vuurvogels, prinsen, notenkrakers, feeën, dwergen, soldaten en gestorven jongens. Prachtig vond ik het, maar hoe ik me ook op het geheel probeerde te concentreren, de bobbel bleef het beste hangen.

Nu ik erbij stilsta, besef ik hoe belangrijk ballet destijds in mijn leven was. Als jongen van negentien ontmoette ik bij een bevriende familie een ruim twintig jaar oudere buitenlandse vrouw. Ze vroeg me waar ik zoal van hield. 'Literatuur,' zei ik. Ook zij las graag, maar de Nederlandse schrijvers die ik roemde kende ze niet. *Excusez moi*... Ballet, ja, die belangstelling konden we delen. Ze nodigde me meteen uit samen naar een voorstelling van Maurice Béjart te gaan, die destijds met zijn Ballet van de XXste eeuw triomfen vierde. Zij zou de kaartjes regelen. Een vriendschap ontstond, een vriendschap die ik als een liefde heb ervaren en die uiteindelijk een belangrijke leerschool werd. Mijn mannelijkheid werd aangesproken, het verstoppertje spelen was voorbij. Eenmaal ontwaakt wilde ik dat het leven grenzeloos zou zijn: iedereen moest hem zien. Dat kan niet goed gaan, zoveel verbeelding komt voor de val. Over die val schrijf ik nu een roman – *Dubbelliefde*. Waarin de verbeelding natuurlijk de grootste rol speelt. Het moet wel kunst blijven.

2007

EROP OF ERONDER

Het nummer van mijn collegekaart was C21. Onbelangrijke dingen onthou ik het best. Ook de dag van inschrijving staat me nog helder bij. Ik kon de aula op het Spui niet vinden, niemand had me verteld dat het een kerk was. Niks verraderlijker dan buitenkant. En ik droeg de verkeerde kleren. Groene jagersjas, grijze flanelbroek, een sjaal van de roeivereniging. Mijn jaargenoten dachten dat ik een corpsbal was. Integendeel: ik wou provo worden. Eenmaal uit zicht van de familie zou ik me zelfs een wit spijkerpak aanschaffen. Maar het was al september 1967 – het hoogtepunt van Provo bleek voorbij. Wit was uit op het Instituut voor Neerlandistiek. Een student met ambitie trok een ribbroek aan – zwart, bruin of blauw – en een T-shirt over het overhemd, zodat de mouwen ietwat poften. Wou je nog slimmer overkomen, dan koos je ook voor ATW-schoenen. Het zesteens juchtlederen model dat studenten Algemene Taalwetenschap droegen. Verplicht, anders werd je daar niet voor vol aangezien. Eén dracht maakte toen vrij.

Onder die ribbroek kwam ik niet uit, maar die schoenen... moest dat echt? Zo lelijk. Ik veinsde ervoor te sparen, dan nog maar een trimester dom ogen. De redding verscheen op een najaarsdag: een ouderejaarsstudent – de kandidaat-assistent die op een Griekse god leek en ook nog eens doorging voor de slimste – betrad het instituut met laarzen over zijn ribbroek.

Het was een provocatie. De ATW-elite werd een hak gezet. Met zo'n held wou ik wel oplopen. Maar hoe vast zat ik nog aan mijn gaatjesschoen, blauwe blazer en das. Vooral die das – door mensen die niet beter weten ook wel 'stropdas' genoemd – riep weerstand op: een das was rechts. Letteren en rechts waren onverenigbaar.

En wou ik links zijn of niet? Laarzen *over* de broek zouden me in de goede richting stuwen. Op naar Zwartjes – fout geweest in de oorlog, dus erg goed in laarzen. Ik droeg ze nog maar net, die laarzen, of de lelijkste man van het instituut kwam er ook mee op college: over de broek. Dat was voor de Griekse god een reden om de broek onmiddellijk over de laarzen te trekken.

Links of niet, bij lelijk wilde ik onder geen beding horen. Ik koos dus voor de assistent: broek uit de laars en eroverheen. Het schiep alleen in mijn fantasie een band, want in 1967 zag een assistent van de professor die college mocht geven je niet staan. Wat je ook droeg.

Na anderhalf jaar ontvluchtte ik de kledingvoorschriften van de neerlandistiek en gordde een rugzak om – een reis om nooit meer van terug te keren. Het liep anders. Met hangende pootjes kwam ik thuis om de studie weer op te nemen. De ribbroek lag nog klaar.

Maar hoe groot was de verrassing dat op het instituut ook de halve staf corduroy droeg. De democratie was uitgebroken. Docenten die ik een winter daarvoor met u aansprak, mocht – moest – ik ineens met je aanspreken. Ik stond ermee in het café. Ook met de Griekse god. We zijn zelfs heel goede vrienden geworden. Door buitenkant de binnenkant gevonden.

1990

ZEUS EN DE EZELS

Het was op een vergadering van de Vereniging van Letterkundigen, eind jaren zestig, ik weet niet meer precies wanneer en wat en hoe, maar ik zie de schrijfster nog voor me. Ze had er bezwaar tegen dat een schrijfster van streekromans lid van de vereniging was geworden. Hoe kon dat nou? De vereniging kwam toch op voor de belangen van de literatuur? Mulisch stond op, pijp in de hand – hij droeg een das, geloof ik, niet veel schrijvers droegen een das in die dagen –, en zei dat de vereniging niet uit te maken had wie wel of wie niet literatuur schreef en dat iemand die zoveel boeken op haar naam had staan juist lid van de vereniging moest worden.

Dat maakte indruk. Was dit de arrogante Mulisch, de man die zich dagelijks in Américain liet omroepen, die in een open sportauto naar de relletjes keek? Hij leek me veel nederiger dan de schrijfster die bezwaren maakte. Mulisch kon zich die houding gemakkelijk veroorloven. Hij schreef goed, werd goed gelezen en de schrijfster die bezwaar maakte niet. Maar toch, niet alleen aan de buitenkant toonde Mulisch zich een heer.

Twintig jaar later zat ik op een narrenschip dat tientallen schrijvers van Basel naar Rotterdam vervoerde. Mulisch was ook aan boord. Bij het eerste diner vroeg een dienster me: 'Bent u schrijver of journalist?' Het verschil zat hem in het al of niet betalen van je eten. 'Journalist,' zei ik en dat klopte, want ik zou de tocht voor de krant verslaan. 'Onzin,' zei Mulisch, 'hoeveel boeken heb je geschreven.'

'Eh, drie.'

'Dan ben je een schrijver.'

Ik heb toch betaald, maar ik vond het wel aardig, want er waren ook enkelen die me duidelijk lieten merken dat zij hoger op de Parnassus zaten.

Niet dat Mulisch ooit iets van me gelezen had. 'Schrijvers schrijven, lezers lezen,' zei Mulisch en dankzij die lijfspreuk kon hij andere schrijvers zonder zurigheid tegemoet treden. Zo leest Mulisch ook nooit *De Gids* en dat maakt hem tussen de kiftende redacteuren een voorzitter die boven de partijen staat. Zijn onwetendheid was een sieraad voor *De Gids*. Quod licet Jovi, non licet bovi. Ik zou best iets van zijn zelfvertrouwen kunnen gebruiken.

In mijn dagboek vond ik de volgende passage:

24 mei 1990. Gisteravond liep ik met de *Gids*-redactie door de Reguliersdwarsstraat, 'Aids-avenue,' volgens Mulisch. Van Mierlo, Mulisch en ik liepen voorop, we zochten een restaurant. Het terrasvolk riep: 'Handtekeningen, handtekeningen! Hé, Van Mierlo! Telefoon voor meneer Mulisch!' Harry – jas los over de schouders, borsalino scheef op de grijze lokken – draaide zich om, ging voor de schreeuwers staan en riep: 'Zwijg ezels, zwijg!' Het werd doodstil in het straatje, de schreeuwers nipten beschaamd aan hun glazen. Ook mij werd allerlei doms toegeroepen en ik was het liefst onder een putje verdwenen. Maar Harry leidde ons door een schelfzee van leeghoofden.

Later aan tafel zei Van Mierlo: 'Soms word ik wakker met de gedachte: vandaag faal ik, vandaag val ik door de mand. Hebben jullie dat ook wel eens?'

We kenden het gevoel allemaal. Behalve Harry, die zei: 'Ik word wakker met de gedachte: vandaag gaan jullie er allemaal aan.'

Kijk, dat is nou Harry. Zijn zelfvertrouwen is even groot als zijn talent.

2005

DE PRIJS VAN GOEDE SMAAK

Liefde vraagt om toewijding. Niks zo leuk als je geliefde verwennen: een uur voor haar omfietsen opdat ze zelf de kou niet in hoeft, of *en passant* een zoen door haar brievenbus blazen. Een lucht-sms. Cadeautjes geven kan in de liefde een feest voor ontvanger én schenker zijn. Misschien zelfs meer voor de schenker: het zich verkneukelen bij het kopen, dagen van tevoren bedenken wat de beste verrassing zou zijn.

Een jaar of tien geleden kocht ik in Milaan bij Hermès een leren portemonneetje in de vorm van een banaan. Schil voor schil met duizend kleine steekjes aan elkaar genaaid, overrijp en levensecht. De prijs was ernaar, maar geld speelde geen rol toen ik het banaantje in mijn hand woog. Hoe leuk zou het straks niet uit haar handtas piepen? En wie bezat er zoiets? Ja, het was duur, bespottelijk duur, maar de schoonheid won het van de economie. Ik wist ook dat het een voorwerp zou zijn dat altijd door haar bewaard zou worden, een banaan die ons verdere leven mee zou gaan. En wat kostte het dan nog? Plezier voor één cent per dag. Maar was het ook een handige portemonnee? Nee. Er konden hooguit vijf munten in. Goed voor de vestiaire, maar te weinig voor de parkeermeter. Ach, wat kon het bommen. Het ging om de schoonheid. Jammer dat ik de verkoopster niet kon vragen het prijsje eraan te laten zitten. Dat zou van slechte smaak getuigen. Nu kon mijn geliefde nooit weten hoe duur het was, hoeveel ik ook dit keer voor haar overhad.

Al tien jaar hou ik mijn mond over de prijs, soms, na een glaasje te veel, vraag ik wel eens naar het wel en wee van de portemonnee. ‘Het ligt in de kast,’ zegt ze dan, ‘het is te onhandig.’ (Ja, zo gaan de dingen lang mee!) Op zulke momenten moet ik mijn tong er haast afbijten om de prijs niet uit te schreeuwen.

Waarom is het toch een bewijs van goede smaak als je nooit over geld praat? De helft van ons leven vergooien we met geld verdienen, ik koop mijn vrijheid met geld, moet er verdomd hard voor werken, waarom zou ik er dan ook niet veel over mogen praten? In andere culturen is dat heel gewoon. Er zijn volken die hun hele bezit om hun nek hangen. Sterker nog: die hun bruid kopen en iedereen mag, ja moet, weten hoeveel ze gekost heeft. En ik mag van mezelf niets zeggen over de prijs van een leren banaan.

In een lift in Las Vegas deelde een dienster van dik over de vijftig, in een heel kort rokje, mij ongevraagd de hoogte van haar maandsalaris mee, nog voor we de bovenste verdieping bereikten. Heel ontwapenend. En het was heus geen bedrag om van de daken te schreeuwen. Waarom toch bij ons die valse schaamte over wat we verdienen en bezitten? Om ons te onderscheiden van patsers en nouveaux riches? (Van hen die, zoals Oscar Wilde schreef, van alles de prijs kennen, maar van niks de waarde.) Alsof 'oud geld' zich altijd zo fatsoenlijk heeft gedragen. Andermans oogst afpakken, wapen- en slavenhandel, daarmee legde het Hollands patriciaat veelal de basis van zijn kapitaal. Logisch dat je daar op den duur over leert zwijgen. Deftigheid komt nu eenmaal met de generaties.

Zo ver ben ik kennelijk nog niet. Diep in mijn hart ben ik jaloers op mensen die zonder gêne de prijs van een banaan durven noemen. Het wordt tijd dat ik er ook mee naar buiten kom: € 700. Zegge en schrijve: Zevenhonderd euro, omgerekend dan. Wat een bevrijding het hier op te biechten! Te lang ging ik gebukt onder mijn goede smaak.

Nu maar hopen dat zíj dit leest.

AFSTAND

1989

STIJL IS EEN NEUROSE

Een man parkeert zijn auto dagelijks naast een boom, een stadsboom die groeit op uitlaatgas en hondenpies. Op een ochtend ziet hij dat een spin een web tussen spiegel en stam heeft geweven. Hij start de motor en de spin kruipt achter zijn spiegel. Het web wordt verbroken, een spin rijdt door de stad. 's Avonds, als de auto weer op zijn vertrouwde plaats naast de boom staat, strekt de spin zijn poten en weeft weer tussen boom en spiegel. Dit ritueel duurt weken. Tot de man zijn auto verkoopt. Hij wil de spin niet mee naar de garage nemen, want spiegelpoets en hogedrukspuit zullen hem zeker vermorzelen. Hij vangt de spin in een lucifersdoosje en geeft hem de vrijheid van zijn tuin. Uit dankbaarheid weeft de spin een web voor zijn raam.

Dat is nu stijl. Van de man, en van de spin. Of het nu een web is, een mooie zin, een kloppende formule of vriendschap – stijl is een uitdrukking van zorgvuldigheid. Stijl heeft de pretentie van eeuwigheid. Wie flanst, kiest voor de mestvaalt. Stijl is het harnas tegen een wereld die verrafelt. Hoe vluchtig ook het werk, de vreugde in de handeling wordt alleen maar groter met de inzet (of verbeelding) dat je iets bouwt dat blijft. Al bak je een taart die je uitpoept, zie hem dan als een toren voor je ingang en uitgang.

Mogelijk is het een vorm van grootheidswaan, maar bij het leren van mijn tafels verbeeldde ik mij rentmeester van de koning te zijn, en mijn eerste regels tussen de lijntjes schreef ik als de gebrilde geleerde met zijn ganzenveer zoals die op de titelpagina van mijn oude schoolboeken stond afgedrukt.

Niet dat zo'n instelling noodzakelijk tot iets groots leidt, maar ze geeft zin aan onze aanwezigheid op aarde, die als je erbij stilstaat tragisch is.

Een mens moet ergens in geloven. Ik geloof in schoonheid: een gedicht dat zegt wat je voelt, de roman die je een avontuur bereidt dat buiten je macht ligt, het filosofisch traktaat waarin je geesten ontmoet die veruit je meerdere zijn; of aardser, de schoonheid van het menselijk lichaam: ook dat vraagt om een eredienst – ons 'tijdelijk omhulsel' als een tempel voor de eeuwigheid. Helaas, een wandeling langs het zomerstrand doet je beseffen dat niet iedereen er zo over denkt.

Ik ben op zoek naar het hele, maar mijn oog ziet altijd de rafel: de klompvoet, de barsten in vernis en verf van oude meesters, een hik in het ritme, de clichés in een krant. Eerder hoort mijn oor de stotteraar op een terras dan het gefluister van twee verliefden. Ik weet dat verval ook mooi kan zijn: een uitgesleten stoep, een rottende deurpost in Venetië of Praag, de kraaienpootjes om de ogen van Katharine Hepburn, de lange borsten van een Afrikaanse vrouw.

Mijn verlangen naar het volmaakte wordt telkens verstoord door de aantrekkingskracht van het onvolmaakte. Zo ben ik nagenoeg verslaafd aan Amsterdam, verslaafd aan de ergernis die deze stad opwekt omdat ze zo slonzig bouwt. Voor vakmanschap, goede materialen, streven naar de beste vorm, is geen tijd en geld.

Mijn angst voor verval trekt me dus meer naar het slons van de stadsvernieuwing dan naar de dikke monumenten aan de grachten. Mijn hang naar het hele heeft bezwaarlijke kanten. Wat niet aan de hoogste eisen voldoet, in manieren, woorden (altijd met twee), bouwen, of denken – schuif ik hooghartig terzijde. Naar een mestvaalt die, als ik niet oppas, uittorent boven het verhevene, het schone en duurzame. Mijn hang naar stijl heeft mijn wereld nog lelijker gemaakt. Niks deugt, om over mezelf maar te zwijgen. Overal vullis. Het is een neurose.

2004

ESTHEET IN BERLIJN

Hoe ik in één seizoen van een lelijke stad ging houden.
De eerste impressies.

Kaal appartement. Vier tuchthuisstoelen en een lederen bank. Tijdens het uitpakken van mijn koffer hoor ik de echo van mijn voetstap. Plotseling gebrul in het trappenhuis, daarna keiharde muziek. Even later wordt er op de voordeur gebonsd: de onderbuurman – vet, bezweet, in een walm van bier. Hij heeft griep en kan niet slapen door mijn luide voetstappen. 'Schuhe aus bitte.'

Ook de volgende dagen meldt de onderbuurman zich zodra ik mijn appartement betreed. 'SCHUHE AUS.'

Ik dien me voortaan vóór het betreden van het appartement te ontschoenen. *Schuhe Aus hört mit.*

Maandagavond halfelf, taxistandplaats Bahnhof Friedrichstraße. Ik open de achterdeur en vraag of de chauffeur me naar de Pariser Straße wil brengen. De man, een veertiger met een gebreid mutsje op, kijkt spiedend in het rond, draait zich dan langzaam naar me toe en fluistert samenzweerderig: 'Wollen Sie ins Westen fahren...? Haben Sie Ihren Pass?' Een grapjas met heimwee naar de grenzen tussen Oost en West.

Donderdagavond, guur weer. Twee Afrikanen zitten aan een tafel in een door neonbuizen verlicht, treurig lokaal. Ze hebben de ijsmutsen erbij opgehouden, achter hen hangen de vlaggen van Duitsland en Nigeria en een plakkaat dat tot vriendschap tussen beide landen oproept. Ik aarzel om naar binnen te gaan, maar de paar glazen glühwein die ik op de kerstmarkt dronk, geven me moed. Zwarte mensen, wat zie je die eigenlijk weinig in Berlijn. Ik heb zin om ze even aan te raken. We schudden lang handen, praten over het weer en de Nigeriaanse keuken (*bitter leaves and pounded yam*). Niet te vinden in Berlijn.

'Maar de Turkse keuken is lekker,' zeg ik.

'De Turken houden niet van negers,' zegt de oudste van de twee.

'De Duitsers ook niet,' zegt de jongere, 'ze denken dat iedere zwarte een illegaal is.'

Om een pijnlijke stilte op te vullen zeg ik: 'Ooit stond het topje van de Kilimanjaro als presse-papier op de schrijftafel van de laatste Duitse keizer.'

'Hoe kwam hij daaraan?' vraagt de oudste.

'Voor zijn verjaardag gekregen, geloof ik. Als bewijs van de uitgestrektheid van zijn rijk. Tanganjika was een deel van Duits Oost-Afrika.'

De jongeman: 'En dat was wel legaal!' Twee ijsmutsen schudden verontwaardigd heen en weer.

Vrijdagavond laat souperen bij Cortez in de Uhlandstraße. Een vrolijke blonde dienster neemt de bestellingen op. 'Wat spreekt u toch een mooi Duits,' zeg ik. 'Dat is mijn Poolse accent,' antwoordt ze, 'binnenkort spreekt heel Berlijn zo.'

Vrijdagavond. Zie in een achterafbioscoop *Der Untergang*. Mooie manier om met Berlijn kennis te maken. Acht mensen in de zaal, vier lopen er weg. Als ik weer buiten sta, doet het me goed dat er nog zoveel huizen overeind staan. Ik deel mijn verbazing met een mij geheel onbekend echtpaar dat ook richting Kurfürstendamm loopt. Het sneeuwt licht. We rillen stil na van de film.

'Haat u de Duitsers?' vraagt de vrouw me als we voor een stoplicht wachten.

'Daar heb ik geen enkele reden toe en die tijden zijn nou heus voorbij, mevrouw.'

'U hebt makkelijk praten.'

Wat er aan Berlijn voorafging en hoe een verlangen naar schoonheid me naar Parijs joeg. Een beginselverklaring.

Schoonheid is mijn drijfveer. En mijn neurose. Het moet begonnen zijn met het zoeken naar heelte. Heelte in een repatriantenhuis waar alles lelijk en kapot was en de petroleumstellen tegen het plafond walmden. Ik zocht ordening in de chaos en verbeeldde me de enige te zijn die de bende binnen de perken hield.

Heelte ben ik blijven zoeken – vooral daar waar het kapot was. Jaren heb ik schoonheid met heelte verward. (En dat doe ik eigenlijk nog steeds.) Als de troep thuis me te veel werd, zocht ik ogentroost in de duinen, waar de wind de vormen schoonblaast en vernieuwt. Later, toen ik in pretpark Amsterdam woonde, vluchtte ik vaak naar de polders – mooi strak in sloten en dijken, als een schilderij van Schoonhoven. Op verre reizen is de woestijn mijn lievelingslandschap. Ik zoek het volmaakte.

Ook verval kan volmaakt zijn: een ruïne, het craquelé gezicht van Beckett of een zwerver die zich één jaar – men moet precies zijn – niet gewassen heeft. Volmaakt vies. Volmaakte stank. Geen halve maatregelen. Heel verval, dat zoek ik. Daarom hou ik ook zo van vleesschilders als Lucian Freud en Francis Bacon.

Willekeurige krassen op verf zijn me een gruwel. Tenzij de verf weer helemaal beschadigd is en de krassen als winnaar bovenkomen. Of één geweldige imponerende kras! Een jaap door een doek, zoals bij Fontana. Ook dat noem ik heelte.

Wat ik haat, is slordigheid. Slonswerk. Flodderige producten. Een uit de krant gescheurd artikel waarbij er net een randje woorden verloren is gegaan. Je zou in alles naar schoonheid moeten streven. Of je nu een appeltaart bakt, een brief schrijft, je geliefde het hof maakt... denk erbij na, doe het met zo groot mogelijke inzet. Nog steeds probeer ik zo in het leven te staan.

Het vreet energie.

Een puur op esthetiek gerichte levenshouding kan je naar duistere werelden voeren. De paddenstoel van een atoombom is op veilige afstand een wonderschoon gezicht, maar we hoeven hem om die reden niet nog eens te zien. Het merendeel van Albert Speers megalomane plannen om Berlijn tot de wereldhoofdstad van Germania om te bouwen, heeft het niet verder gebracht dan tekening of maquette, maar het weinige dat is gerealiseerd en dat er nog steeds staat, vind ik beslist niet lelijk – al kun je dat beter niet hardop zeggen. Toch is hij als architect onacceptabel – althans in onze nog door schuld getekende tijd – omdat hij met zijn droom moordenaars diende. Als uit naam van de schoonheid lichamen worden verminkt, mensen worden vertrapt of rechten beperkt, kan men er niet genoeg afstand van nemen.

Ondanks deze bedenkingen drijft schoonheid me nog steeds in grote mate. Ik maak me zelfs wijs dat ik om esthetische redenen Nederland heb verlaten. Nederland is zonder twijfel een van de lelijkste landen van West-Europa. En dat komt niet doordat het een der dichtstbevolkte landen ter wereld is – daar zou met goede planning en fraaie hoogbouw nog iets geweldigs van te maken zijn – de pest is die stompzinnige laagbouw die over het hele land is uitgesmeerd. Ja, Noord-Holland kent een paar hectare horizon, de lucht aan de kust is bijzonder en de duinen bij Schoorl zijn woest en breed. Als je oogkleppen opzet, valt er in Friesland zelfs een paar meter ongeschonden water te bewonderen, en Limburg achter de Geul kan ook ontroeren. Maar hou je doof, kijk nooit om de hoek, want het asfalt rukt op en het beton dijt uit: Vinex-locaties, geluidswallen, vakantieparken en uit de catalogus geplukte forten van ondernemend Nederland.

Er is geen stukje wildernis over waar je je ogen kunt uitlaten. De lelijkheid is alomtegenwoordig. Ik kón er niet meer tegen. Die neergekwakte ellende. De slonzigheid. De verloedering van de publieke ruimte.

Ik ben naar Parijs verhuisd. Ook daar weten ze wat lelijkheid is: kijk maar naar de voorsteden en de winkelcentra. Maar binnen de Périphérique is nog veel schoonheid te vinden. In *Onder het zink. Un abécédaire de Paris*, zeg ik het zo: 'Verliefd op Parijs. Verliefd op een stad waarvan ik de kaart in mijn hoofd denk te hebben, maar die altijd een ander plan met me heeft zodat ik aankom waar ik niet naar op weg was en vind wat ik niet zoek.

Parijs is een meervoud. Ik weet nog steeds niet van welk Parijs ik hou. Van de pronkstad die zich monumentaal op de borst slaat of van de dorpen in de stad, *les villages de Paris*. Van de chauvinistische stad waarvan de bewoners niet verder kijken dan de grens van de ringweg, of van de mengstad waar honderd talen wonen en minstens evenveel geloven. Van de zinken daken of van de zwarte leien, kopergroene koepels, vergulde randen en goudgepunte hekken. Van de goten die ruisen als beekjes of van de Seine. Ik bewonder het artistieke en literaire geheugen van Parijs, het verleden leert me elke dag een les. En het heden: de problemen van een wereldstad houden me alert. In Amsterdam verdorp ik. In Parijs word ik wakker. Het leven verhevigt zich, het geluk, het ongeluk... en de dood: ik heb hier in een halfjaar tijd vier keer een lijk, of iets wat daarop leek, op de stoep aangetroffen. Zwervers. Geen passant die ervan opkeek. Parijs kan een harde stad zijn. Inspirerend ook. Waar armoe en rijkdom tegen elkaar aan schuren, kom ik ogen te kort.

Misschien hou ik nog het meest van Parijs omdat ik er nooit bij zal horen, hoe ik me ook aanpas. Maar ik ben er niet om opgenomen te worden (al doe ik net alsof), ik zoek juist het isolement: eenling te midden van vreemden, een toestand die draaglijk is omdat kijken naar mensen me nooit verveelt. (In de geest wandel ik met ze op en kruip ik in hun koppen – het is zowel een vluchtig als oneindig contact.) Ook de schoonheid van Parijs is niet gastvrij. De grote pleinen, de brede boulevards en de enorme gebouwen duwen me opzij. Al leer ik hun geschiedenis kennen, ik ben er niet mee opgegroeid – hun glorie blijft mij vreemd, sluit mij uit.

Toch dringt de schoonheid zich telkens op. Als ik schuil in de intieme passage Véro-Dodat en me vergaap aan de neoklassieke bouw en de etalages vol prachtige schilderijen en antieke meubels (waar ik natuurlijk mijn niet-bestaande appartement mee wil inrichten) en daarna oversteek naar de Tuilerieën om in een druilerig labyrint van beelden te dwalen, dan overvalt Parijs me: wat een geluk dat ik hier loop... alleen in de regen, die *alles* grijs krijt en nog mooier maakt...'

Dit schreef ik alweer ruim een jaar geleden, toen ik nog op een zolderkamertje van eenendertig vierkante meter woonde. Na anderhalf jaar Parijs besloot ik mijn nog altijd aangehouden Amsterdamse verdieping op te zeggen en volledig naar Parijs te verhuizen. Weg uit mijn lelijke, met zichzelf in de knoop liggende land. Niet voorgoed – dat zullen we nog wel zien – maar om er een tijd afstand van te nemen, om het beter te kunnen begrijpen. Ik had een appartement van zestig vierkante meter gevonden – een luxe voor deze stad, waar 'klein' wonen de regel is. Meer dan de helft van mijn boeken en bezit heb ik moeten wegdoen. En zo werd mijn verhuizing een dubbele bevrijding.

Berlijn roept

De dag dat ik de laatste verhuisdoos in mijn nieuwe onderkomen uitpakte, moest ik naar Berlijn; ik had nu eenmaal toegezegd dat ik een trimester gastschrijver aan de Freie Universität zou zijn. Met het witsel nog aan mijn handen stond ik een koffer voor Berlijn te pakken. Warme kleren voor een koude stad en veel boeken en papieren om studenten *niederländische Philologie* mee te imponeren. Ik zou hun over mijn literaire wereld vertellen, een wereld buiten Nederland, over ons koloniale verleden en mijn reizen door Afrika. Ik nam me voor met ze over de grenzen te kijken, ver van nationale benauwenissen.

Maar Berlijn maakte me de eerste week meer tot Hollander dan ik wilde zijn. Theo van Gogh werd vermoord en dat diende ik op college uit te leggen. Een valse droom over Nederland viel in duigen. Hoe kon zoiets nu juist daar gebeuren? Bij de Duitse clichés over Nederland kwamen ook de Nederlandse clichés over Duitsland ter sprake: Nederland verkent de vrijheid, Duitsland zit met loden ernst vast aan zijn oorlog. Nederland wil graag deugen, waant zich een beter en vooral onschuldig land. Als je daarbij consequent wegkijkt van je eigen bezwaarlijke koloniale geschiedenis en de loep houdt boven de zwarte bladzijden van je buurman, ga je er op den duur nog zelf in geloven ook. Zelfs mijn studenten waren door dit virus besmet: veel van wat zij 'goed' vinden aan Nederland bleek te zijn ingegeven door wat ze 'slecht' vinden aan Duitsland.

Was ik een haar beter? Ook ik liep de eerste dagen in Berlijn tegen mijn eigen clichés op. Wat een lelijke stad! Hier had de oorlog zichtbaar huisgehouden. In elk onbebouwd gat tussen de huizenrijen zag ik een bominslag. Elke brede allee riep een militaire parade bij me op. Die stad was te leeg, te weids, te beschadigd om ooit weer mooi te kunnen worden. Waar verstopten die Berlijners zich trouwens? Halfvolle restaurants, een nagenoeg lege *Gemäldegalerie*. Als ze op een kluitje stonden, dan op de kerstmarkt om op straat worst te eten! In Parijs staan de mensen voor kunst in de rij. En eten wordt er ook als kunst beschouwd. Voor zover de oorlog in Parijs materiële sporen heeft nagelaten, zijn het de zorgvuldig in stand gehouden kogelgaten in een paar overheidsgebouwen en de op hoeken van straten bevestigde plaquettes voor gevallen soldaten: *tombé pour la patrie*. Zoveel is bewaard en gespaard gebleven, je kan de Middeleeuwen op de hoek van de straat aanraken.

O, wat voelde ik me verloren in Berlijn, die eerste dagen... Ik miste kleur in de stad: de felle lappen van de Afrikaanse vrouwen en de bonte stoet vreemdelingen in de metro. En straatmuzikanten! Waarom maakten de bedelaars geen muziek? De mensen keken ook zo bedrukt. Vooral de nieuwslezers met hun valse ingetogenheid, zo bang om hun stem te verheffen dat je zelfs in hun gefluister nog de adem van Goebbels hoort. En dan die kranten vol schuldgevoel, ingegeven door slachtofferschap. Maar nog erger: mijn eigen perfide neiging om in alles de oorlog te zien of te horen, zoals in het gebrul van onderbuurman Schuhe Aus... Nee, het zou nooit wat worden tussen Duitsland en mij.

Een jaar na de oorlog geboren, ben ik opgevoed met een simpel vijandbeeld. Duitse toeristen wees je de verkeerde kant op en een voldoende voor Duits op school hoefde niet. *Kindergartenwiderstand.* Mijn generatie stond met de rug naar Duitsland en laafde zich aan alles wat Engels of Amerikaans was. Toen ik eindelijk Duitsland bezocht – van zuid naar noord tijdens verschillende *Lesereisen* – vond ik de mensen opmerkelijk vriendelijk en hoffelijk, daar kon ik als botte Hollander nog wat van leren. Maar als ik in mijn bijeengeraapte Duits ironische grappen over de oorlogservaringen van mijn familie in voormalig Nederlands-Oost-Indië maakte, kon men daar nooit om lachen. Leven en lezen bleken voor Duitsland een ernstige zaak.

Nu ik me in Berlijn nestelde om er te werken en me al rondlopend afvroeg of ik er zou kunnen of willen wonen, een spel dat ik als reiziger graag speel, moest ik na tien dagen bekennen dat ik me er aardig thuis begon te voelen. Misschien gaf mijn neus het eerste teken: Berlijn ruikt lekker. Alsof een verre toendrawind elke morgen de stad schoonblaast. En de bomen: al waren ze kaal, vrijwel geen straat zonder bomen. Ik koesterde me al wandelend in de lage winterzon, die je zo hinderlijk heerlijk kan verblinden. Ja, ik begon stap voor stap van de gaten in de stad te houden. Van schoonheidservaringen was nog geen sprake maar... de stad opende zich. Waar ik ook maar stilstond of de weg vroeg, er was altijd wel iemand die me tekst en uitleg wilde geven over de veranderingen in 'zijn' stad. Ik begon bij de buurt te horen: de vrouw van de bakker stopte me koekjes toe, de postbode kende me bij naam en de obers van Manzini wezen me na drie bezoeken al een vaste tafel toe; binnen twee weken werd ik daar opgenomen in een kring van vaste klanten. Zou het zijn omdat Berlijn toch dorpser is gebleven, in al zijn uitgestrektheid? Dorpser dan Parijs? Ik vond er in ieder geval meer geborgenheid. (En al meende ik zonder te kunnen, o, wat snakte ik ernaar.) Berlijn ging in parken en straten een gesprek met me aan. Mijn reisdagboek getuigt ervan. Nog een kleine greep.

Zondagmiddag, verdwaald in Tiergarten. Ik vraag een oude dame de weg naar de Brandenburger Tor. Haar antwoord bestaat uit een samenvatting van haar hele leven. Oorlog en ellende. Maar het zal allemaal nog slechter worden: Duitsland staat voor de afgrond, zegt ze. En al die jonge werkelozen in Berlijn, dat gaat verkeerd: 'Die Welt ist eine Irrenanstalt und Deutschland die Zentrale.' Ze steekt haar rechterwijsvinger naar me uit: 'Genießen Sie jeden Tag.'

Haar stem blijf dagen in mijn hoofd naklinken.

Dinsdagmiddag in het Hamburger Bahnhof. Twee vrouwen lopen door de Friedrich Christian Flick Collection. Ze staan lang stil bij *The Creation Myth* van Jason Rhoades – een ogenschijnlijk willekeurige zooi rommel, die de overvloed aan overbodige materialen van onze wegwerpmaatschappij moet symboliseren. Zichtbaar vol onbegrip zegt de ene vrouw tegen de andere: 'En moet dat over een maand allemaal weer netjes worden ingepakt?'

De vraag laat me niet los. Zou inderdaad elke prop en prul of roestig blik na afloop van de expositie weer genummerd terug in de dozen gaan? Bestaat er een nauwgezette werktekening die deze zondvloed aan materialen bij opbouw weer de juiste, uitgekiende plaats geeft? En als die bestaat en men stelt *The Creation Myth* na honderd jaar weer tentoon, zou het werk dan als kunst worden beschouwd of eerder als een vertederende verzameling ouderwetse rommel van het soort dat men gewoonlijk in het openluchtmuseum aantreft? In gedachten probeer ik de vrouwen uit te leggen hoe deze vloed aan wegwerpspullen uiteindelijk in een museum kon belanden. Te beginnen bij Duchamp. Of eerder misschien... Ik zoek in mijn hoofd naar vroegere voorbeelden van *objets trouvés* om *The Creation Myth* een plaats in de kunstgeschiedenis te geven, alsof ik mezelf verbied het ook eigenlijk troep te vinden.

Ik verken de andere ruimten – wat een geweldig museum is dit toch! – maar na een uur rondlopen wordt het me droef te moede. Arme meneer Flick, zelden werd met zoveel geld zoveel lelijks gekocht. Vooralsnog worden de kleren van de keizer bejubeld, treurige erfenis van de jaren zestig, waarin we met elkaar afspraken dat er in iedereen een kunstenaar school en dat we vooral geen eisen aan de kunstenaar moesten stellen. En nu zitten we met rommel. De uitgestorte inhoud van een vuilcontainer wordt geen kunst door er een ingewikkeld essay bij te schrijven. 'Rhoades überträgt den Schöpfungsakt auf den materiellen Überfluss der westlichen Industriegesellschaften.' Zo is het maar net. Alleen de ingewijden begrijpen de geheimtaal van de catalogus. Wie zich niet aan de code houdt, wordt buitengesloten.

Geen wonder dat het, als er in de pers over de Flick Collection wordt bericht, nauwelijks over de inhoud gaat, maar over het door de oorlog besmette kapitaal van opa Flick. De rel spreekt meer aan dan de kunst.

Toch mooi dat het te zien is. Vooral in een stad die zoveel jonge kunstenaars aantrekt, want wie nieuwe wegen zoekt, hoeft deze doodlopende weg niet meer in te slaan.

Woensdag in een taxi van Potsdam naar Berlijn. De chauffeuse komt uit Potsdam en klaagt aan één stuk door. Ze haat West-Berlijn, kent er de weg nauwelijks en wíl die niet kennen ook. We verdwalen in een treurige buitenwijk. 'Dit hebben wij niet gebouwd, maar zíj,' moppert ze. 'En dan toch ons de schuld van de lelijkheid geven.' Een Volkswagen Touareg haalt ons in (geblindeerde ramen, SUV). 'Ah, das ist ja *cool*,' zegt de chauffeuse opgetogen. 'Dat is geen auto maar een tank,' zeg ik, 'ze slurpen benzine.' 'Geil,' zegt de vrouw. 'Die Umwelt,' probeer ik voorzichtig. 'Umwelt? Ach, das ist Wessie Quatsch.'

In één week drie verre reizen gemaakt: in het Altes Museum (*Gesichter des Orients – 10.000 Jahre Kunst und Kultur aus Jordanien*), in het Museum für indische Kunst en in het Pergamon: *100 Jahre Museum für islamische Kunst – islamische Kunst in Berliner Sammlungen*. Vooral lang bij de islamitische kunst gebleven. Misschien ook omdat ik nagenoeg de enige bezoeker was. Geprobeerd geconcentreerd naar de arabesken te kijken. Allah eet van elke schotel, loopt op elk tapijt. Hij is bijna lichamelijk aanwezig, juist omdat zijn leven in geen beeld verteld mag worden. Zelden kwam kalligrafie me zo erotisch voor.

Schoonheid is opwindend – vooral als je alleen bent. Toch jammer dat er geen kip komt kijken – zelfs geen Turkse kip. Misschien is een confrontatie met het grootse verleden van de islam te verwarrend, nu er vrijwel dagelijks alarmerende stukken in de krant verschijnen over de 'islamisering van Europa'. Sinds de moord op Van Gogh raakt ook Duitsland in de ban van de xenofobie. Iedereen zeurt over identiteit en elke bevolkingsgroep poetst zijn 'waarden' op, of verzint er een stel. Maar als er één ding duidelijk wordt na het zien van deze verzameling in elkaar overvloeiende culturen, dan is het dat er helemaal niet zoiets als één identiteit bestaat. We bestaan uit vele identiteiten. Veel van wat wij christelijk noemen of joods of islamitisch, blijkt uit verschillende invloeden te zijn opgebouwd. Het is een proces dat altijd doorgaat. We moeten niet stollen, stilstaan, maar bewegen. Ons niet afzonderen, maar ons openstellen. Wie bang is, kan niet creatief zijn.

Voor een land met een kortstondige koloniale geschiedenis heeft Duitsland een prachtige collectie kunstschatten uit het Oosten weten te bemachtigen. Ooit zal er nog wel een rekening voor binnenkomen. Het lijkt me niet denkbeeldig dat Europa een deel van zijn kunstschatten uit Afrika, het Midden-Oosten en Azië zal moeten teruggeven. Ook al hebben 'wij' ze destijds van de ondergang gered. Zonder de kennis en inzet van westerse geleerden zouden de landen waar die schatten zijn opgedolven, niet eens weten hoe groots hun verleden was, maar dat zal de volgende generaties Arabieren, Afrikanen en Aziaten een zorg zijn. Subtiliteit en historisch inzicht spelen gewoonlijk geen rol in de emancipatiestrijd van vernederden die een betere plaats in de geschiedenis opeisen. Het zou me niet verbazen als Europa uiteindelijk zelf de eerste stap zou zetten. Waarom? Omdat de Europese autoriteiten van de toekomst voor een deel nazaten van de beroofden zullen zijn.

Zaterdagmorgen. Deutsches Historisches Museum: *Auf der Straßen von Berlin*, een verzameling foto's van persfotograaf Willy Römer. Berlijn tussen 1906 en 1936. Een al wat oudere bezoeker legt aan een jong meisje uit hoe het vroeger was. Ze staan stil bij de foto's uit de revolutiejaren 1918-'19. 'Heeft u dat meegemaakt?' vraagt het meisje aan de man. 'Nee, gelukkig niet.' 'Waarom gelukkig?' vraagt ze. De man: 'Anders had ik later dezelfde stomme fouten gemaakt als die mensen op de foto.'

De 'stomme fouten' hebben vele littekens in de straten nagelaten. Wie in een oude wijk plotseling op saaie blokkendozen stuit, kan alleen maar zuchten: wat moet het hier vroeger mooi zijn geweest. Maar het is een *tristesse royale* – een treuren om verloren schoonheid in vrijheid. En juist in het gemis zie je het verleden nog scherper. Dat is moeilijker op plekken waar helemáál niets meer staat, waar geen steen meer aan leven herinnert: de stukken niemandsland achter de goeddeels verdwenen Muur. Hoe vaker ik langs de slagschaduwen van die denkbeeldige Muur reed – voorbij de Holsteiner Ufer richting Alt-Moabit – hoe meer ik me erop betrapte die lege plekken toch in te vullen. Niet met verleden maar met toekomst. Welke wereldstad kan nog zo van binnenuit groeien? Miljoenen nieuwkomers zullen straks midden in de stad een plek kunnen vinden. Zoals ook de Turken in Kreuzberg, aanvankelijk excentrisch weggeduwd tegen de Muur, na de *Wende* plotseling midden in Berlijn zijn komen te wonen. Ik begon die leegte steeds meer op te zoeken; na de geborgenheid die ik bij de mensen had gevonden, boezemde ze me niet langer angst in. Wat een verademing die ruimte! En wat een onverwachte schoonheid school er in die verlaten fabrieksgebouwen in Oost, in die verwilderde lege spoorwegemplacementen. Na mijn omzwervingen kan ik me ook veel beter voorstellen waarom zoveel jonge kunstenaars hier zijn neergestreken. Alleen al driehonderd uit Nederland. En evenveel Noorse schilders. In Berlijn kun je nog experimenteren en voor weinig geld een atelier huren. Berlijn als laboratorium. Zoekend. Parijs is zo onbetaalbaar voor jonge artiesten dat het artistiek een bezadigde stad dreigt te worden. *Berlin se bouge.*

'Laat me jullie stad zien,' vroeg ik mijn studenten. En ze namen me mee op sleeptouw naar 'de plekken waar het gebeurt': hippe galeries, de hangouts in de Kastanienallee ('Castingallee') waar het verlangen naar roem de ramen beslaat, en naar de ondergrondse Russische muziekscene. Ik schoof aan bij Polen en Roemenen, stuitte op studenten uit de *Neuländer* die voor het eerst Europa ontdekten. En ik maakte kennis met Midden-Europa. Het werd me die nachten steeds duidelijker: Berlijn ligt niet meer aan de rand van Europa maar in het midden. Midden in de toekomst. Alles woelt er van verandering. Of sla ik nu door en daas ik als een bekeerling?

Mijn enthousiasme voor Berlijn dreigde inderdaad door te schieten. Ik betrok de wijde omgeving erbij: Sanssouci, Weimar. En ik besefte daar tot mijn schrik dat de Duitse cultuur misschien wel dichter bij me staat dan de Franse. Potsdam zei me meer dan Versailles. Hier geen pronkcultuur die het volk moet afschrikken maar schoonheid die wil verheffen. En Weimar mag dan in de provincie liggen, het is wel de bakermat van de Europese Verlichting. De geesten van Goethe en Schiller lopen er nog rond en in de kale kerken hoor je Johann Gottfried von Herder preken dat de mens zijn verstand dient te ontplooien om aan zijn dierlijke staat te kunnen ontstijgen.

Waarom stond ik daar ineens voor open? Raakten de soberheid en plichtsbetrachting van het protestantisme een oude snaar? Van moederszijde stam ik uit een geslacht van dominees. Eenvoud was hun kenmerk. Beheersing hun deugd. Het koloniale theater van mijn katholieke vader heb ik altijd spannender gevonden. Hij stierf jong en om de leegte te vullen zocht ik later in alles zijn zuidelijke zinnelijkheid. In die kou van Berlijn hervond ik iets dat me kennelijk vertrouwd was.

Ook het Duits vloeide me steeds makkelijker aan. Ik ging naar het theater en kon alles verstaan! Wat een heldere taal. Veel toegankelijker dan het omslachtige Frans. Wat een verwarring. Schoonheid, waar voer je me heen? Ben ik nu Teutoonser dan ik dacht?

En die ernst dan, die Duitse Ernst waar ik het vroeger zo moeilijk mee had? Misschien heb ik die wel het meest leren waarderen. Gevlucht uit het land van 'alles moet kunnen', van het 'ironisch beledigen' en het eeuwige 'leuk toch', vind ik zelfs de Duitse ernst een verademing.

'Genießen Sie jeden Tag,' bezwoer mij de oude dame in Tiergarten. Ik probeerde me er tweeënhalve maand aan te houden en probeer het nog. Eigenlijk heb ik sinds mijn verblijf in Berlijn maar één zorg. Ik zal met mijn verhuizing naar Parijs toch niet voor de verkeerde stad hebben gekozen?

2006

EIGEN TUIN EERST

Op de rue Gay Lussac zijn vijftig auto's vernield. Ik zag de relschoppers op de daken dansen, één bleef met zijn been in een voorruit haken, een rotstreek van die auto natuurlijk, en hij moest er dan ook voor boeten: ze lieten geen spaan van hem heel. Schoffies waren het, veertien, vijftien jaar oud hooguit, jongens uit de buitenwijken die hun woede op de politie kwamen uitleven. Ze keerden zich niet tegen de omstreden wet die de werkeloosheid onder jongeren moest bestrijden en ze waren ook niet solidair met de welbespraakte stakende scholieren en studenten. Geen enkele wet kon ze wat schelen. Hun woede was te blind en te doof voor debat en analyse. Ze waren uit hun betonnen kooien gekropen om het witte rijke Frankrijk in te peperen dat zij óók bestaan. Alsof de stad dat nog niet wist na eerdere rellen in armoebuitenwijken.

Maar de ontkenning is hardnekkig. Nog steeds fikken er elk weekend zo'n honderd auto's voorbij de Périphérique, de kranten schrijven er niet meer over, het zou maar aanmoedigen. De woede van die schoffies is een sociale woede en daar heeft de islam weinig mee te maken. Hoewel ook heilige verontwaardiging helpt. En het is nog maar het begin, er staat Frankrijk vrees ik meer te wachten.

Je hoeft maar de metro naar La Courneuve te nemen – een voorstad met 35 000 inwoners en tachtig verschillende nationaliteiten – en uit te stappen bij een veertien verdiepingen hoog flatgebouw als La barre Balzac, waar een jaar geleden nog een jongetje van elf in een vuurgevecht tussen twee buurtbendes het leven liet, en je voelt de woede door het beton sidderen. Snuif dan meteen de pisgeur op in de gangen, druk op de knop van een lift die nooit komt en lees onderwijl de scheldgraffiti tegen de politie (*assassins*). Doe wel een helm op voor de laagvliegende vuilniszakken en bankstellen. Veel Nederlanders mogen hun land voor Frankrijk hebben verruild omdat ze het verval in hun grote steden niet langer kunnen aanzien – en terecht – ze vergeten dat onze grofste Randstad-achterbuurt een oase is vergeleken met de armoewijken van Parijs.

La Courneuve ligt negen metrominuten rijden van het Elysée, maar in mentaliteit is het er lichtjaren van verwijderd. De rue Gay Lussac komt uit op de Jardin du Luxembourg, het park waar de senaat is gevestigd. Ik woon nog geen honderd meter van de senaat. Toen tijdens de rellen het traangas onder mijn ramen opkringelde, ben ik vaak naar mijn Luxemburgse tuin gevlucht. *Mijn* tuin, omdat ik mij die grond ook al vóór de rellen in de geest had toegeëigend.

Sinds ik er in de buurt woon, maak ik daar twee keer per dag een wandeling, telkens dezelfde ronde. Zaaien, snoeien, harken, maaien, kappen, ik hou het allemaal in de gaten. Tweemaal per dag ben ik gelukkig in dat park. Eventjes, maar het telt toch op.

In de Jardin du Luxembourg laat Parijs zich van zijn beste kant zien. Hier toont het de wereld hoe leefbaar een stad kan zijn. Ik ken geen park dat zo goed wordt onderhouden. De punten van het hek worden met regelmaat verguld, zomer en winter wordt er geharkt en geveegd, geverfd. Als het vriest krijgen de brooste beelden een rieten mantel aan. De gaten in de paden worden opgevuld, de perken staan altijd bol van verse aanplant. Tweehonderd verschillende appel- en perensoorten dragen er vrucht, maar geen bloesem zal worden afgerukt. Zodra de bomen uitbotten worden er strakke zwarte netten over de gaarden gehangen, en witpapieren zakjes om het begin van de vrucht. Alleen de bijen hebben er vrij toegang. Het park telt twintig eigen kolonies, de liefhebber kan er in lente en najaar op imkerles. En eind augustus zal ik er weer in de rij staan om een paar potten honing te kopen met het trotse etiket *Les ruchers du Jardin du Luxembourg.*

Het gras is om naar te kijken, op twee, drie wisselende stukjes na, waar het publiek zich mag vertreden. Want het is een strenge tuin, dus geen picknick, geen slapers, geen vrijpartijen achter de bosjes. Tegen zonsondergang komen tientallen gendarmes de paden leegfluiten en gaat de boel kuis op slot. De Jardin kan zelfs onaardig zijn – de toegang is vrij, maar lawaaischoppers of clochards die hun hand ophouden, worden onmiddellijk verwijderd. Ook bij sneeuwval gaan de hekken dicht: we zouden ons been kunnen breken. Bij storm eveneens: er zou een tak op ons hoofd kunnen vallen. Bij rellen probeert de gemeente het park juist wel open te houden, zij het zwaar bewaakt en op een kier. Want niet de straat regeert maar de senaat. Wie dagelijks duizenden mensen wil ontvangen, moet wel een streng gastheer zijn. En het vreemde is, iedereen houdt zich aan deze regels omdat men lijkt in te zien dat een goed onderhouden park troost en geluk aan allen biedt.

Hoezeer ik ook van wilde tuinen hou, de Jardin du Luxembourg is een ode aan de arbeidende hand die cultuur uit natuur maakt. Het park is een verlengstuk van de stad en al wat er groeit en bloeit gehoorzaamt aan de tucht van de tuinman.

De Jardin du Luxembourg koestert ook een aantal exotische bomen, de niet-winterharde soorten schuilen bij vriesweer in kas of orangerie; boomchirurgen bekloppen met liefde hun bast. *Il faut cultiver notre jardin*, laat Voltaire zijn Candide zeggen. Oftewel: we moeten onze talenten ontwikkelen en doen wat we aankunnen. Parijs kan een grotere tuin aan dan die van de senaat. Na de bomen het volk.

2006

HET GEBEURDE IN MIJN PARK

Het park is mijn tuin. Elke morgen loop ik over grijze paden langs de geschoren kastanjebomen die ooit een klooster van de wereld afschermden. Ik inspecteer de nieuwe aanplant in de perken en bij de vijver stoor ik de duiven in hun ochtendbad – ze wassen zich onder de vleugels, bereid om zich fris voort te planten. Alle seizoenen kom ik daar. Als het regent loop ik met mijn laarzen door de plassen, na de sneeuw zoek ik er mijn voetstap van de vorige dag en in de zomer lees ik de krant op een van de groene ijzeren stoelen die her en der langs de paden staan. Ik deel mijn tuin met andere buurtbewoners die net als ik een eigen parcours afleggen, hun vaste plek uitkiezen en die ik na maanden voorzichtig ben gaan groeten. Wij weten niets van elkaar, wij zwijgen, een zwijgen waarvan ik geniet, want zo kan ik ieder een leven toedichten, meerdere levens als het zo uitkomt, ook dat hoort bij mijn liturgie van de herhaling. Zo maakte ik van de in zichzelf pratende heer die ik dikwijls onder de bomen kruis, eerst een geleerde en na verloop van tijd een schrijver – nu lees ik zelfs zijn boeken. De twee opgeschilderde vriendinnen met hun aangelijnde poezen laat ik meer minnaars verslinden dan hun poezen muizen. En dan de studenten die tussen twee colleges door hun dictaten vergelijken, of de acteurs die hun tekst komen instuderen en elkaar tegen een decor van rododendrons overhoren – ik geef ze allemaal een rol. Publiek en speler zijn we, gewend aan de vreemdste figuranten. Wij vinden het heel gewoon een schilder met strooien hoed bij de lisdoddenpoel een doek te zien opzetten. Als een namaak-Monet, bijtend op de punt van zijn penseel.

De enige met wie ik meer dan een groet uitwissel is Bubakar, een koninklijke Senegalees die de paden aanveegt. Wij praten wel eens over Afrika. Over de droogte in zijn land en de regen in Parijs. Over gebrek en overdaad en zijn geluk dat hij na een schraal bestaan in de woestijn te midden van zoveel groen mag werken.

Hadden we maar gezwegen.

Laatst wenkte hij me met zijn felgroene plastic twijgenbezem. 'Goed dat ik u zie,' zei hij vingerknippend van opwinding. Hij moest me iets vertellen, een verhaal waar zijn mond van overliep: 'Ik sta in de krant!'

'Gefeliciteerd.'

'Met een foto!'

'Geweldig.'

Zijn ogen fonkelden, maar niet van trots. Heel droevig keek hij ineens. Wist monsieur het dan niet? Had niemand in het park het mij verteld? Hij, Bubakar had een lijk ontdekt. 'Heeft monsieur ooit een lijk gezien?'

'Ja.'

'Van een kind? Een meisje van zeven?'

'Nee.'

Hij wel. Hij, een straatveger. Hier in het park.

Het was zijn laatste klus, de lindebloesem van de paden vegen en het groene afval onder de rododendrons begraven. Hij stuitte op een schoentje, op een been...

De gele strepen op zijn groene hes reflecteerden in de zon, zijn broek gaf licht, zijn tanden, zijn ogen. Zijn hele verschijning schitterde van opwinding. 'Monsieur loopt nu waar ook zij liep.'

Ik keek naar de grond en deed een stap opzij.

Nawel heette ze, een meisje met wel honderd vlechtjes. Spelend in het park en opeens verdwenen. Opgeslokt door het groen. Ja, Bubakar was de moeder in het park tegengekomen, volkomen overstuur. 'Daar speelde ze met haar dochtertje, dáár op die bank.' Zijn bezem wees naar een groene heuvel. Ze had hem er zelf mee naartoe genomen, ze zochten samen naar sporen in het gras, liepen alle paden af. 'Ik zei: laten we naar de politie gaan, maar ze durfde niet.' Bubakar schudde het hoofd. 'Haar toeristenvisum was verlopen en als ze daar achter kwamen, zou ze het land worden uit gezet. Nawel moest in Frankrijk blijven. Haar dochtertje was haar toekomst. O, ze zou een mooie Parisienne worden.'

'Treurig verhaal,' zei ik. Het leek me ongepast om hijgerig naar details te vragen, dus schudde ik zijn hand en wou doorlopen.

'Kan een moeder haar kind vermoorden?' vroeg Bubakar.

Een vraag om bij stil te staan.

Ja, die moeder had hem zo'n vreemd verhaal verteld... Ze kwam uit Burkina, reisde de vader van haar kind achterna, een getrouwde blanke bij wie ze werkte en die weer terug naar zijn Parijs was gegaan. Maar de man ontkende de verwekker van Nawel te zijn. Sindsdien woonde ze illegaal op een bediendenkamer en leefde ze van schoonmaakbaantjes. Alles voor de toekomst van haar kind. Alleen, de laatste maanden hield ze haar dochter weg van school, ze had gehoord dat kinderen van ouders zonder verblijfsvergunning het land zouden worden uit gestuurd. Ze zei: Ik kan mijn kind geen toekomst bieden. 'Bang was ze, zo bang.'

Met moeite haalde Bubakar haar uiteindelijk over toch aangifte bij de politie te doen. De hele buurt werd daarna uitgekamd. De volgende dag zag hij de moeder ondersteund door twee vrouwelijke agenten het park weer in lopen. Ze moest aanwijzen waar ze haar kind voor het laatst had gezien.

Bij de vijver.

Maar Bubakar knikte naar de bank op de heuvel. Niet ver van de hoge rododendron waar hij een paar uur later het lijkje vond.

De politie wilde alles van hem weten. Of hij niks verdachts had gezien, die vorige middag? Het kind bleek gewurgd.

'De moeder spreekt zichzelf telkens tegen, en nu houden ze haar vast,' zei Bubakar. 'Ze is vast erg in de war.' Hij knipte met zijn vingers. 'Wat zal ze gaan vertellen.' Zijn bezem swingde mee. 'O, wat zal ze gaan vertellen.' Hij had dingen gezien, Bubakar: het lijkje droeg een strakke roodwollen draad om de nek, dezelfde kleur als de knot rode wol in haar moeders tas. En hij had dingen gehoord: er waren geen sporen van strijd op het lichaam gevonden.

Bubakar haalde het knipsel uit zijn borstzak. **Lijkje in park**. En dáár en daar stond zijn naam... Hij zou het artikel naar zijn dorp sturen.

Wou meneer de plaats nog zien?

De acteurs zitten weer bij de rododendrons, de schrijver dicteert zich een boek, de poezenvriendinnen nemen hun laatste mannen door. En ik wandel en weet. Vermijd de bank op de groene heuvel. Ontwijk de omgewoelde berm. Maar om Nawel kan ik niet heen. Ze rent voor me uit, haar vlechtjes springen op, ze gooit een kiezel in de vijver. Een rimpeling. Een decor zonder schuld.

2007

KRR KRR KRR

Duiven koeren voor mijn raam. Zomer en winter. Ze verzamelen op de leien daken aan de overkant en geven zich over aan hun ijle liefdesdansen. Ook bij guur weer. Hun paren is een circus voor het oog: het mannetje bespringt zijn vrouw op de rug en bevrucht haar in wankel evenwicht. Ze fladderen wat af daar tegenover. Ik zie ze nesten bouwen in verlaten nissen – takjes in de bek en maar leggen en broeden – altijd dezelfde paren. Herken ik ze dan? Ja, met de seizoenen leerde ik hun tekening om borst en nek onderscheiden. Vaak rustten ze voor mijn raam, nog geen meter van mijn schrijftafel, om bij te komen van het vrijen.

Mijn vensterbank is ook de eerste vluchtheuvel voor hun kroost. Vaders spreken ze moed in. Moeders geven een duwtje. En zijn de kleinen groot en uitgevlogen, dan begint het minnen opnieuw. Als 's middags de zon langs mijn gevel trekt, zoent er altijd wel een ouderpaar brutaal onder mijn ogen, snavel in snavel. Ze wisselen dan voedsel uit. Het mannetje accepteert daarmee zijn rol als medeverzorger van het volgende uit te broeden ei. De doffer neemt zijn verantwoordelijkheid. Ik zou ervan kunnen leren.

Mijn overbuurvrouw laat de duiven binnen. Zo ver ben ik nog niet, maar na al dat getortel voor mijn raam ben ik tijdens mijn wandelingen toch anders naar ze gaan kijken. Ze drinken zo mooi uit de naburige vijver in de Jardin du Luxembourg – niet zoals de meeuwen en mussen, die een snavel water achterovergieten – nee, ze slurpen en slikken als wij. Geen andere vogel doet ze dat na. En hoor ze lawaaien in de klimopguirlandes bij de langgerekte Medicifontein. Waag het daar niet hun parcours te doorkruisen, want ze duiken naar je hoofd en verjagen je subiet. Bukkend lach ik ze toe. Ze zijn nog jong en ik ken hun ouders. (Maak ik mezelf wijs.)

Ook Ernest Hemingway bezong de duiven uit deze tuin. Vooral in de tijd dat hij in de rue Notre Dame des Champs woonde en de cheques van literaire bladen te lang op zich lieten wachten. Als het jonge gezin thuis niet genoeg te eten had, trok de schrijver met de kinderwagen (mr. Bumpy) naar de nabijgelegen Jardin om duiven met maïskorrels te lokken. Wie toehapte werd bij de lurven gegrepen en hem werd de nek omgedraaid. Karkas onder het dekentje. En dat vier, vijf keer achtereen. Met dezelfde handen waarmee hij later weer een romantische regel tikte.

Als het aan de Parijzenaars ligt, werd alle duiven de nek omgedraaid. De haat jegens de 'gevederde rat' is groot. Ze poepen te veel. Hebben geen respect voor beelden. (Generaal de Gaulle huilt witte stront.) Gevels worden met netten afgedekt, vensterbanken van draadijzeren prikkers voorzien. *Le Parisien* riep onlangs op tot het aanstellen van valkeniers – zoals op Trafalgar Square in Londen. Roofvogels op de Place Vendôme. Toch treft niet de duif schuld maar, zoals wel vaker in de natuur, de mens. De zorgzame dames en heren die dagelijks hun duifjes komen voeren. Met het gevolg dat de Parijse duif zes tot acht keer per jaar een gezin sticht. Overvoeden doet overbroeden. Tot ergernis van keurige mensen die ik op mijn dagelijkse wandelingen met verbeten gezichten naar duiven zie schoppen. En dan kijk ik nog weg van de motorrijders die met vreugde duiven pletten.

Arme stadsduif, hoe kon het zo ver komen? In kerken nog altijd hoog aanbeden als symbool van de Heilige Geest, op zondagsscholen ten voorbeeld gesteld als Noachs dappere verkenner van vaste grond, en nu gehaat en vertrapt. Godin van de vruchtbaarheid, brenger van de uitslag van de eerste Olympische Spelen, 776 voor Christus, en meer dan 2500 jaar later de boodschapper van Napoleons verlies bij Waterloo. Bij het Pruisisch beleg van Parijs in 1870 vlogen duiven meer dan één miljoen berichten over de linies. In de Eerste en Tweede Wereldoorlog hebben ze duizenden soldaten gered. Slechts één pond vlees en veren, maar sterker dan paarden. Zonder voedselstop goed voor vijfhonderd kilometer per dag, met een gemiddelde snelheid van zestig kilometer per uur. En nu dreigt ook de burgemeester met gif en sterilisatie.

De duiven weten nog van niks. Terwijl ik dit schrijf, zitten ze weer op mijn vensterbank te zonnen en tikken ze met hun snavel tegen het glas. De eerste gedomesticeerde vogel, en nog altijd vol vertrouwen in de mens.

Gisteren, tijdens een winterse lentewandeling langs de lage rechteroever van de Seine, passeerde ik twee zwervers die onder de brug hun eigen nest hadden gebouwd. Twee slaaphokken opgetrokken uit drijfhout en een keurig douchehok. In de luwte van de kademuur walmde een pan boven een knetterend vuurtje. Tafeltje ernaast, twee stoeltjes uitgeklapt. Koerend in de zon zaten ze daar. De borst vooruit. Het was elf uur in de ochtend en de wijn werd net ontkurkt. Ze toostten me toe en de pot-au-feu rook goed. Ik complimenteerde de heren met hun savoir-vivre en legde een munt in het daartoe bestemde kommetje. Een van hen sprong op en liet me zien wat de pot schafte. Duif. Pruttelend in van de markt gesnaaide wortels en knollen. Of ik proeven wou?

De duif biedt nog altijd troost.

2007

PARTIR C'EST MOURIR UN PEU

Van alle huizen en appartementen was mijn laatste het mooist: een lange gang met links vier kamertjes – niet meer dan zestig vierkante meter in totaal – maar elke kamer gaf me de ruimte een ander te zijn: kok in de keuken, gastheer in de eetkamer, lezer op bed (en als lezer leid je al duizend levens), en schrijver achter de tafel in de zitkamer. En dan had ik nog een *cagibi*, een soort alkoof dat dienstdeed als garderobekast en rommelhok. Mijn uitzicht was goed voor vele fantasieën: twee kerktorens waar de kogelgaten uit de Frans-Duitse oorlog nesten bieden aan tientallen duiven, en een oude vrouw die de hele dag liep af te stoffen.

Het uitklappen van haar stofdoek klonk als een koppel eenden op de vlucht, maar dat was niet de reden waarom ik mijn ogen niet van haar af kon houden. Ik heb haar nooit meer dan die stofdoek zien dragen – zomer en winter. Ze dribbelde elke dag naakt door haar kamers en het hield haar jong en lenig. Over de tachtig moet ze zijn geweest. In de drie jaar dat ik haar zag poetsen, hebben we elkaar dikwijls recht in de ogen gekeken en toch zag ze me niet: mijn overbuurvrouw leefde in een andere tijd. Van de weeromstuit deed ik 's morgens ook geen moeite meer een kamerjas aan te trekken. We deelden ons verval schaamteloos met de duiven.

Ik ben in eenenzestig jaar vierentwintig keer verhuisd. En niet voor de lol. (Het blijkt niet weg te behandelen.) Noem het een ingewikkelde vorm van opruimen. Ook voor deze verhuizing had ik weer veel door mijn handen laten gaan en in de bak grofvuil gepropt. Alsof de dood over mijn schouders meekeek: 'Gooi weg, gooi weg. Ga licht.' Wat dat betreft laat ik mijn erven straks een overzichtelijke boedel achter.

Dit keer joegen lekkages me het huis uit – met de zevende viel net een druppel te veel. Het huis oogde weliswaar mooi, maar het was zeer verwaarloosd. De middeleeuwse kelders schimmelden langzaam maar zeker de trap op. Wat kapot ging werd provisorisch opgelapt – niet omdat er geen geld voor was, maar uit een zorgeloosheid waar ik jaloers op ben. *La propriétaire* gaf niet om verf of grondig loodgietwerk. Ze kon er ook geen begrip voor opbrengen dat ik mijn appartement op eigen kosten had laten schilderen. Dat deed je in *le neuf* (een woord dat ze vol walging uitsprak). Nieuwbouw was voor het mindere soort.

Ik pakte mijn dozen en ging.

En Parijs had me geleerd hoe te gaan: in augustus, als iedereen met vakantie is en er één bus minder door mijn straatje rijdt. De vorige keer was ik zo dom geweest op een doordeweekse najaarsdag te verhuizen en keerden buren, bussen en auto's zich tegen mij. Nu zou ik stil vertrekken. Ik had weer een stel kerels opgetrommeld die bereid waren een nacht in hun auto's door te brengen om vrijgekomen parkeerruimte aan de overkant te bezetten opdat de verhuizer de volgende dag zijn vrachtwagen kwijt kon. *Fous*, worden die mannen genoemd, pionnen in het Parijse schaakspel dat parkeren heet. Maar de grootste dwaas was ik. Wat moest ik met al die boeken die ik nooit allemaal kon lezen? En hoe kwam ik aan die achtendertig blauwe bordjes uit Gien? Ik die nog maar zelden ontvang en gewoonlijk staand voor het raam mijn bord leegeet (nog net niet uit de pan). Mijn overbuurvrouw zou ervan kunnen getuigen... Waar was ze trouwens? Ik had haar in de week dat ik mijn hele hebben en houwen in dozen stopte niet één keer gezien. Ook het geklapwiek van haar stofdoek had ik al dagen niet gehoord. Misschien versperden de dozen mijn uitzicht. Zou ik haar dan zonder groet verlaten, ten afscheid niet nog even een dans voor haar doen – naakt voor het raam?

De verhuizers reden voor. Al mijn levens waren ingepakt – klaar voor een nieuw decor. Het buitenliftje was nog maar net op de stoep geïnstalleerd – of de *pompiers* meldden zich. Met zwaailichten en al. Wat nu weer? Stond het liftje in de weg, zorgden we voor overlast? Nee, niks aan de hand. We moesten alleen wat opschuiven voor een ladderwagen. De verhuizers konden hun gang gaan. Beter dan ze zich konden wensen – de hele straat werd afgezet.

Maar wat zochten die pompiers? Waar was de rook?

De ladder zoefde op. Een jongeman met een zilveren helm kwam voorbij. Voetgangers keken op, de verhuizers lieten de dozen staan, maar ik had het te druk met stoffer en blik om erbij stil te staan. De monsieur Propre in mij wilde het huis in goede orde achterlaten. Tot ik glasgerinkel hoorde. Er sneuvelde een ruitje... bij mijn overbuurvrouw. Een pompier forceerde haar raam. Stapte naar binnen. En toen sloot hij het gordijn.

Ik wist niet eens dat ze gordijnen had.

De verhuizers stootten me aan. Ik stond in de weg, nog een paar dozen en het werk was geklaard. Minuten moet ik naar buiten hebben gestaard. Naar een gebroken ruit en een gordijn waar de wind in speelde. Even later reed er een lijkwagen voor. Inmiddels was de benedendeur van het appartementengebouw aan de overkant ontsloten. Twee kraaien stapten naar binnen, een wierp een grote zwarte plastic zak over de schouder. Ik zag het allemaal aan, een lap in de hand.

'Zeker weer zo'n uitgedroogde bejaarde,' zei een verhuizer. Hij rook naar stro en stal en kwam uit de provincie. In Parijs zelf was geen verhuizer meer te krijgen – ze werden in augustus van ver gerekruteerd.

'Vorige week was ze nog springlevend,' zei ik.

'Was ze dan zo eenzaam dat de brandweer door het raam bij haar naar binnen moet?' Hij hijgde bij de vraag.

'We zwaaiden wel eens naar elkaar,' zei ik.

De man keek me verwijtend aan.

Monsieur Propre veegde de laatste vlokken op – o wat haat ik die man. Al hebben we allebei wel even gezwaaid toen de kraaien hun lading discreet in de lijkwagen duwden.

Van doos naar zak.

VERANTWOORDING

Niet alle verhalen zijn in hun oorspronkelijke vorm weergegeven. De meeste zijn opgepoetst en waar verschillende versies bestonden is een nieuw verhaal ontstaan.

Alles in de wind. Een televisiemonoloog in opdracht van IKON/BRT. Hilversum/Brussel, 1991

'Bedelaars.' In: *Ons Erfdeel*, september 2005

'Boeken te water.' Verschenen als 'Met weerzin geschreven'. In: NRC *Handelsblad*, 30 januari 1984

'Bord met spaghetti.' In: *Ik heb al een boek. Het analyseren van lectuur en literatuur*. Groningen: Wolters Noordhoff, 1987

'Brief aan mijn Turkse kleermaker.' In: *De Gids*, jaargang 153, no. 12, maart 2006

'Christelijke herbergzaamheid.' In: NRC *Handelsblad*, 27 juni 1975

'De beeldenreiziger.' In: *Even Apeldoorn*, no. 1, voorjaar 1994

'De bunkerbouwers.' Een samenvoeging van het gelijknamige stuk in *Alles is te koop*. Amsterdam: Nijgh & Van Ditmar, 1992 en 'De woestijn leeft', *De Heemschut*, jaargang 71, no. 6, december 1994

'De dood en het ruisen van de zee.' Verschenen als 'Breyten Breytenbach. Zuid-Afrika: op de achtergrond altijd het gezang van terdoodveroordeelden als het ruisen van de zee...'. In: NRC *Handelsblad*, 11 december 1982

'De prijs van goede smaak.' In: *Elegance*, jaargang 62, no. 5, mei 2005

'De zandvlo.' In: NRC *Handelsblad*, 1977

'Don't sell the shop.' In: *Uit liefde in boeken. Vijftien schrijvers op zoek naar een boekhandel*. Amsterdam: Arbeiderspers, 2007

'Een Afrikaans alfabet.' In: NRC *Handelsblad*, 1977

Een deken van herinnering. Toespraak, gehouden op 4 mei 1998 in

de Nieuwe Kerk te Amsterdam, voorafgaand aan de. Amsterdam: J.M. Meulenhoff, 1998
'Een kapitale reis.' In: *NRC Handelsblad*, 13 april, 27 april, 23 maart en 30 maart 1985
'Een middagje aan het hof.' In: *De mooiste koninginnenverhalen. Verhalen over koninginnen en prinsessen.* Amsterdam: J.M. Meulenhoff, 2000
'Een tuin voor Ismail.' In: *Met liefde. Nieuwe Nederlandse verhalen.* Samengesteld door Bas Heijne en Frank Ligtvoet. Amsterdam: Contact, 1993
'Een zwarte klompendans.' In: *NRC Handelsblad*, 19 februari 1977
'Eigen tuin eerst.' Verschenen als 'Jardin du Luxembourg'. In: *En France*, jaargang 14, no. 2, zomer 2006
'Engagement met de ploeteraar.' Verwey-lezing d.d. 28 november 1996 te Leiden. In: *NRC Handelsblad*, 29 november 1996
'Erop of eronder.' Verschenen als 'Kledingvoorschrift van Adriaan van Dis'. In: *Spui*, no. 23, januari 2007
'Esprit de l'Escalier.' In: *Ons Erfdeel*, no. 4, 2005
'Estheet in Berlijn.' In: *Atelier Berlijn.* Amsterdam: Stichting Kastalia, 2004
'Fontaine noire.' Verschenen als 'Dakar'. In: *Literaire agenda.* Utrecht: Uitgeverij Kwadraat, 2005
'Geen beginnen aan.' In: *L'invention du Livre.* Saint-Nazaire, 2005
'Geraniums.' In: *In geuren en kleuren. Schrijvers over bloemen.* Amsterdam: uitgeverij Gianotten, 2003
'Gestolen talen.' In: *Leopard* IV. *Bearing Witness.* 21 oktober 1999. Londen: Harvill Press, 1999
'Grand Tour.' Dagboekaantekeningen 1969. Verschenen in: *Hollands Diep*, no. 2, zomer 2007
'Het beeld van de ander.' In: *Indonesia. De ontdekking van het verleden.* Amsterdam: KIT Publishers, december 2005
'Het gebeurde in mijn park.' In: *Home and Garden*, no. 1, januari 2007
'Het idee van je leven.' SLAA-lezing, 14 mei 2003 gepubliceerd in *Vrij Nederland*, 24 mei 2003

'Het onverwoestbare nee.' Verschenen als 'Nee zeggen is de enige onverwoestbare vrijheid'. In: NRC *Handelsblad*, 12 november 1982
'Hondsdag.' In: *De hond in de boekenkast. Verhalen over honden.* Amsterdam: Uitgeverij J.M. Meulenhoff, 1992
'In gesprek met de voorvaderen.' In: *En France*, jaargang 15, no. 2, zomer 2007
'Kopzorg.' Voorwoord bij *De kleur van je hart* van Antjie Krog. Amsterdam: Mets en Schild Uitgevers, 2000
'Krakatau.' In: *Museumfavorieten*, no. 3, Nederlandse Museumvereniging 2003/2004
'Krr krr krr.' In: *En France*, jaargang 15, no. 1, voorjaar 2007
'Leugenland.' In: *Indisch leven in Nederland*. Samengesteld door Annemarie Cottaar. Amsterdam: J.M. Meulenhoff, 2006
'Little Cayman.' In: *Literaire agenda*. Utrecht: Uitgeverij Kwadraat, 2005
'Mapje Derde Wereldoorlog.' Verschenen als 'Gedachten bij de Derde Wereldoorlog'. In: *Méditation d'un écrivain voyageur.* Institut Néerlandais, février 2005
'Mee-eters.' In: *De gevoelige plaat. Literair album*. Samengesteld door Lisa Kuitert en Mirjam Rotenstreich. Amsterdam: Nijgh & Van Ditmar, 1995
'Melodrama's op de markt.' In: NRC *Handelsblad*, 1977
'Met het aangezicht naar Mekka.' In: NRC *Handelsblad*, 13 juni 1975
'Mijn dorp is een verzinsel.' Verschenen als 'Bergen aan Zee'. In: *Hier is het paradijs niet verloren. Schrijvers over Bergen aan Zee.* Schoorl: Uitgeverij Conserve, 1996
'Naar het ballet.' In: *Over x-jes, de zandloper en de herenbobbel. Een handleiding tot de kunsten voor Maarten Asscher.* Amsterdam: J.M. Meulenhoff, 1998
'Nacht van de poëzie.' In: NRC *Handelsblad*, 21 mei 1984
'Onder de Bushmen.' In: NRC *Handelsblad*, 26 november 1993.
'Onzichtbare stranden.' In: *Liber Amicorum Ton Anbeek*. Leiden, 2005
Op de televisie. Vianen/ Antwerpen: ECI, 2007

'Orenparadijs.' In: *Ons Erfdeel*, no. 4, september 2005
'Overzee.' In: *Elegance*, jaargang 64, no. 2, februari 2007
'Pannetje.' In: *Classics*. Utrecht: VSB Fonds, 1993
'Partir c'est mourir un peu.' In: *En France*, jaargang 15, no. 4, winter 2007
'Pensioenvrees.' In: *Z Magazine*, december 1997
'Red de leegte.' Verschenen als 'Honderd jaar Bergen aan Zee'. In: *Bergense kroniek*, jaargang 13, no. 2, 2006
'Repatrianten.' Verschenen als 'Wennen aan Nederland'. In: *SOTO Nieuwsbrief*, no. 5, zomer 2001
'Schateiland.' In: *Elegance*, jaargang 60, no. 10, oktober 2003
'Seks met de tandarts.' Verschenen als 'Aids in New York'. In: *NRC Handelsblad*, 10 augustus 1985
'Stijl is een neurose.' In: *De Gids*, jaargang 152, no. 8/9, 1989
'Straat van de huiver.' In: *NRC Handelsblad*, 16 april 1982
'Uitgekleed.' In: *Propria Cures*, jaargang 99, no. 19, 18 februari 1989
'Van buiten blink, van onder stink.' In: *De Gids*, jaargang 164, no. 5/6, 2004
'Vrijtaal.' In: *Optima*, no. 4. Amsterdam: Uitgeverij Prometheus, 2003
'Zeus en de ezels.' In: *De Gids*, jaargang 169, no. 3, december 1990
'Zo gruwelijk' is een variant op het gedicht 'Het huwelijk' van Willem Elsschot. In: *Literatuur*, no. 2, 1998

BOEKEN VAN ADRIAAN VAN DIS

Nathan Sid novelle
Casablanca schetsen en verhalen
Een barbaar in China reisverhaal
Zilver of Het verlies van de onschuld roman
Tropenjaren & Een uur in de wind toneel
Het beloofde land reisroman
In Afrika reisroman
Indische duinen roman
Palmwijn novelle
Dubbelliefde roman
Op oorlogspad in Japan reisverhaal
Familieziek roman
Onder het zink. Un abécédaire de Paris essays en verhalen
De wandelaar roman
Leeftocht. Veertig jaar onderweg verhalen, essays en schetsen

EEN BARBAAR IN CHINA

Met unieke foto's van reisgenote Reintje Gianotten

In het najaar van 1986 reist Adriaan van Dis af naar China en aangrenzende landen. Hij volgt de eeuwenoude zijderoute en maakt kennis met een land vol bureaucratische maatregelen en een volk dat vreemdelingen het liefst mijdt of misleidt.

'Het is een spannend reisverhaal, waarin wederwaardigheden en ontberingen zich opstapelen. Te midden van de indrukwekkende natuur blijven de mensen voor de verteller herkenbaar irritant. Men verstaat hem niet of doet alsof. De bus is net volgeboekt of zojuist vertrokken. En als hij eenmaal een plaats heeft weten te veroveren, blijkt de bus te klein en vergeven van fluimen en dierenpoep. [...] Van Dis beschrijft de Chinese volksstammen op gepaste afstand in hun concrete alledaagse situatie, met een ironische ondertoon en met gevoel voor humor, zeker waar zijn eigen persoon in het spel komt.' Paul Sars

HET BELOOFDE LAND & IN AFRIKA

In *Het beloofde land* maakt Van Dis een ontdekkingstocht door de Karoo, de verlaten hoogvlakte van Zuid-Afrika waar blanke boeren al generaties worstelen met de dorre bodem. Van Dis portretteert op aangrijpende wijze de in isolement levende mensen.
In Afrika is een reis door Mozambique, waar op dat moment een vijftienjarige burgeroorlog gaande is. Eenmaal geconfronteerd met de dood en met de misdaden van de bandieten stort Van Dis zich in een aantal avonturen om zo het verhaal van deze vergeten oorlog te kunnen schrijven.

Over *Het beloofde land*
'*Het beloofde land* is doortrokken van humor en medeleven. Het roept een genuanceerd en dramatisch beeld op van een land waar velen over praten, maar dat zelden wordt begrepen... Het beste boek over Afrikaner, geschreven door een niet-Afrikaner.'
André Brink

Over *In Afrika*
'Een onthutsend en prachtig reisverhaal. [...] Van Dis is *In Afrika* zo overtuigend omdat hij ongegeneerd en intelligent waarneemt: zichzelf en alle anderen, van alle partijen. Hij is gebiologeerd door Afrika en de lezer wordt het ook.'
Doeschka Meijsing in *Elsevier*

FAMILIEZIEK

Onder dreiging van de Koude Oorlog wordt een jongen voor de toekomst klaargestoomd. Hij moet zich leren weren in een kwade wereld, en de Bom tikt, ook in huis... De opvoeder – meneer Java – is een door de oorlog beschadigde man die zijn zoon steeds meer bij zijn waanwereld betrekt. De jongen is de stille getuige, die alles ziet en niets vergeet. De waanzin raast door het huis en zijn moeder en zusters vormen een sceptisch koor dat commentaar levert op de gebeurtenissen.
Evenals in *Nathan Sid* en *Indische duinen* treedt in *Familieziek* een uit de koloniën afkomstig gezin op, dat een nieuw bestaan in Nederland probeert op te bouwen. Maar dit keer krijgt het persoonlijke verhaal van aanpassing en heimwee een haast mythisch karakter.

'In *Familieziek* is Adriaan van Dis op zijn best. Na twintig jaar schrijverschap heeft hij de perfecte vorm en toon gevonden om de beleving van zijn jeugd weer te geven.'
Arjan Peters in *de Volkskrant*

'Aangrijpend proza. Wat het boek zijn kracht geeft is de spanning tussen dreiging en spel, tussen betovering en onttovering, tussen de haast kinderlijke verteltrant en de gruwelijkheden die de vader en moeder met zich meetorsen en die zich binnen het familieleven afspelen.'
Tomas Vanheste in *Vrij Nederland*

DE WANDELAAR

Een man krijgt bij een brand een hond in zijn schoot geworpen. Een hond die een andere wereld voor hem opent: die van vluchtelingen, illegalen en zwervers. Het verandert Parijs, het verandert de man: hij wil helpen, goed doen. Maar alles wat hij doet pakt anders uit.

'Met *De wandelaar* heeft Van Dis een van zijn beste romans geschreven. Het verhaal zit uitstekend in elkaar. Het zal niet moeilijk zijn autobiografische elementen aan te wijzen maar uiteindelijk heeft de verbeelding het met gemak gewonnen. De actualiteit spat ervan af, maar het gevaar van een te goedkoop engagement heeft de auteur weten af te wenden.'
Max Pam in *HP/De Tijd*

'Het is een prachtroman die naar devotie, schoonheid, stilte en naar een ethische en esthetische era speurt, doch enkel vlammende pijn, vernieling en gebrek aanschouwt. Het is een superieur letterwerk, dat in elke alinea en in iedere verbe snakt naar verinnerlijking en eerlijk sentiment, en vibreert van het verlangen naar een leidraad, naar geloof, naar inhoud.'
Pjeroo Roobjee

‘Soepele zinnen, sierlijke en puntige formuleringen, rake typeringen, het is er allemaal. Daarmee is *De wandelaar* behalve een actueel en relevant boek ook een mooie roman.’
Jaap Goedegebuure in *Brabants Dagblad*

‘Van Dis is een meester van de zelfspot, en ironiseert op een subtiele manier het verlangen om “iets te doen” aan het leed in de wereld. Adriaan van Dis is erin geslaagd om een roman te schrijven die de lezer met zijn neus op het nieuws van vandaag drukt.’
Pieter Steinz in NRC *Handelsblad*

‘*De wandelaar* is doordrenkt van het andere Parijs. Het geurt, riekt, schreeuwt om aandacht en doet pijn. [...] een roman met een hartenklop.’
Lies Schut in *De Telegraaf*